een keuken meiden roman

mistral

KATHRYN
STOCKETT

Eerste druk, januari 2010
Negende druk (luxe editie), november 2010
Negentiende druk (filmeditie), oktober 2011
Tweeëndertigste druk (gouden editie), juni 2012

Oorspronkelijke titel: *The Help*
Oorspronkelijke uitgave: Amy Einhorn Books/Published
by arrangement with G.P. Putnam's Sons, a member of
Penguin Group (USA) Inc., through Sane Töregård Agency AB.
Vertaling door: Ineke van Bronswijk
Omslagontwerp: twelph.com
Omslagillustratie: © Ellen Granter
Filmstills fotokatern:© Dreamworks II Dist.
Typografie en zetwerk: ZetProducties, Haarlem

Mistral is een imprint van FMB uitgevers bv

ISBN 978 90 499 5316 4
NUR 302

www.uitgeverijmistral.nl
www.kathrynstockett.com
www.twitter.com/Mistral_boeken

Meer weten over onze boeken? Schrijf je in voor de nieuwsbrief op www.uitgeverijmistral.nl.

Deze roman is fictie. Namen, personages en gebeurtenissen zijn ofwel het product van de verbeelding van de auteur ofwel fictief gebruikt. Enige gelijkenis met werkelijke gebeurtenissen of bestaande personen berust geheel op toeval.

'Het boek is inmiddels een absolute hit bij leesclubs en in discussieprogramma's, en het is niet moeilijk in te zien waarom. Kathryn Stockett slaagt erin de sfeer van de Zuidelijke VS overtuigend weer te geven via een bekwaam opgezet plot, die het boek doet lezen als een trein. Maar de grootste triomf van deze roman zit hem in de portrettering van de drie vertelsters, die elk op hun manier als levensechte personen naar voren komen.' Hans Bouman in *de Volkskrant*

'*Een keukenmeidenroman* is een warme, onderhoudende en soms ook hilarische pageturner over de onderlinge verhouding tussen blanke en zwarte Amerikaanse vrouwen in de jaren zestig. Je sluit Stocketts karakters in het hart.' Lies Schut in *De Telegraaf*

'Stockett slaagt er goed in om te beschrijven hoe de segregatiewetten het dagelijkse leven bepaalden. Aan spanning en cliffhangers ontbreekt het *Een keukenmeidenroman* niet. Stockett is een rasvertelster die haar meeslepende verhaal met gevoel voor timing brengt.' *De Standaard*

'... een echte *bookclub darling*: een vlot leesbaar verhaal over het leven van zwarte huishoudelijke hulpen die blanke kinderen opvoeden. De Nederlandse uitgever kwam met een mooier omslag en de betere titel.' Stine Jensen in *NRC Handelsblad*

'Intimiteit naast vervreemding, liefde naast afkeer. *Een keukenmeidenroman* is zowel een hardhandige herinnering aan de tijd van de rassenscheiding als een hartverwarmend verhaal waarin vooroordelen worden overwonnen.' *Trouw*

'Kathryn Stockett schreef met *Een keukenmeidenroman* een kanjer van een bestseller. Het boek leest als een trein door de verschillende spreekstijlen, de oprechte, eenvoudige en vaak fysieke waarnemingen en de humor. Een hartverwarmende pageturner.' *Het Financieele Dagblad*

'Een droomdebuut. Kathryn Stockett geeft zwarte vrouwen alsnog een stem. Knap gedaan, *ma'am*.' *Elsevier*

'Dit boek is knap geschreven en zit ondanks de zwaarte van het onderwerp vol humor en meeslepende, ontroerende verhalen. Zeer de moeite waard.' *Vrouw*

'Stockett richt de schijnwerper op schokkend onrecht en blinde haat… maar de uiteindelijke boodschap is hoopvol en verzoenend. Een bestseller.' *Vrij Nederland*

'Dit boek is een puur genot. Je wordt meegesleept door het inspirerende verhaal van vrouwen die voor verandering gaan. Lezen!' *Metro*

'Een hartverscheurend verhaal… Goed voor een lach en een traan.' *Libelle*

'Een hartveroverend boek.' *Margriet*

'Een echte pageturner.' *Opzij*

'Lezend als luchtig proza, maar zwaar van thematiek en vol betekenis.' *Boekenkrant*

'Stockett raakt gevoelige snaren.' *VPRO Gids*

'Meeslepend en ontroerend.' *Boek*

'Warm, geloofwaardig boek dat zeker verfilmd zal worden.' *Esta*

'Deze feelgoodroman met multiculti boodschap leest als een hogesnelheidstrein die vlot naar het eindstation glijdt. Niet te stoppen.' *De Pers*

'Beeldende roman die niet alleen rake grappen bevat, maar je ook een brok in de keel bezorgt.' *Flair*

'Onthutsend maar soms ook hilarisch. *Een keukenmeidenroman* (FMB Uitgevers) van Kathryn Stockett maakt de segregatie van toen prachtig invoelbaar.' *Nouveau*

'Ontroerend, grappig en shocking. Een enorme bestseller in de Verenigde Staten.' *Cosmopolitan*

Voor Opa Stockett, de beste verhalenverteller

AIBILEEN

1

Augustus 1962

Mae Mobley is geboren op 'n vroege zondagochtend in augustus, in 1960. Een kerkbaby noemen wij zo'n kind. 't Verzorgen van blanke kinderen, dat doe ik voor de kost, en ik kook 't eten en ik maak schoon. Tot nu toe heb ik zeventien kinderen grootgebracht. Ik weet hoe je kleintjes in slaap sust; ik zorg dat ze ophouden met huilen en naar de wc gaan voordat hun mama's 's ochtends zelfs zijn opgestaan.

Maar ik heb nog nooit een kind meegemaakt als Mae Mobley Leefolt. De eerste dag dat ik er over de vloer kwam, had ze net een aanval van koliek – d'r smoeltje was roodgloeiend, ze krijste de longen uit d'r lijf en ze vocht tegen 't flesje alsof 't een rotte knol was. Miss Leefolt was als de dood voor d'r eigen kind. 'Wat doe ik verkeerd? Waarom krijg ik het niet stil?'

'Het'? Dat was m'n eerste hint: er klopt hier iets niet.

Nou, ik nam die huilende, roze baby in m'n armen, wipte haar op en neer op m'n heup om de gassen los te maken en 't duurde nog geeneens twee minuten of Baby Girl hield op met huilen; ze keek glimlachend naar me omhoog. Maar miss Leefolt, nou, die heeft d'r baby de rest van de dag niet meer aangeraakt. Ik heb heel wat vrouwen gezien die na de bevalling in de put zaten. Waarschijnlijk was dat 't, dacht ik bij m'n eigen.

Effe iets over miss Leefolt: niet alleen heeft ze de hele dag een gezicht als een oorwurm, ze is ook vel over been. Ze heeft de benen van een sprinkhaan. Drieëntwintig jaar oud en zo mager als een jongen van veertien. Zelfs d'r haar is dun en bruin, je kijkt er dwars doorheen. Ze probeert 't op te steken, maar daardoor lijkt 't nog dunner. Haar gezicht heeft dezelfde vorm als de kop van de rode duivel op 't doosje met van die rode zuurtjes, compleet met de puntige kin. Wat zeg ik, haar hele lichaam is een en al scherpe punten en hoeken. Geen wonder dat ze die baby niet stil kan krijgen. Baby's houden van dik. Ze vinden 't lekker om hun gezicht in je oksel te begraven en dan in slaap te vallen. Ze houden ook van lekker dikke benen. Dat weet ik.

Tegen de tijd dat ze een jaar oud was, liep Mae Mobley overal achter me aan. Als 't vijf uur was, hing ze aan m'n schoen, liet ze zich over de vloer slepen en huilde ze alsof ik nooit meer terug zou komen. Miss Leefolt keek me altijd met van die half dichtgeknepen ogen aan, alsof ik iets verkeerd had gedaan, en dan trok ze de huilende baby weg van m'n voet. Dat risico loop je nu eenmaal als je je kinderen door een ander groot laat brengen.

Mae Mobley is nu twee. Ze heeft grote bruine ogen en honingblonde krullen. Maar de kale plek op d'r achterhoofd verpest alles. Als ze zich zorgen maakt, krijgt ze net zo'n rimpel tussen haar wenkbrauwen als d'r moeder. Ze lijken wel een beetje op mekaar, alleen is Mae Mobley juist heel dik. Ze wordt zeker geen schoonheidskoningin. Volgens mijn heeft miss Leefolt het er moeilijk mee, maar Mae Mobley is mijn speciale kleintje.

Ik verloor m'n eigen jongen, Treelore, vlak voordat ik bij miss Leefolt ging werken. Hij was vierentwintig. De mooiste jaren van iemands leven. Hij heeft niet lang genoeg geleefd.

Hij had een klein appartementje in Foley Street. Hij had verkering met een erg leuk meisje, Frances, en ik denk dat ze met elkaar getrouwd zouden zijn, maar hij was traag met dat soort dingen. Niet omdat hij uitkeek naar iets beters, alleen omdat-ie een echte denker was. Hij droeg een grote bril en zat altijd met z'n neus in de boeken. Hij was zelfs begonnen z'n eigen boek te schrijven, over hoe 't is om als zwarte in Mississippi te wonen en te werken. Goeie genade, wat was ik trots op hem. Maar op 'n avond was hij nog laat aan 't werk in de zagerij; hij sjouwde balken naar de truck en de splinters staken dwars door z'n handschoenen heen. Hij was te klein voor dat soort werk, te mager, maar hij had 't geld nodig. Hij was moe. Het regende. Hij gleed uit op 't laadplatform en viel omlaag op de oprit. Een tractor zag hem niet en verbrijzelde z'n borstkas voordat-ie zich kon bewegen. Tegen de tijd dat ik 't hoorde, was-ie al dood.

Die dag werd m'n hele wereld pikzwart. De lucht was zwart, de zon was zwart. Ik lag in bed en staarde naar de zwarte muren van m'n huis. Minny kwam elke dag om te zien of ik nog ademde. Ze bracht eten om me in leven te houden. Het duurde drie maanden voordat ik zelfs maar uit 't raam wilde kijken om te zien of de wereld er nog was. Ik was verbaasd dat de wereld niet stil was blijven staan omdat mijn jongen er niet meer was.

Vijf maanden na de begrafenis hees ik m'n eigen uit bed. Ik deed m'n witte uniform aan, hing 't kleine gouden kruisje weer om m'n hals en ik ging aan 't werk voor miss Leefolt, want zij had net een baby gekregen. Het duurde niet lang of ik kreeg in de gaten dat er in m'n binnenste iets was veranderd. Er was een bitter zaadje geplant. Ik pikte niet zomaar alles meer.

'Ruim het huis op en ga dan kipsalade maken,' zegt miss Leefolt.

Het is de dag van het bridgeclubje, elke vierde woensdag van de maand. Ik heb alles natuurlijk al voorbereid – vanochtend de kipsalade gemaakt, gisteren de tafelkleden gestreken. Dat heeft miss Leefolt me nog zien doen ook. Ze is pas drieëntwintig en 't geeft haar een goed gevoel als ze zichzelf de baas hoort spelen.

Ze was toen al in de blauwe jurk die ik vanochtend heb gestreken, de jurk met vijfenzestig plooitjes bij de taille, zo klein dat ik m'n bril nodig heb om ze te kunnen strijken. Er zijn niet veel dingen waar ik een hekel aan heb, maar 't botert niet tussen mijn en die jurk.

'En zorg ervoor dat Mae Mobley ons niet komt storen, hoor je. Ik ben nog steeds nijdig op haar – ze heeft mijn goede postpapier in vijfduizend stukjes gescheurd en ik moet nog vijftien bedankbriefjes schrijven voor de Junior League...'

Ik maak alles piekfijn in orde voor d'r vriendinnen. Ik dek met de kristallen glazen en 't zilver. Miss Leefolt zet geen gammele kaarttafel neer, zoals de andere dames. Wij dekken de eettafel. We leggen er een tafelkleed op om de grote L-vormige barst te bedekken, en we zetten 't bloemstukje op 't buffet zodat je de kale plek in het hout niet kunt zien. Miss Leefolt houdt van deftig als ze een lunch geeft. Misschien probeert ze goed te maken dat 't huis zo klein is. 't Zijn geen rijkelui, dat weet ik wel. Rijkelui doen nooit zo hun best.

Ik ben 't gewend om voor jonge stellen te werken, maar dit is volgens mijn het kleinste huis waar ik ooit heb gewerkt. Het heeft niet eens een bovenverdieping. De kamer waar zij en mister Leefolt slapen, aan de achterkant, is vrij groot, maar de kamer van Baby Girl is piepklein. De eetkamer en de woonkamer zijn en suite. Twee wc's, een hele opluchting, want ik heb in huizen gewerkt met wel vijf of zes wc's. Dan maak je de hele dag alleen maar toiletpotten schoon. Miss Leefolt betaalt me niet meer dan vijfennegentig cent per uur, minder dan ik in jaren heb gebeurd. Maar na Treelores dood moest ik nemen wat ik kon krijgen. De huisbaas eiste z'n geld. En ook al is 't klein, miss Leefolt heeft iets van dat huisje gemaakt. Ze is heel handig met de naaimachine. Als ze iets niet nieuw kan kopen, neemt ze een lapje blauwe stof en maakt ze er een hoes van.

De deurbel gaat en ik doe open.

'Hallo, Aibileen,' zegt miss Skeeter, want zij is zo iemand die tegen de hulp praat. 'Hoe gaat het?'

'Hallo, miss Skeeter. Het gaat goed, hoor. Jeetje, wat is 't warm buiten.'

Miss Skeeter is heel lang en mager. Ze heeft geel haar, kortgeknipt boven d'r schouders, want het kroest. Ze is ongeveer drieëntwintig, net als miss Leefolt en de anderen. Ze legt d'r handtas op een stoel en ze frunnikt een beetje aan haar kleren. Ze draagt een wit kanten bloesje, dichtgeknoopt alsof ze een non is, en platte schoenen, zodat ze niet nóg langer lijkt, neem ik aan. Haar blauwe rok is te wijd rond de taille. Miss Skeeter ziet er altijd uit alsof iemand anders haar heeft verteld wat ze aan moet.

Ik hoor miss Hilly en d'r moeder, miss Walters, stoppen op de oprit en toeteren. Miss Hilly woont nog geen tien stappen verderop, maar ze neemt altijd de auto. Ik laat haar binnen en ze loopt straal langs me heen, en ik bedenk dat het een goed moment is om Mae Mobley wakker te maken uit haar middagdutje.

Zodra ik de kinderkamer binnenkom, begint Mae Mobley naar me te lachen. Ze strekt d'r mollige armpjes naar me uit.

'Ben je al wakker, Baby Girl? Waarom heb je me niet geroepen?'

Ze lacht en danst vrolijk rond in d'r bedje totdat ik 'r optil. Ik geef haar een dikke knuffel. Ik durf te wedden dat ze geen knuffels meer krijgt als ik eenmaal naar huis ben. Het gebeurt regelmatig dat ze keihard ligt te huilen in d'r bedje als ik op m'n werk kom. Miss Leefolt is druk bezig achter de naaimachine en rolt met d'r ogen alsof ze een zwerfkat is die klem zit tussen de hordeur. Miss Leefolt tut zich elke dag op, moet je weten. Ze is altijd opgemaakt, en ze heeft een carport en een koelkast met dubbele deuren en ingebouwde vriezer. Als ze boodschappen doet in de Jitney 14 zou je nooit denken dat ze iemand is die d'r kleintje eindeloos laat huilen in d'r bedje. Maar de hulp weet dat soort dingen altijd.

Vandaag is 't gelukkig een goede dag. Mijn kleine meisje grijnst van oor tot oor.

Ik zeg: 'Aibileen.'

Zij zegt: 'Ai-bee.'

Ik zeg: 'Houdt van.'

Zij zegt: 'Houdt van.'

Ik zeg: 'Mae Mobley.'

Zij zegt: 'Ai-bee.' En dan kirt ze van 't lachen. Ze is apetrots dat ze kan praten, en ik moet zeggen: 't is de hoogste tijd. Treelore deed ook geen mond open totdat-ie twee was. Maar tegen de tijd dat-ie in de derde klas zat, praatte hij beter als de president van de Verenigde Staten; hij kwam thuis met woorden als 'vervoeging' en 'parlementair'. Nog weer later speelden we ons eigen spel, dan gaf ik hem een heel simpel woord en moest hij 't op een deftige manier zeggen. Ik zei bijvoorbeeld 'kat', en dan kwam hij met 'viervoetig huisdier', en ik zei 'mixer' en hij 'mengen kloptoestel'. Op een dag gaf ik hem 't merk Crisco, van dat bakvet. Hij krabde zich achter z'n oren. Hij kon gewoon niet geloven dat ik 't spel had gewonnen met zo'n doodsimpel woord als Crisco. Het werd ons eigen geheime grapje, iets waarvan je echt niks mooiers kon maken, al deed je nog zo je best. We begonnen z'n vader Crisco te noemen, want er zijn geen mooie woorden voor een kerel die z'n gezin in de steek laat. Plus dat 't een vent van niks was, de ergste slapjanus die je ooit hebt gekend.

Ik draag Mae Mobley naar de keuken en zet haar in d'r kinderstoel. Intussen denk ik aan de twee klusjes die ik vandaag nog moet doen omdat miss Leefolt anders kwaad wordt: de servetten die beginnen te rafelen apart leggen en 't tafelzilver weer netjes rangschikken in 't buffet. Ik vrees dat ik 't moet doen terwijl de dames er zijn.

Ik ga naar de eetkamer met een schaal gevulde eieren. Miss Leefolt zit aan 't hoofd van de tafel en links van haar miss Hilly Holbrook en miss Hilly's moeder, miss Walters, die miss Hilly behandelt alsof ze een vod is. En rechts van miss Leefolt zit miss Skeeter.

Ik ga rond met de eieren, te beginnen bij miss Walters omdat ze de oudste is. Het is warm in de kamer, maar zij heeft een dikke bruine trui om d'r schouders geslagen. Ze pakt een ei en laat 't bijna vallen, want ze heeft die beefziekte. Dan ga ik naar miss Hilly en ze glimlacht en neemt er twee. Miss Hilly heeft een rond gezicht en donkerbruin haar in een suikerspin. Haar huid is vrij donker, met sproeten en moedervlekken. Ze draagt vaak rode ruitjes. En d'r achterste begint uit te dijen. Omdat het vandaag zo warm is, draagt ze een rode, mouwloze jurk, recht, niet getailleerd. Ze is zo'n volwassen dame die zich nog kleedt als een klein meisje, met grote strikken en bijpassende hoedjes en dergelijke. Ik mag d'r niet.

Ik loop door naar miss Skeeter, maar ze trekt d'r neus naar me op en zegt: 'Nee, dank je,' want ze eet geen eieren. Dat vertel ik miss Leefolt elke keer dat ze 't bridgeclubje krijgt en toch laat ze me die eieren maken. Ze is bang dat miss Hilly anders de pest in heeft.

Tot slot doe ik miss Leefolt. Zij is de gastvrouw, dus krijgt ze pas als laatste haar eieren. Zodra ik klaar ben, zegt miss Hilly: 'Nou graag,' en ze grist nog twee eieren van de schaal. Het verbaast me niet eens.

'Raad eens wie ik tegenkwam in de schoonheidssalon?' zegt miss Hilly tegen de dames.

'Nou?' vraagt miss Leefolt.

'Celia Foote. En weet je wat ze me vroeg? Of ze dit jaar kan helpen met het benefietfeest.'

'Mooi,' zegt miss Skeeter. 'We kunnen best wat hulp gebruiken.'

'Maar niet zó hard. Dat heb ik gezegd, ik zeg: "Celia, om mee te kunnen doen moet je lid zijn van de League of sponsor van het feest." Wat denkt ze wel niet? Dat de Jackson League zomaar iedereen toelaat?'

'We nemen dit jaar toch ook niet-leden? Omdat het evenement zo groot is geworden?' vraagt miss Skeeter.

'Jawel,' zegt miss Hilly, 'maar dat ga ik háár niet vertellen.'

'Ik vind het onvoorstelbaar dat Johnny met zo'n ordinaire snol is getrouwd,' zegt miss Leefolt en miss Hilly knikt. Ze begint de kaarten te delen.

Ik ga rond met de kipsalade en de hamsandwiches, en ik kan 't niet helpen dat ik hoor wat ze zeggen. Er zijn maar drie dingen waar die dames over praten: d'r kinderen, d'r kleren en d'r vriendinnen. Ik hoor 't woord 'Kennedy', maar ik weet dat ze 't nooit over politiek hebben. Ze hebben 't erover wat miss Jackie aan had op teevee.

Als ik bij miss Walters kom, neemt ze niet meer dan een miezerige halve sandwich.

'Mama,' gilt miss Hilly tegen miss Walters, 'neem nog een sandwich. Je bent zo mager als een telefoonpaal.' Ze kijkt naar de anderen. 'Ik blijf tegen haar zeggen dat ze Minny gewoon moet ontslaan als ze niet kan koken.'

Ik spits m'n oren. Ze hebben het over de hulp. Minny is m'n beste vriendin.

'Minny kan best koken,' zegt de ouwe miss Walters. 'Ik heb gewoon niet meer zoveel trek als vroeger.'

Minny is zo ongeveer de beste kokkin van heel Hinds County, wat zeg ik, misschien wel van heel Mississippi. De Junior League komt elke herfst naar d'r toe en dan willen ze dat Minny tien karamelcakes bakt die ze kunnen veilen. Ze zou de meest felbegeerde hulp van de staat moeten zijn. Het probleem is alleen dat Minny niet op d'r mondje is gevallen. Ze is brutaal. De ene dag is 't de blanke manager van de Jitney Jungle-kruidenier, de volgende d'r man, en de blanke mevrouw bij wie ze in dienst is krijgt elke dag een veeg uit de pan. De enige reden dat ze al zo lang bij miss Walters werkt, is dat miss Walters zo doof als een kwartel is.

'Volgens mij ben je ondervoed, mama!' schreeuwt miss Hilly. 'Minny geeft je niets te eten zodat ze zelfs de laatste erfstukken nog kan stelen.' Miss Hilly zit verontwaardigd te puffen in d'r stoel. 'Ik ga naar het toilet. Letten jullie een beetje op mijn moeder? Straks valt ze nog dood neer van de honger.'

Als miss Hilly weg is, zegt miss Walters heel zacht: 'Ja, dat zou je wel willen, hè?'

Ze doen allemaal alsof ze niks hebben gehoord. Ik moet Minny vanavond effe bellen en 'r vertellen wat miss Hilly heeft gezegd.

In de keuken zit Baby Girl in d'r kinderstoel en d'r hele gezicht is ondergekliederd met paars sap. Zodra ik binnenkom begint ze te grijnzen. Ze vindt 't niet erg om in d'r eentje in de keuken te zitten, maar ik vind 't vervelend om haar zo lang alleen te laten. Ik weet dat ze stilletjes naar de deur zit te staren tot ik weer terugkom.

Ik aai over d'r zachte bolletje en ga terug om de ijsthee in te schenken. Miss Hilly zit weer aan tafel, en zo te zien windt ze zich nu weer ergens anders over op.

'O, Hilly, ik wilde dat je het gastentoilet gebruikte,' zegt miss Leefolt, terwijl ze d'r kaarten schikt. 'Aibileen maakt achter pas na de lunch schoon.'

Hilly tilt haar kin op. Dan doet ze zo'n 'ahem' van haar. Ze is er heel goed in om fijntjes haar keel te schrapen zodat iedereen naar d'r luistert, maar zonder dat ze doorhebben hoe ze 't voor elkaar krijgt.

'Maar de hulp maakt gebruik van het gastentoilet,' zegt miss Hilly.

Niemand zegt iets, het blijft een hele tijd stil.

Dan knikt miss Walters en legt ze het de anderen uit. 'Ze is ontdaan omdat die negerin binnen naar de wc gaat en wij ook.'

O nee, niet weer dat gedoe. Ik sta voor 't buffet om 't zilver in de la netjes neer te leggen, en ze kijken allemaal naar mij, dus ik weet dat 't tijd is om weg te gaan. Al voordat ik de laatste lepel kan opbergen, krijg ik zo'n blik van miss Leefolt. Ze zegt: 'Ga eens verse thee halen, Aibileen.'

Ik doe wat ze zegt, al zijn de glazen nog tot de rand gevuld.

Ik hang even rond in de keuken, want ik heb er niks meer te doen. Ik moet in de eetkamer zijn om door te gaan met 't zilver. En ik moet vandaag ook nog de servetten uitzoeken, maar 't kastje waar ze leggen staat in de hal, pal naast de deur van de eetkamer. Ik heb geen zin om langer te blijven alleen maar omdat miss Leefolt wil kaarten.

Ik wacht een paar minuten, haal een doek over het aanrecht. Ik geef Baby Girl nog wat ham en ze propt 't in d'r mond. Pas na een hele tijd loop ik op m'n tenen naar de hal; ik bid dat niemand me ziet.

Alle vier hebben ze een sigaret in d'r ene hand en de kaarten in de andere. 'Elizabeth, als je kon kiezen,' hoor ik miss Hilly zeggen, 'zou je dan niet liever hebben dat ze buiten haar behoefte doet?'

Heel stilletjes trek ik de la met servetten open, eerder bang dat miss Leefolt me zal zien dan voor wat ze zeggen. Het is niet nieuw voor me. Overal in de stad hebben ze een apart toilet voor zwarten, net als in de meeste huizen. Maar ik kijk toch naar ze en ik zie dat miss Skeeter naar mij kijkt. Ik verstijf, want ik ben als de dood dat ik erbij ben.

'Ik bied harten,' zegt miss Walters.

'Ik weet het niet,' zegt miss Leefolt, en ze kijkt met een frons naar d'r kaarten. 'Raleigh is nog maar net met zijn eigen bedrijf begonnen en het duurt nog een halfjaar voordat de aangiftes de deur uit moeten. We zitten momenteel echt heel krap.'

Miss Hilly praat langzaam, alsof ze glazuur over een cake strijkt. 'Zeg maar gewoon tegen Raleigh dat jullie elke stuiver die jullie aan die wc uitgeven terugverdienen als jullie dit huis verkopen.' Ze knikt alsof ze 't helemaal eens is met wat ze zelf heeft gezegd. 'Alle huizen die ze bouwen zonder aparte voorzieningen voor de dienstmeid? Dat is gewoon gevaarlijk. Iedereen weet dat ze andere ziektes hebben dan wij. Ik doubleer.'

Ik pak een stapel servetten. Ik weet niet waarom, maar opeens wil ik heel graag horen wat miss Leefolt erop te zeggen heeft. Zij is m'n baas. Ik denk dat iedereen wil weten hoe of de baas over je denkt.

'Het zou erg prettig zijn,' zegt miss Leefolt, en ze neemt een trekje van d'r sigaret, 'als ze niet meer het toilet in huis hoeft te gebruiken. Ik bied drie schoppen.'

'Dat is nou precies waarom ik het Sanitair Initiatief voor de Huishoudelijke Hulp heb opgesteld,' zegt miss Hilly. 'Een maatregel om ziektes te voorkomen.'

Ik ben zelf verbaasd dat m'n keel opeens dichtzit. Het is jammer dat ik al heel lang geleden heb geleerd om m'n mond te houden.

Miss Skeeter kijkt verward. 'Het sanitair... wát?'

'Een wet die voorschrijft dat elk huis een apart toilet moet hebben voor de zwarte hulp. Ik heb zelfs contact opgenomen met de directeur-generaal van de Dienst voor de Volksgezondheid om te vragen of hij het voorstel wil steunen. Ik pas.'

Miss Skeeter kijkt met een frons naar miss Hilly. Ze legt haar kaarten open op tafel en zegt heel nuchter: 'Misschien moeten we gewoon voor jou buiten een wc aanleggen, Hilly.'

En goeie genade, wat wordt 't stil in die kamer.

Miss Hilly zegt: 'Ik vind dat je geen grapjes hoort te maken over de situatie met de kleurlingen. Niet als je aan wilt blijven als redacteur van de nieuwsbrief, Skeeter Phelan.'

Miss Skeeter lacht zo'n beetje, maar ik kan goed merken dat ze 't niet grappig vindt. 'Wat, zou je me... eruit schoppen? Omdat ik het niet met je eens ben?'

Miss Hilly trekt een wenkbrauw op. 'Ik zal alles doen wat nodig is om onze stad te beschermen. Jij bent, mama.'

Ik ga naar de keuken en ik kom er pas weer uit als ik de deur achter miss Hilly hoor dichtvallen.

Als ik weet dat miss Hilly weg is, leg ik Mae Mobley in de box, en ik sleep de vuilnisbak naar buiten, want vandaag komt de vuilniswagen. Aan 't eind van de oprit rijden miss Hilly en d'r geschifte mama bijna over me heen in hun auto. Ze roepen heel vriendelijk dat 't ze spijt. Ik ga weer naar binnen, blij dat ik niet allebei m'n benen gebroken heb.

Ik kom terug in de keuken en daar staat miss Skeeter. Ze leunt tegen 't aanrecht en ze kijkt heel ernstig, nog ernstiger dan anders.

'Hallo, miss Skeeter. Kan ik iets voor u betekenen?'

Ze kijkt naar de oprit, waar miss Leefolt door het raampje van de auto met miss Hilly staat te praten. 'Nee, ik... ik wacht gewoon even.'

Ik droog een dienblad af met een theedoek. Als ik snel even opzij kijk, zie ik dat ze nog steeds met zorgelijke ogen naar buiten staart. Ze lijkt niet op andere dames doordat ze zo groot is. Ze heeft heel hoge jukbeenderen. Blauwe ogen, bijna altijd neergeslagen, zodat 't lijkt alsof ze heel verlegen is. Het is stil, afgezien van de kleine radio op het aanrecht, die is afgestemd op de gospelzender. Ik wou dat ze wegging.

'Luister je naar de preek van predikant Green?' vraagt ze.

'Ja, mevrouw.'

Miss Skeeter glimlacht een beetje. 'Dat doet me zo denken aan mijn kindermeisje van vroeger.'

'Ja, ik heb Constantine gekend,' zeg ik.

Nu draait miss Skeeter haar ogen van 't raam naar mij. 'Zij heeft me grootgebracht, wist je dat?'

Ik knik, en ik wou dat ik niks had gezegd. Ik weet veel te veel van die situatie.

'Ik heb geprobeerd het adres van haar ouders in Chicago te achterhalen,' zegt ze, 'maar niemand kan me iets vertellen.'

'Ik heb 't ook niet, mevrouw.'

Miss Skeeter richt d'r ogen weer op 't raam, op miss Hilly's Buick. Ze schudt haar hoofd, een klein beetje maar. 'Aibileen, wat er vanmiddag werd gezegd... Wat Hilly zei, bedoel ik...'

Ik pak een koffiekopje en begin het heel grondig af te drogen.

'Zou jij weleens willen dat je... dingen kon veranderen?'

En ik kan 't niet helpen, ik kijk d'r recht aan. Want da's de stomste vraag die ik ooit heb gehoord. Ze trekt een heel vies gezicht, alsof ze zout in d'r koffie heeft gedaan in plaats van suiker. Ik draai me om naar de afwas, zodat ze niet kan zien dat ik met m'n ogen rol.

'O nee, mevrouw, alles is prima zo.'

'Maar dat geklets van daarnet, over een *wc*...' en net als ze dat zegt komt miss Leefolt de keuken binnen.

'O, daar ben je, Skeeter.' Ze kijkt ons allebei een beetje raar aan. 'Sorry... stoor ik soms?' We staan daar allebei te staan en vragen ons af wat ze heeft gehoord.

'Ik moet ervandoor,' zegt miss Skeeter. 'Tot morgen, Elizabeth.' Ze doet de achterdeur open en zegt: 'Bedankt voor de lunch, Aibileen,' en dan is ze weg.

Ik ga naar de eetkamer en begin de tafel af te ruimen. En ja hoor, ik wist 't, miss Leefolt komt achter me aan, met 't glimlachje op d'r gezicht waaraan ik kan zien dat ze zich ergert. Ze steekt d'r nek uit alsof ze me iets wil vragen. Ze houdt er niet van dat ik met d'r vriendinnen praat waar zij niet bij is. Ze wil altijd weten wat we zeggen. Ik loop straal langs d'r heen naar de keuken, zet Baby Girl in d'r kinderstoel en begin de oven schoon te maken.

Miss Leefolt loopt weer als een hondje achter me aan, bekijkt een blik Crisco, zet 't weer neer. Baby Girl strekt d'r armpjes uit naar d'r moeder om opgetild te worden, maar miss Leefolt doet alsof d'r neus bloedt en maakt een kastje open. Dan knalt ze het deurtje dicht en maakt ze een ander kastje open. Op 't eind blijft ze gewoon staan. Ik lig op m'n handen en knieën. Nog even en m'n hoofd steekt zo ver in de oven dat 't lijkt alsof ik m'n eigen wil vergassen.

'Zo te zien hadden jij en miss Skeeter een heel ernstig gesprek.'

'Nee, mevrouw, ze... ze vroeg gewoon of ik oude kleren wilde hebben,' zeg ik, en 't klinkt alsof het van de bodem van een put komt. M'n armen zijn nu al vet. Het stinkt er als een oksel. In een mum van tijd loopt het zweet in straaltjes over m'n neus en elke keer dat ik 't wegpoets, krijg ik een veeg smeer in m'n gezicht. Het moet de ergste plek van de wereld zijn, in een oven. Zit je erin, dan ben je of aan 't schoonmaken of je wordt gebraden. Ik weet gewoon dat ik vannacht weer ga dromen dat ik vastzit in een oven en dat 't gas wordt opengedraaid. Toch hou ik m'n hoofd in dat smerige gat, want ik ben overal liever dan dat ik antwoord moet geven op miss Leefolts vragen over wat miss Skeeter tegen me probeerde te zeggen. Vragen of ik dingen wil veránderen.

Na een tijdje loopt miss Leefolt snuivend naar buiten. Ze gaat natuurlijk kijken waar ze de nieuwe wc voor de zwarte hulp neer kan zetten.

2

Je hebt 't niet in de gaten als je d'r woont, maar Jackson, in Mississippi, heeft tweehonderdduizend inwoners. Ik zie dat aantal in de krant staan, en dan vraag ik m'n eigen af: waar wonen die mensen dan allemaal? Onder de grond? Want ik ken zowat iedereen aan mijn kant van de brug en ook nog een hoop blanke gezinnen, en als je die bij mekaar optelt kom je echt niet aan tweehonderdduizend.

Zes dagen per week neem ik de bus over de Woodrow Wilson Bridge naar waar miss Leefolt en al d'r blanke vrienden wonen, een wijk die Belhaven heet. Pal naast Belhaven heb je 't centrum, waar de regering zit. Het Capitool is heel groot, en mooi van buiten maar ik ben d'r nooit binnen geweest. Ik vraag me af wat ze betalen om die tent schoon te houden.

Voorbij Belhaven heb je 't witte Woodland Hills, en dan Sherwood Forest, kilometers vol grote eiken waar 't mos van omlaag hangt. Daar woont nog niemand, maar als blanken ergens anders willen gaan wonen dan ligt 't er. Daarna komt 't platteland, waar miss Skeeter woont, op de Longleaf-katoenplantage. Zij weet 't niet, maar in 1931 heb ik er katoen geplukt, tijdens de crisisjaren, toen we niks te eten hadden behalve de kaas die je van de staat kreeg.

Jackson is dus één grote witte wijk na de andere, en langs de weg worden nieuwe gebouwd. Maar 't gekleurde deel van de stad, wij dus, is een grote mierenhoop met land van de staat eromheen en dat is niet te koop. Als onze bevolking groeit, kunnen we nergens heen. Ons deel van de stad wordt alleen dikker.

Ik neem die middag bus zes, die van Belhaven naar Farish Street gaat. Er zitten vandaag alleen maar hulpen in, onderweg naar huis in ons witte uniform. We kletsen en lachen met mekaar alsof de bus van ons is – niet dat we er last van hebben als er blanken in zitten, want dankzij miss Parks mogen we tegenwoordig zitten waar we willen – en 't is gezellig.

Ik zie Minny op de achterbank zitten. Minny is klein en dik, en ze heeft glanzende zwarte krullen. Ze zit met d'r benen wijd gespreid en d'r dikke armen over elkaar. Ze is zeventien jaar jonger als ik. Waarschijnlijk kan Minny die hele bus boven haar hoofd tillen, als ze 't wilde. Ik bof dat zo'n oud mens als ik haar als vriendin heeft.

Ik ga op 't bankje voor haar zitten, draai me om en luister. Iedereen luistert als Minny een verhaal vertelt.

'... dus zeg ik: "miss Walters, de mensen willen uw blote witte achterste niet zien, en mijn zwarte trouwens ook niet. Kom naar binnen en trek een onderbroek en kleren aan."'

'Op de veranda aan de straatkant? In d'r nakie?' vraagt Kiki Brown.

'D'r billen hangen op d'r knieën.'

De hele bus lacht en grinnikt en schudt d'r hoofd.

'Jeetje, dat mens is echt gek,' zegt Kiki. 'Ik snap niet hoe 't komt dat jij altijd de gekken hebt, Minny.'

'O, is die miss Patterson van jou soms niet gek?' zegt Minny tegen Kiki. 'Als je 't mijn vraagt, is zij erelid van de club van gekke dames.' De hele bus ligt nu in een deuk, want Minny kan 't niet hebben dat andere mensen slechte dingen zeggen over háár blanke mevrouw, dat mag ze alleen zelf. Het is haar baan, dus zij heeft 't alleenrecht.

De bus steekt de brug over en maakt de eerste stop in de kleurlingenwijk. Een stuk of tien hulpen stappen uit. Ik ga op de vrije plek naast Minny zitten. Ze glimlacht en geeft me een por met haar elleboog. Dan leunt ze ontspannen achterover, want voor mij hoeft ze geen show op te voeren.

'Hoe gaat-ie? Moest je vanochtend plooitjes strijken?'

Ik lach, knik. 'Ik heb er anderhalfuur over gedaan.'

'Zeg, wat heb je miss Walters vanmiddag bij de bridgeclub te eten gegeven? Ik ben de hele ochtend bezig geweest om een karamelcake voor dat malle mens te maken en ze wou er geen hap van eten.'

Dat doet me denken aan wat miss Hilly vanmiddag aan tafel zei. Wat elke andere blanke dame zegt kan ons niet bommen, maar we willen allemaal weten of miss Hilly iets tegen ons heeft. Ik weet alleen niet hoe ik 't moet zeggen.

Ik kijk uit 't raam en zie 't ziekenhuis voor zwarten voorbijgaan, met 't fruitstalletje. 'Volgens mijn hoorde ik miss Hilly er iets over zeggen, dat d'r mama zo mager wordt.' Ik zeg 't zo voorzichtig mogelijk. 'Ze zei dat ze misschien wel ondergevoed was.'

Minny kijkt me aan. 'O, ja?' Alleen al door de naam knijpt ze d'r ogen tot spleetjes. 'En wat had miss Hilly nog meer te zeggen?'

Ik kan 't maar beter gewoon zeggen. 'Ik denk dat ze je probeert te pakken, Minny. Zorg maar... zorg maar dat je extra voorzichtig met d'r bent.'

'Miss Hilly moet extra voorzichtig zijn met míjn. Wat zegt ze nou, dat ik niet kan koken? Zegt ze dat dat ouwe gratenpakhuis niet eet omdat ik niks kan maken wat ze lekker vindt?' Minny gaat staan en hijst haar tas omhoog over haar arm.

'Het spijt me, Minny, ik vertel 't je alleen maar zodat je kunt zorgen dat je bij d'r...'

'Als ze 't ooit in m'n gezicht durft te zeggen, maak ik gehakt van d'r.' Briesend loopt ze het trapje af.

Ik kijk haar na door het raam, zie dat ze stampend naar huis loopt. Miss Hilly is niet iemand met wie je ruzie wil hebben. Goeie genade, misschien had ik gewoon m'n mond moeten houden.

Een paar ochtenden later stap ik uit de bus en ik loop 't eindje naar miss Leefolts huis. Voor 't huis staat een oude truck geparkeerd. Er zitten twee donkere mannen in. De een drinkt een kop koffie en de andere slaapt, zittend en wel. Ik loop erlangs, naar de keuken.

Mister Raleigh Leefolt is nog thuis, en dat komt bijna nooit voor. De keren dat-ie thuis is, lijkt 't altijd net alsof hij de minuten telt totdat-ie weg kan gaan. Ook op zondag. Maar vandaag maakt hij ruzie.

'Dit is verdomme mijn huis en ik betaal voor alles wat erin gaat!' schreeuwt mister Leefolt.

Miss Leefolt staat achter hem, met 't glimlachje dat betekent dat ze niet blij is. Ik verstop me op de wc. Het is nu twee dagen geleden dat ze 't over die wc hadden en ik had gehoopt dat 't afgelopen was. Mister Leefolt doet de achterdeur open om naar de truck voor het huis te kijken, en knalt 'm weer dicht.

'Ik zie de nieuwe kleren door de vingers, al die stomme uitstapjes naar

New Orleans met die vriendinnen van je, maar dit pik ik niet!'

'Maar het verhoogt de waarde van het huis. Hilly heeft het zelf gezegd!' Ik sta nog steeds in de wc, maar ik kan bijna horen dat miss Leefolt probeert de grijns op d'r gezicht te houden.

'We kunnen het niet betalen! En we laten ons niet commanderen door de Holbrooks!'

Het blijft een tijdje heel stil. Dan hoor ik *pets-pets*, kleine voetjes in een pyjama.

'Pappie?'

Ik kom uit de wc en loop de keuken binnen, want Mae Mobley is mijn taak.

Mister Leefolt is al op z'n hurken gaan zitten. De glimlach op zijn gezicht lijkt wel van rubber. 'Zal ik je wat vertellen, schatje?'

Ze glimlacht terug. Ze wacht op een verrassing.

'Jij kunt niet gaan studeren, maar je mama's vriendinnen hoeven tenminste niet dezelfde wc te gebruiken als de dienstmeid.'

Hij loopt briesend weg en slaat de deur zo hard achter zich dicht dat Mae Mobley met d'r ogen knippert.

Miss Leefolt kijkt naar haar en steekt vermanend haar wijsvinger op. 'Mae Mobley, je weet dat je niet uit je bedje mag klimmen!'

Baby Girl kijkt naar de deur die haar vader heeft dichtgesmeten, dan omhoog naar 't boze gezicht van d'r mama. Ik zie dat m'n kleintje slikt, dat ze heel erg haar best doet om niet te huilen.

Snel loop ik langs miss Leefolt heen om Baby Girl op te tillen. Ik fluister: 'Laten we naar de zitkamer gaan en met de pratende ezel spelen. Wat zegt de ezel?'

'Ze komt steeds uit bed. Ik heb haar vanochtend al drie keer terug moeten leggen.'

'Omdat ze verschoond moet worden. Oeioei!'

Miss Leefolt schudt haar hoofd, zegt: 'O, ik wist niet...' Maar ze staart al uit het raam naar de truck.

Ik loop naar de kinderkamer, zo boos dat ik stamp. Baby Girl heeft sinds gisteravond acht uur in bed gelegen, nogal wiedes dat ze dan verschoond moet worden! Laat miss Leefolt maar een keer in d'r eigen viezigheid van twaalf uur geen wc gaan zitten zonder uit bed te komen!

Ik leg Baby Girl op de commode en probeer m'n boosheid binnen te houden. Baby Girl staart me aan terwijl ik haar luier verschoon. Dan steekt ze d'r handje uit. Ze raakt heel zacht m'n mond aan.

'Mae Mo stout,' zegt ze.

'Nee, schatje, je bent niet stout geweest,' zeg ik, en ik strijk d'r haar naar achteren. 'Je bent lief. Heel lief.'

Ik woon op Gessum Avenue, daar huur ik al sinds 1942. Je zou kunnen zeggen dat Gessum karakter heeft. De huizen zijn allemaal klein, maar elke voortuin is anders – er zijn zielige bij, zonder gras, net als de kale knikker van een ouwe man. In andere tuinen staan azalea's en rozen, met dik groen gras. Mijn tuin zit er zo'n beetje tussenin.

Ik heb een paar cameliastruiken aan de voorkant. In m'n gras zit nog steeds een grote gele vlek waar Treelores pick-up na het ongeluk drie maanden heeft gestaan. Ik heb geen bomen. Nee, dan de achtertuin, dat lijkt wel de Hof van Eden. Daar heeft m'n buurvrouw, Ida Peek, een moestuin.

Ida's achtertuin mag geen naam hebben, want die ligt vol met rotzooi van d'r man – motorblokken en oude koelkasten en autobanden. Hij zegt dat-ie die dingen op gaat knappen, maar hij doet er niks mee. Dus ik zeg tegen Ida dat ze best aan mijn kant een moestuin mag aanleggen. Zo hoef ik geen gras te maaien en zij laat me plukken wat ik nodig heb; dat scheelt me wel twee of drie dollar per week. Ze maakt in wat we niet eten en ik krijg weckflessen voor de winter. Lekkere koolraap, aubergines, kilo's okra, allerlei soorten pompoen. Ik weet niet hoe ze 't ongedierte weghoudt uit d'r tomaten, maar 't lukt. En ze zijn heerlijk.

Die avond regent 't pijpenstelen. Ik pak een pot met Ida Peeks kool met tomaat en ik eet het laatste stukje maïsbrood. Dan ga ik zitten om m'n financiën te bekijken, want d'r zijn twee dingen gebeurd: de prijs van het buskaartje is verhoogd naar vijftien cent en m'n huur is omhoog gegaan naar negenentwintig dollar. Ik werk van acht tot vier voor miss Leefolt, zes dagen per week behalve op zaterdag. Ze betaalt me elke vrijdag drieënveertig dollar, $172 per maand. Als ik de elektriciteit, 't water, 't gas en de telefoon heb betaald, hou ik dertien dollar en vijftig cent per week over voor m'n boodschappen, m'n kleren, de kapper en de bus naar de kerk. Dan moeten de rekeningen nog op de bus, en een postzegel kost tegenwoordig een stuiver. En m'n werkschoenen zijn zo dun geworden, ze zijn op sterven na dood. Maar een nieuw paar kost zeven dollar, dus dan moet ik kool met tomaten eten totdat ik in een konijn verander. Godzijdank heb ik Ida Peek, anders zou ik niks te eten hebben.

De telefoon gaat, en ik schrik me rot. Voordat ik hallo kan zeggen, hoor ik Minny al praten. Ze moest vanavond tot laat werken.

'Miss Hilly stuurt miss Walters naar 't tehuis voor oude dames. Ik moet op zoek naar een nieuwe baan. En weet je wanneer 't gaat gebeuren? Volgende wéék.'

'O néé, Minny.'

'Ik ben al op zoek, ik heb vandaag tien dames gebeld. Geen greintje belangstelling.'

Het verbaast me niet, triest maar waar. 'Ik vraag miss Leefolt morgenochtend of zij iemand weet die hulp nodig heeft.'

'Wacht effe,' zegt Minny. Ik hoor de oude miss Walters praten en dan zegt Minny: 'Waar ziet u me voor aan? Een chauffeur? Ik breng u niet in de stromende regen naar een club buiten de stad.'

Op stelen na is een grote mond opzetten 't ergste wat je voor je carriere als hulp kunt doen. Maar ja, ze kan zo lekker koken, en soms maakt dat alles goed.

'Wees maar niet bang, Minny. We vinden wel iemand die net zo stokdoof is als miss Walters.'

'Miss Hilly heeft laten vallen dat ik maar voor haar moet komen werken.'

'Wát?' zeg ik zo streng als ik kan. 'Nou moet je effe goed naar me luisteren, Minny. Ik steun je nog liever zelf dan dat ik je voor dat kreng laat werken.'

'Denk je nou echt dat ik achterlijk ben, Aibileen? Dan kan ik net zo goed voor de KKK gaan werken. En je weet dat ik nooit Yule Mays baan zou inpikken.'

'Hè, wat naar voor je.' Ik word gewoon zo nerveus als 't met miss Hilly te maken heeft. 'Ik bel miss Caroline van Honeysuckle om te vragen of zij iemand weet. En ik bel miss Ruth. Die is zo aardig dat je hart ervan zou breken. Ze ruimde 's ochtends altijd 't hele huis op, zodat ik niks hoefde te doen behalve haar gezelschap houden. D'r man is overleden aan roodvonk, mm-hmm.'

'Bedankt, A. Kom op, miss Walters, eet nou een sperzieboon, doe 't voor mijn.' Minny zegt dag en hangt op.

De volgende ochtend staat die groene truck er weer. Er wordt al gehamerd, maar vandaag loopt mister Leefolt niet te tieren. Hij zal wel weten dat hij de strijd al had verloren voordat 't begon.

Miss Leefolt zit aan de keukentafel in d'r blauwe ochtendjas en ze is aan de telefoon. Baby Girls hele gezicht zit onder de rode jam, en ze hangt aan d'r moeders knieën en probeert haar aandacht te trekken.

'Goeiemorgen, Baby Girl,' zeg ik.

'Mama! Mama!' zegt ze, en ze probeert op miss Leefolts schoot te klimmen.

'Nee, Mae Mobley.' Miss Leefolt duwt haar weg. 'Mama is aan de telefoon. Laat mama praten.'

'Mama, optillen,' jengelt Mae Mobley en ze strekt haar armpjes uit. 'Mae Mo optillen.'

'Stil,' fluistert miss Leefolt.

Ik til Baby Girl heel snel op en loop naar de gootsteen, maar ze blijft omkijken en jengelen. 'Mama, máma!'

'Precies zoals jij het zei,' zegt miss Leefolt in de telefoon. 'Als we op een dag gaan verhuizen, verhoogt het de waarde van het huis.'

'Kom op, Baby Girl, hou je handen onder de kraan.'

Maar Baby Girl wriemelt. Ik probeer d'r handjes in te zepen, maar ze draait en kronkelt en ze glipt zo uit m'n armen. Ze rent naar d'r mama en steekt haar kin omhoog en dan geeft ze een keiharde ruk aan 't snoer van de telefoon. De hoorn schiet uit miss Leefolts hand en klettert op de vloer.

'Mae Mobley!' roep ik.

Ik ren naar haar toe maar miss Leefolt is me voor. Haar lippen trekken weg van d'r tanden in een doodenge glimlach. Miss Leefolt geeft Baby Girl een klap op de achterkant van haar blote dijen, zó hard dat ik ervan schrik.

Dan grijpt miss Leefolt Mae Mobleys arm beet, en met elk woord dat ze zegt geeft ze er een ruk aan. 'Waag het niet om nog een keer de telefoon aan te raken, Mae Mobley!' zegt ze. 'Aibileen, hoe vaak moet ik nou nog tegen je zeggen dat je haar bij me uit de buurt moet houden als ik aan de telefoon ben!'

'Het spijt me,' zeg ik. Ik til Mae Mobley op en probeer haar tegen me aan te drukken, maar ze huilt en haar gezicht is rood en ze verzet zich.

'Kom op, Baby Girl, 't valt best mee...'

Mae Mobley trekt een lelijk gezicht naar me en dan leunt ze naar achteren en wám! Ze geeft me een keiharde klap op mijn oor.

Miss Leefolt wijst op de deur en gilt: 'Eruit, Aibileen, jullie allebei!'

Ik draag haar de keuken uit. Ik ben zo kwaad op miss Leefolt dat ik op m'n tong moet bijten. Als dat stomme mens nou eens een beetje aandacht zou geven aan d'r eigen kind, dan zou dit niet gebeuren! Op Mae Mobleys kamer ga ik in de schommelstoel zitten. Ze snikt tegen m'n schouder en ik wrijf over haar rug, blij dat ze m'n boze gezicht niet kan zien. Ik wil niet dat ze denkt dat ik boos ben op haar.

'Gaat 't, Baby Girl?' fluister ik. M'n oor gloeit van d'r vuistje. Ik ben zo blij dat ze mij heeft geslagen en niet haar mama, want ik weet niet wat die vrouw haar zou hebben aangedaan. Ik kijk omlaag en zie de rode afdruk van vingers op d'r dijen.

'Ik ben er, liefje, Aibee is bij je.' Ik schommel en ik sus, schommel en sus.

Maar Baby Girl huilt, en ze huilt...

Rond lunchtijd, als m'n programma's beginnen op teevee, wordt 't stil buiten. Mae Mobley zit bij me op schoot en helpt met 't afhalen van de bonen. Ze is nog steeds uit d'r doen van vanochtend. Ik eigenlijk ook, maar ik heb 't zo diep weggestopt dat ik er geen last van heb.

We gaan naar de keuken en ik maak een boterham met gekookte worst voor haar. Buiten op de oprit zitten de werklui in hun truck te schaften. Ik ben blij dat 't rustig is. Ik glimlach naar Mae Mobley en geef haar een aardbei. God, wat ben ik blij dat ik erbij was toen haar mama zo kwaad op haar was. Wat zou er zijn gebeurd als ik er níét bij was geweest? Ik moet er niet aan denken. Ze stopt de aardbei in haar mond, glimlacht terug. Volgens mijn voelt zij 't ook.

Miss Leefolt is niet thuis, dus ik bedenk dat ik Minny misschien kan bellen bij miss Walters om te vragen of ze al werk heeft gevonden. Maar dan wordt er op de achterdeur geklopt. Ik doe open. Het is een van de werklui. Heel oud, is-ie. Hij heeft een overall aan over een overhemd met een witte kraag.

'Hallo, mevrouw. Zou ik misschien een glaasje water mogen?' vraagt hij. Ik herken hem niet. Hij zal wel ergens ten zuiden van de stad wonen.

'Tuurlijk,' zeg ik.

Ik pak een papieren bekertje uit de kast, van toen Mae Mobley twee werd. Er staan allemaal ballonnen op. Ik weet dat miss Leefolt niet zou willen dat ik hem uit een glas laat drinken.

Hij drinkt 't bekertje in één teug leeg en geeft het me terug. Hij heeft een heel vermoeid gezicht. Eenzaamheid in z'n ogen.

'Wil 't werk een beetje vlotten?' vraag ik.

'Nog niet echt,' zegt hij. 'We hebben nog steeds geen water. Ik denk dat we een leiding door moeten trekken van de straat.'

'Wil uw collega ook iets drinken?' vraag ik.

'Heel graag.' Hij knikt, en ik pak nog zo'n mal bekertje voor die vriend van hem, vul 't bij de gootsteen.

Hij gaat er niet meteen mee naar z'n partner.

'Neem me niet kwalijk,' zegt hij, 'maar waar...' Hij staat daar een hele tijd, kijkt omlaag naar z'n voeten. 'Waar zou ik m'n water kunnen laten?'

Hij tilt z'n hoofd op en ik kijk hem aan, en we blijven wel een minuut naar elkaar kijken. Het is een grappige toestand. Niet ha-ha grappig, maar grappig in de zin van: hè? Er zijn er twee in het huis, buiten wordt een derde aangelegd, en nog steeds is er geen plek waar die man z'n behoefte kan doen.

'Eh...' Ik ben nooit eerder in deze positie geweest. Die jongen, Robert, die elke twee weken de tuin doet, hij zal 't wel doen voordat-ie komt. Maar deze manspersoon, die is oud. Z'n handen zijn heel erg gerimpeld. Zeventig jaren zorgen hebben zo veel rimpels in z'n gezicht gegroefd dat 't wel een wegenkaart lijkt.

'Ik ben bang dat u 't in de bosjes moet doen, aan de achterkant,' hoor ik mezelf zeggen, en ik wou dat ik 't niet was. 'Er zit daar een hond, maar die doet niks.'

'Goed,' zegt hij. 'Bedankt.'

Ik kijk hem na. Hij loopt heel langzaam weg met dat bekertje water voor z'n partner.

Het hameren en graven gaat de hele middag door.

De hele volgende dag wordt er gehamerd en gegraven in de voortuin. Ik stel miss Leefolt er geen vragen over en miss Leefolt geeft niet uit d'r eigen uitleg. Ze kijkt alleen om 't uur naar buiten om te zien wat er gebeurt.

Om drie uur houdt de herrie op en de werklui stappen in hun truck en vertrekken. Miss Leefolt kijkt de truck na en slaakt een grote zucht. Dan stapt ze in d'r auto en gaat ze doen wat ze normaal gesproken doet, als ze niet de zenuwen heeft omdat er een paar kleurlingen aan 't werk zijn bij d'r huis.

Na een tijdje gaat de telefoon.

'Met het huis van...'

'Ze vertelt iedereen dat ik steel! Daarom krijg ik geen werk! Dat loeder schildert me af als de brutaalste stelende hulp van heel Hinds County!'

'Wacht effe, Minny, rustig...'

'Voordat ik vanochtend naar m'n werk ging, ben ik naar de Renfroes geweest, op Sycamore, en miss Renfroe heeft me zowat weggejaagd. Zegt dat miss Hilly haar alles over me heeft verteld, en dat iedereen weet dat ik een kandelaar heb gestolen van miss Walters!'

Ik kan horen hoe strak ze de hoorn vasthoudt, alsof ze 't ding fijn wil knijpen. Ik hoor Kindra roepen en vraag me af waarom Minny al thuis is. Meestal gaat ze pas om vier uur naar huis.

'Ik heb niks gedaan, behalve dat ouwe mens lekker te eten geven en voor d'r zorgen!'

'Minny, ik weet dat je eerlijk bent. De Heer weet dat je eerlijk bent.'

Haar stem duikt omlaag, zoals bijen op een honingraat. 'Toen ik binnenkwam bij miss Walters was miss Hilly d'r, en ze wilde me twintig dollar geven. Ze zegt: "Pak 't aan. Ik weet dat je 't nodig hebt." En ik heb d'r bijna in d'r gezicht gespuugd. Ik heb 't niet aangepakt. Ze kan de pot op met d'r geld.' Ze begint een beetje te hijgen en zegt: 'Ik heb iets véél ergers gedaan.'

'Wat dan?'

'Dat zeg ik niet. Ik vertel niemand van die taart. Maar ze heeft d'r verdiende loon gekregen!' Nu begint ze te huilen en ik word helemaal koud van angst. Miss Hilly laat niet met zich spotten. 'Ik vind echt nooit meer werk. Leroy vermoordt me...'

Op de achtergrond begint Kindra te huilen. Minny hangt op zonder dag te zeggen. Ik weet niet wat ze bedoelt met die taart. Maar goeie genade, ik ken Minny langer dan vandaag, en 't kan niet veel goeds zijn geweest.

Die avond pluk ik loof en een tomaat in Ida's tuin. Ik bak wat ham op en maak een beetje jus voor m'n *biscuit*. M'n haar is geborsteld en m'n roze krulspelden zitten erin, en ik heb er al lak op gespoten. Ik heb me de hele middag zorgen gemaakt over Minny. Ik moet 't van me af zetten, anders doe ik vannacht geen oog dicht.

Ik dek de tafel en zet de keukenradio aan. De kleine Stevie Wonder zingt 'Fingertips'. Die jongen trekt zich d'r niks van aan dat-ie zwart is. Twaalf jaar is-ie, en blind, en hij heeft een hit op de radio. Als 't is afgelopen luister ik even naar de preek van predikant Green, en dan draai ik door naar WBLA. Ze draaien juke joint blues.

Ik hou van dat rokerige als 't donker wordt, van die sfeer van drank, geroezemoes op de achtergrond. Het geeft me 't gevoel dat ik een huis vol mensen heb. Ik kan ze bijna zien, wiegend in m'n keuken, dansend op de blues. Ik doe 't plafondlicht uit en stel me voor dat we in The Raven zijn. D'r staan kleine tafeltjes met rode schemerlampjes. Het is mei of juni en warm. M'n man Clyde lacht zijn witte tanden bloot en vraagt: 'Wil je iets drinken, schatje?' En ik zeg: 'Black Mary, puur en zonder ijs.' En dan moet ik om mezelf lachen, zoals ik daar in m'n keuken zit te dagdromen, want 't spannendste drankje dat ik ooit neem is cassis.

Memphis Minny zingt op de radio dat je mager vlees niet kunt bakken, en dan bedoelt ze dat liefde nooit blijvend is. Soms denk ik wel 's dat ik misschien nog een andere man vind, eentje van m'n kerk. 't Probleem is alleen dat mannen die naar de kerk gaan me eigenlijk niks doen, al hou ik nog zo veel van de Heer. Mannen die ik leuk vind blijven niet hangen nadat ze al je geld hebben uitgegeven. Die fout heb ik twintig jaar geleden gemaakt. Toen m'n man Clyde bij me wegging voor die slet uit Farish Street, een wicht dat ze Cocoa noemen, leek 't me beter om voorgoed de deur dicht te doen voor dat soort gedoe.

Buiten kermt een kat; daardoor ben ik weer helemaal terug in m'n koude keuken. Ik zet de radio uit en doe 't licht weer aan. Ik vis m'n gebedenboek uit m'n tas. M'n gebedenboek is gewoon een blauw schrift dat ik in de winkel van Ben Franklin heb gekocht. Ik schrijf altijd met potlood, zodat ik 't kan uitgummen totdat het goed is. Ik schrijf al sinds de lagere school m'n gebeden op. Toen ik m'n juf in de zesde vertelde dat ik na de zomer niet terug zou komen naar school omdat ik m'n mama moest helpen, begon miss Ross zowat te huilen.

'Je bent de slimste van de hele klas, Aibileen,' zei ze. 'En de enige manier om bij te houden wat je hebt geleerd, is elke dag lezen én schrijven.'

Vandaar dat ik m'n gebeden ging opschrijven, in plaats van ze alleen te zeggen. Maar niemand heeft me na die keer nog slim genoemd.

Ik sla de bladzijden van m'n schrift om en kijk wie ik vanavond heb. Ik heb deze week een paar keer gedacht dat ik miss Skeeter misschien op m'n lijst moet zetten. Ik weet eigenlijk niet waarom. Ze is altijd aardig als ze op bezoek komt. Ik krijg er de zenuwen van, maar ik blijf m'n eigen afvragen wat ze me toen wilde gaan vragen in miss Leefolts keuken, met dat of ik dingen wilde veranderen. En dan vroeg ze ook nog waar Constantine woont, d'r oude kindermeisje. Ik weet wat er is gebeurd tussen Constantine en miss Skeeters mama en ik pieker d'r niet over om haar dat verhaal te vertellen.

Het punt is alleen dat als ik ga bidden voor miss Skeeter, dat 't gesprek dan doorgaat, de volgende keer dat ik haar zie. En de keer daarna en daarna. Want dat doet bidden. Het is net elektriciteit, 't zorgt dat dingen doorgaan. En dat gedoe met dat toilet, nou, daar praat ik liever niet over.

Ik bekijk m'n lijstje. Mijn Mae Mobley staat op nummer een, en dan komt Fanny Lou van de kerk, omdat ze zo'n last heeft van reumatiek. M'n zussen Inez en Mable in Port Gibson die samen achttien kinderen hebben en zes met griep. Als de lijst kort is, doe ik ook iets voor die ouwe stinkende blanke kerel die achter de veevoerwinkel woont en gek is geworden van 't drinken van schoenpoets. Maar vanavond is de lijst best lang.

En kijk 's wie ik er nog meer op heb gezet. Bertrina Bessemer! Iedereen weet dat ik Bertrina niet uit kan staan sinds ze me een stomme nikker heeft genoemd omdat ik met Clyde ging trouwen, eeuwen geleden.

'Minny,' zeg ik vorige zondag, 'waarom heeft Bertrina míj gevraagd om voor d'r te bidden?'

We lopen naar huis na de dienst van één uur. Minny zegt: 'Ze zeggen dat jij een soort van krachtgebed hebt, dat die meer resultaat hebben dan de gewone soort.'

'Zoals?'

'Eudora Green, toen zij d'r heup brak kwam ze op jouw lijst, en binnen een week kon ze weer lopen. Isaiah viel van de katoentruck, stond die avond op jouw lijst, en de volgende dag was-ie weer aan 't werk.'

Toen ik dat hoorde, bedacht ik dat ik niet eens de kans heb gehad om te bidden voor Treelore. Misschien dat God hem daarom zo snel heeft genomen. Hij wilde geen ruzie met mij.

'Snuff Washington,' zegt Minny, 'Lolly Jackson; allemachtig, Lolly kwam op je lijst en twee dagen later springt ze uit d'r rolstoel alsof ze Jezus had aangeraakt. Iedereen in Hinds County kent dat verhaal.'

'Maar dat komt niet door mijn,' zeg ik. 'Da's gewoon 't bidden.'

'Maar Bertrina...' Minny begint te lachen. 'Cocoa, weet je wel, de meid met wie Clyde ervandoor ging?'

'Pfff. Die vergeet ik nooit.'

'Een week nadat Clyde bij je weg was gegaan, schijnt Cocoa wakker te zijn geworden met d'r pruim die stonk als een rotte oester. 't Heeft drie maanden geduurd voordat 't over was. Bertrina is een goeie vriendin van Cocoa. Ze wéét dat jouw gebeden werken.'

M'n mond valt open. Waarom heeft ze me dat niet eerder verteld? 'Zeg je dat mensen denken dat ik aan zwarte kunst doe?'

'Ik wist wel dat je erover zou gaan tobben als ik 't je vertelde. Ze denken gewoon dat jij een betere verbinding hebt dan de meeste mensen. We kunnen allemaal bellen met God, maar jij, jij praat rechtstreeks in z'n oor.'

M'n theewater begint te koken op 't fornuis, zodat ik weer in 't echte leven kom. Nou, ik denk dat ik miss Skeeter maar op de lijst moet zetten, maar vraag me niet waarom ik 't doe. Zodat ik wor' herinnerd aan iets waar ik niet aan wil denken, dat miss Leefolt een wc voor me laat aanleggen omdat ze denkt dat ik ziektes heb. En miss Skeeter die me vraagt of ik dingen wil veranderen, alsof je 't stadje Jackson in Mississippi zou kunnen veranderen door effe in je vingers te knippen.

Ik ben bonen aan 't afhalen in miss Leefolts keuken en de telefoon gaat. Ik hoop dat 't Minny is om te zeggen dat ze iets heeft gevonden. Ik heb iedereen gebeld waar ik ooit heb gewerkt en ze zeiden allemaal hetzelfde: 'We hebben geen hulp nodig.' Maar wat ze eigenlijk bedoelen is: 'We hebben Mínny niet nodig.'

Minny had drie dagen geleden d'r laatste werkdag, en toch heeft miss Walters haar gisteravond stiekem gebeld om te vragen of ze vandaag kon komen omdat 't huis zo leeg voelt nu miss Hilly de meeste meubels al heeft weggehaald. Ik weet nog steeds niet wat er is voorgevallen tussen Minny en miss Hilly. Ik ben bang dat ik 't eigenlijk liever niet wil weten.

'Met het huis van de familie Leefolt.'

'Eh, hallo. U spreekt met...' De dame schraapt haar keel. 'Hallo. Mag ik... mag ik Elizabeth Leer-folt, alsjeblieft?'

'Miss Leefolt is op dit moment niet thuis. Kan ik een boodschap doorgeven?'

'O,' zegt ze, alsof ze diep teleurgesteld is.

'Mag ik vragen met wie ik spreek?'

'Eh, met... Celia Foote. Mijn man heeft me dit nummer gegeven en ik ken Elizabeth niet, maar... eh, hij zei dat zij alles weet van het benefietfeest en de damesvereniging.' Ik ken die naam ergens van, maar ik kan d'r niet plaatsen. Die vrouw praat alsof ze van zo diep in het platteland komt dat er maïs groeit in d'r schoenen. Toch is haar stem wel lief, heel hoog. Ze klinkt helemaal niet zoals de dames die ik ken.

'Ik zal 't doorgeven,' zegt ik. 'Wat is uw nummer?'

'Ik ben een soort van nieuw hier, nou ja, dat is niet waar, ik ben hier al een tijdje, jeetje, meer dan een jaar nu. Maar eigenlijk ken ik niemand. Ik ga... ik kom zelden de deur uit.'

Weer schraapt ze d'r keel en ik vraag me af waarom ze me dit allemaal vertelt. Ik ben de hulp, en ze maakt echt geen vriendinnen door met mij te praten.

'Ik dacht dat ik misschien vanuit huis kan helpen met het benefietfeest,' zegt ze.

Dan weet ik opeens wie ze is. Ze is de vrouw waar miss Hilly en miss Leefolt altijd lelijke dingen over zeggen omdat ze met 't oude vriendje van miss Hilly is getrouwd.

'Ik geef 't door. Op welk nummer kan ze u bereiken?'

'O, maar ik moet snel de deur uit om boodschappen te doen. Of nee, misschien moet ik gewoon even blijven wachten.'

'Als u niet thuis bent, laat ze wel een boodschap achter bij de hulp.'

'Ik heb geen hulp. Dat wilde ik haar eigenlijk ook vragen, of ze me de naam van een goede hulp kan geven.'

'U bent op zoek naar een hulp?'

'Ik probeer iemand te vinden die helemaal naar Madison County wil komen, maar dat valt niet mee.'

Kijk 's aan. 'Ik ken iemand en ze is heel goed. Ze kookt als de beste en ze zorgt ook voor de kinderen. Ze heeft zelfs een auto, dus kan ze makkelijk naar uw huis komen.'

'O, gut... ik wil het er toch graag met Elizabeth over hebben. Heb ik je mijn nummer al gegeven?'

'Nee, mevrouw.' Ik zucht. 'Ga uw gang.' Miss Leefolt zou Minny nooit aanbevelen, niet met alle leugens die miss Hilly heeft verteld.

'Ik ben missus Johnny Foote en mijn nummer is Emerson twee-zes-zes-nul negen.'

Ik zeg nog voor de zekerheid: 'En haar naam is Minny. Lakewood acht-vier-vier-drie-twee. Heeft u dat?'

Baby Girl trekt aan m'n jurk, zegt: 'Navel pijn,' en ze wrijft over d'r buik.

Ik heb een idee. Ik zeg: 'Een moment graag. Wat zei u, miss Leefolt? Is goed, ik geef het door.' Ik hou de hoorn weer voor m'n mond en zeg: 'Miss Celia, miss Leefolt komt net binnen en ze zegt dat ze niet lekker is, maar dat u Minny gewoon kunt bellen. En ze belt u als ze hulp nodig heeft voor 't feest.'

'O! Nou, bedank haar maar. En ik hoop dat ze snel weer beter is. Ze kan me altijd bellen.'

'Dat is dus Minny Jackson, Lakewood acht-vier-vier-drie-twee. Een moment, wat zegt u?' Ik pak een koekje en geef het aan Mae Mobley, helemaal in m'n sas over wat ik doe. Ik lieg dat ik barst en 't kan me geen zier schelen.

Ik zeg tegen miss Celia Foote: 'Ze zegt dat u niemand mag vertellen dat ze u over Minny heeft getipt, want al d'r vriendinnen willen haar als hulp en die zouden boos op haar worden als ze horen dat zij haar aan iemand anders heeft gegeven.'

'Ik zal haar geheim niet verklappen als zij het mijne niet doorvertelt. Ik wil niet dat mijn man weet dat ik een hulp neem.'

Nou, als dat niet ideaal is dan weet ik het niet meer.

Zodra ik heb opgehangen bel ik Minny, maar net als ik het nummer draai komt miss Leefolt binnen.

Nu zit ik lelijk in de knel. Ik heb dat mens miss Celia Minny's nummer gegeven, maar Minny werkt vandaag omdat miss Walters eenzaam is. Dus als ze belt, geeft Leroy haar het nummer van miss Walters, want die man is een idioot. Als miss Walters opneemt als miss Celia belt, is 't spel uit. Miss Walters gaat die vrouw alles vertellen wat miss Hilly rondbazuint. Ik moet Minny of Leroy te pakken krijgen voordat alles in de soep loopt.

Miss Leefolt gaat naar d'r slaapkamer, en ja hoor, als ik 't niet dacht, ze pakt meteen de telefoon. Eerst belt ze miss Hilly. Dan belt ze de kapper. Dan belt ze een winkel over een bruidsgeschenk, en maar kleppen en kleppen. Als ze eindelijk klaar is, komt ze naar me toe om na te vragen wat ze deze week te eten krijgen. Ik pak de blocnote en lees de lijst voor. Nee, ze wil geen varkenskarbonades. Ze vindt dat d'r man moet afvallen. Ze wil biefstuk en een groene salade. En hoeveel calorieën zitten er volgens mijn in die schuimpjes van mij? En geef geen koekjes meer aan Mae Mobley want ze is te dik... en... en... en...

Goeie genade! Voor een vrouw die nooit iets anders tegen me zegt dan doe dit en gebruik die wc, praat ze opeens tegen me alsof ik d'r beste vriendin ben. Mae Mobley danst om ons heen omdat ze aandacht van d'r moeder wil hebben. En net als miss Leefolt zich wil bukken om iets tegen haar te zeggen, o jee! miss Leefolt rent de deur uit omdat ze iets is vergeten en dat had ze eigenlijk een uur geleden al moeten doen.

Ik kan m'n vingers niet snel genoeg in de draaischijf krijgen.

'Minny! Ik heb een baan voor je. Maar je moet zorgen dat jij opneemt als...'

'Ze heeft al gebeld.' Haar stem is toonloos. 'Leroy heeft haar 't nummer gegeven.'

'Dus miss Walters heeft opgenomen,' zeg ik.

'Zo doof als een dodo en opeens laat God een wonder gebeuren en hoort zij de telefoon overgaan. Ik loop de keuken in en uit, en ik luister niet, maar op 't eind hoor ik m'n naam. Dan belt Leroy en weet ik wat 't was.' Minny klinkt alsof ze bekaf is, en zij is zo iemand die nooit moe is.

'Misschien heeft miss Walters haar niet al die leugens van miss Hilly verteld. Je weet 't nooit.' Maar ik ben niet gek, dat geloof ik zelf niet.

'Misschien niet, maar miss Walters weet precies wat ik heb gedaan om 't miss Hilly betaald te zetten. Jij weet niet van 't Vreselijk Slechte Ding wat ik heb gedaan. Je mag 't nooit weten. Ik weet heel zeker dat miss Walters die vrouw heeft verteld dat ik slechter ben dan de duivel zelf.' Haar stem klinkt griezelig. Als een platenspeler die te langzaam draait.

'Wat rot voor je. Ik wilde dat ik je eerder had kunnen bellen, zodat jij had kunnen opnemen.'

'Je hebt gedaan wat je kunt. Nu kan niemand meer iets voor me doen.'

'Ik zal voor je bidden.'

'Bedankt,' zegt ze, en dan breekt haar stem. 'En bedankt dat je hebt geprobeerd me te helpen.'

We hangen op en ik ga dweilen. Ik kreeg de rillingen van Minny's stem.

Ze is altijd een sterke vrouw geweest, een echte vechter. Toen Treelore doodging, kwam ze me drie maanden lang elke avond eten brengen. En elke dag zei ze: "O nee, jij laat mij niet zonder jou op deze ellendige wereld achter." Maar daar dacht ik wel aan, eerlijk waar.

Ik had 't touw al in een lus geknoopt toen Minny 't vond. Het koord was van Treelore, van toen hij voor natuurkunde proefjes moest doen met katrollen en ringen. Ik weet niet of ik 't zou hebben gedaan, want 't is een zonde tegen God, maar ik was mezelf niet. Minny vroeg d'r niks over, ze trok 't onder m'n bed vandaan, gooide het in de vuilnisbak en zette hem buiten. Toen ze weer binnenkwam, klopte ze haar handen af alsof ze een doodgewoon schoonmaakklusje had gedaan. Ze is een praktische tante, die Minny. Maar nu klinkt ze slecht. Misschien moet ik vanavond maar effe onder haar bed gaan kijken.

Voor 't dweilen gebruik ik Sunshine, 't schoonmaakmiddel waar die dames altijd om glimlachen op teevee. Ik zet de emmer neer, want ik moet echt effe gaan zitten. Mae Mobley komt naar me toe met d'r handjes op d'r buik. 'Haal de pijn weg.'

Ze legt haar gezicht op m'n been. Ik strijk over d'r haar totdat ze zo ongeveer begint te spinnen, want ze voelt de liefde in m'n hand. En ik denk aan al m'n vriendinnen, wat ze voor me hebben gedaan. Wat ze elke dag doen voor de blanke vrouwen bij wie ze werken. De pijn in Minny's stem. Treelore dood en in de grond. Ik kijk omlaag naar Baby Girl en ik weet gewoon diep vanbinnen dat ik niet kan voorkomen dat ze later net zo wordt als d'r mama. En al die dingen samen spoelen over me heen. Ik doe m'n ogen dicht, en in gedachten bid ik tot de Heer. Maar ik ga me d'r niet beter van voelen.

De Heer sta me bij, maar er moet gewoon iets gebeuren.

Baby Girl hangt de hele middag aan m'n benen, zodat ik een paar keer bijna struikel. Ik vind 't niet erg. Miss Leefolt heeft al sinds vanochtend niks meer tegen mij of Mae Mobley gezegd. Ze zit al uren achter d'r naaimachine in de slaapkamer. Ze zal wel proberen om iets anders in huis wat d'r niet bevalt te bedekken.

Na een tijdje gaan Mae Mobley en ik naar de zitkamer. Ik moet een stapel overhemden van mister Leefolt strijken en daarna ga ik koken. Ik heb de wc's al schoongemaakt, de bedden verschoond en de kleden gezogen. Ik probeer altijd vroeg klaar te zijn, zodat ik nog even met Baby Girl kan spelen.

Miss Leefolt komt binnen en blijft naar me staan kijken. Dat doet ze soms. Fronsen en kijken. Dan glimlacht ze heel snel als ik m'n hoofd optil. Ze gaat met een hand door d'r haar, probeert 't bol te maken.

'Aibileen, ik heb een verrassing voor je.'

Ze glimlacht nu breed, maar zonder dat je tanden ziet, alleen met d'r lippen, en dan weet ik dat ik op moet passen. 'Mister Leefolt en ik hebben besloten je eigen toilet voor je te laten aanleggen, speciaal voor jou alleen.' Ze klapt in d'r handen. 'Het is in de garage.'

'Ja, mevrouw.' Waar denkt ze dat ik al die tijd ben geweest?

'Dus van nu af aan hoef je niet langer het gastentoilet te gebruiken, maar kun je naar je eigen wc. Lijkt je dat niet fijn?'

'Ja, mevrouw.' Ik ga gewoon door met strijken. De teevee staat aan en m'n programma gaat zo beginnen. Ze blijft daar maar staan.

'Dus van nu af aan ga je naar het toilet in de garage, begrepen?'

Ik kijk haar niet aan. Ik probeer niet moeilijk te doen, maar ze heeft het nu echt wel duidelijk gemaakt.

'Neem maar een rol wc-papier, dan kun je het nu meteen gebruiken.'

'Miss Leefolt, ik hoef op dit moment niet.'

Mae Mobley wijst naar me vanuit de box, zegt: 'Mae Mo sap?'

'Ik haal sap voor je, schatje,' zeg ik.

'O.' Miss Leefolt likt een paar keer over d'r lippen. 'Maar als je wel moet, dan ga je naar de garage en gebruik je dat toilet. Je gebruikt alleen nog maar dat toilet, hoor je?'

Miss Leefolt is heel zwaar opgemaakt, met een dikke laag romig spul. Ze heeft dat gelige goedje ook op d'r lippen gesmeerd, zodat je bijna niet meer kunt zien dat ze een mond heeft.

Ik zeg wat ze wil horen: 'Van nu af aan gebruik ik m'n eigen toilet speciaal voor zwarten. En daarna ga ik uw toilet nog eens extra goed schoonmaken met Glorix.'

'Er is geen haast bij, hoor. Als je het maar wel vandaag doet.'

Maar aan de manier waarop ze aan d'r trouwring frunnikt weet ik dat ze eigenlijk bedoelt dat ik 't nu meteen moet doen.

Ik zet de strijkbout heel langzaam neer, voel dat bittere zaadje groeien in m'n borst, 't zaadje dat er is geplant toen Treelore doodging. M'n gezicht begint te gloeien en m'n tong wordt onrustig. Ik weet niet wat ik tegen d'r moet zeggen. Ik weet alleen dat ik 't niet ga zeggen. En ik weet dat zij ook niet zegt wat ze wil zeggen en het wordt een heel erg rare situatie, want niemand zegt iets en toch hebben we een heel gesprek met elkaar.

MINNY

3

Als ik op de veranda van die blanke dame sta, zeg ik tegen mezelf: *Slik 't in, Minny. Slik in wat er uit je mond kan vliegen en zorg dat je er niet in stikt. Zorg dat je eruitziet als een hulp die doet wat haar wordt opgedragen.* Eerlijk waar, ik ben zo ontzettend zenuwachtig dat ik nooit meer een grote mond zal geven als 't betekent dat ik wor' aangenomen.

Ik sjor m'n kousen omhoog zodat ik geen palingen om m'n enkels heb – het probleem van alle kleine, dikke vrouwen op deze wereld. Dan repeteer ik wat ik ga zeggen, en wat ik níét ga zeggen. Dan pas druk ik op de bel.

De bel galmt, ding dong, een deftig soort bel die past bij dit grote landhuis buiten de stad. 't Ziet eruit als een kasteel, met grijze baksteen die hoog de lucht in gaat en ook nog naar rechts en links. Het gazon is aan alle kanten omgeven door bos. Als 't een huis uit een sprookje zou zijn, zouden er heksen in 't bos zitten. Van die heel erg gemene, die kinderen opeten.

De achterdeur gaat open en daar staat miss Marilyn Monroe. Of in elk geval iemand die op d'r lijkt.

'Hallo, je bent precies op tijd. Ik ben Celia. Celia Rae Foote.'

De blanke dame steekt d'r hand uit en ik bestudeer haar. Ze heeft misschien 't figuur van Marilyn, maar ze is echt niet klaar voor een filmopname. Er zit bloem in d'r gele kapsel. Bloem op d'r valse wimpers. En haar ordinaire roze broekpak zit ook onder de bloem. Ze staat daar in een stofwolk en dat broekpak zit zo strak dat 't een wonder is dat ze kan ademen.

'Ja, mevrouw. Ik ben Minny Jackson.' Ik strijk m'n witte uniform glad om haar geen hand te hoeven geven. Straks zit ik ook nog onder die smeerboel. 'Bent u misschien aan 't koken?'

'Ik maak zo'n omgekeerd gebakken taart uit een tijdschrift.' Ze zucht. 'Alleen is-ie mislukt.'

Ik volg haar naar binnen en dan zie ik dat miss Celia Rae Foote het fiasco met de bloem nog aardig heeft doorstaan. De rest van de keuken heeft echt de volle laag gekregen. Het aanrecht, de koelkast met dubbele deuren, de mixer, alles zit onder een laag sneeuw van wel een centimeter dik. Het is zo'n ontzettende troep dat ik er helemaal gek van word. Ik heb die baan nog geeneens, en ik kijk nu al of ik ergens op 't aanrecht een spons zie liggen.

Miss Celia zegt: 'Ik denk dat ik nog veel moet leren.'

'Zeg dat wel,' zeg ik. Maar dan bijt ik hard op mijn tong. *Nou ga je niet zo brutaal zijn tegen deze blanke dame als tegen die andere. Die heb je in 't verpleegtehuis gekregen met je brutaliteit.*

Maar miss Celia glimlacht alleen en wast haar handen boven een gootsteen die vol staat met vuile borden. Ik vraag me af of ik soms weer een dove heb getroffen, net als miss Walters. Laten we 't hopen.

'Alles mislukt altijd als ik probeer te koken,' zegt ze, en zelfs met Marilyns hese Hollywoodstem kan ik meteen horen dat ze van héél diep op het platteland komt. Ik kijk omlaag en zie dat 't gekke mens geen schoenen aan heeft, alsof ze uit een woonwagenkamp komt. Nette blanke dames lopen niet op blote voeten.

Ze is waarschijnlijk tien of vijftien jaar jonger als ik, twee- of drieëntwintig, en ze is heel mooi, maar waarom heeft ze al die troep op d'r gezicht? Ik durf te wedden dat ze twee keer zoveel make-up gebruikt als de andere blanke dames. En ze heeft ook een grotere boezem. Bijna zo groot als de mijne, alleen is zij mager op alle plaatsen waar ik 't niet ben. Ik hoop dat ze van lekker eten houdt. Want ik hou van koken; daarom nemen mensen me in dienst.

'Wil je soms iets drinken?' vraagt ze. 'Ga maar zitten, dan pak ik iets voor je uit de koelkast.'

En dan weet ik 't zeker: er is hier iets niet pluis.

'Leroy, dat mens moet gek zijn,' zei ik toen ze me drie dagen geleden opbelde en vroeg of ik wilde komen solliciteren, 'want de hele stad denkt dat ik 't zilver van miss Walters heb gejat. En ik weet dat zij 't ook denkt, want ik was erbij toen ze miss Walters belde.'

'Alle blanken zijn gek,' zei Leroy. 'Wie weet, misschien heeft die ouwe tang wel een goed woordje voor je gedaan.'

Ik kijk heel goed naar miss Celia Rae Foote. Het is me nog nooit overkomen dat een blanke vrouw tegen me zegt dat ik moet gaan zitten zodat ze me iets te drinken kan geven. Verhip, nu vraag ik me eigen opeens af of dat gekke wijf eigenlijk wel van plan is om een hulp te nemen of dat ze me gewoon voor de lol dat hele eind heeft laten rijden.

'Misschien kunnen we beter eerst 't huis bekijken, mevrouw.'

Ze glimlacht naar me alsof die gedachte nooit van z'n leven bij d'r was opgekomen, om mij het huis te laten zien dat ik misschien ga schoonmaken.

'O ja, natuurlijk. Loop maar met me mee, Maxie, dan laat ik je eerst de formele eetkamer zien.'

'M'n naam,' zeg ik, 'is Minny.'

Misschien is ze niet doof of gek. Misschien is ze gewoon stom. Ik krijg toch weer een sprankje hoop.

Het is een kast van een huis, oud en volgepropt met prullaria. Ze loopt van de ene kamer naar de andere; zij babbelt en ik volg. Er zijn tien kamers op de benedenverdieping, en in een ervan staat een opgezette grizzlybeer die eruitziet alsof hij de vorige hulp heeft opgevreten en nu op de volgende loert. Een half verbrande vlag van de geconfedereerden hangt in een lijst aan de muur, en op de tafel ligt een oud zilveren pistool met GENERAAL JOHN FOOTE erin gegraveerd. Ik durf te wedden dat overgrootvader Foote heel wat slaven de stuipen op 't lijf heeft gejaagd met dat ding.

Verder ziet 't eruit als alle andere deftige witte huizen. Alleen is dit 't grootste huis waar ik ooit ben geweest, met overal vuile vloeren en stoffige tapijten, van die dingen waar mensen die er geen verstand van hebben van zeggen dat ze versleten zijn. Maar een antiek tapijt herken ik gelijk; ik heb voor geweldig sjieke families gewerkt. Ik hoop alleen dat ze niet zo achterlijk is dat ze geen stofzuiger heeft.

'Ik mocht van Johnny's moeder niet helpen bij de inrichting. Als ik het voor het zeggen had gehad, lag er overal vaste vloerbedekking, witte, en dan zou ik gouden siervoorwerpen hebben in plaats van deze oude troep.'

'Waar komen uw man en u vandaan?' vraag ik.

'Ik kom uit... Sugar Ditch.' Ze laat haar stem dalen. Sugar Ditch is zo diep het platteland in als je in Mississippi kunt komen, misschien wel in de hele Verenigde Staten. 't Ligt in Tunica County, bijna tegen Memphis aan. Ik heb er foto's van gezien in de krant, met huizen die van ellende in mekaar zakten. Zelfs de blanke kinderen zagen eruit alsof ze al een week geen hap te eten hadden gehad.

Miss Celia probeert te glimlachen. 'Dit is voor het eerst dat ik een hulp aanneem.'

'Nou, u heeft er hard een nodig.' *Pas op, Minny...*

'Ik was heel blij met de aanbeveling door missus Walters. Ze heeft me van alles over je verteld. Ze zei dat niemand in de stad zo lekker kan koken als jij.'

Daar snap ik nou helemaal geen snars van. Na wat ik met miss Hilly heb gedaan, waar miss Walters bij was? 'Heeft ze... nog iets anders over me gezegd?'

Maar miss Celia loopt al een brede trap op. Ik volg haar naar boven en we komen in een lange gang, met ramen waar de zon door naar binnen schijnt. Zelfs al zijn er twee gele slaapkamers voor meisjes en een blauwe en een groene voor jongens, 't is duidelijk dat hier geen kinderen wonen. Alleen stof.

'We hebben vijf slaapkamers en vijf badkamers in het hoofdgebouw.' Ze wijst uit het raam en ik zie een groot blauw zwembad, en daarachter nóg een huis. M'n hart begint te bonzen.

'En dan hebben we daarginds het zwembadhuis.' Ze zucht.

Ik ben inmiddels zo ver dat ik elke baan wil nemen die ik kan krijgen, maar een groot huis als dit moet goed betalen. Ik vind 't niet erg om bezig te zijn. Voor hard werken ben ik niet bang. 'Wanneer bent u van plan om kinderen te nemen en een beetje leven in de brouwerij te brengen?' Ik probeer te glimlachen en vriendelijk te kijken.

'O, we willen graag kinderen.' Ze schraapt d'r keel, friemelt. 'Het leven is niet de moeite waard als je geen kinderen hebt.' Ze staart naar haar voeten. Er verstrijkt een seconde en dan pas loopt ze terug naar de trap. Ik kom achter haar aan. Het valt me op dat ze de leuning heel stevig vasthoudt totdat ze beneden is, alsof ze bang is om te vallen.

We zijn terug in de eetkamer en dan begint miss Celia d'r hoofd te schudden. 'Het is heel veel werk,' zegt ze. 'Al die slaapkamers en de vloeren...'

'Ja, mevrouw, het is een groot huis,' zeg ik. Als ze mijn huis zou zien, met een kinderbed in de gang en één wc voor zes paar billen, zou ze waarschijnlijk op de vlucht slaan. 'Maar ik barst van de energie.'

'... en dan is er nog al het zilver dat gepoetst moet worden.'

Ze maakt een vitrinekast met zilver open die ongeveer zo groot is als mijn woonkamer. Ze zet een scheefgezakte kaars recht in een kandelaar, en ik kan zien waarom ze twijfelt.

Nadat miss Hilly haar leugens had rondgebazuind, hingen drie dames achter elkaar op zodra ik m'n naam had gezegd. Ik zet me schrap voor de klap. *Zeg 't dan, dame. Zeg wat je denkt over mij en je zilver.* Ik kan wel huilen als ik bedenk hoe graag ik dit baantje wil hebben en wat miss Hilly heeft gedaan om er een stokje voor te steken. Ik kijk strak naar het raam, en ik hoop en ik bid dat dit niet het einde van 't gesprek is.

'Ik weet het, die ramen zijn ontzettend hoog. Ik heb nooit geprobeerd ze te lappen.'

Ik laat mijn adem ontsnappen. Ramen zijn een heel wat beter onderwerp voor me dan zilver. 'Ik ben niet bang om ramen te lappen. Die van miss Walters deed ik om de vier weken, van boven naar beneden.'

'Had ze één verdieping of twee?'

'Eentje... maar er was veel werk te doen. Oude huizen zitten vol gekke hoeken en gaten.'

Uiteindelijk gaan we terug naar de keuken. We staren allebei naar de ontbijttafel, maar we gaan geen van beiden zitten. Ik krijg zo ontzettend de zenuwen omdat ik niet weet wat ze denkt, dat 't zweet me uitbreekt.

'U heeft een groot en mooi huis,' zeg ik. 'Een heel eind buiten de stad. Er moet veel gebeuren.'

Ze begint aan haar trouwring te frunniken. 'Het was bij missus Walters natuurlijk een stuk makkelijker dan het hier zou zijn. We zijn nu nog met z'n tweetjes, maar als er straks kinderen zijn...'

'Heeft u, eh, nog een andere hulp op 't oog?'

Ze zucht. 'Er zijn er een paar geweest. Ik heb alleen nog niet... de juiste gevonden.' Ze bijt op d'r vingernagels en kijkt me niet aan.

Ik verwacht dat ze gaat zeggen dat ik ook niet de juiste ben, maar we staan daar maar in die keuken waar een pak bloem is ontploft. Dan speel ik m'n laatste kaart, en ik fluister het, want 't is de enige munitie die ik nog heb.

'Ik ben alleen maar weg bij miss Walters omdat ze naar een rusthuis is gegaan, moet u weten. Ze heeft me niet ontslagen.'

Maar ze staart naar d'r blote voeten, met zwarte zolen omdat de vloeren niet meer zijn geschrobd sinds ze in dit grote ouwe smerige huis is komen wonen. Nou, 't is wel duidelijk, die dame wil me niet.

'Nou,' zegt ze, 'ik waardeer het dat je helemaal hierheen bent gekomen. Mag ik je tenminste wat geld geven voor de benzine?'

Ik pak m'n tas en klem 'm onder m'n oksel. Ik zou haar wel een lel willen geven om die opgewekte glimlach van d'r gezicht te poetsen. Hilly Holbrook kan de pestpokken krijgen.

'Nee, mevrouw, dat kan ik niet aannemen.'

'Ik wist wel dat het lastig zou zijn om iemand te vinden, maar...'

Ik sta naar haar te luisteren terwijl zij doet alsof 't haar allemaal zo spijt, maar ik denk alleen: *Voor de draad ermee, dame, dan kan ik tegen Leroy zeggen dat we helemaal naar de Noordpool moeten verhuizen, naar waar de Kerstman woont en waar niemand Hilly's leugens over mij heeft gehoord.*

'... en als ik jou was zou ik ook niet zo'n groot huis schoon willen maken.'

Ik kijk haar recht in de ogen. Dit gaat wel heel ver, ze verontschuldigt zich net een tikje te veel, een beetje doen alsof Minny de baan niet kan krijgen omdat Minny de baan niet wil hébben.

'Wanneer heeft u me horen zeggen dat ik dit huis niet wil schoonmaken?'

'Ik neem het je niet kwalijk. Er zijn al vijf vrouwen geweest die hebben gezegd dat het te veel werk is.'

Ik kijk omlaag naar mezelf, een vrouw van één meter vijfenvijftig en tachtig kilo die zowat uit d'r uniform knapt. 'Te veel voor mij?'

Ze kijkt me aan en knippert. 'Wil... wil je het doen?'

'Waarom denkt u dat ik helemaal naar deze rimboe ben gekomen? Alleen maar om benzine op te maken?' En weer bijt ik op m'n tong. *Ga 't nou niet verknallen, ze biedt je een bee-dubbel aa-en aan.* 'Ik zou graag voor u willen werken, miss Celia.'

Ze lacht. 't Malle wijf wil me omhelzen, maar ik doe een stap naar achteren om haar te laten weten dat 't niet hoort.

'Wacht 's effe, we moeten eerst nog een paar dingen bespreken. U moet me vertellen op welke dagen u me wil hebben en... en dat soort dingen.' *Zoals wat je me gaat betalen.*

'Nou, eh... je kunt komen wanneer je wil,' zegt ze.

'Voor miss Walters werkte ik van zondag tot vrijdag.'

Miss Celia begint weer op haar roze pinknagel te kluiven. 'In het weekend kun je niet komen.'

'Zoals u wil.' Ik heb de dagen nodig, maar misschien laat ze me in de toekomst bedienen als ze etentjes geeft en dat soort dingen. 'Van maandag tot vrijdag. Hoe laat moet ik 's ochtends hier zijn?'

'Hoe laat zou je willen komen?'

Ik heb nooit eerder de keus gehad. Ik voel dat m'n wenkbrauwen omhoog gaan. 'Acht uur? Zo laat begon ik altijd bij miss Walters.'

'Heel goed, acht uur.' Dan staat ze daar alsof ze wacht op mijn volgende schaakzet.

'Nu moet u me vertellen hoe laat ik weg kan gaan.'

'Hoe laat?' herhaalt ze.

Ik rol met m'n ogen. 'Miss Celia, dat soort dingen hoort u me te vertellen. Zo gaat 't.'

Ze slikt, alsof ze het ontzettend moeilijk vindt om door de zure appel heen te bijten. Ik wil afspraken maken, want straks bedenkt ze zich nog en zit ik nog steeds zonder werk.

'Wat vindt u van vier uur?' zeg ik. 'Ik werk van acht tot vier en dan krijg ik de tijd om te lunchen of zo.'

'Prima.'

'Nu moeten we het over... m'n loon hebben,' zeg ik, en mijn tenen beginnen te wriemelen in mijn schoenen. 't Zal wel niet veel zijn als vijf hulpen al nee hebben gezegd.

Niemand zegt iets, zij niet, ik niet.

'Kom op, miss Celia. Wat mag u van uw man betalen?'

Ze staart naar de vleesmolen die ze vast niet kan gebruiken en zegt: 'Johnny weet het niet.'

'Ook goed. Dan vraagt u hem vanavond wat hij wil betalen.'

'Nee, Johnny weet niet dat ik een hulp in dienst neem.'

Mijn kin zakt omlaag tot op m'n borst. 'Wat bedoelt u, hij weet het niet?'

'Ik ga het hem níét vertellen.' Haar blauwe ogen zijn heel groot, alsof ze als de dood voor hem is.

'En wat gaat mister Johnny doen als-ie thuiskomt en een donkere vrouw in z'n keuken ziet staan?'

'Het spijt me, ik kan gewoon niet...'

'Ik zal u vertellen wat hij gaat doen. Hij gaat dat pistool halen en dan schiet-ie Minny neer en dan ligt Minny het volgende moment morsdood op die ongedweilde vloer van u.'

Miss Celia schudt haar hoofd. 'Ik vertel het hem niet.'

'Dan kan ik beter weggaan,' zeg ik. *Stik! Ik wist het. Ik wist al zodra ik binnenkwam dat ze knettergek was...*

'Het is niet dat ik hem bedrieg of zo. Ik heb gewoon een hulp nodig...'

'Ja, u heeft een hulp nodig, logisch. De laatste kreeg een kogel door d'r kop.'

'Hij komt overdag nooit thuis. Doe gewoon het grote schoonmaakwerk en leer me koken, en over een paar maanden...'

Mijn neus begint te prikkelen omdat er iets aanbrandt. Ik zie dat er een rookwolk uit de oven komt. 'En wat dan? Gaat u me dan ontslaan?'

'Dan eh... dan vertel ik het hem,' zegt ze, maar ze fronst d'r voorhoofd terwijl ze het zegt. 'Alsjeblieft, ik wil zo graag dat hij denkt dat ik het alleen kan. Ik wil dat hij denkt dat ik... de moeite waard ben.'

'Miss Celia...' Ik schud m'n hoofd. 't Is werkelijk niet te geloven dat ik nu al ruzie maak met deze dame, en ik werk nog geeneens twee minuten voor haar. 'Ik denk dat uw taart is aangebrand.'

Ze grist een vaatdoek van het aanrecht, holt naar de oven en rukt de taart eruit. 'Au! Ook dat nog!'

Ik leg m'n tas neer, duw haar zo beleefd mogelijk opzij. 'U moet een hete schaal niet met een natte vaatdoek aanpakken.'

Ik pak een droge theedoek en loop met de taart naar buiten. Ik zet de schaal neer op 't stenen trapje.

Miss Celia staart naar haar verbrande hand. 'Missus Walters zei dat je heel lekker kunt koken.'

'Die ouwe vrouw at twee sperziebonen en dan zei ze dat ze vol zat. Ze at nooit iets, wat ik ook maakte.'

'Hoeveel betaalde ze je?'

'Een dollar per uur,' zeg ik een beetje beschaamd. Vijf jaar lang voor d'r gewerkt en niet eens het minimumloon.

'Dan betaal ik je er twee.'

En ik voel alle lucht uit me ontsnappen.

'Hoe laat gaat mister Johnny 's ochtends de deur uit?' vraag ik. Ik leg 't pakje boter dat ligt te smelten op het aanrecht, zelfs zonder een bordje eronder, in de koelkast.

'Om zes uur. Hij houdt er niet van om thuis zijn tijd te verdoen. Om een uur of vijf is hij terug van zijn makelaarskantoor.'

Ik maak snel een sommetje. Zelfs met minder uren zou ik meer verdienen. Maar ik kan niet betaald krijgen als ik ben doodgeschoten. 'Dan ga ik om drie uur weg. 's Ochtends twee uur speling en 's middags ook, dan kan ik hem niet per ongeluk tegenkomen.'

'Goed.' Ze knikt. 'Het is beter om voorzichtig te zijn.'

Buiten op 't stoepje gooit miss Celia de taart in een papieren zak. 'Ik moet hem helemaal onder in de vuilnisbak verstoppen, want mijn man mag niet weten dat ik weer een taart heb verpest.'

Ik pak de zak van haar aan. 'Mister Johnny hoeft niets te zien. Ik gooi hem wel bij mij thuis weg.'

'O, héél erg bedankt.' Miss Celia schudt haar hoofd alsof dit het aardigste is wat iemand ooit voor haar heeft gedaan. Ze houdt haar handen in strak gebalde kleine vuisten onder haar kin.

Ik loop naar m'n auto, plof neer op de verzakte stoel van de Ford waar Leroy z'n baas nog steeds twaalf dollar per week voor betaalt. Er golft opluchting door me heen. Eindelijk heb ik een baan. Ik hoef niet naar de Noordpool te verhuizen. Wat zal de Kerstman op z'n neus kijken.

'En nu ga je op je achterwerk zitten, Minny, want ik ga vertellen aan welke regels je je moet houden als je werkt in 't huis van een blanke mevrouw.'

Ik was die dag veertien geworden. Ik zat aan de kleine houten tafel in m'n mama's keuken en ik keek naar de karamelcake die stond af te koelen op een rek voordat er glazuur overheen ging. Mijn verjaardag was de enige dag van het jaar waarop ik zoveel mocht eten als ik wou.

Ik zou van school gaan en aan m'n eerste echte dienstje beginnen. M'n mama had graag gewild dat ik zou doorleren – ze had zelf altijd graag schooljuf willen worden, in plaats van hulp in de huishouding bij miss Woodra. Maar m'n zus had een hartkwaal en mijn dronken vader was geen knip voor z'n neus waard, dus kwam het op mij en m'n mama neer.

Ik wist al veel van 't huishoudelijke werk. Na school deed ik 't meeste werk dat er thuis moest gebeuren, koken en schoonmaken. Maar als ik ergens anders ging werken, wie zou er dan bij ons het huishouden doen?

Mijn mama pakte me bij m'n schouders en draaide me om, zodat ik naar haar keek en niet meer naar die cake. Mijn mama was ontzettend streng. En fatsoenlijk. Ze pikte niks, van niemand. Ze hield haar geheven wijsvinger zo dicht bij mijn neus dat ik er scheel van keek.

'Regel nummer één voor het werken voor een blanke mevrouw, Minny: 't gaat niemand iets aan. Je steekt je neus niet in haar problemen, je komt niet bij haar uithuilen over de jouwe. Kun je de elektriciteitsrekening niet betalen? Doen je voeten pijn? Knoop één ding heel goed in je oren: blanken zijn niet je vrienden. Ze willen dat soort dingen niet horen. En als je blanke mevrouw haar man betrapt met de buurvrouw, dan doe jij alsof je neus bloedt. Begrepen?

Regel nummer twee: laat het nóóit voorkomen dat je blanke mevrouw ziet dat jij op haar toilet zit. Al moet je zo nodig dat het uit je vlechten komt, 't kan me niet schelen. Als er buiten geen toilet is voor de hulp, dan doe je het als ze niet thuis is en op een wc die zij niet gebruikt.

Regel nummer drie...' Ze trok m'n kin weer terug naar haar gezicht, want m'n blik was weer afgedwaald naar de cake. 'Regel nummer drie: als je eten kookt voor blanken, proef je het met een aparte lepel. Als je die lepel in je mond steekt, je denkt dat er niemand kijkt en je doet hem terug in de pan, nou dan kun je 't eten net zo goed weggooien.

Regel nummer vier: je gebruikt elke dag dezelfde beker, dezelfde vork en hetzelfde bord. Je zet ze in een apart kastje en je laat je blanke mevrouw weten dat die speciaal voor jouw gebruik zijn.

Regel nummer vijf: je eet in de keuken.

Regel nummer zes: je raakt haar kinderen met geen vinger aan. Blanke mensen delen graag zelf de klappen uit.

Regel nummer zeven: dit is de laatste, Minny. Luister je naar me? Geen grote mond.'

'Mama, ik weet toch dat...'

'O, ik hoor je heus wel als jij denkt dat ik je niet kan horen, dat je moppert omdat je de kachelpijp moet schoonmaken, of omdat er maar zo'n klein stukje kip voor arme Minny over is. Als jij je blanke mevrouw 's ochtends een grote mond geeft, heb je 's middags geen baan meer.'

Ik heb gezien hoe m'n mama zich gedroeg toen miss Woodra haar een keer thuisbracht: ja, mevrouw voor, en ja, mevrouw na, en mag ik u heel erg hartelijk bedanken, mevrouw. *Waarom moet ik zo worden? Ik weet hoe ik voor mezelf moet opkomen.*

'Nou, kom eens hier en geef je mama een knuffel op je verjaardag. Hemel, je bent zo zwaar als een huis, Minny.'

'Ik heb de hele dag niks gegeten. Wanneer mag ik m'n cake?'

'Nu doe je het alweer, Minny. Ik wil dat je met twee woorden spreekt. Je gedraagt je als een muilezel, en zo heb ik je niet opgevoed.'

De eerste dag in het huis van die blanke mevrouw at ik m'n boterham met ham in de keuken, en ik zette m'n bord op een aparte plek in een kastje. Toen dat kleine kreng m'n tas stal en in de oven verstopte, heb ik haar geen pets op d'r billen gegeven.

Maar toen zei de blanke mevrouw: 'Ik wil dat je de kleren eerst op de hand wast; dan pas doe je ze in de elektrische machine.'

En ik: 'Waarom moet ik alles op de hand wassen als de wasmachine het werk kan doen? Dat is de stomste tijdverspilling waar ik ooit van heb gehoord.'

Die blanke mevrouw glimlachte naar me, en vijf minuten later stond ik op straat.

Nu ik voor miss Celia ga werken, kan ik m'n kinderen 's ochtends naar school brengen, en als ik 's middags thuiskom heb ik zelfs tijd voor mezelf. Ik heb al sinds Kindra's geboorte in 1957 geen middagdutje meer gedaan, maar met deze uren – van acht tot drie – zou ik elke dag kunnen gaan liggen als ik daar zin in heb. Omdat er geen bus helemaal tot aan miss Celia's huis gaat, moet ik Leroys auto nemen.

'Jij neemt niet elke dag mijn auto, mens. Als ik de dagdienst draai, moet ik –'

'Ze betaalt me elke vrijdag zeventig dollar contant, Leroy.'

'Misschien moet ik dan Sugars fiets nemen.'

Op dinsdag, de dag na m'n eerste gesprek, parkeer ik de auto na een bocht in de weg, zodat je 'm niet kunt zien vanuit miss Celia's huis. Ik loop snel over de lege weg en dan over de oprijlaan. Er komen geen andere auto's langs.

'Ik ben er, miss Celia.' Ik steek m'n hoofd naar binnen in haar slaapkamer, en daar ligt ze, tegen een stapel kussens, zwaar opgemaakt, uitgedost alsof het vrijdagavond is en ze naar de dancing gaat, ook al is het dinsdagochtend. Ze leest dat roddelblad *Hollywood Digest* alsof 't de heilige bijbel is.

'Goeiemorgen, Minny! Ik ben zo blij dat je er bent,' zegt ze, en ik krijg de kriebels omdat een blanke mevrouw zo overdreven vriendelijk is.

Ik kijk om me heen in die slaapkamer om 't werk in te schatten. Het is een grote kamer, met roomkleurige vloerbedekking, een enorm geel hemelbed, en twee gele leunstoelen. Het bed is keurig opgemaakt, met de sprei erover. De deken ligt netjes opgevouwen op een stoel. Maar ik kijk om me heen en ik kan 't gewoon voelen. Er klopt iets niet.

'Wanneer kan ik mijn eerste kookles krijgen?' vraagt ze. 'Kunnen we vandaag beginnen?'

'Over een paar dagen, als u naar de winkel bent geweest en alles heeft gekocht wat we nodig hebben.'

Daar denkt ze even over na, zegt dan: 'Misschien kun jij beter gaan, Minny, want jij weet wat er gekocht moet worden en zo.'

Ik kijk haar aan. De meeste blanke mevrouwen willen hun eigen boodschappen doen. 'Goed, dat doe ik dan morgen.'

Mijn oog valt op een hoogpolig roze kleedje dat ze naast de badkamerdeur op de vloerbedekking heeft gelegd, een beetje schuin. Ik ben geen binnenhuisarchitect, maar ik weet wel dat een roze kleedje niet in een gele kamer past.

'Miss Celia, voordat ik aan de slag ga, wil ik graag iets vragen. Wanneer wilt u mister Johnny vertellen dat ik er ben?'

Ze staart naar 't tijdschrift op d'r schoot. 'Over een paar maanden, denk ik. Tegen die tijd moet ik toch koken hebben geleerd.'

'U zegt een paar. Bedoelt u dan twee?'

Ze bijt op haar lipstickroze lippen. 'Ik dacht eerder aan... vier.'

Wát? Ik ben niet van plan om ergens vier maanden lang stiekem te werken, alsof ik een ontsnapte crimmeneel ben. 'U gaat het hem pas in 1963 vertellen? Nee, mevrouw, vóór Kerstmis.'

Ze zucht. 'Goed dan. Maar vlak ervoor.'

Ik ga rekenen. 'Da's dan over honderd... zestien dagen. Dan vertelt u het. Over honderdzestien dagen vanaf nu.'

Ze fronst zorgelijk haar wenkbrauwen. Ze had natuurlijk niet verwacht dat de hulp zo goed zou zijn in hoofdrekenen. Na een hele tijd zegt ze: 'Oké.'

Dan zeg ik tegen haar dat ze naar de woonkamer moet gaan, zodat ik de slaapkamer kan doen. Als ze weg is kijk ik om me heen in die verdacht nette kamer. Heel voorzichtig doe ik de kast open, en ja hoor, er vallen zo ongeveer vijfenveertig dingen op m'n hoofd. Ik kijk onder 't bed en daar ligt me toch een berg vuile kleren. Volgens mijn heeft ze al maanden niet meer gewassen.

Elke la is een puinhoop, elk verborgen hoekje ligt vol met vuile kleren en opgerolde nylons. Ik vind vijftien dozen met overhemden voor mister Johnny, zodat hij niet merkt dat ze niet kan wassen of strijken. Op 't laatst til ik dat rare roze kleedje op. Eronder zit een grote, roestkleurige vlek in de vloerbedekking. Ik huiver.

Die middag maken miss Celia en ik een lijst van de maaltijden voor die week, en de volgende ochtend ga ik boodschappen doen. Daar doe ik twee keer zo lang over als normaal, want ik moet helemaal naar de witte Jitney Jungle in plaats van de Piggly Wiggly bij mij in de buurt. Ze wil natuurlijk geen eten uit een winkel voor kleurlingen, en ik kan 't haar niet eens kwalijk nemen dat ze geen aardappels met uitschieters wil en melk die bijna zuur is. Als ik op m'n werk kom, ben ik al op ruzie voorbereid, dus heb ik alle redenen waarom ik te laat ben gerepeteerd, maar miss Celia ligt net als de dag ervoor op bed, en ze glimlacht naar me alsof er geen vuiltje aan de lucht is. Helemaal opgetut is ze, en ze gaat nergens heen. Vijf uur lang ligt ze op dat bed en leest tijdschriften. De enige keren dat ik haar op zie staan, is om een glas melk te drinken of naar de wc te gaan. Maar ik stel geen vragen. Ik ben de hulp, meer niet.

Nadat ik de keuken heb schoongemaakt, ga ik naar de deftige woonkamer. In de deuropening blijf ik staan. Ik kijk die grizzlybeer een tijdje flink vuil aan. Dat beest is meer dan twee meter groot en hij heeft z'n tanden ontbloot. Hij heeft enorme klauwen, met van die lange kromme nagels die heksen hebben. Aan zijn voeten ligt een jachtmes met een benen handvat. Ik kom dichterbij en zie dat z'n vacht grijs is van het stof. Er zit een spinnenweb tussen zijn kaken.

Eerst ga ik dat stof met mijn bezem te lijf, maar het is heel dik, en het zit helemaal in de vacht. Het enige wat er gebeurt, is dat het stof in de rondte dwarrelt. Ik haal een doek en probeer hem schoon te vegen, maar ik griezel ervan om die stugge haren aan te raken. Blanke mensen! Ik heb alles schoongemaakt, van koelkasten tot achterwerken, maar waarom denkt die mevrouw dat ik weet hoe ik een achterlijke grizzlybeer schoon moet maken?

Ik ga de stofzuiger halen. Ik zuig het stof van hem af en ik ben best tevreden over het resultaat, behalve dat ik hier en daar te hard heb gezogen zodat hij nu een paar kale plekjes heeft.

Als ik klaar ben met die beer, stof ik de in leer gebonden boeken af die niemand leest, en de knopen op 't jasje van de zuiderlingen en 't zilveren pistool. Op een tafeltje staat een foto van miss Celia en mister Johnny voor het altaar in een gouden lijst. Ik kijk goed om te zien wat voor soort man hij is. Ik had gehoopt dat hij dik en klein was, voor het geval ik weg moet vluchten, maar hij is juist het tegendeel. Hij is groot, sterk, stevig. En hij is ook al geen onbekende voor me. Allemachtig. Hij had verkering met miss Hilly, jaren geleden toen ik nog maar net voor miss Walters werkte. Ik ben nooit aan hem voorgesteld, maar ik heb hem vaak genoeg gezien om 't zeker te weten. Ik krijg er helemaal de rillingen van. Dat zegt op zich al meer over die man dan wat dan ook.

Om één uur komt miss Celia de keuken binnen om te zeggen dat ze klaar is voor haar eerste kookles. Ze gaat op een kruk zitten. Ze draagt een strak rood truitje en een rode rok, en ze is zo zwaar opgemaakt dat een hoer er bang van zou worden.

'Wat voor gerechten kunt u al maken?' vraag ik.

Ze denkt erover na, met rimpels in d'r voorhoofd. 'Misschien kunnen we gewoon bij het begin beginnen.'

'U kunt toch wel iets klaarmaken. Wat heeft u vroeger van uw mama geleerd?'

Ze kijkt naar haar voet; het lijkt wel alsof ze zwemvliezen tussen d'r tenen heeft van haar kousen. 'Ik kan maïsbrood bakken.'

Ik moet lachen, ik kan 't niet helpen. 'En verder?'

'Ik kan aardappels koken.' Haar stem daalt nog verder. 'En *grits*. We hadden vroeger thuis geen elektriciteit. Maar nu wil ik het graag leren. Op een echt fornuis.'

God allemachtig. Ik heb nog nooit een blanke ontmoet die 't slechter heeft dan ik, behalve gekke mister Wally, die achter de winkel in veevoer woont en kattenvoer eet.

'Geeft u uw man elke dag maïsbrood of grits te eten?'

Miss Celia knikt. 'Maar jij gaat me nu echt leren koken, toch?'

'Ik zal het proberen,' zeg ik, al heb ik een blanke mevrouw nog nooit verteld wat ze moest doen en ik eigenlijk niet weet hoe ik moet beginnen. Ik hijs m'n kousen op, denk erover na. Dan pas wijs ik op 't blik op 't aanrecht.

'Als er nou iets is wat u over koken moet weten, dan is 't dit.'

'Dat is toch gewoon reuzel?'

'Nee, da's niet gewoon reuzel,' zeg ik. 'Het is de belangrijkste uitvinding voor de keuken na kant-en-klare mayonese in een pot.'

'Wat is er zo belangrijk aan...' ze trekt haar neus op '... varkensvet?'

'Het is geen várkensvet, 't is plantaardig.' Wie weet er nou niet wat Crisco is? 'U heeft geen idee wat u allemaal met dit spul kunt doen.'

Ze haalt d'r schouders op. 'Bakken?'

'Het is niet alleen om te bakken. Zit er per ongeluk een kleverig goedje in je haar, zoals kauwgom?' Ik hamer met mijn vinger op de deksel van 't blik. 'Precies: Crisco. Smeer 't op babybilletjes, en de kleine heeft nooit meer last van luieruitslag.' Ik schep drie lepels in een koekenpan. 'Geloof me, ik heb 't dames onder hun ogen zien smeren en op de schilferige voeten van hun man.'

'Kijk eens hoe mooi het is,' zegt ze. 'Net wit taartglazuur.'

'Het verwijdert de lijm van een prijskaartje, haalt 't piepen uit scharnieren. Valt de stroom uit, dan steek je d'r een pit in en brandt 't als een kaars.'

Ik doe het vuur aan en we staan ernaar te kijken als 't smelt. 'En als je dat allemaal hebt gedaan, kun je er nog steeds een kip in braden.'

'Ik begrijp het,' zegt ze ernstig. 'En nu?'

'De kip is gemarineerd in karnemelk,' zeg ik. 'Nu mengen we de droge ingrediënten.' Ik doe bloem, zout, nog wat zout, peper, paprikapoeder en een snufje cayennepeper in een dubbele papieren zak. 'Zo. Nu doen we de kipdelen erin en schudden we de zak.'

Miss Celia doet er een rauwe kippenpoot in en husselt de zak heen en weer. 'Doe ik het zo goed? Net zoals die Shake 'n Bake-reclame op teevee?'

'Ja,' zeg ik en ik ga met m'n tong over m'n tanden, want als dat geen belediging is, dan weet ik 't niet meer. Alsof ik ooit die kant-en-klaar-troep gebruik! Maar dan verstijf ik. Ik hoor 't geluid van een auto op de weg. Ik blijf doodstil staan en luister. Ik zie dat miss Celia's ogen heel groot zijn geworden en dat zij ook luistert. We denken hetzelfde: stel nou dat hij 't is, waar verstop ik me dan?

De auto rijdt door. We halen allebei weer adem.

'Miss Celia,' zeg ik tandenknarsend, 'waarom kunt u uw man niet over mij vertellen? Kan hij 't niet raden als hij opeens allemaal lekkere dingen te eten krijgt?'

'O, daar had ik niet aan gedacht! Misschien moeten we de kip een beetje aan laten branden.'

Van opzij kijk ik haar aan. Ik laat geen kip verbranden. Ze heeft geen antwoord gegeven op mijn vraag, niet echt, maar ik trek het een dezer dagen wel uit haar. Voorzichtig leg ik het donkere vlees in de pan. Het vet begint vrolijk te bruisen en we zien de dijen en de poten mooi bruin worden. Ik kijk naar miss Celia en ze glimlacht naar me.

'Wat is er? Zit er iets in m'n gezicht?'

'Nee,' zegt ze, en ze krijgt tranen in d'r ogen. Ze raakt m'n arm aan. 'Ik ben gewoon zo dankbaar dat je er bent.'

Ik trek mijn arm onder haar hand vandaan. 'Miss Celia, u heeft heel wat meer om dankbaar voor te zijn dan mij alleen.'

'Ik weet het.' Ze kijkt om zich heen in die luxe keuken van haar alsof ze er een smerige smaak van in d'r mond krijgt. 'Ik had nooit durven dromen dat ik het ooit zo goed zou hebben.'

'Nou, u boft maar.'

'Ik ben nog nooit van mijn leven zo gelukkig geweest.'

Daar laat ik het bij. Ze zegt wel dat ze gelukkig is, maar ze ziet er helemaal niet gelukkig uit.

Die avond bel ik Aibileen.

'Miss Hilly was gisteren bij miss Leefolt,' zegt Aibileen. 'Ze wil weten of iemand weet waar jij werkt.'

'God allemachtig, als ze erachter komt, verpest ze 't voor me, daar kun je vergif op innemen.' Het is nu twee weken geleden dat ik 't Vreselijk Slechte Ding heb gedaan. Ik weet dat ze ervan zou genieten als ik op staande voet werd ontslagen.

'Wat zei Leroy toen je hem vertelde dat je een baan hebt?' vraagt Aibileen.

'Nou, hij stapte als een geplukte haan rond door de keuken omdat de kinderen erbij waren,' zeg ik. 'Hij doet alsof hij degene is die 't gezin onderhoudt en ik alleen maar een baantje heb omdat ik me anders te pletter zou vervelen. Maar later, toen we in bed lagen, dacht ik dat die grote ouwe stier van een man van me zou gaan huilen.'

Aibileen lacht. 'Leroy is apetrots.'

'Zeg dat wel. Ik moet alleen zorgen dat mister Johnny me niet betrapt.'

'En ze heeft niet gezegd waarom ze 't hem niet wil vertellen?'

'Ze zegt alleen dat ze wil dat-ie denkt dat ze zelf kan koken en schoonmaken, zonder hulp. Maar dat is 't niet. Ze verbergt iets voor 'm.'

'Is 't niet grappig zoals 't is gegaan? Miss Celia kan 't niemand vertellen, anders hoort mister Johnny het via via. Miss Hilly kan er dus niet achter komen, want miss Celia kan 't niemand vertellen. Je had 't zelf niet beter kunnen bedenken.'

'Mm-hmm,' brom ik. Ik wil niet ondankbaar klinken, want ik heb dit baantje aan Aibileen te danken. Maar diep vanbinnen denk ik toch dat ik m'n problemen heb verdubbeld, eerst met alleen miss Hilly en nu met mister Johnny erbij.

'Minny, ik wil je al een tijdje iets vragen.' Aibileen schraapt haar keel. 'Ken je die miss Skeeter?'

'Die lange, die vroeger vaak bij miss Walters kwam om te bridgen?'

'Ja, die. Wat vind je van haar?'

'Geen idee, ze is gewoon blank, net als de rest. Hoezo? Heeft ze iets over mij gezegd?'

'Nee, niet over jou,' zegt Aibileen. 'Ze heeft... een paar weken geleden, ik weet niet waarom ik er steeds weer aan moet denken. Ze heeft me iets gevraagd. Of ik dingen wil veranderen. Een blanke vrouw heeft me nog nooit gevraagd...'

Maar dan strompelt Leroy naar binnen uit de slaapkamer. Hij wil nog koffie voordat-ie aan z'n late dienst begint.

‘Stik, hij is wakker,’ zeg ik. ‘Zeg ’t vlug.’
‘Ach, laat ook maar. ’t Stelde niks voor,’ zegt Aibileen.
‘Wat? Wat is er aan de hand? Wat heeft die dame tegen je gezegd?’
‘’t Was flauwekul. Gewoon onzin.’

4

In m'n eerste week bij miss Celia schrob ik het huis totdat er geen stofdoek of oud laken of een kous met een ladder erin meer is om mee te boenen. In de tweede week doe ik 't allemaal nog een keer, want het lijkt wel of het vuil weer is aangegroeid. Pas de derde week ben ik tevreden en begin ik m'n draai te vinden.

Elke dag kijkt miss Celia alsof ze gewoon niet kan geloven dat ik ben teruggekomen. Ik ben de enige die verandering brengt in al die stilte om haar heen. Ik heb vijf kinderen en een man en dan zijn er ook nog vaak buren over de vloer. Als ik bij miss Celia kom, ben ik meestal blij met de rust.

Ik doe m'n taken altijd op vaste dagen, waar ik ook werk. Op maandag zet ik de meubels in de was. Dinsdag was en strijk ik de lakens, waar ik ontzettend de pest aan heb. Woensdag wordt het bad grondig geschrobd, ook al haal ik er elke ochtend een lap doorheen. Donderdag, vaste prik, worden de vloeren in de was gezet en de kleden gezogen, behalve de antieke tapijten, want die doe ik met een bezem omdat ze anders gaan rafelen. Vrijdag moet er voor 't hele weekend worden gekookt en wat niet al. En elke dag dweilen, wassen en overhemden strijken om de boel bij te houden en te zorgen dat 't werk zich niet ophoopt. Het zilver en de ramen doe ik als 't nodig is. Er zijn geen kinderen die verzorgd moeten worden, dus er is genoeg tijd over voor de zogenaamde kooklessen van miss Celia.

Miss Celia ontvangt nooit bezoek. We maken gewoon wat zij en mister Johnny die avond eten: varkenskarbonades, gebakken kip, rosbief, kippenpastei, lamskoteletten, ham uit de oven, gebakken tomaten, aardappelpuree, en dan nog de groente. Het komt erop neer dat ik kook en dat zij er zo'n beetje bij staat te lummelen. Ze lijkt meer op een kind van vijf dan op de rijke dame die mijn huur betaalt. Zodra de les is afgelopen, kan ze niet snel genoeg weer gaan liggen. Ik zweer 't, de enige keren dat miss Celia meer dan drie meter loopt, is om naar de keuken te komen voor haar les en om elke twee of drie dagen naar boven te sluipen, naar die ongezellige kamers.

Ik weet niet wat ze uitspookt op de bovenverdieping, soms wel vijf minuten lang. Ik kom niet graag in die haast griezelig lege kamers. Er horen kinderen rond te rennen die kattenkwaad uithalen, lachend en krijsend. Maar 't gaat me niet aan hoe miss Celia d'r dagen doorbrengt, en eerlijk gezegd ben ik blij dat ze me niet voor de voeten loopt. Ik moest soms achter m'n mevrouw aan lopen met een stoffer in de ene hand en een blik in de andere om de rotzooi achter d'r kont op te ruimen. Zolang zij in dat bed blijft, heb ik een baan. Ze heeft nul kinderen en de hele dag niks te doen, en toch is ze de luiste vrouw die ik ooit heb meegemaakt. Inclusief mijn zus Doreena, die zich d'r hele jeugd te goed heeft gevoeld om ook maar een vinger uit te steken omdat ze een hartkwaal had, terwijl we er later pas achter kwamen dat 't een vlieg op 't röntgenapparaat was geweest.

En ze komt niet alleen niet uit bed, miss Celia komt zelfs het húís niet uit, behalve om d'r haar te laten watergolven en bijpunten. Tot nu toe, in de drie weken dat ik nu bij d'r werk, is dat nog maar één keer gebeurd. Zesendertig ben ik, en ik kan de woorden van m'n mama nog steeds horen: *Het gaat niemand iets aan.* Toch zou ik wel graag willen weten waar die dame zo bang voor is in de buitenwereld.

Elke betaaldag help ik miss Celia herinneren. 'Nog negenennegentig dagen totdat u mister Johnny over mij vertelt.'

'Jeetje, wat gaat de tijd toch snel,' zegt ze dan met een benepen stemmetje.

'Er was vanochtend een kat op de veranda, en ik kreeg 't zowat aan m'n rikketik omdat ik dacht dat 't mister Johnny was.'

Net als ik wordt miss Celia steeds een beetje zenuwachtiger nu 't moment van de waarheid dichterbij komt. Ik weet niet wat die man gaat doen als ze 't hem vertelt. Misschien wil hij wel dat ze me ontslaat.

'Ik hoop dat het genoeg tijd is, Minny. Vind je dat ik al een beetje beter ben gaan koken?' zegt ze.

Ik kijk haar aan. Ze heeft een lieve glimlach en mooie witte tanden, maar niemand maakt er in de keuken zo'n potje van als zij.

Ik doe 't dus rustig aan en leer haar de eenvoudigste dingen, want ik wil dat ze 't leert en snel ook. Ze moet haar man kunnen uitleggen waarom een ruim tachtig kilo zware negerin de sleutels van dit huis heeft. Hij moet weten waarom ik elke dag z'n antieke zilver en miss Celia's triljoen karaat robijnen oorbellen in m'n hand heb. Het is voor mij héél erg belangrijk dat hij 't weet voordat hij op een mooie dag thuiskomt en de politie belt. Of een dubbeltje bespaart en zelf met me afrekent.

'Nu haalt u de varkenskluif eruit en u zorgt dat er genoeg water in de pan zit. Prima. Nu draait u het vuur hoger. Ziet u die bubbeltjes? Dat betekent dat 't water gelukkig is.'

Miss Celia staart in de pan alsof haar toekomst erin te lezen staat. 'Ben jij gelukkig, Minny?'

'Waarom stelt u me zo'n rare vraag?'

'Geef nou gewoon antwoord.'

'Natuurlijk ben ik gelukkig. En u ook. Groot huis, lel van een tuin, man die voor u zorgt.' Ik kijk miss Celia met gefronste wenkbrauwen aan en ik zorg dat ze 't ziet. Dat is 't probleem met blanke mensen, ze vragen zich altijd af of ze wel gelukkig genóég zijn.

En als miss Celia de bonen laat aanbranden, doe ik net alsof ik een engeltje ben, terwijl m'n mama altijd heeft gezegd dat ik zonder een greintje zelfbeheersing ben geboren. 'Oké,' zeg ik met opeengeklemde kaken, 'nu maken we 'n nieuwe portie voordat mister Johnny thuiskomt.'

Ik zou elke andere mevrouw waar ik voor heb gewerkt maar wat graag een uur lang bevelen hebben gegeven, gewoon om te zien hoe ze reageerden. Maar met miss Celia, zoals ze me aankijkt met die grote kijkers van d'r, alsof ik de beste vinding ben sinds haarlak in een spuitbus, heb ik bijna liever dat ze commando's tegen me blaft, zoals 't hoort. Ik begin me af te vragen of 't iets met elkaar te maken heeft, dat ze de hele tijd in bed ligt en mister Johnny niet wil vertellen dat ze mij heeft. Ik vermoed dat ze kan zien hoe achterdochtig ik soms naar haar kijk, want op een dag zegt ze zomaar inene:

'Ik heb vaak nachtmerries, dat ik weer in Sugar Ditch moet gaan wonen. Daarom moet ik zo vaak liggen.' Dan knikt ze heel snel, alsof ze 't heeft gerepeteerd. 'Want ik slaap 's nachts niet goed.'

Ik glimlach stompzinnig naar haar, alsof ik haar verhaal geloof, en dan ga ik verder met het poetsen van de spiegels.

'Doe het maar niet al te goed. Laat een paar strepen zitten.'

Er is altijd iets, spiegels, vloeren, een gebruikt glas in de gootsteen of een volle vuilnisbak. 'We moeten het geloofwaardig maken,' zegt ze dan, en ik kan 't niet helpen, ik steek wel honderd keer m'n hand uit om dat gebruikte glas af te wassen. Ik hou ervan als dingen schoon zijn, en netjes weggeborgen.

'Ik wou dat ik iets aan die azaleastruik kon doen,' zegt miss Celia op een dag. Tegenwoordig ligt ze op de bank als ik naar m'n teevee-serie wil kijken, en ze klept er de hele tijd doorheen. Ik volg *The Guiding Light* al vierentwintig jaar, sinds ik tien was en ernaar luisterde op m'n mama's radio.

Een Dreft-reclame begint en miss Celia staart door het raam naar buiten, waar de zwarte tuinman de bladeren aanharkt. Ze heeft zo veel azaleastruiken dat haar tuin er volgend voorjaar uitziet als *Gejaagd door de wind*. Ik hou niet van azalea's en die film vond ik al helemaal niks, zoals ze de slavernij afschilderen alsof 't allemaal een groot gezellig theekransje was. Als ik Mammy had gespeeld, had ik tegen Scarlett gezegd dat ze d'r witte poepertje had kunnen afvegen met die groene gordijnen. Dat ze zelf maar die jurk om mannen mee te vangen moest maken.

'En ik weet dat de rozenstruik weer zou gaan bloeien als ik hem terugsnoei,' zegt miss Celia. 'Maar ik zou om te beginnen de mimosaboom omhakken.'

'Wat is er mis met die boom?' Ik steek de punt van 't strijkijzer in de punt van mister Johnny's kraag. Er staat in mijn hele tuin geeneens 'n struik, laat staan een boom.

'Ik hou niet van die harige bloemetjes.' Ze staart voor zich uit alsof ze niet goed snik is. 'Ze zien eruit als babyhaartjes.'

Ik griezel als ze zo praat. 'Heeft u verstand van bloemen?'

Ze zucht. 'Ik vond het vroeger in Sugar Ditch heerlijk om mijn bloemen te verzorgen. Ik heb planten leren kweken omdat ik hoopte dat ik alle lelijkheid een beetje mooier kon maken.'

'Ga dan naar buiten,' zeg ik, maar ik probeer rustig te blijven. 'Haal een frisse neus. Een beetje lichaamsbeweging is goed voor een mens.' *Hoepel op!*

'Nee,' zegt miss Celia met een zucht. 'Het is niet goed voor me om rond te rennen door de tuin. Ik moet rust houden.'

Het begint me echt te irriteren dat ze nooit weggaat, dat ze elke ochtend glimlacht als ik binnenkom alsof ik 't lichtpuntje van d'r dag ben. Het is net als jeuk. Ik heb er elke dag last van maar ik kan er niet bij om te krabben. Elke dag wordt 't een beetje erger. Elke dag dat ze thuis zit.

'Misschien zou u vriendinnen moeten maken,' zeg ik. 'Er zijn genoeg dames van uw leeftijd in de stad.'

Ze fronst haar wenkbrauwen. 'Ik heb het geprobeerd. Ik heb die dames ontelbare keren gebeld om te vragen of ik kan helpen bij het benefietfeest of van huis uit iets kan doen. Maar ze bellen niet terug. Niet één.'

Ik zeg niks, want ik ben niet verbaasd. Met d'r tieten die half uit d'r kleren hangen en d'r geblondeerde haar.

'Ga dan winkelen. Koop nieuwe kleren. Ga doen wat blanke vrouwen doen als de hulp bezig is.'

'Nee, ik denk dat ik even ga liggen,' zegt ze, en twee minuten later hoor ik haar boven rondsluipen in die lege slaapkamers.

Een tak van de mimosaboom strijkt langs 't raam en ik schrik zo dat ik m'n duim verbrand. Ik knijp m'n ogen dicht en wacht tot m'n hart weer tot bedaren komt. Deze ellende gaat nog vierennegentig dagen zo door en ik weet zelfs niet of ik 't nog een minuut kan volhouden.

'Mama, maak iets te eten voor me. Ik heb honger.' Dat zei m'n jongste dochter, Kindra van vijf, gisteravond tegen me. Met een hand op haar heup en haar ene voet voor de andere.

Ik heb vijf kinderen en ik ben er trots op dat ik ze al met twee woorden heb leren spreken voordat ze 't woord 'koekje' kenden.

Allemaal op één na.

'Je krijgt niks tot we gaan eten,' zeg ik tegen haar.

'Waarom ben je zo gemeen tegen me? Ik háát je!' gilt ze en dan rent ze naar buiten.

Ik kijk naar het plafond want 't is een schok waar ik nooit aan wen, zelfs niet met vier kinderen voor haar. 't Moment dat je kind tegen je zegt dat ze je haat, en elk kind gaat door die fase, is als een schop in je maag.

Maar Kindra, God beware me. Dit is niet gewoon een fase. Dat meisje wordt net zoals ik.

Ik sta in miss Celia's keuken en denk aan gisteravond, aan Kindra met d'r grote mond, Benny met z'n astma, m'n man Leroy die de afgelopen week twee keer ladderzat is thuisgekomen. Hij weet hoe erg ik 't vind, nadat ik tien jaar lang m'n dronken vader heb verzorgd. M'n mama en ik hebben ons uit de naad gewerkt om te zorgen dat hij een volle fles had. Misschien zou ik nog steeds boos op hem moeten zijn, maar gisteren kwam Leroy thuis met een zak vroege okra als een 't-spijt-me. Hij weet dat ik niets zo lekker vind als okra. Vanavond bak ik ze, bestoven met een beetje maïsmeel, en dan ga ik zoveel eten als ik van m'n moeder nooit mocht.

Dat is nog niet eens de enige traktatie. Het is de eerste dag van oktober, en ik ben, hoe is 't mogelijk, perziken aan het schillen. De moeder van mister Johnny heeft twee kratten meegenomen uit Mexico, zwaar als honkballen. Ze zijn rijp en zoet en boterzacht. Ik accepteer nooit liefdadigheid van blanke mevrouwen omdat ik wéét dat ze me alleen maar het gevoel willen geven dat ik ze dankbaar moet zijn. Maar toen miss Celia zei dat ik een dozijn perziken mee naar huis mocht nemen, heb ik gelijk een zak gepakt en er twaalf in gedaan. Vanavond eet ik gebakken okra met perziktaart toe.

Ik kijk naar de lange, donzige schil die in miss Celia's gootsteen valt en ik let niet op de oprit. Ik heb een goed uitgedokterd vluchtplan als ik aan 't aanrecht sta. In de keuken loop ik 't minste risico, want het raam kijkt uit op de straat. Mijn gezicht is verborgen achter hoge azaleastruiken, maar ik kan er goed genoeg tussendoor gluren om het te zien als er iemand aankomt. Komt hij binnen door de voordeur, dan vlucht ik door de achterdeur naar de garage. Als hij binnenkomt door de achterdeur, glip ik aan de voorkant naar buiten. Een andere deur in de keuken komt uit op de tuin, voor 't geval dat. Maar met het sap dat over m'n hand loopt en ik zo ongeveer dronken van de zoete geur, ben ik perzikschillend weggedroomd. Ik zie niet eens dat er een blauwe truck aan komt.

Die man is al halverwege 't pad tegen de tijd dat ik m'n hoofd optil.

Ik vang een glimp op van een wit overhemd, van 't soort dat ik elke dag strijk, en de pijp van een kakibroek, zo een die ik in mister Johnny's kast hang. Ik verslik me in een gil. Mijn mes valt kletterend in de gootsteen.

'Miss Celia!' Ik storm haar slaapkamer binnen. 'Mister Johnny is thuis!'

Miss Celia springt van 't bed, sneller dan ik haar ooit heb zien bewegen. Ik draai als een idioot in het rond. *Waar moet ik naartoe? Welke kant ga ik op? Waar is mijn vluchtplan gebleven?* En dan neem ik razendsnel een beslissing: het gastentoilet!

Ik glip naar binnen en hou de deur op een kier. Ik ga op mijn hurken op de wc-bril zitten zodat hij m'n voeten niet kan zien onder de deur. Het is er donker en warm. Ik heb 't gevoel dat m'n hoofd in de fik staat. Zweet druipt langs m'n kin en druppelt op de vloer. Ik word misselijk van de sterke geur van de gardeniazeep op 't fonteintje.

Ik hoor voetstappen. Ik hou m'n adem in.

De voetstappen houden op. M'n hart bonkt als een kat in een wasdroger. Stel nou dat miss Celia doet alsof ze me niet kent om zelf geen problemen te krijgen? Dat ze doet alsof ik een inbreker ben? *O, ik haat haar! Ik haat dat stomme mens!*

Ik luister, maar ik hoor alleen m'n eigen gehijg. Bonk-bonk in mijn borst. Mijn enkels doen pijn omdat ik zo ongelukkig zit.

Mijn ogen wennen aan 't donker. Na een minuut kan ik mezelf zien in de spiegel boven het fonteintje. Een idioot in hurkzit op de wc van een blanke mevrouw.

Moet je me 's zien. Moet je zien hoe diep Minny Jackson verdomme is gezonken om d'r brood te verdienen.

MISS SKEETER

5

Ik scheur over de grindweg naar huis in mijn moeders Cadillac. Patsy Cline is niet meer te horen op de radio, zo hard ratelen de steentjes tegen de onderkant van de auto. Mijn moeder zou woedend zijn, maar ik ga nog harder rijden. Ik moet de hele tijd denken aan wat Hilly vandaag tijdens het bridgen tegen me heeft gezegd.

Hilly en Elizabeth en ik zijn al sinds de lagere school beste vriendinnen. Mijn favoriete foto is een kiekje van ons drieën, genomen toen we in de brugklas van de middelbare school zaten: we zitten op de tribune bij het football, tegen elkaar aan gedrukt, schouder aan schouder. Maar wat die foto zo leuk maakt, is dat de tribunes helemaal leeg zijn. We zaten zo dicht tegen elkaar aan omdat onze vriendschap zo hecht was.

Op Ole Miss, de universiteit van Mississippi, hebben Hilly en ik twee jaar samen een kamer gedeeld, totdat zij ging trouwen. Ik bleef om mijn studie af te maken. In het Chi Omega-huis rolde ik elke avond dertien krulspelden in haar haar. Maar vandaag heeft ze gedreigd om me uit de League te zetten. Niet dat ik de League nou zo belangrijk vind, maar ik ben gekwetst over de achteloosheid waarmee een vriendin me kan laten vallen.

Ik draai het weggetje op dat naar Longleaf leidt, de katoenplantage van mijn familie. Het grind gaat over in fijn geel stof, en ik ga langzamer rijden voordat moeder me kan zien. Moeder zit in een schommelstoel op de veranda aan de voorkant.

'Kom eens bij me zitten, liefje,' zegt ze, en ze gebaart naar een schommelstoel die naast haar staat. 'Pascagoula heeft net de vloeren in de was gezet. Ze moeten eerst drogen.'

'Goed, moeder.' Ik geef een kusje op haar gepoederde wang. Maar ik ga niet zitten. Ik leun op de balustrade en kijk naar de drie met mos begroeide eiken in de voortuin. Hoewel we maar op vijf minuten rijden van de stad wonen, beschouwen de meeste mensen dit toch als het platteland. Rondom onze tuin liggen de katoenvelden van mijn vader, vierduizend hectare land, met planten die groen en sterk zijn en tot mijn middel reiken. Een paar kleurlingen zitten een eind verderop in een schuurtje, starend naar de zinderende hitte. Iedereen wacht op hetzelfde: het openbarsten van de katoenbollen.

Ik bedenk hoe anders de vriendschap tussen Hilly en mij nu is, nadat ik thuis ben gekomen met een diploma op zak. Maar wie is er veranderd, zij of ik?

'Heb ik het je al verteld?' zegt moeder. 'Fanny Peatrow heeft zich verloofd.'

'Wat fijn voor Fanny.'

'Nog geen maand nadat ze als kasbediende is begonnen bij de farmer's Bank.'

'Heel fijn, moeder.'

'Ja, dat weet *ík* wel,' zegt ze, en als ik me omdraai kan ik de gloeilamp boven haar hoofd bijna zien. 'Waarom ga jij niet naar de bank om te solliciteren als kasbediende?'

'Omdat ik geen kasbediende wil worden, moeder.'

Moeder zucht en kijkt afkeurend naar de spaniël, Shelby, die zijn schaamstreek likt. Ik werp een blik op de voordeur. De verleiding is groot om toch vlekken te maken op de geboende vloeren. We hebben dit gesprek nu al zó vaak gehad.

'Vier jaar gaat mijn dochter weg om te studeren, en waar komt ze mee thuis?' vraagt ze.

'Een diploma?'

'Een deftig stukje papier,' zegt moeder.

'Ik heb gewoon niemand leren kennen met wie ik wil trouwen, dat heb ik u al verteld,' zeg ik.

Moeder staat op uit haar stoel en komt vlak naast me staan, zodat ik haar gladde en mooie gezicht kan zien. Ze draagt een marineblauwe japon die nauw om haar slanke figuur sluit. Zoals gewoonlijk heeft ze lipstick op, maar als ze opeens in de felle middagzon staat, zie ik vlekken op de voorkant van haar japon, donker en opgedroogd. Ik pink tegen het felle licht om te zien of het echt vlekken zijn.

'Moeder? Voelt u zich niet goed?'

'Als je nou alleen maar een beetje initiatief toonde, Eugenia...'

'Er zitten vlekken op uw jurk.'

Moeder slaat haar armen over elkaar. 'Hoor eens, ik heb Fanny's moeder gesproken en ze vertelde dat Fanny zo ongeveer zwom in de kansen toen ze die baan eenmaal had.'

Ik laat de vlekken op haar jurk voor wat ze zijn. Ik kan moeder niet vertellen dat ik schrijfster wil worden. Daar zou ze alleen maar de zoveelste eigenaardigheid van maken die mij onderscheidt van getrouwde meisjes. En ik kan haar al helemaal niet vertellen over Charles Gray, mijn studiegenoot wiskunde op Ole Miss, afgelopen lente. Dat hij op een avond dronken was en me heeft gezoend en toen zo hard in mijn hand kneep dat het pijn had moeten doen, maar dat was niet zo, het voelde helemaal fantastisch zoals hij me vasthield en me aankeek. En toen trouwde hij met kabouter Jenny Sprig.

Op een gegeven moment had ik bedacht dat ik een flatje in de stad moest zoeken, in een gebouw waar allemaal gewone, alleenstaande meisjes woonden, secretaresses, schooljuffen. Maar de enige keer dat ik voorzichtig opperde om mijn spaarrekening aan te spreken, begon moeder te huilen – échte tranen. 'Daar is het geld niet voor, Eugenia. Om in een of ander pension te gaan wonen, met vieze etensluchtjes en nylons die voor de ramen te drogen hangen. En als het geld op is, wat dan? Waar moet je dan van leven?' Toen legde ze een koele doek op haar voorhoofd en ging ze naar bed.

En nu omklemt ze de balustrade, terwijl ze vurig hoopt dat ik mezelf ga redden door hetzelfde te doen als dikke Fanny Peatrow. Mijn eigen moeder kijkt me aan alsof mijn uiterlijk, mijn lengte, mijn haar, haar bevattingsvermogen te boven gaat. Dat mijn haar krult, is zacht uitgedrukt. Het kroest, het lijkt meer op schaamhaar dan op hoofdhaar, het is bijna witblond, en dan breekt het ook nog eens snel, als hooi. Ik heb een lichte huid; sommige mensen noemen dat dan roomkleurig, maar lijkwit komt dichter in de buurt als ik serieus ben, en dat ben ik vrijwel de hele tijd. Tot overmaat van ramp zit er een bobbeltje aan de bovenkant van mijn neus. Maar mijn ogen zijn korenbloemblauw, net als die van mijn moeder. Als iemand iets aardigs over me zegt, is het altijd over mijn ogen.

'Het gaat erom dat je zoveel mogelijk kansen benut om mannen te ontmoeten...'

'Moeder,' zeg ik, want ik wil er niet over praten, 'zou het nou echt zo erg zijn als ik nooit trouw?'

Moeder wrijft over haar blote armen alsof ze het bij de gedachte alleen al ijskoud krijgt. 'Hou op. Dat soort dingen moet je niet zeggen, Eugenia. Ik zie elke week wel een andere man van meer dan één meter tachtig lang in de stad, en dan denk ik: als Eugenia het nou maar gewoon wilde probéren.' Ze drukt een hand tegen haar buik, alsof haar maagzweren opspelen door dit soort gesprekken.

Ik schop mijn schoenen uit en loop het trapje af, terwijl mijn moeder roept dat ik mijn schoenen weer aan moet doen en dreigt met ringworm en encefalitis door muggenbeten. Dat je onvermijdelijk doodgaat zonder schoenen aan je voeten. Doodgaat zonder man. Ik huiver en ervaar hetzelfde in de steek gelaten gevoel als ik drie maanden geleden had, toen ik afstudeerde. Ik ben afgezet op een plek waar ik niet meer thuis hoor. Zeker niet hier bij moeder en papa, misschien zelfs niet bij Hilly en Elizabeth.

'Drieëntwintig ben je nu, en op jouw leeftijd had ik Carlton junior al...' zegt moeder.

Ik sta onder de grote maagdenpalm en kijk naar mijn moeder op de veranda. De daglelies zijn uitgebloeid. Het is bijna september.

Ik was geen schattige baby. Toen ik net was geboren en mijn oudere broer Carlton me voor het eerst zag in het ziekenhuis, verklaarde hij: 'Dat is geen baby, dat is een *skeeter*!' Het is altijd mijn bijnaam gebleven: Skeeter, mug. Ik was lang, met lange benen en zo dun als een mug, met een lengte van ruim zestig centimeter een record in het Baptist Hospital. De bijnaam werd nog toepasselijker doordat ik als kind een puntige, snavelachtige neus ontwikkelde. Moeder heeft andere mensen er mijn hele leven lang van geprobeerd te overtuigen dat ze me bij mijn voornaam moesten noemen, Eugenia.

Mrs. Charlotte Boudreau Cantrelle Phelan houdt niet van bijnamen.

Op mijn zestiende was ik niet alleen lelijk, maar ook pijnlijk groot. Zó groot dat ik op de achterste rij moest staan voor klassenfoto's, zelfs met jongens in de klas. Zó groot dat mijn moeder avonden lang bezig was met het lostornen van zomen, het oprekken van mouwen en het gladstrijken van mijn haar, zodat ik naar dansfeesten kon gaan waar ik niet voor was uitgenodigd, en tot slot met haar volle gewicht op mijn hoofd leunde, alsof ze me zo kon laten krimpen naar de tijd dat ze me er nog aan moest herinneren dat ik rechtop moest staan. Tegen de tijd dat ik zeventien was, had mijn moeder liever dat ik een aanval van diarree had dan dat ik rechtop stond. Zelf was ze één meter zestig en als tweede geëindigd in de Miss South Carolina-verkiezing. Ze kwam tot de conclusie dat er in een geval als het mijne maar één oplossing was.

Mrs. Charlotte Phelans motto voor de mannenjacht: een mooi en gracieus meisje accentueert dat met make-up en een correcte houding. Een groot en lelijk meisje, daarentegen, heeft een spaarrekening nodig.

Ik was één meter tachtig, maar er stonden vijfentwintigduizend katoendollars op mijn naam, en als een man de schoonheid daarvan niet inzag, zo helpe hem God, dan was hij gewoon niet slim genoeg om tot de familie toe te treden.

Mijn kinderkamer is op de bovenste verdieping van het huis van mijn ouders. De lambrisering is wit, met een rand van roze cherubijntjes. Het behang is lichtgroen met rozenknopjes. Het is een zolderkamer met lange, schuine muren. Op veel plaatsen kan ik niet rechtop staan. Door de erker lijkt de kamer rond. Als mijn moeder me weer eens op de huid heeft gezeten over het vinden van een man, zo ongeveer om de paar dagen, moet ik in een bruidstaart slapen.

En toch is het mijn toevluchtsoord. De hitte verzamelt zich in die kamer alsof het een heteluchtballon is; echt welkom voel je je er niet. De trap is smal, dus ouders klimmen niet zo snel naar boven. Onze vorige hulp, Constantine, staarde elke dag heel lang en fel naar die trap, alsof ze een wedstrijdje met elkaar deden over wie er moest inbinden. Dat was het enige wat ik niet leuk vond van mijn kamer op de zolderverdieping, dat ik gescheiden was van Constantine.

Drie dagen na mijn gesprek met moeder op de veranda legde ik de *Jackson Journal* op mijn bureau, opengeslagen bij de personeelsadvertenties. Moeder loopt al de hele dag achter me aan met een nieuw ding om haar steil te krijgen, en mijn vader zit op de veranda te mopperen en te vloeken op de katoenvelden, omdat ze smelten als zomersneeuw. Afgezien van de katoenkever is regen het ergste wat er in de oogsttijd kan gebeuren. Het is nog maar net september, en nu al zijn de herfstregens begonnen.

Met een rode pen in mijn hand ga ik langs de ene kolom met: VROUWELIJK PERSONEEL GEZOCHT.

'Kennington's warenhuis zoekt verkoopsters met klasse, manieren & een glimlach!'

'Slanke jonge secretaresse gezocht. Typen niet noodzakelijk. Bel Mr. Sanders.' Jezus, als hij ze niet wil laten typen, wat wil hij dan wel?

'Junior-stenografe gezocht. Percy & Gray, $1,25 p/uur.' Deze is nieuw. Ik zet er een rode cirkel omheen.

Niemand kan zeggen dat ik op Ole Miss niet hard heb gewerkt. Terwijl mijn vriendinnen cola met rum dronken op feestjes van Phi Delta Theta, allemaal met de obligate corsage, zat ik in de studieruimte urenlang te schrijven – vooral essays, maar ook korte verhalen, slechte gedichten, afleveringen van *Dr. Kildare*, spotjes voor Pall Mall, brieven met klachten of een eis om losgeld, liefdesbrieven aan jongens die ik bij colleges had gezien maar niet durfde aan te spreken, brieven die ik nooit verstuurde. Natuurlijk droomde ik van afspraakjes met leuke jongens, maar mijn echte droom was dat ik op een dag iets zou schrijven wat andere mensen daadwerkelijk zouden lezen.

In het laatste semester van mijn laatste jaar solliciteerde ik slechts naar één baan, maar dat was wel een goede, bijna duizend kilometer bij Mississippi vandaan. Ik voerde de openbare telefoon in de Oxford Mart tweeëntwintig dubbeltjes en informeerde naar de baan als bureauredacteur bij uitgeverij Harper & Row in 33rd Street in Manhattan. Ik had de advertentie gezien in *The New York Times* in de universiteitsbibliotheek en stuurde hun nog dezelfde dag mijn cv. Ik was zelfs zo hoopvol dat ik belde om te informeren naar een appartementje in East 85th Street, met één slaapkamer en een elektrische kookplaat voor vijfenveertig dollar per maand. Delta Airlines liet me weten dat een enkeltje naar Idlewild Airport drieënzeventig dollar zou kosten. Ik was niet verstandig genoeg om tegelijkertijd ook nog op andere baantjes te solliciteren en ik heb nooit iets van ze gehoord.

Mijn blik dwaalt af naar de personeelsadvertenties voor mannen. Dat zijn minstens vier kolommen met bankmanagers, accountants, kassiers, katoeninkopers. Aan deze kant van de pagina bieden Percy & Gray de junior-stenograaf vijftig cent meer per uur.

'Miss Skeeter, er is telefoon voor u,' hoor ik Pascagoula beneden aan de trap roepen.

Ik ga naar beneden naar de enige telefoon in huis. Pascagoula steekt me de hoorn toe. Ze is zo klein als een kind, nog niet eens één meter vijftig lang, en zo zwart als de nacht. Ze heeft krullend haar en haar witte uniformjurk is speciaal vermaakt omdat ze zulke korte benen en armen heeft.

'Het is miss Hilly,' zegt ze, en ze geeft me met een natte hand de hoorn aan.

Ik ga aan de tafel van witgeschilderd ijzer zitten. De keuken is groot en vierkant en het is er bloedheet. De zwart met witte linoleumtegels zijn hier en daar gebarsten en kaalgesleten voor de gootsteen. De nieuwe zilverkleurige vaatwasmachine staat midden in de keuken, met een slang die is vastgemaakt aan de kraan.

'Hij komt volgend weekend,' zegt Hilly. 'Zaterdagavond. Kun je dan?'

'Jeetje, ik moet even in mijn agenda kijken,' zeg ik. Elk spoor van onze onenigheid tijdens het bridgen is verdwenen uit Hilly's stem. Ik ben wantrouwig maar opgelucht.

'Het is niet te geloven dat het éíndelijk gaat gebeuren,' zegt Hilly, want ze probeert me al maanden te koppelen aan een neef van haar man. Ze ziet het helemaal zitten, hoewel hij veel te knap voor me is en bovendien de zoon van een senator.

'Lijkt het je niet beter als we elkaar... eerst ontmoeten?' vraag ik. 'Voordat we officieel een afspraakje maken, bedoel ik?'

'Wees toch niet zo nerveus. William en ik zijn er de hele tijd bij.'

Ik zucht. De afspraak is al twee keer afgezegd. Ik kan alleen maar hopen dat hij weer niet doorgaat. En toch ben ik gevleid omdat Hilly er zo veel vertrouwen in heeft dat iemand zoals hij belangstelling zal hebben voor iemand zoals ik.

'O, en je moet even langskomen om mijn aantekeningen op te halen,' zegt Hilly. 'Ik wil dat mijn initiatief in de volgende nieuwsbrief komt, een volle pagina naast de foto's.'

Ik geef niet meteen antwoord. 'Dat gedoe over die wc's?' Het is nog maar een paar dagen geleden dat ze ermee op de proppen kwam, maar ik had toch gehoopt dat ze het vergeten zou zijn.

'Het Sanitair Initiatief voor de Huishoudelijke Hulp, zo heet het – *William junior, kom eruit of je moet met blote voeten naar bed. Yule May, kom hier* – en ik wil het er deze week nog in hebben.'

Ik ben hoofdredacteur van de nieuwsbrief van onze League. Maar Hilly is de voorzitster van onze afdeling. En ze wil mij vertellen wat ik moet schrijven.

'Ik zal ernaar kijken. Ik weet niet of er plaats is,' lieg ik.

Pascagoula staat bij de gootsteen en kijkt me over haar schouder aan, alsof ze kan horen wat Hilly zegt. Ik kijk naar Constantines wc, nu die van Pascagoula. Die grenst aan de keuken. De deur staat half open en ik zie een klein hokje met een toilet, met een stortbak erboven en een lamp met een kap van vergeeld plastic. Het fonteintje in de hoek is nauwelijks groter dan een glas water. Ik ben er nooit in geweest. Toen we klein waren, dreigde mijn moeder dat ze ons over de knie zou leggen als we in Constantines wc kwamen. Ik mis Constantine erger dan ik ooit van mijn leven iets of iemand heb gemist.

'Dan maak je er maar plaats voor,' zegt Hilly, 'want dit is verdikkie heel erg belangrijk.'

Constantine woonde ongeveer anderhalve kilometer bij ons huis vandaan, in een kleine zwarte wijk die Hotstack heette, genoemd naar de teerfabriek die er vroeger stond. De weg naar Hotstack loopt langs de noordkant van ons land, en zo lang als ik me kan herinneren hebben er donkere kinderen gelopen en gespeeld in het rode stof, onderweg naar de County Road 49, waar ze dan een lift hoopten te krijgen.

Toen ik klein was, liep ik die snikhete anderhalve kilometer zelf ook. Als ik smeekte en mijn catechismusles had geleerd, mocht ik op vrijdagmiddag soms met Constantine mee naar huis. Na twintig minuten langzaam lopen kwamen we langs de *five-and-dime store* voor kleurlingen, dan langs een kruidenier die kippen hield aan de achterkant, en langs het hele pad stonden tientallen armoedige hutjes met daken van golfplaat en verzakte veranda's, met een geel huis ertussen waar je volgens de geruchten whisky kon kopen aan de achterdeur. Het was spannend om in zo'n totaal andere wereld te zijn, en ik was me er pijnlijk van bewust hoe goed mijn schoenen waren, hoe schoon mijn witte schort dat Constantine voor me had gestreken. Hoe dichter we bij haar huis in de buurt kwamen, des te vaker ze glimlachte.

'Hé hallo, Carl Bird,' riep Constantine steevast naar de man die in de laadbak van zijn pick-up in een schommelstoel zat en kruiden verkocht. Er stonden geopende zakken met sassafras, zoethoutwortel en gedroogde bessen en over de prijs kon onderhandeld worden. Als we daar een minuutje hadden staan kijken, stond Constantine altijd te trillen op haar benen. Constantine was niet alleen groot, ze was ook gezet. Ze had brede heupen en tobde met haar knieën. Bij de straathoek waar ze woonde, stak ze een beetje Happy Days-snuif tussen haar lippen en dan spuugde ze een kaarsrechte straal sap. Ze liet me het zwarte poeder in het ronde blikje zien, maar zei wel: 'Denk erom, niet aan je moeder vertellen.'

Er lagen altijd honden op dat weggetje, uitgemergeld en schurftig. Vanaf een veranda riep een jonge kleurlinge die Cat-Bite heette: 'Miss Skeeter! Doe je papa de groeten van me. Zeg maar dat 't goed met me gaat.' Mijn eigen vader had haar die naam gegeven, jaren geleden. Hij reed langs en zag dat een hondsdolle kat een klein zwart meisje aanviel. 'Die kat vrat haar zowat op,' vertelde hij me later. Hij had de kat afgemaakt, het meisje naar de dokter gedragen en betaald voor de eenentwintig dagen dat ze rabiësprikken moest krijgen.

Een klein eindje verder waren we bij Constantines huis. Het had drie ramen en er lagen geen kleden op de vloer. Ik keek altijd naar de enige foto die ze had, van een blank meisje uit Port Gibson, voor wie ze twintig jaar lang had gezorgd. Ik dacht dat ik zo ongeveer alles wist over Constantine – ze had één zus en was opgegroeid op een collectieve boerderij in Corinth, Mississippi. Haar beide ouders waren overleden. Ze at uit principe nooit varkensvlees, en ze droeg jurken in maat vierenveertig en damesschoenen in maat tweeënveertig. Maar ik staarde naar de brede grijns van het kind op de foto, een beetje jaloers, en vroeg me af waarom ze niet ook van mij een foto had staan.

Soms kwamen de twee buurmeisjes met me spelen. Ze heetten Mary Nell en Mary Roan. Ze waren zo zwart dat ik ze niet uit elkaar kon houden, dus noemde ik ze allebei gewoon Mary.

'Wees aardig voor de kleine donkere meisjes als je bij Constantine bent,' zei moeder een keer tegen me, en ik weet nog dat ik dat heel raar vond en vroeg: 'Waarom zou ik onaardig tegen ze zijn?' Maar moeder heeft het me nooit uitgelegd.

Na een uurtje of zo kwam mijn vader me weer halen en dan gaf hij Constantine een dollar. Ze heeft hem nooit binnen gevraagd, niet één keer. Zelfs toen begreep ik al dat we op haar terrein waren en dat ze in haar eigen huis tegen niemand aardig hoefde te doen als ze daar geen zin in had. Op de terugweg mocht ik in de negerwinkel een flesje fris en een lolly kopen.

'Vertel je mama niet dat ik Constantine een extraatje heb gegeven, hoor!'

'Goed, papa,' zei ik dan. Dat is zo ongeveer het enige geheim dat mijn vader en ik ooit hebben gedeeld.

De eerste keer dat ik ooit lelijk werd genoemd, was ik dertien. Het kwam uit de mond van een rijk vriendje van mijn broer Carlton, die bij ons was voor een schietpartij op het veld.

'Waarom huil je, meisje?' vroeg Constantine in de keuken aan me.

Ik vertelde haar wat die jongen had gezegd terwijl de tranen over mijn wangen stroomden.

'En? Is jij?'

Ik knipperde en vergat heel even te huilen. 'Is ik wat?'

'Nou moet je 's goed naar me luisteren, Eugenia.' Want Constantine was de enige die zich af en toe aan mijn moeders regel hield. 'Lelijk zit vanbinnen. Iemand die gemeen en hatelijk is, díé is lelijk. Is jij zo iemand?'

'Ik weet het niet. Ik denk het niet,' snikte ik.

Constantine kwam naast me zitten aan de keukentafel. Ik hoorde het kraken van haar opgezette gewrichten. Ze drukte haar duim hard in mijn handpalm, wat voor ons betekende: *Luister, luister naar me.*

'Elke ochtend, totdat je dood in de grond legt, moet je 'n besluit nemen.' Ze hield haar hoofd zo dicht bij het mijne dat ik kon zien hoe zwart haar tandvlees was. 'Je moet jezelf de vraag stellen: Geloof ik wat die idioten vandaag over me zullen zeggen?' Ze hield haar duim in mijn hand gedrukt.

Ik knikte dat ik het begreep. Ik was net snugger genoeg om te begrijpen dat ze blanken bedoelde. En hoewel ik me nog steeds ellendig voelde, en wist dat ik hoogstwaarschijnlijk inderdaad lelijk was, besefte ik dat ze voor het eerst tegen me had gepraat alsof ik niet alleen maar het blanke kind van mijn moeder was. Mijn hele leven lang was me voorgekauwd hoe ik over politiek moest denken, over zwarten, wat er van een meisje werd verwacht. Maar met Constantines duim in mijn hand gedrukt, drong tot me door dat ik kon *kíézen* waar ik in geloofde.

Constantine begon altijd om zes uur 's ochtends, in de oogsttijd om vijf uur. Zo kon ze biscuits met jus maken voor mijn vader voordat hij naar de velden ging. Ze stond bijna altijd in de keuken als ik beneden kwam, en dan luisterde ze naar predikant Green op de radio die op de keukentafel stond. Zodra ze me zag, glimlachte ze. 'Goeiemorgen, mooie meid!' Dan ging ik aan de keukentafel zitten en vertelde ik haar wat ik had gedroomd. Ze beweerde dat dromen de toekomst voorspelden.

'Ik was op zolder en ik keek neer op de velden,' vertelde ik haar bijvoorbeeld. 'Ik kon de boomtoppen zien.'

'Je wordt hersenchirurg! Boven in huis betekent 't hoofd.'

Moeder ontbeet altijd heel vroeg in de eetkamer, en verhuisde dan naar de zitkamer om te borduren, of brieven te schrijven aan missionarissen in Afrika. Vanuit haar groene oorfauteuil kon ze iedereen langs zien lopen. Het was verbijsterend wat haar op kon vallen aan mijn uiterlijk in de fractie van een seconde die ik nodig had om langs die deur te lopen. En ik liep altijd heel snel, want ik voelde me net een schietschijf met een rode bulls eye waar moeder pijltjes naar wierp.

'Eugenia, je weet dat er in dit huis geen kauwgom wordt gekauwd.'

'Eugenia, doe alcohol op dat puistje.'

'Eugenia, ga nu onmiddellijk naar boven om je haar te borstelen. Stel je voor dat we onverwacht bezoek krijgen!'

Ik leerde dat je je op sokken geruislozer voortbeweegt dan op schoenen. Ik leerde dat ik beter de achterdeur kon nemen. Ik leerde dat ik een hoed moest dragen, dat ik mijn handen voor mijn gezicht moest houden als ik langsliep. Maar in de eerste plaats leerde ik dat ik beter gewoon in de keuken kon blijven.

Een zomermaand kon op Longleaf jaren duren. Ik had geen vriendinnetjes die elke dag kwamen: we woonden te ver buiten de stad om blanke buren te hebben. In de stad waren Hilly en Elizabeth het hele weekend of bij de een of bij de ander, terwijl ik niet vaker dan om de twee weken uit logeren mocht of iemand mocht uitnodigen. Ik beklaagde me er eindeloos over. Soms beschouwde ik Constantines aanwezigheid als vanzelfsprekend, maar ik denk toch dat ik wist, diep in mijn hart, dat ik enorm bofte dat ze er was.

Op mijn veertiende ging ik sigaretten roken. Ik jatte ze uit de pakjes Marlboro die Carlton in een la van zijn commode bewaarde. Hij was bijna achttien en niemand had er bezwaar tegen dat hij al jaren overal in huis en op de velden met papa rookte. Soms rookte papa een pijp, maar hij was geen sigarettenman en moeder rookte helemaal niet, al rookten de meesten van haar vriendinnen wel. Moeder had gezegd dat ik pas op mijn zeventiende mocht roken.

Ik moest het dus stiekem doen, zittend in de schommel van een oude autoband in de achtertuin, verborgen achter de grote oude eik. Of ik hing 's avonds laat met een sigaret uit het raam van mijn kamer. Moeder had adelaarsogen, maar nul reukzin. Constantine wist het wel meteen. Ze kneep haar ogen samen, met een glimlachje, maar zei niets. Als moeder op de veranda kwam wanneer ik achter de boom zat, draafde Constantine naar buiten en sloeg ze met haar bezem keihard tegen de ijzeren trapleuning.

'Constantine, wat doe je?' vroeg moeder haar dan, maar dan had ik mijn sigaret al uitgedrukt en de peuk in de holte van de boom gegooid.

'Ik sla 't stof uit die ouwe bezem, miss Charlotte.'

'Nou, doe het in het vervolg wat zachter, alsjeblieft. O, Eugenia, ben je vannacht nou alwéér een paar centimeter gegroeid? Wat moet ik toch met je beginnen? Ga een jurk aantrekken die je past.'

'Ja, mevrouw,' zeiden Constantine en ik dan in koor, met een heimelijk glimlachje naar elkaar.

O, het was zo fijn om iemand te hebben aan wie ik mijn geheimen kon vertellen. Als ik een broer of zus had gehad met een minder groot leeftijdsverschil, zou die waarschijnlijk mijn bondgenoot zijn geweest. Het ging niet alleen om roken en voorkomen dat ik van moeder op m'n kop kreeg. Het was vooral iemand die voor je zorgt nadat je moeder zich je hele leven lang heeft opgevreten van de zorgen omdat je belachelijk groot bent en kroeshaar hebt en gewoon raar bent. Iemand die met haar ogen heel eenvoudig zegt, zonder woorden: Ik hou van je zoals je bent.

Toch was ze niet altijd alleen maar lief tegen me. Toen ik vijftien was, had een nieuw meisje naar me gewezen en gevraagd: 'Wie is die ooievaar?' Zelfs Hilly moest een lachje verbergen voordat ze mijn arm pakte en wegliep alsof we haar niet hadden gehoord.

'Hoe groot ben jij, Constantine?' vroeg ik in tranen.

Constantine keek me priemend aan. 'Hoe groot is jij?'

'Eén meter tachtig,' snikte ik. 'Ik ben nu al groter dan de basketbaltrainer van de jongens.'

'Nou, ik ben één meter vijfentachtig, dus bespaar me je zelfmedelijden.'

Constantine is de enige vrouw tegen wie ik ooit moest opkijken om haar recht in de ogen te kunnen zien.

Wat het eerste opviel aan Constantine, behalve haar lengte, waren haar ogen. Ze waren lichtbruin, honingkleurig, een scherp contrast met haar donkere huid. Ik heb nooit een kleurling met lichtbruine ogen gezien. Constantine had allerlei schakeringen bruin. Haar ellebogen waren pikzwart, met in de winter een droog wit stof erop. De huid van haar armen en hals en gezicht was donker als ebbenhout. Haar handpalmen waren oranjebruin; ik vroeg me af of haar voetzolen ook die kleur hadden, maar ik heb haar nooit op blote voeten gezien.

'We zijn dit weekend met z'n tweetjes,' zei ze met een glimlach.

Moeder en papa gingen met Carlton naar de voorlichtingsdagen van de Louisiana State University en Tulane. Mijn broer zou na de zomer gaan studeren. Die ochtend had mijn vader de stretcher in de keuken laten zetten, naast haar wc. Daar sliep Constantine altijd als ze bleef logeren.

'Kijk 's wat ik heb.' Ze wees op de bezemkast.

Ik deed de deur open en zag dat er in haar tas een puzzel van vijfhonderd stukjes zat, met een foto van Mount Rushmore. Dat vonden we allebei het leukst om te doen als ze bleef logeren, puzzelen.

Die avond zaten we urenlang aan de keukentafel met die puzzel en een schaaltje pinda's. Buiten onweerde het, zodat het extra gezellig was in de keuken. De plafondlamp flakkerde als een kaars op de tocht.

'Wie is dat?' vroeg Constantine toen ze door haar zwarte bril naar de in de rotsen uitgehouwen bustes op de puzzeldoos tuurde.

'Dat is Jefferson.'

'O. Nou 't zal wel. En die daar?'

'Dat is...' Ik boog me voorover. 'Volgens mij is dat... Roosevelt.'

'De enige die ik herken is Lincoln. Die lijkt op m'n vader.'

Ik keek haar aan, met een puzzelstukje in mijn hand. Ik was veertien en had nooit minder dan een tien gehad voor mijn schoolwerk. Ik was slim, maar zo naïef als maar zijn kan. Constantine legde de doos weg en boog zich weer over de puzzel.

'Omdat je papa zo... lang was?' vroeg ik.

Ze grinnikte. 'Omdat m'n papa blank was. M'n lengte komt van m'n mama.'

Ik legde het puzzelstukje neer. 'Je vader was... blank... en je moeder... was zwart?'

'Ja,' zei ze, en ze legde een puzzelstukje aan de rand. 'Kijk 's. Die past.'

Ik wilde zoveel dingen vragen: Wíé was hij? Wáár was hij? Ik wist dat hij niet met Constantines moeder getrouwd kon zijn, want dat was bij wet verboden. Ik pakte een sigaret. Ik was veertien, maar ik voelde me enorm volwassen en stak de sigaret op. Op dat moment verflauwde de plafondlamp tot een soort van dof bruin, en hij gonsde zelfs zachtjes.

'O, mijn papa was dól op me. Hij zei altijd dat ik z'n lieveling was.' Ze leunde achterover op haar stoel. 'Elke zaterdagmiddag kwam hij op bezoek, en een keer gaf hij me een setje van tien haarlinten, in tien verschillende kleuren, van Japanse zijde. Hij had ze voor me meegenomen uit Parijs. Ik zat bij hem op schoot vanaf 't moment tot-ie binnenkwam totdat-ie weer wegging, en m'n mama draaide Bessie Smith op de Victrola die hij haar had gegeven, en dan zongen we samen:

It's mighty strange, without a doubt,
Nobody knows you when you're down and out.'

Ik luisterde met ogen als schoteltjes naar haar verhaal, nogal bête. Ik begon in het schemerdonker te gloeien van het geluid van haar stem. Als chocolade een geluid was, zou het Constantines zangstem zijn. Als zingen een kleur was, zou het de kleur zijn van die chocolade.

'Ik was een keer aan 't grienen omdat ik m'n eigen zielig vond. 't Zal wel een hele lijst zijn geweest: dat we arm waren, dat ik me met koud water moest wassen, dat ik kiespijn had, weet ik 't. Hij legde z'n handen om m'n hoofd en hield me heel lang tegen zich aan. Toen ik m'n hoofd optilde, zag ik dat hij ook huilde en hij... hij deed wat ik met jou doe om je te laten weten dat ik 't meen. Hij drukte z'n duim in m'n hand en hij zei... hij zei dat 't 'm speet.'

Daar zaten we, starend naar die puzzelstukjes. Moeder zou niet willen dat ik dit wist, dat Constantines vader blank was, dat hij zich had verontschuldigd voor de situatie. Zoiets hoorde ik niet te weten. Ik had het gevoel dat Constantine me iets cadeau had gedaan.

Ik nam het laatste trekje van mijn sigaret en drukte hem uit in de zilveren asbak voor bezoek. Het licht ging weer feller branden. Constantine glimlachte naar me en ik glimlachte terug.

'Waarom heb je me dit nooit eerder verteld?' vroeg ik.

'Ik kan je niet alles vertellen, Skeeter.'

'Maar waarom niet?' Ze wist echt alles van mij, alles van mijn ouders. Waarom zou ze dan geheimen voor me hebben?

Ze staarde me aan, en in haar lichtbruine ogen las ik een diep en ontroostbaar verdriet. Na een poos zei ze: 'Sommige dingen moet ik gewoon voor mezelf houden.'

Bij mijn beurt om te gaan studeren huilde moeder tranen met tuiten toen papa en ik wegreden. Maar ik voelde me vrij. Ik was weg van de boerderij en bevrijd van haar kritiek. Ik dacht bij mezelf: *Ben je niet blij? Ben je niet opgelucht dat je niet meer elke dag over me hoeft te tobben?* Maar ze zag er echt doodongelukkig uit.

Op de campus was ik het gelukkigste meisje van mijn studentenhuis. Een keer per week schreef ik Constantine een brief en beschreef ik mijn kamer, de colleges en het corps. Ik moest mijn brieven naar de boerderij sturen omdat de posterijen niet bezorgden in Hotstack, en ik kon alleen maar hopen dat mijn moeder ze niet openmaakte.

Twee keer per maand schreef Constantine me terug op perkamentpapier, dubbelgevouwen in een envelop. Ze had een groot en mooi handschrift, al liepen de regels aan het eind schuin omlaag. Ze vertelde me elk detail van wat er op Longleaf gebeurde: 'Ik heb nog steeds last van rugpijn, maar m'n voeten zijn erger.' Of: 'De mixer raakte los van de standaard en vloog door de keuken en de kat krijste en ging ervandoor. Ik heb d'r sindsdien niet meer gezien.' Ze vertelde het me als mijn vader verkouden was of als Rosa Parks naar haar kerk kwam om een toespraak te houden. Vaak wilde ze weten of ik wel gelukkig was en schreef ze heel streng dat ik haar alles moest vertellen. Onze brieven waren te vergelijken met een gesprek, met vragen en antwoorden, afgewisseld met persoonlijke gesprekken als ik thuis was voor de kerst of in andere vakanties.

Moeder schreef in haar brieven: 'Zeg je gebeden.' En: 'Draag geen hoge hakken, want dan ben je echt te groot.' Met een cheque voor vijfendertig dollar erbij.

In april van mijn laatste jaar kreeg ik een brief van Constantine waarin ze schreef: 'Ik heb een verrassing voor je, Skeeter. Ik ben zo opgewonden dat ik bijna plof. En ga me er nou niet naar vragen. Je ziet 't vanzelf als je thuiskomt.'

Dat was kort voor mijn laatste tentamens, een maand voor mijn afstuderen. En dat was de laatste brief die ik van Constantine ontving.

Ik sloeg de officiële uitreiking van de bul op Ole Miss over. Al mijn goede vriendinnen waren eerder weggegaan om te trouwen en ik vond het onzin om moeder en papa drie uur te laten rijden, alleen maar om mij over een podium te zien lopen, terwijl moeder me eigenlijk het liefst op weg naar het altaar zou zien. Ik had nog steeds niets gehoord van Harper & Row, dus kocht ik geen vliegticket naar New York, maar reed ik mee naar Jackson in de Buick van tweedejaarsstudente Kay Turner, ineengedoken op de voorbank met mijn schrijfmachine aan mijn voeten en haar trouwjurk tussen ons in. Kay ging over een maand met Percy Stanhope trouwen. Ze praatte me drie uur lang de oren van mijn hoofd over de bruidstaart.

Toen ik thuiskwam, deed moeder een stap naar achteren om me goed te kunnen bekijken. 'Je huid is heel gaaf,' zei ze, 'maar je haar...' Ze zuchtte en schudde haar hoofd.

'Waar is Constantine?' vroeg ik. 'In de keuken?'

Moeder zei, op een toon alsof ze het weerbericht opdreunde: 'Constantine werkt hier niet meer. En laten we nu snel je koffers uitpakken, anders kreuken je kleren zo erg.'

Ik keek haar aan en knipperde met mijn ogen. Ik dacht dat ik het verkeerd had verstaan. 'Wat zei u?'

Moeder rechtte haar rug en streek haar jurk glad. 'Constantine is weg, Skeeter. Ze is bij familie in Chicago gaan wonen.'

'Maar... waarom? Ze heeft het in haar brieven nooit over Chicago gehad.' Dit was niet haar verrassing, ik wist het heel zeker. Zulk vreselijk nieuws zou ze me meteen hebben verteld.

Moeder haalde diep adem. 'Ik heb tegen Constantine gezegd dat ze je niet mocht vertellen dat ze wegging. Niet tijdens je examens. Stel nou dat je was gezakt en nog een jaar had moeten blijven? Hemelse goedheid, vier jaar studeren is meer dan genoeg.'

'En dat... dat vond ze goed? Om mij niet te vertellen dat ze wegging?'

Moeder keek weg en zuchtte. 'We hebben het er een andere keer wel over, Eugenia. Kom mee naar de keuken, dan stel ik je voor aan onze nieuwe hulp, Pascagoula.'

Maar ik liep niet met moeder mee naar de keuken. Ik staarde naar mijn koffers, als de dood om ze hier uit te pakken. Het huis voelde immens groot, leeg. Buiten ronkte een combine op de velden.

In september had ik niet alleen de hoop opgegeven ooit nog iets van Harper & Row te horen, maar ook om Constantine te vinden. Niemand scheen te weten hoe ik haar kon bereiken. Uiteindelijk vroeg ik mensen niet langer waarom ze weg was gegaan. Ze was gewoon verdwenen. Ik moest me erbij neerleggen dat Constantine, mijn enige echte bondgenoot, me aan mijn lot had overgelaten.

6

Op een warme ochtend in september word ik wakker in mijn kinderbed en ik schuif mijn voeten in de *huarache*-schoenen die mijn broer voor me heeft meegenomen uit Mexico – een mannenpaar, aangezien Mexicaanse meisjes klaarblijkelijk nooit maat drieënveertig hebben. Moeder vindt ze vreselijk en zegt dat ze ordinair zijn.

Over mijn nachtjapon doe ik een oud overhemd van mijn vader aan en ik glip door de voordeur naar buiten. Moeder is op de veranda aan de achterkant met Pascagoula en Jameso, die oesters openmaken.

'Je kunt een neger en een negerin niet met elkaar alleen laten,' fluisterde moeder jaren geleden tegen me. 'Het is niet hun schuld, ze kunnen het gewoon niet helpen.'

Ik loop het trapje af om te zien of het boek dat ik bij een postorderbedrijf heb besteld er al is, *De vanger in het graan*. Ik bestel de verboden boeken altijd bij een boekhandel in Californië want, zo redeneer ik, als de staat Mississippi ze verbiedt zijn ze ongetwijfeld goed. Tegen de tijd dat ik aan het eind van de oprit ben, zitten mijn huaraches en enkels onder een laag fijn geel stof.

Links en rechts van me strekken de katoenvelden zich uit, oogverblindend groen, met dikke bollen. Vorige maand is de oogst op de achterste velden verloren gegaan door regen, maar het merendeel van de planten is onbeschadigd. De blaadjes beginnen bruine vlekjes te krijgen door het ontbladeringsmiddel, en de zurige geur van chemicaliën hangt nog in de lucht. Er zijn geen auto's op County Road. Ik maak het postkastje open.

En daar, onder moeders *Ladies' Home Journal*, ligt een brief die is geadresseerd aan miss Eugenia Phelan. In een hoek van de envelop staat met rode letters: UITGEVERIJ HARPER & ROW. Ik scheur de envelop ter plekke open, staand op de oprit in niets meer dan mijn lange nachtjapon en papa's oude Brooks Brothers-overhemd.

4 september, 1962

Geachte miss Phelan,

Ik reageer persoonlijk op uw cv omdat ik het bewonderenswaardig vind dat een jongedame zonder enige werkervaring solliciteert naar een baan als redactrice bij een zo vooraanstaande uitgeverij als de onze. Voor een dergelijke baan is minimaal vijf jaar ervaring in het vak vereist. Dit zou u hebben geweten als u zich enigszins in het boekenvak had verdiept.

Aangezien ik vroeger echter zelf eveneens een ambitieuze jongedame was, heb ik besloten u advies te geven: ga naar uw plaatselijke krant en begin daar met eenvoudig werk. U vermeldde in uw brief dat u 'immens' van schrijven geniet. Wanneer u niet achter de stencilmachine staat of koffie zet voor uw baas, kijk dan goed rond, stel vragen, en schrijf. Verdoe uw tijd niet met alledaagse dingen. Schrijf over zaken waar u zich over opwindt, vooral als niemand anders zich er druk om maakt.

Hoogachtend,
Elaine Stein, chef redactie, Afdeling boeken voor volwassenen

Onder de in pica getypte tekst staat een handgeschreven kattenbelletje in een slordig blauw handschrift:

Als u werkelijk serieus bent, zou ik bereid zijn uw beste ideeën te bekijken en mijn mening te geven. De reden dat ik dit aanbied, miss Phelan, is dat iemand dit ooit voor mij heeft gedaan.

Een truck volgeladen met katoen dendert langs op de County Road. De neger op de passagiersstoel buigt zich uit zijn raampje en staart. Ik ben vergeten dat ik een blank meisje in een nachtjapon ben. Ik heb net een brief, misschien zelfs een aanmoediging, ontvangen uit New York City en ik zeg de naam hardop: 'Elaine Stein.' Ik heb nog nooit iemand ontmoet die joods is.

Ik spurt terug over de oprit, probeer te voorkomen dat de brief wappert in mijn hand. Ik wil niet dat hij kreukelt. Ik stuif de trap op terwijl moeder brult dat ik die lelijke Mexicaanse mannenschoenen uit moet doen, en ik ga aan mijn schrijfmachine zitten om alle dingen waarover ik me in dit leven opwind op te schrijven, vooral als niemand anders zich er druk om maakt. De woorden van Elaine Stein stromen als vloeibaar zilver door mijn aderen en ik typ zo snel als ik kan. Het blijkt een spectaculair lange lijst te zijn.

De volgende dag ben ik zo ver dat ik mijn eerste brief aan Elaine Stein op de bus kan doen, met de ideeën die mij journalistiek de moeite waard lijken: het hoge percentage analfabetisme in Mississippi; het grote aantal verkeersongelukken waarbij alcohol in het spel is; de beperkte kansen voor vrouwen om werk te vinden.

Pas als ik de brief heb gepost, besef ik dat ik de ideeën heb gekozen waarvan ik denk dat zij ervan onder de indruk zal zijn, niet zozeer de dingen waar ik zelf in geïnteresseerd ben.

Ik haal heel diep adem en duw de zware glazen deur open. Een vrouwelijk belletje tinkelt. Een niet-zo-vrouwelijke receptioniste kijkt me aan. Ze is kolossaal dik en ziet er ongemakkelijk uit in de kleine houten stoel. 'Welkom bij de *Jackson Journal*. Wat kan ik voor u doen?'

Twee dagen geleden heb ik deze afspraak gemaakt, nog geen uur nadat ik Elaine Steins brief had ontvangen. Ik vroeg of ze mensen nodig hadden en was verbaasd dat ze me al zo snel wilden ontvangen.

'Ik heb een afspraak met mister Golden.'

De receptioniste waggelt naar achteren in een jurk zo wijd als een tent. Ik probeer mijn trillende handen stil te houden. Ik gluur door de openstaande deur van een kleine kamer met houten lambrisering. Er zitten vijf mannen driftig op schrijfmachines te hameren of met potloden te krassen. Ze zitten voorovergebogen, vermoeid, drie met niet meer dan een hoefijzer van overgebleven haar. De kamer staat blauw van de sigarettenrook.

De receptioniste komt terug, gebaart met een hand met een sigaret erin dat ik haar moet volgen. 'Kom maar mee.'

Ondanks mijn zenuwen kan ik alleen maar denken aan de regel op mijn universiteit: *Een Chi Omega loopt nooit met een sigaret in haar hand.* Ik volg haar langs de bureaus met starende mannen, door de rookwolk, naar een ander kantoor.

'Doe die deur dicht,' blaft mister Golden zodra ik de kamer binnenloop. 'Ik wil die smerige rook niet in mijn kamer.' Hij komt overeind achter zijn bureau.

Mister Golden is ongeveer vijftien centimeter kleiner dan ik, slank, jonger dan mijn ouders. Hij heeft lange tanden en het met brillantine achterovergekamde haar van een gemene man. Zijn glimlach is spottend.

'Heeft u het gehoord?' zegt hij. 'Vorige week is bekendgemaakt dat het roken van sigaretten dodelijk is.'

'Nee, dat wist ik niet.' Ik kan alleen maar hopen dat het niet op de voorpagina van zijn krant stond.

'Ik ken goddomme nikkers van wel honderd die er jonger uitzien dat de idioten op mijn redactie.' Hij gaat weer zitten, maar ik blijf staan omdat er geen andere stoel in de kamer staat. 'Oké, laat maar eens zien.'

Ik geef hem mijn cv en een aantal artikelen die ik nog op school heb geschreven. Vroeger lag de *Journal* altijd op onze keukentafel, opengeslagen bij de landbouwberichten of de sport. Ik had zelden tijd om zelf de krant te lezen.

Mister Golden kijkt niet alleen naar mijn stukjes, hij begint ze met een rood potlood te corrigeren. 'Redactie schoolkrant op Murray High, twee jaar redactie *Rebel Rouser*, Chi Omega-redactie drie jaar, doctoraal Engels en journalistiek, allebei cum laude... Jezus, meisje,' mompelt hij, 'heb je nooit gewoon lol gemaakt?'

Ik schraap mijn keel. 'Is... dat belangrijk?'

Hij tilt zijn hoofd op. 'Je bent uitzonderlijk lang, maar ik zou denken dat een knappe meid als jij met het hele basketbalteam uit was geweest.'

Ik staar hem aan. Maakt hij me belachelijk of is het een compliment?

'Ik neem aan dat je kunt schoonmaken...' Hij kijkt weer naar mijn stukjes, zet er driftig grote rode strepen in.

Mijn gezicht begint direct te gloeien. "Schoonmaken? Ik ben hier niet om schoon te maken. Ik wil schríjven.'

Rook sijpelt onder de deur door. Het lijkt wel alsof het hele gebouw in brand staat. Ik voel me stom omdat ik dacht dat ik hier zomaar naar binnen kon wandelen en een baan als journalist zou krijgen.

Hij slaakt een zware zucht en geeft me een dikke map. 'Dat had ik begrepen. Miss Myrna is afgevoerd naar een gekkengesticht, ze heeft haarlak gedronken of zoiets. Lees die stukjes van d'r, schrijf de antwoorden in dezelfde stijl en niemand ziet het verschil.'

'Ik... wat?' En ik pak de map aan omdat ik niet weet wat ik anders moet doen. Ik heb geen idee wie Miss Myrna is. Ik stel hem de enige veilige vraag die ik kan bedenken. 'Hoeveel... betaalt het, zei u?'

Hij werpt een verbazend goedkeurende blik op me, van mijn platte schoenen tot mijn platte haar. Een of ander sluimerend instinct steekt de kop op; ik glimlach en ga met een hand door mijn haar. Ik voel me een idioot, maar ik doe het wel.

'Acht dollar, elke maandag.'

Ik knik, probeer te bedenken hoe ik hem kan vragen wat er van me wordt verwacht zonder mezelf te verraden.

Hij buigt zich naar voren. 'Je weet toch wel wie Miss Myrna is, hè?'

'Natuurlijk. Ze is heel populair bij... de meisjes,' zeg ik, en opnieuw staren we elkaar zo lang aan dat ik ergens in het gebouw een telefoon drie keer hoor overgaan.

'Wat is er dan? Is acht dollar niet genoeg? Jezus, mens, ga dan gratis en voor niks de wc van je man schoonmaken.'

Ik bijt op mijn lip. Maar voordat ik iets kan zeggen, rolt hij met zijn ogen. 'Oké, tien dan. De kopij moet dinsdag klaar zijn. En als je stijl me niet bevalt, komt je stuk niet in de krant en betaal ik je geen cent.'

Ik steek de map onder mijn arm en bedank hem omstandiger dan ik eigenlijk zou moeten doen. Hij negeert me, pakt zijn telefoon en begint al voordat ik de deur uit ben tegen iemand te praten. Ik loop naar mijn auto en laat me op het zachte leer van de Cadillac zakken. Glimlachend lees ik de knipsels in de map.

Ik heb een báán!

Ik kom thuis met mijn rug rechter dan hij sinds mijn twaalfde is geweest, toen mijn groeispurt begon. Ik gons van trots. Hoewel elke hersencel het me afraadt, kan ik de verleiding om het moeder te vertellen niet weerstaan. Snel loop ik naar de zitkamer en ik vertel in geuren en kleuren hoe het me is gelukt om het baantje van Miss Myrna te krijgen, het schrijven van wekelijkse adviezen voor een schoon huis.

'O, het is bijna te zot voor woorden.' Ze slaakt een zucht die betekent dat het leven onder deze omstandigheden nauwelijks de moeite waard is. Pascagoula komt verse ijsthee brengen.

'Het is toch een begin,' zeg ik.

'Een begin waarvan? Huishoudelijke adviezen terwijl...' Ze zucht weer, langgerekt en langzaam, als een band die leegloopt.

Ik kijk weg, vraag me af of iedereen in de stad er hetzelfde over zal denken. Wat een domper op mijn blijdschap.

'Eugenia, je weet niet eens hoe je zilver moet poetsen, laat staan dat je adviezen kunt geven over het schoonhouden van een huis.'

Ik druk de map tegen mijn borst. Ze heeft gelijk, ik kan geen van de vragen beantwoorden. Toch had ik gehoopt dat ze trots op me zou zijn.

'En zo leer je nooit iemand kennen, zittend achter een schrijfmachine. Eugenia, denk toch eens na.'

Boosheid kruipt door mijn armen omhoog. Ik recht mijn rug. 'Denkt u soms dat ik hier wíl wonen? Met ú?' Ik lach op een manier die hopelijk kwetsend is.

Ik zie de flikkering van pijn in haar ogen en ze perst haar lippen op elkaar. Toch heb ik geen zin om mijn woorden terug te nemen, want ik heb eindelijk, éíndelijk, iets gezegd waar ze naar luistert.

Ik sta daar, weiger weg te gaan. Ik wil horen wat ze te zeggen heeft. Ik wil haar sorry horen zeggen.

'Ik moet... ik moet je iets vragen, Eugenia.' Ze frunnikt aan haar zakdoek, trekt een gezicht. 'Ik heb laatst gelezen dat sommige... sommige meisjes uit hun evenwicht raken, en dan... dan, hoe moet ik het zeggen, onnatuurlijke gedachten krijgen.'

Ik heb geen idee waar ze het over heeft. Ik kijk omhoog naar de plafondventilator. Het ding draait te snel. *Tikketak-tikketak-tikketak...*

'Ben je... vind je... mannen aantrekkelijk? Heb je misschien onnatuurlijke gedachten over...' ze doet haar ogen dicht '... meisjes of... of vrouwen?'

Ik staar haar aan en wens in stilte dat de plafondventilator loskomt en ons verplettert.

'Er stond namelijk in dat artikel dat er een remedie tegen is, thee van een bepaalde wortel...'

'Moeder,' zeg ik, en ik knijp mijn ogen stijf dicht, 'ik wil net zo graag met meisjes zijn als u met... Jameso.' Ik loop naar de deur, maar kijk nog een keer om. 'Tenzij u dat wilt, bedoel ik.'

Moeder richt zich op en slaakt een onderdrukte kreet. Ik storm de trap op.

De volgende dag leg ik de brieven aan Miss Myrna op een keurige stapel. Ik heb vijfendertig dollar in mijn tas, de maandelijkse toelage die ik van moeder krijg. Ik ga naar beneden en tover mijn christelijkste glimlach op mijn gezicht. Omdat ik nog thuis woon, moet ik moeder elke keer dat ik weg wil van Longleaf vragen of ik haar auto mag lenen. En dan vraagt ze natuurlijk waar ik naartoe ga. En dat betekent dat ik elke dag tegen haar moet liegen, wat op zichzelf wel leuk is, maar aan de andere kant ook een beetje vernederend.

'Ik ga naar de kerk, even kijken of ze hulp nodig hebben met de voorbereidingen voor de zondagschool.'

'O, schat, wat attent van je. Neem gerust de tijd.'

Gisteravond heb ik besloten dat ik professionele hulp nodig heb bij mijn column. Ik heb eerst overwogen om het Pascagoula te vragen, maar ik ken haar nauwelijks. Bovendien zou ik er niet tegen kunnen dat moeder zich dan weer overal mee gaat bemoeien. Hilly's hulp, Yule May, is zo verlegen dat ze me vast niet wil helpen. De enige andere hulp die ik regelmatig zie is Aibileen, van Elizabeth. Aibileen doet me in bepaalde opzichten aan Constantine denken. Bovendien is ze ouder en dus zeer ervaren.

Onderweg naar Elizabeth ga ik langs de winkel van Ben Franklin, en ik koop een klembord, een doosje middelharde potloden, en een opschrijfboekje met een blauwe kaft. Morgen moet ik mijn eerste column inleveren; de kopij moet om twee uur op mister Goldens bureau liggen.

'Skeeter, kom binnen.' Elizabeth doet zelf open, en ik ben bang dat Aibileen vandaag misschien niet werkt. Ze draagt een blauwe ochtendjas en ze heeft enorme krulspelden in, waardoor haar hoofd reusachtig groot lijkt en haar lichaam nog magerder dan het al is. Elizabeth loopt meestal de hele dag met krulspelden rond en toch lukt het haar nooit om haar dunne haar in model te krijgen

'Kijk maar niet hoe ik eruitzie. Mae Mobley heeft me de halve nacht uit mijn slaap gehouden. Nu weet ik zelfs niet waar Aibileen naartoe is.'

Ik loop het piepkleine halletje in. Het huis heeft lage plafonds en kleine kamers. Alles ziet er tweedehands uit: de verschoten blauwe gordijnen, de rommelige hoes over de bank. Ik heb gehoord dat het niet goed gaat met Raleighs nieuwe accountantskantoor. Misschien dat het in New York en zo goed werkt, maar in Jackson, Mississippi, doen mensen gewoon liever geen zaken met een onbeschofte, neerbuigende hufter.

Hilly's auto staat voor de deur, maar ze is nergens te bekennen. Elizabeth zit aan de eettafel achter haar naaimachine. 'Ik ben bijna klaar,' zegt ze, 'alleen nog het laatste stukje van de zoom.' Ze gaat staan en houdt een nette jurk met een rond wit kraagje omhoog. 'Zeg eens eerlijk,' zegt ze met een blik in haar ogen die juist het tegenovergestelde smeekt. 'Kun je zien dat ik hem zelf heb gemaakt?'

De zoom is aan de ene kant langer dan de andere. De stof is gekreukeld en een van de manchetten is slordig afgewerkt. 'Absoluut niet. Die jurk komt zo bij Maison Blanche vandaan,' zeg ik, want dat is Elizabeths droomwinkel, vijf verdiepingen met dure kleren in Canal Street in New Orleans, kleren die in Jackson nergens te krijgen zijn.

Elizabeth glimlacht dankbaar naar me.

'Slaapt Mae Mobley?' vraag ik.

'Ja, eindelijk.' Elizabeth probeert een lok haar die is losgeraakt van de krulspeld weer vast te zetten en trekt een gezicht omdat het niet lukt. Soms krijgt haar stem een harde klank als ze het over haar kleintje heeft.

De deur van het gastentoilet op de gang gaat open en Hilly komt pratend naar buiten. '... zo veel beter. Nu heeft iedereen een eigen plek.'

Elizabeth kijkt met gefronste wenkbrauwen naar de naald van haar naaimachine.

'Zeg maar tegen Raleigh dat hij me dankbaar moet zijn,' voegt Hilly eraan toe, en dan dringt opeens tot me door wat er wordt gezegd. Aibileen heeft nu haar eigen wc in de garage.

Hilly glimlacht naar me en ik besef dat ze over haar initiatief wil beginnen.

'Hoe is het met je moeder?' informeer ik, al weet ik dat dit haar minst favoriete onderwerp is. 'Kan ze haar draai een beetje vinden in het verzorgingstehuis?'

'Ik neem aan van wel.' Hilly trekt haar rode trui omlaag over de vetrol in haar taille. Ze draagt een rood met groen geruite broek waar haar achterwerk nog groter en dikker in lijkt. 'Niet dat ik ooit waardering krijg voor alles wat ik doe. Ik heb haar hulp betrapt toen ze het zilver probeerde te stelen, pal onder mijn neus, en ík moest haar ontslaan.' Hilly knijpt haar ogen tot spleetjes. 'Jullie hebben niet toevallig gehoord of Minny Jackson nu ergens anders werkt?'

We schudden ons hoofd.

'Ik denk niet dat ze in deze stad ooit nog werk zal vinden,' zegt Elizabeth.

Hilly knikt peinzend.

Ik haal diep adem, zo graag wil ik ze mijn nieuws vertellen. 'Ik heb een baantje bij de *Jackson Journal*,' kondig ik aan.

Het wordt stil in de kamer. Plotseling begint Elizabeth te kraaien. Hilly glimlacht naar me, met zo veel trots dat ik moet blozen, want zo bijzonder is het nou ook weer niet.

'Ze zouden gek zijn geweest als ze je niet hadden aangenomen, Skeeter Phelan,' zegt Hilly en ze heft haar ijsthee bij wijze van toost.

'Eh... hebben jullie Miss Myrna weleens gelezen?' vraag ik.

'Nou, nee,' zegt Hilly, 'maar ik durf te wedden dat de arbeidersmeisjes in de blanke achterbuurten ervan smullen.'

Elizabeth knikt. 'Precies, alle arme meisjes die zich geen hulp kunnen permitteren.'

'Heb je er bezwaar tegen als ik er met Aibileen over praat?' vraag ik Elizabeth. 'Om me te helpen bij het beantwoorden van de brieven?'

Elizabeth blijft even heel stil zitten. 'Aibileen? Míjn Aibileen?'

'Je denkt toch niet dat ik de antwoorden op die vragen weet.'

'Tja... maar alleen als het haar werk niet in de weg zit.'

Ik ben verbaasd over haar houding, maar dan bedenk ik dat Elizabeth haar betaalt.

'En niet vandaag, want dan zou ik zelf voor Mae Mobley moeten zorgen als ze wakker wordt.'

'Oké. Kan ik... kan ik dan misschien morgenochtend langskomen?' Ik tel de uren op mijn vingers. Als ik Aibileen ergens halverwege de ochtend spreek, heb ik net genoeg tijd om naar huis te racen en het uit te typen, en dan om twee uur weer in de stad te zijn.

'En denk erom, niet meer dan een paar minuten,' voegt Elizabeth er zonder me aan te kijken aan toe. 'Morgen is het zilverpoetsdag.'

'Het duurt niet lang, beloofd,' zeg ik.

Elizabeth begint steeds meer op mijn moeder te lijken.

De volgende ochtend om tien uur doet Elizabeth open. Ze knikt naar me als een schooljuf. 'Kom binnen. Maar niet te lang, hoor je. Mae Mobley kan elk moment wakker worden.'

Ik loop naar de keuken, met mijn opschrijfboekje en papieren onder mijn arm. Aibileen staat bij de gootsteen. Ze glimlacht naar me en haar gouden tand glinstert. Ze is een beetje dik, maar het is een vriendelijke molligheid. En ze is veel kleiner dan ik – ja, wie niet? Haar huid is donkerbruin en glanzend tegen haar gesteven witte uniform. Haar wenkbrauwen zijn grijs, hoewel haar haar zwart is.

'Hallo, miss Skeeter. Zit miss Leefolt nog achter de naaimachine?'

'Ja.' Het is vreemd, zelfs nu ik al weer maanden thuis ben, om te horen dat Elizabeth miss Leefolt wordt genoemd, en geen miss Elizabeth of zelfs haar meisjesnaam, miss Fredericks.

'Mag ik?' Ik wijs op de koelkast, maar Aibileen doet snel de deur open.

'Wat wilt u drinken? Cola?'

Ik knik en ze maakt het flesje open met de opener aan het aanrecht, schenkt de cola in een glas.

'Aibileen...' ik haal diep adem '... ik vroeg me af of je me ergens mee kunt helpen.' Ik vertel haar over de column en ben opgelucht dat ze weet wie Miss Myrna is.

'Dus misschien zou ik je een paar van die brieven voor kunnen lezen en zou jij me... kunnen helpen met de antwoorden. Na een tijdje weet ik misschien genoeg om het zelf te kunnen doen en...' Ik breek mijn zin af. Het is uitgesloten dat ik ooit zelf huishoudelijke vragen zal kunnen beantwoorden. Eerlijk gezegd ben ik absoluut niet van plan om te leren hoe je een huis schoonmaakt. 'Het klinkt oneerlijk, hè, dat jij antwoord geeft en dat ik dan doe alsof ik het zelf heb bedacht. Of eigenlijk Myrna.' Ik zucht.

Aibileen schudt haar hoofd. 'Dat vind ik niet erg. Ik weet alleen niet of miss Leefolt 't wel goed vindt.'

'Ze heeft gezegd dat het goed is.'

'Tijdens m'n werkdag?'

Ik knik, denk aan Elizabeths pinnigheid.

'Goed dan.' Aibileen haalt haar schouders op en ze kijkt op de klok boven het aanrecht. 'Maar ik moet ophouden als Mae Mobley wakker wordt.'

'Zullen we gaan zitten?' Ik wijs op de keukentafel.

Aibileen werpt een blik op de klapdeur. 'Gaat u maar zitten, ik blijf liever staan.'

Gisteravond heb ik elke Miss Myrna-column van de afgelopen vijf jaar gelezen, maar ik heb nog geen tijd gehad om de onbeantwoorde brieven te sorteren. Ik pak mijn klembord, een potlood in de aanslag. 'Hier heb ik een brief uit Rankin County.

'*"Beste Miss Myrna,"* lees ik voor, '*"hoe verwijder ik de kringen in de overhemdskragen van mijn dikke, vunzige man, omdat hij een varken is en zweet als een otter...?"*'

Geweldig. Een column over schoonmaken en relaties. Twéé dingen waar ik echt de ballen verstand van heb.

'Waar wil ze precies van af?' vraagt Aibileen. 'De kringen of d'r man?'

Ik staar naar de brief. Ik zou haar niet over het een, noch over het ander advies kunnen geven.

'Zeg maar dat ze de kragen moet laten weken in azijn met Pine-Sol. Dan moet ze ze een tijdje in de zon leggen.'

Ik schrijf het snel op. 'Hoe lang in de zon?'

'Ongeveer 'n uurtje. Laat 't drogen.'

Ik pak de volgende brief, en ook nu geeft ze meteen antwoord. Na een stuk of vier, vijf brieven haal ik opgelucht adem.

'Bedankt, Aibileen. Je bent een engel.'

'Ik doe 't graag. Als miss Leefolt me niet nodig heeft.'

Ik raap mijn papierwinkel bij elkaar en neem een laatste slok cola, gun mezelf vijf seconden ontspanning voordat ik het stuk moet gaan schrijven. Aibileen staat bij de gootsteen en sorteert een zak met groene *fiddleheads*, de eetbare knoppen van de struisvaren. Het is stil in de keuken, alleen de radio staat zachtjes aan; het is weer predikant Green.

'Hoe kende je Constantine? Zijn jullie familie?'

'We... we kwamen in dezelfde kerk.' Aibileen verplaatst haar gewicht van de ene voet op de andere.

Er gaat een inmiddels vertrouwde steek door me heen. 'Ze heeft zelfs geen adres achtergelaten. Ik... ik kan gewoon niet geloven dat ze zomaar weg is gegaan.'

Aibileen houdt haar ogen neergeslagen. Ze lijkt de fiddleheads heel zorgvuldig te bestuderen. 'Ik weet zeker dat ze is ontslagen.'

'Maar mijn moeder zegt dat ze uit zichzelf weg is gegaan. Naar familie in Chicago.'

Aibileen pakt nog een fiddlehead, wast de lange steel en het gekrulde uiteinde. 'Nee, mevrouw,' zegt ze na een stilte.

Het duurt een paar seconden voordat ik besef waar we het over hebben.

'Aibileen,' begin ik, en ik probeer haar aan te kijken, 'denk je echt dat Constantine is ontslagen?'

Maar Aibileens gezicht is zo uitgestreken als een onbeschreven blad. ''t Zit kennelijk verkeerd in m'n geheugen,' zegt ze, en ik kan duidelijk merken dat ze vindt dat ze al te veel heeft gezegd tegen een blanke vrouw.

We horen Mae Mobley roepen en Aibileen verontschuldigt zich en loopt weg door de klapdeur. Het duurt nog een paar seconden voordat ik zo verstandig ben om weg te gaan.

Als ik tien minuten later thuiskom, zit moeder te lezen aan de eettafel.

'Moeder,' zeg ik met het klembord tegen mijn borst gedrukt, 'hebt u Constantine ontslágen?'

'Heb ik... wát?' vraagt moeder. Maar ik weet dat ze me heeft verstaan, want ze legt de nieuwsbrief van haar damesvereniging neer, de *Daughters of the American Revolution*, kortweg DAR. Er is een lastige vraag voor nodig om haar het spannende leesvoer van zo'n ontzettend saaie en ontzettend conservatieve vrouwenclub opzij te laten leggen.

'Eugenia, ik heb je verteld dat haar zus ziek was, dus is ze naar Chicago gegaan,' zegt ze. 'Hoezo? Heeft iemand je dan iets anders verteld?'

Ik vertel haar niet dat het Aibileen was, over m'n lijk. 'Ik hoorde het vanmiddag. Toen ik in de stad was.'

'Wie zegt nou zoiets?' Moeder trekt haar wenkbrauwen op tot boven haar bril. 'Het moet een van die andere negerinnen zijn geweest.'

'Wat heeft u met haar gedáán, moeder?'

Moeder likt haar lippen en kijkt me vorsend aan van boven haar dubbelfocusbril. 'Dat begrijp je toch niet, Eugenia. Niet zolang je zelf geen hulp hebt.'

'U heeft haar... ontslágen? Maar waarom?'

'Dat doet er niet toe. Het is gebeurd, en ik wil er verder geen woorden meer aan vuilmaken.'

'Moeder, ze heeft me grootgebracht. Ik wil dat u me nú vertelt wat er precies is gebeurd!' Ik erger me aan mijn eigen gegil, aan mijn kinderachtige eis.

Moeder tuit afkeurend haar lippen en zet haar bril af. 'Het had gewoon iets met het rassenverschil te maken. En meer zeg ik er niet over.' Ze zet haar bril weer op en pakt opnieuw haar nieuwsbrief.

Ik sta te trillen van woede. Ik storm de trap op. Ik ga achter mijn schrijfmachine zitten, verbijsterd dat mijn moeder iemand kan wegdoen die haar kinderen heeft grootgebracht, de belangrijkste taak die je iemand kunt toevertrouwen, iemand die mij vriendelijkheid en zelfrespect heeft bijgebracht. Ik staar naar het roze behang, de grote ringen aan de gordijnen, de vergeelde foto's, zo vertrouwd dat ze haast onzichtbaar zijn. Constantine had negenentwintig jaar voor ons gezin gewerkt.

De hele week daarna staat papa al voor het aanbreken van de dag op. Als ik wakker word, hoor ik vrachtwagens wegrijden, combines die worden opgestart, aansporingen om op te schieten. De velden zijn bruin, met broze katoenplanten, ontbladerd zodat de machines de bollen kunnen oogsten. De katoenoogst is in volle gang.

In de oogsttijd werkt papa aan één stuk door, zonder zelfs naar de kerk te gaan, maar zondagavond kom ik hem tegen in de schemerdonkere hal, tussen zijn avondeten en bedtijd.

'Papa?' vraag ik. 'Wilt u me vertellen wat er met Constantine is gebeurd?'

Hij is hondsmoe en slaakt een zucht.

'Waarom heeft moeder haar ontslagen, papa?'

'Wat zeg je? Constantine is zelf weggegaan, lieverdje. Je weet dat je moeder haar nooit zou ontslaan.' Hij kijkt teleurgesteld, alsof hij me verwijt dat ik hem de vraag heb gesteld.

'Weet u waar ze naartoe is gegaan? Heeft u haar adres?'

Hij schudt zijn hoofd. 'Vraag het maar aan je moeder, zij weet het wel.' Hij klopt me op mijn schouder. 'Mensen kunnen niet eeuwig op één plek blijven, Skeeter. Al zou ik graag hebben gehad dat ze bij ons was gebleven.'

Hij loopt verder naar zijn slaapkamer. Mijn papa is veel te eerlijk om dingen voor me te verbergen, ik weet dat hij me niet in de maling neemt.

Die week en elke week daarna, soms twee keer, ga ik langs bij Elizabeth om met Aibileen te praten. Elke keer lijkt Elizabeth achterdochtiger te worden. Hoe langer ik in de keuken blijf, des te meer klusjes ze verzint die onmiddellijk gedaan moeten worden: de deurknoppen moeten worden gepoetst, de bovenkant van de koelkast moet worden afgestoft, Mae Mobleys nagels moeten geknipt. Aibileen is vriendelijk maar wel nerveus, ze staat bij het aanrecht en werkt altijd door. In korte tijd loop ik al vooruit met de kopij, en mister Golden is volgens mij tevreden over de column, terwijl ik de eerste twee in ongeveer twintig minuten heb geschreven.

En elke week vraag ik Aibileen naar Constantine. Kan ze haar adres niet achterhalen? Kan ze me niet vertellen waarom ze dan is ontslagen? Is er een scène geweest? Want ik kan me niet voorstellen dat Constantine alleen maar 'ja mevrouw' heeft gemompeld en via de achterdeur is vertrokken. Als moeder haar had berispt over een doffe lepel, zou Constantine haar een week lang verbrande toast hebben geserveerd. Maar hoe is het dan wel gegaan? Het blijft een raadsel, want Aibileen haalt alleen haar schouders op en zegt dat ze niets weet.

Op een middag, nadat ik Aibileen heb gevraagd hoe je de vieze rand uit de badkuip kunt krijgen (ik heb nog nooit van mijn leven een bad schoongemaakt), kom ik thuis. Ik loop langs de zitkamer. De televisie staat aan en ik kijk er vluchtig naar. Pascagoula staat op ongeveer tien centimeter van het scherm. Ik hoor de woorden 'Ole Miss' en op het wazige scherm zie ik blanke mannen in donkere pakken vlak voor de camera, met zweet dat van hun kale hoofden loopt. Ik kom dichterbij en zie een zwarte man, ongeveer van mijn leeftijd, die tussen de blanke mannen in staat. Achter het groepje staan soldaten. De camera draait en ik zie het gebouw waar de administratie zit. Gouverneur Ross Barnett staat met over elkaar geslagen armen naar de lange zwarte man te kijken. Naast de gouverneur staat onze senator Whitworth, de vader van de jongen aan wie Hilly me probeert te koppelen.

Geboeid kijk ik naar het scherm. Toch ben ik opgetogen noch teleurgesteld over het nieuws dat ze misschien een kleurling gaan toelaten op Ole Miss, alleen verbaasd. Pascagoula haalt daarentegen zo luid adem dat ik haar kan horen. Ze staat stokstijf stil, zonder te merken dat ik achter haar sta. Roger Sticker, onze plaatselijke verslaggever, is nerveus, glimlacht, praat heel snel. 'President Kennedy heeft de gouverneur opdracht gegeven James Meredith toe te laten op Ole Miss, ik herhaal, de president van de Verenigde Staten...'

'Eugenia, Pascagoula! Zet nu onmiddellijk de televisie uit!'

Pascagoula draait zich geschrokken om en ziet mij en moeder. Ze snelt de kamer uit, haar ogen neergeslagen.

'Ik wil het niet hebben, Eugenia,' fluistert moeder. 'Ik wil niet hebben dat je ze op die manier aanmoedigt.'

'Wie moedig ik aan? Het is groot nieuws, mama.'

Moeder snuift. 'Het is onbehoorlijk dat jullie er samen naar kijken.' Ze vindt een zender met de herhaling van het muziekprogramma van Lawrence Welk. 'Kijk eens, dat is toch veel leuker?'

Op een warme zaterdagmiddag eind september, als de katoenvelden geplukt en leeg zijn, sjouwt papa een nieuwe kleurentelevisie ons huis binnen. Hij verplaatst de oude zwart-wittelevisie naar de keuken. Glimlachend en trots sluit hij de nieuwe televisie aan in de zitkamer. De rest van de middag schettert de footballwedstrijd van Ole Miss tegen LSU door het huis.

Moeder is er niet bij weg te slaan, en ze blijft oooh's en aaah's roepen over de heldere kleuren. Zij en papa zijn trouwe fans van de Rebels, het team van Ole Miss. Ze draagt een broek van rode wol ondanks de bloedhitte en papa's oude Kappa Alpha-deken is over haar stoel gedrapeerd. Niemand noemt James Meredith, de zwarte student die ze hebben toegelaten.

Ik neem de Cadillac en ga naar de stad. Moeder vindt het onverklaarbaar dat ik niet wil kijken als mijn alma mater met een bal stoeit. Maar Elizabeth en haar man kijken bij Hilly naar de wedstrijd, dus weet ik dat Aibileen alleen is. Ik hoop dat het iets makkelijker is voor Aibileen als Elizabeth niet thuis is. Eerlijk gezegd hoop ik dat ze me iets over Constantine wil vertellen, wat dan ook.

Aibileen laat me binnen en ik loop met haar mee naar de keuken. Ze is misschien ietsiepietsie minder gespannen in Elizabeths lege huis. Ze kijkt naar de keukentafel alsof ze eigenlijk wel wil gaan zitten, maar als ik het haar vraag, antwoordt ze: 'Nee, ik blijf wel staan. Gaat u maar zitten.' Ze pakt een tomaat uit een pan in het aanrecht en begint die te schillen met een mes.

Ik leun tegen het aanrecht en leg haar het nieuwe raadsel voor: hoe voorkom je dat honden je vuilnisbak overhoop halen? Omdat je luie man vergeet ze op vuilnisdag buiten te zetten. Omdat hij altijd en eeuwig bier zuipt.

'Giet gewoon 'n flinke scheut maniak in de vuilnisbak, dan komen honden d'r niet eens meer in de buurt.' Ik noteer het, maak er ammoniak van, en pak de volgende brief. Als ik mijn hoofd optil, glimlacht Aibileen naar me.

'Ik wil niet oneerbiedig zijn, miss Skeeter, maar... is 't niet raar dat u de nieuwe Miss Myrna bent als u niks van 't huishouden weet?'

Ze zegt het niet zoals moeder het een maand geleden zei. Nu moet ik erom lachen, en ik vertel haar wat ik niemand anders heb verteld, over de telefoontjes en de sollicitatiebrief naar Harper & Row. Dat ik schrijfster wil worden. Het advies dat ik van Elaine Stein heb gekregen. Het is zo fijn om het iemand te vertellen.

Aibileen knikt, draait haar mes rond de volgende tomaat. 'Mijn jongen, Treelore, die hield ook van schrijven.'

'Ik wist niet dat je een zoon had.'

'Hij is dood. Twee jaar nu.'

'O, wat vreselijk voor je,' zeg ik. Even is predikant Green het enige geluid in de keuken, en het zachte plofje waarmee de tomatenschil in de gootsteen valt.

'Haalde altijd tienen voor Engels. Later, toen-ie groot was, kocht-ie een schrijfmachien en begon-ie een idee uit te werken...' De op haar schouders met spelden vastgezette banden van haar schort zakken omlaag. 'Zei dat-ie een boek wou schrijven.'

'Een boek waarover?' vraag ik. 'Als je het tenminste niet erg vindt dat ik het vraag...'

Aibileen zegt een poos niets. Blijft tomaten schillen, rond en rond gaat het mes. 'Hij had een boek gelezen, *Onzichtbare man*. Toen 't uit was, zei hij dat-ie ging opschrijven hoe 't was om in Mississippi als zwarte voor een blanke baas te werken.'

Ik kijk weg, wetend dat mijn moeder het gesprek op dit punt zou afbreken. Nu zou ze glimlachen en overstappen op een ander onderwerp, de prijs van zilverpoets of witte rijst of zo.

'Ik heb *Onzichtbare man* ook gelezen, toen-ie dood was,' zegt Aibileen. ''t Is een goed boek.'

Ik knik, al heb ik het nooit gelezen. Ik heb er nooit bij stilgestaan dat Aibileen boeken zou kunnen lezen.

'Hij had bijna vijftig pagina's geschreven,' zegt ze. 'Die heb ik z'n vriendin Frances laten houden.'

Aibileen laat de tomaat en het mes zakken. Ik zie haar keel bewegen als ze slikt. 'Vertel 't alstublief aan niemand,' zegt ze, zachter nu, 'dat-ie over z'n blanke baas wou schrijven.' Ze bijt op haar lip en ik besef dat ze nog steeds bang is. Hoewel hij dood is, blijft het instinct om haar zoon te beschermen bestaan.

'Het geeft niet dat je het me hebt verteld, Aibileen. Ik vind het... moedig van hem.'

Aibileen blijft me even aankijken. Dan pakt ze een nieuwe tomaat en zet ze het mes ertegenaan. Ik kijk toe, wacht op de eerste druppels rood sap. Maar Aibileen begint niet te schillen; ze kijkt in plaats daarvan naar de keukendeur.

'Ik vind 't niet eerlijk, dat u niet weet wat d'r met Constantine is gebeurd. Ik... 't spijt me, 't voelt gewoon verkeerd dat ik er met u over praat.'

Ik wacht zwijgend af; ik weet niet waarom ze er nu zelf over begint, maar ik wil het niet verpesten.

'Maar ik wil 't u toch vertellen. Het had iets met d'r dochter te maken. Die kwam op bezoek bij uw moeder.'

'Dochter? Constantine heeft me nooit verteld dat ze een dochter had.'

Ik heb Constantine drieëntwintig jaar gekend. Waarom zou ze dit voor me verzwijgen?

''t Was moeilijk voor d'r. De baby was heel... heel licht, een *high yellow*.'

Ik verstijf en denk aan wat Constantine me jaren geleden heeft verteld. 'Wat bedoel je, licht? Blank?'

Aibileen knikt, gaat verder met haar taak. 'Ze moest d'r wegsturen, naar 't noorden, volgens mijn.'

'Constantines vader was blank,' zeg ik. 'O, Aibileen, je denkt toch niet...' Er gaat een lelijke gedachte door mijn hoofd. Ik ben zo geschokt dat ik mijn zin niet kan afmaken.

Aibileen schudt haar hoofd. 'Nee, nee, mevrouw, dat was 't niet. Die man van Constantine, Connor, die was zwart. Maar Constantine had ook d'r vaders bloed in d'r, en haar baby leek net 'n blanke. Dat... komt soms voor.'

Ik schaam me voor mijn lelijke gedachte. Toch begrijp ik het nog steeds niet. 'Waarom heeft ze het me nooit verteld?' vraag ik, zonder echt antwoord te verwachten. 'Waarom heeft ze haar weggestuurd?'

Aibileen knikt bij zichzelf alsof ze het begrijpt. Maar ík begrijp het niet. 'Ik heb d'r nooit zo uit d'r doen gezien. Ze heeft denk ik wel duizend keer gezegd dat ze niet kon wachten op de dag dat ze haar terug zou krijgen.'

'Je zei dat het door die dochter kwam dat Constantine is ontslagen. Wat is er dan gebeurd?'

Het gaat net zo als de vorige keer; het doek valt en Aibileens gezicht verliest elke uitdrukking. Ze gebaart naar de Miss Myrna-brieven, waarmee ze duidelijk maakt dat ze er verder niets over wil zeggen. In elk geval nu niet.

Later ga ik langs bij Hilly voor het footballfuifje. Langs de stoeprand staan rijen stationwagons en lange Buicks. Ik ga met tegenzin naar binnen, wetend dat ik de enige zonder partner zal zijn. De woonkamer zit vol met echtparen, op de banken, de chaises, de armleuningen van stoelen. Vrouwen zitten rechtop met hun benen over elkaar, hun mannen leunen naar voren. Alle ogen zijn op het houten televisietoestel gericht. Ik blijf ergens achterin staan, glimlach naar een paar mensen, knik naar een paar andere. Op de stem van de commentator na is het stil in de kamer.

'Hoeraaaaa!' roepen ze allemaal en handen vliegen omhoog en vrouwen gaan staan en klappen in hun handen. Ik kauw op een nagelriem.

'Zet 'm op, Rebels! Geef die Tigers van katoen!'

'Kom op, Rebels!' juicht Mary Frances Tryly, en ze springt op en neer in haar twinset.

Ik kijk naar mijn half afgebeten nagelriem, die rood en pijnlijk is. Het ruikt sterk naar bourbon in de kamer, en naar rode wol en diamanten ringen. Ik vraag me af of de meiden echt van football houden, of dat ze alleen maar enthousiast doen om indruk te maken op hun man. Ik ben nu vier maanden lid van de League, en er heeft nog nooit een meisje aan me gevraagd: 'Waren de Rebs gisteren niet gewéldig?'

Ik baan me al kletsend een weg naar de keuken. Hilly's lange, magere hulp, Yule May, vouwt deeg rond kleine knakworstjes. Een ander zwart meisje, jonger, staat af te wassen. Hilly staat met Deena Doran te praten en wenkt me.

'... lekkerste petitfour die ik ooit heb gegeten! Deena, volgens mij ben jij de beste kokkin van de hele League!' Hilly steekt de rest van het gebakje in haar mond, knikt en maakt goedkeurende geluiden.

'Bedankt voor het compliment, Hilly. Het is een hele klus om ze te maken, maar het is de moeite waard.' Deena straalt, ziet eruit alsof ze smelt onder Hilly's bewondering.

'Dus je wilt het doen? O, ik ben zo blij! De bakcommissie zit gewoon te springen om iemand zoals jij.'

'En hoeveel heb je er nodig?'

'Vijfhonderd, morgenmiddag.'

Deena's glimlach verflauwt. 'Oké. Ik kan... Nou ja, dat wordt dan nachtwerk.'

'Skeeter, fijn dat je toch kon komen,' zegt Hilly en Deena loopt de keuken uit.

'Ik kan niet lang blijven,' zeg ik, waarschijnlijk net iets te snel.

'Nou, dit keer komt hij echt.' Hilly grijnst naar me. 'Over drie weken.'

Ik kijk naar de lange vingers van Yule May waarmee ze het deeg aandrukt, en ik zucht. Ik weet meteen wie ze bedoelt. 'Ik weet het niet, Hilly.

Je hebt het nu al zo vaak geprobeerd. Misschien is het een teken.' Vorige maand, toen hij een dag voor onze afspraak afzei, was ik zelfs een beetje opgewonden geweest. Ik heb geen zin om dat nog een keer mee te maken.

'Kom nou! Dat moet je niet zeggen.'

'Hilly...' Ik klem mijn kaken op elkaar, want ik moet het eindelijk wél een keer zeggen. 'Hilly, je weet dat ik niet zijn type zal zijn.'

'Kijk me eens aan,' zegt ze. En ik doe wat me wordt opgedragen. Dat doen we allemaal als Hilly het zegt.

'Hilly, je kunt me niet dwingen om... '

'Het is de hoogste tijd, Skeeter.' Ze pakt mijn hand en drukt haar duim en vingers net zo hard in mijn handpalm als Constantine vroeger altijd deed. 'Jíj bent aan de beurt. En ik ben verdorie niet van plan om jou deze kans mis te laten lopen omdat je moeder je ervan heeft overtuigd dat je niet goed genoeg bent voor iemand zoals hij.'

Haar bittere maar o, zo ware woorden doen pijn. En tegelijkertijd ben ik onder de indruk van haar vasthoudendheid, van haar trouw. Hilly en ik zijn altijd onvoorwaardelijk eerlijk tegen elkaar geweest, zelfs over kleine dingen. Bij andere mensen strooit Hilly met leugens zoals voorgangers schuldgevoelens uitdelen, maar het is onze stilzwijgende afspraak, deze strikte eerlijkheid, misschien wel het enige dat onze vriendschap overeind houdt.

Elizabeth komt de keuken binnen met een lege schaal. Ze glimlacht, blijft dan staan. We kijken elkaar alle drie aan.

'Wat is er?' zegt Elizabeth. Ze denkt dat we het over haar hadden, dat weet ik gewoon.

'Dus over drie weken?' zegt Hilly. 'Je komt?'

'Natuurlijk komt ze!' zegt Elizabeth. 'Ben je nou helemaal maf?'

Ik kijk naar hun glimlachende gezichten, naar de hoop die uit hun ogen straalt. Dit is heel anders dan moeders bemoeizucht; dit is een zuivere hoop, zonder bijbedoelingen, zonder kwetsende opmerkingen. Ik vind het vreselijk dat mijn vriendinnen achter mijn rug om over me hebben gepraat, over de avond die mijn lot gaat bezegelen. Ik vind het vreselijk en tegelijkertijd intens aandoenlijk.

Al voordat de wedstrijd is afgelopen ga ik terug naar huis. Door het open raampje van de Cadillac zie ik kale, zwartgeblakerde velden. Papa heeft al weken geleden de laatste oogst binnengehaald, maar de berm langs de kant van de weg ziet er nog steeds uit alsof er sneeuw ligt, met witte katoen in het gras. Witte pluizen worden meegevoerd door de wind.

Achter het stuur maak ik het postkastje open. *The Farmer's Almanac* ligt erin en één enkele brief. Een brief van Harper & Row. Ik draai de oprit op en stop. Het is een handgeschreven briefje op een velletje gelinieerd papier.

Miss Phelan,

Uiteraard kunt u afgezaagde en onbezielde onderwerpen als alcohol in het verkeer en analfabetisme als slijpsteen voor uw schrijftalent gebruiken. Ik had echter gehoopt dat u thema's met pit zou kiezen. Blijf zoeken. U kunt me opnieuw schrijven, maar alleen als u met een origineel idee op de proppen komt.

Ik sluip langs de eetkamer waar moeder zit, langs onzichtbare Pascagoula die foto's afstoft in de gang, en beklim mijn steile, smalle trap. Mijn gezicht gloeit. Ik vecht tegen de tranen om de brief van missus Stein, hou mezelf voor dat ik me niet moet aanstellen. Het ergste is dat ik geen originele ideeën heb.

Ik zoek mijn toevlucht in het volgende stukje met huishoudelijke tips, en dan in de nieuwsbrief van de League. Voor de tweede week op rij negeer ik Hilly's sanitaire initiatief. Een uur later staar ik uit het raam naar buiten. Mijn nieuwe boek, *Laat ons nu vermaarde mannen prijzen* van James Agee, ligt in de vensterbank. Ik loop erheen om het weg te halen, want ik wil niet dat het omslag, met een zwart-witfoto van een arme, aan lager wal geraakte familie, vergeelt in het zonlicht. Het boek is warm en zwaar van de zon. Ik vraag me af of ik ooit iets van enige waarde zal schrijven. Ik draai me om als Pascagoula op mijn deur klopt. Dan komt het idee bij me op.

Nee, dat kan ik niet doen. Dan zou ik... over de schreef gaan.

Maar het idee wil niet weggaan.

AIBILEEN

7

Half oktober is de hittegolf eindelijk voorbij en krijgen we een koele tien graden. De wc-bril wordt 's ochtends flink koud daarbuiten en m'n adem stokt altijd effe als ik ga zitten. 't Is niet meer dan een klein hokje dat ze in de carport hebben gebouwd. Er staat een wc in en aan de muur is een klein fonteintje. Een koord voor de lamp. Het wc-papier moet op de vloer staan.

Bij miss Caulier, waar ik hiervoor heb gewerkt, was de carport tegen 't huis aan gebouwd, dus hoefde ik niet naar buiten. Daar weer voor werkte ik in een huis waar een aparte bediendekamer met toilet was, waar ik ook sliep als ik 's nachts bleef. Hier moet ik door weer en wind om er te komen.

Op een dinsdagmiddag eet ik m'n lunch op 't trapje aan de achterkant, zittend op het koele beton. 't Gras wil aan de achterkant niet goed groeien. 't Grootste deel van de tuin ligt in de schaduw van een grote magnolia. Ik weet nu al dat Mae Mobley zich achter die boom gaat verstoppen. Over 'n jaar of vijf verstopt ze zich erachter voor d'r moeder.

Na een poosje waggelt Mae Mobley naar buiten. Ze heeft een halve hamburger in d'r hand. Ze glimlacht naar me en zegt: 'Lekker.'

'Waarom ben je niet binnen bij je mama?' vraag ik, maar dat weet ik best. Ze zit liever buiten bij de hulp dan binnen met d'r moeder, die overal naar kijkt behalve naar haar. Ze is net 'n kippenkuikentje dat de kluts kwijt is en achter de eendjes aan loopt.

Mae Mobley wijst naar de vogels die zich opmaken voor de winter, tjilpend in 't grijze fonteintje. 'Blootburstje!' Ze wijst en laat haar hamburger vallen op 't trapje. Opeens, zomaar uit 't niets, duikt die ouwe hond op, Aubie, waar ze nooit aandacht aan besteden, en hij schrokt 'm naar binnen. Ik heb 't niet op honden, maar dit beest is zielig. Ik aai hem over z'n kop. Ik durf te wedden dat die hond al sinds Kerstmis niet meer is geaaid.

Als Mae Mobley 'm ziet, kraait ze en probeert ze z'n staart te pakken. Die zwiept een paar keer in d'r gezicht voordat ze 'm te pakken heeft. 't Arme beest, hij jankt en kijkt d'r zo zielig honderig aan, met z'n kop schuin en z'n wenkbrauwen omhoog. Ik kan 'm bijna horen vragen of ze los wil laten. Dat beest bijt nooit.

Ik probeer een truc, in de hoop dat ze dan loslaat: 'Mae Mobley, waar is jouw staart?'

En ja hoor, ze laat los en kijkt over d'r schouder. D'r mond hangt open alsof ze stomverbaasd is dat ze 'm nooit eerder heeft gezien. Ze draait wiebelige rondjes om te proberen of ze 'm kan vinden.

'Je hebt geen staart.' Ik lach en til haar op voordat ze van 't trapje kan vallen. De hond snuffelt rond op zoek naar meer hamburger.

Ik moet er altijd om lachen dat die kleintjes alles geloven wat je tegen ze zegt. Laatst kwam ik onderweg naar de Jitney Tate Forrest tegen, een van m'n vroegere baby's van lang geleden, en hij was zo blij me te zien dat hij me omhelsde. Hij is een volwassen man nu. Ik moest snel terug naar miss Leefolt, maar hij begon te lachen en herinneringen op te halen aan de dingen die ik vroeger tegen 'm zei. De eerste keer dat-ie een slapende voet had en zei dat 't prikte, zei ik tegen hem dat z'n voet snurkte. En dat ik tegen hem zei dat hij geen koffie moest drinken want dat-ie anders bruin werd. Hij zei dat-ie nog steeds nooit een kop koffie heeft gedronken en hij is al eenentwintig. 't Doet me altijd goed als ik zie dat de kinderen gezond en wel groot zijn geworden.

'Mae Mobley? Mae Mobley Leefolt!'

Het valt miss Leefolt nu pas op dat d'r kind niet meer bij haar in de kamer is. 'Ze is hier buiten bij mij, miss Leefolt,' zeg ik door de hordeur.

'Ik heb tegen je gezegd dat je in je kinderstoel moest eten, Mae Mobley. Waarom ik jou heb terwijl al mijn vriendinnen engeltjes hebben, het is me een raadsel...' Maar dan gaat de telefoon en ik hoor dat ze snel wegloopt om op te nemen.

Ik kijk naar Baby Girl, en zie dat ze diepe rimpels heeft boven d'r ogen. Ze denkt ergens over na.

Ik raak haar wang aan. 'Is er iets, schatje?'

Ze zegt: 'Mae Mo stout.'
Zoals ze 't zegt, alsof 't een feit is, doet me pijn vanbinnen.
'Mae Mobley,' zeg ik, want ik wil iets proberen, 'ben je een slim meisje?'
Ze kijkt me alleen aan, alsof ze 't niet weet.
'Mae Mobley is een slim meisje,' zeg ik.
Ze zegt: 'Mae Mo slim.'
Ik zeg: 'Ben je 'n lief klein meisje?'
Weer kijkt ze me aan. Ze is twee. Ze weet nog niet wat ze is.
Ik zeg: 'Mae Mobley is een lief meisje.'
Ze knikt, herhaalt het. Maar voordat ik er nog een kan doen, staat ze op en rent ze lachend achter die arme hond aan door de tuin, en dan vraag ik m'n eigen af wat er zou gebeuren als ik elke dag tegen d'r zeg wat goed van d'r is.
Ze draait zich om van 't vogelbadje en glimlacht en roept: 'Hé, Aibee. Ik hou van jou, Aibee,' en ik voel iets in m'n binnenste bewegen, zacht als de vleugels van een vlinder, terwijl ik naar d'r zit te kijken. Zo voelde ik me vroeger als ik naar Treelore keek. En 't maakt me een beetje verdrietig, die herinnering.

De volgende weken zijn heel belangrijk voor Mae Mobley. Als je erover nadenkt, weet je vast niet meer wanneer je voor 't eerst naar de wc ging in plaats van 't in je luier te doen. En je bent de persoon die 't je heeft geleerd vast niet dankbaar. Niet één van de baby's die ik heb grootgebracht is ooit naar me toe gekomen om te zeggen: 'Aibileen, wat ben ik je ontzettend dankbaar dat je me hebt geleerd om 't op de pot te doen.'
't Is lastig. Als je een kind naar de wc probeert te laten gaan voordat-ie eraan toe is, maak je 'm gek. 't Lukt ze gewoon niet en dan gaan ze denken dat ze stom zijn. Van Baby Girl weet ik dat ze eraan toe is. En zij weet 't ook. Maar goeie genade, ze maakt 't me niet gemakkelijk. Ik zet d'r op de houten kinderbril zodat ze niet met d'r billetjes in de pot zakt. Zodra ik me omdraai, rent ze weg.
'Moet je plassen, Mae Mobley?'
'Nee.'
'Je hebt twee glazen druivensap gedronken. Ik weet dat je moet.'
'Néé.'

'Ik geef je een koekje als je 't voor mij doet.'

We kijken mekaar aan. Ze begint naar de deur te gluren. Ik hoor niks gebeuren in de pot. Meestal lukt 't me om ze na een week of twee te laten gaan. Maar dan moeten hun mama's me wel helpen. Jongetjes moeten 't hun papa zien doen als ze voor de pot staan, meisjes moeten hun mama 't zittend zien doen. Miss Leefolt wil d'r meisje niet in de buurt hebben als zij gaat, dat is 't probleem.

'Doe een klein beetje voor mij, Baby Girl.'

Ze steekt d'r onderlip naar voren, schudt d'r hoofd.

Miss Leefolt is weg om d'r haar te laten doen, anders zou ik nog een keer vragen om 't voorbeeld te geven zelfs al heeft die vrouw al vijf keer nee gezegd. De laatste keer dat ze nee zei, was ik van plan haar te vertellen hoeveel kinderen ik al heb grootgebracht en haar te vragen bij nummer hoeveel zij is, maar op 't eind zei ik alleen 'zoals u wilt', net als altijd.

'Ik geef je twéé koekjes,' zeg ik, ook al loopt 'r mama altijd op me te vitten dat ik 'r vetmest.

Mae Mobley schudt d'r hoofd en zegt: 'Ga jij maar.'

Hoor 's, ik ga niet zeggen dat ik dat nooit eerder heb gehoord, maar meestal kom ik er wel onderuit. En hoewel ik gewoon weet dat ze moet zien hoe je 't doet voordat ze 't zelf kan doen, zeg ik: 'Ik hoef niet.'

We kijken elkaar aan. Ze wijst nog een keer en zegt: 'Jij gaat.'

Dan begint ze te huilen en te draaien omdat ze al zo lang op die kinderbril zit en ik weet wat ik moet doen. Ik weet alleen niet hoe. Moet ik 'r meenemen naar de mijne in de garage of hier op deze wc gaan? Stel nou dat miss Leefolt thuiskomt en ik zit op háár wc? Ze zou ontploffen.

Ik doe de luier weer om en we gaan naar de garage. 't Ruikt er een beetje moerassig vanwege de regen. Zelfs met 't licht aan is 't donker, en hier is geen keurig behang zoals binnen. 't Zijn niet eens echte muren, 't is aan elkaar gespijkerd triplex. Ik hoop dat ze niet bang is.

'Oké, Baby Girl, hier is 't. Aibileens wc.'

Ze steekt d'r hoofd naar binnen en d'r mond krijgt de vorm van een Cheerio. 'Ooooo,' zegt ze.

Ik doe m'n onderbroek naar beneden en ik doe heel snel pipi, gebruik 't papier, en ik hijs alles weer op voordat ze iets heeft kunnen zien. Dan trek ik door.

'Zo doe je dat,' zeg ik.

Goeie genade, wat kijkt zij verbaasd. D'r mond hangt open alsof ze een wonder heeft gezien. Ik kom uit 't hokje en in 'n flits heeft ze d'r luier afgedaan en klimt ze als een aapje op de wc-pot. Ze houdt zich vast om er niet in te vallen, doet zelf pipi.

'Mae Mobley! Je gaat naar de wc! Wat goed van je!' Ze grijnst en ik til d'r op voordat ze erin kan vallen. We gaan weer naar binnen en ze krijgt twee koekjes.

Later zet ik haar nog een keer op d'r eigen wc en ze gaat nog een keer, voor mij. Die eerste keren zijn 't moeilijkst. Aan 't eind van de dag heb ik echt 't gevoel dat ik iets heb bereikt. Ze begint steeds beter te praten, dus je kunt wel raden wat 't nieuwe woord van die dag is.

'Wat heeft Baby Girl vandaag gedaan?'

Ze zegt: 'Pipi.'

'Wat zetten ze bij deze dag in 't geschiedenisboek?'

Ze zegt: 'Pipi.'

Ik zeg: 'Waar ruikt miss Hilly naar?'

Ze zegt: 'Pipi.'

Maar dan hou ik me in. 't Was niet christelijk, plus dat ik bang ben dat ze 't herhaalt.

Aan 't eind van de middag komt miss Leefolt thuis met d'r haar helemaal opgefluft. Ze heeft een permenent en ze stinkt naar maniak.

'Raad 's wat Mae Mobley vandaag heeft gedaan?' zeg ik. 'Ze is naar 't toilet geweest, op de toiletpot.'

'O, wat geweldig!' Ze geeft haar een knuffel, wat ik haar lang niet vaak genoeg zie doen. En ik weet dat ze 't meent ook nog, want miss Leefolt heeft een bloedhekel aan luiers verschonen.

Ik zeg: 'U moet haar van nu af aan elke keer op de pot laten gaan. Ze raakt in de war als u 't niet doet.'

Miss Leefolt glimlacht, zegt: 'Prima.'

'Laten we kijken of ze 't nog één keertje wil doen voordat ik naar huis ga.' We gaan naar het toilet. Ik doe haar luier af en zet haar op de wc.

Maar Baby Girl schudt 'r hoofd.

'Kom op, Mae Mobley, laat je mama eens zien dat je pipi op de pot kan doen.'

'Néé.'

Ik til haar er weer af. ''t Geeft niet. Je hebt vandaag heel erg je best gedaan.'

Maar miss Leefolt heeft d'r lippen getuit en ze bromt en ze kijkt haar boos aan. Voordat ik de luier weer om kan doen, rent Baby Girl zo hard ze kan weg. Half nakend rent ze door 't huis. Naar de keuken. Naar buiten, naar de garage, en ze gaat op d'r tenen staan om de deur van míjn wc open te doen. We rennen achter haar aan en miss Leefolt wijst met d'r vinger. D'r stem piept als een kwaaie muis. 'Dat is níét jouw wc!'

Baby Girl schudt d'r hoofd. 'Míjn weecee.'

Miss Leefolt tilt haar op, geeft haar een klets op d'r benen.

'Miss Leefolt, zij kan niet weten dat...'

'Ga naar binnen, Aibileen!'

Ik vind 't verschrikkelijk, maar ik ga naar de keuken. Ik blijf in 't midden staan en laat de deur open.

'Ik heb je niet geleerd om naar de wc voor zwartjes te gaan!' hoor ik haar sissen, want ze denkt dat ik d'r dan niet kan horen, en ik denk bij m'n eigen: Dame, jij hebt je kind helemaal níks geleerd.

'Het is vies hier, Mae Mobley. Straks krijg je nog ziektes! Nee, nee, nee!' En ik hoor dat ze haar met elk woord nog een keer op d'r billen slaat.

Even later draagt miss Leefolt d'r kleintje naar binnen alsof ze een zak aardappels is. Ik kan niets doen, alleen toekijken. Het voelt alsof m'n hart omhoog komt in m'n keel. Miss Leefolt laat Mae Mobley voor de teevee vallen en ze marcheert naar d'r slaapkamer en knalt de deur dicht. Ik ga Mae Mobley een knuffel geven. Ze huilt nog steeds en ze kijkt alsof ze er niks van snapt.

'Het spijt me heel erg, Mae Mobley,' fluister ik. Ik vervloek mezelf dat ik d'r heb meegenomen naar mijn wc. Ik weet niet wat ik verder nog moet zeggen, dus ik hou d'r alleen tegen me aan.

We zitten naar *Li'l Rascals* te kijken totdat miss Leefolt weer binnenkomt en vraagt of ik niet naar huis moet. Ik steek het dubbeltje voor de bus in m'n zak, geef Mae Mobley nog een knuffel, fluister: 'Je bent een slím meisje. Je bent een líéf meisje.'

In de bus naar huis zie ik de grote huizen van de blanken niet langskomen. Ik praat niet met de andere hulpen. Ik zie alleen dat Mae Mobley slaag krijgt vanwege mijn. Ik zie haar naar d'r moeder luisteren als die me smerig en besmet noemt.

De bus jakkert door State Street. We steken de Woodrow Wilson Bridge over en ik klem m'n kaken zo stijf op mekaar dat m'n tanden zowat breken. Ik voel dat bittere zaadje groeien in m'n binnenste, 't zaadje dat is geplant toen Treelore doodging. Ik wil 't liefst zo hard gillen dat Baby Girl me kan horen dat smerig geen kleur is, dat ziekte niet de zwarte kant van de stad is. Ik wil voorkomen dat 't moment komt – en 't komt in 't leven van elk blank kind – dat ze begint te denken dat zwarten slechter zijn als blanken.

We rijden Farish in en ik sta op, want m'n halte komt eraan. Ik bid dat dit niet dat moment was. Bid dat ik nog tijd heb.

In de weken erna blijft alles heel rustig. Mae Mobley draagt nu echte meisjesonderbroekjes. Ze heeft bijna nooit ongelukjes. Na wat er in de garage is gebeurd, vindt miss Leefolt 't opeens belangrijk dat Mae Mobley naar de wc gaat. Ze laat haar zelfs kijken als zij gaat, 't blanke voorbeeld geeft. Toch betrap ik haar er nog een paar keer op, als miss Leefolt niet thuis is, dat ze naar de mijne probeert te gaan. Soms heeft ze 't al gedaan voordat ik 't in de gaten heb.

'Hallo, miss Clark.' Robert Brown, die miss Leefolts tuin doet, komt 't trapje aan de achterkant op. Het is lekker koel buiten. Ik doe de hordeur open.

'Hoe is 't met je, knul?' Ik geef een klopje op z'n arm. 'Ik hoor dat je elke tuin in de straat doet.'

'Ja, mevrouw. Ik heb twee jongens in dienst die voor me maaien.' Hij grijnst. 't Is een knappe jongen, groot, met kort haar. Hij zat met Treelore op school. Ze waren goede vrienden, speelden samen honkbal. Ik raak z'n arm aan, moet 'm gewoon nog effe voelen.

'Hoe is 't met je oma?' vraag ik. Ik hou van Louvenia, ze is de grootste schat van de wereld. Zij en Robert waren samen op de begrafenis. Daardoor moet ik aan volgende week denken. Dan komt de ergste dag van 't jaar.

'Die is sterker dan ik.' Hij glimlacht. 'Ik kom zaterdag bij u maaien.'

Dat deed Treelore altijd voor me. Nu doet Robert 't zonder 't zelfs te vragen en hij wil d'r geen cent voor hebben. 'Dat is lief van je, Robert. Reuze bedankt.'

'U hoeft maar te kikken als u iets nodig heb, dat weet u toch, miss Clark?'

'Bedankt, knul.'

Ik hoor de bel en zie dat miss Skeeters auto voor de deur staat. Miss Skeeter is deze maand elke week een keer naar miss Leefolts huis gekomen om mij de Miss Myrna-vragen te stellen. Ze vraagt wat je aan vlekken van hard water doet, en ik zeg: wijnsteenpoeder. Ze vraagt hoe je een gloeilamp los krijgt die in de lamp is afgebroken en ik zeg: een rauwe aardappel. Ze vraagt wat er tussen hun oude hulp en d'r mama is gebeurd, en ik krijg 't koud. Ik dacht dat als ik haar een beetje vertelde, een paar weken terug, over de dochter van Constantine, dat ze dan zou ophouden vragen te stellen. Maar miss Skeeter gaat maar door. Ze begrijpt gewoon niet waarom een zwarte vrouw in Mississippi geen baby met een blanke huid kan grootbrengen. 't Zou een naar en eenzaam leven zijn, want je hoort niet hier en niet daar.

Elke keer als miss Skeeter klaar is met vragen over hoe je zus schoonmaakt of zo repareert en waar Constantine is, raken we ook over andere dingen aan de praat. Dat is nou niet iets wat ik vaak doe met m'n bazinnen of d'r vriendinnen. Voor ik 't weet vertel ik haar dat Treelore nooit minder dan een 8,5 heeft gehaald, of dat de nieuwe ouderling van de kerk op m'n zenuwen werkt omdat-ie lispelt. Kleine dingetjes, maar dingen die ik normaal gesproken niet aan een blanke zou vertellen.

Vandaag probeer ik d'r het verschil uit te leggen tussen 't zilver in een badje doen of 't poetsen, dat ze 't badje alleen bij armelui doen omdat 't sneller is, maar 't resultaat is flut. Miss Skeeter houdt d'r hoofd schuin en fronst d'r voorhoofd. 'Aibileen, weet je nog, dat... dat idee van Treelore?'

Ik knik, hou m'n adem in. Dat had ik nooit aan een blanke moeten vertellen.

Miss Skeeter knijpt d'r ogen tot spleetjes, net zoals ze deed toen ze over die wc begon. 'Ik heb erover nagedacht. Ik wil graag met je praten...'

Maar verder komt ze niet, want miss Leefolt komt de keuken binnen. Ze ziet dat Baby Girl met de kam in m'n handtas speelt en zegt dat Mae

Mobley vandaag maar vroeg in bad moet. Ik zeg dag tegen miss Skeeter, loop naar de badkamer om de kraan aan te zetten.

Nadat ik er een jaar tegenop heb gezien, is 't dan eindelijk 8 november. De nacht ervoor heb ik denk ik niet meer dan twee uur geslapen. Ik wor' wakker als 't net licht begint te worden en ik zet een pot koffie. M'n rug doet pijn als ik me vooroverbuig om m'n kousen aan te doen. Vlak voor ik de deur uitga, gaat de telefoon.

'Ik wilde je effe horen. Heb je geslapen?'

'Een beetje.'

'Ik breng je vanavond een karamelcake. En ik wil dat je dan in je keuken gaat zitten en 't hele ding opeet als avondmaal.'

Ik probeer te glimlachen, maar 't lukt niet. Ik bedank Minny.

Het is vandaag precies drie jaar geleden dat Treelore omkwam. Maar volgens miss Leefolts boekje is 't gewoon de vloerendag. Over twee weken is 't Thanksgiving en ik heb m'n handen vol aan de voorbereidingen. De hele ochtend schrob ik vloeren, tot aan 't nieuws van twaalf uur. Ik mis m'n teeveeprogramma omdat de dames in de eetkamer zitten om dingen te bespreken voor 't benefietfeest en ik mag de teevee niet aanzetten als d'r bezoek is. Ik vind 't niet erg. M'n spieren trillen, zo moe zijn ze. Maar ik wil doorgaan.

Om een uur of vier komt miss Skeeter de keuken binnen. Ze heeft nog niet eens hallo gezegd of miss Leefolt rent achter d'r aan.

'Aibileen, ik hoor net dat missus Fredericks morgen komt en ze blijft tot na Thanksgiving. Ik wil dat je 't zilver poetst en alle gastenhanddoeken wast. Morgen geef ik je een lijst met de rest.'

Miss Leefolt schudt d'r hoofd naar miss Skeeter, zo van dat niemand in de stad 't zo moeilijk heeft als zij, en dan loopt ze weg.

Ik ga het zilver halen uit de eetkamer. Goeie genade, ik ben al zo moe, en ik moet volgende week zaterdag 's avonds werken op 't benefietfeest. Minny gaat niet. Ze is als de dood dat ze miss Hilly tegenkomt.

Miss Skeeter staat nog steeds op me te wachten als ik terugkom. Ze heeft een Miss Myrna-brief in d'r hand.

'Heeft u een schoonmaakvraag?' Ik zucht. 'Zeg 't maar.'

'Niet echt. Ik wilde... ik wilde je alleen vragen... over laatst...'

Ik pak de zilverpoets en begin 't zilver ermee in te wrijven, goed over

’t patroon van een roos en tussen de tanden van de vorken. Heer, alsjeblieft, laat ’t snel morgen zijn. Ik ga niet naar ’t graf. Ik kan ’t niet, ’t is te veel...

‘Aibileen? Voel je je niet goed?’

Ik laat de vork zakken, til m’n hoofd op. Besef dat miss Skeeter de hele tijd tegen me aan heeft gepraat.

‘’t Spijt me... ik was d’r effe niet bij met m’n gedachten.’

‘Je keek zo verdrietig.’

‘Miss Skeeter.’ Ik voel dat ik tranen in m’n ogen krijg, want drie jaar is gewoon niet lang genoeg. Honderd jaar is nog niet lang genoeg. ‘Vindt u ’t goed als ik u morgen help met die vragen?’

Miss Skeeter wil iets gaan zeggen, maar dan bedenkt ze zich. ‘Natuurlijk. Ik hoop dat je je morgen beter voelt.’

Als ik klaar ben met ’t zilver en de handdoeken zeg ik tegen miss Leefolt dat ik naar huis moet, al weet ik dat ze me dan gaat korten op m’n loon omdat ik een halfuur eerder wegga. Ze doet d’r mond open om te protesteren en ik fluister m’n leugentje: ‘Ik heb overgegeven.’ En dan zegt ze meteen dat ik weg moet gaan. Want behalve voor d’r eigen moeder is miss Leefolt voor niks zo bang als voor negerziektes.

‘Luister goed. Ik ben over een halfuur terug. Ik sta precies om kwart voor tien weer voor de deur,’ zegt miss Leefolt door ’t autoraampje. Ze zet me af bij de Jitney om de laatste boodschappen te doen voor Thanksgiving, morgen.

‘Denk erom dat je de kassabon niet vergeet,’ waarschuwt miss Fredericks, de gemene ouwe moeder van miss Leefolt. Ze zitten alle drie op de voorbank, Mae Mobley tussen d’r mama en d’r oma in geperst, en je zou denken dat ze naar de dokter moet voor ’n prik, zo sip kijkt ze. ’t Arme ding. Miss Fredericks blijft dit keer twee weken.

‘En vergeet de kalkoen niet,’ zegt miss Leefolt. ‘En twee blikken cranberrysaus.’

Ik glimlach. Alsof ik niet weet wat blanken willen eten met Thanksgiving, alsof ik ’t niet al doe sinds Calvin Coolidge president was.

‘Hou op met dat gewriemel, Mae Mobley,’ snauwt miss Fredericks, ‘anders knijp ik je.’

'Miss Leefolt, ze mag wel met mij mee. Dan kan ze me helpen met de boodschappen.'

Miss Fredericks wil d'r iets van zeggen, maar miss Leefolt is allang blij en zegt dat 't goed is, en voor ik 't weet is Baby Girl over miss Fredericks schoot geklommen en door het raampje naar buiten in m'n armen alsof ik de Verlosser ben. Ik zet d'r op m'n heup en ze rijden weg naar Fortification Street, en Baby Girl en ik, we giechelen als twee schoolmeisjes.

Ik duw de deur open, pak een kar en zet Mae Mobley erin, met d'r beentjes door de gaten. Zolang ik m'n witte uniform draag, mag ik in deze Jitney boodschappen doen. Vroeger was 't zo veel fijner, dan kon je gewoon naar Fortification Street lopen en daar stonden dan de boeren met hun kruiwagens luidkeels te roepen: 'Zoete aardappelen, sperziebonen, snijbonen, okra. Verse room, karnemelk, gele kaas, eieren.' Maar de Jitney valt best mee. Ze hebben tenminste goede airconditie.

'Daar gaan we, Baby Girl. 's Kijken wat we nodig hebben.'

Op de groenteafdeling neem ik zes zoete aardappelen en drie handenvol snijbonen. Ik neem een gerookte varkenskluif bij de slager. Het is heel licht in de winkel, alles is netjes uitgestald. Nee, dan de Piggly Wiggly voor de zwarten, met zaagsel op de vloer. Hier zie je bijna alleen blanke dames, met d'r haar al gekruld en ingespoten voor morgen. Vier of vijf hulpen doen boodschappen, allemaal in d'r uniform.

'Rode saus!' zegt Mae Mobley, en ik geef haar een blik cranberry's. Ze grijnst ernaar alsof 't een oude vriend is. Ze is dol op cranberrysaus. Ik leg een kilo zout in de kar om de kalkoen in te pekelen. Ik tel de uren af op m'n vingers, tien, elf, twaalf. Als ik de vogel veertien uur wil pekelen, moet ik 'm rond drie uur vanmiddag in een emmer doen. Dan zorg ik dat ik morgen om vijf uur 's ochtends bij miss Leefolt ben en gaat de kalkoen zes uur in de oven. Ik heb al twee blikken maïsbrood gebakken en op 't aanrecht gezet, zodat ze een knapperig korstje krijgen. Een appeltaart is klaar om de oven in te gaan, en morgenochtend bak ik de *biscuits*.

'Ben je al klaar voor morgen, Aibileen?' Ik draai me om en zie dat Franny Coots achter me staat. Ze gaat naar mijn kerk, werkt voor miss Caroline op Manship.

'Hé, schatje, wat heb jij 'n lekker mollige beentjes,' zegt ze tegen Mae

Mobley. Mae Mobley likt het blik cranberry's.

Franny buigt zich naar voren, zegt: 'Heb je gehoord wat er vanochtend met de kleinzoon van Louvenia Brown is gebeurd?'

'Robert?' zeg ik. 'Die 't gras maait?'

'Hij ging naar de wc voor blanken in 't tuincentrum. Zegt dat d'r geen bordje was met verboden voor zwarten. Twee blanke mannen hebben 'm gegrepen en in elkaar geslagen met een bandenlichter.'

O nee. Toch niet Róbert! 'Hij... is hij...'

Franny schudt d'r hoofd. 'Ze weten 't niet. Hij ligt in 't ziekenhuis. Ik heb gehoord dat-ie blind is.'

'O, Heer, nee.' Ik doe m'n ogen dicht. Louvenia is de eerlijkste en de liefste vrouw van de wereld. Ze heeft Robert grootgebracht nadat d'r eigen dochter was overleden.

'Arme Louvenia. Ik snap niet waarom de goedsten altijd rottigheid moet overkomen,' zegt Franny.

Die middag werk ik als 'n gekkin. Ik hak uien en selderij, maak m'n dressing, pureer de zoete aardappelen, haal de bonen af, poets zilver. Ik heb gehoord dat de mensen uit onze buurt vanmiddag om halfzes naar Louvenia gaan om voor Robert te bidden, maar tegen de tijd dat ik die kalkoen van tien kilo in de pekel til, kan ik geen pap meer zeggen.

Die avond ben ik pas om zes uur klaar met koken, twee uur later dan anders. Ik weet dat ik niet meer de puf heb om naar Louvenia te gaan. Dat moet ik morgen doen, als ik klaar ben met de afwas. Ik strompel van de bushalte naar huis, kan m'n ogen bijna niet openhouden. Bij Gessum ga ik de hoek om. Er staat een grote witte Cadillac voor m'n huis. En miss Skeeter zit als 'n megafoon op m'n trapje in een rode jurk en rode schoenen.

Ik loop heel langzaam door m'n voortuintje en vraag me eigen af wat 'r nu weer is. Miss Skeeter gaat staan, met d'r handtas strak onder d'r arm alsof ze bang is dat-ie wordt gepikt. Er komen geen blanken in mijn buurt, behalve als ze de hulp ophalen of thuisbrengen, en daar ben ik blij om. Ik zorg al de hele dag voor blanken, dan hoef ik ze niet ook nog 's avonds bij me over de vloer te hebben.

'Ik hoop dat je 't niet erg vindt dat ik langskom,' zegt ze. 'Ik... ik wist niet waar we anders konden praten.'

Ik ga op 't trapje zitten en elke wervel in m'n rug doet pijn. Baby Girl is zo nerveus met d'r oma in huis dat ze 't bij mij op schoot in d'r broek heeft gedaan en ik stink naar plas. Er zijn veel mensen op straat, allemaal op weg naar die lieve Louvenia om te bidden voor Robert, en er zijn kinderen aan 't voetballen. Iedereen kijkt naar ons, en ze denken allemaal dat ik wor' ontslagen of zoiets.

'Ja mevrouw,' zeg ik met 'n zucht. 'Wat kan ik voor u doen?'

'Ik heb een idee. Iets waar ik over wil schrijven. Maar dan heb ik jouw hulp nodig.'

Ik blaas al m'n adem uit. Ik mag miss Skeeter wel, maar dit gaat te ver. Ze had toch eerst kunnen bellen? Ze zou nooit zomaar bij een blanke dame op de stoep staan zonder eerst te bellen. Maar nee hoor, ze ploft neer op m'n trapje alsof ze 't volste recht heeft om bij me binnen te vallen.

'Ik wil je interviewen. Over hoe het is om als hulp te werken.'

Een rode bal rolt m'n tuin in. Het kleine jochie Jones van de overkant rent erachteraan. Als-ie miss Skeeter ziet, blijft-ie stokstijf staan. Dan spurt-ie m'n tuintje in, hij raapt snel de bal op en hij draait zich om en rent weg alsof-ie als de dood is dat ze 'm te grazen zal nemen.

'Zoals voor de Miss Myrna-stukjes?' zeg ik met een uitgestreken gezicht. 'Over schoonmaken?'

'Nee, niet zoals Miss Myrna. Ik heb het over een boek,' zegt ze met grote ogen. Ze is opgewonden. 'Verhalen over hoe het is om voor een blank gezin te werken. Hoe het is om voor bijvoorbeeld... Elizabeth te werken.'

Ik draai me opzij en kijk d'r aan. Dus dit is wat ze me nu al twee weken probeert te vragen in miss Leefolts keuken. 'Denkt u nou echt dat miss Leefolt dat goed vindt? Dat ik verhalen over d'r ga vertellen?'

Miss Skeeter slaat d'r ogen neer. 'Eh... nee. Ik wilde het haar eigenlijk niet vertellen. Ik wil met de andere hulpen ook afspreken dat ze het geheim houden.'

Ik frons m'n wenkbrauwen, kan d'r niet volgen. 'De andere hulpen?'

'Ik hoop dat ik er vier of vijf kan vinden. Om te laten zien wat het betekent om een huishoudelijke hulp in Jackson te zijn.'

Ik kijk om me heen. We zitten open en bloot voor m'n huis. Weet ze dan niet hoe gevaarlijk dit kan zijn, hierover praten terwijl de hele wereld ons kan zien? 'Wat voor verhalen verwacht u precies te gaan horen?'

'Hoeveel je betaald krijgt, hoe je wordt behandeld, de wc, de kinderen, alle dingen die je hebt meegemaakt, de goede en de slechte.'

Ze kijkt me enthousiast aan, alsof 't een spelletje is. Ik denk zelfs effe dat ik niet gewoon moe ben, maar knettergek.

'Miss Skeeter,' fluister ik, 'vindt u dat nou niet een beetje gevaarlijk klinken?'

'Niet als we voorzichtig zijn en...'

'Stil, alstublief. Weet u wel wat er gaat gebeuren als 't miss Leefolt in 't oor komt dat ik achter d'r rug om met u praat?'

'We vertellen het haar gewoon niet, we vertellen het aan niemand.' Ze praat wel iets zachter, maar niet zacht genoeg. 'Het blijft onder ons.'

Ik staar haar aan. Is ze niet goed bij d'r hoofd? 'Heeft u 't gehoord van die zwarte jongen van vanochtend? De jongen die ze met een bandenlichter in elkaar hebben geslagen omdat hij per ongeluk het toilet voor blanken gebruikte?'

Ze kijkt me aan en knippert met d'r ogen. 'Ik wist wel dat 't rommelde, maar dit...'

'En mijn nicht Shinelle in Cauter County? Ze hebben d'r auto in de fik gestoken omdat ze ging stémmen.'

'Niemand heeft er ooit een boek over geschreven,' zegt ze, en nu fluistert ze eindelijk, begint ze 't eindelijk te begrijpen, denk ik. 'We worden pioniers. Niemand heeft het ooit vanuit die hoek bekeken.'

Ik zie 'n groepje hulpen langs m'n huis lopen. Ze kijken opzij, zien me op m'n veranda zitten met een blanke vrouw. Ik klem m'n kaken op elkaar. Ik weet nu al dat de telefoon straks gaat rinkelen.

'Miss Skeeter,' en ik zeg 't langzaam, want ik wil dat ze goed luistert, 'als ik dat met u ga doen, kan ik net zo goed m'n eigen huis platbranden.'

Dan begint ze op d'r nagel te bijten. 'Maar ik heb al...' Ze knijpt d'r ogen dicht. 'Al wat...' wil ik eigenlijk vragen, maar ik ben gewoon als de dood voor wat ze gaat zeggen. Ze pakt d'r tas, vist er een papiertje uit en daar schrijft ze d'r telefoonnummer op. 'Wil je er tenminste over nadenken, alsjeblieft?'

Ik zucht, staar voor me uit. Zo vriendelijk mogelijk zeg ik: 'Nee, mevrouw.'

Ze legt 't papiertje op de tree tussen ons in, dan stapt ze in d'r Cadillac. Ik ben te moe om op te staan. Ik blijf zitten, kijk haar na als ze heel langzaam de straat uit rijdt. De jongens die voetballen gaan voor d'r opzij, staan helemaal verstijfd langs de stoep, alsof er een rouwstoet langskomt.

MISS SKEETER

8

Ik rijd over Gessum Avenue in mama's Cadillac. Voor me staat een klein zwart jongetje in een overall met grote ogen naar me te kijken, een rode bal in zijn handen geklemd. Ik kijk in het spiegeltje. Aibileen zit nog steeds op het trapje in haar uniform. Ze keek me niet eens aan toen ze 'Nee mevrouw' zei. Ze hield haar blik gericht op de plek met vergeeld gras in haar voortuintje.

Ik had, denk ik, verwacht dat het zo zou zijn als toen ik vroeger bij Constantine kwam, allemaal vriendelijke zwarte mensen die zwaaiden en glimlachten, blij waren om het kleine blanke meisje te zien wier vader de eigenaar was van de grote plantage. Maar hier bekijken mensen me met wantrouwen. Als mijn auto dichterbij komt, schiet het zwarte jochie weg achter een huis. In de voortuin staan een stuk of zes zwarte mensen met schalen en tassen. Ik wrijf over mijn voorhoofd. Ik probeer te bedenken hoe ik Aibileen kan overtuigen.

Een week geleden klopte Pascagoula op de deur van mijn slaapkamer. 'Er is een interlokaal telefoontje voor u, miss Skeeter. Ene miss... Stern, geloof ik.'

'Stern,' dacht ik hardop. Toen schoot ik overeind. 'Bedoel je... Stéín?'

'Ja, eh... 't zou kunnen. D'r stem klonk nogal hard.'

Ik stoof langs Pascagoula heen en de trap af. Om de een of andere idiote reden bleef ik mijn kroezende haar gladstrijken, alsof het een ontmoeting was en geen telefoontje. In de keuken pakte ik de hoorn, die langs de muur bungelde.

Drie weken daarvoor had ik de brief uitgetikt op geschept papier met een watermerk. Drie pagina's waarin ik het idee, de details en de leugen had uitgewerkt, namelijk dat een hardwerkende en respectabele zwarte hulp erin had toegestemd om zich door mij te laten interviewen en dat ze tot in de details uit de doeken zou doen hoe het is om in onze stad voor een blanke mevrouw te werken. Ik had het afgewogen tegen het alternatief, dat ik van plán was een zwarte vrouw om hulp te vragen, en geconcludeerd dat het veel overtuigender klonk dat ze al ja had gezegd.

Ik liep met de hoorn naar de voorraadkast en trok aan het koord om het kale peertje aan te doen. De voorraadkast heeft planken van de vloer tot aan het plafond, planken die vol staan met groenten in het zuur en potten met soep, melassestroop, ingelegde groenten en jam. Ik paste deze truc al toe op de middelbare school, om in elk geval een beetje privacy te hebben.

'Hallo? U spreekt met Eugenia.'

'Een ogenblik alstublieft, ik verbind u door.' Ik hoorde klikjes en toen een stem van héél ver weg, bijna zo zwaar als die van een man. 'Elaine Stein.'

'Hallo? Met Skeet... Eugenia Phelan uit Mississippi.'

'Dat weet ik, miss Phelan. Ik heb u gebeld.' Ik hoorde het afstrijken van een lucifer, kort inademen. 'Ik heb uw brief vorige week ontvangen. Ik heb een aantal opmerkingen.'

'Ja, mevrouw.' Ik liet me zakken op een groot blik bloem. Mijn hart bonkte en ik moest moeite doen om haar te verstaan. Een telefoontje uit New York kraakt echt alsof er duizenden kilometers tussen zitten.

'Hoe bent u op het idee gekomen? Om huishoudelijke hulpen te gaan interviewen. Ik ben nieuwsgierig.'

Ik kon geen woord uitbrengen. Ze had zich niet voorgesteld, geen babbeltje gemaakt, niet eens hallo gezegd. Het leek me het beste om maar gewoon antwoord te geven. 'Ik eh... ik ben grootgebracht door een zwarte vrouw. Ik heb gezien hoe simpel het kan zijn en... ook hoe complex het kan zijn tussen het gezin en de hulp.' Ik schraapte mijn keel. Ik klonk stijf, alsof ik tegen een leraar praatte.

'Ga door.'

'Nou,' zei ik, en ik haalde diep adem, 'ik zou dit willen schrijven vanuit het gezichtspunt van de hulp. De zwarte vrouwen hier.' Ik probeerde me Constantines gezicht voor de geest te halen, dat van Aibileen. 'Ze brengen een blank kind groot en dat kind wordt twintig jaar later de werkgever. Het is die ironie, dat we van hen houden en dat zij van ons houden, en dat we ze toch niet...' ik slikte, en mijn stem trilde, 'dat we ze toch niet in ons huis naar de wc laten gaan.'

Weer was het stil.

'En,' ging ik noodgedwongen verder, 'iedereen weet hoe de blanken denken: de veredelde Mammy-figuur die haar hele leven wijdt aan een blank gezin. Dat heeft Margaret Mitchell beschreven. Maar niemand heeft ooit aan Mammy gevraagd hoe *zíj* erover denkt.' Zweet droop omlaag langs mijn borst en de voorkant van mijn katoenen blouse plakte aan mijn huid.

'U wilt dus een kant laten zien die nooit eerder is belicht,' zei missus Stein.

'Precies. Omdat niemand er ooit over praat. Hier in het zuiden wordt nooit ergens over gepraat.'

Elaine Stein lachte, maar het klonk als grommen. Ze had een sterk yankee-accent. 'Miss Phelan, ik heb zes jaar in Atlanta gewoond met mijn eerste man.'

Ik haakte er meteen op in. 'Dus... u weet wat het is.'

'Genoeg om er weg te willen,' zei ze, en ik hoorde haar rook uitblazen. 'Hoor eens, ik heb uw plan gelezen. Het is beslist... origineel, maar het lukt nooit. Een hulp zou toch zeker gek zijn als ze u de waarheid vertelde?'

Ik zag moeders roze pantoffels langs de deur komen. Ik probeerde er niet op te letten. Ik kon het niet uitstaan dat missus Stein mijn bluf meteen had doorzien. 'De hulp met wie ik contact heb, wil... juist graag haar verhaal vertellen.'

'Miss Phelan,' zei Elaine Stein, en ik wist dat het geen vraag was, 'deze negerin heeft er daadwerkelijk in toegestemd om openhartig met u te praten? Over haar werk voor een blank gezin? Want dat lijkt me een verdomd groot risico in een stadje als Jackson, Mississippi.'

Ik knipperde met mijn ogen. Voor het eerst begon ik me zorgen te maken; zou Aibileen wel zo makkelijk over te halen zijn als ik dacht? Toen wist ik nog niet wat ze een week later tegen me zou zeggen.

'Ik heb op het nieuws gezien wat er is gebeurd toen ze de rassenscheiding in een busstation probeerden op te heffen,' vervolgde missus Stein. 'Ze hebben vijfenvijftig negers in een cel voor vier personen gepropt.'

Ik tuit mijn lippen. 'Ze heeft ja gezegd. Echt waar.'

'Nou, dat is indrukwekkend. Maar denkt u werkelijk dat er na haar nog andere vrouwen bereid zullen zijn met u te praten? Stel nou dat hun mevrouw erachter komt?'

'De interviews zullen in het geheim plaatsvinden. Juist omdat de situatie in het zuiden, zoals u net zelf al zei, een beetje gevaarlijk is.' In werkelijkheid had ik geen idee hoe gevaarlijk de situatie was. Ik had vier jaar in een ivoren toren gezeten, Keats en Eudora Welty gelezen en voor tentamens geblokt.

'Een beetje gevaarlijk?' Ze lachte. 'De demonstraties in Birmingham, Martin Luther King. Honden die zwarte kinderen aanvallen. Lieve schat, íédereen heeft het erover. Maar het gaat je nooit lukken, het spijt me. Niet als artikel, want geen enkele zuidelijke krant zal bereid zijn het af te drukken. En als boek al helemaal niet. Een boek met interviews verkoopt gewoon niet.'

'O,' hoorde ik mezelf zeggen. Ik deed mijn ogen dicht, voelde alle opwinding uit me wegebben. Ik hoorde het mezelf nog een keer zeggen: 'O.'

'Ik heb u gebeld omdat het in principe een goed idee is. Maar... het is onmogelijk om zoiets gedrukt te krijgen.'

'Maar... stel nou...' Mijn blik schoot heen en weer langs de planken, op zoek naar iets waarmee ik haar belangstelling weer zou kunnen wekken. Misschien moest ik er inderdaad een artikel van maken, voor een tijdschrift bijvoorbeeld, maar ze had net gezegd...

'Eugenia, met wie ben je aan de telefoon?' Moeders stem sneed door de kier heen. Ze deed de deur verder open en ik trok hem weer dicht. Ik legde een hand over de hoorn, siste: 'Ik praat met Hílly, moeder.'

'In de kast? Je bent toch geen vijftien meer...'

'Wat ik zeggen wilde,' zei missus Stein met een zucht, 'is dat ik bereid ben om te lezen wat u schrijft. De boekenbusiness kan wel wat vuurwerk gebruiken.'

'Wilt u dat doen? O, missus Stein...'

'Ik beloof niets. Maar... doe dat interview en ik zal u laten weten of het de moeite waard is om door te gaan.'

Ik stotterde een paar onverstaanbare woorden, en uiteindelijk: 'Héél erg bedankt. Missus Stein, u hebt geen idee hoe zeer ik uw hulp waardeer.'

'Het is nog te vroeg om me te bedanken. U kunt Ruth bellen, mijn secretaresse, als u me wilt spreken.' En ze hing op.

Woensdag neem ik een oude schooltas mee naar de bridgeclub bij Elizabeth. De tas is rood. Lelijk. En vandaag is het een rekwisiet. Het is de enige tas die ik in moeders huis kon vinden waar de Miss Myrna-brieven in passen. Het leer is gebarsten en schilferig, en de versleten schouderband maakt een bruine vlek op mijn blouse. Het was de tas die mijn oma Claire voor tuinieren gebruikte. Haar gereedschap zat erin en op de bodem liggen nog steeds zonnebloemzaadjes. De tas past bij geen van mijn kledingstukken en het kan me geen zier schelen.

'Twee weken,' zegt Hilly tegen me, en ze steekt twee vingers omhoog. 'Dan komt hij.' Ze glimlacht en ik glimlach terug.

'Ik ben zo terug,' zeg ik, en ik loop met de tas over mijn schouder naar de keuken.

Aibileen staat bij de gootsteen. 'Goeiemiddag,' zegt ze zacht. Het is een week geleden dat ik bij haar huis ben geweest.

Ik blijf staan, kijk toe terwijl ze in de ijsthee roert, kan zien hoe opgelaten ze zich voelt, haar vrees dat ik nog een keer ga vragen of ze me wil helpen met mijn boek. Ik haal een paar brieven uit de tas, en als Aibileen ze ziet, zakt iets van de spanning weg uit haar schouders. Terwijl ik haar een vraag voorlees over schimmelvlekken, schenkt zij een beetje thee in een glas om te proeven. Ze doet nog een paar schepjes suiker in de kan.

'O, voor ik 't vergeet, ik weet het antwoord op die vragen over de kring van het waterglas. Minny zegt dat je er gewoon een beetje mayonese op moet wrijven.' Aibileen perst een halve citroen uit boven de kan met thee. 'En dan smijt je die waardeloze vent van je op straat.' Ze roert, proeft. 'Minny heeft niet zo'n hoge dunk van mannen.'

'Bedankt, ik zal het opschrijven.' Zo achteloos mogelijk haal ik een envelop uit mijn tas. 'En alsjeblieft. Dit wilde ik je al een tijdje geven.'

Aibileen verstijft, en haar houding is nu weer net zo afwerend als toen ik binnenkwam. 'Wat is het?' vraagt ze zonder haar hand uit te steken.

'Voor je hulp,' zeg ik zacht. 'Ik wil je voor elk stukje vijf dollar geven. Er zit nu vijfendertig dollar in.'

Aibileen kijkt snel weer naar de thee. 'Nee, bedankt, mevrouw.'

'Neem het alsjeblieft aan. Je hebt het verdiend.'

Ik hoor stoelpoten over de houten vloer in de eetkamer schrapen, Elizabeths stem.

'Alstublief, miss Skeeter. Miss Leefolt krijgt 'n toeval als ze ziet dat u me geld geeft,' fluistert Aibileen.

'Ze hoeft het toch niet te weten.'

Aibileen kijkt me aan. Het wit van haar ogen is een beetje geel, vermoeid. Ik weet wat ze denkt.

'Ik heb 't al gezegd, het spijt me, ik kan niet helpen met dat boek, miss Skeeter.'

Ik leg de envelop op het aanrecht. Ik weet dat ik een grote fout heb gemaakt.

'Alstublief. Zoek een andere zwarte hulp. Een jonge. Iemand... anders.'

'Maar ik ken geen van de anderen goed genoeg.' Ik overweeg het woord 'vriendin' te gebruiken, maar zo naïef ben ik nou ook weer niet. Ik weet dat we geen vriendinnen zijn.

Hilly steekt haar hoofd om de hoek van de deur. 'Kom op, Skeeter, ik ga delen.' En dan is ze weer weg.

'Ik smeek u,' zegt Aibileen, 'haal dat geld weg zodat miss Leefolt 't niet ziet.'

Ik knik, met het schaamrood op mijn kaken. Ik stop de envelop terug in mijn tas, wetend dat ik het alleen maar erger heb gemaakt. Het is smeergeld, denkt ze, ik probeer haar met geld te lokken om toch mee te doen aan mijn boek. Smeergeld vermomd als een bedankje. Ik ben de hele tijd van plan geweest haar geld te geven als het eenmaal een substantieel bedrag was, maar het is waar, ik heb het haar met voorbedachten rade juist vandaag gegeven. En nu heb ik haar pas écht bang gemaakt. Voorgoed.

'Probeer het nou gewoon, lieverdje. Het heeft elf dollar gekost. Het moet goed zijn.'

Moeder heeft me in de keuken in een hoek gedreven. Ik kijk naar de deur naar de gang, die naar de veranda. Moeder komt dichterbij, met dat ding in haar hand, en ik word afgeleid doordat haar polsen er zo dun uitzien, door de broosheid van de armen waarmee ze het zware apparaat vasthoudt. Ze duwt me op een stoel, dus zo broos is ze nou ook weer niet, en knijpt een grote tube slijmerig spul leeg op mijn hoofd. Moeder achtervolgt me nu al twee dagen met de Glansster, een apparaat waarmee mijn haar op wonderbaarlijke wijze zal worden ontkroesd en zijdezacht gemaakt.

Ze smeert de crème met beide handen uit over mijn haar. Ik kan de hoop in haar vingers bijna voelen. Een crème kan mijn neus niet recht maken of dertig centimeter van mijn lengte af halen. Mijn bijna doorzichtige wenkbrauwen worden er niet sprekender van, en een voller figuur zal ik er ook niet van krijgen. En mijn tanden zijn al wit en regelmatig. Dit is dus het enige waar ze nog wat aan kan doen: mijn haar.

Moeder bedekt mijn druipende hoofd met een plastic kap. Dan steekt ze een slang uit de kap in het apparaat.

'Hoe lang duurt dit, moeder?'

Met kleverige vingers pakt ze de gebruiksaanwijzing. 'Hier staat: "Bedek het hoofd met de Wonderkap, zet het apparaat aan en wacht op het wonderbaarlijke..."'

'Tien minuten? Een kwartier?'

Ik hoor een klikje, een motor die begint te zoemen, en dan voel ik een intense warmte op mijn hoofd. Maar dan klinkt er plotseling plóp! De slang is losgeschoten uit de kap en kronkelt heen en weer als een losgeslagen brandslang. Moeder gilt, graait ernaar en mist. Eindelijk krijgt ze hem te pakken en bevestigt ze hem weer aan de kap. Ze haalt diep adem en pakt nogmaals de gebruiksaanwijzing. '"Het hoofd moet twee uur lang onafgebroken onder de Wonderkap blijven, anders zal het resultaat..."'

'Twee úúr?'

'Ik zal Pascagoula een glas thee voor je laten maken, lieverdje.' Moeder geeft een klopje op mijn schouder en verlaat ruisend de keuken.

Twee uur lang rook ik sigaretten en lees ik het tijdschrift *Life*. Ik lees *To Kill a Mockingbird* uit. Dan blader ik door de *Jackson Journal*. Het is vrijdag, dus dan is er geen Miss Myrna. Op pagina vier lees ik: 'Jongen blind na geweld over gebruik toilet voor blanken, verdachten zijn verhoord.' Het komt me bekend voor. Ik weet het weer. Dit moet Aibileens buurjongen zijn.

Deze week ben ik twee keer bij Elizabeth langs geweest in de hoop dat ze niet thuis zou zijn, zodat ik met Aibileen zou kunnen praten, om te proberen of ik haar alsnog kan overhalen. Elizabeth zat gebogen over haar naaimachine om een nieuwe jurk af te krijgen voor het kerstseizoen; alweer een groene, goedkoop en slecht gemaakt. Ze moet haar slag hebben geslagen toen de groene stoffen in de aanbieding waren. Ik wilde dat ik naar Kennington's kon gaan om iets nieuws voor haar te kopen, maar ze zou al door de grond gaan van schaamte als ik het aanbood.

'Weet je al wat je aandoet, volgende week zaterdag?' vroeg Hilly de tweede keer dat ik er was.

Ik haalde mijn schouders op. 'Ik moet iets kopen, denk ik.'

Net op dat moment zette Aibileen een dienblad met koffie op tafel.

'Dank je.' Elizabeth knikte naar haar.

'Heel erg bedankt, Aibileen,' zei Hilly terwijl ze suiker in haar kopje deed. 'Jij zet de lekkerste koffie van alle zwarte hulpen in de stad.'

'Dank u, mevrouw.'

'Aibileen,' vervolgde Hilly, 'ben je blij met je nieuwe toilet in de garage? Het is prettig om je eigen plek te hebben, vind je niet?'

Aibileen staarde naar de barst in de eettafel. 'Ja, mevrouw.'

'Mister Holbrook heeft het allemaal geregeld, wist je dat? Hij heeft de mannen gestuurd en ook de materialen.' Hilly glimlachte.

Aibileen stond daar alleen maar en ik wenste dat ik ergens anders was. Alsjeblieft, dacht ik, zeg alsjeblieft geen dankjewel.

'Ja, mevrouw.' Aibileen opende een la en stak haar hand erin, maar Hilly bleef naar haar kijken. Het was zo duidelijk wat ze wilde.

Er verstreek een seconde zonder dat iemand bewoog. Hilly schraapte haar keel en uiteindelijk boog Aibileen haar hoofd. 'Dank u wel, mevrouw,' fluisterde ze. Ze liep terug naar de keuken. Geen wonder dat ze niet met me wil praten.

Om twaalf uur haalt moeder de vibrerende kap van mijn hoofd en ze wast de prut uit mijn haar terwijl ik achteroverleun boven de gootsteen. Snel draait ze een stuk of tien krulspelden in mijn haar, zet me onder de droogkap in haar badkamer.

Een uur later kom ik er weer uit, roze, dorstig en met een pijnlijke hoofdhuid. Moeder zet me voor de spiegel, haalt de krulspelden eruit. Ze borstelt de enorme ronde bollen op mijn hoofd uit.

Stomverbaasd staren we naar mijn spiegelbeeld.

'Verdomd,' zeg ik. Ik kan alleen maar denken: mijn afspraakje. Volgende week heb ik mijn blind date.

Moeder glimlacht, nog niet van de verrassing bekomen. Ze berispt me zelfs niet omdat ik vloek. Mijn haar zit geweldig. De Glansster heeft zowaar gewerkt.

9

Op zaterdag, de dag van mijn afspraakje met Stuart Whitworth, zit ik twee uur onder de Glansster. Het resultaat gaat bij de eerstvolgende wasbeurt weer verloren, zo is gebleken. Als mijn haar droog is, ga ik naar Kennington's en koop ik de platste schoenen die ik kan vinden en een elegante jurk van zwarte crêpe. Ik heb een hekel aan winkelen, maar nu ben ik blij met de afleiding, omdat ik me een middag lang geen zorgen hoef te maken over missus Stein en Aibileen. Ik laat de vijfentachtig dollar op moeders rekening zetten, want ze zeurt altijd dat ik nieuwe kleren moet kopen. ('Iets flatterends voor jouw léngte.') Ik weet dat ze schande zou spreken van het decolleté van deze jurk. Een jurk zoals deze heb ik nog nooit gehad.

Op het parkeerterrein van Kennington's start ik de auto, maar ik krijg opeens zo'n stekende maagpijn dat ik niet kan wegrijden. Ik grijp het met wit leer beklede stuur vast, hou mezelf wel voor de tiende keer voor dat het bespottelijk is om te dromen van iets wat ik nooit zal hebben. Om te denken dat ik de kleur blauw van zijn ogen ken van een zwartwitfoto. Om iets als een kans te zien, terwijl het niets anders is dan papier en een zijden draadje en uitgestelde etentjes. Maar die jurk staat me werkelijk goed, zeker in combinatie met mijn haar. En ik blijf hopen, tegen beter weten in.

Het was vier maanden geleden dat Hilly me de foto had laten zien, toen we bij haar zwembad zaten. Hilly lag bruin te worden in de zon, ik waaierde mezelf koelte toe in de benauwde schaduw. Ik had al sinds juli uitslag door de hitte.

'Ik heb het druk,' zei ik.

Hilly zat aan de rand van het zwembad, uitgezakt en postnataal dik, onverklaarbaar zelfverzekerd in haar zwarte badpak. Haar buik puilde uit, maar haar benen waren zoals altijd slank en mooi.

'Ik heb je nog niet eens verteld wanneer hij komt,' zei ze. 'En hij komt uit een zeer goede familie.' De hare, bedoelde ze natuurlijk. Hij was een verre neef van William. 'Ontmoet hem gewoon en zie wat je denkt.'

Ik keek weer naar de foto. Hij had heldere, open ogen, lichtbruin krullend haar, en was de langste van een groepje mannen bij een meer. Maar zijn lichaam ging half schuil achter de andere. Er ontbraken waarschijnlijk ledematen.

'Er is niets mís met hem,' zei Hilly. 'Vraag het maar aan Elizabeth, zij heeft hem vorig jaar ontmoet op het benefietfeest, toen jij nog studeerde. Bovendien heeft hij eeuwen verkering gehad met Patricia van Devender.'

'Patricia van Devender?' Twee jaar achter elkaar gekozen tot de mooiste van Ole Miss...

'Verder is hij zijn eigen oliebedrijf begonnen in Vicksburg. Dus als het niets wordt, kom je hem tenminste niet elke dag tegen in de stad.'

'Goed dan,' verzuchtte ik uiteindelijk, in de eerste plaats om van Hilly's gezeur af te zijn.

Het is al drie uur geweest tegen de tijd dat ik thuiskom met mijn nieuwe jurk. Ik heb met Hilly afgesproken dat ik om zes uur bij haar zal zijn om Stuart te ontmoeten. Ik kijk in de spiegel. De krullen beginnen te pluizen aan de punten, maar de rest van mijn haar is nog glad. Moeder was in de wolken toen ik zei dat ik de Glansster nog een keer wilde proberen en vroeg niet eens waarom. Ze weet niet dat ik vanavond een afspraakje heb en als ze er op de een of andere manier achter komt, bombardeert ze me drie maanden lang met vragen in de trant van: 'Heeft hij gebeld?' en: 'Wat heb je verkeerd gedaan?'

Moeder is beneden in de zitkamer met papa, en ze juichen het Rebelbasketbalteam toe. Mijn broer Carlton zit op de bank met zijn gloednieuwe vriendin. Ze zijn vanmiddag aangekomen. Ze heeft een donkere, steile paardenstaart en draagt een rode blouse.

Als ik Carlton alleen tref in de keuken, trekt hij lachend aan mijn haar alsof we weer kinderen zijn. 'Hoe gaat het met je, zusje?'

Ik vertel hem van mijn baantje voor de krant, dat ik hoofdredacteur ben van de nieuwsbrief van de League. Verder zeg ik dat hij maar beter weer thuis kan komen wonen als hij klaar is met zijn rechtenstudie. 'Jij hebt ook recht op moeders aandacht. Ik krijg meer dan me lief is,' zeg ik knarsetandend.

Hij lacht alsof hij het begrijpt, maar hij kan het helemaal niet begrijpen. Hij is drie jaar ouder dan ik en knap om te zien, groot, met golvend blond haar, bijna afgestudeerd aan de LSU, beschermd door tweehonderdvijftig kilometer slechte wegen.

Als hij terugkeert naar zijn vriendin ga ik op zoek naar moeders autosleutels, maar ik kan ze nergens vinden. Het is al kwart voor vijf. Ik ga in de deuropening staan en probeer moeders aandacht te trekken. Ik moet wachten terwijl ze vragen afvuurt op Meisje Paardenstaart over haar ouders en waar ze vandaan komt, en moeder houdt niet op voordat ze tenminste één gemeenschappelijke kennis heeft gevonden. Daarna gaat het door met van welke sociëteit ze lid was op Vanderbilt, en ze besluit met de vraag naar het model van hun tafelzilver. Dat zegt meer dan een horoscoop, zegt moeder altijd.

Meisje Paardenstaart vertelt dat ze thuis Chantilly hebben, maar dat ze haar eigen model wil kiezen als ze gaat trouwen. 'Ik beschouw mezelf als een onafhankelijke denker.' Carlton strijkt over haar hoofd en ze geeft zijn hand kopjes zoals een kat. Ze kijken allebei naar mij en glimlachen.

'Skeeter,' zegt Meisje Paardenstaart tegen me vanaf de bank, 'je mag van geluk spreken met Francis First-familiezilver. Ben je van plan het te houden als je gaat trouwen?'

'Francis First is werkelijk beeldig,' zeg ik stralend. 'Ik haal de vorken elke dag even uit de la om ernaar te kijken.'

Moeder kijkt me bestraffend aan. Ik gebaar dat ze mee moet komen naar de keuken, maar het duurt nog tien minuten voordat ze eindelijk komt.

'Waar zijn in hemelsnaam uw autosleutels, moeder? Ik ga bij Hilly logeren en ik ben al laat.'

'Wat? Maar Carlton is thuis. Wat moet zijn nieuwe vriendin wel niet denken als je weggaat omdat je iets beters te doen hebt?'

Ik heb het haar expres niet eerder verteld, want ik wist dat het op een discussie zou uitdraaien, of Carlton nou thuis was of niet.

'En Pascagoula heeft zich uitgesloofd en papa heeft al hout klaar gelegd om vanavond de haard aan te steken.'

'Het is bijna dertig graden, moeder.'

'Hoor eens, je broer is thuis en ik verwacht van je dat je je als een goede zus gedraagt. Ik wil niet dat je weggaat voordat je gezellig met dat meisje hebt gepraat.' Ze kijkt op haar horloge en ik bedenk dat ik drieëntwintig ben. 'Alsjeblieft, lieverdje,' zegt ze. Ik zucht en ga met stomme cocktails op een dienblad terug naar de anderen.

'Moeder,' zeg ik als ik om twee minuten voor halfzes weer in de keuken ben, 'ik moet echt weg. Waar zijn uw sleutels? Hilly wacht op me.'

'Maar we hebben de worstenbroodjes nog niet eens gehad.'

'Hilly heeft... een voedselvergiftiging,' fluister ik. 'En morgen komt haar hulp niet. Ik moet op de kinderen passen.'

Moeder zucht. 'Dan ga je morgen natuurlijk ook met hen naar de kerk. En ik dacht dat we morgen allemaal samen konden gaan, met het hele gezin. En dat we gezellig samen konden eten.'

'Moeder, alstublieft,' zeg ik, grabbelend in het mandje waar ze haar sleutels bewaart. 'Ik kan de sleutels nérgens vinden.'

'Je kunt de Cadillac niet nemen als je morgen pas terugkomt. Dat is onze nette auto voor de kerk.'

Hij is over een halfuur bij Hilly. Ik ga me bij Hilly omkleden en opmaken, zodat moeder niets vermoedt. Ik kan papa's nieuwe truck ook niet nemen. Er ligt een lading mest in en ik weet dat hij hem morgen al heel vroeg nodig heeft.

'Goed, dan neem ik de oude truck.'

'Ik geloof dat er een aanhanger aan zit. Vraag het papa maar even.'

Maar ik kan het papa niet vragen, want ik kan dit niet vertellen aan drie andere mensen die me allemaal gekwetst zullen aankijken omdat ik wegga, dus pak ik de sleutels van de oude truck en zeg ik: 'Het geeft niet. Ik ga rechtstreeks naar Hilly,' en ik been naar buiten. Dan blijkt dat er niet alleen een aanhangwagen aan de truck vastzit, maar dat daar bovendien een tractor van een halve ton op staat.

Vandaar dat ik voor mijn eerste afspraakje in twee jaar tijd naar de stad rijd in een rode, handgeschakelde Chevrolet uit 1941 met een John Deere-motorgrader achter me aan. De motor sputtert en ratelt en ik vraag me af of ik de stad wel zal halen. Modderklonters sproeien achter me aan van de wielen. Op de hoofdweg slaat de motor af, zodat mijn jurk en mijn tas op de vuile vloer vallen. Ik moet twee keer opnieuw starten.

Om kwart voor zes schiet er een zwart ding voor mijn auto en ik voel een plof. Ik probeer te stoppen maar remmen gaat gewoon niet zo snel als je een tractor van vijf ton achter je aan hebt. Ik kreun en stop. Ik moet kijken. Wonder boven wonder gaat de kat staan, kijkt versuft om zich heen en schiet razendsnel de bosjes weer in.

Om drie minuten voor zes, nadat ik dertig heb gereden waar zestig is toegestaan, met toeterende en vloekende tieners achter me, parkeer ik een straat bij Hilly's huis vandaan omdat Hilly's cul-de-sac niet breed genoeg is om er landbouwwerktuigen te parkeren. Ik pak mijn tas en ren zonder te kloppen naar binnen, buiten adem en bezweet en mijn haar in de war en daar zijn ze, alle drie, onder wie mijn date. Aan het aperitief in de woonkamer aan de voorkant.

In de hal blijf ik stokstijf staan, aangegaapt door het drietal in de kamer. William en Stuart gaan staan. Jeetje, wat is hij lang, zeker tien centimeter langer dan ik. Hilly kijkt me met grote ogen aan als ze mijn arm pakt. 'We zijn zo terug, jongens. Neem nog iets te drinken en praat over quarterbacks of zo.'

Hilly sleurt me mee naar haar kleedkamer en we beginnen allebei te kreunen. Het is verdomme een ramp.

'Skeeter, je hebt niet eens lipstick op! Je haar ziet eruit als een rattennest!'

'Ik weet het, hou op!' Elk spoor van het Glansster-wonder is verdwenen. 'De truck heeft geen airco, dus ik moest de raampjes openzetten.'

Ik was mijn gezicht en Hilly zet me op de stoel voor haar toilettafel. Ze begint mijn haar te kammen zoals mijn moeder het vroeger deed, draait er enorme krulspelden in en spuit er haarlak op.

'Nou? Wat vind je van hem?' vraagt ze.

Ik zucht en sluit mijn onopgemaakte ogen. 'Een knappe vent.'

Ik smeer make-up op, iets waar ik erg onhandig in ben. Hilly kijkt naar me, veegt alles er weer af met een tissue, brengt nieuwe aan. Ik doe de zwarte jurk met de diepe v-hals aan, de zwarte flatjes. Snel borstelt Hilly mijn haar. Ik was mijn oksels met een nat washandje en ze rolt met haar ogen.

'Ik heb een kát aangereden,' zeg ik.

'Hij heeft al twee highballs op omdat je zo laat was.'

Ik ga staan en strijk mijn jurk glad. 'Oké,' zeg ik, 'daar gaan we. Geef me maar een cijfer.'

Hilly neemt me van hoofd tot voeten op, en haar blik blijft rusten op de laag uitgesneden hals. Ik heb nog nooit van mijn leven een decolleté gehad, was bijna vergeten dat ik het had.

'Een zes,' zegt ze, alsof ze zelf verbaasd is.

We blijven elkaar even aankijken. Hilly slaakt een kreetje en ik glimlach terug. Hilly heeft me nooit meer dan een vier gegeven.

Als we terugkomen in de woonkamer, wijst William net met zijn vinger naar Stuart. 'Ik ga me verkiesbaar stellen, en ik zweer je, met jouw vaders...'

'Stuart Whitworth,' kondigt Hilly aan, 'ik wil je graag voorstellen aan Skeeter Phelan.'

Hij staat op, en het wordt heel stil in mijn hoofd. Ik dwing mezelf te blijven kijken, als een zelfopgelegde marteling, terwijl hij me opneemt.

'Stuart heeft aan de University of Alabama gestudeerd,' legt William uit. 'En hij speelde football,' voegt hij er nog aan toe.

'Aangenaam.' Stuart glimlacht vluchtig naar me. Dan neemt hij een grote, slurpende slok van zijn highball, totdat ik het ijs tegen zijn tanden hoor ratelen. 'Zeg, waar gaan we eigenlijk eten?' vraagt hij aan William.

We nemen Williams Oldsmobile naar het Robert E. Lee Hotel. Stuart houdt het portier voor me open en komt naast me zitten op de achterbank, maar tijdens de hele rit zit hij voorovergebogen om met William over het jachtseizoen te praten.

Aan tafel schuift hij een stoel voor me naar achteren, en ik ga zitten, glimlach, bedank hem.

'Wil je iets drinken?' vraagt hij aan me, zonder me aan te kijken.

'Alleen water, graag.'

Hij wenkt de ober en zegt: 'Een dubbele Old Kentucky zonder ijs met een glas water erbij.'

Ik schat dat het een tijdje na zijn vijfde bourbon is wanneer ik zeg: 'Hilly heeft me verteld dat je in de oliebusiness zit. Dat lijkt me reuze interessant.'

'Het verdient goed. Als je dat tenminste bedoelt.'

'O, ik wilde niet...' Maar ik breek mijn zin af want hij kijkt reikhalzend naar de deur. Ik draai me opzij en zie dat hij naar een vrouw staart, een blondine met rode lipstick en een flinke boezem in een strakke groene jurk.

William kijkt over zijn schouder om te zien waar Stuart naar kijkt, maar hij draait zich snel weer om. Hij kijkt naar Stuart en schudt heel licht zijn hoofd, en ik zie, onderweg naar de deur, Hilly's vroegere vriend, Johnny Foote, met zijn nieuwe vrouw, Celia. Ze gaan weg en William en ik kijken elkaar aan, allebei opgelucht dat Hilly hen niet heeft gezien.

'Jezus, wat een geil stuk is die meid,' mompelt Stuart. En dat is zo'n beetje het moment waarop het me niet meer kan schelen hoe het verder gaat.

Op een gegeven moment kijkt Hilly me aan om te zien wat er aan de hand is. Ik glimlach alsof alles koek en ei is en ze glimlacht terug, dolblij dat het allemaal goed gaat. 'William! De vicegouverneur komt net binnen. Laten we even dag zeggen voordat hij gaat zitten.'

Ze lopen samen weg, zodat wij, de twee tortelduifjes, zittend aan dezelfde kant van de tafel, ongehinderd zicht hebben op een zaal vol gelukkige paren.

'Zeg,' begint hij, met zijn hoofd nauwelijks opzij gedraaid, 'ga je weleens naar de footballwedstrijden van Alabama?'

Ik heb zelfs het footballveld van mijn eigen universiteit nooit gehaald, en dat was vijfduizend meter van mijn bed. 'Nee, ik ben niet echt een footballfan.' Ik kijk op mijn horloge. Het is nog niet eens kwart over zeven.

'O nee?' Hij kijkt naar het glas dat de ober voor hem heeft neergezet alsof hij ernaar snakt om de bourbon achterover te slaan. 'Wat doe je dan zoal met je tijd?'

'Ik schrijf een column over eh... huishoudelijk werk in de *Jackson Journal*.'

Hij fronst zijn wenkbrauwen, lacht dan. 'Huishoudelijk werk. Bedoel je... schoonmaaktips?'

Ik knik.

'Jezus.' Hij roert in zijn glas. 'Stel je voor dat je een column moet lezen over het schoonmaken van een huis. Ik kan me niets saaiers voorstellen.' Het valt me op dat zijn voortanden nét een beetje scheef staan. Ik zou hem wel op deze onvolkomenheid willen wijzen, maar dan maakt hij zijn gedachte af met: 'Behalve er een schrijven misschien.'

Ik staar hem alleen aan.

'Het klinkt als een truc om een man aan de haak te slaan, zorgen dat je een expert wordt op huishoudelijk gebied.'

'Jeetje, jij hebt zeker het buskruit uitgevonden. Je doorziet mijn hele plan.'

'Is dat niet waar de meisjes op Ole Miss op afstuderen? De professionele mannenjacht?'

Verbluft kijk ik hem aan. Wat denkt die arrogante kwast wel niet?

'Neem me niet kwalijk, maar heeft iemand je misschien als baby op je hoofd laten vallen?'

Hij knippert met zijn ogen, lacht dan voor de allereerste keer die avond.

'Niet dat het je iets aangaat,' zeg ik, 'maar ik moet ergens beginnen als ik journalist wil worden.' Het lijkt wel alsof hij zowaar onder de indruk is. Maar dan slaat hij zijn bourbon achterover en de blik in zijn ogen is weg.

Tijdens het eten kan ik hem van opzij beter bekijken. Zijn neus is een beetje puntig, zijn wenkbrauwen zijn te dik en zijn lichtbruine haar is te grof. We zeggen weinig, in elk geval tegen elkaar. Hilly babbelt, strooit met opmerkingen als: 'Stuart, Skeeter woont op een plantage net ten noorden van de stad. Is de senator niet opgegroeid op een pindaboerderij?'

Stuart bestelt het zoveelste glas.

Als Hilly en ik naar het toilet gaan, glimlacht ze hoopvol naar me. 'Wat vind je van hem?'

'Hij is... heel lang,' zeg ik, stomverbaasd dat het haar niet is opgevallen dat mijn date onverklaarbaar onbeschoft is, en bovendien stomdronken.

Eindelijk zijn we klaar met eten. Hij en William betalen allebei de helft van de rekening. Stuart staat op en helpt me in mijn jasje. Hij heeft in elk geval goede manieren.

'Jezus, ik heb nog nooit een vrouw met zulke lange armen ontmoet,' zegt hij.

'En ik heb nog nooit iemand ontmoet die zo veel zuipt.'

'Je jasje ruikt naar...' hij buigt zich naar voren en snuffelt '... mést.'

Hij beent weg naar het toilet. Ik kan wel door de grond zakken.

De rit terug, van wel drie minuten, verloopt in pijnlijk stilzwijgen en duurt eindeloos lang.

Bij Hilly's huis gaan we naar binnen. Yule May begroet ons in haar witte uniform, zegt: 'Alles is goed gegaan, ze liggen lekker te slapen,' en ze glipt weg door de keukendeur. Ik verontschuldig me en ga naar het toilet.

'Skeeter, zou jij Stuart naar huis kunnen brengen?' vraagt William als ik weer tevoorschijn kom. 'Ik ben bekaf, en Hilly ook.'

Hilly kijkt naar me alsof ze probeert uit te vogelen wat ik wil. Ik dacht dat ik dat meer dan duidelijk had gemaakt door tien minuten weg te blijven.

'Ben je... niet met de auto?' vraag ik aan de lucht voor Stuart.

'Ik geloof niet dat het verstandig is als mijn neef achter het stuur kruipt.' William lacht. Dan wordt het weer stil.

'Ik ben in een truck gekomen,' zeg ik. 'Ik zou het vervelend vinden als je...'

'Kom op,' zegt William, en hij slaat Stuart op zijn rug. 'Stuart vindt het niet erg om in een truck te rijden, nee toch, kerel?'

'William,' zegt Hilly, 'waarom breng jij Stuart niet thuis? Jij kunt meegaan voor de gezelligheid, Skeeter.'

'Dat lijkt me geen goed idee. Ik heb zelf veel te veel op,' zegt William, al is hij net met ons allemaal in de auto naar huis gereden.

Uiteindelijk loop ik zonder iets te zeggen naar buiten. Stuart komt achter me aan, zegt er niets van dat ik niet voor de deur sta of op Hilly's oprit. Als we bij de truck zijn, blijven we allebei staan, en we staren naar de belachelijk lange tractor die achter mijn voertuig hangt.

'Heb je dat ding helemaal in je eentje hierheen gesleept?'

Ik zucht. Het zal wel te maken hebben met het feit dat ik zo groot ben en ik me nooit popperig of vrouwelijk of meisjesachtig heb gevoeld, maar die tractor... Dat ding lijkt zoveel te symboliseren.

'Ik heb van m'n hele leven nog nooit zo'n raar geval gezien,' zegt hij.

Ik draai me om. 'Hilly brengt je wel thuis,' zeg ik. 'Geen probleem.'

Hij draait zich ook om en kijkt me aan, en volgens mij is dat de eerste keer die avond. Nadat ik daar een hele tijd heb gestaan terwijl ik word aangestaard, krijg ik tranen in mijn ogen. Ik ben zo ontzettend moe.

'O, verdomme,' zegt hij, en zijn schouders zakken omlaag. 'Hoor eens, ik heb tegen Hilly gezegd dat ik nog niet aan een date toe was.'

'Laat maar...' zeg ik terwijl ik bij hem vandaan loop, terug naar Hilly's huis.

Zondagochtend sta ik vroeg op, eerder dan Hilly en William, eerder dan de kinderen en voordat het kerkverkeer op gang komt. Ik rijd naar huis met die rammelende tractor achter me aan. De stank van mest bezorgt me een kater, al heb ik de vorige avond alleen water gedronken.

Gisteravond ben ik teruggegaan naar Hilly's huis, met Stuart treuzelend achter me aan. Ik heb op Hilly's slaapkamerdeur geklopt en gevraagd of William, die zijn mond vol tandpasta had, Stuart naar huis wilde brengen. Daarna ben ik naar de logeerkamer op de bovenverdieping gegaan zonder op antwoord te wachten.

Ik stap over papa's honden op de veranda heen en ga mijn ouderlijk huis binnen. Zodra ik moeder zie, sla ik mijn armen om haar heen. Ze probeert zich los te maken, maar ik wil haar niet laten gaan.

'Wat is er, Skeeter? Je bent toch niet aangestoken door Hilly, hè?'

'Nee, ik mankeer niets.' Ik wilde dat ik haar over mijn avond kon vertellen. Ik voel me schuldig omdat ik niet aardiger tegen haar ben, omdat ik haar niet nodig heb totdat ik zelf iets vervelends meemaak. Ik voel me vreselijk omdat ik eigenlijk liever had gehad dat Constantine er nog was geweest.

Moeder strijkt mijn haar glad, want met dat rattennest lijk ik minstens vijf centimeter groter. 'Weet je zeker dat je niet ziek bent?'

'Ik heb echt niets, moeder.' Ik ben te moe om te protesteren. Ik heb pijn alsof ik een trap in mijn maag heb gehad. Met een flinke laars. Het gaat niet weg.

'Weet je,' zegt ze glimlachend, 'dit meisje zou weleens de ware kunnen zijn voor Carlton.'

'Fijn, moeder,' zeg ik. 'Ik ben blij voor hem.'

De volgende ochtend om elf uur gaat de telefoon. Gelukkig ben ik toevallig in de keuken, dus ik neem op.

'Miss Skeeter?'

Ik blijf heel stil staan, kijk naar moeder, die aan de eettafel zit en haar huishoudboekje bestudeert. Pascagoula haalt het vlees uit de oven. Ik duik in de voorraadkast en doe de deur dicht.

'Aibileen?' fluister ik.

Ze zegt eerst niets, maar dan flapt ze het eruit. 'Stel nou... stel nou dat 't u niet bevalt wat ik te zeggen heb? Over de blanken, bedoel ik.'

'Ik... ik... Het gaat niet om mijn mening,' zeg ik. 'Mijn gevoel doet er niet toe.'

'Maar hoe weet ik nou dat u niet boos op me wordt, dat u me niet zult verraden?'

'Dat doe ik heus niet... Je zult me... je zult me gewoon moeten vertrouwen.' Ik hou mijn adem in, hoop, wacht af. Er valt een lange stilte.

'God zij me genadig. Ik denk dat ik 't doe.'

'Aibileen!' Mijn hart bonst. 'Je hebt geen idee hoe belangrijk dit voor me...'

'Miss Skeeter, we moeten heel erg voorzichtig zijn.'

'Zeker, dat beloof ik je.'

'En u moet m'n naam veranderen. De mijne, die van miss Leefolt, alles.'

'Natuurlijk.' Daar had ik zelf op moeten komen. 'Wanneer kunnen we elkaar spreken? En wáár?'

''t Kan niet bij u, dat weet ik best. Ik eh... ik denk dat we 't bij mijn thuis moeten doen.'

'Ken je misschien nog andere hulpen die mee zouden willen doen?' vraag ik, hoewel missus Stein alleen heeft toegezegd dat ze één verhaal wil lezen. Maar ik moet zorgen dat ik voorbereid ben, voor het geval ze er enthousiast over is, al is die kans nog zo klein.

Aibileen denkt even na. 'Ik zou 't aan Minny kunnen vragen. Maar Minny praat niet graag met blanken.'

'Minny? Bedoel je... de vroegere hulp van missus Walters?' zeg ik, en opeens voel ik hoe incestueus dit kan worden. Ik zou niet alleen een kijkje krijgen in Elizabeths leven, maar ook in dat van Hilly.

'Minny heeft heel wat meegemaakt, geloof me.'

'Aibileen,' zegt ik, 'bedankt. Hartstikke bedankt.'

'Ja mevrouw.'

'Ik eh... ik wil je nog iets vragen. Waarom heb je je bedacht?'

Aibileen aarzelt geen seconde. 'Miss Hilly,' zegt ze.

Ik word er stil van, denk aan Hilly's initiatief om gescheiden wc's verplicht te maken, aan haar beschuldiging dat de hulp had gestolen en aan haar gewauwel over ziektes. Haar naam wordt kortaf uitgesproken, zo bitter als een bedorven pecannoot.

MINNY

10

Onderweg naar m'n werk kan ik maar aan één ding denken. 't Is de eerste dag van december en terwijl de rest van de Verenigde Staten kerststalletjes afstoft en stinkende oude sokken uit de mottenballen haalt, wacht ik op een heel andere kerel. Nee, niet de Kerstman en ook niet het kindeke Jezus. Het is mister Johnny Foote junior, die op kerstavond te horen gaat krijgen dat Minny Jackson al drie maanden lang zijn huishoudelijke hulp is.

Ik wacht op de vierentwintigste alsof 't de dag des oordeels is. Ik heb geen idee wat mister Johnny gaat doen als-ie hoort dat ik hier werk. Misschien zegt-ie wel: Mooi! Je kunt m'n keuken soppen wanneer je maar wil! Hier heb je geld! Maar zo achterlijk ben ik niet. Dat 't allemaal geheim moet blijven betekent dat 't stinkt, d'r is echt niet een glimlachende blanke vent die me loonsverhoging wil geven. De kans is groot dat ik op eerste kerstdag zonder werk zit.

't Vreet aan me, dat niet-weten, maar wat ik wél weet, is dat ik 'n maand geleden heb besloten dat er een waardiger manier moet zijn om dood te gaan dan aan een hartaanval zittend op de plee van een blanke mevrouw. En na al die heisa bleek 't niet eens mister Johnny te zijn die thuiskwam maar de meteropnemer, God nog an toe.

Er was niet eens opluchting toen 't voorbij was. Miss Celia joeg me de stuipen op 't lijf. Tijdens de kookles na dat ellendige akkefietje trilde ze zo erg dat 't zout van de maatlepel viel.

't Is maandag en ik moet de hele tijd denken aan de kleinzoon van Louvenia Brown, Robert. Hij is dit weekend ontslagen uit 't ziekenhuis en weer bij Louvenia komen wonen, want z'n ouders zijn allebei overleden.

Gisteravond, toen ik er was om ze een karamelcake te brengen, had

Robert een arm in 't gips en verband over z'n ogen. 'O, Louvenia,' kon ik alleen maar zeggen toen ik 'm zag. Hij lag te slapen op de bank. Ze hebben z'n halve hoofd kaalgeschoren voor de operatie. Ondanks al d'r narigheid vroeg Louvenia toch naar iedereen van m'n gezin. En toen Robert begon te bewegen, vroeg ze of ik 't niet erg vond om weg te gaan omdat Robert steeds gillend wakker wordt. Doodsbang, en dan weet-ie weer dat-ie blind is. Ze dacht dat ik 't naar zou vinden. Ik moet er echt de hele tijd aan denken.

'Ik ga zo boodschappen doen,' zeg ik tegen miss Celia. Ik wapper met 't boodschappenlijstje. Dit doen we elke maandag. Ze geeft me geld voor de boodschappen en als ik terugkom duw ik haar met d'r neus op de kassabon. Ik wil dat ze ziet dat ik 'r elke cent van 't wisselgeld heb gegeven. Zij haalt alleen d'r schouders op, maar ik bewaar alle bonnetjes in een la voor 't geval er ooit rottigheid over komt.

Minny maakt:
1. Ham met ananas
2. Oogboontjes
3. Zoete aardappelen
4. Appeltaart
5. Biscuits

miss Celia maakt:
1. Limabonen

'Maar ik heb vorige week al limabonen gemaakt.'

'Leer 't nou maar, dan komt de rest vanzelf.'

'Eigenlijk is het ook beter,' zegt ze. 'Ik kan zitten terwijl ik de bonen dop.'

Bijna drie maanden en 't stomme mens kan nog geeneens koffie zetten. Ik pak m'n taartdeeg, want ik wil 't klaar hebben voordat ik naar de winkel ga.

'Kunnen we dit keer chocoladetaart maken? Ik ben dol op chocoladetaart.'

Ik klem mijn kaken op elkaar. 'Ik kan geen chocoladetaart maken,' lieg ik. *Nooit meer. Nooit meer na miss Hilly.*

'Echt niet? Jeetje, ik dacht dat jij alles kon maken. Misschien moeten we aan iemand een recept vragen.'

'Wat zijn de andere taarten die u lekker vindt?'

'Een tijdje geleden had je perziktaart gemaakt,' zegt ze terwijl ze een glas melk inschenkt. 'Die was erg lekker.'

'Die perziken kwamen uit Mexico. Perziken zijn hier nog niet in 't seizoen.'

'Maar ik zag laatst een advertentie voor perziken in de krant.'

Ik zucht. Niets is makkelijk met haar, maar ze gaat tenminste niet door over chocola. 'Eén ding moet u goed onthouden: verse producten zijn in 't seizoen 't lekkerst. Je maakt niets met pompoen in de zomer, je eet geen perziken in de herfst. Worden ze niet verkocht langs de kant van de weg, dan is 't niet 't seizoen. Laten we een lekkere pecannotentaart maken.'

'En Johnny heeft gesmuld van de pralines die je laatst had gemaakt. Hij vond me het knapste meisje dat hij ooit had ontmoet toen ik hem die gaf.'

Ik draai me om naar mijn deeg zodat ze m'n gezicht niet kan zien. Twee ergerlijke opmerkingen in één minuut. Ik heb goed de smoor in. 'Zijn er nog andere dingen waarvan u wil dat mister Johnny denkt dat u ze heeft gemaakt?' Ik ben niet alleen doodsbang, ik heb er ook schoon genoeg van dat iemand anders met de eer van m'n kookkunst gaat strijken. Afgezien van m'n kinderen, is m'n kookkunst 't enige waar ik trots op ben.

'Nee, dat is het wel zo'n beetje.' Miss Celia glimlacht, ziet niet dat 't deeg voor de taartbodem op vijf plaatsen is gescheurd.

Ik moet dit gedoe nog vierentwintig dagen vol zien te houden. Ik bid tot de Heer en ook een beetje tot de duivel dat mister Johnny me niet voor die tijd betrapt.

Om de dag hoor ik miss Celia in d'r kamer aan de telefoon. Ze belt de sosetiedames. 't Benefietfeest was drie weken geleden en ze begint nu al over volgend jaar. Zij en mister Johnny zijn niet geweest, anders had ik 't wel gehoord. Ik heb dit jaar niet op 't benefietfeest gewerkt, de eerste keer in tien jaar. 't Schuift aardig, maar 't risico dat ik miss Hilly tegen 't lijf zou lopen was te groot.

'Wil je tegen haar zeggen dat Celia Foote heeft gebeld? Ik heb een paar dagen geleden ook al een boodschap achtergelaten.'

Miss Celia's stem klinkt heel opgewekt, alsof ze reclame maakt op teevee. Elke keer dat ik 'r zo hoor, wil ik 't liefst de hoorn uit d'r hand trekken, tegen d'r zeggen dat ze d'r tijd verdoet. Ze ziet eruit als 'n snolletje, maar daar gaat 't niet om. Er is een grotere reden dat miss Celia geen vriendinnen heeft en dat wist ik zodra ik de foto van mister Johnny zag. Ik heb vaak genoeg de lunch van de bridgeclub geserveerd om van elke blanke vrouw in de stad iets te weten. Mister Johnny heeft miss Hilly aan de kant gezet voor miss Celia, en daar is miss Hilly nooit overheen gekomen.

Woensdagavond loop ik de kerk in. Er zijn nog niet zoveel mensen want 't is kwart voor zeven en 't koor begint pas om halfacht te zingen. Maar Aibileen heeft me gevraagd om vroeg te komen, dus hier ben ik. Ik ben nieuwsgierig naar wat ze te vertellen heeft. Bovendien was Leroy in een goed humeur en speelde hij met de kinderen en ik zeg altijd: als-ie ze wil hebben, kan-ie ze krijgen.

Aibileen zit op ons vaste bankje, links van 't middenpad, 't vierde van voren, vlak bij de ventilator. We zijn ereleden en we verdienen een ereplaats. Ze heeft d'r haar glad naar achteren geborsteld, met een rij kleine krulletjes in d'r nek. Ze draagt een blauwe jurk met grote witte knopen die ik nooit eerder heb gezien. Aibileen heeft bergen kleren, allemaal krijgertjes van blanke dames. Zoals gewoonlijk ziet ze er mollig en fatsoenlijk uit, maar al zou je 't niet zeggen, Aibileen kan nog steeds een schuine mop vertellen waar je van gaat tintelen in je onderbroek.

Ik loop door 't middenpad, zie dat Aibileen d'r voorhoofd fronst. In een flits zie ik 't leeftijdsverschil van bijna vijftien jaar tussen ons. Maar dan glimlacht ze en is haar gezicht weer jong en dik.

'Mijn hemel,' zeg ik zodra ik zit.

'Zeg dat wel. Iemand moet het 'n keer tegen d'r zeggen.' Aibileen waaiert koelte in d'r gezicht met een zakdoek. Kiki Brown was die ochtend aan de beurt om schoon te maken en de hele kerk stinkt naar 't citroengoedje dat ze maakt en voor een kwartje per fles probeert te verkopen. We hebben een intekenlijst voor 't schoonmaken van de kerk. Als je 't mijn vraagt, zou Kiki Brown wat minder vaak moeten tekenen en de mannen juist veel vaker. Voor zover ik weet, is er nog nooit een man geweest die zich heeft aangeboden.

Afgezien van die geur is de kerk spic en span. Kiki heeft de bankjes zo glimmend geboend dat je elk vlekkie op je gezicht erin kunt zien. De kerstboom staat er al, naast het altaar, opgetuigd met engelenhaar en een glinsterende gouden ster als piek. Drie ramen van de kerk hebben glas-in-lood – de geboorte van Christus, Lazarus die opstaat uit de dood, en de leer van die domme farizeeërs. De andere zeven hebben nog gewoon glas. We zamelen geld in om die ook te laten doen.

'Hoe is 't met Benny's astma?' vraagt Aibileen.

'Gisteren had hij weer last. Leroy komt de andere kinderen straks brengen. Laten we hopen dat-ie niet stikt in dat citroenluchtje.'

'Leroy.' Aibileen schudt d'r hoofd en lacht. 'Zeg maar tegen hem dat hij zich moet gedragen. Anders zet ik 'm op m'n gebedslijst.'

'Deed je dat maar. O mijn God, verstop 't eten.'

Kakkineuze Bertrina Bessemer waggelt naar ons toe. Ze leunt over 't bankje voor ons, glimlacht van onder een lelijke grote hoed met een nepvogeltje erop. Bertrina is de vrouw die Aibileen eeuwen geleden een stomme nikker heeft genoemd.

'Minny,' zegt Bertrina, 'ik was zo blij toen ik 't hoorde van je nieuwe werk.'

'Bedankt, Bertrina.'

'En Aibileen, nog bedankt dat je me op je gebedslijst hebt gezet. M'n angina is nu een stuk beter. Ik bel je dit weekend om bij te kletsen.'

Aibileen glimlacht, knikt. Bertrina waggelt weg naar d'r plaats.

'Misschien moet je wat kieskeuriger zijn met wie je op je lijstje zet,' zeg ik.

'Ach, ik ben allang niet meer boos op d'r,' zegt Aibileen. 'En kijk, ze is afgevallen.'

'Ze zegt tegen iedereen dat ze twintig kilo kwijt is,' zeg ik.

'Goeie genade.'

'Nu nog maar honderd te gaan.'

Aibileen probeert niet te glimlachen, doet alsof ze dat citroengeurtje weg wappert.

'Nou, waarom wou je dat ik eerder zou komen?' vraag ik. 'Mis je me, of zo?'

'Nee, gekkie. 't Is niet belangrijk, iets wat iemand tegen me heeft gezegd.'

'Wat dan?'

Aibileen ademt in, kijkt om zich heen of er iemand luistert. We zijn hier net beroemdheden. Iedereen wil altijd met ons praten.

'Ken jij die miss Skeeter?' vraagt ze.

'Ja, dat zei ik laatst toch al.'

Ze gaat zachter praten. 'Nou, weet je nog dat ik me versprak en haar vertelde dat Treelore dingen van de zwarten opschreef?'

'Ik weet 't nog. Wil ze je nu voor de rechter slepen?'

'Nee, nee. Ze is aardig. Maar ze had het lef om me te vragen of ik en m'n vriendinnen op papier willen zetten hoe 't is om voor blanken te werken. Ze zegt dat ze een boek schrijft.'

'Wát zegt ze?'

Aibileen knikt, trekt d'r wenkbrauwen op. 'Mm-hmm.'

'Pfff. Nou, zeg maar tegen d'r dat 't een feestje is. Dat we ons er 't hele weekend op verheugen om hun zilver te gaan poetsen,' zeg ik.

'Ik heb tegen d'r gezegd dat ze 't in de geschiedenisboeken kan lezen. Blanken hebben altijd al verteld hoe wij over de dingen denken.'

'Precies. Zeg dat maar.'

'Dat heb ik gedaan. Ik heb gezegd dat ze gek is,' zegt Aibileen. 'Ik heb d'r gevraagd: stel nou dat wij de waarheid vertellen? Dat we te bang zijn om 't minimumloon te vragen. Dat niemand sociale voorzieningen krijgt. Hoe 't voelt als je eigen baas zegt dat je...' Aibileen schudt d'r hoofd. Ik ben blij dat ze 't niet uitspreekt.

'Dat we van hun kinderen houden als ze klein zijn...' zegt ze, en ik zie dat Aibileens lip begint te trillen. 'En dat ze later net zo worden als hun mama's.'

Ik kijk omlaag en zie dat Aibileen d'r tas vastgrijpt alsof ze niets anders meer heeft op deze aarde. Aibileen neemt altijd een ander baantje als de kinderen ouder worden en niet langer kleurenblind zijn. We praten er nooit over.

'Zelfs al verandert ze alle namen, die van de hulp en van de blanke mevrouwen,' snuift ze.

'Ze is niet goed bij d'r hoofd als ze denkt dat we zoiets gevaarlijks willen doen. Voor háár.'

'We willen geen rotzooi trappen.' Aibileen veegt d'r neus af met d'r zakdoek. 'Mensen de waarheid vertellen.'

'Om de dooie dood niet,' zeg ik, maar dan ga ik nadenken. 't Heeft iets met dat woord 'waarheid' te maken. Ik probeer de blanke vrouwen voor wie ik werk al sinds m'n veertiende de waarheid te vertellen.

'We willen niets veranderen,' zegt Aibileen, en we zijn allebei stil; we denken aan alle dingen die we niet willen veranderen. Maar dan kijkt Aibileen me opeens scherp aan, zegt: 'Wat? Vind jij 't soms geen krankzinnig idee?'

'Jawel, alleen...' En dan heb ik 't door. We zijn al zestien jaar vriendinnen, al sinds de dag dat ik uit Greenwood naar Jackson verhuisde en we elkaar leerden kennen op de bushalte. Ik kan Aibileens gedachten lezen alsof 't de zondagskrant is. 'Jij denkt erover na, hè?' zeg ik. 'Jij wil met miss Skeeter gaan praten.'

Ze haalt d'r schouders op en ik weet dat ik gelijk heb. Maar voordat Aibileen 't kan bekennen, komt predikant Johnson op 't bankje achter ons zitten. Hij leunt tussen ons in naar voren. 'Minny, het spijt me dat ik nog niet de kans heb gehad om je te feliciteren met je nieuwe baan.'

Ik strijk m'n jurk glad. 'Bedankt, eerwaarde.'

'Je stond zeker op Aibileens gebedslijstje,' zegt hij en hij klopt haar op d'r schouder.

'Reken maar. Ik zeg laatst nog tegen Aibileen dat ze d'r eigenlijk geld voor zou moeten vragen.'

De predikant lacht. Hij staat op en loopt langzaam naar de kansel. Het wordt stil in de kerk. Ik vind 't onvoorstelbaar dat Aibileen miss Skeeter de waarheid wil vertellen.

Waarheid.

Het voelt koel, als water dat over m'n plakkerig warme lichaam spoelt en een vuur verkoelt dat al m'n hele leven lang aan me vreet.

Waarheid, zeg ik nog 'n keer in gedachten, gewoon vanwege dat gevoel.

Predikant Johnson heft zijn handen en spreekt met een zachte, donkere stem. Het koor achter hem begint een psalm te neuriën en we gaan allemaal staan. Ik zweet al na een halve minuut.

'Is 't iets voor jou? Praten met miss Skeeter?' fluistert Aibileen.

Ik kijk om en daar is Leroy met de kinderen, zoals gewoonlijk te laat.

'Wie, ik?' zeg ik, zo luid dat ik de zachte muziek overstem. Ik laat m'n stem dalen, maar niet veel. 'Ik peins er niet over om zoiets stoms te doen.'

Zonder dat er een reden voor is, behalve om mij te pesten, krijgen we in december een hittegolf. Ik zweet al bij vier graden als ijsthee in augustus en toen ik vanochtend wakker werd stond de thermometer op achtentwintig graden Celsius. Ik heb 't grootste deel van m'n leven geprobeerd minder te zweten: Dainty Lady-deodorant, bevroren aardappels in m'n zakken, een ijspakking op m'n hoofd (ik heb zelfs een dokter betááld voor dat achterlijke advies), en nog steeds zijn m'n zweetlapjes in vijf minuten doorweekt. Ik zet geen stap zonder de waaier van uitvaartcentrum Fairley. Hij doet 't prima en hij was gratis.

Miss Celia is heel anders dan ik, ze zit die week zelfs bij 't zwembad met een ordinaire witte zonnebril en een dikke badjas. Godzijdank ben ik effe van d'r verlost. Eerst dacht ik dat ze misschien een lichamelijke ziekte had, maar nu vraag ik me af of er soms een draadje loszit in d'r hoofd. Ik heb 't niet over hardop tegen jezelf praten, wat oude dametjes zoals miss Walters doen, want dan weet je dat 't gewoon de ouderdom is, maar over de hoofdletter K van krankzinnig, dat ze je in een dwangbuis afvoeren naar 't gekkengesticht.

Ik betrap haar er tegenwoordig bijna elke dag op dat ze naar de lege slaapkamers op de eerste verdieping sluipt. Aan 't kraken van de vloer hoor ik haar stiekem door de gang lopen. Maar ja, wat heb ik ermee te maken, 't is haar huis. Maar dan doet ze 't op een dag weer, en nog een keer, en dát maakt me nou zo achterdochtig, dat ze 't zo verdomde stiekem doet, wacht totdat ik de stofzuiger aanzet of cakebeslag klop in de keuken. Ze blijft zo'n beetje zeven of acht minuten boven en dan steekt ze dat koppie van d'r om de hoek van de keukendeur om zeker te weten dat ik haar niet weer beneden zie komen.

'Bemoei je niet met haar zaken,' zegt Leroy. 'Zorg nou alleen dat ze die man van d'r vertelt dat jij hun huis schoonmaakt.' Leroy zuipt de laatste paar dagen weer, verdomme, achter de elektriciteitscentrale na z'n werk. Hij is niet gek. Hij weet dat 't geld niet vanzelf binnenstroomt als ik dood ben.

Nadat miss Celia d'r uitstapje naar boven heeft gemaakt, gaat ze niet terug naar bed maar gaat ze aan de keukentafel zitten. Ik wou dat ze ophoepelde. Ik pluk kippenvlees van 't bot. De bouillon kookt en de knoedels staan klaar. Dat ze wil helpen is wel 't laatste waar ik op zit te wachten.

'Nog maar dertien dagen voordat u mister Johnny van mijn vertelt,' zeg ik.

Ze staat op van de keukentafel en ze gaat naar d'r eigen slaapkamer, precies zoals ik had geweten. Voordat ze de keuken uitloopt mompelt ze nog: 'Moet je me dat nou elke dag van m'n leven inpeperen?'

Ik recht m'n rug. Het is de eerste keer dat miss Celia nijdig op me is. 'Mm-hmm,' brom ik zonder naar haar te kijken, want ik zal haar eraan blijven herinneren totdat mister Johnny me een hand geeft en 'aangenaam, Minny' tegen me zegt.

Maar dan til ik m'n hoofd op en ik zie dat miss Celia nog steeds niet weg is. Ze houdt zich vast aan de deurpost. Haar gezicht is lijkwit geworden, net goedkope muurverf.

'U heeft toch niet weer rauwe kip gegeten?'

'Nee, ik... ik ben gewoon moe.'

Maar aan de zweetdruppeltjes op d'r make-up die nu grijs is geworden – kan ik zien dat ze niet lekker is. Ik breng haar naar bed en haal de fles kruidenelixer voor vrouwen. Op 't etiket staat een echte dame met een tulband om d'r hoofd, die glimlacht alsof ze zich beter voelt. Ik geef miss Celia de maatlepel, maar dat mens is zo ordinair dat ze de fles aan d'r mond zet.

Terug in de keuken was ik m'n handen. Wat ze ook heeft, ik hoop dat 't niet besmettelijk is.

De dag nadat miss Celia opeens helemaal raar werd is het bedden-verschoon-dag, de dag waar ik een pesthekel aan heb. Lakens zijn gewoon te persoonlijk, daar wil je niks mee te maken hebben als 't niet van familie is. Ze zitten vol haren en schilfers en snot en sporen van rollebollen. Maar de bloedvlekken zijn 't ergst. Als ik die met m'n blote handen moet schrobben, sta ik te kokhalzen boven de gootsteen. Dat geldt voor bloed in 't algemeen en vlekken die er verdacht veel op lijken. Een platgetrapte aardbei en ik hang de rest van de dag boven de wc-pot.

Miss Celia weet 't van de dinsdagen en meestal verhuist ze naar de bank zodat ik m'n werk kan doen. Nu zitten we weer in een koudefront, dus ze kan niet naar 't zwembad, en ze zeggen dat 't nog veel kouder gaat worden. Maar om negen uur, dan tien, dan elf, is de slaapkamerdeur nog steeds dicht. Dus klop ik maar.

'Ja?' zegt ze.

Ik doe de deur open. 'Goeiemorgen, miss Celia.'

'Hallo, Minny.'

'Het is dinsdag.'

Miss Celia ligt niet alleen nog in bed, op d'r zij op de dekens, ze is nog in d'r nachtpon zonder een druppel make-up op d'r gezicht.

'Ik moet de lakens wassen en strijken. En dan gaan we koken...'

'Geen kookles vandaag, Minny.' Ze glimlacht ook al niet, wat ze anders altijd doet als ze me ziet.

'Bent u niet lekker?'

'Haal een glas water voor me, wil je?'

'Ja, mevrouw.' Ik ga naar de keuken en laat een glas vollopen boven de gootsteen. Ze moet zich wel heel erg rot voelen, want ze heeft me nooit eerder gevraagd om haar iets te drinken of te eten te brengen.

Maar als ik terugkom in de slaapkamer ligt miss Celia niet in bed. De badkamerdeur is dicht. Waarom vraagt ze of ik water voor haar wil halen als ze kan opstaan en naar de badkamer gaan? Nou ja, ze is in elk geval uit de weg. Ik raap mister Johnny's broek op van de vloer, gooi 'm over m'n schouder. Als je 't mijn vraagt, krijgt die vrouw niet genoeg lichaamsbeweging, met al dat binnenzitten. *Pas op, Minny, geen kritiek. Als ze ziek is, is ze ziek.*

'Bent u ziek?' roep ik voor de badkamerdeur.

'Nee.'

'Als u toch in de badkamer bent, haal ik 't bed af.'

'Nee, ik wil dat je weggaat,' zegt ze achter de dichte deur. 'Ga maar naar huis, Minny.'

Ik sta daar en tik met m'n voet op dat roze kleedje. Ik wil niet naar huis. Het is dinsdag, bedden-verschoon-dag. Als ik 't vandaag niet doe, wordt woensdag óók bedden-verschoon-dag.

'Wat zal mister Johnny zeggen als-ie thuiskomt en het is een troep in huis?'

'Hij blijft vannacht in het jagershuis. Minny, ik wil dat je me de telefoon brengt...' Haar stem breekt en verandert in beverig jammeren. 'Haal hem hierheen en breng me mijn adresboekje van de keukentafel.'

'Bent u ziek, miss Celia?'

Maar ze geeft geen antwoord, dus ga ik 't boekje halen en ik zet de telefoon zo dicht mogelijk bij de badkamerdeur en klop.

'Zet hem gewoon neer.' Ze klinkt nu alsof ze huilt. 'Ik wil dat je nu naar huis gaat.'

'Maar ik moet...'

'Ga naar huis, zei ik!'

Ik doe een stap bij die dichte deur vandaan. Mijn gezicht begint te gloeien en te prikken. Niet omdat er nog nooit iemand tegen me heeft geschreeuwd. Alleen heeft miss Celia nog nooit tegen me geschreeuwd.

De volgende ochtend beweegt Woody Asap van Channel Twelve zijn schilferige witte handen over de kaart van de staat. Jackson, Mississippi, is bevroren als een ijslolly. Eerst regende 't, toen ging 't vriezen, en vanochtend brak alles wat langer was dan een centimeter af. Boomtakken, hoogspanningskabels en luifels stortten neer alsof ze de moed hadden opgegeven. Buiten ziet alles eruit alsof 't in een emmer glimmende schellak is gedoopt.

M'n kinderen drukken hun slaperige gezichten tegen de radio en als ze zeggen dat de wegen met ijs zijn bedekt en de scholen zijn gesloten, springen ze een gat in de lucht en rennen ze met niks anders als hun lange ondergoed juichend en fluitend naar buiten om naar 't ijs te gaan kijken.

'Kom binnen en doe schoenen aan!' brul ik naar ze.

Niet één doet wat ik zeg.

Ik bel miss Celia om te zeggen dat ik niet kan rijden met dat ijs en om te vragen of ze wel stroom heeft. Nadat ze gisteren tegen me heeft geschreeuwd alsof ik een nikker was die voor d'r auto de straat overstak, zou je denken dat ik geen moer meer om d'r zou geven.

Als ik bel, hoor ik: 'Hallo.'

M'n hart krijgt de hik.

'Hallo? Met wie spreek ik?'

Heel behoedzaam leg ik neer. Ik neem aan dat mister Johnny vandaag ook niet werkt. Ik weet niet hoe hij is thuisgekomen in dat noodweer.

Ik weet alleen dat ik zelfs op 'n vrije dag niet aan m'n angst voor die man kan ontsnappen. Maar over elf dagen is 't eindelijk voorbij.

Het meeste ijs smelt in een dag weer weg. Miss Celia ligt niet in bed als ik binnenkom. Ze zit aan de keukentafel en staart met een lelijk gezicht naar buiten alsof dat luizenleventje van d'r een hel is waar ze niet meer tegen kan. Ze staart naar de mimosaboom. Het ijs heeft dat ding geen goed gedaan. De helft van de takken is afgebroken en de fijne blaadjes zijn bruin en nat.

'Goeiemorgen, Minny,' zegt ze zonder me aan te kijken.

Ik knik alleen. Ik heb d'r niks te zeggen, niet na de manier waarop ze me eergisteren heeft behandeld.

'Nu kunnen we dat lelijke oude ding eindelijk omhakken,' zegt miss Celia.

'Ga uw gang. Hak de hele handel maar om.' *Hak mij dan ook maar gelijk aan mootjes, zonder dat er een reden voor is.*

Miss Celia gaat staan en loopt naar me toe. Ze pakt mijn arm beet. 'Sorry dat ik zo tegen je tekeer ben gegaan.' Ze krijgt tranen in d'r ogen terwijl ze 't zegt.

'Mm-hmm.'

'Ik was ziek en ik weet dat dat geen excuus is, maar ik voelde me echt heel rot...' Dan begint ze te snikken, alsof schreeuwen tegen d'r hulp 't ergste is wat ze ooit van d'r leven heeft gedaan.

'Het is goed,' zeg ik. 'Er is niks om over te snotteren.'

En dan slaat ze d'r armen stijf om m'n nek totdat ik een klopje op d'r rug geef en me losmaak. 'Ga maar zitten,' zeg ik. 'Ik maak een kop koffie voor u.'

Ach, we zijn allemaal weleens prikkelbaar als we ons niet lekker voelen.

De maandag daarna zijn de blaadjes van die mimosa zwart geworden, alsof de boom is verbrand in plaats van bevroren. Ik kom de keuken binnen, van plan om tegen haar te zeggen hoeveel dagen we nog hebben, maar miss Celia staart naar die boom, haat hem met d'r ogen op dezelfde manier als ze 't fornuis haat. Ze is bleek en wil niks eten, wat ik d'r ook voorzet.

In plaats van in bed te liggen is ze de hele dag bezig met het optuigen van de drie meter hoge kerstboom in de hal. Naaldjes vliegen in 't rond, zodat m'n leven in een stofzuig-hel verandert. Daarna gaat ze naar de tuin, ze snoeit de rozenstruiken en ze plant tulpenbollen. Ik heb haar nog nooit zoveel zien bewegen. Ze komt naar de kookles met vuil onder d'r nagels, maar ze glimlacht nog steeds niet.

'Nog zes dagen voordat we 't mister Johnny vertellen,' zeg ik.

Ze zegt een hele tijd niks, dan klinkt d'r stem zo vlak als een pannenkoek. 'Weet je zeker dat het moet? Ik wilde eigenlijk nog even wachten.'

Ik verstijf ter plekke, met karnemelk die van m'n handen druipt. 'Vraag nog 's hoe zeker ik het weet.'

'Al goed, al goed.' En dan gaat ze weer naar buiten voor d'r nieuwe hobby: naar de mimosaboom staren met een bijl in d'r hand.

Woensdagavond maalt 't door m'n hoofd dat 't nog maar zesennegentig uur is. 't Vreet aan m'n maag dat ik na Kerstmis misschien geen werk meer heb. Dan heb ik veel grotere zorgen dan alleen doodgeschoten worden. We hebben afgesproken dat miss Celia 't hem op kerstavond gaat vertellen, als ik weg ben, voordat zij naar de mama van mister Johnny gaan. Maar miss Celia gedraagt zich zo raar, en ik vraag me af of ze zal proberen eronderuit te komen. Dat feest gaat niet door, zeg ik de hele dag tegen mezelf. Ik ben van plan d'r op d'r huid te zitten als een haar op een stuk zeep.

Als ik donderdagochtend binnenkom, is miss Celia niet eens thuis. Ze is weggegaan, het is bijna niet te geloven. Ik ga aan tafel zitten en schenk mezelf een kop koffie in.

Ik kijk naar buiten. Het is helder, zonnig. Die zwarte mimosaboom is echt erg lelijk. Ik vraag me af waarom mister Johnny dat ding niet gewoon omhakt.

Ik buig me voorover naar de vensterbank. 'Wel heb je ooit.' Rond de onderkant hangen nog een paar geveerde blaadjes, alsof ze zich koesteren in de zon. 'Die boom doet alleen maar alsof-ie dood is.'

Ik haal een opschrijfboekje uit m'n tas waar ik lijstjes in bijhou van wat ik moet doen, niet voor miss Celia, maar voor mezelf: m'n boodschappen, kerstcadeautjes, dingen voor m'n kinderen. Met Benny's astma gaat 't iets beter, maar Leroy stonk weer naar Old Crow toen-ie gisteravond thuiskwam. Hij heeft me een harde zet gegeven en ik heb m'n dij gestoten aan de keukentafel. Als-ie vanavond ook zo thuiskomt, geef ik 'm 'n muilpeer als toetje.

Ik zucht. Nog tweeënzeventig uur en ik ben vrij. Misschien ontslagen, misschien dood als Leroy 't hoort, maar wel vrij.

Ik probeer me te concentreren. Morgen sta ik de hele dag in de keuken en zaterdagavond heb ik 't diner van de kerk en de dienst op zondag. Wanneer moet ik m'n eigen huis schoonmaken? De kleren van m'n kinderen wassen? M'n oudste, Sugar, is zestien en doet heel erg d'r best om de boel aan kant te houden, maar ik wil haar in het weekend graag helpen, zoals mijn mama mij nooit heeft geholpen. En Aibileen. Ze belde gisteravond weer om te vragen of ik haar en miss Skeeter wil helpen met de verhalen. Ik hou van Aibileen, echt waar. Maar ik denk dat ze een joekel van een fout maakt door een blanke dame te vertrouwen. En dat heb ik ook tegen d'r gezegd. Ze zet d'r baan op 't spel, d'r veiligheid. En waarom je een vriendin van miss Hilly zou willen helpen is me sowieso een raadsel.

Hemel, ik moet echt aan de slag.

Ik steek stukjes ananas in de ham en zet 'm in de oven. Dan ga ik afstoffen in de jachtkamer. Ik stofzuig de beer terwijl hij me aankijkt alsof ik een snack ben. 'Vandaag zijn we met z'n tweetjes,' zeg ik tegen hem. Zoals gewoonlijk zegt-ie weinig terug. Ik haal een doek en m'n oliezeep, poets elke spijl van de trap, van onder naar boven. Als ik boven ben, ga ik naar de eerste slaapkamer.

Ik ben ongeveer een uur aan 't schoonmaken. 't Is koud daar boven, geen lichamen die warmte geven. Heen en weer gaat m'n arm, heen en weer over alles van hout. Na de tweede slaapkamer ga ik naar miss Celia's kamer, voordat ze terugkomt.

Er gaat een huivering door me heen, want 't is een beetje griezelig, zo'n groot leeg huis. Waar is ze naartoe? In alle tijd dat ik hier werk is ze maar drie keer weg geweest en dan vertelde ze me altijd 't hoe en 't waar en 't waarom, alsof mij dat iets kan schelen, en nu is ze zomaar foetsie. Ik zou blij moeten zijn. Ik zou blij moeten zijn dat het malle mens me niet voor de voeten loopt. Maar ik voel me net een indringer nu ik hier in m'n eentje ben. Ik kijk naar 't roze kleedje dat over de bloedvlek naast de badkamerdeur ligt. Ik wilde er vandaag nog een keer een sopje op loslaten. Er blaast een kille windvlaag door de kamer, alsof er een geest langskomt. Ik ril.

Misschien doe ik vandaag toch maar niets aan die bloedvlek.

De dekens zijn van 't bed gehaald, zoals gewoonlijk. De lakens zijn helemaal in elkaar gedraaid. Dat bed ziet er altijd uit alsof er een partijtje in is geworsteld. Ik verbied mezelf erover na te denken. Als je probeert te bedenken wat mensen in de slaapkamer uitspoken, zit je voor je 't weet tot aan je nek in hun sores.

Een van de kussenslopen zit onder de zwarte vlindertjes van miss Celia's mascara, dus dat haal ik eraf. Ik stop de kleren die op de vloer liggen erin, dat draagt makkelijker. Ik pak mister Johnny's opgevouwen broek van de gele ottomane. Hoe moet ik nou weten of die broek schoon of vuil is? Ik stop 'm toch maar in 't sloop. Mijn motto voor 't huishouden: beter dat je 't wast dan vuil weghangt in de kast.

Ik loop met het sloop naar het bureau. De blauwe plek op m'n dij doet pijn als ik me buk om een paar zijden kousen van miss Celia op te rapen.

'Wie ben jíj?'

Ik laat de zak vallen.

Langzaam loop ik achteruit totdat m'n achterste tegen 't bureau stoot. Hij staat in de deuropening, z'n ogen toegeknepen. Héél langzaam kijk ik omlaag naar de bijl in z'n hand.

O Heer! Ik kan me niet opsluiten in de badkamer, want hij staat er te dicht bij en zou mee naar binnen gaan. Ik kan niet langs hem heen naar de gang lopen, tenzij ik hem opzij duw, en de man heeft 'n bijl in z'n hand. M'n hoofd klopt en gloeit van paniek. Ik kan geen kánt op.

Mister Johnny staart me aan. Hij zwaait de bijl zachtjes heen en weer. Houdt z'n hoofd schuin en glimlacht.

Ik doe 't enige wat ik kan. Ik zet een zo gemeen mogelijk gezicht en trek m'n bovenlip op en gil: 'Donder op en neem die bijl mee!'

Mister Johnny kijkt omlaag naar de bijl, alsof-ie 't hele ding was vergeten. Dan weer naar mij. We staren elkaar aan. Ik beweeg me niet en ik adem niet.

Zijn blik gaat omlaag naar de zak om te zien wat ik aan het stelen was. De pijp van z'n broek steekt eruit.

'Hoor 's,' zeg ik, en ik krijg tranen in m'n ogen, 'hoor 's, mister

Johnny, ik heb tegen miss Celia gezegd dat ze u van mij moest vertellen. Ik heb 't haar wel duizend keer gevraagd...'

Maar hij lacht alleen. Hij schudt z'n hoofd. Hij vindt 't grappig dat hij me met zijn bijl gaat bewerken.

'Luister nou naar me! Ik heb tegen haar gezegd...'

Maar hij blijft grinniken. 'Rustig maar, jongedame. Ik doe je heus niets,' zegt hij. 'Ik schrok van je, meer niet.'

Ik hijg, schuifel in de richting van de badkamer. Hij heeft nog steeds die bijl in z'n hand, zwaait er een beetje mee.

'Hoe heet je trouwens?'

'Minny,' fluister ik. Nog anderhalve meter te gaan.

'Hoe lang werk je hier al, Minny?'

'Niet lang.' Ik hou m'n adem in.

'Hóé lang?'

'Een eh... paar weken,' zeg ik. Ik bijt op m'n lip. *Drie máánden.*

Hij schudt z'n hoofd. 'Nee, ik weet dat je er al langer bent.'

Ik kijk naar de badkamerdeur. Wat heeft 't voor zin om weg te duiken in een badkamer als de deur niet op slot kan? Als de man een bijl heeft waarmee hij de deur kan inslaan?

'Ik ben niet achterlijk, weet je,' zegt hij.

'En die bijl?' Ik klem m'n kaken op elkaar.

Hij rolt met zijn ogen, legt de bijl neer en geeft er een schop tegen. 'Kom mee naar de keuken, dan kunnen we praten.'

Hij draait zich om en loopt weg. Ik kijk naar de bijl, overweeg 'm mee te nemen. Dan duw ik 'm onder het bed en loop ik achter hem aan.

In de keuken blijf ik hem aankijken terwijl ik naar de achterdeur schuifel, controleer of de deur niet op slot zit.

'Minny, wees maar niet bang. Ik ben juist blij dat je er bent,' zegt hij.

Ik kijk hem aan om te weten of-ie liegt. Het is een grote kerel, minstens een meter vijfentachtig. Een beginnend buikje, maar sterk. 'Dus u gaat me ontslaan.'

'Jou ontslaan?' Hij lacht. 'Ik ken niemand die zo lekker kan koken als jij. Moet je zien wat je met me hebt gedaan.' Hij gaat met een hand over z'n buikje. 'Jezus, ik heb niet meer zo lekker gegeten sinds Cora Blue voor ons werkte. Zij heeft me zo ongeveer grootgebracht.'

Ik haal heel diep adem, want ik voel me iets veiliger omdat-ie Cora

Blue kent. 'Ik heb haar gekend. Haar kinderen gingen naar dezelfde kerk als ik.'

'Ik mis haar nog steeds.' Hij draait zich om, doet de koelkast open, kijkt erin, doet de deur weer dicht. 'Weet je wanneer Celia terugkomt?' vraagt-ie aan mij.

'Nee, sorry. Ik neem aan dat ze d'r haar laat doen.'

'In het begin, toen we net jouw eten hadden, dacht ik dat ze echt koken had geleerd. Tot de eerste zaterdag, toen jij er niet was, en zij hamburgers probeerde te maken.'

Hij leunt achterover tegen 't aanrecht, zucht. 'Waarom wil ze niet dat ik het weet van jou?'

'Weet ik veel. Ze wil 't me niet vertellen.'

Hij schudt zijn hoofd, kijkt omhoog naar de zwarte plek op 't plafond, van die keer dat miss Celia de kalkoen had laten aanbranden. 'Minny, het kan me niet schelen als Celia de rest van haar leven nooit meer een vinger uitsteekt. Maar zij zegt dat ze zelf dingen voor me wil doen.' Hij trekt z'n wenkbrauwen een eindje op. 'Heb je enig idee wat ik moest eten voordat jij er was?'

'Ze begint 't te leren. Ze eh... probeert 't tenminste.' Maar ik snuif terwijl ik 't zeg. Er zijn dingen waar je gewoon niet over kunt liegen.

'Het kan me niet schelen of ze kan koken. Ik wil haar gewoon...' hij haalt z'n schouders op, '... ik wil gewoon dat ze bij me is.'

Hij veegt met de mouw van z'n witte overhemd over z'n voorhoofd, en dan snap ik waarom z'n overhemden altijd zo vuil zijn. En hij ís een soort van knap. Voor een blanke dan.

'Ik heb het gevoel dat ze niet gelukkig is,' zegt hij. 'Komt het door mij? Door dit huis? Wonen we te ver buiten de stad?'

'Ik weet 't niet, mister Johnny.'

'Wat kan het zijn?' Hij legt z'n handen plat op 't aanrecht, leunt naar achteren. 'Vertel het me. Heeft ze...' hij slikt moeizaam '... heeft ze iemand anders?'

Ik doe m'n best om niks te voelen, maar ik heb gewoon medelijden met die man. Hij is net zo in de war als ik over dit hele gedoe.

'Mister Johnny, 't gaat me niet aan. Maar ik kan u wel vertellen dat ze geeneens de deur uit gaat, behalve voor de kapper.'

Hij knikt. 'Je hebt gelijk. Het was een stomme vraag.'

Ik gluur naar de deur, vraag me af wanneer miss Celia thuiskomt. Ik weet niet wat ze gaat doen als ze ziet dat mister Johnny thuis is.

'Hoor eens,' zegt hij, 'vertel haar maar niet dat wij elkaar hebben ontmoet. Ik wil het haar laten vertellen als ze er zelf aan toe is.'

Het lukt me voor het eerst om echt te glimlachen. 'Dus u wil dat ik op dezelfde manier doorga?'

'Zorg voor haar. Ik wil niet dat ze in haar eentje in dit grote huis zit.'

'Ja, meneer. Zoals u wil.'

'Ik ben thuisgekomen omdat ik haar wilde verrassen. Ik wilde de mimosa waar ze zo'n hekel aan heeft omhakken, en dan wilde ik haar meenemen naar de stad om samen te lunchen. En naar de juwelier om haar kerstcadeau uit te zoeken.' Mister Johnny loopt naar 't raam, kijkt naar buiten, zucht. 'Nou ja, dan moet ik maar in m'n eentje ergens gaan lunchen.'

'Ik maak wel iets. Waar heeft u trek in?'

Hij draait zich om, grijnzend als een kind. Ik doe de koelkast open, haal er wat dingen uit.

'Weet je nog dat je karbonades had gemaakt?' Hij begint op een nagel te bijten. 'Kun je die volgende week weer maken?'

'Ik kan ze voor vanavond maken, als u wil. Ik heb ze nog in de vriezer. En morgenavond krijgt u kip met knoedels.'

'O, die maakte Cora Blue ook vaak.'

'Gaat u maar zitten, dan maar ik een lekkere sandwich met bacon en tomaat om mee te nemen.'

'Rooster je het brood dan eerst?'

'Natuurlijk. Met rauw brood kun je geen goeie sandwich maken. En vanmiddag bak ik een van Minny's beroemde karamelcakes. En volgende week maken we gebakken meerval...'

Ik pak de bacon voor mister Johnny's sandwich, zet een pan op 't vuur. Mister Johnny's ogen zijn helder en groot. Hij glimlacht met z'n hele gezicht. Ik maak z'n sandwich en doe 'm in vetvrij papier. Eindelijk krijg ik de voldoening van iemand die van m'n eten geniet.

'Minny, ik wil je nog iets vragen. Als jij hier bent... wat doet Celia dan in 's hemelsnaam de hele dag?'

Ik haal m'n schouders op. 'Ik heb nog nooit een blanke mevrouw gehad die de hele dag niks deed, zoals zij. Meestal zijn ze druk-druk-

druk, winkelen, bridgen. Ze doen alsof ze 't drukker hebben dan ik.'

'Ze heeft vriendinnen nodig. Ik zal mijn vriend Will vragen of zijn vrouw eens hier wil komen om haar te leren bridgen, dan kan ze zich bij een groepje aansluiten. Ik weet dat Hilly bij al dat soort dingen een vinger in de pap heeft.'

Ik staar hem aan, alsof 't misschien niet waar is als ik me heel stil hou. Na een hele tijd vraag ik: 'Bedoelt u miss Hilly Holbrook?'

'Ken je haar?' vraagt hij.

'Mm-hmm.' Ik slik moeizaam, want er komt een bandenlichter omhoog in m'n keel bij de gedachte dat miss Hilly in dit huis over de vloer zal komen; dat miss Celia de waarheid krijgt te horen over 't Vreselijk Slechte. Die twee kunnen onmogelijk vriendinnen worden. Maar ik durf te wedden dat miss Hilly alles zou willen doen voor mister Johnny.

'Ik zal Will vanavond bellen en het hem nog een keer vragen.' Hij klopt me op mijn schouder en ik moet opeens weer denken aan dat woord, 'waarheid'. En Aibileen gaat miss Skeeter alles vertellen. Als de waarheid over mij aan 't licht komt, is 't met me gedaan. Ik heb de verkeerde persoon een loer gedraaid, meer is er niet voor nodig.

'Ik zal je mijn nummer op kantoor geven. Bel me maar als je ooit problemen hebt, oké?'

'Ja meneer,' zeg ik, en ik voel dat mijn opluchting van een halfuur geleden wordt uitgewist door angst.

MISS SKEETER

11

Technisch gesproken is het in het grootste deel van het land winter, maar in het huis van mijn moeder worden al tanden geknarst en handen gewrongen. De lente kondigt zich veel te vroeg aan. Papa is als een gek katoen aan het planten, moest tien extra knechten aannemen om het land te bewerken en trekkers te besturen om het zaad in de grond te krijgen. Moeder bestudeert *De almanak voor boeren*, maar niet omdat ze opeens belangstelling heeft voor het planten van katoen. Met een hand op haar voorhoofd vertelt ze me het slechte nieuws.

'Ze zeggen dat het de vochtigste lente in jaren wordt.' Ze zucht. De Glansster heeft na die eerste paar keer nooit meer veel effect gehad. 'Ik koop wel een paar nieuwe spuitbussen bij Beemon's, van die extra sterke.'

Ze kijkt op van haar almanak, knijpt haar ogen tot spleetjes. 'Waarom zie je er zo netjes uit?'

Ik heb mijn donkerste jurk aan, met donkere kousen. Met de zwarte sjaal over mijn hoofd zie ik er waarschijnlijk meer uit als Peter O'Toole in *Lawrence of Arabia* dan Marlene Dietrich. De lelijke rode tas hangt over mijn schouder.

'Ik moet vanavond een paar dingen doen. En daarna heb ik met... vriendinnen afgesproken. In de kerk.'

'Op zaterdagavond?'

'Moeder, het maakt God niet uit welke dag van de week het is,' zeg ik, en ik loop naar de auto voordat ze me nog meer vragen kan stellen. Vanavond ga ik naar Aibileen voor het eerste interview.

Met bonzend hart rijd ik door de stad naar de zwarte wijk. Ik heb zelfs nog nooit aan dezelfde tafel gezeten met een neger die er niet voor werd betaald. Het interview is meer dan een maand uitgesteld. Eerst kwamen de feestdagen – Aibileen moest vrijwel elke avond tot laat werken; ze moest cadeaus inpakken en koken voor Elizabeths kerstdiner. In januari begon ik in paniek te raken toen Aibileen griep kreeg. Ik ben bang dat ik te lang heb gewacht, dat missus Stein haar belangstelling heeft verloren of gewoon vergeten is waarom ze heeft beloofd dat ze het zou lezen.

Ik rijd in de Cadillac door het donker, draai Gessum Avenue op, Aibileens straat. Ik had liever de oude truck genomen, maar dat zou moeder achterdochtig hebben gemaakt en papa had hem nodig op de velden. Ik stop voor een leegstaand huis, drie huizen bij Aibileen vandaan, zoals we hebben afgesproken. Het huis ziet er spookachtig uit, met een verzakte veranda en ramen waar geen glas in zit. Ik stap uit, doe het portier op slot en loop snel door de donkere straat. Ik houd mijn hoofd gebogen. Mijn hakken klikken luid op de stoeptegels.

Een hond blaft en mijn sleutels vallen rinkelend op de grond. Ik kijk om me heen, raap ze op. Op twee veranda's zitten een paar zwarte mensen, kijkend, schommelend. Er is geen straatverlichting dus het is moeilijk te zeggen wie me nog meer kan zien. Ik blijf lopen, weet dat ik net zo opvallend ben als mijn auto: groot en wit.

Ik kom bij nummer vijfentwintig, Aibileens huis. Ik kijk nog een laatste keer om me heen, wilde dat ik niet tien minuten te vroeg was. Het zwarte deel van de stad is voor mijn gevoel heel ver weg, terwijl het in werkelijkheid niet meer dan een paar kilometer bij het witte deel vandaan is.

Ik klop zachtjes. Er klinken voetstappen en er valt iets dicht. Aibileen doet open. 'Kom binnen,' fluistert ze en snel doet ze de deur achter me dicht en op slot.

Ik heb Aibileen nooit in iets anders dan haar witte uniform gezien. Nu heeft ze een groene jurk aan met zwarte biesjes. Het valt me onwillekeurig op dat ze in haar eigen huis een rechtere rug heeft.

'Ga maar vast zitten. Ik ben zo terug.'

Alleen de plafondlamp is aan, en toch is het donker in de voorkamer, met veel bruin en schaduwen. De gordijnen zijn gesloten en aan elkaar gespeld, zodat er geen kier is. Ik weet niet of ze dat altijd doet of alleen omdat ik er ben. Ik ga op de smalle bank zitten. Er is een houten salontafel met een kanten kleedje dat zo te zien zelf is gehaakt. De vloer is kaal. Ik wilde dat ik niet zo'n dure jurk aan had.

Een paar minuten later komt Aibileen terug met een dienblad met een theepot en twee verschillende kopjes, papieren servetjes die in driehoeken zijn gevouwen. Ik ruik de kaneelkoekjes die ze heeft gebakken. Als ze de thee inschenkt, ratelt het deksel van de pot.

'Sorry,' zegt ze en ze legt een hand op het deksel. 'Ik heb nog nooit een blanke bij me thuis gehad.'

Ik glimlach, hoewel ik weet dat het niet grappig bedoeld was. Ik neem een slok thee. Het brouwsel is bitter en sterk. 'Dank je,' zeg ik. 'Lekkere thee.'

Ze gaat zitten en vouwt haar handen in haar schoot, kijkt me verwachtingsvol aan.

'Het leek mij een goed idee om met je achtergrond te beginnen en dan meteen door te gaan met de vragen,' zeg ik. Ik pak mijn blocnote en bekijk de vragen die ik van tevoren heb opgeschreven. Opeens vind ik ze afgezaagd, amateuristisch.

'Goed,' zegt ze. Ze zit heel rechtop, op de bank, naar mij toe gedraaid.

'Nou, om te beginnen, eh... Wanneer en waar ben je geboren?'

Ze slikt, knikt. 'Negentiennegen. Op de Piedmont Plantage in Cherokee County.'

'Wist je vroeger, toen je nog een meisje was, dat je later in de huishouding zou gaan werken?'

'Ja, mevrouw. Dat wist ik.'

Ik glimlach, wacht op een nadere toelichting. Die blijft uit.

'En dat wist je... doordat?'

'Mijn mama was keukenhulp. Mijn grootmoeder was huisslaaf.'

'Huisslaaf. Aha,' zeg ik, maar ze knikt alleen. Haar handen blijven gevouwen in haar schoot. Ze kijkt naar de woorden die ik opschrijf.

'Heb je... er ooit van gedroomd om iets anders te worden?'

'Nee,' zegt ze. 'Nee mevrouw, nooit.' Het is zo stil in de kamer dat ik ons allebei kan horen ademen.

'Oké. Eh... hoe voelt het om een blank kind groot te brengen terwijl je eigen kind thuis zit en...' ik slik, want ik geneer me voor de vraag '... door iemand anders wordt verzorgd?'

''t Voelt...' Ze zit nog steeds zo rechtop dat het er pijnlijk uitziet. 'Eh... misschien kunnen we doorgaan met de volgende.'

'O. Zoals je wilt.' Ik staar naar mijn vragen. 'Wat vind je het leukst van je werk en waar heb je een hekel aan?'

Ze kijkt me aan alsof ik haar heb gevraagd uit te leggen wat een vies woord betekent. 'Ik eh... ik vind 't leuk om voor de kinderen te zorgen, denk ik,' fluistert ze.

'Wil je... daar nog iets aan toevoegen?'

'Nee mevrouw.'

'Aibileen, je hoeft me geen "mevrouw" te noemen. Niet in je eigen huis.'

'Ja, mevrouw. O. Sorry.' Ze slaat een hand voor haar mond.

Op straat klinkt luid geschreeuw en we draaien allebei ons hoofd opzij naar het raam. We zitten stokstijf, zwijgend. Wat zou er gebeuren als een blanke ontdekt dat ik hier op een zaterdagavond met Aibileen zit te praten, in haar gewone kleren? Zouden ze de politie bellen, een verdachte bijeenkomst melden? Opeens weet ik zeker dat het zo zou gaan. We zouden worden gearresteerd. Ze zouden ons aanklagen wegens schending van de segregatie. De kranten staan er bol van; ze verachten blanken die de zwarten helpen met de burgerrechtenbeweging. Wat wij doen heeft niets met burgerrechten te maken, maar wat zou er voor andere reden kunnen zijn om met elkaar te praten? Ik heb zelfs niet voor de zekerheid Miss Myrna-brieven meegenomen.

Ik lees onverholen angst op Aibileens gezicht. Langzaam verwijderen de luide stemmen zich. Ik haal opgelucht adem, maar Aibileen blijft gespannen. Ze blijft naar de gordijnen staren.

Ik kijk naar mijn vragenlijst, op zoek naar iets waarmee ik haar op haar gemak kan stellen, en mezelf. Ik blijf maar denken aan alle tijd die ik al heb verloren.

'En wat... wat vind je vervelend van je werk?'

Aibileen slikt hoorbaar.

'Wil je bijvoorbeeld over dat toilet praten? Of over Eliza... miss Leefolt? Over de manier waarop ze je betaalt? Heeft ze je weleens uitgescholden waar Mae Mobley bij was?'

Aibileen pakt een servetje en houdt het tegen haar voorhoofd. Ze doet haar mond open om iets te zeggen, dan weer dicht.

'We hebben vaak genoeg met elkaar gepraat, Aibileen.'

Ze legt een hand tegen haar mond. 'Het spijt me, ik...' Ze staat op en loopt snel weg door het smalle gangetje. Een deur gaat dicht, en de theepot en de kopjes rammelen op het dienblad.

Er gaan vijf minuten voorbij. Als ze terugkomt, houdt ze een handdoek tegen haar borst, zoals ik moeder heb zien doen nadat ze had overgegeven, als ze net niet op tijd bij de wc was.

'Het spijt me. Ik dacht dat ik... eraan toe was om te praten.'

Ik knik, weet me geen raad.

'Ik... ik weet dat u die dame in New York al heeft verteld dat ik 't wilde doen...' Ze doet haar ogen dicht. 'Sorry. Ik geloof niet dat ik 't kan. Ik moet gaan liggen.'

'Morgenavond. Ik eh... ik bedenk wel een betere manier. Laten we het gewoon nog een keer proberen en...'

Ze schudt haar hoofd, omklemt de handdoek.

Tijdens de rit naar huis kan ik mezelf wel schoppen. Omdat ik dacht dat ik gewoon naar binnen kon walsen en antwoorden kon eisen. Omdat ik dacht dat ze zich in haar eigen huis niet langer de hulp zou voelen, omdat ze daar geen uniform draagt.

Ik kijk opzij naar mijn blocnote op de met wit leer beklede bank. Afgezien van de plaats waar ze is opgegroeid, heb ik net iets meer dan tien woorden opgeschreven. En vier daarvan zijn 'ja mevrouw' en 'nee mevrouw.'

De stem van Patsy Cline komt uit de radio. Als ik over County Road rijd, draaien ze 'Walking After Midnight'. Tegen de tijd dat ik stop op Hilly's oprit draaien ze 'Three Cigarettes in an Ashtray'. Haar vliegtuig is vanochtend neergestort en iedereen van New York tot Mississippi treurt en zingt haar liedjes. Ik stap uit de Cadillac en kijk naar Hilly's grote witte huis. Het is vier dagen geleden dat Aibileen midden in ons interview moest overgeven en ik heb niets van haar gehoord.

Ik ga naar binnen. De bridgetafel is opgesteld in Hilly's ouderwets ingerichte salon, met een oorverdovende staande klok en kunstig gedrapeerde goudkleurige gordijnen. Iedereen zit al – Hilly, Elizabeth en Lou Anne Templeton, die missus Walters heeft vervangen. Lou Anne is zo'n meisje dat de héle tijd breed en enthousiast glimlacht, onafgebroken. Het ergert me mateloos. En als je niet kijkt, staart ze je aan met die bête grijns van haar. En ze is het eens met letterlijk álles wat Hilly zegt.

Hilly houdt een *Life* omhoog, met een grote foto van een huis in

Californië. 'Een *living* noemen ze het. Alsof je kunt leven in zo'n ongezellige kamer.'

'O, wat vreselijk!' roept Lou Anne stralend.

Op de foto staat een kamer met hoogpolige vaste vloerbedekking en lage, gestroomlijnde banken, eivormige stoelen en televisies die op vliegende schotels lijken. In Hilly's salon hangt een twee meter hoog portret van een generaal uit de burgeroorlog, alsof het haar grootvader is in plaats van een verre achterneef.

'Precies. Trudy's huis ziet er precies zo uit,' zegt Elizabeth. Ik werd zo in beslag genomen door het interview met Aibileen dat ik bijna was vergeten dat Elizabeth een week geleden bij haar oudere zus op bezoek is geweest. Trudy is getrouwd met een bankier en ze zijn naar Hollywood verhuisd. Elizabeth is er vier dagen geweest om hun nieuwe huis te zien.

'Nou, ik noem het gewoon wansmaak,' verklaart Hilly. 'Niet dat ik je zus wil beledigen, Elizabeth.'

'Wat vond je van Hollywood?' vraagt Lou Anne.

'O, het was net een droom. En Trudy's huis... er staat in elke kamer een televisie. En van datzelfde futuristische meubilair waar je bijna niet in kunt zitten. We zijn naar allemaal sjieke restaurants geweest, waar de filmsterren eten, en we hebben martini's en bourgogne gedronken. En op een avond kwam Max Factor in eigen persoon naar ons tafeltje, en hij praatte met Trudy alsof ze oude vrienden waren die elkaar tegenkwamen in de supermarkt.' Elizabeth zucht, schudt haar hoofd.

'Als je het mij vraagt, ben jij nog steeds de knapste van de familie,' zegt Hilly. 'Niet dat Trudy onaantrekkelijk is, maar jij bent van jullie tweeën degene met echte klasse.'

Elizabeth glimlacht, maar krijgt dan weer een peinzende uitdrukking. 'En dan heb ik nog niet eens verteld dat ze een inwonende hulp heeft, elke dag, elk úúr. Ik hoefde nauwelijks naar Mae Mobley om te kijken.'

Ik gruw van haar opmerking, maar het schijnt niemand anders op te vallen. Hilly kijkt naar haar hulp, Yule May, die onze theeglazen bijvult. Ze is lang en slank, bijna vorstelijk, en ze heeft een veel mooier figuur dan Hilly. Door haar moet ik aan Aibileen denken. Ik maak me zorgen. Ik heb haar deze week twee keer gebeld, maar er werd niet opgenomen. Ik weet zeker dat ze me ontwijkt. Ik vrees dat ik naar Elizabeths huis moet gaan om met haar te kunnen praten, of Elizabeth het nou leuk vindt of niet.

'Misschien dat we volgend jaar het thema *Gejaagd door de wind* kunnen doen voor het benefietfeest,' oppert Hilly. 'Misschien kunnen we Fairview Mansion wel huren.'

'Wat een geweldig idee!' zegt Lou Anne.

'Sorry, Skeeter,' zegt Hilly. 'Ik weet hoe erg je het vond dat je er dit jaar niet bij kon zijn.'

Ik knik, glimlach triest. Ik heb griep voorgewend omdat ik er niet in m'n eentje naartoe wilde.

'Een ding weet ik nu al,' zegt Hilly. 'Ik neem niet nog een keer die rock-and-roll-band. Ze speelden alleen maar van die snelle dansmuziek.'

Elizabeth tikt op mijn arm. Ze heeft haar handtas gepakt. 'Ik vergeet je dit bijna te geven. Van Aibileen, voor dat Miss Myrna-gedoe? Ik heb alleen wel tegen haar gezegd dat ik het vandaag niet wil hebben. Weet je wel hoe lang ze in januari niet heeft gewerkt?'

Ik open het opgevouwen papiertje. De woorden zijn geschreven met blauwe inkt, in een beeldig schoonschrift.

'Ik weet hoe je kunt voorkomen dat de theepot rammelt.'

'Wie maakt zich daar nou druk om, het rammelen van een theepot?' zegt Elizabeth. Want ze heeft het natuurlijk gelezen.

Ik heb er twee seconden en een slok ijsthee voor nodig voordat ik het begrijp. 'Je hebt geen idee hoe moeilijk het is,' zeg ik tegen haar.

Twee dagen later zit ik in de keuken van mijn ouders, wachtend op het vallen van de schemering. Ik geef toe aan mijn verslaving en steek nog een sigaret op, al was de minister van Volksgezondheid gisteren op de televisie en sprak hij iedereen vermanend toe om de kijker ervan te overtuigen dat je doodgaat van roken. Maar moeder heeft ooit een keer gezegd dat je blind wordt van tongzoenen en ik begin te denken dat het een samenzwering is tussen de minister en moeder om ervoor te zorgen dat niemand ooit lol heeft.

Diezelfde avond strompel ik om acht uur door Aibileens straat, zo discreet als mogelijk is met een Corona-schrijfmachine van vijfentwintig kilo in je armen. Ik klop zachtjes, snak nu al naar de volgende sigaret om mijn zenuwen in bedwang te krijgen. Aibileen doet open en ik glip naar binnen. Ze draagt dezelfde groene jurk en stijve zwarte schoenen als de vorige keer.

Ik probeer te glimlachen alsof ik er het volste vertrouwen in heb dat het dit keer wel goed zal gaan, hoewel het tegendeel het geval is. 'Kunnen we... dit keer in de keuken gaan zitten?' vraag ik. 'Of vind je dat vervelend?'

'Mijn best. D'r valt niks te zien, maar kom maar mee.'

De keuken is half zo groot als de woonkamer, en warmer. Het ruikt er naar thee en citroenen. Het zwart met wit geblokte linoleum is kaal geboend. Het aanrecht is net groot genoeg voor het theeservies.

Ik zet de schrijfmachine op een gebutste rode tafel onder het raam. Aibileen pakt de ketel om thee te zetten.

'Voor mij geen thee, dank je,' zeg ik en ik steek een hand in mijn tas. 'Ik heb cola meegenomen. Wil jij ook?' Ik heb nagedacht over manieren om Aibileen gerust te stellen. Nummer één: geef haar niet het gevoel dat ze me moet bedienen.

'Nou, daar zeg ik geen nee tegen. Ik drink meestal pas later thee.' Ze pakt een opener en twee glazen. Ik drink zo uit het flesje, en als ze mij dat ziet doen, schuift ze de glazen opzij en doet ze hetzelfde.

Ik heb Aibileen gebeld nadat Elizabeth me haar briefje had gegeven en hoopvol geluisterd terwijl Aibileen me van haar idee vertelde: ze wil het in haar eigen woorden opschrijven en het mij dan laten lezen. Ik probeerde enthousiast te doen. Maar ik weet nu al dat ik alles zal moeten herschrijven, waardoor ik nog meer tijd verlies. Het leek me beter om het uit te tikken zodat ze het zelf kan zien, in plaats van het te lezen en dan te zeggen dat het zo niet gaat.

We glimlachen naar elkaar. Ik neem een slok cola, strijk mijn blouse glad.

'Oké...' zeg ik.

Aibileen heeft een spiraalbloc voor zich neergelegd. 'Wilt u... dat ik het u gewoon voorlees?'

'Prima,' zeg ik.

We halen allebei diep adem en dan begint ze voor te lezen, langzaam, met vaste stem.

'De eerste blanke baby waar ik ooit voor heb gezorgd, heette Alton

Carrington Speers. Dat was in 1924 en ik was net vijftien geworden. Alton was een lange, magere baby met haar dat zo zacht was als de draden van een maïskolf...'

Ik begin te tikken terwijl ze voorleest, ritmisch, duidelijker gearticuleerd dan ze normaal praat. 'Elk raam in dat smerige huis was aan de binnenkant dichtgeschilderd. Al was 't een groot huis met een groot groen gazon, het was er muf; ik werd er beroerd van...'

'Wacht even,' zeg ik. Ik heb 'gazom' getikt. Ik blaas op de correctievloeistof, tik het woord nog een keer. 'Oké, ga maar verder.'

'Toen de mama doodging, een halfjaar later,' leest ze, 'aan die longziekte, hielden ze me in dienst voor Alton totdat ze naar Memphis verhuisden. Ik hield van die baby en hij hield van mij en toen wist ik dat ik 'r goed in ben om kinderen te leren dat ze trots moeten zijn op zichzelf...'

Ik wilde Aibileen niet beledigen toen ze me over de telefoon van haar idee vertelde, maar ik probeerde wel het haar uit het hoofd te praten. 'Schrijven is niet zo makkelijk als je denkt. En je hebt er niet eens tijd voor, niet met een volledige baan.'

''t Kan niet heel anders zijn dan m'n gebeden opschrijven.'

Voor het eerst sinds we aan het project zijn begonnen vertelde ze me iets interessants over zichzelf, dus sloot ik me met het kladblok voor boodschappenlijstjes op in de voorraadkast. 'Dus je zegt je gebeden niet, je schrijft ze op?'

'Dit heb ik nog nooit aan iemand verteld. Zelfs niet aan Minny. Ik heb gemerkt dat m'n bedoeling beter overkomt als ik 't opschrijf.'

'Doe je dat in het weekend?' vroeg ik. 'In je vrije tijd?' Het leek me interessant om iets over Aibileens eigen leven te vertellen, wanneer ze niet door Elizabeth Leefolt in de gaten werd gehouden.

'O nee, ik schrijf elke dag wel een uur, soms zelfs twee. D'r zijn heel wat zieke en ongelukkige mensen hier.'

Ik was onder de indruk; er zijn dagen dat ik minder schrijf dan zij. Ik heb erop aangedrongen om te proberen of we het project weer van de grond konden krijgen.

Aibileen haalt adem, neemt een slok cola, en gaat verder.

Ze gaat terug in de tijd, naar haar eerste baantje toen ze dertien was, en ze het Francis First-familiezilver moest poetsen in het statige herenhuis van de gouverneur. Ze vertelt dat ze meteen op haar eerste ochtend een foutje maakte op de lijst met aantallen die ze moest invullen als bewijs dat ze niets had gestolen.

'Ik kom die ochtend thuis, nadat ik was ontslagen, en ik stond voor ons huis met m'n nieuwe schoenen. De schoenen waar m'n moeder veel geld voor had betaald, evenveel als 't elektriek voor een hele maand. Toen begreep ik wat schaamte was en ook welke kleur 't heeft. Schaamte is niet zwart, als vuil, zoals ik altijd had gedacht. Schaamte is de kleur van 't nieuwe witte uniform waar je moeder een hele nacht voor heeft staan strijken om 't te kunnen betalen, hagelwit, zonder 'n vlekje of een veegje van 't werk erop.'

Aibileen tilt haar hoofd op; ze wil weten wat ik denk. Ik kijk haar aan. Ik had zoete verhaaltjes verwacht, romantisch zelfs. Ik besef dat ik iets veel beters krijg dan ik had durven hopen. Ze leest verder.

'... dus ik haal alle kleren uit de garderobekast en voor ik d'r erg in heb, heeft 't kleine blanke jongetje z'n vingers eraf gehakt in de raamventilator, en ik had wel tien keer gevraagd of ze 't ding weg wilden halen. Ik heb nooit zoveel rood uit 'n mens zien komen en ik pak die jongen beet, en ik grijp die vier vingers. Ik ging naar 't ziekenhuis voor zwarten omdat ik niet wist waar 't ziekenhuis voor blanken was. Maar toen ik binnenkwam, zei een zwarte man tegen me: "Is deze jongen blank?"'

De toetsen van de schrijfmachine roffelen als hagel op een dak. Aibileen is sneller gaan lezen en ik let niet meer om mijn fouten, vraag alleen of ze wil wachten als ik er een nieuw vel papier in moet draaien. Om de acht seconden schuif ik de wagen met de hendel naar een nieuwe regel.

'En ik zeg: "Ja meneer," en hij zegt: "Zijn dat z'n blanke vingers?" en ik zeg: "Ja meneer," en hij zegt: "Je kunt beter zeggen dat-ie je eigen high yellow is, want die zwarte dokter gaat niet een blank kind opereren in een zwart ziekenhuis." En toen greep een blanke politieman me beet en hij zegt: "Nou moet je eens effe goed naar me luisteren..."'

Ze breekt haar zin af. Tilt haar hoofd op. Het ratelen valt stil.

'Wat? Waar moest je van die politieman goed naar luisteren?'

'Meer ik heb nog niet opgeschreven. Ik moest vanochtend hollen om de bus te halen voor m'n werk.'

Ik druk op ENTER en de schrijfmachine pingt. Aibileen en ik kijken elkaar recht in de ogen. Volgens mij gaat het nog lukken ook.

12

De twee weken daarna zeg ik om de andere avond tegen moeder dat ik ga helpen in de gaarkeuken van de presbyteriaanse kerk in Canton, waar wij gelukkig niemand kennen. Zij zou natuurlijk liever hebben dat ik naar de Eerste Presbyteriaanse zou gaan, maar moeder is niet iemand die christelijke werken in twijfel zal trekken en ze knikt goedkeurend, zegt verder alleen dat ik mijn handen goed moet wassen met zeep als ik klaar ben.

In haar keuken leest Aibileen uur na uur voor wat ze heeft geschreven – en ik typ. Ze vertelt steeds meer details en de gezichten van de kinderen komen in beeld. In het begin ben ik teleurgesteld dat Aibileen het meeste schrijfwerk doet en ik alleen maar redigeer. Maar als missus Stein het een goed verhaal vindt, schrijf ik straks de verhalen van de andere hulpen zelf en dan heb ik meer dan genoeg werk. *Als ze het een goed verhaal vindt...* Ik blijf dit in gedachten eindeloos herhalen, in de hoop dat het werkelijkheid wordt.

Aibileen heeft een heldere, eerlijke stijl. Dat zeg ik tegen haar.

'Ik schrijf ook niet aan de eerste de beste.' Ze grinnikt. 'Je kunt niet liegen tegen God.'

Voordat ik ben geboren, heeft ze zelfs een week lang katoen geplukt op Longleaf, de plantage van mijn eigen familie. Op een avond begint ze over Constantine zonder dat ik ernaar heb gevraagd.

'Goeie genade, die Constantine kon zingen. Als een rasechte engel stond ze daar voor in de kerk. Iedereen kreeg kippenvel van die fluwelen stem van d'r en toen ze niet meer wilde zingen nadat ze d'r baby moest weggeven aan...' Ze breekt haar zin af. Kijkt me aan. Zegt: 'Laat maar.'

Ik hou mezelf voor dat ik haar niet onder druk mag zetten. Ik wil graag alles horen wat ze over Constantine weet, maar ik wacht wel tot we klaar zijn met haar interview. Ik wil niet dat er nu iets tussen komt.

'Heb je al iets van Minny gehoord?' vraag ik. 'Als missus Stein het een goed verhaal vindt,' zeg ik, genietend van het uitspreken van de vertrouwde woorden, 'wil ik meteen doorgaan met de volgende.'

Aibileen schudt haar hoofd. 'Ik heb 't Minny drie keer gevraagd en ze zegt nog steeds dat ze niet wil. Ik moet 'r nu wel geloven.'

Ik probeer mijn zorgen niet te laten blijken. 'Kun je het misschien aan een paar anderen vragen? Om te zien of zij belangstelling hebben?' Ik weet heel zeker dat Aibileen meer geluk zal hebben dan ik.

Aibileen knikt. 'Er zijn er nog een paar die ik 't kan vragen. Hoe lang gaat 't duren, denkt u, voordat die dame u iets laat weten?'

Ik haal mijn schouders op. 'Geen idee. Als we het volgende week op de bus doen, horen we misschien half februari iets. Maar dat weet ik niet zeker.'

Aibileen perst haar lippen op elkaar, staart naar haar pagina's. Ik zie iets wat me eerder niet was opgevallen: hoop, een glinstering van opwinding. Ik ben zo met mezelf bezig dat het niet bij me is opgekomen dat Aibileen het misschien wel net zo spannend vindt als ik dat een redacteur in New York haar verhaal gaat lezen. Ik glimlach en haal diep adem. Mijn eigen hoop groeit.

Tijdens onze vijfde sessie leest Aibileen me voor over de dag dat Treelore omkwam. Ze vertelt dat zijn gebroken lichaam door de blanke voorman in de laadbak van een pick-up werd gesmeten. 'En toen hebben ze 'm naar het zwarte ziekenhuis gebracht. De zuster heeft 't me verteld, ze stond buiten. Blanke mannen rolden hem van de laadbak op straat en reden weg.' Aibileen huilt niet, ze laat alleen een blokje tijd verstrijken terwijl ik naar de schrijfmachine staar, zij naar het versleten linoleum.

De zesde avond zegt Aibileen: 'In 1960 ging ik voor miss Leefolt werken, toen Mae Mobley twee weken oud was,' en ik heb het gevoel dat ik door een loden poort van vertrouwen ben gegaan. Ze beschrijft de aanleg van de wc in de garage, geeft toe dat ze er nu blij mee is. Het is makkelijker dan telkens van Hilly horen hoe erg het is om naar dezelfde wc te moeten als de hulp. Ze herinnert me eraan dat ik een keer heb opgemerkt dat zwarte mensen te vaak naar de kerk gaan. Ik bloos, vraag me af wat ik nog meer heb gezegd, omdat ik nooit heb vermoed dat de hulp meeluisterde.

Op een avond zegt ze. 'Ik heb 's nagedacht...' Maar ze gaat niet verder.

Ik kijk op van de schrijfmachine, wacht af. Ik heb pas geleerd dat ik haar de tijd moet gunnen toen ze moest overgeven.

'Ik heb bedacht dat ik boeken zou moeten lezen. Dat helpt misschien voor wat ik zelf schrijf.'

'Ga naar de bibliotheek in State Street. Ze hebben een hele zaal vol met schrijvers uit het Zuiden. Faulkner, Eudora Welty...'

Aibileen stoot een droog hoestje uit. 'U weet toch dat zwarte mensen niet in die bibliotheek mogen komen.'

Ik zit daar en ik voel me zo stom. 'Het is onvoorstelbaar dat ik daar niet aan heb gedacht.' De bibliotheek voor zwarten is waarschijnlijk slecht. Een paar jaar geleden was er een sit-in bij de bieb voor blanken en die haalde de kranten. Toen de zwarten en masse naar de rechtbank kwamen voor het proces, liet de politie hun Duitse herders op hen los. Ik kijk naar Aibileen en word opnieuw herinnerd aan het risico dat ze neemt door met me te praten. 'Ik wil graag boeken voor je halen,' zeg ik.

Ze snelt naar de slaapkamer en komt terug met een lijst. 'Ik kan beter een kruisje zetten bij de boeken die ik graag 't eerst wil. Bij Carver Library sta ik al drie maanden op de wachtlijst voor *To Kill a Mockingbird*. 's Effe kijken...'

Ik kijk toe terwijl ze kruisjes zet bij *The Souls of Black Folk* van W.E.B. du Bois, gedichten van Emily Dickinson (welke dan ook), *De lotgevallen van Huckleberry Finn*.

'Ik heb er vroeger op school in gelezen, maar ik kon 't niet uit krijgen.' Ze wikt en weegt, gaat door met kruisjes zetten.

'Wil je een boek van Sigmund Freud?'

Ze knikt. 'D'r zijn zoveel gekke mensen. Ik vind 't leuk om te lezen over hoe 't hoofd werkt. Heeft u weleens gedroomd dat u in een meer viel? Hij zegt dat je dan droomt over je eigenste geboorte. Miss Frances, voor wie ik in 1957 werkte, had al die boeken.'

Bij de twaalfde titel moet ik het weten. 'Aibileen, hoe lang wilde je me dit al vragen? Of ik boeken voor je wil halen?'

'Een tijdje.' Ze haalt haar schouders op. 'Ik was bang om 't te vragen.'

'Dacht je... dat ik nee zou zeggen?'

'Blanken hebben hun eigen regels. Ik weet niet welke u volgt en welke niet.'

We kijken elkaar aan. 'Ik heb schoon genoeg van regels,' zeg ik.

Aibileen grinnikt en kijkt naar buiten. Ik besef hoe armzalig het in haar oren moet klinken.

Vier dagen achter elkaar zit ik op mijn slaapkamer achter mijn schrijfmachine. Twintig getypte pagina's met strepen en met rood omcirkelde woorden worden eenendertig pagina's op dik geschept papier. Ik schrijf een korte biografie van Sarah Ross, de naam die Aibileen heeft gekozen, naar haar juf op de lagere school die jaren geleden is overleden. Ik vermeld haar leeftijd, hoe haar ouders de kost verdienden. Daarna laat ik Aibileen zelf aan het woord, met haar eigen simpele, onverbloemde verhalen.

De derde dag roept moeder naar boven om te vragen wat ik in vredesnaam de hele dag aan het doen ben, en ik brul terug: 'Ik typ aantekeningen uit van de bijbelstudie. Ik beschrijf alles wat ik zo mooi vind aan Jezus.' Na het avondeten hoor ik haar in de keuken tegen mijn vader zeggen: 'Ze voert iets in haar schild.' Ik loop de hele dag met mijn kleine witte Bijbel rond, om het geloofwaardiger te maken.

Ik lees en herlees en ga er 's avonds mee naar Aibileen en zij doet hetzelfde. Ze glimlacht om de leuke verhalen, als iedereen het goed met elkaar kan vinden, maar bij de nare dingen zet ze haar zwarte leesbril af en zegt: 'Ik weet dat ik 't zelf heb geschreven, maar wil u dat er nou echt in zetten van die...'

En ik zeg: 'Ja, dat wil ik.' Maar ik ben zelf verbaasd over sommige verhalen, over een aparte koelkast voor zwarten in het huis van de gouverneur, over blanke vrouwen die als een kleuter gaan stampvoeten als er een kreukel in een servet zit, over blanke kinderen die Aibileen 'mama' noemen.

Om drie uur 's nachts schuif ik de nu zevenentwintig pagina's met maar twee witte correcties in een gele envelop. Gisteren heb ik het kantoor van missus Stein gebeld. Haar secretaresse, Ruth, zei dat ze in een bespreking zat. Ze zou mijn boodschap doorgeven, dat het interview eraan komt. Missus Stein heeft niet teruggebeld.

Ik druk de envelop tegen mijn borst en moet bijna huilen van uitputting, twijfels. De volgende ochtend ga ik naar het postkantoor in

Canton. Terug naar huis, en ik ga op mijn oude ijzeren bed liggen en maak me zorgen. Wat gaat er gebeuren als ze het goed vindt? Stel nou dat Elizabeth of Hilly ons betrapt? Stel nou dat Aibileen wordt ontslagen, naar de gevangenis moet? Ik heb het gevoel dat ik door een lange tunnel met kronkels omlaag val. O god, stel nou dat ze haar in elkaar slaan, zoals de zwarte jongen die de wc voor blanken had gebruikt. Waar ben ik mee bezig? Waarom breng ik haar in gevaar?

Ik val in slaap. Vijftien uur achter elkaar heb ik alleen maar nachtmerries.

Het is kwart over een; Hilly en Elizabeth en ik zitten aan Elizabeths eetkamertafel op Lou Anne te wachten. Ik heb de hele dag niets gegeten en alleen moeders geaardheidscorrigerende thee gedronken. Ik ben misselijk en nerveus. Onder de tafel wipt mijn voet op en neer. Ik voel me al tien dagen zo, vanaf het moment dat ik Aibileens verhalen naar Elaine Stein heb opgestuurd. Ik heb één keer gebeld en Ruth zei dat ze haar de envelop vier dagen geleden had gegeven, maar ik heb nog steeds niets gehoord.

'Vinden jullie dit nou niet onvoorstelbaar onbeschoft?' Hilly kijkt nijdig op haar horloge. Het is al de tweede keer dat Lou Anne te laat is. Hilly zal haar wel uit ons groepje knikkeren.

Aibileen komt de kamer binnen en ik probeer niet te lang naar haar te kijken. Ik ben als de dood dat Hilly of Elizabeth iets zien in mijn ogen.

'Hou op met dat gewip, Skeeter. De hele tafel schudt ervan,' zegt Hilly.

Aibileen loopt soepel, witgeüniformeerd door de kamer, zonder ook maar íéts te laten blijken. Ik neem aan dat ze ruime ervaring heeft met het verbergen van haar gevoelens.

Hilly schudt en deelt de kaarten voor een potje gin rummy. Ik probeer me op het spel te concentreren, maar elke keer dat ik naar Elizabeth kijk spoken er van die kleine weetjes door mijn hoofd. Dat Mae Mobley de wc in de garage heeft gebruikt, dat Aibileen haar lunch niet in de koelkast van de Leefolts mag leggen. Kleine details die ik nu ken.

Aibileen biedt me een koekje aan van een zilveren schaaltje. Ze vult mijn ijsthee bij alsof we vreemden zijn, precies zoals de anderen moeten denken. Ik ben twee keer bij haar thuis geweest sinds ik het pakketje naar New York heb gestuurd, beide keren om haar bibliotheekboeken te ruilen. Ze draagt nog steeds de groene jurk met de zwarte biesjes als ik kom. Soms doet ze onder de tafel haar schoenen uit. De laatste keer pakte ze een pakje Montclairs en stak ze waar ik bij was een sigaret op, en dat was heel wat, de vanzelfsprekendheid waarmee ze het deed. Ik heb er ook een gerookt. Nu veegt ze de kruimels van tafel met de zilveren schuier die ik Elizabeth en Raleigh voor hun trouwen heb gegeven.

'We zitten nu toch te wachten, dus dan vertel ik het maar,' zegt Elizabeth, en ik herken de uitdrukking op haar gezicht meteen, dat geheimzinnige knikje, de hand op haar buik. 'Ik ben in verwachting.' Ze glimlacht en haar mond trilt een beetje.

'Geweldig,' zeg ik. Ik leg mijn kaarten neer en raak haar arm aan. Ze ziet eruit alsof ze gaat huilen. 'Wanneer ben je uitgerekend?'

'In oktober.'

'Nou, het werd tijd,' zegt Hilly, en ze omhelst haar. 'Mae Mobley is al bijna groot.'

Elizabeth steekt een sigaret op, zucht, kijkt naar haar kaarten. 'We zijn allemaal zo blij.'

We spelen nog een paar potjes om erin te komen, en Hilly en Elizabeth praten over babynamen. Ik probeer aan het gesprek mee te doen. 'Raleigh, als het een jongen is, beslist,' zeg ik. Hilly begint over Williams verkiezingscampagne. Hij stelt zich kandidaat voor de staatssenaat, volgend jaar, hoewel hij geen politieke ervaring heeft. Ik ben blij als Elizabeth tegen Aibileen zegt dat ze de lunch kan serveren.

Aibileen komt terug met vlees in aspic, en Hilly recht haar rug. 'Aibileen, ik heb een oude jas voor je en een zak met kleren uit missus Walters' huis.' Ze veegt haar mond af met haar servet. 'Loop na de lunch maar even mee naar mijn auto, dan kun je alles meenemen.'

'Ja, mevrouw.'

'Vergeet het nou niet. Ik blijf er niet mee leuren.'

'Is dat nou niet aardig van miss Hilly, Aibileen?' kirt Elizabeth. 'Je mag de kleren meteen na de lunch halen.'

'Ja, mevrouw.'

Hilly's stem gaat ongeveer drie octaven omhoog als ze tegen kleurlingen praat. Elizabeth glimlacht alsof ze het tegen een kind heeft, maar zeker niet haar eigen kind. Steeds meer dingen vallen me op.

Tegen de tijd dat Lou Anne Templeton er is, hebben wij onze garnalen met *grits* op en zijn we aan het toetje begonnen. Hilly is verbijsterend vergevingsgezind. Lou Anne was immers te laat omdat ze iets voor de League moest doen.

Bij het afscheid feliciteer ik Elizabeth nog een keer en ik loop naar mijn auto. Aibileen is naar buiten gekomen om een tot op de draad versleten jas uit 1942 en andere oude kleren in ontvangst te nemen. Het is me een raadsel waarom Hilly die kleren niet aan haar eigen hulp geeft, Yule May.

Hilly beent naar me toe, geeft me een envelop. 'Voor de nieuwsbrief van volgende week. Zorg dat het erin komt, wil je?'

Ik knik en Hilly loopt terug naar haar auto. Net als Aibileen de voordeur opendoet om weer naar binnen te gaan, kijkt ze om naar mij. Ik schud mijn hoofd, zeg geluidloos: 'Niets.' Ze knikt en gaat naar binnen.

Die avond werk ik aan de nieuwsbrief, al zou ik veel liever aan de verhalen werken. Ik bekijk de aantekeningen van de laatste League-bijeenkomst en open Hilly's envelop. Er zit één velletje in, beschreven in Hilly's krullerige handschrift:

Hilly Holbrook introduceert het Sanitair Initiatief voor de Huishoudelijke Hulp, een maatregel ter voorkoming van ziektes. Voor een gering bedrag kunt u een toilet laten aanleggen in uw garage of schuur, in huizen die het zonder deze belangrijke voorziening moeten stellen.
Dames, wist u dat:
* *99% van alle ziektes van zwarten worden overgebracht door urine;*
* *blanken door vrijwel al deze ziektes permanent invalide kunnen raken, aangezien het ons aan de immuniteit ontbreekt die zwarten in hun donkere pigment meedragen;*
* *sommige bacteriën waarvan blanken dragers zijn ook schadelijk kunnen zijn voor kleurlingen?*

Bescherm uzelf. Bescherm uw kinderen. Bescherm uw hulp.
Namens de Holbrooks zeg ik: Graag gedaan!

De telefoon gaat en ik struikel bijna over mijn eigen benen als ik naar de keuken ren.

Maar Pascagoula heeft al opgenomen. 'Met het huis van miss Charlotte.'

Ik staar haar aan, zie dat de piepkleine Pascagoula knikt, zegt: 'Ja, mevrouw, hier komt ze,' en me de telefoon aangeeft.

'Met Eugenia,' zeg ik snel. Papa is op de velden en moeder heeft een afspraak bij de dokter in de stad, dus ik rek het zwarte krulsnoer uit tot aan de keukentafel.

'Met Elaine Stein.'

Ik haal diep adem. 'Ja, mevrouw. Heeft u mijn pakje ontvangen?'

'Jazeker,' zegt ze, en een paar seconden ademt ze in de telefoon. 'Deze Sarah Ross. Haar verhalen zijn goed. Ze is een *kvetch*, maar zonder dat ze te veel klaagt.'

Ik knik. Ik weet niet wat een *kvetch* is, maar het klinkt positief.

'Maar ik blijf bij mijn mening dat een boek met interviews... normaal gesproken niet verkoopt. Het is geen fictie; ook geen non-fictie. Misschien is het antropologisch, maar dat is zo ongeveer de ergste categorie waar je onder kunt vallen.'

'Maar u... u vond het goed?'

'Eugenia,' zegt ze, blaast haar sigarettenrook in de telefoon, 'heb je deze week de omslag van het tijdschrift *Life* gezien?'

Ik heb *Life* al in geen maanden gezien, ik heb het veel te druk gehad.

'Martin Luther King, schat. Hij heeft net een demonstratie in Washington aangekondigd en iedere neger in Amerika opgeroepen om eraan mee te doen. Ook iedere blanke, trouwens. Er hebben sinds *Gejaagd door de wind* niet meer zo veel zwarten en blanken met elkaar samengewerkt.'

'Ja, ik heb het gehoord van die eh... demonstratie,' lieg ik. Ik leg een hand over mijn ogen. Had ik deze week de krant maar gelezen. Ik voel me een idioot.

'Mijn advies is: schrijf het en doe het snel. De demonstratie wordt volgend jaar augustus gehouden. Je zou het rond de jaarwisseling af moeten hebben.'

Ik smoor een kreet. Ze zegt dat ik het moet schrijven! Ze zegt... 'Gaat u het dan uitgeven? Als ik het op tijd af kan...'

'Dat heb je mij niet horen zeggen,' bitst ze. 'Ik zal het lezen. Ik bekijk elke maand wel honderd manuscripten en de meeste wijs ik af.'

'Sorry, ik wilde alleen... Ik zal het schrijven,' hakkel ik. 'Ik zal zorgen dat het in januari af is.'

'En vier of vijf interviews is niet genoeg voor een boek. Je hebt er minstens tien nodig, misschien meer. Ik neem aan dat je al met meer mensen in gesprek bent?'

Ik pers mijn lippen op elkaar. 'Met eh... een paar.'

'Mooi. Ga dan maar snel door. Voordat dat hele burgerrechtending is overgewaaid.'

Die avond ga ik naar Aibileen. Ik geef haar drie nieuwe boeken van haar lijst. Ik heb rugpijn van het zitten achter de schrijfmachine. Vanmiddag heb ik de namen opgeschreven van al mijn kennissen die een hulp hebben (alle mensen die ik ken), en de naam van hun hulp. Maar sommige namen kan ik me niet herinneren.

'Heel erg bedankt. Goeie genade, kijk nou 's.' Ze glimlacht en slaat *Walden* open alsof ze er onmiddellijk in wil gaan lezen.

'Ik heb missus Stein vanmiddag gesproken,' zeg ik.

Aibileen verstijft. 'Ik wist wel dat er iets niet goed was. Ik zag 't aan uw gezicht.'

Ik haal diep adem. 'Ze zegt dat ze je verhalen heel erg goed vindt. Maar... ze wil niet zeggen of ze het wil uitgeven totdat we het hele boek hebben geschreven.' Ik probeer optimistisch te klinken. 'Het moet na de jaarwisseling af zijn.'

'Maar dat is toch goed nieuws?'

Ik knik, probeer te glimlachen.

'Januari,' fluistert ze en ze staat op en loopt de keuken uit. Ze komt terug met een kalender, gaat weer zitten, bladert. ''t Lijkt nu ver weg, maar januari is al over... twee... vier... zes... tien pagina's. Voor je 't weet is 't zo ver.' Ze grijnst.

'Ze wil dat we minstens tien hulpen interviewen, dan pas wil ze erover nadenken,' zeg ik. De spanning is nu echt hoorbaar in mijn stem.

'Maar... u heeft geen andere hulpen die met u willen praten, miss Skeeter.'

Ik wring mijn handen, doe mijn ogen dicht. 'Ik kan het aan niemand vragen, Aibileen,' zeg ik met stemverheffing. Ik heb er urenlang op zitten broeden. 'Aan wie zou ik het moeten vragen? Aan Pascagoula? Als ik met haar ga praten, komt mijn moeder erachter. Jíj kent de andere hulpen, niet ik.'

Ze slaat haar ogen zo snel neer dat ik wel kan huilen. *Verdomme, Skeeter!* De muur tussen ons die de afgelopen maanden is weggevallen, heb ik in drie seconden tijd weer opgebouwd. 'Het spijt me,' zeg ik snel. 'Het spijt me dat ik zo tekeerga.'

'Nee, nee, het geeft niet. Ik had beloofd dat ik voor de anderen zou zorgen.'

'Wat... wat vind je van Lou Annes hulp?' zeg ik zachtjes, en ik vis de lijst uit mijn tas. 'Hoe heet ze ook alweer... Louvenia? Ken je haar?'

Aibileen knikt. 'Ik heb 't haar al gevraagd.' Ze kijkt nog steeds naar haar schoot. 'De jongen die ze z'n ogen hebben uitgestoken, dat is d'r kleinzoon. Ze zegt dat 't haar spijt, maar ze heeft d'r handen vol met die jongen.'

'En Hilly's hulp, Yule May? Heb je haar gevraagd?'

Ze knikt weer. 'Ze hebben allemaal 'n excuus. Maar in feite zijn ze gewoon te bang.'

'Hoeveel? Aan hoeveel heb je het gevraagd?'

'Eenendertig,' zegt Aibileen.

Ik laat mijn adem ontsnappen – wist niet dat ik die had ingehouden. 'Dat... dat zijn er heel veel.'

Nu pas kijkt ze me aan. 'Ik wilde 't u niet vertellen,' zegt ze en ze fronst haar voorhoofd, 'totdat we iets van die dame hadden gehoord...' Ze zet haar bril af. Ik lees de zorgen op haar gezicht. Ze probeert het met een beverig glimlachje te verbergen. 'Ik zal 't ze nog een keer vragen,' belooft ze.

'Goed.' Ik zucht.

Ze slikt, knikt snel met haar hoofd om me duidelijk te maken hoe belangrijk het voor haar is. 'Laat me alstublief niet vallen. Ik wil zo graag samen met u aan 't project blijven werken.'

Ik doe mijn ogen dicht. Het wordt me even te veel, haar bezorgde gezicht. Hoe is het mogelijk dat ik tegen haar tekeer ben gegaan? 'Aibileen, maak je geen zorgen. We... we zitten er samen in.'

Een paar dagen later zit ik in de keuken. Ik verveel me te pletter en rook een sigaret, wat ik de laatste tijd voortdurend doe. Ik denk dat ik 'verslaafd' ben. Dat woord gebruikt mister Golden de hele tijd. 'Die idioten zijn allemaal verslaafd.' Om de zoveel tijd moet ik bij hem komen op zijn kantoor, en dan bekijkt hij met een rood potlood in zijn hand mijn stukjes, die hij mompelend en strepend verbetert.

'Goed zo,' zegt hij dan. 'Gaat het goed?'

'Heel goed.'

'Goed zo.' Voordat ik wegga, geeft de dikke receptioniste me mijn tien dollar, en dat is het wel zo'n beetje wat Miss Myrna betreft.

Het is bloedheet in de keuken, maar ik moet weg uit mijn kamer, waar ik alleen maar zit te piekeren omdat er geen andere hulpen zijn die mee willen werken. Bovendien kan ik alleen hier roken, omdat het de enige ruimte in huis is zonder plafondventilator, zodat de as niet in het rond vliegt. Toen ik tien was, hing mijn vader een plafondventilator op in de keuken zonder dat hij het eerst aan Constantine had gevraagd. Ze wees erop alsof hij zijn truck op het plafond had geparkeerd.

'Hij is voor jou, Constantine, zodat het niet meer zo warm is in de keuken.'

'Ik ga niet in een keuken werken met een plafondventilator, mister Carlton.'

'Natuurlijk wel. Wacht, ik schakel nu de stroom in.'

Papa klom van de trapleer. Constantine liet water in een pan lopen. 'Vooruit,' zei ze met een zucht. 'Zet 't ding maar aan.'

Hij draaide aan de schakelaar. Het duurde een paar seconden voordat de ventilator vaart begon te maken, en in die tijd werd de bloem uit de mengkom gezogen zodat er een sneeuwstorm ontstond. Recepten fladderden van het aanrecht en vatten vlam op het fornuis. Constantine griste het brandende papier weg, stak het snel in de pan water. Er zit nog steeds een gat in het plafond waar de ventilator tien minuten heeft gehangen.

In de krant zie ik een foto van staatssenator Whitworth die op een braakliggend terrein wijst waar ze het nieuwe stadstheater willen bouwen. Ik sla de pagina om. Ik vind het akelig om herinnerd te worden aan mijn date met Stuart Whitworth.

Pascagoula komt de keuken binnen. Ze gebruikt een glas om rondjes uit een lap deeg te snijden. Achter me worden de ramen open gehouden door catalogi van postorderbedrijf Sears, Roebuck & Co. Foto's van goedkope handmixers en speelgoed wapperen in een briesje, dik en geribbeld door ontelbare regenbuien.

Misschien moet ik Pascagoula gewoon vragen. Misschien ontdekt moeder het helemaal niet.

Maar wie houd ik nou eigenlijk voor de gek? Moeder houdt haar de hele dag met argusogen in de gaten en Pascagoula is volgens mij sowieso bang voor me, alsof ik over haar zou klikken als ze iets verkeerd doet. Het zou jaren kunnen duren om door die angst heen te breken. Mijn gezonde verstand zegt me dat ik Pascagoula er niet bij moet betrekken.

De telefoon gaat alsof het een brandalarm is. Een lepel valt kletterend uit Pascagoula's hand maar ik gris de hoorn al van de haak.

'Minny gaat ons helpen,' fluistert Aibileen.

Ik duik de voorraadkast in en ga op het blik met bloem zitten. Het duurt zo'n vijf seconden voordat ik iets kan zeggen. 'Wanneer? Wanneer kan ze beginnen?'

'Aanstaande donderdag. Alleen heeft ze 'n paar... voorwaarden.'

'En die zijn?'

Aibileen wacht even. 'Ze zegt dat ze uw Cadillac nergens aan deze kant van de Woodrow Wilson Bridge wil hebben.'

'Best,' zeg ik meteen. 'Dan neem ik de truck.'

'En ze zegt... ze zegt dat ze niet naast u wil zitten. Ze wil u de hele tijd kunnen zien.'

'Ik... oké, ze moet maar zeggen waar ze me wil hebben.'

'Ze kent u gewoon niet, dat is 't,' zegt Aibileen nu op mildere toon. 'En ze heeft geen goeie ervaringen met blanke dames.'

'Ze hoeft het maar te zeggen. Ik doe alles wat ze wil.'

Ik kom grijnzend uit de voorraadkast, hang de hoorn terug op het toestel aan de muur. Pascagoula kijkt naar me, het glaasje in haar ene hand, een lapje deeg in de andere. Ze buigt snel haar hoofd en gaat verder met haar werk.

Twee dagen later zeg ik tegen moeder dat ik naar de stad ga om een nieuwe bijbel op te halen, omdat de mijne uit elkaar valt. Ik zeg ook dat ik me schuldig voel als ik de Cadillac neem, met al die arme uitgehongerde kindjes in Afrika en zo, en dat ik de oude truck neem. Moeder zit op de veranda in een schommelstoel en kijkt me wantrouwig aan. 'Waar ga je die nieuwe bijbel kopen?'

Ik knipper. 'De... ze hebben hem voor me besteld. Bij de kerk in Canton.'

Ze knikt, blijft naar me kijken terwijl ik de oude truck start, en dat duurt een eeuwigheid.

Ik rij naar Farish Street met een grasmaaier in de laadbak en een doorgeroeste bodemplaat. Onder mijn voeten zie ik het asfalt langs flitsen. Maar ik heb tenminste geen tractor achter me aan.

Aibileen doet open en ik kom binnen. In een hoekje van de woonkamer staat Minny, haar armen voor haar enorme boezem over elkaar geslagen. Ik heb haar een paar keer ontmoet, de weinige keren dat Hilly het goed vond dat missus Walters het bridgeclubje ontving. Minny en Aibileen dragen allebei nog hun witte uniform.

'Hallo,' zeg ik van mijn kant van de kamer. 'Fijn dat je bent gekomen.'

'Miss Skeeter.' Minny knikt. Ze gaat op de houten stoel zitten die Aibileen uit de keuken heeft gehaald, en de zitting kraakt. Ik ga aan de ene kant van de bank zitten en Aibileen aan de andere, tussen ons in.

Ik schraap mijn keel, produceer een nerveus glimlachje. Minny lacht niet terug. Ze is dik en klein en sterk. Haar huid is zo'n tien schakeringen donkerder dan die van Aibileen, en glimmend en strak, net een nieuw paar lakschoenen.

'Ik heb Minny al verteld hoe we de verhalen doen,' zegt Aibileen tegen me. 'U helpt mij bij het schrijven van de mijne. En zij gaat u de hare vertellen, terwijl u alles opschrijft.'

'En Minny, alles wat je zegt blijft onder ons,' zeg ik. 'Je mag alles lezen wat we...'

'Waarom denkt u dat donkere mensen uw hulp nodig hebben?' Minny gaat staan, en de stoelpoten schrapen over de vloer. 'En waarom maakt u zich er eigenlijk druk over? U bent blánk.'

Ik kijk naar Aibileen. Ik heb nooit eerder meegemaakt dat een zwarte zo tegen me praatte.

'We werken allemaal voor hetzelfde ding, Minny,' zegt Aibileen. 'We praten alleen.'

'En wat voor ding is dat dan?' zegt Minny tegen mij. 'Misschien wilt u wel dat ik u van alles vertel zodat u me kunt verlinken.' Ze wijst op het raam.'Medgar Evers, de NAACP-activist die hier vijf minuten vandaan woont, z'n carport is gisteravond opgeblazen. Omdat-ie heeft gepráát.'

Mijn gezicht gloeit. Ik praat langzaam. 'We willen de situatie vanuit jullie perspectief laten zien... zodat mensen misschien gaan begrijpen hoe het voor jullie is. We... we hopen dat er hier dan misschien een paar dingen gaan veranderen.'

'Wat denkt u hiermee te veranderen? Welke wet wilt u hervormen zodat er staat dat je aardig moet zijn voor je hulp?'

'Ho, ho,' zeg ik. 'Ik probeer geen wetten te veranderen. Ik heb het alleen over bepaald gedrag en...'

'Weet u wat er gaat gebeuren als we worden betrapt? En dan heb ik 't niet over die keer dat ik per ongeluk de verkeerde paskamer gebruikte toen ik een jurk wilde passen bij McRae's. Nee, nu zouden ze wápens richten op m'n huis.'

Er valt een gespannen stilte; het enige geluid in de kamer is het tikken van de Timex-klok op een plank.

'Je hoeft 't niet te doen, Minny,' zegt Aibileen. ''t Geeft niet als je van gedachten bent veranderd.'

Langzaam, argwanend, gaat Minny weer op de stoel zitten. 'Ik doe 't. Ik wil alleen zeker weten dat zij begrijpt dat 't geen spelletje is.'

Ik kijk naar Aibileen. Ze knikt naar me. Ik haal diep adem. Mijn handen trillen.

Ik begin met de achtergrondvragen en op de een of andere manier lukt het om aan de praat te raken over Minny's werk. Onder het praten kijkt ze naar Aibileen, alsof ze probeert te vergeten dat ik er ook bij ben. Ik noteer alles wat ze zegt, mijn potlood krast zo snel als ik het kan bewegen over het papier. Het leek ons minder formeel dan de schrijfmachine.

'Ik heb ook 's een baantje gehad waar ik elke avond door moest werken. En weet je wat er gebeurde?'

'Wat... dan?' vraag ik, hoewel zij naar Aibileen kijkt.

'"O, Minny,"' kweelt ze, '"je bent de beste hulp die we ooit hebben gehad," "dikke Minny, we willen je altijd houden." Dan zegt ze op een dag dat ze me een week betaalde vakantie wil geven. Ik heb nog nooit van m'n leven vakantie gehad, betaald of onbetaald. En als ik een week later voor de deur sta om weer aan 't werk te gaan, zijn ze weg. Naar Mobile verhuisd. Ze had iemand verteld dat ze bang was dat ik ander werk zou vinden voordat zij verhuisden. Miss Luie Donder kon geen dag zonder een hulp die voor d'r klaarstond.'

Plotseling gaat ze staan, gooit haar tas over haar arm. 'Ik moet weg. Jullie bezorgen me hartkloppingen met al dat gepraat.' En weg is ze. Ze knalt de deur achter zich dicht.

Ik til mijn hoofd op, veeg het zweet van mijn voorhoofd.

'En dat was Minny in een góéd humeur,' zegt Aibileen.

13

De twee weken erna posteren we ons op dezelfde plaatsen in Aibileens kleine, warme zitkamer. Minny stormt woedend naar binnen, kalmeert terwijl ze Aibileen haar verhaal vertelt, stuift dan kwaad weer naar buiten, even snel als ze binnen is gekomen. Ik schrijf zo veel mogelijk op.

Wanneer Minny afdwaalt en over miss Celia vertelt – 'Ze sluipt naar boven, denkt dat ik d'r niet zie, maar ik weet gewoon dat 't gekke mens een of andere stiekeme streek uithaalt' – houdt ze altijd halverwege haar mond, net zoals Aibileen als ze het over Constantine heeft. 'Dat hoort niet bij m'n verhaal. Hou miss Celia erbuiten.' Ze kijkt naar me totdat ik ophou met schrijven.

Los van haar woede jegens blanken praat Minny graag over eten. 'Effe denken, ik zet eerst de sperziebonen op, en dan braad ik m'n karbonaadjes, mmm-mmm, want die wil ik zó uit de pan op m'n bord, gloeiend heet.'

Op een dag zegt ze: 'Ik heb een blanke baby op m'n ene arm, de sperzies staan op...' en dan houdt ze opeens op. Steekt haar kin in de lucht. Tikt met haar voet. 'De helft van al deze dingen heeft niks met de rechten van kleurlingen te maken. 't Zijn gewoon alledaagse dingen.' Ze neemt me van top tot teen op. 'Als je 't mijn vraagt, schrijft u gewoon over 't léven.'

Ik hou op met schrijven. Ze heeft gelijk. Ik besef dat dat precies is wat ik wil doen. Ik zeg tegen haar: 'Ik hoop het.'

Ze gaat staan en zegt dat ze belangrijker dingen te doen heeft dan piekeren over wat ik hoop.

De volgende avond zit ik boven op mijn kamer te werken, hamerend op de toetsen van mijn Corona. Opeens hoor ik moeder over de trap naar boven rennen. Ze is in twee seconden op mijn kamer. 'Eugenia!' fluistert ze.

Ik ga zo snel staan dat mijn stoel bijna omvalt, want moeder mag niet lezen wat ik schrijf. 'Ja, moeder?'

'Raak nou niet in paniek, maar er is beneden een man, een heel erg lánge man, die naar je vraagt.'

'Wie is het?'

'Hij zegt dat hij Stuart Whitworth heet.'

'Wat?'

'Hij zei dat jullie een tijdje geleden met z'n allen ergens hebben gegeten, maar hoe kan dat nou, ik weet van niets...'

'Jezus.'

'Ik wil niet dat je Zijn naam ijdel gebruikt, Eugenia Phelan. Schiet eens op, doe lipstick op.'

'Geloof me, moeder,' zeg ik, maar ik doe toch lipstick op, 'Jezus zou hem ook niet mogen.'

Ik borstel mijn haar, want ik weet dat het slecht zit. Ik was zelfs de schrijfmachine-inkt en de correctievloeistof van mijn handen en ellebogen. Maar ik vertik het om andere kleren aan te trekken, niet voor hem. Ik draag een werkmansbroek en een oud wit overhemd van m'n papa en die hou ik gewoon aan.

Moeder monstert me. 'Is hij een Whitworth uit Greenwood of uit Natchez?'

'Hij is de zoon van de staatssenator.'

Moeders mond valt zo ver open dat haar kin haar parels raakt. Ik loop de trap af, langs de verzameling kinderfoto's van mij en mijn broer. Er hangt een hele rij foto's van Carlton, de laatste ongeveer van eergisteren. De foto's van mij houden op mijn twaalfde op. 'Moeder, gun ons een beetje privacy.' Ik kijk haar na als ze schoorvoetend teruggaat naar haar kamer. Ze kijkt nog een keer over haar schouder voordat ze verdwijnt.

Ik ga naar de veranda, en daar is hij. Drie maanden na ons afspraakje staat Stuart Whitworth in eigen persoon op mijn veranda, gekleed in een kakibroek, een blauwe blazer en een rode das alsof hij naar een zondags etentje gaat.

Eikel.

'Wat doe jij hier?' vraag ik. Maar ik glimlach niet. Mooi niet.

'Ik eh... kom alleen even dag zeggen.'

'Zo. Wil je iets drinken?' vraag ik. 'Of zal ik meteen de hele fles Old Kentucky voor je halen?'

Hij fronst zijn wenkbrauwen. Zijn neus en voorhoofd zijn roze, alsof hij in de zon heeft gewerkt. 'Luister, ik weet dat het... een hele tijd geleden was, maar ik ben gekomen om sorry te zeggen.'

'Wie heeft je gestuurd? Hilly? William?' Er staan acht lege schommelstoelen op mijn veranda. Toch vraag ik niet of hij wil zitten.

Hij staart naar de westelijke katoenvelden, waar de zon wegzakt in de aarde. Hij schuift zijn handen in zijn broekzakken als een jongetje van twaalf. 'Ik weet dat ik me die avond... onfatsoenlijk heb gedragen, en ik heb er veel over nagedacht en...'

Er borrelt een lach op. Dat hij de moed heeft om hierheen te komen en het me nog eens lekker in te peperen. Ik geneer me dood.

'Hoor eens,' zegt hij, 'ik had Hilly wel tien keer verteld dat ik nog niet aan een date toe was. Ik was er in de verste verte niet aan toe...'

Ik klem mijn kaken op elkaar. Het is werkelijk niet te gelóven, ik voel het branden van tranen, en die avond was máánden geleden. Maar ik weet nog donders goed hoe tweedehands ik me die avond voelde, en hoe ontzettend ik mijn best had gedaan om er mooi uit te zien. 'Waarom ben je dan toch meegegaan?'

'Ik weet het niet.' Hij schudt zijn hoofd. 'Je weet hoe Hilly kan zijn.'

Ik sta daar te wachten op wat hij te zeggen heeft, wat dat dan ook is. Hij gaat met een hand door zijn lichtbruine haar. Het is zo dik dat het springerig is. Hij ziet er moe uit.

Ik kijk weg, want hij is leuk op een jongensachtige manier en dat is wel het laatste wat ik nu wil denken. Ik wil dat hij weggaat, ik wil me niet nog een keer zo vreselijk voelen.

Dan hoor ik mezelf zeggen: 'Wat bedoel je, je was er nog niet aan toe?'

'Gewoon, zoals ik het zeg. Na wat er was gebeurd.'

Ik staar hem aan. 'Moet ik ernaar raden?'

'Patricia van Devender en ik. We hadden ons vorig jaar verloofd en toen... Ik dacht dat je het wist.'

Hij laat zich op een schommelstoel vallen. Ik kom niet naast hem zitten. Maar ik zeg ook niet dat hij weg moet gaan.

'Dat ik wat wist? Is ze er met een ander vandoor gegaan?'

'Was 't maar waar.' Hij begraaft zijn gezicht in zijn handen, mompelt: 'Dat zou een feest zijn vergeleken bij wat er is gebeurd.'

Ik zeg niet wat ik het liefst zou willen zeggen, dat hij het waarschijnlijk heeft verdiend, wat ze dan ook heeft gedaan, maar hij zit er zo zielig bij. Nu hij niet meer de stoere, bourbon zuipende jongen uithangt, begin ik me af te vragen of hij altijd zo'n zielenpoot is.

'We hadden al sinds ons vijftiende verkering. Je weet wat het is, als je al zo lang met iemand samen bent.'

En ik snap niet waarom ik dit opbiecht, behalve dat ik gewoon niets te verliezen heb. 'Eigenlijk niet,' zeg ik. 'Ik heb nog nooit verkering gehad.'

Hij kijkt me aan, lacht een beetje. 'Dat zal het dan wel zijn.'

'Wat?' Ik zet mezelf schrap, denkend aan opmerkingen over mest en tractoren.

'Je bent... anders. Ik heb nog nooit iemand ontmoet die het hart op de tong heeft. In elk geval geen vrouw.'

'Geloof me, ik had nog véél meer te zeggen.'

Hij zucht. 'Toen ik je gezicht zag, daar buiten bij de truck... Zo ben ik niet. Ik ben echt geen klootzak.

Ik ben gekomen om te vragen of je ergens een hapje wilt gaan eten in de stad. Dan zouden we kunnen praten,' zegt hij, en hij gaat staan. 'We zouden... weet ik het, we zouden dit keer naar elkaar kunnen luisteren.'

Ik sta daar, in shock. Zijn ogen zijn blauw en helder en op mij gericht alsof mijn antwoord écht belangrijk voor hem is. Ik haal diep adem, van plan om ja te zeggen – iemand zoals ik zou toch gek zijn om nee te zeggen – en hij wacht af, bijt op zijn onderlip.

En dan herinner ik me dat hij me als een vód heeft behandeld. Dat hij zich lám heeft gezopen omdat hij het zo erg vond om met mij opgescheept te zitten. Dat hij tegen me heeft gezegd dat ik naar mest stonk. Het heeft me drie maanden gekost om niet meer elke dag aan die opmerking te denken.

'Nee bedankt,' flap ik eruit. 'Ik kan me niets ergers voorstellen.'

Hij knikt, kijkt omlaag naar zijn voeten. Dan loopt hij het trapje af.

'Het spijt me,' zegt hij terwijl hij het portier van zijn auto openmaakt. 'Ik ben gekomen om dat tegen je te zeggen en, nou ja, ik heb het gezegd.'

Ik sta op de veranda en luister naar de holle avondgeluiden, het grind onder Stuarts schoenen, honden die rond scharrelen in de schemering.

Heel even denk ik aan Charles Grey, de enige kus in mijn hele leven. Dat ik me van hem heb losgemaakt, omdat ik ervan overtuigd was dat de kus niet voor mij was bedoeld.

Stuart stapt in zijn auto en het portier valt dicht. Hij legt zijn arm op het openstaande raampje, zodat zijn elleboog naar buiten steekt. Maar hij kijkt me nog steeds niet aan.

'Wacht even!' roep ik naar hem. 'Ik haal even een vest.'

Niemand vertelt ons, meisjes die nooit afspraakjes hebben, dat de herinnering bijna net zo fijn kan zijn als de gebeurtenis zelf. Moeder klimt helemaal naar de tweede verdieping en staat aan mijn bed, maar ik doe alsof ik slaap. Gewoon omdat ik er nog even aan terug wil denken.

We zijn gisteravond naar het Robert E. Lee gegaan om te eten. Ik had een lichtblauw vestje aan en een witte kokerrok. Ik heb moeder zelfs mijn haar laten borstelen en geprobeerd doof te zijn voor haar nerveuze, gecompliceerde instructies.

'En vergeet niet te glimlachen. Mannen willen niet dat een meisje de hele avond loopt te kniezen, en zit alsjeblieft niet als een of andere indiaanse squaw, sla je...'

'Wacht, mijn benen of mijn enk...'

'Je enkels. Heb je dan niets onthouden van missus Rheimers etiquettelessen? En ga gerust je gang en zeg tegen hem dat je elke zondag naar de kerk gaat, al is het niet waar, en wat je ook doet, kauw aan tafel nooit op ijsblokjes, dat is vreselijk. O, en als het gesprek hapert, vertel je hem over onze neef die in de gemeenteraad van Kosciusko zit...'

Terwijl ze borstelde en gladstreek, borstelde en gladstreek, bleef moeder vragen hoe ik hem had leren kennen en hoe onze eerste ontmoeting was verlopen, maar het lukte me om weg te glippen en de trap af te sjezen, zelf trillend van verbazing en nervositeit. Tegen de tijd dat Stuart en ik bij het hotel waren en gingen zitten en ons servet op onze schoot legden, liet de ober weten dat de keuken bijna ging sluiten. We konden nog een toetje bestellen, meer niet.

Toen werd Stuart heel stil.

'Wat... wat wil je, Skeeter?' vroeg hij en daar schrok ik een beetje van; stel je voor dat hij van plan was zich weer te bezatten.

'Een cola, graag. Met veel ijs.'

'Nee.' Hij glimlachte. 'Ik bedoel... in het leven. Wat wil je?'

Ik haalde diep adem, wetend wat moeder me zou aanraden: leuke, sterke kinderen, een man om voor te zorgen, glimmende, nieuwe keukenapparatuur om lekkere maar gezonde maaltijden klaar te maken.

'Ik wil schrijfster worden,' zei ik. 'Journaliste. Misschien romanschrijfster. Misschien allebei.'

Hij tilde zijn kin op en keek me recht in de ogen. 'Klinkt goed,' zei hij en toen bleef hij me aanstaren. 'Ik heb aan je gedacht. Je bent intelligent, je bent mooi, je bent...' hij glimlachte '... lang.'

Mooi?

We aten aardbeiensoufflé en we dronken ieder een glas chablis. Hij vertelde hoe je kunt vaststellen of er olie zit onder een katoenveld en ik vertelde dat de receptioniste en ik de enige vrouwelijke werknemers van de krant waren.

'Ik hoop dat je iets heel erg goeds schrijft. Iets waar je in gelooft.'

'Ja, dat... hoop ik ook.' Ik zeg niets over Aibileen of missus Stein.

Niet vaak had ik de kans om een mannengezicht van dichtbij te bekijken. Het viel me op dat zijn huid dikker is dan de mijne, in een prachtige schakering toast; de stugge blonde haartjes op zijn wangen en kin leken voor mijn ogen te groeien. Hij rook naar stijfsel. Naar dennen. Zijn neus was toch niet zo puntig.

De ober gaapte in een hoek, maar we negeerden hem en bleven nog een tijdje zitten praten. En tegen de tijd dat ik wenste dat ik die ochtend mijn haar had gewassen en zowat in een stuip lag van dankbaarheid dat ik tenminste mijn tanden had gepoetst, kuste hij me, zomaar opeens. Midden in het restaurant van het Robert E. Lee Hotel zoende hij me langzaam met een open mond en elk stukje van mijn lichaam – mijn huid, mijn sleutelbeen, mijn knieholtes – alles in mijn binnenste vulde zich met licht.

Op een maandagmiddag, een paar weken na mijn date met Stuart, ga ik onderweg naar een vergadering van de League even langs in de bibliotheek. Het ruikt er naar de lagere school – verveling, krijt, gelysold braaksel. Ik kom meer boeken halen voor Aibileen en ik wil kijken of er ooit iets over huishoudelijke hulpen is geschreven.

'Hé, hallo Skeeter!'

Jezus. Het is Susie Pernell. Op de middelbare school praatte ze altijd veel te veel. 'Hé... Susie. Wat doe jij hier?'

'Ik werk hier namens de commissie van de League, weet je nog? Je zou echt lid moeten worden, Skeeter, het is hartstikke leuk. Je kunt alle nieuwe tijdschriften lezen en je mag dingen opbergen en zelfs de bibliotheekkaarten lamineren.' Susie poseert bij de gigantische bruine machine alsof ze meedoet aan het spelprogramma *The Price Is Right.*

'Wat spannend allemaal.'

'Nou, wat kan ik u helpen zoeken, mevrouw? We hebben detectives, romans, doe-het-zelf-make-up-boeken, doe-het-zelf-kapsels-boeken,' zegt ze en daar glimlacht ze bij, 'rozentuinen, gezelligheid in huis...'

'Ik wil gewoon een beetje rondsnuffelen.' Snel loop ik weg. Ik zoek zelf wel. Het is uitgesloten dat ik haar vertel wat ik zoek. Ik kan haar nu al horen fluisteren tijdens bijeenkomsten van de League: *Ik wist wel dat er iets niet goed zat met die Skeeter Phelan, zoals ze jaagt op alles wat met negers te maken heeft...*

Ik zoek in kaartenbakken en in de kasten, maar ik vind niets over huishoudelijk personeel. Bij non-fictie vind ik één enkel exemplaar van *Het levensverhaal van Frederick Douglas, een 'gewezen' slaaf.* Ik gris het uit de kast, opgetogen dat ik het aan Aibileen kan geven, maar als ik het opensla, zie ik dat het middelste deel eruit is gescheurd. Aan de binnenkant heeft iemand met een paars potlood NIKKERBOEK geschreven. Ik schrik niet eens zozeer van de woorden maar van het feit dat het handschrift eruitziet als dat van een kind. Ik kijk om me heen, prop het boek in mijn tas. Dat lijkt me beter dan het terugzetten in de kast.

Op de afdeling waar de boeken over de geschiedenis van Mississippi staan, zoek ik naar alles wat ook maar enigszins met de rassenkwestie te maken heeft. Ik vind alleen boeken over de burgeroorlog, landkaarten en oude telefoonboeken. Ik ga op mijn tenen staan om te zien wat er op de bovenste plank staat. Dan zie ik een boekje liggen, boven op een overzicht van de overstromingen in Mississippi. Iemand van een gemiddelde lengte zou het nooit hebben opgemerkt. Ik schuif het naar me toe om het beter te kunnen bekijken. Het is dun, gedrukt op bijna doorschijnend papier dat omkrult en met nietjes vastzit. *Compilatie van Jim Crow-wetten van het Zuiden*, staat er op het omslag. Het papier kraakt als ik het boekje opensla.

Het boekje bevat een lijst van wetten die bepalen wat zwarten wel en niet mogen doen in de verschillende zuidelijke staten. Ik vraag me af wat het hier doet. Ik bekijk de eerste pagina. De wetten zijn niet dreigend, noch vriendelijk, gewoon een opsomming van feiten:

Niemand zal van een blanke verpleegster eisen dat zij werk verricht op zalen of kamers waar negermannen liggen.
Het is onwettig dat een blanke persoon huwt met een niet-blanke. Elk huwelijk dat dit voorschrift schendt, zal nietig worden verklaard.
Geen enkele zwarte kapper zal blanke vrouwen of meisjes knippen.
De beheerder zal geen kleurlingen begraven in grond die bestemd is voor blanken.
Boeken worden niet uitgewisseld tussen blanke en zwarte scholen, maar zullen slechts worden gebruikt door het ras dat er als eerste gebruik van maakte.

Ik lees vier van de vierentwintig pagina's, gefascineerd door het enorme aantal wetten om ons van elkaar te scheiden. Negers en blanken mogen niet drinken uit hetzelfde fonteintje, ze mogen niet naar dezelfde filmhuizen of circusvoorstellingen, ze mogen niet gebruikmaken van dezelfde openbare toiletten, dezelfde sportvelden, dezelfde telefooncellen. Ik denk aan Constantine, die keer dat mijn ouders haar met ons meenamen naar Memphis. Het regende zo hard dat de snelweg blank stond, maar we moesten doorrijden omdat we wisten dat de hotels haar niet zouden toelaten. Niemand van ons zei het hardop. We weten allemaal dat die wetten bestaan; we wonen hier, maar we praten er niet over. Dit is de eerste keer dat ik ze zwart op wit gedrukt zie. Lunchrooms, de kermis, biljarttafels, ziekenhuizen.

Nummer zevenenveertig moet ik twee keer lezen, vanwege de ironie.

De directie zal zorg dragen voor een afzonderlijk gebouw op een afzonderlijk terrein voor het onderricht aan alle blinde personen van het gekleurde ras.

Na een paar minuten moet ik het boek van mezelf dichtslaan. Ik wil het terugleggen; ik schrijf immers geen boek over de wetgeving in de zuidelijke staten, dus dit is tijdverspilling. Maar dan besef ik, als een granaat die ontploft in mijn hoofd, dat er geen verschil is tussen deze officiële wetten en de wc die Hilly voor Aibileen heeft laten aanleggen in de garage, afgezien van de handtekeningen die er in de verschillende hoofdsteden van de staten onder zijn gezet.

Op de laatste pagina zie ik in cicero gedrukt: 'Eigendom van de juridische bibliotheek van Mississippi.' Het boekje is teruggebracht naar het verkeerde gebouw. Ik krabbel mijn openbaring op een stukje papier en steek dat in het boekje: 'Jim Crow of Hilly's kruistocht voor gescheiden wc's – wat is het verschil?' Ik stop het boekje in mijn tas. Susie niest achter haar bureau aan de andere kant van de zaal.

Ik loop naar de deur. Over een halfuur heb ik een bijeenkomst van de League. Ik glimlach extra vriendelijk naar Susie. Ze fluistert in de telefoon. De gestolen boeken in mijn tas voelen alsof ze in brand staan.

'Skeeter,' sist Susie, haar ogen wijd opengesperd. 'Is het echt waar dat jíj verkering hebt met Stuart Whitworth?' Ze beklemtoont het woord 'jij' zo nadrukkelijk dat mijn glimlach bevriest. Ik doe alsof ik haar niet heb gehoord en loop naar buiten, waar de zon volop schijnt. Nooit eerder heb ik iets gestolen. Het schenkt me voldoening dat ik het onder Susies neus heb gedaan.

Hoe en waar we ons het fijnst voelen is voor mijn vriendinnen en mij vanzelfsprekend heel verschillend. Elizabeth zit het liefst over haar naaimachine gebogen om te proberen of ze haar leven op naadloze prêt-à-porter kan laten lijken. Ik zit het liefst achter mijn schrijfmachine om venijnige dingen te schrijven die ik nooit hardop zou durven zeggen. En Hilly zit het liefst op een podium tegenover vijfenzestig vrouwen, die ze voorhoudt dat drie conservenblikken per persoon niet genoeg is om alle ZUKA's te eten te geven. Dat zijn de Zielige Uitgehongerde Kindertjes in Afrika. Maar Mary Joline Walker denkt dat drie meer dan genoeg is.

'En is het niet een beetje duur, om al dat blik naar de andere kant van de wereld te verschepen?' vraagt Mary Joline. 'Is het niet handiger om ze gewoon een cheque te sturen?'

De vergadering is nog niet officieel begonnen, maar Hilly zit al achter haar tafel. Ze heeft een felle schittering in haar ogen. Dit is niet onze normale bijeenkomst, 's avonds, maar een extra middagsessie die Hilly bijeen heeft geroepen. In juni zijn veel leden op vakantie buiten de stad. En in juli gaat Hilly zoals elk jaar drie weken naar de kust. Ze durft er niet op te vertrouwen dat de stad naar behoren kan functioneren zonder dat zij er is.

Hilly rolt met haar ogen. 'Je kunt zo'n primitieve stam geen geld geven, Mary Joline. Er is geen Jitney 14 Grocery in de Ogadenwoestijn. En hoe zouden wij ervoor kunnen zorgen dat ze het geld gebruiken om hun kindertjes eten te geven? Waarschijnlijk hollen ze naar de plaatselijke medicijnman om van ons geld een satanische tatoeage te laten zetten.'

'Oké.' Mary Joline druipt gelaten af, gehersenspoeld. 'Jij weet het ongetwijfeld het beste.'

Dat maakt Hilly zo'n succesvolle League-voorzitter, het effect dat ze op mensen heeft met die uitpuilende ogen van haar.

Ik loop door de volle vergaderzaal en voel de warmte van de aandacht, alsof er een lichtstraal op mijn hoofd schijnt. De zaal zit vol cake-etende, koffiedrinkende en sigarettenrokende vrouwen van ongeveer mijn leeftijd. Sommigen fluisteren met elkaar, kijken mijn kant op.

'Skeeter,' zegt Liza Presley voordat ik langs de kannen met koffie ben gelopen, 'klopt het dat jij een paar weken geleden in het Robert E. Lee was?'

'Is het waar? Heb je echt verkering met Stuart Whitworth?' zegt Frances Greenbow.

De meeste vragen zijn niet onvriendelijk, in tegenstelling tot die van Susie in de bibliotheek. Toch haal ik mijn schouders op, probeer ik te ontkennen wat er duimendik bovenop ligt: als een gewoon meisje mee uit wordt gevraagd, is het informatie, maar als Skeeter Phelan mee uit wordt gevraagd, is het níéuws.

Maar het is wel waar, ik heb Stuart Whitworth de afgelopen drie weken diverse keren gezien. Twee keer in het Robert E. Lee, als je de eerste rampzalige date meetelt, en nog drie keer voor een drankje op mijn veranda, voordat hij terugging naar huis, in Vicksburg. Mijn vader is zelfs tot na achten op gebleven om met hem te praten. 'Welterusten, jongen. Zeg maar tegen de senator hoe dankbaar ik hem ben dat hij tegen dat nieuwe wetsvoorstel heeft gestemd, je weet wel, die extra belasting voor boeren.' Moeder beeft als een riet, aan de ene kant doodsbang dat ik het zal verknallen, aan de andere kant dolblij dat ik op mannen blijk te vallen.

De schijnwerper van verwondering volgt me als ik naar Hilly loop. Meisjes glimlachen en knikken naar me.

'Wanneer zien jullie elkaar weer?' Dit keer is het Elizabeth, plukkend aan een servet, ogen op steeltjes alsof ze naar een auto-ongeluk kijkt. 'Heeft hij dat gezegd?'

'Morgenavond. Zodra hij weg kan.'

'Mooi.' Hilly glimlacht precies zoals het mollige kind op de etalageruit van de ijssalon. Haar rode jasje is minstens twee maten te krap. 'Laten we dan met z'n allen gaan.'

Ik reageer niet. Ik wil Hilly en William er niet bij hebben. Ik wil alleen zijn met Stuart, ik wil dat hij naar me kijkt en naar mij alleen. Toen we samen waren heeft hij twee keer mijn haar naar achteren gestreken als het voor mijn ogen viel. Als zij erbij zijn, strijkt hij mijn haar misschien niet uit mijn gezicht.

'Ik zal tegen William zeggen dat hij Stuart vanavond moet bellen. Laten we samen naar de bioscoop gaan.'

Ik zucht. 'Oké.'

'Ik popel om *It's a Mad, Mad, Mad, Mad World* te zien. Lijkt het je niet leuk,' zegt Hilly, 'jij en ik en William en Stuart?'

Ik vind de volgorde waarin ze de namen opsomt verdacht. Alsof het erom gaat dat William en Stuart samen zijn, in plaats van Stuart en ik. Ik weet dat ik paranoïde ben. Maar tegenwoordig hoeft er maar íéts te gebeuren en ik ben in paniek. Twee avonden geleden werd ik aangehouden door een politieman zodra ik de brug naar de zwarte wijk was overgestoken. Hij scheen met een zaklamp in de truck, liet de lichtbundel rusten op mijn grote tas. Hij wilde mijn rijbewijs zijn en vroeg waar ik naartoe ging. 'Ik ga geld brengen naar mijn hulp... Constantine. Ik had geen geld in huis om haar te betalen.'

En toen liep er nóg een agent naar mijn auto. 'Waarom houden jullie me aan?' vroeg ik met een stem van minstens een octaaf te hoog. 'Is er soms iets gebeurd?' Mijn hart bonkte in mijn borst. Stel nou dat ze in mijn tas wilden kijken?

'Relschoppers uit het noorden. We krijgen ze wel te pakken, mevrouw,' zei hij met een klopje op zijn knuppel. 'Gaat u dat geld maar brengen en dan zo snel mogelijk terug over de brug.'

Ik parkeerde nog verder bij Aibileens huis vandaan dan anders. En ik ging naar haar achterdeur, niet naar de voordeur. Het eerste uur trilde ik zo erg dat ik mijn vragen nauwelijks kon oplezen.

Hilly geeft de nog-vijf-minuten-te-gaan-klap met haar hamer. Ik loop naar mijn stoel, hijs de tas op mijn schoot. Ik controleer de inhoud, me opeens bewust van het boekje met de Jim Crow-wetten dat ik uit de bibliotheek heb gestolen. Erger nog, al het werk dat we tot nu toe hebben gedaan zit in die tas: de interviews met Aibileen en Minny, de opzet voor het boek, een lijst van hulpen die misschien mee willen werken, mijn vernietigende maar niet opgestuurde reactie op Hilly's sanitaire initiatief – alles wat ik niet thuis durf te laten uit angst dat moeder in mijn spullen gaat neuzen. Het zit allemaal in een zijvak met een flap erover. De hele tas hangt er scheef door.

'Skeeter, die popeline broek van je is echt beeldig. Waarom draag je die niet vaker?' zegt Carroll Ringer een paar stoelen bij me vandaan, en ik kijk op en glimlach naar haar, maar intussen denk ik: Omdat ik het niet in mijn hoofd zou halen om twee keer dezelfde kleren te dragen naar een League-bijeenkomst – en jij trouwens ook niet. Opmerkingen over kleren ergeren me mateloos na het jarenlange gevit van moeder.

Ik voel een hand op mijn schouder, draai me om en zie Elizabeth. Ze heeft een hand in mijn tas gestoken, precies om het boekje. 'Heb je de aantekeningen voor de nieuwsbrief van volgende week? Zijn dit ze?' Ik had haar zelfs niet aan zien komen.

'Nee, wacht!' zeg ik en ik schuif het boekje terug tussen mijn papieren. 'Ik moet nog eh... iets corrigeren. Ik geef ze je straks wel.'

Ik haal heel diep adem.

Op het podium kijkt Hilly op haar horloge en ze speelt met de hamer alsof ze niet kan wachten om ermee te zwaaien. Ik schuif de tas onder mijn stoel. Eindelijk begint de vergadering.

Ik noteer het nieuws over de ZUKA's, wie er op de zwarte lijst staat, wie nog geen conservenblikken heeft ingeleverd. Op het programma staan allerlei commissiebijeenkomsten en kraambezoeken. Ik schuif heen en weer op mijn stoel en hoop dat de vergadering snel afgelopen zal zijn.

Ik moet moeders auto vóór drie uur terugbrengen.

Pas om kwart voor drie, anderhalfuur later, ren ik dat benauwde zaaltje uit naar de Cadillac. Ik kom natuurlijk op de zwarte lijst omdat ik te vroeg ben weggegaan, maar jezus christus, wat is erger, moeders toorn of die van Hilly?

Vijf minuten te vroeg ben ik thuis. Ik neurie 'Love Me Do' en bedenk dat ik net zo'n kort rokje moet kopen als Jenny Foushee vandaag aan had. Ze vertelde dat ze het bij Bergdorf Goodman in New York heeft gekocht. Moeder zou een rolberoerte krijgen als ik zaterdag een rok tot boven de knie zou dragen als Stuart me op komt halen.

'Moeder, ik ben thuis!' roep ik vanuit de gang.

Ik trek een colaatje uit de koelkast, zucht en glimlach. Ik voel me goed, sterk. Ik loop terug naar de voordeur om mijn tas te pakken, want ik ben van plan om de laatste fragmenten van Minny's verhaal aan elkaar te breien. Ik merk dat ze heel graag over Celia Foote wil praten, altijd houdt ze na een minuut weer op en begint dan over iets anders.

De telefoon gaat en ik neem op, maar het is voor Pascagoula. Het is Yule May, Hilly's hulp.

'Hé, Yule May,' zeg ik, en ik bedenk hoe klein de wereld is. 'Kan ik een boodschap doorgeven?' Ik noteer de boodschap op het kladblok en blijf geleund tegen het aanrecht nog even staan. Wat zou het fijn zijn als Constantine er nog was, als ik alle gebeurtenissen van vandaag aan haar zou kunnen vertellen.

Ik zucht en neem de laatste slok cola. Dan loop ik naar de voordeur om mijn tas te pakken. Geen tas. Ik ga naar buiten en kijk in de auto, maar daar is mijn tas ook niet. Hè, denk ik, en ik ga naar boven. Ik voel me nu een stuk minder roze, eerder bleekgeel. Ben ik al boven geweest? Ik zoek in mijn kamer, maar de tas is nergens te vinden. Uiteindelijk blijf ik heel stil staan, terwijl een tinteling van paniek langzaam omhoog kruipt over mijn rug. Mijn tas... álles zit erin.

Moeder, denk ik en ik hol de trap af om in de zitkamer te kijken. Maar opeens besef ik dat niet moeder mijn tas heeft – opeens weet ik het; en ik verstijf van top tot teen. Ik heb mijn tas in het League House laten staan. Ik had zo'n haast om moeders auto op tijd terug te brengen. En als de telefoon begint te rinkelen, weet ik al dat het Hilly is.

Ik gris de hoorn van de muur. Moeder roept dag bij de voordeur.

'Hallo?'

'Hoe kun je dat loodzware ding nou vergeten?' zegt Hilly. Hilly heeft het nooit een probleem gevonden om in andermans spullen te neuzen. Sterker nog, ze vindt het leuk.

'Moeder, wacht even!' brul ik vanuit de keuken.

'Hemel, Skeeter, wat zit er allemaal in?' zegt Hilly. Ik moet moeder tegenhouden, maar Hilly's stem klinkt gesmoord, alsof ze zich bukt om de tas open te maken.

'Niets! Alleen... alle Miss Myrna-brieven, je weet wel.'

'Nou, ik heb je tas helemaal mee naar huis gesleept, dus kom hem maar halen als je in de stad bent.'

Buiten start moeder de auto. 'Oké... Bewaar hem nog even voor me. Ik kom hem zo snel mogelijk halen.'

Ik race naar buiten, maar moeder rijdt al over de oprijlaan. Ik kijk opzij en de oude truck is ook weg, met een lading katoenzaad op weg naar de velden. De angst in mijn buik is plat en hard en heet, als een baksteen in de zon.

De Cadillac is bijna bij de weg, komt dan met een schok tot stilstand. Dan rijdt hij weer een paar meter. Stopt weer. Rijdt dan langzaam achteruit en komt zigzaggend de heuvel weer op. Bij de gratie van een god waar ik nooit van heb gehouden, laat staan in heb geloofd, komt mijn moeder zowaar terug.

'Hoe is het mogelijk, ik ben de schaal van Sue Anne vergeten...'

Ik spring in de auto, wacht tot zij weer achter het stuur kruipt. Ze legt haar handen op het stuur.

'Kunt u me even bij Hilly afzetten? Ik moet iets ophalen.' Ik druk een hand tegen mijn voorhoofd. 'O god, schiet op, moeder. Voordat ik te laat ben.'

Moeders auto staat nog steeds stil. 'Skeeter, ik heb vandaag duizend dingen te doen...'

De paniek komt omhoog in mijn keel. 'Mama, alstublieft, gá nou...'

Maar de DeVille staat op het grind, tikkend als een tijdbom.

'Hoor eens,' zegt moeder, 'ik moet een paar persoonlijke dingen doen en het lijkt me geen goed idee om jou op sleeptouw te nemen.'

'Het kost u niet meer dan vijf minuten. Ga nou, moeder!'

Moeders witgehandschoende handen liggen nog op het stuur, en haar lippen zijn op elkaar geperst.

'Ik heb vandaag toevallig iets vertrouwelijks en heel belangrijks te doen.'

Ik kan me niet voorstellen dat mijn moeder iets te doen heeft wat belangrijker is dan mijn taak. 'Wat dan? Probeert een Mexicaan lid te worden van de DAR? Is er iemand betrapt op het lezen van het woordenboek?'

Moeder zucht, zegt: 'Goed dan,' en ze schakelt het pookje langzaam naar DRIVE. 'Daar gaan we.' We sukkelen over het laantje met ongeveer een tiende kilometer per uur, om te voorkomen dat opspattend grind de lak beschadigt.

Aan het eind van de laan zet ze de richtingaanwijzer aan alsof ze met hersenchirurgie bezig is. Langzaam kruipt de Cadillac County Road op. Mijn handen zijn tot vuisten gebald. Ik trap een denkbeeldig gaspedaal in. Elke keer dat moeder in een auto rijdt is het de eerste keer. Op County Road gaat ze twintig rijden. Ze grijpt het stuur vast alsof we hónderdtwintig rijden.

'Moeder,' zeg ik uiteindelijk, 'laat mij maar rijden.'

Ze zucht. Ik ben verbaasd dat ze de Cadillac het hoge gras in stuurt. Ik stap uit en ren om de auto heen, terwijl zij opschuift. Ik schakel en voer de snelheid op naar honderd, terwijl ik in stilte bid: *Alsjeblieft, Hilly, weersta de verleiding om mijn persoonlijke papieren te lezen...*

'Wat is het grote geheim, wat moet u vandaag doen?' vraag ik.

'Ik... ik ga naar dokter Neal voor een paar onderzoekjes. Het is gewoon routine, maar ik wil niet dat papa het weet. Je weet hoe nerveus hij altijd wordt als er iemand naar de dokter moet.'

'Wat voor soort onderzoekjes?'

'Het is gewoon een jodiumtest voor mijn maagzweren, dezelfde die ik elk jaar laat afnemen. Zet me maar af bij het ziekenhuis, dan kun jij door naar Hilly. Nu hoef ik tenminste geen parkeerplaats te zoeken.'

Ik kijk opzij om te zien of er meer aan de hand is, maar ze zit kaarsrecht en gesteven naast me in haar blauwe jurk, haar enkels over elkaar geslagen. Ik kan me niet herinneren dat ze vorig jaar voor onderzoek naar de dokter moest. En als ik toen op Ole Miss was, zou Constantine me erover hebben geschreven. Moeder moet het geheim hebben gehouden.

Vijf minuten later zijn we bij het Baptist Hospital. Ik loop om de auto heen om haar te helpen.

'Eugenia, alsjeblieft. Dat dit een ziekenhuis is wil nog niet zeggen dat ik invalide ben.'

Ik houd de glazen deur voor haar open en ze loopt naar binnen, met opgeheven hoofd.

'Moeder... wilt u dat ik meega?' vraag ik, hoewel ik weet dat ik er geen tijd voor heb – ik moet zo snel mogelijk naar Hilly – maar opeens wil ik haar niet zomaar laten gaan, alsof het me niet kan schelen.

'Het is gewoon routine! Ga maar naar Hilly en haal me over een uur weer op.'

Ik kijk haar na en zie haar kleiner worden in de lange gang, haar handtas onder haar arm geklemd, wetend dat ik weg zou moeten sprinten. Maar ik kijk en verbaas me erover hoe broos en nietig mijn moeder is geworden. Vroeger vulde ze een kamer door alleen adem te halen en nu lijkt het wel alsof er... minder van haar is. Ze gaat een hoek om en verdwijnt achter de lichtgele muren. Ik blijf nog een seconde staan en ren dan terug naar de auto.

Anderhalve minuut later druk ik op Hilly's bel. Onder normale omstandigheden zou ik Hilly over mijn moeder vertellen. Maar ik mag haar niet afleiden. Het gaat om de eerste indruk. Hilly kan uitzonderlijk goed liegen, behalve het ene moment vlak voordat ze iets gaat zeggen.

Hilly doet open. Haar mond is verbeten en rood. Ik kijk omlaag naar haar handen. Ze zijn ineengeslagen als touw. Ik ben te laat.

'Jeetje, dat was snel,' zegt ze en ik volg haar naar binnen. Mijn hart staat stil. Ik weet niet of ik nog wel adem.

'Daar staat hij, dat lelijke ding. Ik hoop dat je het niet erg vindt, maar ik moest iets nakijken in de notulen van de bijeenkomst.'

Ik staar haar aan, mijn beste vriendin, probeer te zien wat ze precies heeft gelezen. Maar haar glimlach is professioneel, zo niet stralend. De veelzeggende momenten zijn verstreken.

'Wil je iets drinken?'

'Nee, dat hoeft niet.' Dan voeg ik eraan toe: 'Zullen we later een balletje slaan op de club? Het is zulk heerlijk weer.'

'William heeft een campagnebijeenkomst en daarna gaan we naar *It's a Mad, Mad, Mad, Mad World.*'

Ik bestudeer haar. Heeft ze niet, nog geen twee uur geleden, voorgesteld om morgen met z'n vieren naar die film te gaan? Langzaam loop ik naar het eind van de eettafel, alsof ze me aan zal vallen als ik te snel beweeg. Ze pakt een zilveren vork van het buffet, gaat met haar wijsvinger over de punten.

'Ja, eh... ik heb gehoord dat Spencer Tracy helemaal het einde is,' zeg ik. Achteloos tel ik de papieren in mijn tas. De interviews met Aibileen en Minny zitten nog steeds diep weggestopt in het zijvak, met de flap erover, de gesp vastgezet. Maar Hilly's sanitaire initiatief zit in het middelste, open vak, met het papier waar ik op heb geschreven: 'Jim Crow of Hilly's kruistocht voor gescheiden wc's – wat is het verschil?' Ernaast zit de kladversie van de nieuwsbrief die Hilly al heeft bekeken. Maar het boekje, de wetten – ik kijk nog een keer – dat is weg.

Hilly houdt haar hoofd schuin, knijpt haar ogen tot spleetjes. 'Weet je waar ik net aan moest denken? Dat Stuarts vader pal naast Ross Barnett stond toen ze protesteerden tegen de zwarte jongen die Ole Miss binnen kwam lopen. Het zijn twee handen op één buik, senator Whitworth en gouverneur Barnett.'

Ik doe mijn mond open om iets te zeggen, wat dan ook, maar dan komt William junior van twee de kamer binnen waggelen.

'Daar ben je.' Hilly tilt hem op, geeft een kusje in zijn hals. 'Je bent een prinsje, mijn eigen prinsje!' zegt ze. William kijkt naar mij en zet een keel op.

'Nou, veel plezier bij de film,' zeg ik onderweg naar de deur.

'Dank je,' zegt ze.

Ik loop de trap af. Hilly zwaait vanuit de deuropening door met Williams hand te wapperen. Ze slaat de deur al dicht voordat ik bij mijn auto ben.

AIBILEEN

14

Ik heb wel gespannen situaties meegemaakt, maar om Minny aan m'n ene kant in de zitkamer te hebben en miss Skeeter aan de andere, en dat er dan wordt gepraat over hoe 't is om als zwarte voor een blanke mevrouw te werken. Goeie genade, 't is een wonder dat er geen gewonden zijn gevallen.

Soms scheelde 't niet veel.

Zoals vorige week, toen miss Skeeter me liet zien waarom miss Hilly vindt dat donkere mensen hun eigen wc moeten hebben.

''t Lijkt wel iets van de KKK,' zei ik tegen miss Skeeter. We zaten in m'n voorkamer en de avonden begonnen al warm te worden. Minny was naar de keuken gegaan om voor de ijskast te gaan staan. Minny houdt nooit op met zweten behalve vijf minuten in januari, en misschien dan niet eens.

'Hilly wil dat ik het in de nieuwsbrief van de League zet,' zei miss Skeeter, en ze schudde vol afschuw d'r hoofd. 'Het spijt me, waarschijnlijk had ik het je beter niet kunnen laten zien. Maar ik kan er met niemand anders over praten.'

Even later kwam Minny terug uit de keuken. Ik kijk naar miss Skeeter, zodat ze de lijst onder haar blocnote schuift. Minny zag er niet koeler uit. Integendeel.

'Minny, praten jij en Leroy weleens over burgerrechten?' vroeg miss Skeeter. 'Als hij thuiskomt van zijn werk?'

Minny had een grote blauwe plek op d'r arm, want dát doet Leroy alsie thuiskomt van z'n werk. Z'n handen zitten nogal los.

'Nee,' zei Minny alleen maar. Minny houdt er niet van dat mensen zich met d'r privé bemoeien.

'Echt niet? Vertelt hij je dan niet hoe hij denkt over de demonstraties en de apartheid? Misschien dat hij op zijn werk...'

'Laat Leroy met rust.' Minny sloeg d'r armen over elkaar zodat je de blauwe plek niet kon zien.

Ik stootte Skeeter aan met m'n voet. Maar ze begon net lekker op dreef te raken.

'Aibileen, lijkt het jou niet interessant als we iets vanuit het perspectief van de man laten zien? Minny, misschien...'

Minny ging zo snel staan dat de lampenkap ratelde. 'Ik doe dit niet meer. Dit wordt me te persoonlijk. Ik hoef blanken niet te vertellen wat ik voel.'

'Minny, oké, het spijt me,' zei miss Skeeter. 'We hoeven niet over je gezin te praten.'

'Nee. Ik heb me bedacht. Zoek maar iemand anders die de vuile was buiten wil hangen.' Dit hebben we al vaker meegemaakt. Maar dit keer pakte Minny d'r tas, ze bukte zich om haar waaier die onder de stoel was gevallen op te rapen, en ze zei: 'Het spijt me, Aib. Ik kan 't gewoon niet meer.'

Toen begon ik in paniek te raken. Dat ze echt weg zou gaan. Minny kan er niet mee ophouden. Zij en ik zijn de enige hulpen die meedoen.

Ik boog me voorover, trok Hilly's lijstje onder de blocnote vandaan, schoof het naar Minny toe.

Ze keek ernaar. 'Wat is dat?'

Ik zette een uitgestreken gezicht. Haalde m'n schouders op. Ik kon niet laten merken hoe graag ik wilde dat ze 't las, want dan zou ze 't juist niet lezen.

Minny pakte 't op en begon te lezen. Al snel kon ik al d'r voortanden zien. Maar ze glimlachte niet.

Toen keek ze miss Skeeter aan, lang en strak. Ze zei: 'Misschien moeten we dan toch maar doorgaan. Maar u houdt m'n privé d'rbuiten, gesnopen?'

Miss Skeeter knikte. Ze begint 't te leren.

Ik maak eisalade voor de lunch van miss Leefolt en Baby Girl, leg er kleine augurkjes naast voor de sier. Miss Leefolt zit aan de keukentafel met Mae Mobley, begint te vertellen dat er in oktober een baby komt, dat ze hoopt dat ze niet net in het ziekenhuis ligt als de reünie van Ole

Miss wordt gehouden, dat Mae Mobley een zusje of een broertje krijgt. Of ze al namen heeft bedacht? Erg leuk, om ze zo te zien praten. Miss Leefolt is de halve ochtend aan de telefoon geweest met miss Hilly om ergens over te roddelen, dus was er bijna geen aandacht voor Baby Girl. En als die nieuwe baby er straks is, krijgt Mae Mobley niet eens meer een pets van d'r mama.

Na de lunch ga ik met Baby Girl naar de tuin en ik laat 't groene plastic zwembadje vollopen. 't Is nu al vijfendertig graden buiten. Mississippi heeft 't meest ongeorganiseerde weer van 't hele land. 't Kan in februari vriezen dat 't kraakt en dan verlang je naar de lente, en de volgende dag is 't negen maanden achter elkaar meer als dertig graden.

De zon schijnt. Mae Mobley zit in dat zwembadje in d'r zwembroekje. 't Bovenstukje trok ze meteen uit. Miss Leefolt komt de tuin in en zegt: 'Wat ziet dat er leuk uit! Ik ga Hilly even bellen, zeggen dat ze langs moet komen met Heather en de kleine Will.'

En effe later spelen er drie kinderen in 't zwembadje, ze spetteren en hebben de grootste lol.

Heather, miss Hilly's dochtertje, is 'n schatje. Ze is een halfjaar ouder dan Mae Mobley en Mae Mobley dweept met 'r. Heather heeft donkere, glanzende krullen en een paar sproeten, en ze kletst je de oren van je hoofd. Ze is zo'n beetje een kleine versie van miss Hilly, alleen staat 't leuker bij een kind. William junior is twee. Hij is vlasblond en zegt geen boe of bah. Waggelt rond als een eendje, door 't hoge gras achter de meisjes aan naar de schommel aan de rand van de tuin, die wiebelt als je te hoog gaat en me de zenuwen bezorgt, en terug naar 't zwembadje.

Eén ding moet ik zeggen van miss Hilly: ze houdt van d'r kinderen. Zo'n beetje om de vijf minuten geeft ze William een kusje op z'n hoofd. Of ze vraagt aan Heather of ze 't naar d'r zin heeft. Of: 'Kom mama 's een kusje geven.' Zegt altijd dat ze 't mooiste meisje van de wereld is. En Heather houdt ook van d'r mama. Ze kijkt naar miss Hilly alsof ze omhoog kijkt naar 't Vrijheidsbeeld. Ik moet altijd huilen van dat soort liefde. Zelfs al is die liefde voor miss Hilly. Want 't herinnert me aan Treelore, hoeveel hij van me hield. Ik geniet ervan als kinderen van hun mama houden.

Wij, de volwassenen, zitten in de schaduw van de magnoliaboom terwijl de kinderen spelen. Ik zit een eindje bij de dames vandaan, zoals 't hoort. Ze hebben handdoeken neergelegd op de stoelen van zwart ijzer die zo heet worden. Ik zit liever op de plastic klapstoel. Zo hou ik m'n benen koel.

Ik kijk naar Mae Mobley als ze haar barbiepop in d'r blootje van de rand van het zwembad in 't water laat duiken. Maar ik hou de dames ook in de gaten. 't Valt me op dat miss Hilly poeslief is tegen Heather en William, maar telkens als ze iets tegen miss Leefolt zegt, krijgt d'r stem een honende klank.

'Aibileen, haal nog een beetje ijsthee voor me, wil je?' vraagt Hilly. Ik ga de kan halen uit de koelkast.

'Dat begrijp ik nou niet,' hoor ik miss Hilly zeggen als ik terugkom. 'Niemand wil op een wc-bril zitten die ze met hen moeten delen.'

'Logisch,' zegt miss Leefolt, maar ze houdt d'r mond dicht als ik naar ze toe kom om de glazen bij te vullen.

'Bedankt,' zegt miss Hilly. Maar dan kijkt ze me compleet perplex aan en zegt: 'Aibileen, je vindt het toch fijn om je eigen toilet te hebben?'

'Ja mevrouw.' Ze heeft 't nog steeds over die pot ook al staat 't ding er al een halfjaar.

'Gescheiden maar gelijk,' zegt miss Hilly tegen miss Leefolt. 'Zo moet het zijn volgens gouverneur Ross Barnett, en hij is van de regéring, dus dan kun je niet zeggen dat hij ongelijk heeft.'

Miss Leefolt kletst met d'r hand op d'r dij alsof ze iets heeft bedacht om van onderwerp te veranderen. Ik ben 't met haar eens. Laten we het over iets anders hebben. 'Heb ik je verteld wat Raleigh laatst zei?'

Maar miss Hilly schudt d'r hoofd. 'Aibileen, je zou toch niet naar een school willen met allemaal blanken?'

'Nee mevrouw,' mompel ik. Ik sta op en haal 't elastiekje uit Baby Girls paardenstaart. Die plastic balletjes raken altijd in de knoop als d'r haar nat is. Maar eigenlijk zou ik 't liefst m'n handen over haar oren leggen zodat ze niet kan horen wat ze zeggen. En erger nog, dat ik 't beaam.

Maar dan denk ik: Waarom? Waarom moet ik ja en amen zeggen? En als Mae Mobley 't dan toch moet horen, kan ik beter iets verstandigs zeggen. Mijn hart bonst. En ik zeg zo beleefd mogelijk: 'Niet naar een school met alleen blanke mensen. Maar waar zwarten en blanken samen op zitten.'

Hilly en miss Leefolt kijken me allebei aan. Ik draai me weer om naar de kinderen.

'Maar Aibiléén,' zegt miss Hilly ijzig, 'zwarte mensen en blanke mensen zijn zo... ánders.' Ze trekt d'r neus op.

Ik voel m'n mond vertrekken. Natuurlijk zijn we anders! Iedereen weet dat zwarte mensen en blanke mensen niet hetzelfde zijn. Maar wij zijn wél mensen! Ik heb zelfs gehoord dat Jezus een donkere huid had doordat-ie daar in die woestijn woonde. Ik pers m'n lippen op elkaar.

't Maakt allemaal niet uit, want miss Hilly is 't al vergeten. Ze trekt zich er niks van aan en gaat verder met die vuile praatjes tegen miss Leefolt. Uit het niets schuift er een grote zware wolk voor de zon. Dat wordt 'n plensbui.

'... regering weet wat het beste voor ons is, en als Skeeter denkt dat ik het pik dat zij zich met die onzin voor zwarten...'

'Mama! Mama! Kijk dan!' roept Heather uit 't badje. 'Kijk eens naar mijn staartjes!'

'Ik zie het! Wat leuk! En zeker omdat William zich volgend jaar kandidaat gaat stellen...'

'Mama, geef me je kam! Ik wil kappertje spelen.'

'... kan ik het me niet permitteren om er vriendinnen op na te houden die met zwarten heulen.'

'Mamaaa! Geef me je kam. Pak je kam!'

'Ik heb het gelezen. Het zat in haar tas en ik ben van plan er iets aan te doen.'

En dan zegt miss Hilly niks meer, zoekt ze d'r kam in d'r handtas. De donder rolt over Jackson en in de verte horen we het janken van de tornadosirene. Ik probeer te snappen wat miss Hilly net heeft gezegd. Miss *Skeeter. Het zat in haar tas. Ik heb het gelezen.*

Ik til de kinderen uit 't badje, wikkel ze in handdoeken. De donder komt met een dreun omlaag uit de lucht.

's Avonds zit ik aan m'n keukentafel; ik draai een potlood rond tussen m'n vingers. *Huckleberry Finn* uit de bibliotheek voor blanken ligt voor me, maar ik kan niet lezen. Ik heb een nare smaak in m'n mond, bitter, net koffiedik in de laatste slok. Ik moet miss Skeeter spreken.

Ik heb d'r huis nooit opgebeld, los van de twee keer dat ik geen keus had, toen ik haar vertelde dat ik mee wilde doen, en later om te vertellen dat Minny ook ja had gezegd. Ik weet dat 't riskant is. Toch sta ik op, leg ik m'n hand op de telefoon aan de muur. Maar stel nou dat d'r mama opneemt, of d'r papa? Ik durf te wedden dat hun hulp allang naar huis is. Hoe kan miss Skeeter verklaren dat ze wordt opgebeld door een zwarte vrouw?

Ik ga weer zitten. Miss Skeeter was drie dagen geleden bij me om met Minny te praten. Toen leek alles oké. Niet zoals toen de politie haar had aangehouden, een paar weken geleden. Ze zei niks over miss Hilly.

Ik zit me een tijdje op te vreten, wou dat de telefoon ging. Ik schiet overeind en maak jacht op een kakkerlak met m'n werkschoen. De kakkerlak wint. Hij kruipt weg onder de papieren zak met kleren die miss Hilly me heeft gegeven – die staat er nu al maanden.

Ik staar naar de zak, draai dat potlood weer rond in m'n hand. Ik moet iets doen met die zak. Ik ben 't gewend dat dames me kleren geven – ik heb een kast vol kleren van blanke mevrouwen, al dertig jaar hoef ik geen kleren te kopen. 't Duurt altijd effe voordat ze als mijn kleren voelen. Toen Treelore klein was, deed ik een jas aan van de blanke dame waar ik toen in dienst was en Treelore, die keek me zo raar aan, liep voor me weg. Zei dat ik blank rook.

Maar deze zak is anders. Zelfs de dingen die me passen kan ik niet dragen. Ik kan ze ook niet aan vriendinnen geven. Op elk kledingstuk in die zak – de broekrok, de bloes met 't ronde kraagje, het roze jasje met een vetvlek, zelfs de sokken – staan de letters *H.W.H.* Rood garen, keurig geborduurd. Ik durf te wedden dat Yule May het heeft moeten doen. In die kleren zou ik me voelen alsof ik een persoonlijk eigendom van Hilly W. Holbrook was.

Ik sta op en geef een schop tegen de zak, maar de kakkerlak komt er niet onder vandaan. Ik pak m'n blocnote, van plan om met m'n gebeden te beginnen, maar ik maak me veels te erg zorgen over miss Hilly. Wist ik maar wat ze bedoelde toen ze zei: 'Ik heb het gelezen.'

Na een tijdje dwalen m'n gedachten af naar waar ik ze absoluut niet wil hebben. Ik weet heel goed wat er zou gebeuren als die blanke mevrouwen ontdekten dat we over ze schrijven, dat we de waarheid vertellen over hoe ze echt zijn. Vrouwen zijn anders dan mannen. Een vrouw zal je niet slaan met een stok. Miss Hilly zou geen pistool op me richten. Miss Leefolt zou niet komen om m'n huis in de fik te steken.

Nee, blanke vrouwen houden graag schone handen. Ze gebruiken kleine, glimmende instrumenten, scherp als de nagels van een heks, keurig op 'n rijtje gelegd, zoals die spateltjes bij de tandarts. Ze nemen er de tijd voor.

't Eerste wat een blanke dame gaat doen, is je ontslaan. Je schrikt, maar je denkt dat je wel ander werk kunt vinden, als de boel weer is gekalmeerd, als de blanke dame 't begint te vergeten. Je had genoeg gespaard voor een maand huur. Buren komen je eten brengen.

Maar een week nadat je je baan bent kwijtgeraakt, vind je een geel envelopje op je hordeur. Op 't papier erin staat: BEVEL TOT UITZETTING. Elke huisbaas in Jackson is blank en ze hebben allemaal een vrouw die met iemand vriendinnen is. Dan begin je een beetje in paniek te raken. Je hebt nog steeds geen werk. En nu heb je ook geen huis meer.

Dan gaat 't allemaal wat sneller.

Er zit een briefje op je auto, dat-ie in beslag wordt genomen.

Heb je een parkeerbon niet betaald, dan ga je de bak in.

Als je een dochter hebt, kun je misschien bij haar komen wonen. Ze werkt zelf ook voor een blanke familie. Maar een paar dagen later komt ze thuis, zegt: 'Mama? Ik ben net ontslagen.' Ze kijkt gekwetst, bang. Ze begrijpt niet waarom. Je moet haar vertellen dat het vanwege jou is.

Gelukkig heeft d'r man nog werk. Gelukkig is er nog genoeg te eten voor de kleine.

Dan ontslaan ze d'r man. Weer zo'n puntig ding, glimmend en scherp.

Ze wijzen allebei op jou, huilen, willen weten waarom je 't hebt gedaan. Je weet 't niet eens meer. Weken gaan voorbij en niks, geen werk, geen geld, geen huis. Je hoopt dat 't afgelopen is, dat ze genoeg heeft gedaan, dat ze 't nu wil vergeten.

Dan is 't een klopje op de deur, in 't holst van de nacht. Het is niet de blanke dame. Dat soort dingen doet ze niet zelf. En terwijl je door de hel gaat, tijdens 't platbranden of 't steken of 't slaan, besef je iets wat je al je hele leven wist: de blanke dame vergeet nóóit.

En ze houdt niet op voordat je dood bent.

De volgende ochtend parkeert miss Skeeter haar Cadillac op de oprit van miss Leefolt. Ik heb rauwe kip aan m'n handen en een brander van

’t fornuis staat aan en Mae Mobley jengelt omdat ze honger heeft, maar ik hou ’t geen seconde langer uit. Ik loop naar de eetkamer met m’n vieze handen in de lucht.

Miss Skeeter wil iets weten over een lijst van meisjes in een commissie, en miss Leefolt zegt: ‘Eileen is het hoofd van de muffin-commissie,’ en miss Skeeter zegt: ‘Maar de voorzitter van de muffin-commissie is Roxanne,’ en miss Leefolt zegt: ‘Nee, Roxanne is de vice-voorzitter en Eileen is het hoofd van de muffin-commissie,’ en ik word zo tureluurs van het muffin-gezeur dat ik miss Skeeter wel wil prikken met mijn rauwe-kip-vinger, maar ik weet dat ik niet mag storen dus dat doe ik niet. Geen woord over die schooltas.

En drie seconden later is miss Skeeter weer weg.

Goeie genade.

Die avond na het eten staren de kakkerlak en ik elkaar aan in de keuken. Hij is groot, wel drie of vier centimeter. En zwart. Zwarter dan ik. Hij maakt een ritselend geluid met z’n vleugels. Ik heb m’n schoen in de aanslag.

De telefoon gaat en we schrikken allebei.

‘Hé, Aibileen,’ zegt miss Skeeter en ik hoor een deur dichtgaan. ‘Sorry dat ik zo laat bel.’

Ik adem uit. ‘Ik ben blij dat u belt.’

‘Ik bel alleen om te vragen of je al iets eh... weet. Van andere hulpen, bedoel ik.’

Miss Skeeter klinkt raar. Gespannen. De laatste tijd gloeit ze als ’n vuurvliegje, zo verliefd is ze. M’n hart begint te bonzen. Toch vuur ik niet gelijk m’n vragen af. Weet ook niet waarom.

‘Ik heb ’t Corrine gevraagd, ze werkt voor de Colleys. Ze zei nee. Toen Rhonda, en Rhonda’s zus die bij de Millers werkt... maar zij zeiden ook allebei nee.’

‘En Yule May? Heb je haar de laatste tijd nog gesproken?’

Dan vraag ik me eigen af of miss Skeeter daarom zo raar doet. Ik heb d’r namelijk een leugentje verteld. Ik heb d’r een maand geleden verteld dat ik ’t Yule May had gevraagd, maar dat was niet waar. Ik ken haar niet goed, maar dat is ’t niet. Ze is de hulp van miss Hilly Holbrook, dát is ’t. Ik krijg de zenuwen van alles wat met die naam te maken heeft.

'Niet echt kortgeleden. Misschien... kan ik 't nog een keer proberen.' Ik lieg en ik haat het. Ik friemel weer met dat potlood. Wil haar vertellen wat miss Hilly heeft gezegd.

'Aibileen...' d'r stem is nu helemaal wiebelig '... ik moet je iets vertellen.' Miss Skeeter zegt niks meer en 't is net zoals die dreigende seconden voordat een onweer losbarst.

'Wat is er gebeurd, miss Skeeter?'

'Ik... ik was mijn tas vergeten. Bij de League. Hilly heeft hem mee naar huis genomen.'

Ik knipper met m'n ogen, hoop dat ik 't niet goed heb verstaan. 'Die rode?'

Ze geeft geen antwoord.

'O... néé.' 't Kwartje valt. Hard.

'De verhalen zaten in een zijvak, in een aparte map. Ik denk dat ze alleen de Jim Crow-wetten heeft gezien, een... boekje dat ik in de bibliotheek had gevonden, maar... ik weet het niet zeker.'

'O, miss Skeeter,' zeg ik en ik doe m'n ogen dicht. God sta me bij, God sta Mínny bij...

'Ik weet het, ik wéét het,' zegt miss Skeeter en ze begin te huilen.

'Rustig, nou. Bedaar.' Ik probeer m'n boosheid in te slikken. Ze heeft 't niet expres gedaan, denk ik bij m'n eigen. We hebben er niks aan als ik haar de volle laag geef.

Maar tóch.

'Aibileen, ik vind het zó erg.'

Er is een paar seconden niets, alleen 't pompen van m'n hart. Griezelig langzaam beginnen m'n hersenen de feiten die zij me net gaf en wat ik zelf weet bij elkaar op te tellen.

'Wanneer was dat?' vraag ik.

'Drie dagen geleden. Ik wilde eerst weten hoeveel ze wist voordat ik jou belde.'

'Heeft u miss Hilly gesproken?'

'Heel even maar, toen ik mijn tas ophaalde. Maar ik heb wel met Elizabeth en Lou Anne en nog vier andere meisjes die Hilly kennen gesproken. Niemand heeft er iets over gezegd. Daarom... daarom vroeg ik naar Yule May,' zegt ze. 'Ik vroeg me af of zij iets heeft gehoord terwijl ze aan het werk was.'

Ik haal diep adem, want ik vind 't vreselijk wat ik 'r moet vertellen. 'Ik heb 't gehoord. Gisteren. Miss Hilly had 't erover met miss Leefolt.'

Miss Skeeter zegt geen woord. Ik heb 't gevoel dat ik wacht op een baksteen die ze door m'n ruit gaan smijten.

'Ze had 't erover dat mister Holbrook zich kandidaat gaat stellen en dat u zwarte mensen steunt en ze zei... ze zei dat ze iets had gelezen.' Nu ik 't hardop zeg begin ik ook te trillen. En maar friemelen met dat potlood.

'Heeft ze iets over hulpen gezegd?' vraagt miss Skeeter. 'Ik bedoel, was ze alleen boos op mij of zei ze ook nog iets over jou of Minny?'

'Nee, alleen over... u.'

'Oké.' Miss Skeeter blaast in de hoorn. Zij is van de kaart, maar ze heeft geen idee wat er met mij of Minny kan gebeuren. Ze weet niets van de glimmende, puntige instrumenten die een blanke mevrouw gebruikt. Van 't klopje op de deur, midden in de nacht. Dat er blanke mannen zijn die opgetogen zijn als ze horen dat een kleurling 't opneemt tegen een blanke, dat ze klaarstaan met hun honkbalknuppels, hun lucifers. Alles is bruikbaar.

'Ik... ik weet het niet honderd procent zeker,' zegt miss Skeeter, 'maar als Hilly iets zou weten van het boek of van jou of voorál van Minny, dan zou ze het overal rondbazuinen.'

Ik denk erover na, ik wil haar graag geloven. ''t Is waar, ze heeft een hekel aan Minny Jackson.'

'Aibileen,' zegt miss Skeeter, en ik kan horen dat ze weer bijna in tranen is, want d'r stem begint te kraken, 'we kunnen ermee ophouden. Ik begrijp het volkomen als je er niet meer aan mee wilt werken.'

Als ik zeg dat ik 't niet meer wil doen, dan blijft alles wat ik heb geschreven en nog wil schrijven ongezegd. Nee, denk ik, ik wil níét ophouden. Ik ben verbaasd hoe luid ik 't denk.

'Als miss Hilly 't weet, dan weet ze 't,' zeg ik. 'Ophouden kan ons nu niet meer redden.'

Ik zie, hoor of ruik miss Hilly niet, twee dagen lang. Zelfs als ik geen potlood in m'n hand heb, frunniken m'n vingers eraan, in m'n zak, op 't aanrecht, roffelend als een trommelstokje. Ik moet erachter zien te komen wat er in dat hoofd van miss Hilly zit.

Miss Leefolt laat Yule May drie keer een boodschap aannemen voor miss Hilly, want ze is de hele tijd op 't kantoor van mister Holbrook – miss Hilly noemt 't tegenwoordig het 'hoofdkwartier van de campagne'. miss Leefolt zucht, en hangt op alsof ze niet weet of d'r hersenen 't nog wel doen zonder dat miss Hilly langskomt om op d'r denkknop te drukken. Baby Girl vraagt wel tien keer wanneer Heather weer komt spelen in 't zwembadje. Ze zullen later wel boezemvriendinnetjes worden, en miss Hilly zal ze allebei leren hoe 't allemaal in elkaar steekt. Die middag zwerven we allemaal door 't huis, iedereen met de zenuwen omdat we niet weten wanneer miss Hilly weer zal komen.

Na een tijdje gaat miss Leefolt naar de stoffenwinkel. Ze zegt dat ze een overtrek wil maken. Geen idee waarvoor. Mae Mobley kijkt naar mij en volgens mijn denken we hetzelfde: die vrouw zou ons allebei overtrekken als ze kon.

Ik moet tot 's avonds laat werken. Ik geef Baby Girl d'r avondeten en stop haar in bed, want mister en miss Leefolt gaan naar de bioscoop. Mister Leefolt had 't beloofd en ze houdt 'm eraan, al kunnen ze alleen nog maar naar de late voorstelling. Ze komen gapend thuis, krekels krekelen. In 'n ander huis zou ik in de dienstbodekamer slapen, maar die hebben ze niet. Ik treuzel in de hoop dat mister Leefolt me thuis wil brengen met de auto, maar hij gaat meteen naar bed.

Buiten, in 't donker, loop ik helemaal naar Riverside, zeker tien minuten, waar de late bus stopt voor de avondploeg van de waterzuivering. Er staat een briesje, dus ik heb geen last van muggen. Ik ga aan de rand van 't park zitten, in 't gras onder een straatlantaarn. Na 'n tijdje komt de bus. Er zitten maar vier mensen in, twee zwarten, twee blanken, allemaal mannen. Ik ken ze niet. Ik ga achter een magere zwarte man aan 't raam zitten. Hij draagt een bruin pak en een bruine hoed, is ongeveer even oud als ik.

We steken de brug over, rijden in de richting van 't ziekenhuis voor kleurlingen, waar de bus omkeert. Ik pak m'n blocnote om alvast dingen op te schrijven voor m'n gebeden. Ik concentreer me op Mae Mobley, probeer niet aan miss Hilly te denken. *Laat me zien hoe ik Baby Girl moet leren om aardig te zijn voor andere mensen, om van d'r eigen te houden, en van anderen. Nu kan ik 't nog doen...*

Ik til m'n hoofd op. De bus is midden op de weg gestopt. Ik buig me opzij naar 't gangpad en ik zie blauwe zwaailichten in de verte, mensen die bij elkaar staan, een wegversperring.

De blanke chauffeur zet de motor uit en m'n stoel trilt niet langer, heel raar. Hij trekt z'n pet omlaag, springt van z'n stoel. 'Blijf allemaal zitten. Ik ga kijken wat er aan de hand is.'

Nou, daar zitten we dan. Ik hoor een hond blaffen, geen huisdier, maar zo'n beest dat je wil grijpen. Na een volle vijf minuten stapt de chauffeur weer in, start de motor. Hij toetert, steekt een hand uit 't raampje om te zwaaien, en begint langzaam achteruit te rijden.

'Wat was dat allemaal?' roept de zwarte man voor me naar de chauffeur.

De chauffeur geeft geen antwoord; blijft achteruitrijden. De zwaailichten worden kleiner, 't geblaf sterft weg. De chauffeur keert de bus in Rafish Street, stopt dan bij de volgende straathoek. 'Zwarten uitstappen, dit is de laatste halte,' roept hij in z'n spiegel. 'Blanken moeten even zeggen waar ze naartoe willen. Ik stop zo dicht mogelijk in de buurt.'

De zwarte man kijkt me aan over z'n schouder. Ik denk dat we allebei geen goed gevoel hebben. Hij gaat staan en ik ook. Ik volg hem naar de voordeur. Het is eng stil, alleen 't geluid van onze voeten.

Blanke man buigt zich voorover naar de chauffeur, zegt: 'Wat is er aan de hand?'

Ik loop achter de zwarte man de paar treden af. Achter me hoor ik de chauffeur zeggen: 'Weet ik veel. Een of andere nikker is overhoopgeschoten. Waar moet u wezen?'

De deur gaat sissend dicht. O Heer, denk ik, laat 't niet iemand zijn die ik ken.

Het is doodstil in Farish Street, en er is niemand op straat, behalve wij tweetjes. De man kijkt me aan. 'Gaat 't? Ben je niet te ver van huis?'

'Ik red me wel. Ik hoef niet ver.' Mijn huis is zeven straten van deze plek vandaan.

'Wil je dat ik met je meeloop?'

Eigenlijk wel, maar ik schud mijn hoofd. 'Nee hoor, bedankt. 't Gaat wel.'

Op 't kruispunt waar de bus is afgeslagen raast een truck voorbij, met in grote letters op de zijkant WLBT-TV.

'Goeie genade, ik hoop dat 't niet zo erg is als 't...' Maar de man is weg. Nu ben ik moederziel alleen. Ik krijg 't gevoel waar mensen 't weleens over hebben, vlak voordat ze worden overvallen. Binnen twee seconden wrijven mijn kousen zo snel tegen elkaar dat 't klinkt als het ritsen van een ritssluiting. Voor me uit zie ik drie mensen lopen, net zo snel als ik. Ik snijd een stuk af tussen Mule Cato's huis en de achterkant van de garage, dan door Oney Blacks achtertuin, waar ik in 't donker over een tuinslang struikel. Ik voel me net een inbreker. Ik zie licht branden in de huizen, gebogen hoofden, licht dat op dit uur uit had moeten zijn. Wat er ook is gebeurd, iedereen zit erover te praten of naar 't nieuws te luisteren.

Eindelijk zie ik 't licht van Minny's keuken. De achterdeur staat open, de hordeur is dicht. De deur piept als ik duw. Minny zit aan tafel met al haar vijf kinderen: Leroy junior, Sugar, Felicia, Kindra en Benny. Ik neem aan dat Leroy senior aan 't werk is. Ze staren allemaal naar de grote radio in het midden van de tafel. De radio kraakt als ik binnenkom.

'Wat is er?' vraag ik.

Minny fronst d'r wenkbrauwen, draait aan de knop. Snel kijk ik om me heen. Een plak ham, omgekruld en rood, in een pan. Een open conservenblik op het aanrecht. Vuile vaat in de gootsteen. Zo ziet Minny's keuken er nooit uit.

'Wat is er gebeurd?' vraag ik nog een keer.

De radio is beter afgestemd en we horen de opgewonden stem van een verslaggever. '... nadat hij bijna tien jaar afdelingssecretaris is geweest voor de NAACP, de beweging die opkomt voor de rechten van zwarten in ons land. Nog steeds geen nieuws uit het ziekenhuis, maar de verwondingen zouden...'

'Wie?' zeg ik.

Minny staart me aan alsof er bij mij een draadje los zit. 'Medgar Evers. Waar heb jij uitgehangen?'

'Medgar Evers? Wat is er met hem?' Vorig jaar heb ik z'n vrouw leren kennen, Myrlie Evers, toen ze samen met Mary Bones gezin in onze kerk kwam. Ze droeg een zwart met rode sjaal om d'r nek, heel elegant. Ik weet nog dat ze me aankeek en naar me glimlachte alsof ze 't oprecht leuk vond om me te ontmoeten. Medgar Evers is een beroemdheid hier omdat hij zo'n hoge ome is bij de National Association for the Advancement of Colored People.

'Ga zitten,' zegt Minny.

Ik ga op een houten stoel zitten. Ze zien er allemaal uit als spoken en staren naar de radio. Het ding is ongeveer half zo groot als 't motorblok van een auto, van hout, met vier knoppen. Zelfs Kindra zit zoet bij Sugar op schoot.

'De KKK heeft hem neergeschoten. Voor z'n huis. Een uur geleden.'

Er gaat een rilling langs m'n rug. 'Waar woonde hij?'

'Guyness,' zegt Minny. 'Hij is nu in ons ziekenhuis.'

'Ik... ik zag...' zeg ik, denkend aan de bus. Guyness is hier nog geen vijf minuten vandaan met de auto.

'... volgens getuigen ging het om één man, een blanke, die uit het struikgewas kwam. Geruchten dat de KKK erbij betrokken is...'

Opeens praat iedereen op de radio door elkaar heen, mensen schreeuwen. Ik verstijf helemaal, alsof er iemand van buiten naar ons kijkt. Een blanke. De KKK was hier, vijf minuten geleden, om een donkere man te grazen te nemen. Ik wil de achterdeur dichtdoen.

'Ik heb zojuist gehoord,' zegt de verslaggever hijgend, 'dat Medgar Evers dood is.' Hij klinkt alsof er mensen om hem heen drommen, er klinken stemmen. 'Medgar Evers, hoor ik net. Hij is dood.'

O Héér.

Minny draait zich opzij naar Leroy junior. 'Neem je broertjes en zusjes mee naar de slaapkamer,' zegt ze langzaam. 'Ga naar bed. En blijf daar.' Het klinkt altijd dreigender als een schreeuwerd zacht praat.

Ik weet dat Leroy junior liever wil blijven, maar toch kijkt hij naar ze, en ze lopen allemaal weg uit de keuken, zachtjes, snel. De verslaggever is ook stil geworden.

Een poosje is die kast alleen maar bruin met knoppen. 'Medgar Evers,' zegt-ie, en 't klinkt alsof-ie van achteren naar voren praat, 'afdelingssecretaris van de NAACP is dood.' Hij zucht. 'Medgar Evers is dood.'

Ik slik een mondvol speeksel in en staar naar Minny's muur, die geel is geworden van spekvet, kinderhandjes, Leroys Pall Malls. Geen prenten of kalenders aan Minny's muren. Ik probeer niet na te denken. Ik wil niet denken aan een donkere man die is overleden. Dan moet ik alleen maar aan Treelore denken.

Minny's handen zijn gebald. Ze knarst met d'r tanden. 'Neergeschoten waar z'n kínderen bij waren, Aibileen.'

'We zullen voor ze bidden, we gaan bidden voor Myrlie...' Maar het klinkt zo leeg, dus ik hou op.

'Op de radio zeiden ze dat z'n hele gezin naar buiten kwam rennen toen ze de schoten hoorden. Zeiden dat-ie onder 't bloed zat, dat-ie nog een paar stappen deed, alle kinderen onder 't bloed...' Ze slaat met d'r hand op tafel, zodat de houten radio rammelt.

Ik hou m'n adem in, maar ik ben duizelig. Ik moet sterk zijn. Ik moet zorgen dat m'n vriendin d'r hoofd koel houdt.

'Er zal hier nooit iets veranderen, Aibileen. We leven in de hel, we zitten gevangen. Onze kínderen zitten gevangen.'

De radioman spreekt weer luider, zegt: '... overal politie, de straat is afgezet. Burgemeester Thompson zal straks een persconferentie geven...'

Dan snik ik. Tranen rollen over m'n wangen. 't Komt door al die blanken dat ik breek, al die blanken in de zwarte wijk. Blanken met wapens, gericht op onze mensen. Wie gaat ons beschermen? Er zijn geen zwarte agenten.

Minny staart naar de deur naar de gang. Zweet loopt in straaltjes langs de zijkanten van haar gezicht. 'Wat gaan ze met ons doen, Aibileen? Als ze ons betrappen...'

Ik haal diep adem. Ze heeft 't over de verhalen. 'Dat weten we allebei Niet best.'

'Maar wat zouden ze doen? Ons achter een pick-up hangen en over straat slepen? Schieten ze me dood in m'n voortuin, waar m'n kinderen bij zijn? Of gaan ze ons gewoon uithongeren?'

Burgemeester Thompson komt op de radio, zegt hoe erg hij het vindt voor de familie Evers. Ik kijk naar de openstaande achterdeur en krijg weer 't gevoel van die ogen op ons, met de stem van 'n blanke in de keuken.

'Dat zijn... Wij doen geen burgerrechten. We vertellen gewoon verhalen zoals ze echt gebeuren.'

Ik zet de radio uit, pak Minny's hand beet. Zo blijven we zitten, Minny starend naar de bruine mot die dood is geslagen op de muur, ik naar het omgekrulde vlees, uitgedroogd in de pan. Minny heeft een trieste, eenzame blik in d'r ogen. 'Ik wou dat Leroy thuis was,' fluistert ze.

Ik betwijfel of die woorden daar ooit eerder zijn uitgesproken.

Dagen achter elkaar is Jackson, Mississippi, net een pan met kokend water. De dag na mister Evers' begrafenis zie ik op miss Leefolts teevee massa's donkere mensen door High Street marcheren. Driehonderd arrestaties. In de zwarte krant staat dat er duizenden mensen bij de dienst waren, maar de blanken kon je op de vingers van één hand tellen. De politie weet wie 't heeft gedaan, maar ze vertellen niemand hoe hij heet.

Ik kom tot de ontdekking dat Medgar niet in Mississippi wordt begraven. Zijn stoffelijk overschot gaat naar Washington, naar het Arlington Cemetery, en ik neem aan dat Myrlie daar trots op is. En terecht. Maar ik zou hem hier willen, dichtbij. In de krant lees ik dat zelfs de president van de Verenigde Staten tegen burgemeester Thompson heeft gezegd dat hij beter z'n best moet doen. Stel een commissie samen met zwarten en blanken en laat die naar oplossingen zoeken. Maar burgemeester Thompson zegt – tegen president Kénnedy: 'Ik vertik het om een gemengde commissie te benoemen. Laten we onszelf niet voor de gek houden. Ik geloof in rassenscheiding. Zo doen we dat hier.'

Een paar dagen later is de burgemeester weer op de radio. 'Jackson, Mississippi, is een hemel op aarde,' zegt hij. 'En dat zal ons verdere leven zo blijven.'

Voor de tweede keer in twee maanden tijd staat er een stuk over Jackson, Mississippi, in het tijdschrift *Life*. Alleen halen we dit keer de cover.

15

Medgar Evers is 't gesprek van de dag, maar niet in miss Leefolts huis. Ik stem af op een andere zender als ze terugkomt van haar lunchbespreking. We gaan door alsof 't een mooie zomerse middag is. Ik heb nog steeds niks niemendal van miss Hilly gehoord en ik wor' ziek van de zorgen die altijd door m'n hoofd spelen.

Een dag na Evers' begrafenis komt de mama van miss Leefolt langs. Ze woont in Greenwood, Mississippi, en ze is onderweg naar New Orleans. Ze klopt niet, miss Fredericks walst zo de woonkamer in waar ik sta te strijken. Ze glimlacht zuur naar me. Ik ga miss Leefolt vertellen wie er is.

'Mama! Wat bent u vroeg! U moet vanochtend voor dag en dauw zijn opgestaan. Ik hoop dat u niet te moe bent!' zegt miss Leefolt als ze de kamer binnen komt draven en zo snel mogelijk speelgoed opraapt. Ze werpt me een blik toe die zegt: nú. Ik leg de gekreukelde overhemden van mister Leefolt in de mand en haal een washandje om Baby Girls gezicht schoon te vegen.

'En u ziet er zo fris en elegant uit, mama.' Miss Leefolt glimlacht zo breed dat d'r ogen ervan uitpuilen. 'Verheugt u zich erop om te gaan winkelen?'

Miss Fredericks rijdt in een mooie Buick en draagt dure schoenen met gespen, dus ik neem aan dat ze meer geld heeft dan mister en miss Leefolt.

'Ik wilde de rit even onderbreken. En ik hoopte dat je me mee wilt nemen naar het Robert E. Lee voor de lunch,' zegt miss Fredericks. Ik snap niet dat die vrouw d'r eigen uit kan staan. Ik heb mister en miss Leefolt ruzie horen maken omdat ze elke keer dat ze komt van miss Leefolt eist dat ze d'r meeneemt naar de duurste gelegenheden en dan doet alsof d'r neus bloedt en miss Leefolt laat betalen.

Miss Leefolt zegt: 'O, waarom vragen we Aibileen niet of zij een lekkere lunch voor ons kan maken? We hebben lekkere ham en nog wat...'

'Ik ben langsgekomen om uit lunchen te gaan. Niet om hier te eten.'

'Al goed, mama, al goed. Ik moet alleen even mijn handtas halen.'

Miss Fredericks kijkt omlaag naar Mae Mobley, die op de vloer speelt met haar babypop Claudia. Ze bukt zich om d'r een kusje te geven, zegt: 'Mae Mobley, was je blij met het gesmokte jurkje dat ik vorige week heb opgestuurd?'

'Ja,' zegt Baby Girl tegen d'r grootmama. Ik vond 't heel vervelend om miss Leefolt te laten zien hoe strak dat jurkje zit rond d'r middel. Baby Girl wordt molliger.

Miss Fredericks kijkt Mae Mobley boos aan. 'Altijd met twee woorden spreken, jongedame. Is dat duidelijk?'

Mae Mobley krijgt een nukkige uitdrukking op d'r gezicht, zegt: 'Ja, oma.' Maar ik weet wat ze denkt: Leuk hoor. Net waar ik op zat te wachten. Nog een dame in dit huis die een hekel aan me heeft.

Ze lopen naar de deur en miss Fredericks knijpt in miss Leefolts bovenarm. 'Is het nou zó moeilijk om een fatsoenlijke hulp te vinden, Elizabeth? Het is haar taak om Mae Mobley manieren bij te brengen.'

'Ik weet het, mama, we doen ons best.'

'Je kunt niet zomaar iedereen aannemen en hopen dat je geluk hebt.'

Na een tijdje maak ik de sandwich met ham voor Baby Girl waar miss Fredericks zich te goed voor voelde. Maar Mae Mobley duwt al na één hap d'r bordje weg.

'Ik wil niet meer. Flikken doet pijn, Aibee.'

Ik weet wat flikken is en ik weet wat ik eraan moet doen. Baby Girl heeft een zomergriepje. Ik maak een kop warm water met honing voor d'r, met 'n drupje citroensap voor de smaak. Maar wat dat meisje echt nodig heeft, is een fijn verhaaltje, zodat ze lekker kan gaan slapen. Ik til haar op. Goeie genade, wat wordt ze groot. Over een paar maanden wordt ze drie, en ze is zo bol als een pompoen.

Elke middag zitten Baby Girl en ik samen in de schommelstoel voordat ze een middagdutje gaat doen. Elke middag zeg ik tegen haar: Mae Mobley is lief, Mae Mobley is slim, Mae Mobley is belangrijk. Maar ze wordt groot en over een poosje zijn die woorden niet meer genoeg.

'Aibee? Lees je een verhaaltje voor?'

Ik bekijk de boekjes om te zien wat ik kan voorlezen. 't *Nieuwsgierige aapje* valt af, dat wil ze niet horen. En *Donald Duck* en *Madeline* ook niet.

Dus zitten we een tijdje samen te schommelen. Mae Mobley heeft d'r hoofdje tegen m'n uniform gelegd. We kijken naar het spetteren van de regendruppels in het water van 't zwembadje. Ik zeg een gebed voor Myrlie Evers, wilde dat ik vrij had gekregen van m'n werk om naar de dienst te gaan. Ik denk aan d'r zoontje van tien. Iemand vertelde me dat hij tijdens de hele dienst zachtjes heeft gehuild. Ik schommel en bid, voel me zo verdrietig, ik weet niet waarom, en dan bedenk ik iets. De woorden rollen zomaar uit m'n mond.

'Er waren eens twee meisjes,' begin ik. ''t Ene meisje had 'n zwarte huid, 't andere 'n witte.'

Mae Mobley tilt haar hoofd op. Ze luistert.

'Het kleine donkere meisje zegt tegen het kleine blanke meisje: "Hoe komt 't dat jouw huid zo licht is?" 't Blanke meisje zegt: "Ik weet 't niet. Hoe komt 't dat jouw huid zo donker is? Wat zou dat betekenen?"

Maar dat wisten de meisjes niet. Dus zegt 't blanke meisje: "Nou, 's effe kijken. Jij hebt haar, ik heb haar."' Ik woel met m'n hand door Mae Mobleys haar.

''t Kleine donkere meisje zegt: "Ik heb een neus, jij hebt een neus."' Ik knijp zachtjes in d'r wipneusje. Ze steekt haar hand uit en knijpt in de mijne.

''t Kleine blanke meisje zegt: "Ik heb tenen, jij hebt tenen."' Ik speel met d'r teentjes, maar dat kan ze bij mij niet doen, want ik heb m'n werkschoenen aan.

'"We zijn dus hetzelfde. Alleen een andere kleur," zegt 't kleine donkere meisje. Dat vond 't kleine blanke meisje ook en ze werden vriendinnen. Einde.'

Baby Girl kijkt me alleen aan. Hemel, zo'n achterlijk verhaaltje heb ik nog nooit gehoord. 't Had zelfs geen plot. Maar Mae Mobley glimlacht en zegt: 'Vertel 't nog een keer.'

Dus dat doe ik. Na de vierde keer slaapt ze. Ik fluister: 'De volgende keer vertel ik je een beter verhaaltje.'

'Hebben we geen andere handdoeken, Aibileen? Deze is prima, maar dat oude gerafelde ding gaat echt niet. Ik zou me doodschamen. Dan moeten we het maar met één handdoek doen.'

Miss Leefolt is helemaal over d'r toeren. Zij en mister Leefolt zijn geen lid van een zwemclub, zelfs niet van 't armoedige Broadmoore-zwembad. Miss Hilly belde vanochtend om te vragen of zij en Baby Girl zin hebben om te gaan zwemmen in de Jackson Country Club en daar is miss Leefolt misschien maar één of twee keer voor uitgenodigd. Ik ben er waarschijnlijk vaker geweest dan zij.

Je kunt er niet met contant geld betalen, je moet lid zijn en 't op je rekening laten zetten; en als ik nou íéts weet van miss Hilly, dan is 't dat ze nooit voor anderen wil betalen. Miss Hilly zal zelf wel met andere dames naar de zwemclub gaan, dames die lid zijn.

We hebben nog steeds geen woord over die tas gehoord. Ik heb miss Hilly zelfs al in geen vijf dagen gezien. Miss Skeeter trouwens ook niet, en da's erg. Ze waren beste vriendinnen. Miss Skeeter is gisteravond 't eerste Minny-hoofdstuk komen brengen. Miss Walters was geen lieverdje en als miss Hilly er ook maar iets van te zien krijgt, zijn wij nog niet jarig. Ik hoop alleen dat miss Skeeter niet te bang is om 't me te vertellen als ze nieuws heeft.

Ik doe Baby Girl d'r gele bikini aan. 'Nu moet je het bovenstukje wel aan houden, hoor. Ze willen geen kindjes in d'r blootje op de zwemclub.' Negers ook niet, noch joden. Ik heb vroeger voor de Goldmans gewerkt. De joden in Jackson moeten in de Colonial Country Club zwemmen, de negers in May's Lake.

Ik geef Baby Girl een boterham met pindakaas en de telefoon gaat.

'Met het huis van de familie Leefolt.'

'Aibileen, hoi, met Skeeter. Is Elizabeth thuis?'

'Hallo miss Skeeter...' Ik kijk naar miss Leefolt, wil haar de hoorn aangeven, maar ze wappert met d'r handen, schudt d'r hoofd en beweegt d'r lippen: Nee. Zeg maar dat ik er niet ben.

'Ze... ze is er niet, miss Skeeter,' zeg ik en ik kijk miss Leefolt recht aan terwijl ik haar leugentje vertel. Ik begrijp 't niet. Miss Skeeter is lid van de club, dus dan zouden ze haar best kunnen uitnodigen.

Rond 't middaguur kruipen we alle drie in miss Leefolts Ford Fairlane. Naast ons op de achterbank staat een tas met een thermosfles met appelsap, kaaszoutjes, pinda's en twee flesjes cola die zo warm zullen worden dat 't net is alsof je koffie drinkt. Miss Leefolt zal wel weten dat miss Hilly ons niet naar de snackbar zal sturen. Joost mag weten waarom ze d'r heeft uitgenodigd.

Baby Girl zit bij me op schoot op de achterbank. Ik draai 't raampje open, laat de warme lucht in ons gezicht blazen. Miss Leefolt blijft proberen d'r haar op te bollen. Ze rijdt met horten en stoten en ik ben misselijk, wou dat ze d'r twee handen op 't stuur hield.

We komen langs de Ben Franklin Five and Dime, de Seale-Lily Ice Cream. Ze hebben een schuifraam aan de achterkant zodat ook donkere mensen ijs kunnen kopen. M'n benen zweten met Baby Girl op m'n schoot. Na 'n tijdje komen we op een lange, hobbelige weg met weilanden aan twee kanten, koeien die met hun staart slaan om vliegen weg te jagen. We tellen negenentwintig koeien maar Mae Mobley roept al na de eerste negen: 'Tien!' Hoger als tien kan ze nog niet tellen.

Een kwartiertje later komen we op een geasfalteerde oprit. De club is een laag, wit gebouw met doornstruiken eromheen, lang niet zo deftig als mensen erover praten. Er is zat parkeerruimte aan de voorkant, maar miss Leefolt denkt effe na en zet de auto dan een eind verderop.

We stappen op 't asfalt, voelen de hitte toeslaan. Ik heb de tas in m'n ene hand, Mae Mobley aan de andere, en we sloffen over 't dampende zwarte asfalt. Door 't raster lijkt 't net een barbecue, waar we als maïskolven op liggen te roosteren. M'n gezicht trekt strak, gloeit in de zon. Baby Girl hangt aan m'n hand, ziet er versuft uit, alsof ze net een klap heeft gehad. Miss Leefolt hijgt en kijkt met gefronste wenkbrauwen naar de voordeur, nog twintig meter bij ons vandaan. Ze zal zich wel afvragen waarom ze de auto zo ver weg heeft gezet. De scheiding in m'n haar begint te branden, dan te jeuken, maar ik kan niet krabben omdat ik m'n beide handen vol heb, en dan *pfff!* blaast iemand de vlammen uit. Het is donker en koel in de lobby, hemels. We staan even te knipperen.

Miss Leefolt kijkt om d'r heen, blind en verlegen, dus wijs ik op de zijdeur. 'Daar is het zwembad, mevrouw.'

Ze lijkt dankbaar dat ik de weg weet, zodat ze 't niet als een arme sloeber hoeft te vragen.

We duwen de deur open en de zon schittert weer in onze ogen, maar

’t is lekker hier, koeler. Het zwembad is helder blauw. De zwart met wit gestreepte markiezen zijn schoon. Het ruikt naar wasmiddel. Kinderen lachen en spetteren en dames liggen op ligstoelen in badpak en met zonnebril tijdschriften te lezen.

Miss Leefolt houdt ’n hand boven d’r ogen en zoekt naar miss Hilly. Ze draagt een slappe witte hoed, een witte jurk met zwarte stippen, grove witte sandalen met gespen die d’r een maat te groot zijn. Ze fronst d’r wenkbrauwen omdat ze zich slecht op d’r gemak voelt, maar glimlacht omdat ze ’t niet wil laten merken.

‘Dáár zit ze.’ We volgen miss Leefolt rond ’t zwembad naar de plek waar miss Hilly zit, in een rood badpak. Ze ligt op een ligstoel, houdt d’r kinderen in de gaten in ’t pierenbadje. Ik zie twee hulpen die ik niet ken met andere mevrouwen, maar niet Yule May.

‘Ha, daar zijn jullie,’ zegt miss Hilly. ‘Gut, Mae Mobley, je ziet eruit als een boterbabbelaar in dat bikinietje. Aibileen, de kinderen zijn in het pierenbadje. Je kunt daar in de schaduw gaan zitten en ze in de gaten houden. Zorg ervoor dat William de meisjes niet helemaal nat spat.’

Miss Leefolt gaat op de ligstoel naast miss Hilly liggen en ik ga aan de tafel onder een parasol zitten, een paar meter achter de dames. Ik spreid de rok van mijn uniform uit om het zweet te laten drogen. Ik zit vlakbij, dus ik kan goed verstaan wat ze zeggen.

‘Yule May,’ zegt miss Hilly hoofdschuddend tegen miss Leefolt. ‘Alwéér een vrije dag. Die meid stelt mijn geduld echt zwaar op de proef.’

Nou, dat raadsel is in elk geval opgelost. Miss Hilly heeft miss Leefolt uitgenodigd omdat ze wist dat ze mij mee zou nemen.

Miss Hilly giet meer cacaoboter op d’r dikke, bruine benen, smeert ’t uit. Ze is al zo vet dat ze glimt. ‘Ik ben er zo aan toe om naar de kust te gaan,’ zegt ze. ‘Drie weken aan het strand.’

‘Ik wilde dat Raleighs familie een huis aan de kust had.’ Miss Leefolt zucht. Ze trekt d’r jurk een eindje omhoog, zodat d’r witte knieën een beetje zon kunnen krijgen. Ze kan geen badpak aan omdat ze zwanger is.

‘We moeten natuurlijk de bus betalen voor Yule May zodat ze in de weekeinden naar huis kan. Acht dollar! Ik zou het in moeten houden op haar loon.’

De kinderen roepen dat ze in 't grote zwembad willen. Ik haal Mae Mobleys zwembandje van piepschuim uit de tas en doe 't om. Miss Hilly geeft me er nog twee aan en die doe ik om bij William en Heather. Ze springen in 't grote zwembad en drijven rond als een stel dobbers. Miss Hilly kijkt naar mij, zegt: 'Zijn ze niet schattig?' en ik knik. Ze zijn ontzettend schattig. Zelfs miss Leefolt knikt.

Ze praten en ik luister, maar ze hebben 't niet over miss Skeeter of een schooltas. Na een tijdje stuurt miss Hilly me naar de bar om voor iedereen kersencola te halen, zelfs voor mij. De cicades in de bomen beginnen te gonzen, het wordt koeler in de schaduw en ik voel dat m'n ogen, gericht op de kinderen in het water, dicht gaan vallen.

'Aibee, kijk eens! Kijk dan naar mij!' Ik focus, glimlach naar Mae Mobley die gek doet.

En dan zie ik miss Skeeter staan, achter 't hek aan de andere kant van 't zwembad. Ze heeft d'r tennisrokje aan en een rekket in d'r hand. Ze staart naar miss Hilly en miss Leefolt, houdt d'r hoofd schuin alsof ze ergens over nadenkt. Miss Hilly en miss Leefolt, die zien d'r niet, ze hebben 't nog steeds over Biloxi. Ik zie miss Skeeter binnenkomen door 't hek, langs 't zwembad lopen. Effe later staat ze voor die twee en ze zien haar nog steeds niet.

'Hé, meiden,' zegt miss Skeeter. Er loopt zweet langs d'r armen. Haar gezicht is roze en een beetje dik door de zon.

Miss Hilly kijkt op, maar ze blijft languit liggen, 't tijdschrift in d'r handen. Miss Leefolt springt overeind van d'r stoel.

'Hallo, Skeeter! Jeetje... Ik wist niet... We hebben je geprobeerd te bellen.' Haar tanden klapperen zowat, zo breed grijnst ze.

'Hallo, Elizabeth.'

'Tennis?' vraagt miss Leefolt, en d'r hoofd gaat op en neer als een speelgoedhond op de hoedenplank. 'Met wie heb je gespeeld?'

'Ik heb in m'n eentje ballen geslagen tegen de oefenmuur,' zegt miss Skeeter. Ze probeert een lok haar van d'r voorhoofd te blazen, maar 't haar plakt. Toch gaat ze niet in de schaduw staan.

'Hilly,' zegt miss Skeeter, 'heeft Yule May gezegd dat ik heb gebeld?'

Hilly glimlacht een tikkie strak. 'Ze is vandaag vrij.'

'Ik heb je gisteren ook gebeld.'

'Hoor eens, Skeeter, ik had geen tijd. Ik heb sinds woensdag op het hoofdkwartier gezeten om enveloppen te adresseren aan zo ongeveer elke blanke in Jackson.'

'Ik begrijp het.' Miss Skeeter knikt. Dan knijpt ze d'r ogen samen. 'Hilly, zijn we... Heb ik... iets verkeerd gedaan?'

Ik voel dat m'n vingers beginnen te wriemelen, ze spelen met dat stomme onzichtbare potlood.

Miss Hilly slaat 't tijdschrift dicht, legt 't op de grond zodat 't niet vet wordt. 'Daar moeten we het een andere keer over hebben, Skeeter.'

Miss Leefolt gaat heel snel weer zitten. Ze raapt miss Hilly's *De goede huisvrouw* op, begint erin te lezen alsof ze nog nooit zoiets interessants heeft gezien.

'Zoals je wilt.' Miss Skeeter haalt d'r schouders op. 'Het leek mij beter om te praten over... wat het ook is voordat je met vakantie gaat.'

Miss Hilly wil protesteren, maar dan zucht ze heel diep. 'Waarom vertel je me niet gewoon de waarheid, Skeeter?'

'De waarheid over w...'

'Hoor eens, ik heb die parafernália van je gevonden.' Ik slik moeizaam. Miss Hilly probeert te fluisteren, maar daar is ze niet goed in.

Miss Skeeter blijft Hilly aankijken. Ze is doodkalm, kijkt niet één keer naar mij. 'Wat voor parafernalia bedoel je?'

'In je tas, toen ik naar de notulen zocht? En Skeeter...' d'r ogen gaan omhoog naar de lucht en weer omlaag. 'Ik weet het niet. Ik weet het gewoon niet meer.'

'Hilly, waar heb je het over? Wat heb je in mijn tas gevonden?'

Ik kijk voor me uit naar de kinderen. Goeie genade, ik was ze bijna vergeten. Ik val zowat flauw van de spanning.

'Die wétten waar je mee rondliep? Over wat de...' Miss Hilly kijkt naar mij. Ik hou m'n blik op 't zwembad gericht. 'Wat die ándere mensen wel en niet kunnen doen en ik vind je eerlijk gezegd,' sist ze, 'strónteigenwijs. Denk je nou echt dat je het beter weet dat onze regering? Dan Ross Barnett?'

'Heb je mij ooit een woord over Barnett horen zeggen?' zegt miss Skeeter.

Miss Hilly steekt d'r wijsvinger omhoog. Miss Leefolt staart naar dezelfde pagina, dezelfde zin, hetzelfde woord. Ik kan 't allemaal zien vanuit m'n ooghoeken.

'Je bent geen politicus, Skeeter Phelan.'

'Jij ook niet, Hilly.'

Dan gaat miss Hilly staan. Ze wijst met d'r vinger naar de grond. 'Ik sta op het punt om de vrouw van een politicus te worden, tenzij jij er een stokje voor steekt. Hoe kan William op een dag ooit in Washington worden gekozen als wij vrienden hebben die de rassenscheiding willen opheffen?'

'Washington?' Miss Skeeter rolt met d'r ogen. 'William is kandidaat voor de plaatselijke senaat, Hilly. En hij wint misschien niet eens.'

O nee. Nu kijk ik wel naar miss Skeeter. Waarom doet ze dit? Waarom drukt ze nou op 't foute knopje?

Miss Hilly wordt kwaad. D'r hoofd komt met een ruk omhoog. 'Jij weet net zo goed als ik dat er in deze stad fatsoenlijke belastingbetalers zijn die jou zouden kielhalen als ze dit wisten. Wil jij ze in onze zwembaden laten zwemmen? Wil jij ze alles laten aanraken in onze kruideniers?'

Miss Skeeter staart lang en fel naar miss Hilly. Dan kijkt ze ongeveer een halve seconde naar mij; ze ziet de smekende blik in m'n ogen. Haar schouders zakken iets omlaag. 'O Hilly, het is gewoon een boekje. Ik vond het in de bibliotheek. Ik probeer helemaal geen wetten te veranderen, ik heb het meegenomen om het te lézen.'

Miss Hilly laat 't bezinken. 'Maar als jij die wetten wil lezen,' zegt ze, terwijl ze de opgetrokken pijp van haar badpak weer onder d'r bil trekt, 'vraag ik me af wat je verder nog aan het bekokstoven bent.'

Miss Skeeter kijkt weg, likt d'r lippen. 'Hilly, jij kent me beter dan wie dan ook. Als ik iets bekokstoofde, zou jij het in een halve seconde doorhebben.'

Miss Hilly kijkt alleen naar d'r. Dan pakt miss Skeeter d'r hand en ze knijpt erin. 'Ik maak me zorgen om je. Je laat een hele week niets van je horen, je werkt veel te hard aan die campagne. Kijk dan.' Ze draait miss Hilly's hand om. 'Je hebt een blaar van het adresseren van al die enveloppen.'

En dan zie ik miss Hilly's lichaam heel langzaam verslappen, inzakken. Ze kijkt opzij om zeker te weten dat miss Leefolt niet meeluistert.

'Ik ben zo bang,' fluistert miss Hilly tussen d'r tanden door. Ik kan niet alles verstaan. '... zoveel geld in de campagne gestoken, als William niet wint... zo hard gewerkt en...'

Miss Skeeter legt een hand op miss Hilly's schouder, zegt iets tegen d'r. Miss Hilly knikt en glimlacht vermoeid.

Na 'n tijdje zegt miss Skeeter tegen ze dat ze weg moet. Ze loopt weg, zigzagt tussen stoelen en handdoeken met zonaanbidders door. Miss Leefolt kijkt met grote ogen naar miss Hilly, alsof ze bang is om vragen te stellen.

Ik leun achterover in m'n stoel, zwaai naar Mae Mobley die rondjes draait in 't water. Ik masseer m'n slapen, want ik heb hoofdpijn. Een heel eind verder kijkt miss Skeeter om naar mij. Alle mensen om ons heen lezen en lachen en kletsen, en niemand die vermoedt dat de donkere vrouw en de blanke vrouw met het tennisrekket zich hetzelfde afvragen: zijn we gek dat we opluchting voelen?

16

Zo'n beetje een jaar na de dood van Treelore ben ik begonnen naar de bijeenkomsten van 't wijkcomité te gaan in mijn kerk. Om iets te doen te hebben, denk ik. Zodat de avonden niet zo eenzaam zijn. Zelfs al erger ik me aan Shirley Boon, met dat betweterige glimlachje van d'r. Minny moet Shirley ook niet, maar meestal gaat ze mee, gewoon om effe 't huis uit te zijn. Maar Benny heeft vanavond last van astma, dus ze kan niet.

De laatste tijd gaan de bijeenkomsten meer over burgerrechten dan over 't schoonhouden van de straten en wie bij de kledingruil wil werken. 't Is niet agressief, 't zijn vooral mensen die hun hart willen luchten, willen bidden. Maar nadat mister Evers een week geleden is doodgeschoten, voelen veel zwarten in deze stad zich gefrustreerd. Vooral de jonge mensen, die nog geen eelt op hun ziel hebben. Er zijn de hele week bijeenkomsten geweest over de moord. Ik heb gehoord dat mensen boos waren, schreeuwden, huilden. Dit is mijn eerste bijeenkomst na de moord.

Ik loop 't trapje naar de kelder af. Meestal is 't beneden koeler dan in de kerk, maar vanavond is 't er warm. Mensen doen ijsklontjes in hun koffie. Ik kijk om me heen om te zien wie er zijn. Ik wil nog een paar andere hulpen vragen om ons te helpen, nu 't erop lijkt dat we op 't nippertje aan miss Hilly zijn ontsnapt. Vijfendertig hulpen hebben nee gezegd en ik heb 't gevoel dat ik iets verkoop wat niemand wil hebben. Iets wat groot is en stinkt, zoals Kiki Brown en d'r citroenige boenwas. Maar waardoor Kiki en ik écht hetzelfde zijn, is dat we trots zijn op wat we verkopen. Ik kan 't niet helpen. We vertellen verhalen die verteld moeten worden.

Ik wou dat Minny me kon helpen mensen te vragen. Minny weet hoe je iets aan de man moet brengen. Maar we hebben vanaf 't begin besloten dat niemand hoeft te weten wat Minny d'r rol is. 't Is te riskant voor d'r gezin. We vonden wel dat we mensen moeten vertellen dat 't miss Skeeter is. Niemand zou ja zeggen zonder te weten wie de blanke dame was, want misschien kenden ze haar of hadden ze voor haar gewerkt. Maar miss Skeeter kan niet zelf de verkoop doen. Ze zouden al bang zijn weggerend voordat miss Skeeter d'r mond had opengedaan. 't Komt dus op mij neer en ik had nog maar vijf of zes hulpen gevraagd of iedereen wist al wat ik ging vragen voordat ik drie woorden had gezegd. Ze zeggen dat 't al het gedoe niet waard is. Ze vragen me waarom ik m'n eigen in gevaar breng als 't toch geen klap uitmaakt. Mensen zullen wel denken dat ouwe Aibileen molentjes op zolder heeft.

Vanavond zijn alle houten klapstoeltjes bezet. Er zijn meer dan vijftig mensen, bijna allemaal vrouwen.

'Kom gezellig naast me zitten, Aibileen,' zegt Bertrine Bessemer. 'Goldella, sta 's op voor een ouder iemand.'

Goldella springt overeind, gebaart naar de lege stoel. Gelukkig behandelt Bertrine me nog steeds alsof ik niet gek ben.

Ik ga zitten. Vanavond zit Shirley Boon op een stoel en de predikant staat voor 't zaaltje. Hij zegt dat we een stille gebedsavond nodig hebben, zegt dat onze wonden moeten helen. Ik ben er blij mee. We sluiten onze ogen en de predikant gaat voor in 't gebed voor de familie Evers, voor Myrlie, voor de zoons. Sommige mensen fluisteren, mompelen tegen God, en een rustige kracht vult de ruimte, als bijen die gonzen rond een honingraat. Ik zeg m'n gebeden voor mezelf. Als ik klaar ben, haal ik diep adem en dan wacht ik tot de anderen klaar zijn. Als ik straks thuis ben, schrijf ik m'n gebeden ook op. Dit is de extra tijd waard.

Yule May, miss Hilly's hulp, zit voor me. Ze is makkelijk te herkennen doordat ze zulk mooi haar heeft: glad, 't kroest niet. Ik heb gehoord dat ze heeft gestudeerd, al heeft ze 't niet afgemaakt. We hebben natuurlijk genoeg gestudeerde mensen in onze kerk. Dokters, advocaten, mister Cross die eigenaar is van *The Southern Times*, de krant voor zwarten die elke week verschijnt. Maar Yule May is waarschijnlijk de best opgeleide hulp in onze parochie. Nu ik haar zie, moet ik weer denken aan al 't slechte dat ik goed moet maken.

De predikant doet z'n ogen open, kijkt ons allemaal heel stil aan. 'De gebeden die we z...'

'Dominee Thoroughgood,' buldert een zware stem door de stilte. Ik draai me om – iedereen kijkt om – en daar staat Jessup, Plantain Fidelia's kleinzoon, in de deuropening. Hij is twee- of drieëntwintig. Z'n handen zijn in dikke vuisten gebald.

'Ik wil graag weten,' zegt hij langzaam, boos, 'wat we hieraan gaan dóén.'

De dominee heeft een strenge blik op z'n gezicht, alsof hij al eerder met Jessup heeft gepraat. 'Vanavond richten we onze gebeden tot de Heer. Aanstaande dinsdag gaan we vreedzaam door de straten van Jackson lopen. En in augustus zie ik je in Washington voor de demonstratie met doctor King.'

'Dat is niet genoeg!' Jessup slaat met z'n vuist in z'n hand. 'Ze hebben 'm van achteren neergeschoten, als een hond!'

'Jessup.' Dominee brengt z'n hand omhoog. 'Deze avond is voor gebed. Voor de familie. Voor de advocaten die met de zaak bezig zijn. Ik begrijp je boosheid, knul, maar...'

'Gebed? Bedoelt u dat jullie alleen een beetje bij elkaar gaan zitten om te bidden?' Hij kijkt ons aan, zoals we daar zitten op onze stoeltjes. 'Denken jullie nou echt dat gebed kan voorkomen dat de blanken ons om zeep helpen?'

Niemand geeft antwoord, zelfs de predikant niet. Jessup draait zich om en loopt weg. We horen z'n voeten stampen op de trap en dan boven ons hoofd in de kerk.

Het is heel stil in 't zaaltje. De blik van predikant Thoroughgood is op een punt vlak boven onze hoofden gericht, heel raar, want hij is er de man niet naar om je niet aan te kijken. Iedereen staart naar hem, iedereen vraagt zich af wat-ie denkt dat-ie ons niet kan aankijken. Dan zie ik dat Yule May d'r hoofd schudt, een klein beetje, maar wel alsof ze 't serieus meent, en ik bedenk dat de predikant en Yule May waarschijnlijk hetzelfde denken. Ze denken aan wat Jessup daarnet vroeg. En Yule May, die geeft gewoon antwoord op de vraag.

Om een uur of acht is de bijeenkomst afgelopen. De mensen met kinderen gaan weg, anderen halen een kop koffie bij de tafel achterin. Er wordt maar weinig gepraat. De mensen zijn stil. Ik haal diep adem, loop naar Yule May die bij de koffiekan staat. Ik wil af van de leugen die als een klit aan me is blijven plakken. Ik ga vanavond niemand anders vragen. Ik denk niet dat iemand mijn stinkende 't-ruikt-zo-lekker gaat kopen.

Yule May knikt naar me, glimlacht beleefd. Ze is een jaar of veertig en lang en slank. Ze heeft d'r figuur goed behouden. Ze is nog in d'r uniform en dat sluit aan rond haar slanke taille. Ze draagt altijd oorbellen, kleine gouden ringetjes.

'Ik heb gehoord dat de tweeling volgend jaar naar Tougaloo College gaat. Gefeliciteerd.'

'We hopen 't. We hebben nog net niet genoeg gespaard. Twee tegelijk is erg veel.'

'Je hebt zelf ook een tijdje gestudeerd, toch?'

Ze knikt. 'Jackson College.'

'Ik vond 't heerlijk op school. Lezen en schrijven. Alleen rekenen, dat vond ik niet leuk.'

Yule May glimlacht. 'Engels was ook mijn favoriete vak. Schrijven.'

'Ik schrijf zelf... weleens wat.'

Yule May kijkt me aan en ik kan zien dat ze weet wat ik d'r ga vragen. Heel effe kan ik de schaamte zien die ze elke dag moet slikken als ze in dat huis werkt. De angst. Ik durf het haar niet te vragen.

Maar Yule May zegt 't al voordat ik m'n mond opendoe. 'Ik weet dat je aan verhalen werkt. Met die vriendin van miss Hilly.'

''t Geeft niet, Yule May. Ik weet dat je 't niet kunt doen.'

'Het is gewoon een groot risico en... ik durf 't nu niet aan. We hebben bijna genoeg geld bij elkaar.'

'Ik begrijp 't,' zegt ik, en ik glimlach, laat haar weten dat ik haar niets kwalijk neem. Toch loopt Yule May niet weg.

'De namen... die veranderen jullie, heb ik gehoord?'

Die vraag stelt iedereen, want ze zijn nieuwsgierig.

'Klopt. En ook de naam van de stad.'

Ze kijkt omlaag naar de vloer. 'Dus ik vertel hoe 't is om dienstbode te zijn en dan schrijft zij 't op? En dan maakt zij er... een verhaal van?'

Ik knik. 'We willen allerlei verhalen. Goeie dingen en slechte. Ze werkt nu met... een andere hulp.'

Yule May likt d'r lippen, kijkt alsof ze 't zich probeert voor te stellen, dat ze vertelt hoe 't is om voor miss Hilly te werken.

'Kunnen we... er nog een keer over praten? Als ik meer tijd heb?'

'Natuurlijk,' zeg ik, en ik zie in d'r ogen dat ze niet gewoon beleefd is.

'Het spijt me, maar Henry en de jongens zitten op me te wachten,' zegt ze. 'Mag ik je een keer bellen? Dat we dan onder vier ogen met mekaar praten?'

'Ga je gang. Wanneer je maar wil.'

Ze raakt m'n arm aan en kijkt me nog een keer recht in de ogen. Ik ben verbijsterd. Het lijkt wel alsof ze er al die tijd op heeft gewacht dat ik 't haar zou vragen.

Dan is ze weg. Ik blijf nog effe in een hoekje staan, drink koffie die veel te warm is voor dit weer. Ik lach en mompel tegen mezelf, ook al gaat iedereen nu denken dat ik écht kierewiet ben.

MINNY

17

'Gaat u 's weg, dan kan ik de kamer doen.'

Miss Celia trekt de deken omhoog tot aan d'r borst alsof ze bang is dat ik 'r uit bed zal sleuren. Negen maanden werk ik hier nu en ik weet nog steeds niet of ze lichamelijk ziek is of d'r verstand heeft gefrituurd met al die waterstofperoxide in d'r haar. Ze ziet er wel beter uit dan toen ik begon. Haar buik is wat boller, haar wangen zijn niet meer zo hol als toen ze zichzelf en mister Johnny aan 't doodhongeren was.

Een tijdlang werkte miss Celia vaak in de tuin, maar nu hangt dat gekke mens weer op of rond d'r bed. In 't begin was ik allang blij dat ze me niet voor de voeten liep, maar nu ik mister Johnny heb ontmoet, wil ik graag wérken. En ik wil verdomme ook graag zorgen dat miss Celia op de rails komt.

'Ik word er gek van dat u vijfentwintig uur in huis rondhangt. Doe wat. Ga die arme mimosa waar u zo'n hekel aan heeft omhakken,' zeg ik, want mister Johnny heeft dat ding nooit aangepakt.

Maar omdat miss Celia nog geen vinger optilt van die matras, weet ik dat 't tijd is voor groffer geschut. 'Wanneer gaat u mister Johnny van mij vertellen?' Daarmee krijg ik d'r altijd in beweging. Soms vraag ik 't alleen voor de lol.

Ik vind 't onvoorstelbaar dat die poppenkast al zo lang duurt, dat mister Johnny 't weet van mij, en miss Celia rondloopt als een mongool die trots is dat ze een kunstje kan. Ik was niet verbaasd dat ze om meer tijd smeekte toen 't Kerstmis werd. O, ik ben wel tegen d'r tekeer gegaan, maar toen begon die gekkin te huilen, dus heb ik gedaan alsof ik met m'n hand over m'n hart streek, gezegd dat 't haar kerstcadeau was. Ze zou een kous tjokvol kolen moeten krijgen voor alle leugens die ze rondstrooit.

Godzijdank is miss Hilly hier nog niet geweest om bridge te spelen, zelfs al heeft mister Johnny het een paar weken terug nog een keer geprobeerd te regelen. Dat weet ik doordat Aibileen me heeft verteld dat ze miss Hilly en miss Leefolt erover hoorde lachen. Miss Celia nam 't heel serieus, vroeg me wat ik zou koken als ze kwamen. Bestelde een boek om 't spel te leren, *Bridge voor beginners*. Ze hadden 't *Bridge voor imbecielen* moeten noemen. Toen 't vanochtend in de brievenbus lag, heeft ze er nog geen twee seconden in gelezen voordat ze vroeg: 'Leer jij het me, Minny? In dit boekje staat alleen maar wartaal.'

'Ik kan niet bridgen,' zei ik.

'Wel waar.'

'Hoe weet u wat ik kan?' Ik ging met pannen in de weer, helemaal geïrriteerd over dat stomme rode boekje. Eindelijk ben ik van mister Johnny af en nu zit ik in m'n rats dat miss Hilly hier over de vloer komt en me verlinkt. Ik weet zeker dat ze miss Celia zou vertellen wat ik heb gedaan. Jezus. Ik zou mezelf ontslaan om wat ik heb gedaan.

'Omdat missus Walters me heeft verteld dat je vroeger op zaterdagochtend met haar oefende.'

Ik begon de grote pan te schuren. M'n knokkels raakten de zijkanten en maakten een kletterend geluid. 'Kaarten is een duivels spel,' zei ik. 'En ik heb al veel te veel te doen.'

'Maar ik geneer me dood als die meisjes hier zijn en 't me moeten leren. Kun je me niet een paar dingen laten zien?'

'Nee.'

Miss Celia neuriede een zucht. 'Je zegt nee omdat ik niet kan koken, hè? Je denkt dat ik helemaal niets kan leren.'

'Wat gaat u doen als miss Hilly en die dames uw man vertellen dat u een hulp heeft? Dan bent u mooi in de aap gelogeerd.'

'Dat heb ik al bedacht. Ik zeg tegen Johnny dat ik voor die dag een hulp heb genomen omdat ik een goede indruk wilde maken op de dames.'

'Mm-hmm.'

'En dan zeg ik tegen hem dat je zo goed beviel dat ik je fulltime in dienst wil nemen. Dat kan ik hem best vertellen... over een paar maanden.'

Dan draai ik bij. 'Wanneer denkt u dat de dames komen bridgen?'

'Ik wacht tot Hilly me terugbelt. Johnny heeft haar man verteld dat ik zou bellen. Ik heb twee keer een boodschap achtergelaten, dus ik weet zeker dat ze me binnenkort een keer belt.'

Ik probeer te bedenken hoe ik dit kan voorkomen. Ik kijk naar de telefoon en bid dat 't ding nooit meer gaat.

Als ik de volgende ochtend aan m'n werk begin, komt miss Celia uit de slaapkamer. Ik denk dat ze weer naar boven gaat sluipen, want dat doet ze tegenwoordig weer, maar dan hoor ik haar aan de telefoon in de keuken. Ze vraagt naar miss Hilly. Ik wor' helemaal beroerd vanbinnen.

'Ik bel alleen om te zien of we een keer een bridgegroepje bij elkaar kunnen krijgen!' zegt ze heel vrolijk. Ik kom pas in beweging als ik zeker weet dat 't Yule May is met wie ze praat, niet miss Hilly zelf. Miss Celia zingt d'r telefoonnummer alsof 't een reclame voor wasmiddel is: 'Emerson twee-zes-zes-nul-negen!'

En een halve minuut later belt ze nog een naam van de achterpagina van dat stomme blaadje, zoals ze tegenwoordig elke dag doet. Ik weet wat 't is, dat blaadje van de League, en zo te zien heeft ze 't gevonden op 't parkeerterrein van die damesclub. Het papier lijkt wel schuurpapier en 't is bobbelig, alsof 't in de regen heeft gelegen nadat 't uit iemands tas was gewaaid.

Tot nu toe heeft geen van die dames ooit teruggebeld, maar elke keer dat de telefoon gaat, springt ze erop als een hond op een wasbeer. Het is altijd mister Johnny.

'Goed... zeg maar dat... ik weer heb gebeld,' zegt miss Celia in de hoorn.

Ik hoor d'r heel zachtjes neerleggen. Als 't me kon schelen, wat niet zo is, zou ik tegen d'r zeggen dat die dames 't niet waard zijn. 'Die dames zijn 't niet waard, miss Celia,' hoor ik mezelf zeggen. Maar ze doet alsof ze me niet hoort. Ze gaat terug naar de slaapkamer en doet de deur dicht.

Misschien moet ik kloppen, vragen of ze iets nodig heeft. Maar ik heb belangrijker dingen aan m'n hoofd dan me eigen af te vragen of miss Celia tot populairste dame van Jackson is gekozen. Zoals Medgar Evers bijvoorbeeld, die in z'n eigen voortuin is doodgeschoten, en Felicia die zeurt dat ze d'r rijbewijs wil halen, nu ze vijftien is – 't is een lieve meid maar ik raakte zwanger van Leroy junior toen ik niet veel ouder was dan zij en daar had een Buick iets mee te maken. En nu zit ik tot overmaat van ramp ook nog in m'n rats over miss Skeeter en d'r verhalen.

Eind juni worden we overvallen door een hittegolf van achtendertig graden en die wil niet meer weg. 't Is alsof er een kruik op de zwarte wijk is gelegd, zodat 't daar nog vijf graden warmer is dan in de rest van Jackson. 't Is zo warm dat de haan van mister Dunn in z'n pak van rode veren m'n huis binnenwandelt en neerploft voor de ventilator in m'n keuken. Ik kom binnen en hij kijkt me aan van: Ik peins er niet over om weg te gaan, dame. Hij krijgt liever een klap met een bezem dan dat-ie weer die flauwekul in moet.

De hitte maakt miss Celia officieel de meest luie persoon van de hele V.S. van A. Ze haalt zelfs de post niet meer uit de brievenbus, dat moet ik doen. 't Is zelfs te warm om bij 't zwembad te zitten. En daardoor zit ik nu met 'n probleem.

Luister. Als 't Gods bedoeling was geweest dat blanken en zwarten een groot deel van de dag samen in één huis zouden zijn, had hij ons wel kleurenblind gemaakt. En terwijl miss Celia naar me grijnst en 'goeiemorgen' en 'fijn je te zien' naar me kwinkeleert, vraag ik me eigen af hoe ze 't zo ver heeft kunnen schoppen in 't leven zonder te weten waar je de grens trekt. Kijk, een lellebel die de deftige dames belt is al erg genoeg. Maar sinds ik hier ben komen werken, staat ze erop om elke dag samen met mij te lunchen. Ik bedoel niet in dezelfde kamer, ik bedoel aan dezelfde táfel. Dat kleintje onder 't raam. Elke blanke mevrouw voor wie ik heb gewerkt at altijd in de eetkamer, zo ver mogelijk bij de gekleurde hulp vandaan. En ik vond 't best.

'Maar waarom? Ik wil niet in m'n eentje eten als ik gezellig bij jou kan zitten,' zei miss Celia.

Ik heb zelfs niet geprobeerd 't uit te leggen. Er zijn zoveel dingen waar miss Celia echt de ballen van snapt.

Verder weet elke blanke mevrouw dat er elke maand een periode is dat je níét tegen Minny moet praten. Zelfs miss Walters wist 't als 't Minstruatie was. Dan rook ze de karamel in de pan en maakte ze zich zo gauw ze kon uit de voeten. Dan mocht zelfs miss Hilly niet langskomen.

Vorige week rook miss Celia's hele huis naar Kerstmis door de geur van suiker en boter, niet naar deze moordend hete junimaand. Ik was zoals altijd gespannen bij 't maken van de karamel. Ik had haar drie keer, héél beleefd, gevraagd om weg te gaan, maar ze wilde er per se bij blijven. Zei dat ze zo eenzaam was, de hele dag in d'r eentje in de slaapkamer.

'De warmste junidag in de geschiedenis,' zei ik. 'Veertig graden in de schaduw.'

En zij zei: 'Heb jij airconditioning thuis? Gelukkig hebben we het hier, want ik ben zonder airco opgegroeid en ik weet wat het is om te puffen van de hitte.'

En ik zei: 'Ik heb 't geld niet voor airconditie. Die dingen vreten stroom zoals een katoenkever katoen.' En ik begon flink te roeren want de bovenkant van de suiker begon net bruin te worden en dan moet je echt heel goed opletten. En ik zeg: 'We zijn al te laat met het betalen van 't licht,' want ik denk niet na, en weet je wat zij zei? Ze zei: 'O Minny, ik wilde dat ik je het geld kon lenen, maar Johnny stelt de laatste tijd van die rare vragen,' en ik keek over m'n schouder om te zeggen dat 't niet betekent dat een neger bedelt, elke keer dat ze klaagt over de kosten van levensonderhoud, maar voordat ik een woord kon zeggen had ik verdomme m'n karamel verbrand.

Bij de kerkdienst op zondag komt Shirley Boon voor de congregatie staan. Met lippen die wapperen als een vlag vertelt ze nog een keer dat 't wijkcomité woensdag bij elkaar komt om de sit-in in de lunchroom van Woolworth te bespreken. Grote bemoeial Shirley wijst met d'r vinger op ons en zegt: 'De bijeenkomst begint om zeven uur, dus zorg dat jullie op tijd zijn. Geen smoesjes!' Ze doet me denken aan een dikke, blanke, lelijke schooljuf. Zo een waar niemand mee wil trouwen.

'Je komt toch wel, woensdag?' vraagt Aibileen. We lopen in de middaghitte naar huis. Ik heb de begrafeniswaaier in m'n hand. 't Ding wappert zo snel dat 't lijkt alsof er een motortje in zit.

'Ik heb geen tijd,' zeg ik.

'Laat je me nou alweer in m'n eentje gaan? Kom op, ik neem gemberkoek mee en...'

'Ik zég toch dat ik niet kan.'

Aibileen knikt, zegt: 'Al goed.' Ze blijft lopen.

'Benny... heeft misschien weer last van astma. Ik wil 'm niet alleen laten.'

'Mm-hmm,' zegt Aibileen. 'Vertel de echte reden maar als je eraan toe bent.'

We komen op Gessum, lopen om een auto heen die midden op straat aan een zonnesteek is bezweken.

'O, voor ik 't vergeet, miss Skeeter wil dinsdag komen, vroeg op de avond,' zegt Aibileen. 'Een uur of zeven. Lukt dat?'

'Jezus,' zeg ik, en ik ben meteen weer geïrriteerd, 'waar ben ik toch mee bezig? Ik lijk wel gek, dat ik de diepste geheimen van 't gekleurde ras aan een blanke dame vertel.'

''t Is miss Skeeter maar, ze is niet zoals de rest.'

'Ik heb 't gevoel alsof ik achter m'n eigen rug praat,' zeg ik. Ik heb nu minstens vijf keer met miss Skeeter gepraat. 't Wordt niet makkelijker.

'Wil je ermee ophouden?' vraagt Aibileen. 'Ik wil niet dat je 't gevoel krijgt dat je wordt gedwongen.'

Ik geef geen antwoord.

'Ben je er nog, M?' zegt ze.

'Ik wil... ik wil dat de kinderen 't beter hebben,' zeg ik. 'Maar 't is om te huilen dat een blanke vrouw 't moet doen.'

'Ga nou woensdag met me mee, dan praten we verder,' zegt Aibileen met een glimlachje.

Ik wist wel dat ze aan zou dringen. Ik zucht. 'Ik heb problemen, nou goed?'

'Met wie?'

'Shirley Boon,' zeg ik. 'Bij de vorige bijeenkomst zaten we allemaal hand in hand en baden we dat ze zwarten op de wc's voor blanken laten gaan en we hadden 't erover dat ze op een kruk gaan zitten in Woolworth en niet terug zullen vechten en ze glimlachten allemaal alsof deze wereld straks een prachtige nieuwe plek is en ik... ik ontplofte gewoon. Ik heb tegen Shirley gezegd dat d'r achterste niet eens op de krukken van Woolworth past.'

'En wat zei Shirley?'

Ik zet m'n deftige schooljuffrouwenstem op. '"Als je niets aardigs kunt zeggen, zou je helemaal niets moeten zeggen."'

Als we bij Aibileens huis zijn, kijk ik naar haar. Ze doet zo d'r best om niet te lachen dat ze paars ziet.

''t Is niet grappig,' zeg ik.

'Ik ben blij dat je m'n vriendin bent, Minny Jackson.' En ze slaat d'r armen om me heen totdat ik met m'n ogen rol en zeg dat ik naar huis moet.

Ik loop verder en ga de hoek om. Ik wilde niet dat Aibileen 't zou weten. Ik wil niet dat iemand weet hoe hard ik die verhalen van Skeeter nodig heb. Nu ik niet meer naar de bijeenkomsten van Shirley Boon kan gaan, is dat 't enige wat ik nog heb. En ik zeg niet dat die gesprekken met miss Skeeter leuk zijn. Ik klaag elke keer dat we elkaar zien. Ik mopper. Ik word boos en snuif als een dolle stier. Maar nu komt 't: ik vind 't fijn om m'n verhalen te vertellen. Het voelt alsof ik er iets aan doe. Als ik wegga, is 't beton in m'n borst losgekomen, gesmolten, zodat ik weer een paar dagen adem kan halen.

En ik weet dat er genoeg andere manieren zijn om te protesteren, behalve mijn verhalen vertellen of de bijeenkomsten van Shirley Boon bijwonen: de massabijeenkomsten in de stad, de demonstraties in Birmingham, de betogingen voor 't kiesrecht in 't noorden van de staat. Maar ik moet bekennen dat ik 't niet zo belangrijk vind om te mogen stemmen. En ik hoef niet aan hetzelfde buffet als blanken te lunchen. Waar 't mij om gaat, is of een blanke dame mijn dochters over tien jaar smerig zal noemen en ze ervan zal beschuldigen dat ze 't zilver stelen.

Die avond thuis zet ik de limabonen op en ik doe de ham in de pan.

'Kindra, ga de anderen 's halen,' zeg ik tegen m'n kleine van zes. 'Het eten is klaar.'

'Eeeeeeten!' brult Kindra zonder een voet te verzetten.

'Ga je vader 's op een nette manier halen!' tier ik. 'Je weet dat ik niet wil hebben dat er in mijn huis wordt geschreeuwd.'

Kindra rolt met d'r ogen alsof ik haar niks stommers had kunnen vragen. Ze loopt stampend naar de gang. 'Eeeeeeten!'

'Kindra!'

De keuken is de enige kamer in huis waar we met z'n allen in passen. We gebruiken de andere kamers als slaapkamers. Die van mij en Leroy is aan de achterkant, naast 't kamertje van Leroy junior en Benny, en de woonkamer aan de voorkant is de slaapkamer van Felicia, Sugar en Kindra. Dan blijft alleen de keuken nog over. Zolang 't buiten niet krankzinnig koud is, staat onze achterdeur altijd open, maar met de hordeur dicht tegen de vliegen. Er is altijd rumoer van kinderen en auto's en buren en blaffende honden.

Leroy komt binnen en gaat naast Benny van zeven aan tafel zitten. Felicia schenkt melk of water in de glazen. Kindra brengt d'r vader een bord met bonen en ham en komt terug naar 't fornuis om het volgende te halen.

'Dit is voor Benny,' zeg ik.

'Benny, ga je mama eens helpen,' zegt Leroy.

'Benny heeft astma. Hij hoeft niets te doen.' Maar m'n kleine schat staat toch op en pakt 't bord van Kindra aan. Mijn kinderen zijn nooit te beroerd om te helpen.

Ze zitten allemaal aan tafel behalve ik. Vanavond zijn er drie kinderen thuis. Leroy junior, die in de hoogste klas van de middelbare school zit, pakt boodschappen in bij de Jitney 14. Dat is de kruidenierszaak voor blanken in miss Hilly's wijk. Sugar, m'n oudste dochter – ze zit in de vierde – past op de kinderen van onze buurvrouw Tallulah die tot laat moet werken. Als Sugar klaar is, brengt ze d'r papa naar de fabriek voor de nachtdienst; dan haalt ze Leroy junior op bij de Jitney. Leroy senior kan om vier uur 's ochtends meerijden met Tallulah's man. Alles is goed geregeld.

Leroy eet, maar intussen leest hij de *Jackson Journal* die naast z'n bord ligt. Hij staat nou niet bepaald bekend om z'n zonnige humeur als-ie net wakker is. Ik kijk naar de krant van waar ik sta en zie dat de sit-in bij Brown's Drug Store de voorpagina heeft gehaald. 't Is niet Shirleys groep, 't zijn mensen uit Greenwood. Een stel blanke tieners staat achter de vijf mensen op krukken, zo te zien scheldend. Ze gieten ketchup en mosterd en zout op hun hoofden.

'Hoe doen ze dat?' Felicia wijst op de foto. 'Blijven zitten zonder terug te vechten?'

'Dat is nou juist de bedoeling,' zegt Leroy.

'Ik wor' niet goed als ik naar die foto kijk,' zeg ik.

'We hebben 't er later wel over.' Leroy vouwt de krant in vieren en schuift 'm onder z'n dij.

Elke vierde woensdag van de maand bridgen miss Leefolt en haar vriendinnen.

Aibileen hoort de vrouwen praten: Hilly wil dat er aparte wc's komen voor de hulp.

Minny brengt miss Hilly en miss Walters naar de bridgeclub.

Aibileen en Minny hebben een onderonsje in miss Leefolts keuken.

Skeeter vraagt Aibileen om hulp voor haar geheime project.

Hilly koppelt Skeeter aan Stuart Whitworth.

Skeeters moeder probeert haar haren te ontkroezen.

Aibileen en Minny vertellen in het geheim hun verhalen aan Skeeter.

Minny en Aibileen horen hoe er in de supermarkt over Skeeters boek wordt gepraat.

Aibileen neemt afscheid van Mae Mobley.

Aibileen en Minny wensen Skeeter succes met haar nieuwe baan in New York.

Felicia zegt tegen Benny, niet zacht genoeg: ''t Is maar goed dat mama niet op een van die krukken zat. Anders hadden die blanken geen één tand meer in hun mond.'

'En dan zou mama in de gevangenis zitten,' zegt Benny zodat iedereen 't kan horen.

Kindra zet een hand in d'r zij. 'Mooi niet. Niemand zet mijn moeder in de gevangenis. Ik sla die blanken met een stok totdat ze bloeden.'

Leroy wijst met een vinger, van de een naar de ander. 'Ik wil er buiten dit huis geen woord over horen. 't Is te gevaarlijk. Hoor je me, Benny? Felicia?' Dan wijst hij op Kindra. 'Duidelijk?'

Benny en Felicia knikken, kijken omlaag naar hun bord. Ik heb er spijt van dat ik erover ben begonnen en ik kijk Kindra waarschuwend aan.

Maar 't kleine brutaaltje gooit d'r vork op tafel en staat op. 'Ik haat blanke mensen! En dat zeg ik tegen iedereen als ik dat wil!'

Ik ren achter haar aan naar de gang, grijp haar beet en draag haar als een zoutzak terug naar de tafel.

''t Spijt me, papa,' zegt Felicia, want zij is zo'n meisje dat altijd van alles en iedereen de schuld op zich neemt. 'En ik pas wel op Kindra. Ze weet niet wat ze zegt.'

Maar Leroy slaat met z'n hand op tafel. 'Niemand bemoeit zich met die rotzooi! Is dat duidelijk?' Hij staart de kinderen dreigend aan. Ik draai me om naar 't fornuis zodat-ie m'n gezicht niet kan zien. De Heer sta me bij als hij ontdekt wat ik aan 't doen ben met miss Skeeter.

De hele volgende week hoor ik miss Celia aan de telefoon in de slaapkamer. Ze laat boodschappen achter voor miss Hilly, Elizabeth Leefolt, miss Parker, de twee zussen Caldwell en nog wel tien andere dames. Ze belt zelfs met 't huis van miss Skeeter, en dat bevalt me helemaal niet. Ik heb tegen miss Skeeter gezegd: 'Waag 't niet om d'r terug te bellen. Pas op dat 't hele web niet nog erger in de knoop komt te zitten.'

Het irritante is dat ze de hoorn na al die stomme gesprekjes meteen weer van de haak haalt. Ze luistert of er wel een kiestoon is.

'Er is echt niks mis met die telefoon,' zeg ik. Ze blijft naar me glimlachen zoals ze 't nu al een maand doet, alsof ze met d'r neus in de boter is gevallen.

'Hoe komt 't dat u zo vrolijk bent?' vraag ik uiteindelijk. 'Is mister Johnny lief voor u of zo?' Ik hap naar adem om maar weer eens eeuwig hetzelfde te vragen, maar ze is me voor.

'O, hij is heel lief,' zegt ze. 'En het duurt nu niet lang meer voordat ik het hem ga vertellen.'

'Mooi,' zeg ik, en ik meen het. Ik ben 't spelletje en de leugens spuugzat. Ik stel me voor dat ze glimlacht naar mister Johnny als ze hem mijn varkenskoteletjes voorzet, dat die aardige man dan doet alsof hij zo trots op d'r is terwijl hij wéét dat ik ze heb klaargemaakt. Ze zet zichzelf voor aap, ze zet die beste kerel voor aap, en van mij maakt ze een leugenaarster.

'Minny, zou jij alsjeblieft de post willen halen?' vraagt ze, al is zij helemaal aangekleed, terwijl ik boter aan m'n handen heb, een was in de machine en de mixer die draait. Ze is net een Filistijn op zondag, zoals ze weigert om meer dan een paar stappen per dag te zetten. Alleen is 't hier elke dag zondag.

Ik was m'n handen en loop naar de brievenbus, zweet een liter voor ik er ben. Het is maar negenendertig graden buiten. Er staat een groot pakket van een halve meter in 't gras naast de brievenbus. Ik heb haar al vaker met van die grote bruine dozen gezien. 't Zal wel een of andere crème zijn die ze bestelt. Maar de doos blijkt heel zwaar te zijn als ik 'm optil en ik hoor gerinkel, alsof hij gevuld is met colaflesjes.

'Er is een pakket voor u, miss Celia.' Ik zet de doos in de keuken neer.

Nog nooit heb ik haar zó snel overeind zien springen. 't Enige snelle aan miss Celia zijn d'r leugens. 'Dat zijn mijn eh...' Ze mompelt iets. Ze zeult de doos naar boven en ik hoor een deur dichtslaan.

Een uur later ga ik naar de slaapkamer om 't kleed te zuigen. Miss Celia ligt niet in bed en ze is niet in de badkamer. Ik weet dat ze niet in de keuken of de woonkamer of bij 't zwembad is en ik heb net afgestoft in salon nummer één en salon nummer twee en de beer gezogen. Dan moet ze dus boven zijn. In een van de kamers waar ik de rillingen van krijg.

Voordat ik werd ontslagen omdat ik mister Blanke Manager ervan beschuldigde dat-ie een haarstukje had, maakte ik de balzalen in 't Robert E. Lee Hotel schoon. Die grote, lege zalen zonder mensen en de servetjes met lipstick en de verschaalde geur van parfum bezorgden me kippenvel. En zo is 't ook met de kamers op de bovenverdieping van miss Celia's huis. Er staat zelfs een antieke wieg met mister Johnny's babymutsje en z'n zilveren rammelaar, die ik soms uit eigen beweging hoor rammelen, ik zweer 't. En doordat ik aan dat geluid denk, vraag ik me af of die dozen er iets mee te maken hebben dat ze elke dag naar boven sluipt.

Ik vind 't de hoogste tijd om een keer polshoogte te nemen.

De volgende dag hou ik miss Celia goed in de gaten. Ik wacht totdat ze naar boven sluipt, zodat ik kan zien wat ze uitspookt. Om een uur of twee steekt ze d'r hoofd naar binnen in de keuken en glimlacht ze een beetje raar naar me. Een minuutje later hoor ik 't plafond kraken.

Heel stilletjes loop ik naar de trap. Maar ook al loop ik op m'n tenen, de borden in 't dressoir rinkelen, de vloer kreunt. Ik loop zo langzaam de trap op dat ik m'n eigen ademhaling hoor. Boven loop ik door de lange gang. Ik kom langs wijdopen slaapkamerdeuren, een, twee, drie. Deur nummer vier, aan 't eind, staat op een kier. Ik doe een stap dichterbij. En door de kier kan ik d'r zien.

Ze zit op 't gele bed bij het raam en ze glimlacht niet. De doos die ik naar binnen heb gebracht staat open en op 't bed liggen een stuk of tien flesjes met een bruine vloeistof. Er komt een brandend gevoel omhoog, vanuit m'n borsten naar m'n kin, m'n mond. Ik ken die platte flesjes. Twaalf jaar lang heb ik een waardeloze zuipschuit verpleegd en toen m'n luie bloedzuiger van een vader eindelijk doodging, heb ik God met tranen in m'n ogen gezworen dat ik nooit met een zatlap zou trouwen. En toen deed ik het toch.

En nu zit ik weer met zo'n verdomde zuiplap opgescheept. 't Zijn niet eens flesjes uit de winkel, ze zijn met rode lak verzegeld, zoals m'n oom Toad altijd deed met z'n illegaal gestookte drank. M'n mama zei altijd dat echte alcoholisten, zoals m'n papa, het zelfgemaakte spul drinken omdat 't sterker is. Nu weet ik dat ze een even grote idioot is als m'n vader vroeger was en net als Leroy als-ie zich volgiet met Old Crow, alleen komt zij niet achter me aan met de koekenpan.

Miss Celia pakt een flesje en kijkt ernaar alsof Jezus erin zit en ze niet kan wachten om verlost te worden. Ze maakt 't open, neemt een slok, zucht. Dan neemt ze drie grote teugen en gaat ze op de sierkussens liggen.

Ik begin helemaal te trillen als ik d'r gezicht zie ontspannen. Ze verlangde zo naar die verdomde drank dat ze niet eens de deur dicht kon doen. Ik moet m'n kaken op mekaar klemmen, anders ga ik gillen. Na een poosje moet ik van mezelf terug naar beneden.

Als miss Celia tien minuten later de keuken binnenkomt, gaat ze aan de tafel zitten en vraagt ze of we al gaan eten.

'Er zijn varkenskoteletten in de koelkast en ik eet vandaag niet,' zeg ik en ik storm de keuken uit.

Die middag zit miss Celia op het toiletdeksel in d'r badkamer. De haardroger staat op de stortbak en ze heeft de kap over d'r geblondeerde hoofd gezet. Met dat ding over d'r kop zou ze 't nog niet horen als er een bom afging.

Ik ga naar boven met m'n poetslappen en doe de kast in die kamer open. Twee dozijn platte whiskyflesjes zijn verstopt achter een paar oude dekens die miss Celia van huis moet hebben meegenomen toen ze hier kwam wonen. Er zit geen etiket op die flesjes, alleen 't stempel OLD KENTUCKY in 't glas. Er zijn twaalf volle. En twaalf lege van vorige week. Even leeg als al die verdomde kamers. Geen wonder dat die zottin geen kinderen kan krijgen.

De eerste donderdag van juli komt miss Celia om twaalf uur uit bed voor d'r kookles. Ze draagt een wit truitje dat zó strak zit dat een hoer er heilig bij lijkt. D'r kleren worden elke week strakker, ik zweer 't.

Ik sta voor 't fornuis, zij zit op d'r kruk, net als altijd. Ik heb nauwelijks een woord tegen d'r gezegd sinds ik vorige week die flesjes heb gevonden. Ik ben niet boos. Ik ben uit de naad zo kwaad. Maar ik heb de afgelopen zes dagen elke dag gezworen dat ik me aan m'n mama's regel nummer één zal houden. Als ik er iets van zou zeggen, zou dat betekenen dat ik om d'r geef en dat is niet zo. Het gaat me niet aan dat ze een luie, dronken idioot is.

We halen de stukken kip door beslag en leggen ze in 't frituurmandje. Dan moet ik die mongool er voor de triljoenste keer aan helpen herinneren dat ze d'r handen moet wassen als ze wil dat we blijven leven.

Ik kijk naar de sissende stukken kip in 't vet, probeer te vergeten dat ze er is. Ik voel me altijd net iets beter over 't leven als ik kip frituur. Ik kan bijna vergeten dat ik voor een dronkelap werk. Als de laatste portie klaar is, zet ik het grootste deel in de koelkast voor het avondeten. De rest gaat op een bord voor onze lunch. Ze komt tegenover me zitten aan de keukentafel, net als anders.

'Neem de borst,' zegt ze, en met d'r blauwe ogen kijkt ze me smekend aan. 'Toe maar.'

'Ik eet de poot en de dij,' zeg ik, en die stukken pak ik van 't bord. Ik blader in de *Jackson Journal* en hou de krant voor m'n gezicht omhoog zodat ik niet naar d'r hoef te kijken.

'Maar daar zit bijna geen vlees aan.'

'Ik vind 't lekker. Mals en vet.' Ik blijf lezen, probeer d'r te negeren.

'Nou,' zegt ze als ze de borst pakt, 'dan zijn we dus ideale kippartners.' En na een minuutje zegt ze: 'Weet je, Minny, ik mag van geluk spreken dat ik jou als vriendin heb.'

Ik voel afschuw opwellen in m'n borst, dik en heet. Ik laat de krant zakken en kijk d'r aan. 'Nee, mevrouw. We zijn geen vriendinnen.'

'Nou... ik vind van wel.' Ze glimlacht alsof ze me een groot plezier doet.

'Nee, miss Celia. We zijn geen vriendinnen.'

Ze knippert naar me met die valse wimpers van d'r. *Hou op, Minny*, zegt 't stemmetje in m'n hoofd. Maar ik weet nu al dat 't niet gaat. Ik weet aan m'n vuisten van handen dat ik het geen minuut langer voor me kan houden.

'Is het...' zegt ze starend naar d'r kip, 'omdat jij zwart bent? Of omdat je... geen vriendinnen met me wil zijn?'

'Er zijn zoveel redenen dat 't blank en 't zwart d'r eigenlijk niet meer toe doet.'

Nu glimlacht ze helemaal niet meer. 'Maar... waarom dan niet?'

'Omdat ik niet om geld bedel als ik u vertel dat ik 't licht nog moet betalen,' zeg ik.

'O Minny...'

'Omdat u me zelfs de eer niet gunt om uw man te vertellen dat ik hier werk. Omdat ik er gek van word dat u geen stap buiten de deur zet.'

'Je begrijpt het niet, ik kán het niet. Ik kan niet weg.'

'Maar dat is allemaal niks vergeleken bij wat ik nu weet.'

Haar gezicht verbleekt onder d'r make-up.

'Al die tijd heb ik steeds gedacht dat u doodging aan kanker of van lotje was. Arme miss Celia.'

'Ik weet dat het niet meevalt...'

'O, ik weet best dat u niet ziek bent. Ik heb u boven gezien met die flesjes. Mij houdt u geen seconde langer voor de gek.'

'Flesjes? O hemel, Minny, ik...'

'Ik zou dat bocht door de plee moeten spoelen. Ik zou 't mister Johnny nu meteen moeten vertellen...'

Ze gaat zo wild staan dat d'r stoel omvalt. 'Heb de moed niet om...'

'U doet alsof u kinderen wil maar u drinkt genoeg om een olifant te vergiftigen!'

'Als je het hem vertelt, ontsla ik je, Minny!' Ze heeft tranen in d'r ogen. 'Als je aan die flesjes komt, ontsla ik je nu meteen!'

Maar m'n bloed kookt, 't is al te laat om te stoppen. 'Mij ontslaan? Denkt u soms dat u een ander kunt vinden die hier in 't geniep wil komen werken terwijl u de hele dag straalbezopen in huis rondhangt?'

'Denk je dat ik je niet kan ontslaan? Dit was je laatste dag, Minny!' Ze grient en wijst naar me met d'r vinger. 'Eet je kip op en dan ga je naar huis!'

Ze pakt 't bord met 't witte vlees en stormt de keuken uit. Ik hoor 't bord kletteren op de deftige grote eettafel, stoelpoten die over de vloer schrapen. Ik zak in mekaar op m'n stoel want m'n knieën knikken, en staar naar m'n kip.

Ik ben voor de zoveelste keer m'n baan kwijt.

Zaterdagochtend word ik om zeven uur wakker met knallende koppijn en een rauwe tong. Ik denk dat ik er de hele nacht op heb liggen bijten. Leroy kijkt me wantrouwig aan want hij weet dat er stront aan de knikker is. Hij wist 't gisteren tijdens 't avondeten en hij rook 't toen-ie om vijf uur vanochtend thuiskwam.

'Wat vreet er aan je? Je hebt toch geen problemen op je werk, hè?' vraagt hij voor de derde keer.

'Er vreet niks aan me behalve vijf kinderen en een echtgenoot. Ik word knettergek van jullie.'

Ik wil niet dat hij weet dat ik een grote mond heb opgezet tegen de zoveelste blanke mevrouw en weer mijn baan kwijt ben. Bewaar me. Ik doe m'n paarse jasschort aan en sjok naar de keuken. Ik maak schoon alsof die keuken van mij nog nooit is schoongemaakt.

‘Mama, waar ga je naartoe?’ jengelt Kindra. ‘Ik heb honger.’

‘Ik ga naar Aibileen. Mama wil even bij iemand zijn die niet elke vijf minuten aan d’r trekt.’ Ik loop langs Sugar het trapje af. ‘Sugar, maak eens ontbijt voor Kindra.’

‘Ze heeft al gegeten. Een halfuurtje geleden.’

‘Nou, ze heeft weer honger.’

Ik loop de twee straten naar Aibileens huis, via Tick Road naar Farish Street. Het is zondig heet en de damp slaat al van ’t asfalt, en toch zijn er kinderen die met ballen gooien, tegen blikjes schoppen, touwtjespringen. ‘Hé hallo, Minny,’ zegt iemand zo ongeveer om de paar meter. Ik knik, maar ik knoop geen praatjes aan. Vandaag effe niet.

Ik snijd af door de tuin van Ida Peek. Aibileens keukendeur staat open. Aibileen zit aan tafel een boek te lezen dat miss Skeeter voor haar heeft gehaald uit de bibliotheek voor blanken. Ze tilt d’r hoofd op als ze de hordeur hoort piepen. Ik denk dat ze wel kan merken hoe boos ik ben.

‘Goeie genade, wie heeft jou wat gedaan?’

‘Celia Rae Foote, je weet wel.’ Ik ga tegenover haar zitten.

Aibileen staat op en schenkt koffie voor me in. ‘Vertel.’

Ik begin bij de flesjes die ik heb gevonden. Ik weet niet waarom ik het haar anderhalve week geleden niet heb verteld, toen ik ze net had ontdekt. Misschien wilde ik niet dat ze zoiets vreselijks van miss Celia zou weten. Ik voelde me schuldig omdat Aibileen me aan m’n baan heeft geholpen. Maar nu ben ik zo kwaad dat ik ’t er allemaal uitgooi.

‘En toen heeft ze me ontslagen.’

‘O hemel, Minny.’

‘Ze zei dat ze een andere hulp gaat zoeken. Maar wie gaat er nou voor haar werken? Een of ander piepjong ding dat daar in de rimboe woont weet echt niet dat je van links serveert en van rechts afruimt.’

‘Kun je niet zeggen dat ’t je spijt? Misschien moet je er gewoon maandagochtend naartoe gaan en...’

‘Ik ga geen sorry zeggen tegen een dronkenlap. Ik heb nooit sorry gezegd tegen m’n vader en ik ben echt niet van plan om voor haar door ’t stof te gaan. Ammehoela.’

We zijn allebei stil. Ik giet mijn koffie achterover, kijk naar een paardenvlieg die tegen de hordeur gonst, kopstoten geeft met z’n harde, lelijke kop, *pók, pók, pók*, totdat-ie op 't stoepje valt. Draait rond als een op hol geslagen draaimolen.

'Ik kan niet slapen, ik kan niet eten,' zeg ik.

'Volgens mijn is die Celia de ergste voor wie je óóit hebt gewerkt.'

'Ze zijn allemaal erg. Maar zij is de ergste van allemaal.'

'Zeg dat wel. Weet je nog die keer dat miss Walters je liet betalen voor 't kristallen glas dat je had gebroken? Tien dollar hield ze in op je loon. Weet je nog dat je erachter kwam dat die glazen bij Carter maar drie dollar waren?'

'Mm-hmm.'

'O, en herinner je je die gestoorde mister Charlie, die je altijd met "nikker" aansprak, alsof-ie dacht dat 't grappig was? En z'n vrouw, van wie je altijd buiten moest eten, zelfs in januari? Zelfs toen 't een keer sneeuwde?'

'Ik krijg 't al koud bij de herinnering.'

'En die...' Aibileen grinnikt, probeert tegelijkertijd te praten. 'En die miss Roberta? Dat je een keer aan de keukentafel moest gaan zitten terwijl zij d'r nieuwe haarverf op je uitprobeerde?' Ze veegt de tranen uit d'r ogen. 'Goeie genade, ik had nog nooit een zwarte vrouw met blauw haar gezien. Daarna trouwens ook nooit meer. Leroy zei dat je eruitzag als een ruimtemokkel.'

'Lach niet. 't Heeft drie weken geduurd en me vijfentwintig dollar gekost om m'n haar weer zwart te krijgen.'

Aibileen schudt d'r hoofd, slaakt een hoog 'huhhhm', neemt een slok koffie. 'Maar die miss Celia, zoals díe je behandelt? Hoeveel betaalt ze je eigenlijk voor dat geheimzinnige gedoe met mister Johnny en de kooklessen? Minder dan alle anderen, neem ik aan.'

'Je weet best dat ze me 't dubbele betaalt.'

'O ja, da's waar ook. Maar toch, met al die vriendinnen van d'r over de vloer, en dat jij dan altijd de rotzooi mag opruimen.'

Ik kijk haar alleen aan.

'En dan die tien kinderen van d'r.' Aibileen houdt een servet tegen d'r lippen, verbergt haar glimlach. 'Je zult wel gek worden van dat gekrijs de hele dag en de troep die ze maken in dat grote ouwe huis.'

'Ik denk dat ik begrijp wat je bedoelt, Aibileen.'

Ze glimlacht, geeft een klopje op m'n arm. ''t Spijt me, lieverd. Maar je bent m'n beste vriendin. En ik denk dat je je handen dicht mag knijpen. Ze neemt af en toe een slok om de dag door te komen, nou en? Ga maandag met haar praten.'

Ik voel 't kreukelen van m'n gezicht. 'Denk je dat ze me terugneemt? Na alles wat ik heb gezegd?'

'Ze krijgt nooit iemand anders. En dat weet ze.'

'Klopt. Ze is gek.' Ik zucht. 'Maar ze is niet stom.'

Ik ga naar huis. Ik vertel Leroy niet wat me dwarszit, maar ik loop er de hele dag en 't hele weekend aan te denken. Ik ben vaker ontslagen dan ik vingers heb. Ik bid dat ik maandag m'n werk terug kan krijgen.

18

Maandagochtend rij ik naar m'n werk en onderweg repeteer ik. *Ik weet dat ik een grote mond heb opgezet...* Ik ga de keuken binnen. *Ik weet dat ik m'n boekje te buiten ben gegaan...* Ik zet mijn tas op een stoel, *en... en...* Nu wordt 't pas echt moeilijk. *En 't spijt me.*

Ik zet me schrap als ik de voetstappen van miss Celia hoor. Wat staat me te wachten? Zal ze kwaad of kil zijn of me gewoon nog een keer ontslaan? Ik neem 't voortouw, dat weet ik wel.

'Goeiemorgen,' zegt ze. Miss Celia is nog in d'r nachtpon. Ze heeft zelfs d'r haar niet geborsteld, laat staan dat ze die troep op d'r gezicht heeft gesmeerd.

'Miss Celia, ik wil graag... even met u praten.'

Ze kreunt, drukt een hand tegen d'r buik.

'Voelt u zich niet goed?'

'Nee.' Ze legt een broodje en wat ham op een bordje, haalt de ham er dan weer af.

'Miss Celia, ik wil graag zeggen...'

Maar ze loopt pardoes de keuken uit terwijl ik aan 't praten ben en ik weet dat ik in de penarie zit.

Ik ga aan de slag en doe m'n werk. Misschien ben ik niet goed bij m'n hoofd dat ik doe alsof 't nog steeds mijn baantje is. Misschien betaalt ze me niet eens voor 't werk van vandaag. Na de lunch stem ik de teevee af op *As the World Turns* en ga ik strijken. Meestal komt miss Celia binnen en kijken we samen, maar vandaag niet. Als 't programma is afgelopen, ga ik naar de keuken om op d'r te wachten, maar miss Celia komt zelfs niet beneden voor d'r kookles. De slaapkamerdeur blijft dicht, en om twee uur weet ik echt niet meer wat ik nog kan doen, behalve hun slaapkamer. Ik voel vrees in m'n maag, zo zwaar als een braadpan. Ik wou dat ik vanochtend meteen m'n zegje had gedaan toen ik de kans had.

Ten slotte ga ik naar boven en ik kijk naar de dichte deur. Ik klop en er komt geen antwoord. Ik haal heel diep adem en waag 't erop.

Maar 't bed is leeg. Nu moet ik slag leveren met een dichte badkamerdeur.

'Ik ga hier aan 't werk,' roep ik. Geen antwoord, maar ik weet dat ze in de badkamer is. Ik kan d'r voelen achter die dichte deur. Ik zweet. Ik wil dat ellendige gesprek achter de rug hebben.

Ik loop door de kamer met m'n waszak, stop alle vuile kleren van 't weekend erin. De badkamerdeur blijft dicht en er klinkt geen enkel geluid. Ik weet dat het een zooi is in die badkamer. Met m'n oren gespitst haal ik 't bed af. De lichtgele peluw is 't lelijkste ding dat ik ooit heb gezien, samengeknoopt aan de uiteinden als een grote gele hotdog. Ik smijt dat ding op de matras, strijk de sprei glad.

Ik haal een lap over 't nachtkastje, leg de *Look*-tijdschriften aan haar kant, samen met 't bridgeboekje. Ik leg de boeken aan mister Johnny's kant op een stapeltje. Hij leest veel. Ik pak *To Kill a Mockingbird* en draai 't om. Wel heb je ooit. Een boek over zwarte mensen. Opeens vraag ik me eigen af of ik op een dag miss Skeeters boek op 't nachtkastje zal vinden. Alleen niet met mijn echte naam erin, dat staat vast.

Na een hele tijd hoor ik eindelijk een geluid, iets wat langs de deur strijkt. 'Miss Celia!' roep ik nog een keer. 'Ik ben hier bezig. Dat u 't weet.'

Maar verder niks.

't Gaat je niet aan wat er in die badkamer gebeurt, zeg ik tegen mezelf. Dan brul ik: 'Ik doe m'n werk hier en dan maak ik dat ik weg kom voordat mister Johnny thuiskomt met z'n pistool.' Ik hoop dat dit iets losmaakt. Maar nee.

'Miss Celia, er is nog wat vrouwenelixer in de keuken. Dat moet u misschien drinken, dan kan ik de badkamer doen.'

Als ik niks meer te doen heb, blijf ik staan en staar ik naar de deur. Ben ik ontslagen of wat? Als ik niet ontslagen ben, wat moet ik dan doen als ze zo dronken is dat ze me niet hoort? Mister Johnny heeft me gevraagd om voor haar te zorgen. Maar als ze stomdronken in bad zit, wat moet ik dan doen?

'Miss Celia, zeg effe iets, zodat ik weet dat u leeft.'

'Er is niets.'

Maar zo klinkt 't niet.

'Het is bijna drie uur.' Ik sta daar in die slaapkamer te wachten. 'Mister Johnny komt zo thuis.'

Ik moet weten wat er aan de hand is. Ik moet weten of ze uitgeteld is. En als ik niet ontslagen ben, moet ik de badkamer schoonmaken zodat mister Johnny niet denkt dat de geheime hulp de kantjes eraf loopt en me alsnog ontslaat.

'Kom, miss Celia, is 't blonderen soms niet goed gelukt? Ik heb u de vorige keer geholpen, weet u nog wel? We hebben er toch iets moois van weten te maken.'

De deurknop gaat omlaag. Langzaam zwaait de deur open. Miss Celia zit op de vloer, rechts van de deur. Haar knieën zijn opgetrokken onder d'r nachtpon.

Ik doe een stap dichterbij. Van opzij kan ik zien dat de huid van d'r gezicht de kleur heeft van wasverzachter, egaal, melkachtig blauw.

Ik kan ook 't bloed in de toiletpot zien. Veel bloed.

'Heeft u kramp, miss Celia?' fluister ik. Ik voel dat m'n neusgaten zich opensperren.

Miss Celia draait zich niet om. De zoom van d'r nachtpon is rood van 't bloed, alsof die in de wc heeft gehangen.

'Zal ik mister Johnny bellen?' zeg ik. Ik doe m'n best, maar ik blijf naar de wc kijken, naar al dat bloed. Want er ligt iets op de bodem van die rode vloeistof. Iets... dat níét vloeibaar is.

'Néé,' zegt miss Celia, starend naar de muur. 'Haal m'n... adresboekje.'

Ik ren naar de keuken, gris het boekje van tafel, ren terug. Maar als ik 't wil geven, duwt ze m'n hand weg.

'Jij moet bellen. Alsjeblieft,' zegt ze. 'Bij de T, dokter Tate. Ik kan het niet.'

Ik blader in 't dunne boekje. Ik weet wie dokter Tate is. Hij is de dokter van de meeste blanke mevrouwen waar ik voor heb gewerkt. Elaine Fairley krijgt elke dinsdag zijn 'speciale behandeling' als z'n eigen vrouw bij de kapper zit. Taft... Taggert... Tann. Godzijdank.

M'n vingers trillen in de draaischijf. Een blanke vrouw neemt op. 'Voor Celia Foote op Highway Twenty-Two in Madison County,' leg ik zo goed mogelijk uit zonder over m'n nek te gaan. 'Ja mevrouw, heel veel bloed... Weet hij het te vinden?' Ze zegt ja, natuurlijk, en hangt op.

'Komt hij?' vraagt Celia.

'Hij komt,' beaam ik. Weer komt er een golf van misselijkheid opzetten. 't Zal heel lang duren voordat ik die plee weer schoon kan maken zonder te kokhalzen.

'Wilt u cola? Ik haal een flesje cola.'

In de keuken haal ik 'n flesje Coca-cola uit de koelkast. Ik ga terug, zet 't neer en ga weer achteruit. Zo ver mogelijk bij de met rood gevulde pot vandaan zonder miss Celia alleen te laten.

'Misschien kunt u beter in bed gaan liggen, miss Celia. Denkt u dat u kunt opstaan?'

Miss Celia buigt zich voorover, probeert zichzelf omhoog te duwen. Ik kom naar haar toe om te helpen en zie dat het bloed door de achterkant van haar nachtjapon heen is gelekt, op de blauwe tegels en in de voegen. 't Lijkt wel rode lijm. 't Zal niet meevallen om de vlekken eruit te krijgen.

Net als ik 'r overeind heb gehesen, glijdt miss Celia uit in 't bloed; ze grijpt de rand van de toiletpot beet om te voorkomen dat ze valt. 'Laat me... Ik wil hier blijven.'

'Goed dan.' Ik loop achteruit naar de slaapkamer. 'Dokter Tate komt zo. Ze zouden hem thuis bellen.'

'Kom je bij me zitten, Minny? Alsjeblieft.'

Maar er komt een warme, weeïge lucht uit die pot. Ik aarzel en dub, ga uiteindelijk zitten, m'n ene bil in de badkamer, de andere in de kamer. En op ooghoogte kan ik 't pas goed ruiken. 't Ruikt naar vlees, naar een hamburger die ligt te ontdooien op het aanrecht. Als ik dat heb bedacht, voel ik paniek opkomen.

'Kom nou uit die badkamer, miss Celia. U heeft frisse lucht nodig.'

'Er mag geen bloed op... op het kleed komen, dan ziet Johnny het.' De aderen in miss Celia's armen lijken wel zwart onder d'r huid. Haar gezicht wordt steeds witter.

'U ziet er niet goed uit. Neem een slokje cola.'

Ze neemt een slokje, zegt: 'O Minny.'

'Hoe lang bloedt u al?'

'Sinds vanochtend,' zegt ze en ze begint te huilen in haar gebogen arm.

'Rustig maar, het komt heus wel goed,' zeg ik en ik klink heel geruststellend, heel overtuigend, maar intussen bonkt m'n hart. Dokter Tate komt om miss Celia te helpen, dat weet ik wel, maar hoe moet het met dat ding in de wc? Wat moet ik ermee doen, het doortrekken? Stel nou dat 't blijft steken in de afvoer? Ik moet 't eruit vissen. O God, hoe krijg ik mezelf zo ver?

'Er is zo veel bloed,' zegt ze, tegen me aan geleund. 'Waarom is er deze keer zo veel bloed?'

Ik til m'n kin op en gluur heel even in de pot. Maar ik moet meteen weer wegkijken.

'Johnny mag het niet zien. O God, wanneer... hoe laat is het?'

'Vijf voor drie. Er is nog tijd.'

'Wat gaan we ermee doen?' vraagt miss Celia.

We. God vergeef me, maar ik wou dat er geen 'we' bij kwam kijken.

Ik doe m'n ogen dicht, zeg: 'U of ik moet 't eruit halen.'

Miss Celia kijkt me aan met haar roodomrande ogen. 'En waar laten we het dan?'

Ik kan haar niet aankijken. 'Ik denk in de ch... vuilnisbak.'

'Doe het alsjeblieft nu meteen.' Miss Celia begraaft haar hoofd tussen haar knieën alsof ze zich schaamt.

Er is nu zelfs geen 'we' meer. Nu is het: wil jíj het doen. Wil jíj mijn dode baby uit de wc vissen?

Alsof ik kan kiezen.

Ik hoor dat er gekerm uit me opwelt. De tegelvloer voelt keihard onder m'n bil. Ik ga verzitten, kreun, probeer na te denken. Ik heb wel ergere dingen gedaan, ja toch? Ik kan zo gauw niks bedenken, maar er moet iets zijn.

'Alsjeblieft,' zegt miss Celia. 'Ik... ik kan er niet meer naar kijken.'

'Goed dan.' Ik knik, alsof ik weet wat ik doe. 'Laat 't maar aan mij over.'

Ik ga staan, probeer praktisch te zijn. Ik weet wat ik ermee zal doen – in 't witte afvalbakje naast het toilet. En dan gooi ik alles in z'n geheel weg. Maar wat gebruik ik om 't eruit te halen? M'n hand?

Ik bijt op m'n lip, probeer kalm te blijven. Misschien moet ik gewoon nog effe wachten. Misschien... misschien wil de dokter het straks wel meenemen! Voor onderzoek. Als ik miss Celia kan afleiden, misschien hoef ik er dan niets aan te doen.

'We wachten nog effe,' zeg ik op geruststellende toon. 'Hoe ver was u, denkt u?' Ik schuifel behoedzaam naar de wc, durf niet op te houden met praten.

'Vijf maanden? Ik weet het niet.' Miss Celia bedekt haar gezicht met een washandje. 'Ik stond onder de douche, en ik voelde het trekken, het deed pijn. Dus toen ben ik op de wc gaan zitten en het gleed eruit. Alsof het uit me weg wilde.' Ze begint weer te snikken, haar schouders schokken.

Voorzichtig doe ik het deksel van de wc dicht en ik ga weer op de vloer zitten.

'Alsof het liever dood wilde zijn dan nog een seconde langer in mij te blijven zitten.'

'Hoor 's, het is gewoon Gods wil. Als er daar vanbinnen iets niet goed is, dan moet de natuur er iets aan doen. De tweede keer gaat 't vast goed.' Maar dan denk ik aan de flesjes en voel ik een rimpeling van boosheid.

'Dit was... de tweede keer.'

'O lieve Heer.'

'We zijn getrouwd omdat ik zwanger was,' zegt miss Celia, 'maar toen gleed het er ook uit.'

Ik kan me geen seconde langer inhouden. 'Waarom drinkt u dan, verdorie? U weet toch wel dat een kind niet blijft zitten als u een halve liter whisky per dag drinkt.'

'Whisky?'

O, doe me een lol. Ik kan zelfs niet naar d'r kijken met d'r schijnheilige kop. Het ruikt tenminste niet meer zo sterk met 't deksel dicht. Wanneer komt die idioot van een dokter nou 's?

'Jij dacht dat het...' Ze schudt haar hoofd. 'Het is een tonicum om zwanger te worden.' Ze doet d'r ogen zicht. 'Van een Choctaw in Feliciana Parish...'

'Choctaw?' Ik knipper met m'n ogen. Ze is nog stommer dan ik dacht. 'Indianen zijn niet te vertrouwen. Weet u dan niet dat we hun maïs hebben vergiftigd? Stel nou dat ze u proberen te vergiftigen?'

'Dokter Tate zei dat het gewoon melassestroop met water is,' snikt ze in d'r handdoek. 'Maar ik moest het proberen. Het móést.'

Asjemenou. Ik ben zelf verbaasd dat m'n hele lichaam ontspant. Wat een opluchting. 'Neem toch de tijd, miss Celia, daar is niks mis mee. Geloof me, ik heb vijf kinderen.'

'Maar Johnny wil zo graag kinderen. O Minny.' Ze schudt d'r hoofd. 'Wat gaat hij met me doen?'

'Hij komt er heus wel overheen. Hij gaat die baby's vergeten, want daar zijn mannen goed in. En dan gaat-ie hopen op de volgende.'

'Hij wist het niet van deze. Ook niet van de vorige.'

'En u zei dat-ie daarom met u is getrouwd.'

'De eerste keer wist hij het.' Miss Celia slaakt een diepe zucht. 'Dit is eigenlijk de... vierde.'

Ze houdt op met huilen en ik weet echt niet meer wat ik moet zeggen. Op dat moment zijn we gewoon twee mensen die zich afvragen waarom de dingen zijn zoals ze zijn.

'Ik dacht steeds,' fluistert ze, 'dat als ik het nou maar heel rustig aan deed, als ik iemand aannam voor het huishouden en het koken, dat deze dan misschien zou blijven zitten.' Ze huilt in de handdoek. 'Ik wilde dat de baby sprekend op Johnny zou lijken.'

'Mister Johnny is een knappe kerel. Hij heeft mooi haar...'

Miss Celia laat de handdoek zakken en kijkt me aan.

Ik wapper met mijn hand, besef wat ik heb gedaan. 'Ik moet echt effe een frisse neus halen. Het is hier veel te benauwd.'

'Hoe weet jij...'

Ik kijk om me heen, probeer een leugentje te verzinnen, maar uiteindelijk zucht ik alleen. 'Hij weet 't. Op een dag kwam-ie thuis toen ik er was.'

'Wát?'

'Ja mevrouw. Hij wou niet dat ik 't u zou vertellen, zodat u kon blijven denken dat-ie trots op u was. Hij houdt zo veel van u, miss Celia. Ik heb aan z'n gezicht gezien hoeveel.'

'Maar... hoe lang weet hij het al?'

'Een paar eh... maanden.'

'Maanden? Was hij... was hij boos dat ik heb gelogen?'

'Hemel, nee. Hij belde me zelfs een paar weken geleden thuis op om te vragen of ik echt geen plannen had om weg te gaan. Hij zei dat-ie bang was om te verhongeren als ik wegging.'

'O Minny,' roept ze. 'Het spijt me. Het spijt me echt heel erg.'

'Ik heb wel ergere dingen meegemaakt.' Ik denk aan de blauwe haarverf. M'n lunch eten in de vrieskou. En dit moment. Er ligt nog steeds een baby in de wc waar iemand iets aan moet doen.

'Ik weet me geen raad, Minny.'

'Als dokter Tate zegt dat u 't moet blijven proberen, dan doet u dat.'

'Hij gaat tegen me tekeer. Zegt dat ik mijn tijd in bed verdoe.' Ze schudt haar hoofd. 'Het is zo'n nare, gemene man.'

Ze drukt de handdoek stevig tegen haar ogen. 'Ik kan het niet nog een keer.' En hoe harder ze huilt, hoe bleker ze wordt.

Ik probeer haar nog een paar slokjes cola te voeren maar ze wil niet. Ze kan niet eens d'r hand optillen om 't flesje weg te duwen.

'Ik ben misselijk... ik moet...'

Snel pak ik 't afvalbakje en ik kijk toe terwijl miss Celia erboven overgeeft. En dan voel ik nattigheid op m'n billen en ik kijk omlaag. Het bloed stroomt nu zo snel uit d'r dat 't helemaal naar mij toe is gelopen. Elke keer dat ze kokhalst, gutst 't bloed uit haar. Ik weet dat ze meer bloed verliest dan een mens aankan.

'Ga zitten, miss Celia! Haal nou effe diep adem,' zeg ik, maar ze hangt slap tegen me aan.

'Uh-uh, niet gaan liggen. Kom op.' Ik duw haar overeind maar ze is zo slap als een vaatdoek en ik voel dat ik tranen in m'n ogen krijg omdat die vervloekte dokter er allang had moeten zijn. Hij had een ambulance moeten sturen. In de vijfentwintig jaar dat ik nu huizen schoonmaak heeft niemand me ooit verteld wat je moet doen als je blanke mevrouw dood neervalt, boven op jou.

'Kom op, miss Celia!' krijs ik, maar ze hangt als een slappe witte massa tegen me aan en ik kan niks anders doen als blijven zitten en trillen en afwachten.

't Duurt eindeloos lang voordat de bel gaat. Ik leg miss Celia's hoofd op een handdoek, doe m'n schoenen uit om niet overal in huis bloed te verspreiden en ren naar de deur.

'Ze is flauwgevallen!' zeg ik tegen de dokter, en de zuster loopt langs me heen naar de trap alsof ze vaker in dit huis is geweest. Ze pakt reukzout en houdt 't onder miss Celia's neus en miss Celia's hoofd komt met een ruk overeind. Ze slaakt een kreetje en doet d'r ogen open.

De zuster helpt me om de bloederige nachtpon uit te trekken. D'r ogen zijn open maar ze kan nauwelijks op d'r benen staan. Ik leg ouwe handdoeken op 't bed en we leggen haar neer. Ik ga naar de keuken, waar dokter Tate z'n handen staat te wassen.

'Ze ligt in de slaapkamer,' zeg ik. *Niet in de keuken, griezel.* Hij is in de vijftig, dokter Tate, en wel een halve meter groter dan ik. Z'n huid is écht wit en hij heeft een lang, smal gezicht waar nooit gevoel op te lezen is. Eindelijk gaat-ie naar boven.

Vlak voordat-ie de deur opendoet, raak ik z'n arm aan. 'Ze wil niet dat d'r man 't weet. Hij hoeft 't toch niet te weten?'

Hij kijkt me aan alsof ik een domme nikker ben en zegt: 'Denk je niet dat het hém aangaat en niet jou?' Hij gaat naar binnen en doet de deur in m'n gezicht dicht.

Ik ga naar de keuken en loop heen en weer. Er gaat een halfuur voorbij, dan een uur, en ik ben zo bang dat mister Johnny thuiskomt en ontdekt wat er is gebeurd, zo bang dat dokter Tate hem zal bellen, zo bang dat ze die baby in de pot laten liggen en ik er alsnog iets mee moet doen, zo bang dat m'n hoofd ervan bonkt. Eindelijk hoor ik boven de deur opengaan.

'Hoe is 't met haar?'

'Ze is hysterisch. Ik heb haar een kalmerend pilletje gegeven.'

De zuster loopt langs ons heen naar de achterdeur met een wit blik in d'r handen. Ik adem uit, voor m'n gevoel voor 't eerst in uren.

'Hou haar morgen goed in de gaten,' zegt hij en hij geeft me een wit papieren zakje. 'Geef haar nog een pil als ze zich te erg opwindt. Ze zal nog wel even blijven bloeden. Maar bel me niet, tenzij het veel is.'

'U gaat 't toch niet aan mister Johnny vertellen, dokter?'

Hij sist vals. 'Zorg dat ze vrijdag bij me komt voor haar afspraak. Ik rij niet nog een keer helemaal hierheen alleen maar omdat zij te lui is om naar mij toe te komen.' Hij walst naar buiten en slaat de deur achter zich dicht.

Het is vijf uur op de keukenklok. Mister Johnny komt over een halfuur thuis. Ik pak de Glorix en een dweil en een emmer.

MISS SKEETER

19

Het is 1963. De *Space Age* noemen ze het. Een man is om de aarde gecirkeld in een ruimteschip. Ze hebben een pil uitgevonden zodat getrouwde vrouwen niet zwanger hoeven te worden. Een blikje bier gaat met één vinger open in plaats van met een blikopener. Toch is het in het huis van mijn ouders nog net zo warm als in 1899, het jaar dat grootvader het bouwde.

'Mama, alstublieft,' smeek ik, 'wanneer nemen we airconditioning?'

'We hebben het tot nu toe zonder elektrische koelte overleefd. Ik ben niet van plan om zo'n lelijk gevaarte in het raam te laten zetten.'

Vandaar dat ik in de loop van de julimaand van mijn zolder verhuis naar een stretcher op de met gaas afgeschermde veranda. Toen we klein waren, sliep Constantine hier met Carlton en mij in de zomer, als mama en papa naar bruiloften buiten de stad waren. Constantine sliep in een ouderwetse witte nachtjapon, hooggesloten en lang tot haar enkels, zelfs al was het zo heet als in de Hades. Ze zong altijd slaapliedjes voor ons. Ze had een prachtige stem. Ik vond het onvoorstelbaar dat ze nooit zangles had gehad. Moeder had altijd tegen me gezegd dat niemand iets kon leren zonder goede lessen. Het is zo onwerkelijk dat ze hier was, hier op deze veranda, en dat ze er nu niet meer is. Niemand wil me iets vertellen. Ik vraag me af of ik haar ooit terug zal zien.

Naast de stretcher staat mijn schrijfmachine, op een geroeste, emaillen wastafel, met de rode schooltas eronder. Ik pak een zakdoek van mijn vader en veeg mijn voorhoofd af, druk gezouten ijs tegen mijn polsen. Buiten op de veranda stijgt het kwik in de thermometer van de Avery Lumber Company van tweeëndertig naar vijfendertig graden en door naar een mooie ronde veertig.

Ik staar naar mijn schrijfmachine met niets te doen, niets om te schrijven. Minny's verhalen zijn af en uitgetikt. Ik heb een rotgevoel. Twee weken geleden vertelde Aibileen me dat Yule May, Hilly's hulp, ons misschien wil helpen, dat ze elke keer dat Aibileen met haar praat meer belangstelling krijgt. Maar na de moord op Medgar Evers worden zwarte mensen gearresteerd en in elkaar geslagen, dus ik weet zeker dat ze doodsbang is.

Misschien moet ik naar Hilly gaan en het haar zelf vragen. Maar nee, Aibileen heeft gelijk, ik zou haar waarschijnlijk nog veel banger maken en dan zitten we met de gebakken peren.

Onder het huis liggen de honden te gapen en te kreunen in de hitte. Eentje laat een halfslachtig woefje horen als er een truck aankomt met papa's landarbeiders, vijf negers. De mannen springen uit de laadbak; stof wolkt op als ze de grond raken. Ze blijven even staan, versuft, verdwaasd. De voorman haalt een rode zakdoek over zijn zwarte voorhoofd, zijn mond, zijn nek. Het is zo meedogenloos heet, ik snap echt niet dat ze het uithouden om te bakken in die zon.

In een zeldzaam briesje wapperen de bladzijden van het tijdschrift *Life*. Audrey Hepburn glimlacht op de cover, zonder zweetparels op haar bovenlip. Ik pak het en sla de gekreukelde bladzijden om naar het verhaal over het ruimtemeisje van de Sovjets. Ik weet al wat er op de bladzijde erna komt. Achter haar gezicht staat een foto van Carl Roberts, een zwarte onderwijzer uit Pelahatchie, zestig kilometer van hier. 'In april vertelde Carl Roberts verslaggevers uit Washington wat het betekent om een zwarte man in Mississippi te zijn, en hij noemde de gouverneur een "zielige figuur met de moraal van een straathoer". Roberts werd gebrandmerkt aangetroffen, opgehangen aan een notenboom.'

Carl Roberts is vermoord omdat hij zijn mening heeft gegeven, omdat hij heeft gepráát. Ik denk aan mezelf, drie maanden geleden, hoe makkelijk ik toen dacht dat het zou zijn om een tiental hulpen te vinden die met me wilden praten. Alsof ze al die tijd hebben zitten wachten om hun verhaal kwijt te kunnen aan een blanke vrouw. Wat ben ik blind geweest.

Als ik de hitte écht niet meer verdraag zoek ik mijn toevlucht tot de enige koele plek op Longleaf. Ik start de motor en draai het raampje dicht, trek mijn jurk omhoog tot aan mijn ondergoed en laat de blower op volle kracht razen. Ik leun achterover met mijn hoofd, en de wereld zakt weg, doortrokken van de geur van luchtverfrisser en Cadillac-leer. Ik hoor een auto aankomen over de oprit maar ik doe mijn ogen niet open. Een seconde later gaat mijn portier open.

'Wat is het hier lekker koel.'

Ik trek mijn jurk omlaag. 'Wat doe jij hier?'

Stuart doet het portier dicht, kust me snel op mijn lippen. 'Ik heb maar heel even. Ik moet naar de kust voor een bespreking.'

'Hoe lang?'

'Drie dagen. Ik moet iemand van de Raad voor Olie en Gas te spreken zien te krijgen. Ik wilde dat ik het eerder had geweten.'

Hij neemt mijn hand in de zijne en ik glimlach. We zijn de afgelopen twee maanden elke week twee keer uit geweest, als je die eerste rampdate niet meetelt. Andere meisjes vinden dat waarschijnlijk kort. Maar dit is de langste relatie die ik ooit heb meegemaakt en ze voelt als de beste.

'Ga je mee?' zegt hij.

'Naar Biloxi? Nu?'

'Ja, nu.' Hij legt zijn koele handpalm op mijn been. Zoals altijd schrik er een beetje van. Ik kijk omlaag naar zijn hand, dan omhoog om te zien of moeder ons niet bespioneert.

'Kom op, het is hier zo verrekte warm. Ik logeer in het Edgewater, pal aan het strand.'

Ik lach en dat voelt goed na al het tobben van de afgelopen weken. 'Je bedoelt, in het Edgewater... samen? In dezelfde kamer?'

Hij knikt. 'Kun je een paar dagen weg?'

Elizabeth zou ontzet zijn bij de gedachte om voordat ze getrouwd was op dezelfde kamer te slapen met een man, Hilly zou tegen me zeggen dat het stom van me is om er alleen al over na te denken. Zij hielden aan hun maagdelijkheid vast met de felheid van kinderen die hun speelgoed niet willen delen. En toch denk ik erover na.

Stuart schuift dichter naar me toe. Hij ruikt naar dennenbomen en brandende tabak en zeep die moeder ongetwijfeld veel te duur zou vinden. 'Moeder zou in alle staten zijn, Stuart, en bovendien heb ik het druk met andere dingen...' Maar hemel, wat ruikt hij lekker. Hij kijkt me aan alsof hij me op wil vreten en ik huiver in de luchtstroom uit het dashboard.

'Weet je het zeker?' fluistert hij en dan kust hij me op mijn mond, niet meer zo beleefd als daarnet. Zijn hand ligt nog hoog op mijn dij. Voor de zoveelste keer vraag ik me af of hij ook zo was met zijn verloofde, Patricia. Ik weet zelfs niet of ze met elkaar naar bed zijn geweest. Ik word al ziek bij de gedachte en maak me van hem los.

'Ik... ik kan niet met je mee,' zeg ik. 'Je weet dat ik moeder een smoes zou moeten vertellen...'

Hij slaakt een diepe, spijtige zucht en ik geniet van de uitdrukking op zijn gezicht, de teleurstelling. Nu begrijp ik waarom meisjes nee zeggen, alleen al vanwege die lieve blik van spijt. 'Je moet niet tegen haar liegen,' zegt hij. 'Je weet dat ik een hekel heb aan liegen.'

'Bel je me uit het hotel?' vraag ik.

'Ik bel je,' belooft hij. 'Het spijt me dat ik zo plotseling weg moet. O, en dat vergeet ik bijna, zaterdag over drie weken. Mijn ouders willen jullie uitnodigen om te komen eten.'

Ik recht mijn rug. Ik heb zijn ouders nog nooit ontmoet. 'Wat bedoel je met "jullie"?'

'Jij en je ouders. Bij ons, om mijn ouders te leren kennen.'

'Maar... waarom ons allemaal?'

Hij haalt zijn schouders op. 'Mijn ouders willen de jouwe ontmoeten. En ik wil dat zij jou ontmoeten.'

'Maar...'

'Het spijt me, liefje,' zegt hij en hij strijkt mijn haar achter mijn oor, 'ik moet echt weg. Zal ik je morgenavond bellen?'

Ik knik. Hij stapt uit in de hitte en rijdt weg, zwaait naar papa die aan komt lopen over het stoffige laantje.

Ik blijf achter in de Cadillac met mijn zorgen. Dineren in het huis van de senator. Met moeder die duizend vragen stelt. Die plaatsvervangend wanhopig is. Die mijn spaarrekening ter sprake gaat brengen.

Drie martelende, bloedhete avonden later, nog steeds zonder bericht van Yule May of andere hulpen, komt Stuart langs, rechtstreeks van zijn bijeenkomst aan de kust. Ik ben het spuugzat om alleen maar nieuwsbrieven en Miss Myrna te tikken. Ik ren het trapje af en hij omhelst me alsof we elkaar weken niet hebben gezien.

Stuart is bruinverbrand onder zijn witte overhemd; de achterkant is gekreukeld van het rijden, de mouwen zijn opgerold. Hij grijnst onafgebroken, bijna duivels. We zitten allebei kaarsrecht in een stoel in de zitkamer en staren elkaar aan. We wachten tot moeder naar bed gaat. Papa is met de kippen op stok gegaan.

Stuarts ogen hangen aan de mijne terwijl moeder doorzaagt over het weer, en dat Carlton eindelijk 'de ware' heeft gevonden.

'We verheugen ons erop om bij je ouders te komen eten, Stuart. Geef het alsjeblieft door aan je moeder.'

'Ja mevrouw, dat zal ik doen.'

Hij glimlacht weer naar mij. Er zijn zoveel dingen aan hem die ik leuk vind. Hij kijkt me recht in de ogen als we praten. Zijn handpalmen zijn eeltig, maar zijn nagels zijn schoon en netjes geknipt. Ik geniet van het ruwe gevoel in mijn nek. En ik zou liegen als ik niet toegaf dat het fijn is om iemand te hebben met wie ik naar bruiloften en partijen kan gaan. Om niet langer die blik van Raleigh Leefolt te krijgen als hij ziet dat ze mij weer eens op sleeptouw hebben. De sikkeneurige dofheid als hij twee jassen moet dragen, die van Elizabeth en een van mij, en als hij ook voor mij een drankje moet halen.

Thuis gaat het ook heel anders als Stuart er is. Zodra hij binnenkomt, ben ik beschermd, vrijgesteld. Moeder heeft geen kritiek op mij als hij erbij is, uit angst dat hij mijn tekortkomingen zelf zal gaan zien. Ze vit niet op me waar hij bij is omdat ze weet dat ik slecht zal reageren, zal gaan jengelen. Mijn kansen zal beperken. Voor moeder is het één groot spel, om mij alleen van mijn beste kant te laten zien, om mijn ware ik verborgen te houden totdat het 'te laat' is.

Eindelijk, om halftien, strijkt moeder haar rok glad, vouwt ze haar deken op, langzaam en precies, alsof het een gekoesterde brief is. 'Nou, ik ga maar eens naar bed. Ik laat jullie alleen. Eugenia?' Ze kijkt me aan. 'Maak je het niet te laat?'

Ik glimlach liefjes. Ik ben verdorie drieëntwintig. 'Natuurlijk niet, moeder.'

Ze gaat weg en wij zitten daar maar, starend, glimlachend.

Wachtend.

Moeder scharrelt rond in de keuken, doet een raam dicht, draait de kraan open. Er verstrijken een paar seconden en dan horen we het klikklak van haar slaapkamerdeur die dichtgaat. Stuart gaat staan en zegt:

'Kom hier,' en hij is met één grote stap aan mijn kant van de kamer en trekt mijn handen naar zijn heupen en zoent me alsof ik de whisky ben waar hij al de hele dag naar verlangt en ik heb meisjes horen zeggen dat het voelt als smelten. Maar voor mij voelt het meer als opstijgen, nog groter worden en over een heg het uitzicht zien, kleuren die je nooit eerder hebt gezien.

Ik moet mezelf losmaken. Ik heb dingen te zeggen. 'Kom eens bij me zitten.'

We zitten naast elkaar op de bank. Hij probeert me nog een keer te kussen, maar ik houd mijn hoofd naar achteren. Ik probeer niet te zien dat zijn ogen door zijn gebruinde huid nog blauwer lijken. Of dat de haartjes op zijn armen goudkleurig zijn, gebleekt door de zon.

'Stuart...' Ik slik, bereid me erop voor om de gevreesde vraag te stellen. 'Toen je verloofd was, waren je ouders toen teleurgesteld? Toen dat gebeurde met Patricia... wat het dan ook was?'

Onmiddellijk verstijft zijn mond. Hij kijkt me aan. 'Mijn moeder was teleurgesteld. Ze konden het goed met elkaar vinden.'

Ik heb nu al spijt dat ik het ter sprake heb gebracht, maar ik moet het weten. 'Hoe goed?'

Hij kijkt om zich heen. 'Heb je iets in huis? Bourbon?'

Ik ga naar de keuken en schenk hem een glas in uit de fles die Pascagoula bij het koken gebruikt, doe er een flinke scheut water bij. Stuart heeft meteen de eerste keer dat hij zomaar voor mijn neus stond duidelijk gemaakt dat zijn verloofde een fout onderwerp is. Maar ik moet weten wat er precies is gebeurd. Niet alleen omdat ik nieuwsgierig ben. Ik heb nooit eerder een relatie gehad. Ik moet weten wat ertoe leidt om definitief met iemand te breken. Ik moet weten hoeveel regels je kunt overtreden voordat je eruit wordt geknikkerd, en wat die regels dan eigenlijk zijn.

'Ze waren dus goede vriendinnen?' vraag ik. Over twee weken ontmoet ik zijn moeder. Moeder heeft al besloten dat we morgen gaan winkelen.

Hij neemt een lange teug, fronst zijn wenkbrauwen. 'Als ze elkaar zagen, wisselden ze aantekeningen over bloemstukjes uit en wie er met wie ging trouwen.' Van zijn ondeugende glimlach is nu niets meer over. 'Mijn moeder was behoorlijk van streek. Toen het... misging.'

'Dus... zij gaat me met Patricia vergelijken?'

Stuart knippert naar me. 'Waarschijnlijk wel.'

'Leuk. Ik verheug me er nu al op.'

'Mijn moeder wil... wil me gewoon beschermen, dat is alles. Ze is bang dat ik nog een keer zoiets naars meemaak.' Hij kijkt weg.

'Waar is Patricia nu? Woont ze hier nog of...'

'Nee. Ze is weg. Naar Californië verhuisd. Kunnen we het nu over iets anders hebben?'

Ik zucht, laat me achterovervallen tegen de rugleuning van de bank. 'Weten je ouders wat er is gebeurd? Dat mag ik toch wel vragen?' Ik voel een steek van boosheid omdat hij me zoiets belangrijks niet wil vertellen.

'Skeeter, ik heb het al eerder gezegd, ik vind het vervelend om...' Maar dan knarst hij met zijn tanden, laat hij zijn stem dalen. 'Mijn vader weet alleen een deel. Mijn moeder kent het hele verhaal, net als Patricia's ouders. En *zíj* natuurlijk.' Hij giet de rest van zijn glas achterover. 'Zij weet verdomd goed wat ze heeft gedaan.'

'Stuart, ik wil het alleen weten om te voorkomen dat ik hetzelfde doe.'

Hij kijkt me aan en probeert te lachen maar het klinkt meer als grommen. 'Jij zou nooit en te nimmer doen wat zij heeft gedaan.'

'Wat? Wat heeft ze gedaan?'

'Skeeter.' Hij zucht en zet zijn glas neer. 'Ik ben moe. Ik kan beter naar huis gaan.'

De volgende ochtend loop ik de bloedhete keuken binnen. Ik zie als een berg tegen de dag op. Moeder is zich op haar kamer aan het optutten voor ons dagje stadten; ze wil voor ons allebei nieuwe kleren kopen voor het etentje bij de Whitworths. Ik draag een spijkerbroek en een blouse die ik niet heb ingestopt.

'Goeiemorgen, Pascagoula.'

'Môgge, miss Skeeter. Wilt u hetzelfde ontbijt als anders?'

'Graag,' zeg ik.

Pascagoula is klein en snel. Ik heb haar vorig jaar juni verteld dat ik mijn koffie zwart drink en maar een heel klein beetje boter op mijn toast wil, en ze heeft het nooit meer hoeven vragen. In dat opzicht is ze net als Constantine, ze vergeet nooit dingen voor ons. Ik vraag me af van hoeveel blanke vrouwen ze nog steeds weet wat ze voor hun ontbijt willen. Hoe zou het voelen om je leven lang te onthouden hoe andere mensen ontbijten en hoeveel stijfsel ze in de was willen en hoe vaak je hun bedden moet verschonen?

Ze zet koffie voor me neer. Ze geeft me de kop niet aan. Aibileen heeft me verteld dat ze het zo hebben geleerd, want anders kunnen je handen elkaar raken. Ik kan me niet herinneren hoe Constantine het deed.

'Dank je,' zeg ik. 'Dank je wel.'

Ze knippert, glimlacht flauwtjes naar me. 'Eh... niets te danken.' Ik besef dat dit de eerste keer was dat ik haar oprecht heb bedankt. Zo te zien voelt ze zich opgelaten.

'Skeeter, ben je klaar?' hoor ik moeder roepen uit haar kamer. Ik roep terug dat ik klaar ben. Ik eet mijn toast en hoop dat we ons uitstapje snel achter de rug zullen hebben. Ik ben er tien jaar te oud voor, een moeder die kleren voor me kiest. Ik kijk opzij en zie dat Pascagoula naar mij kijkt van achter het aanrecht. Ze draait zich om als ze ziet dat ik naar haar kijk.

Ik blader in de *Jackson Journal* die op tafel ligt. Mijn volgende Miss Myrna-column verschijnt volgende week maandag pas, en daarin zal ik het mysterie van vlekken door hard water oplossen. Op de pagina binnenlands nieuws staat een artikel over een nieuwe pil, 'Valium' noemen ze het, 'om vrouwen te helpen omgaan met de alledaagse uitdagingen'. Hemel, ik zou op dit moment wel tien van die pilletjes kunnen gebruiken.

Ik til mijn hoofd op en zie dat Pascagoula pal naast me staat.

'Ben je... heb je iets nodig, Pascagoula?' vraag ik.

'Ik moet u iets vertellen, miss Skeeter. Iets over dat...'

'Je kunt niet in een spijkerbroek naar Kennington's,' zegt moeder vanuit de deuropening. Als mist verdwijnt Pascagoula van mijn zijde. Ze staat weer bij de gootsteen, bevestigt de rubberslang van de vaatwasmachine aan de kraan.

'Ga naar boven en trek iets fatsoenlijks aan.'

'Moeder, dit heb ik aan. Wat heeft het voor zin om je netjes aan te kleden om nieuwe kleren te gaan kopen?'

'Eugenia, maak het alsjeblieft niet moeilijker dan het al is.'

Moeder gaat terug naar haar slaapkamer, maar ik weet dat ze het er heus niet bij laat zitten. Het *woesh* van de vaatwasmachine vult de keuken. De vloer trilt onder mijn blote voeten en het gerommel maakt meer geluid dan een gesprek. Ik kijk naar Pascagoula.

'Wilde je me iets vertellen, Pascagoula?' vraag ik.

Ze kijkt naar de deur. Ze is klein en tenger, zowat half mijn lengte. Haar houding is zo timide dat ik mijn hoofd buig als ik met haar praat. Ze komt iets dichterbij.

'Yule May is m'n nícht,' zegt Pascagoula boven het gebrom van de machine uit. Ze fluistert, maar haar houding is volstrekt niet timide meer.

'Dat... wist ik niet.'

'We zijn naaste familie en ze komt elke twee weken in het weekend bij me langs. Ze heeft me verteld wat u aan 't doen bent.' Ze knijpt haar ogen tot spleetjes en ik denk dat ze gaat zeggen dat ik haar nicht met rust moet laten.

'Ik... We veranderen de namen. Dat heeft ze je toch wel verteld? Ik wil niet dat iemand problemen krijgt.'

'Ze heeft zaterdag gezegd dat ze u wil helpen. Ze had Aibileen gebeld maar kreeg haar niet te pakken. Ik had 't u wel eerder willen vertellen, maar...' Weer kijkt ze naar de deur.

Ik sta paf. 'Echt waar? Wil ze hélpen?' Ik ga staan. Ik weet dat het stom van me is, maar ik vraag het toch. 'Pascagoula, wil jij... wil jij ook helpen met de verhalen?'

Ze kijkt me lang en strak aan. 'Dat ik u moet gaan vertellen hoe 't is om voor... uw mama te werken?'

We kijken elkaar aan, denken waarschijnlijk hetzelfde. Voor haar gênant om te vertellen, voor mij om het te horen.

'Niet moeder,' zeg ik snel. 'Andere baantjes, voordat je bij ons kwam.'

'Dit is mijn eerste baantje als huishoudelijke hulp. Vroeger werkte ik in 't rusthuis voor oude dames, daar deed ik de lunch. Voordat 't naar Flowood verhuisde.'

'Vond moeder het dan niet erg dat dit je eerste baantje als hulp was?'

Pascagoula kijkt naar het rode linoleum, nu weer timide. 'Niemand anders wil voor d'r werken,' zegt ze. 'Niet na wat er met Constantine is gebeurd.'

Heel voorzichtig leg ik mijn hand op tafel. 'Wat... vond jij daarvan?'

Haar gezicht krijgt een wezenloze uitdrukking. Ze knippert een paar keer, sluit zich duidelijk voor me af. 'Daar weet ik niets van. Ik wilde alleen vertellen wat Yule May heeft gezegd.' Ze loopt naar de koelkast, maakt de deur open en buigt zich voorover.

Winkelen met moeder is niet zo erg als anders, waarschijnlijk doordat ik in zo'n goed humeur ben vanwege Yule May. Moeder zit op een stoel bij de kleedkamers en ik kies het eerste mantelpakje dat ik pas, van lichtblauwe popeline met een jasje dat een ronde kraag heeft. We laten het achter in de winkel zodat ze de zoom uit kunnen leggen. Ik ben verbaasd dat moeder niets aanpast. Al na een halfuur zegt ze dat ze moe is, dus ik rij terug naar Longleaf. Moeder gaat direct naar haar kamer om uit te rusten.

Ik bel Elizabeth, met bonzend hart, maar Elizabeth neemt op. Ik durf niet naar Aibileen te vragen. Na het drama met mijn schooltas heb ik me voorgenomen om voorzichtiger te zijn.

Vandaar dat ik tot die avond wacht, in de hoop dat Aibileen thuis zal zijn. Ik ga op het blik met bloem zitten, frunnik aan een zak rijst. Ze neemt meteen op.

'Ze wil ons helpen, Aibileen. Yule May heeft ja gezegd!'

'Wat? Wanneer heeft u 't gehoord?'

'Vanochtend. Pascagoula heeft het me verteld. Yule May kon jou niet bereiken.'

'M'n telefoon was afgesloten omdat ik de rekening nog niet had betaald. Heeft u Yule May gesproken?'

'Nee, het leek me beter als jij eerst met haar gaat praten.'

''t Is een beetje raar. Toen ik haar vanmiddag wilde bellen bij miss Hilly, zei miss Hilly dat Yule May niet meer voor haar werkt en toen hing ze op. Ik heb 't hier in de buurt gevraagd, maar niemand weet iets.'

'Heeft Hilly haar ontslagen?'

'Ik weet het niet. Ik hoop eigenlijk dat ze zelf weg is gegaan.'

'Ik zal Hilly bellen en het vragen. Hemel, als er maar niets vervelends is gebeurd.'

'En ik blijf proberen Yule May te bellen, nu m'n telefoon 't weer doet.'

Ik bel Hilly vier keer, maar de telefoon gaat eindeloos over. Uiteindelijk bel ik Elizabeth en ze vertelt me dat Hilly naar Port Gibson is gegaan; dat Williams vader ziek is.

'Is er iets gebeurd... met haar hulp?' vraag ik zo achteloos mogelijk.

'Nu je het zegt, ze zei iets over Yule May, maar toen zei ze dat ze laat was en de auto moest inladen.'

Ik blijf de rest van de avond op de veranda en repeteer vragen, want het maakt me nerveus dat Yule May over Hilly gaat vertellen. Ondanks onze meningsverschillen is Hilly nog steeds een van mijn beste vriendinnen. Maar nu ik weer verder kan met het boek is dat belangrijker dan al het andere.

Om een uur of twaalf ga ik op de stretcher liggen. De krekels sjirpen aan de andere kant van het gaas. Ik zak diep weg in het dunne matrasje, tegen de veren. Mijn voeten bungelen over de rand, dansen onrustig. Voor het eerst in maanden kan ik weer opluchting voelen. Het zijn nog geen twaalf hulpen, maar het is er één meer.

De volgende dag zit ik voor de televisie naar het nieuws van twaalf uur te kijken. Charles Warring vertelt me dat er zestig Amerikaanse soldaten zijn gesneuveld in Vietnam. Ik vind het zo triest. Zestig mannen moesten sterven, op een plaats heel ver weg van hun dierbaren. Ik denk dat het met Stuart te maken heeft dat het me zo raakt, maar Charles Warring lijkt het allemaal reuze spannend te vinden.

Ik pak een sigaret en stop hem terug in het pakje. Ik probeer te stoppen, maar ik ben zenuwachtig voor vanavond. Moeder zeurt erover dat ik rook en ik weet dat ik moet stoppen, maar ik ga er heus niet aan dood. Ik wilde dat ik Pascagoula kon vragen wat Yule May nog meer heeft gezegd, maar ze belde vanochtend om te vertellen dat ze een probleem had en pas vanmiddag kon komen.

Ik kan moeder horen op de veranda aan de achterkant, waar ze ijs aan het maken is met Jameso. Zelfs aan de voorkant van het huis kan ik het luide kraken van ijsblokjes en zout horen. Het is een verrukkelijk geluid en het water loopt me in de mond, maar het ijs is pas over een paar uur klaar. Uiteraard maakt niemand om twaalf uur 's middags op een bloedhete dag ijs, dat is iets voor de avonduren, maar moeder heeft zich voorgenomen om perzikijs te maken, hitte of geen hitte.

Ik ga naar de veranda en kijk. De grote zilveren ijsmaker zweet van de kou. De vloer van de veranda trilt. Jameso zit op een omgekeerde emmer, met zijn knieën aan weerszijden van het zilveren vat, draait met gehandschoende handen aan de houten zwengel. Damp stijgt op uit de bak met droog ijs.

'Is Pascagoula er al?' vraagt moeder, terwijl ze meer room in het vat giet.

'Nog niet,' zeg ik. Moeder zweet. Ze strijkt een verdwaalde lok haar achter haar oor. 'Laat mij de room er maar bij gieten, moeder. U heeft het warm.'

'Jij kunt het niet. Ik moet het zelf doen,' zegt ze en ze jaagt me weer naar binnen.

In het nieuws staat Roger Sticker voor het postkantoor van Jackson met dezelfde bête grijns op zijn gezicht als de oorlogscorrespondent. '... dit moderne systeem van adresseren wordt de postcode genoemd, vijf cijfers die u onder aan de envelop moet schrijven...' Hij houdt een brief omhoog, laat ons zien waar we de cijfers moeten schrijven.

Een tandeloze man in een witte overall zegt: 'Niemand gaat die cijfers gebruiken. De mensen moeten nog wennen aan de telefoon.'

Ik hoor de voordeur dichtgaan. Even later komt Pascagoula de zitkamer binnen.

'Moeder is op de veranda aan de achterkant,' zeg ik tegen haar, maar ze glimlacht niet, kijkt me zelfs niet aan. Ze geeft me alleen een kleine envelop.

'Ze wilde 't posten, maar ik zei dat ik 'm beter zelf aan u kon geven.'

De envelop is aan de voorkant aan mij geadresseerd, zonder afzender. Al helemaal geen postcode. Pascagoula loopt weg.

Ik maak de brief open. De brief is geschreven met een zwarte pen, op de rechte blauwe lijntjes van een schoolschrift.

Beste miss Skeeter,

Ik wil u laten weten hoe jammer ik het vind dat ik u niet kan helpen met uw verhalen. Het kan nu niet meer en ik wil u zelf vertellen waarom niet. Zoals u weet, werkte ik voor een vriendin van u. Ik vond het niet leuk om voor haar te werken en ik heb heel vaak ontslag willen nemen, maar ik was bang. Ik was bang dat ik nooit meer werk zou vinden als zij haar roddels had rondverteld.

Waarschijnlijk weet u niet dat ik na de middelbare school ben gaan studeren. Ik zou bijna afstuderen, maar toen besloot ik te gaan trouwen. Het is een van de weinige dingen waar ik spijt van heb in mijn leven, dat ik geen diploma heb gehaald. Maar ik heb twee zoons, een tweeling, en zij zullen het goedmaken. Tien jaar lang hebben mijn man en ik gespaard om hen naar Tougaloo College te laten gaan, maar hoe hard we ook hebben gewerkt, we hadden nog steeds niet genoeg gespaard voor hen allebei. Mijn jongens zijn even slim, even leergierig. Maar we hadden alleen geld om één kind te laten studeren, en nu vraag ik u, hoe kies je welke van je tweeling mag gaan studeren en welke een baan als wegwerker moet gaan zoeken? Dat kan niet. Je vindt een manier om ze allebei te laten studeren. Hoe dan ook.

U kunt mijn brief als een bekentenis beschouwen. Ik heb van die vrouw gestolen, een lelijke robijnen ring, in de hoop dat ik er genoeg voor zou krijgen om de rest van het collegegeld te kunnen betalen. Het was een ring die ze nooit droeg en ik vond dat ik een extraatje had verdiend voor alles wat ik heb doorstaan in de tijd dat ik bij haar werkte. Nu kan natuurlijk geen van mijn beide jongens gaan studeren. De boete is bijna net zo hoog als het bedrag dat we hadden gespaard.

Met vriendelijke groet,
Yule May Crookle
Vrouwenblok 9
Staatsgevangenis van Mississippi

De 'staatsgevangenis'. Ik huiver. Ik kijk om me heen, maar Pascagoula is weg. Ik wil haar vragen wanneer dit is gebeurd, en hoe het zo verdomde snél heeft kunnen gebeuren? Wat kunnen we doen? Maar Pascagoula is buiten om moeder te helpen. Daar kunnen we niet met elkaar praten.

Ik voel me ziek, misselijk. Ik zet de televisie uit.

Ik denk aan Yule May, die in een gevangeniscel deze brief heeft geschreven. Ik durf te wedden dat ik zelfs weet welke ring Yule May bedoelt; Hilly heeft hem van haar moeder cadeau gekregen toen ze achttien werd. Een paar jaar geleden heeft Hilly de ring laten taxeren en toen ontdekt dat het niet eens een robijn was, alleen een granaat, een waardeloos steentje. Hilly heeft de ring nooit meer gedragen. Mijn handen ballen zich tot vuisten.

Het geluid van het ronddraaiende ijs klinkt als brekende botten. Ik ga naar de keuken om op Pascagoula te wachten, zodat ik haar vragen kan stellen. Ik zal het papa vertellen. Vragen of hij misschien iets kan doen. Of hij een advocaat kent die bereid zou zijn haar te helpen.

Die avond loop ik om acht uur Aibileens trapje op. Dit zou ons eerste gesprek met Yule May worden en hoewel ik weet dat dat niet doorgaat, heb ik besloten om toch te gaan. Het regent en het waait hard en ik trek mijn regenjas om mezelf en de rode tas heen. Ik heb wel tien keer overwogen om Aibileen te bellen om over de situatie te praten, maar ik kon mezelf er niet toe zetten. In plaats daarvan heb ik Pascagoula zo ongeveer meegesleurd naar boven zodat moeder ons niet zou zien praten en haar de oren van het hoofd gevraagd.

'Yule May had een hartstikke goeie advocaat,' zei Pascagoula. 'Maar iedereen zei dat de vrouw van de rechter goed bevriend is met miss Holbrook en dat de normale straf voor zo'n kruimeldiefstal zes maanden is, maar miss Holbrook heeft gezorgd dat Yule May vier jaar heeft gekregen. Dat proces was al voorbij voordat 't was begonnen.'

'Ik zou het papa kunnen vragen. Hij zou kunnen proberen of hij een... blanke advocaat voor haar kan krijgen.'

Pascagoula schudde haar hoofd, zei: 'Het wás een blanke advocaat.'

Ik klop op Aibileens deur, voel een golf van schaamte. Ik zou niet aan mijn eigen problemen moeten denken nu Yule May in de gevangenis zit, maar ik weet wat dit voor het boek betekent. Als de hulpen gisteren al bang waren om ons te helpen, durven ze het vandaag al helemaal niet meer aan.

De deur gaat open en een zwarte man staat naar me te kijken. Zijn witte domineesboord glimt. Ik hoor Aibileen zeggen: 'Het is in orde, eerwaarde.' Hij aarzelt, maar gaat dan achteruit om me binnen te laten.

Ik loop door en zie minstens twintig mensen als haringen in een ton in de kleine woonkamer en op de gang. De vloer is niet te zien. Aibileen heeft de keukenstoelen in de kamer gezet, maar de meeste mensen staan. Ik zie Minny in een hoek, nog in haar uniform. Ik herken de hulp van Lou Anne Templeton, Louvenia, die naast haar staat, maar ik ken geen van de anderen.

'Hallo, miss Skeeter,' fluistert Aibileen. Ook zij draagt nog haar witte uniform en witte orthopedische schoenen.

'Moet ik...' Ik wijs achter me. 'Ik kom later wel terug,' fluister ik.

Aibileen schudt haar hoofd. 'Er is iets vreselijks gebeurd met Yule May.'

'Ik weet het,' zeg ik. Het is stil in de kamer, met alleen af en toe een kuchje. Een stoel kraakt. Psalmboekjes liggen op een stapel op tafel.

'Ik heb 't vandaag pas gehoord,' zegt Aibileen. 'Ze hebben d'r op maandag gearresteerd, en dinsdag zat ze al in de bajes. Ze zeggen dat 't hele proces een kwartier heeft geduurd.'

'Ze heeft me een brief geschreven,' zeg ik. 'Pascagoula heeft me hem gegeven. Ze schreef over haar zoons.'

'Heeft ze u verteld dat ze maar vijfenzeventig dollar te kort kwam voor 't collegegeld? Ze had miss Hilly om een lening gevraagd, moet u weten. Zei dat ze elke week een deel zou terugbetalen, maar miss Hilly zei nee. Dat een ware christen geen liefdadigheid geeft aan mensen die gezond van lijf en leden zijn. Zei dat 't aardiger is om 't ze zelf te laten oplossen.'

Jezus, ik zie helemaal voor me dat Hilly die verdomde toespraak houdt. Ik kan Aibileen bijna niet aankijken.

'De kerken werken samen. Ze zorgen dat allebei de jongens kunnen studeren.'

Het is doodstil in de kamer afgezien van ons gefluister.

'Denk je dat ik iets kan doen? Is er een manier om te helpen? Geld of...'

'Nee. De kerk heeft al een plan bedacht om de advocaat te betalen. Dan kan-ie aanblijven voor als ze in aanmerking komt voor vervroegde vrijlating.' Aibileen laat haar hoofd hangen. Ongetwijfeld uit verdriet om Yule May, maar ik vermoed dat ze ook weet dat we het boek nu wel kunnen vergeten. 'Ze zijn al bijna afgestudeerd tegen de tijd dat ze vrij komt. Vier jaar heeft ze gekregen en vijfhonderd dollar boete.'

'Ik vind het zo erg, Aibileen,' zeg ik. Ik kijk naar de mensen in de kamer, hun hoofden gebogen alsof ze zouden verbranden als ze naar mij keken. Ik sla mijn ogen neer.

'Ze is slecht, die vrouw!' blaft Minny van de andere kant van de bank en ik krimp ineen, hoop dat ze het niet over mij heeft. 'Hilly Holbrook is hierheen gestuurd door de duivel om zo veel mogelijk levens te verzieken!' Minny veegt haar neus af met haar mouw.

'Minny, wind je niet zo op,' zegt de dominee. 'We bedenken heus wel iets wat we voor haar kunnen doen.'

Ik kijk naar de vertrokken gezichten, vraag me af wat dat iets in hemelsnaam kan zijn.

Het wordt opnieuw ondraaglijk stil. Het is bloedheet in de kamer en het ruikt er naar verbrande koffie. Ik voel me ongelofelijk misplaatst, hier, in een kamer waar ik me inmiddels bijna op mijn gemak voelde. Ik voel de afkeer branden.

De kale dominee veegt met een zakdoek zijn ogen af. 'Bedankt, Aibileen, dat we hier bij elkaar mochten komen om te bidden.'

Mensen komen in beweging, nemen met ernstige knikjes afscheid van elkaar. Handtassen worden opgepakt, hoeden worden opgezet. De dominee doet de deur open, laat de vochtige buitenlucht binnen. Een vrouw met krullend grijs haar en een zwarte jas volgt hem op de voet, maar dan blijft ze voor me staan. Haar regenjas valt open en ik zie het witte uniform.

'Miss Skeeter,' zegt ze zonder te glimlachen, 'ik wil helpen met de verhalen.'

Ik draai me om en kijk naar Aibileen. Haar wenkbrauwen gaan omhoog, haar mond gaat open. Ik wil iets tegen de vrouw zeggen, maar ze loopt al naar buiten.

'Ik wil u helpen, miss Skeeter.' Dit is een andere vrouw, lang en slank, met dezelfde rustige vastberadenheid als de eerste.

'Ik eh... bedankt,' zeg ik.

'Ik ook, miss Skeeter. Ik wil ook helpen.' Een vrouw in een rode jas loopt snel langs me heen, kijkt me niet eens aan.

Na de volgende begin ik te tellen. Vijf. Zes. Zeven. Ik knik naar ze, kan alleen maar dank je wel zeggen. Ja, bedankt, telkens weer. Mijn opluchting is bitter, dat Yule Mays gevangenisstraf nodig was om dit te bereiken.

Acht. Negen. Tien. Elf. Niet één vrouw glimlacht als ze zegt dat ze wil helpen. De kamer loopt leeg, op Minny na. Ze staat in de verste hoek, haar armen over elkaar geslagen voor haar borst. Als iedereen weg is, kijkt ze me aan, niet langer dan een seconde, en dan richt ze haar blik op de bruine gordijnen, zorgvuldig dicht gespeld voor het raam. Maar ik zie het, de lichte trilling om haar mond, een vleugje zachtheid onder haar boosheid. Dit heeft Minny voor elkaar gekregen.

Omdat iedereen op vakantie was, heeft ons groepje een maand lang niet gebridged. Op woensdag komen we bij elkaar bij Lou Anne Templeton. We begroeten elkaar met klopjes op handen en leuk-je-weer-te-ziens.

'Lou Anne, arme jij, met lange mouwen in deze hitte. Heb je weer last van eczeem?' vraagt Elizabeth, want Lou Anne draagt een jurk van grijze wol terwijl de mussen van het dak vallen.

Lou Anne kijkt naar haar schoot, duidelijk in verlegenheid. 'Ja, en het wordt erger.'

Maar ik kan Hilly niet aanraken als ze me wil omhelzen. Ik deins achteruit als ze haar armen uitstrekt. Ze doet alsof ze het niet merkt, maar tijdens het bridgen blijft ze me met half dichtgeknepen ogen aankijken.

'Hoe ga je het oplossen?' vraagt Elizabeth aan Hilly. 'Je mag de kinderen brengen wanneer je maar wil, maar... nou ja...' Hilly heeft Heather en William naar Elizabeths huis gebracht, zodat Aibileen op ze kan passen terwijl wij bridgen. Maar ik weet al wat Elizabeths zure glimlach betekent: ze aanbidt Hilly, maar Elizabeth is niet van plan om haar hulp met iemand te delen.

'Ik wist het. Ik wist al op de dag dat ze begon dat die meid een dievegge was.' Terwijl Hilly ons het verhaal van Yule May vertelt, tekent ze een grote cirkel met haar vinger om de enorme steen te beschrijven, de onvoorstelbare waarde van de 'robijn'.

'Ik betrapte haar erop dat ze de melk meenam als de houdbaarheidsdatum was overschreden, en zo begint het, weet je: eerst pikken ze wasmiddel, dan zijn de handdoeken en jassen aan de beurt. Voor je het weet jatten ze erfstukken, die ze ruilen voor een fles drank. Joost mag weten wat ze nog meer heeft gestolen.'

Ik voel de behoefte om één voor één al haar vingers te breken, maar ik hou mijn mond. Laat haar maar denken dat alles koek en ei is. Dat is veiliger voor iedereen.

Na het bridgen haast ik me naar huis om me voor te bereiden op een avond bij Aibileen, opgelucht dat er niemand thuis is. Snel bekijk ik de boodschappen die Pascagoula voor me heeft opgeschreven – Patsy, mijn tennispartner, Celia Foote, die ik nauwelijks ken. Waarom zou de vrouw van Johnny Foote me bellen? Minny heeft me laten zweren dat ik haar nooit terug zal bellen, en ik heb geen tijd om me er het hoofd over te breken. Ik moet me voorbereiden op de interviews.

Om zes uur die avond zit ik aan Aibileens keukentafel. We hebben afgesproken dat ik bijna elke avond kom, totdat we klaar zijn. Om de twee dagen klopt er een andere zwarte vrouw op Aibileens deur en die komt dan bij me aan tafel zitten om haar verhalen te vertellen. Elf hulpen hebben beloofd dat ze ons willen helpen, Aibileen en Minny niet meegeteld. Dat maakt dertien in totaal en missus Stein had om twaalf gevraagd, dus we mogen van geluk spreken.

De eerste hulp heet Alice. Ik vraag niet naar achternamen.

Ik leg Alice uit dat het project bestaat uit een verzameling ware verhalen van hulpen en hun ervaringen met de blanke gezinnen waarvoor ze werken. Ik geef haar een envelop met veertig dollar van wat ik heb gespaard van de Miss Myrna-column, mijn zakgeld en het geld dat moeder me in handen heeft gedrukt voor de schoonheidsspecialiste waar ik nooit ben geweest.

'Er is een grote kans dat het nooit wordt gepubliceerd,' vertel ik iedereen, 'en zelfs als het wel uitkomt, zal het maar heel weinig geld opbrengen.' Ik sla mijn ogen neer, de eerste keer dat ik dit vertel, uit schaamte, ik weet niet waarom. Ik ben blank en heb het gevoel dat het mijn plicht is om hen te helpen.

'Dat had Aibileen al gezegd,' zeggen er een paar. 'Maar daar doen we 't niet voor.'

Ik herhaal wat ze onderling al hebben afgesproken. Dat ze hun identiteit geheim moeten houden voor iedereen buiten de groep. Hun namen worden veranderd, net als de namen van de families waarvoor ze werken en de naam van de stad. Ik wilde dat ik als laatste vraag tussen neus en lippen door kon zeggen: 'Heb jij toevallig Constantine Bates gekend?' maar ik weet vrij zeker dat Aibileen het een slecht idee zou vinden. Ze zijn al zo bang.

'Eula is zo gesloten als een oester, dat zal niet meevallen.' Aibileen bereidt me op elk interview voor. Ze is net zo bang als ik dat ik ze weg zal jagen voordat ik goed en wel ben begonnen. 'Raak niet gefrustreerd als ze niet veel wil zeggen.'

Eula, de oester, begint al te praten voordat ze is gaan zitten, voordat ik mijn verhaal kan houden, en ze gaat tot tien uur 's avonds onafgebroken door.

'Toen ik om loonsverhoging vroeg, gaven ze die. Toen ik een huis nodig had, kochten ze er een voor me. Dokter Tucker kwam zelf naar m'n huis en peuterde een kogel uit de arm van m'n man omdat-ie bang was dat Henry iets op zou lopen als-ie naar 't ziekenhuis voor zwarten ging. Ik werk al vierenveertig jaar voor dokter Tucker en miss Sissy. Ze zijn altijd even goed voor me geweest. Ik was elke vrijdag d'r haar. Ik heb die vrouw nog nooit d'r eigen haar zien wassen.' Ze valt voor het eerst die avond stil, kijkt eenzaam en zorgelijk. 'Als ik eerder doodga dan zij weet ik niet hoe 't moet met miss Sissy's haar.'

Ik probeer niet al te gretig te glimlachen. Ik wil niet dat ze wantrouwig worden. Alice, Fanny Amos en Winnie zijn verlegen, houden hun ogen neergeslagen, en ik moet ze aanmoedigen. Flora Lou en Cleontine zetten de sluizen open en struikelen over hun woorden, zodat ik me de blaren op mijn vingers typ en om de vijf minuten moet vragen of ze alsjeblieft, alsjeblíéft, wat langzamer willen praten.

Veel van de verhalen zijn triest, bitter. Dat had ik verwacht. Maar er zijn ook verbazingwekkend veel goede verhalen. En allemaal kijken ze op een gegeven moment naar Aibileen alsof ze willen vragen: Weet je het zeker? Kan ik dit echt wel aan een blanke vrouw vertellen?

'Aibileen? Wat gaat er gebeuren als... er een boek van komt en mensen ontdekken wie we zijn?' vraagt verlegen Winnie. 'Wat zouden ze dan met ons doen?'

Onze ogen vormen een driehoek in de keuken, zoals we naar elkaar kijken. Ik haal diep adem, wil haar verzekeren dat we heel erg voorzichtig zijn.

'De nicht van m'n man... ze hebben d'r tong eruit gesneden. Een tijdje terug. Omdat ze met lui uit Washington over de Klan had gepraat. Denkt u dat ze onze tong eruit zullen snijden? Omdat we met u praten?'

Ik weet niet wat ik moet zeggen. Hun tóng... Jezus, dat was nooit bij me opgekomen. Alleen gevangenisstraf en misschien een valse aanklacht of boetes.

'Ik... We zijn heel erg voorzichtig,' zeg ik, maar mijn stem klinkt schril en niet overtuigend. Ik kijk naar Aibileen, maar zij kijkt ook zorgelijk.

'We weten 't pas als 't zo ver is, Winnie,' zegt Aibileen zacht. 'Maar 't zal heus niet zo zijn als wat je op 't nieuws ziet. Een blanke mevrouw doet dingen anders dan een blanke man.'

Ik kijk naar Aibileen. Ze heeft me nooit verteld wat er volgens haar zou kunnen gebeuren. Ik wil van onderwerp veranderen. We hebben er niets aan om dit te bespreken.

'Ja.' Winnie knikt. 'Je hebt gelijk. Een blanke vrouw doet misschien iets veel ergers.'

'Waar ga jij naartoe?' roept moeder vanuit de zitkamer. Ik heb mijn rode schooltas en de sleutels van de truck. Ik loop door naar de deur.

'Naar de film,' roep ik.

'Je bent gisteravond al naar de film geweest. Kom eens hier, Eugenia.'

Ik kom terug, blijf in de deuropening staan. Moeder heeft weer last van haar maagzweren. Ze heeft niets gegeten, alleen wat kippenbouillon gedronken, en ik heb met haar te doen. Papa is al een uur geleden naar bed gegaan, maar ik kan niet bij haar blijven. 'Het spijt me, moeder, ik ben laat. Kan ik iets voor je meenemen?'

'Naar welke film en met wie? Je bent deze week bijna elke avond uit geweest.'

'Gewoon... met een paar meiden. Ik ben om tien uur thuis. Gaat het?'

'Ja, hoor.' Ze zucht. 'Nou, ga dan maar.'

Ik loop naar de truck en voel me schuldig omdat ik moeder alleen laat terwijl ze zich niet lekker voelt. Godzijdank zit Stuart in Texas, want ik denk niet dat ik tegen hem zo makkelijk zou kunnen liegen. Toen hij drie avonden geleden bij me was, hebben we op de schommel gezeten op de veranda en naar de krekels geluisterd. Ik was doodmoe omdat ik de avond daarvoor tot laat had doorgewerkt en kon mijn ogen bijna niet openhouden, maar ik wilde niet dat hij weg zou gaan. Ik lag met mijn hoofd in zijn schoot. Ik tilde mijn arm op en wreef met mijn hand over de baardstoppels op zijn gezicht.

'Wanneer laat je me een keer iets lezen dat je hebt geschreven?' vroeg hij.

'Je kunt mijn Miss Myrna-column lezen. Ik had vorige week een geweldig stuk over schimmel.'

Hij glimlachte, schudde zijn hoofd. 'Nee, ik bedoel dat ik wil lezen wat je dénkt. En je denkt vast niet aan het huishouden.'

Toen vroeg ik me af of hij wist dat ik iets voor hem verborgen hield. Ik ben als de dood dat hij ontdekt wat ik schrijf, maar ik vind het geweldig dat hij belangstelling toont.

'Als je er klaar voor bent. Ik zal je niet dwingen,' zei hij.

'Misschien laat ik je een keer iets lezen,' zei ik, en ik voelde mijn ogen dichtvallen.

'Ga maar lekker slapen, liefje,' zei hij terwijl hij het haar uit mijn gezicht streek. 'Laat me alleen nog even bij je zitten.'

Nu Stuart de komende zes dagen de stad uit is, kan ik me helemaal op de verhalen storten. Ik ga elke avond naar Aibileen, telkens even nerveus als de eerste keer. De vrouwen zijn groot, klein, zwart als asfalt of karamelbruin. Als je huid te wit is, vertellen ze me, krijg je nooit werk. Hoe zwarter hoe beter. Soms zijn de verhalen afgezaagd, met klachten over slechte betaling, lange uren, krengen van kinderen. Maar dan zijn er verhalen over blanke baby's die in hun armen sterven. De zachte, lege blik in hun starende blauwe ogen.

'Olivia heette ze. Een klein baby'tje, met een piepklein handje waarmee ze m'n vinger vasthield, en o, wat kostte ademhalen veel moeite,' zegt Fanny Amos, ons vierde interview. 'Haar mama was niet eens thuis, die was naar de winkel om Dampo te kopen. Ik was alleen met de papa. Hij wilde niet dat ik 'r neer zou leggen, wilde wachten tot de dokter er zou zijn. De baby werd koud in m'n armen.'

Er is onverholen haat jegens blanke vrouwen, er is onverklaarbare liefde. Faye Belle, half verlamd en met een grijze huid, kan zich niet herinneren hoe oud ze is. Haar verhalen ontvouwen zich als zacht linnengoed. Ze weet nog dat ze zich samen met een blank meisje in een hutkoffer had verstopt toen yankee-soldaten door het huis banjerden. Twintig jaar geleden hield ze datzelfde blanke meisje, toen een oude vrouw, in haar armen terwijl ze stierf. Ze verklaarden elkaar de liefde, als beste vriendinnen, zwoeren dat de dood dat niet kon veranderen, dat kleur niets betekende. De kleinzoon van die blanke vrouw betaalt nog steeds Faye Belles huur. Als ze zich goed voelt, gaat Faye Belle soms naar hem toe om zijn keuken schoon te maken.

Louvenia is mijn vijfde interview. Ze is de hulp van Lou Anne Templeton en ik herken haar van de bridgeclub. Louvenia vertelt me dat blanke mannen haar kleinzoon, Robert, eerder dit jaar de ogen hebben uitgestoken omdat hij een wc voor blanken had gebruikt. Dat heb ik al in de krant gelezen. Louvenia knikt en wacht totdat ik het heb uitgetikt. Er klinkt totaal geen boosheid in haar stem. Lou Anne, die ik saai en duf vind en naar wie ik meestal niet eens luister, heeft Louvenia twee weken betaald verlof gegeven zodat ze haar kleinzoon kon helpen. In die twee weken is ze zeven keer eten komen brengen. Ze bracht Louvenia halsoverkop naar het ziekenhuis voor zwarten toen het telefoontje over Robert kwam en zat er zes uur samen met haar te wachten totdat de operatie was afgelopen. Dat heeft Lou Anne ons nooit verteld. En ik begrijp volkomen waarom niet.

Er komen boze verhalen naar boven, over blanke mannen die pogingen deden hen aan te randen. Winnie vertelde dat ze keer op keer werd gedwongen. Cleontine vocht totdat zijn hele gezicht bloedde en hij probeerde het nooit weer.

Maar wat me werkelijk verbaast, is de tweedeling van liefde en afkeer die zij aan zij leven. De meesten worden uitgenodigd voor de bruiloft van de blanke kinderen, maar alleen als ze in uniform zijn. Die dingen wist ik al, maar nu ik ze uit de mond van zwarten hoor, is het alsof ze nieuw voor me zijn.

Na Gretchens vertrek kunnen we minutenlang geen woord uitbrengen.

'Laten we gewoon doorgaan met de volgende,' zegt Aibileen. 'We hoeven haar... niet mee te tellen.'

Gretchen is een nicht van Yule May, naaste familie. Ze heeft de gebedsbijeenkomst bij Aibileen bijgewoond, weken geleden, maar ze hoort bij een andere kerk.

'Ik begrijp niet waarom ze ja heeft gezegd als ze...' Ik wil naar huis. De pezen in mijn nek zijn gespannen als snaren. Mijn vingers trillen van het typen en luisteren naar Gretchen.

'Het spijt me. Ik had geen idee dat ze dit zou doen.'

'Het is niet jouw schuld,' zeg ik. Ik wil haar vragen wat er waar is van wat Gretchen heeft gezegd. Maar ik kan het niet. Ik kan Aibileen niet aankijken.

Ik had Gretchen de 'regels' uitgelegd, net als anders. Gretchen leunde achterover op haar stoel. Ik dacht dat ze nadacht over een verhaal. Maar ze zei: 'Kijk eens aan. Alweer een blanke mevrouw die een paar dollar probeert te verdienen aan zwarte mensen.'

Ik keek om naar Aibileen, wist niet goed hoe ik moest reageren. Was ik niet duidelijk geweest over het geld? Aibileen hield haar hoofd schuin alsof ze niet wist of ze het wel goed had verstaan.

'Denk je nou echt dat ook maar iemand dat ding gaat lezen?' Gretchen lachte. Een slanke vrouw in een uniformjurk. Ze had lipstick op, dezelfde kleur roze die mijn vriendinnen en ik gebruiken. Ze is jong. Ze praatte langzaam en nadrukkelijk, als een blanke. Ik weet niet waarom, maar dat maakte het nog erger.

'Alle zwarte vrouwen die je hebt geïnterviewd waren even aardig, hè?'

'Ja,' zei ik. 'Erg aardig.'

Gretchen keek me recht in de ogen. 'Ze haten je. Dat weet je toch wel? Ze haten alles van je, zelfs de kleinste dingen. Maar jij bent zo stom om te denken dat je hun een dienst bewijst.'

'Je hoeft dit niet te doen,' zei ik. 'Je hebt uit eigen vrije wil...'

'Weet je wat het aardigste is wat een blanke vrouw ooit voor me heeft gedaan? Ze gaf me het kapje van haar brood. De zwarte vrouwen die hier komen houden je stuk voor stuk voor de gek. Ze zullen jou nooit de waarheid vertellen, dame.'

'Je weet helemaal niet wat de andere vrouwen me hebben verteld,' zei ik. Ik was verbaasd hoe zwaar mijn woede voelde, hoe snel de boosheid kwam opzetten.

'Zeg het, dame, zeg het woord dat je altijd denkt als een van ons binnenkomt. Níkker.'

Aibileen stond op van haar kruk. 'Zo is 't genoeg, Gretchen. Ga maar naar huis.'

'En weet je wat, Aibileen? Jij bent net zo dom als zij is,' zei Gretchen.

Ik was geschokt toen Aibileen naar de deur wees en siste: 'Maak dat je wegkomt uit mijn huis!'

Gretchen vertrok, maar door de hordeur keek ze me zo furieus aan dat ik er kippenvel van kreeg.

Twee avonden later zit ik tegenover Callie. Ze heeft krullend haar, bijna helemaal grijs. Ze is zevenenzestig en draagt nog steeds haar uniform. Ze is breed en dik en haar billen puilen over de zitting van de stoel heen. Ik ben nog schichtig van het gesprek met Gretchen.

Ik wacht af terwijl Callie in haar thee roert. Er staat een papieren zak in een hoek van Aibileens keuken. Er zitten kleren in, een witte broek hangt er half uit. Het is altijd zo netjes bij Aibileen. Ik snap niet waarom ze nooit iets doet met die zak.

Callie begint langzaam te praten en ik ga typen, dankbaar dat ze zo langzaam praat. Ze staart voor zich uit alsof ze achter me een filmdoek kan zien waarop de scènes die ze beschrijft worden geprojecteerd.

'Ik heb achtendertig jaar voor miss Margaret gewerkt. Ze had een babymeisje met koliek en 't enige waarmee je de pijn kon verzachten was haar vasthouden. Dus maakte ik een draagdoek. Ik bond haar tegen me aan, en ik heb haar een heel jaar lang de hele dag gedragen. Die baby brak zowat m'n rug. Elke avond legde ik ijspakkingen op mijn rug en dat doe ik nu nog steeds. Maar ik hield van dat meisje. En ik hield van miss Margaret.'

Ze neemt een slok thee terwijl ik haar laatste woorden uittyp. Ik kijk op en ze gaat door.

'Ik moest van miss Margaret altijd een doek om m'n hoofd dragen, ze zei dat ze wist dat zwarten hun haar niet wassen. Ze telde al 't zilver nadat ik 't had gepoetst. Toen miss Margaret dertig jaar later doodging aan de vrouwenziekte, was ik op de begrafenis. Haar man omhelsde me, huilde op m'n schouder. Toen 't voorbij was, gaf hij me een envelop. Er zat een briefje van miss Margaret in: "Dank je wel. Dat je ervoor zorgde dat mijn baby geen pijn meer had. Dat ben ik nooit vergeten."'

Callie zet haar bril met zwart montuur af en veegt haar ogen af. 'Als blanke dames ooit m'n verhaal lezen, dan wil ik ze dat laten weten. Dank je wel zeggen, als je 't echt meent, als je je herinnert wat iemand voor je heeft gedaan...' ze schudt haar hoofd, staart naar de gebutste tafel '... dat is zo bijzonder.'

Callie tilt haar hoofd op, maar ik kan haar niet aankijken.

'Heel even,' zeg ik. Ik druk mijn hand tegen mijn voorhoofd. Natuurlijk moet ik aan Constantine denken. Ik heb haar nooit bedankt, niet behoorlijk. Het is nooit bij me opgekomen dat ik de kans niet meer zou krijgen.

'Bent u niet lekker, miss Skeeter?' vraagt Aibileen.

'Het... gaat wel,' zeg ik. 'Laten we doorgaan.'

Callie begint aan haar volgende verhaal. De gele schoenendoos van Dr. Scholl staat achter haar op het aanrecht, vol met envelopjes. Afgezien van Gretchen hebben alle vrouwen verklaard dat ze willen dat het geld naar de opleiding van Yule Mays zoons gaat.

20

De familie Phelan staat gespannen te wachten op de bakstenen stoep van staatssenator Whitworths huis. Het huis staat in het centrum van de stad, in North Street. Het is hoog, met witte zuilen en keurige azalea's. Een gouden plaat verklaart dat het een historisch monument is. Gaslantaarns flakkeren, ondanks de hete zon die om zes uur nog lang niet onder is.

'Moeder,' fluister ik omdat ik het niet vaak genoeg kan herhalen, 'vergeet alstublieft, alstublíéft, niet waar we het over hebben gehad.'

'Ik heb gezegd dat ik er niet over zou beginnen, schatje.' Ze voelt aan de spelden in haar opgestoken haar. 'Tenzij het ter sprake komt.'

Ik draag mijn nieuwe lichtblauwe mantelpak. Papa heeft zijn zwarte begrafenispak aan. Zijn riem is te strak aangetrokken, wat vast niet lekker zit en al helemaal niet modieus is. Moeder draagt een eenvoudige witte japon – als een provinciaalse bruid in een krijgertje, denk ik opeens, en ik raak in paniek bij de gedachte dat we allemaal overdreven netjes zijn gekleed. Moeder gaat de spaarrekening van het lelijke meisje ter sprake brengen en we zien er verdomme uit als een stel boeren die een dagje in de grote stad zijn.

'Papa, doe uw riem eens wat losser. U heeft hoog water.'

Hij fronst zijn wenkbrauwen en kijkt van mij naar zijn broek. Ik heb mijn vader nog nooit verteld wat hij moest doen.

De deur gaat open. 'Goedenavond.' Een zwarte vrouw in een wit uniform knikt naar ons. 'U wordt verwacht.'

We komen in de hal en het eerste wat ik zie is de kroonluchter, fonkelend, een wolk van licht. Mijn blik gaat omhoog naar de holle winding van de trap en het is alsof we ons in een gigantische schelp bevinden.

'Hallo allemaal.'

Ik besef dat ik met openhangende mond stupide sta te staren als missus Whitworth klikkend de hal binnenkomt, haar handen uitgestoken. Zij draagt gelukkig ook een mantelpakje, maar dan een rood. Als ze knikt, beweegt haar grijzende blonde haar niet.

'Hallo, missus Whitworth, ik ben Charlotte Boudreau Cantrelle Phelan. Heel erg bedankt voor de uitnodiging.'

'Aangenaam,' zegt ze en ze schudt mijn beide ouders de hand. 'Ik ben Francine Whitworth. Welkom in ons huis.'

Ze kijkt naar mij. 'En jij moet Eugenia zijn. Kijk eens aan. Wat leuk om je eindelijk te ontmoeten.' Missus Whitworth pakt mijn armen beet en kijkt me aan. Haar ogen zijn blauw, mooi, als koud water. Haar gezicht is nietszeggend. Ze is bijna net zo groot als ik op haar peau de suède pumps.

'Het is me een genoegen,' zeg ik. 'Stuart heeft me zoveel over u en uw man verteld.'

Ze glimlacht en laat haar handen langs mijn armen omlaag glijden. Mijn gezicht vertrekt als een punt van haar ring over mijn huid krast.

'Ha, daar is ze!' Achter missus Whitworth sjokt een grote man met een enorme borstkas op me af. Hij omhelst me onstuimig, duwt me dan even snel weer weg. 'Ik heb een maand geleden tegen kleine Stu gezegd dat hij dit meisje eens mee naar huis moest nemen. Maar eerlijk gezegd...' hij laat zijn stem dalen '... is hij nog een beetje schichtig na die andere.'

Ik sta daar met mijn ogen te knipperen. 'Ik ben blij u te ontmoeten, meneer.'

De senator lacht luid. 'Ik plaag alleen maar, dat weet je toch,' zegt hij, en er volgt nog zo'n drastische omhelzing, met klopjes op mijn rug.

Ik glimlach, probeer op adem te komen, bedenk dat hij alleen maar zoons heeft.

Hij draait zich opzij naar moeder, maakt een ernstige buiging en steekt zijn hand uit.

'Hallo, senator Whitworth,' zegt moeder. 'Ik ben Charlotte.'

'Aangenaam, Charlotte. Zeg maar Stooley. Zo noemen mijn vrienden me.'

'Senator,' zegt papa en hij schudt hem pompend de hand. 'Nog bedankt voor alles wat u voor de nieuwe wet voor de boeren heeft gedaan. Het is een enorme opluchting.'

'Maar natuurlijk! Die Billups wilde zijn voeten eraan afvegen en ik heb tegen hem gezegd, ik zei, Chico, als Mississippi geen katoen heeft, Jezus, dan heeft Mississippi níéts.'

Hij slaat papa op de schouder en het valt me op hoe klein mijn vader is naast deze reus.

'Kom verder,' zegt de senator. 'Ik kan niet over politiek praten zonder een borrel in mijn hand.'

Dreunend loopt de senator weg uit de hal. Papa gaat achter hem aan en ik krimp ineen bij het zien van een smal streepje modder op de achterkant van zijn schoenen. Een extra veeg met de poetsdoek en het zou weg zijn geweest, maar papa is niet gewend om op zaterdag nette schoenen te dragen.

Moeder volgt hem en ik kijk nog een laatste keer omhoog naar die fonkelende kroonluchter. Als ik me omdraai zie ik de hulp, die me aanstaart bij de deur. Ik glimlach naar haar en ze knikt. Dan knikt ze nog een keer, en ze slaat haar ogen neer.

O nee. Mijn nervositeit komt als een trilling omhoog in mijn keel als ik besef dat ze het wéét. Ik sta daar maar, verlamd door het dubbelleven dat ik leid. Ze zou aan kunnen kloppen bij Aibileen om mij te vertellen hoe het is om voor de senator en zijn vrouw te werken.

'Stuart is nog onderweg uit Shreveport,' buldert de senator. 'Ik heb gehoord dat hij met een grote deal bezig is.'

Ik probeer niet aan de hulp te denken en haal diep adem. Ik glimlach alsof alles koek en ei is. Alsof ik al zo vaak ouders van vriendjes heb ontmoet.

We komen in een formele zitkamer met een overdaad aan lofwerk en banken van groen fluweel. De kamer staat zó vol dat ik de vloer bijna niet kan zien.

'Zo, wat kan ik jullie inschenken?' Mister Whitworth grijnst alsof hij kinderen snoepgoed aanbiedt. Hij heeft een zwaar, breed voorhoofd en de schouders van een wat oudere footballspeler. Zijn wenkbrauwen zijn dik en borstelig. Ze gaan op en neer als hij praat.

Papa vraagt om een kop koffie, moeder om ijsthee. De grijns van de senator verflauwt en hij wenkt de hulp dat ze voor deze banale dranken moet zorgen. In een hoek schenkt hij voor zichzelf en zijn vrouw iets bruins in. De fluwelen bank kreunt als hij gaat zitten.

'U heeft een schitterend huis. Het hoogtepunt van de rondleiding, heb ik gehoord,' zegt moeder. Vanaf het moment dat ik haar van deze uitnodiging vertelde heeft ze gepopeld om dit te kunnen zeggen. Moeder zit al eeuwen in het bestuur van de onbeduidende stichting Ridgeland County Historic Home, maar ze noemt de rondleiding langs de historische huizen in Jackson 'eersteklas katoen' vergeleken bij de hunne. 'Zeg, doen jullie nou extra je best voor die rondleiding, speciale kleding of zo?'

Senator en missus Whitworth kijken elkaar aan. Dan glimlacht missus Whitworth. 'We doen sinds dit jaar niet meer mee. Het was gewoon... te veel.'

'Jullie doen niet meer mee? Maar dit is een van de belangrijkste huizen in Jackson! Generaal Sherman van de noorderlingen schijnt gezegd te hebben dat het huis te mooi was om het plat te branden.'

Missus Whitworth knikt alleen, snuift. Ze is tien jaar jonger dan mijn moeder maar ziet er ouder uit, vooral als ze zo'n lang gezicht trekt.

'Jullie moeten toch een zekere verantwoordelijkheid voelen, in het belang van het geschiedkundige...' zegt moeder.

Ik kijk haar waarschuwend aan.

Even blijft het stil, dan begint de senator luidkeels te lachen. 'Het werd gewoon een beetje lastig,' buldert hij. 'De moeder van Patricia van Devender is voorzitter van de stichting, dus na al dat... gedonderjaag met de jongelui vonden we het beter om ons huis van de lijst te laten schrappen.'

Ik kijk naar de deur, bid dat Stuart nu snel thuiskomt. Het is de tweede keer dat 'zij' ter sprake komt. Missus Whitworth werpt haar man een oorverdovende blik toe.

'Kom, wat wil je dan, Francine? Nooit meer over haar praten? We hebben dat verrekte prieel in de tuin speciaal voor de bruiloft laten bouwen.'

Missus Whitworth haalt diep adem, en ik moet denken aan wat Stuart me heeft verteld, dat de senator maar een deel van het verhaal kent, maar dat zijn moeder alles weet. En wat ze weet, moet heel wat erger zijn dan alleen 'gedonderjaag'.

'Eugenia,' begint missus Whitworth met een glimlach, 'ik heb begrepen dat je schrijfster wilt worden. Wat voor dingen zou je willen schrijven?'

Ik plak mijn glimlach weer op. Van het ene foute onderwerp op het andere. 'Ik schrijf de Miss Myrna-column in de *Jackson Journal.* Die verschijnt elke maandag.'

'O, volgens mij leest Bessie die column, ja toch, Stooley? Ik zal het haar vragen als ik naar de keuken moet.'

'Als ze die stukjes niet leest, gaat ze het nu zeker doen.' De senator lacht.

'Stuart vertelde dat je wilt proberen om over serieuzere onderwerpen te gaan schrijven. Heb je iets bepaalds op het oog?'

Nu kijkt iedereen naar mij, ook de hulp, een andere dan die opendeed, als ze me een glas ijsthee aangeeft. Ik kijk niet naar haar gezicht, als de dood voor wat ik er misschien op kan lezen. 'Ik werk aan een eh... paar...'

'Eugenia schrijft over het leven van Jezus Christus,' flapt moeder eruit, en ik herinner me mijn meest recente leugen om alle avonden dat ik weg ben te verklaren; 'research' noem ik het.

'Nee maar.' Missus Whitworth knikt, lijkt onder de indruk. 'Dat is een deugdzaam onderwerp.'

Ik probeer te glimlachen en walg van de klank van mijn eigen stem. 'En ook zo... belangrijk.' Ik kijk naar moeder. Ze straalt.

De voordeur slaat dicht, en de kroonluchter rinkelt uit protest.

'Sorry dat ik zo laat ben.' Stuart beent de kamer binnen, gekreukeld van de rit. Hij trekt zijn marineblauwe blazer uit. We gaan allemaal staan en zijn moeder spreidt haar armen, maar hij loopt meteen naar mij, legt zijn handen op mijn schouders en geeft me een kus op mijn wang. 'Sorry,' fluistert hij. Ik adem uit, kan me eindelijk drie millimeter ontspannen. Ik draai me om en zie dat zijn moeder glimlacht alsof ik net haar beste gastendoekje naar me toe heb gegrist en er mijn vieze handen aan heb afgeveegd.

'Schenk jezelf iets in, jongen, ga zitten,' zegt de senator.

Dat doet Stuart, en met een glas in zijn hand komt hij naast me zitten op de bank. Hij knijpt in mijn hand en laat niet meer los.

Missus Whitworth werpt één blik op onze verstrengelde handen en zegt: 'Charlotte, zal ik jou en Eugenia een rondleiding geven door het huis?'

Het volgende kwartier loop ik achter moeder en missus Whitworth aan, van de ene protserige kamer naar de andere. Moeder staat paf van een authentiek kogelgat van de yankees in de salon aan de voorkant; de kogel zit nog vast in het hout. Op een bureau liggen brieven van geconfedereerde soldaten, met een strategisch geplaatste antieke bril en zakdoeken ernaast. Het huis is een altaar voor de burgeroorlog tussen de noordelijke en de zuidelijke staten, en ik vraag me af hoe het voor Stuart moet zijn geweest om op te groeien in een huis waar je niets mag aanraken.

Op de tweede verdieping vergaapt moeder zich aan een hemelbed waar Robert E. Lee ooit in heeft geslapen. Als we eindelijk via een 'geheime' trap weer naar beneden gaan, blijf ik talmen bij foto's in de gang. Ik zie Stuart en zijn twee broers als kleine kinderen, Stuart met een rode bal in zijn handen. Stuart in een doopjurk, in de armen van een zwarte vrouw in een wit uniform.

Moeder en missus Whitworth gaan terug naar de zitkamer, maar ik blijf kijken, want de kleine Stuart heeft iets vertederends. Zijn wangen waren bol en de blauwe ogen van zijn moeder schitterden net zoals ze nu nog doen. Zijn haar was witgeel als een paardenbloem. Op zijn negende of tiende heeft hij een jachtgeweer en een eend in zijn handen. Op zijn vijftiende staat hij naast een neergeschoten hert. Dan is hij al knap, op een stoere manier. Ik hoop vurig dat hij mijn jeugdfoto's nooit te zien krijgt.

Ik doe een paar stappen en zie een foto van de eindexamenklas, Stuart trots in het schooluniform. In het midden van de muur is een lege plek, waar een rechthoekig stuk behang nét iets donkerder is. Er is een foto weggehaald.

'Pap, zo is het genoeg...' hoor ik Stuart op gespannen toon zeggen. Een tel later is het stil.

'Het eten is opgediend,' hoor ik een hulp aankondigen en ik zigzag terug naar de zitkamer.

We slenteren naar de eetkamer, met een lange, donkere tafel. De Phelans zitten aan de ene kant, de Whitworths aan de andere. Ik zit schuin tegenover Stuart, zo ver mogelijk bij hem vandaan. De lambriseringen zijn beschilderd met taferelen van voor de burgeroorlog – blije negers die katoen plukken, paarden die wagens trekken, mannen met witte baarden op de trappen van ons capitool. We wachten op de senator, die nog in de zitkamer is. 'Ik kom er zo aan, begin maar vast.' Ik hoor het rinkelen van ijs, en nog twee keer een klap als een fles wordt teruggezet voordat hij eindelijk binnenkomt en aan het hoofd van de tafel gaat zitten.

Een waldorfsalade wordt opgediend. Om de paar minuten kijkt Stuart naar mij en dan glimlacht hij.

Senator Whitworth buigt zich opzij naar papa en zegt: 'Ik ben met niets begonnen, moet je weten. Jefferson County, Mississippi. Mijn vader droogde pinda's voor elf cent per pond.'

Papa schudt zijn hoofd. 'Armoediger dan Jefferson County bestaat bijna niet.'

Ik kijk naar moeder, die een piepklein stukje appel afsnijdt. Ze aarzelt, kauwt eindeloos lang; haar gezicht vertrekt als ze het doorslikt. Ze wilde niet dat ik Stuarts ouders over haar maagprobleem vertelde. In plaats daarvan overlaadt ze missus Whitworth met culinaire complimenten. Moeder ziet dit etentje als een belangrijke zet in het spel met de naam Kan Mijn Dochter Jouw Zoon Strikken?

'De jongelui zijn zo graag bij elkaar.' Moeder glimlacht. 'Jeetje, Stuart komt bijna twee keer per week bij ons over de vloer.'

'Echt waar?' zegt missus Whitworth.

'We zouden het erg waarderen als jij en de senator een keer bij ons komen voor een etentje op onze plantage en een wandelingetje door onze boomgaard.'

Ik kijk naar moeder. 'Plantage' is een ouderwets woord dat ze graag gebruikt omdat ze 'boerderij' te min vindt klinken. Wat zij onder een 'boomgaard' verstaat is een halfdode appelboom en een wormstekige perenboom.

Maar missus Whitworth heeft een afkeurende trek rond haar mond gekregen. 'Twee keer per week? Stuart, ik had geen idee dat je zo vaak in de stad was.'

Stuarts vork blijft halverwege zijn mond steken. Hij kijkt zijn moeder schaapachtig aan.

'Jullie zijn nog zo jong.' Missus Whitworth glimlacht. 'Geniet nog maar een beetje. Het is helemaal niet nodig om zo jong al serieus te worden.'

De senator plant zijn ellebogen op tafel. 'Hoor haar. Terwijl die ander hém zo ongeveer een aanzoek heeft gedaan, zó veel haast had ze.'

'Pá!' sist Stuart met opeengeklemde kaken, en zijn vork klettert tegen zijn bord.

Het wordt stil rond de tafel, afgezien van moeders grondige, systematische gekauw om vast voedsel tot een brij te vermalen. Ik raak de schram op mijn arm aan, die nog steeds roze is.

De hulp legt kip in aspic op onze borden, met een plopje mayonaise erop, en we glimlachen allemaal, blij met de afleiding. Onder het eten praten papa en de senator over katoenprijzen en de katoenkever. Ik kan zien dat Stuart nog steeds boos is omdat zijn vader Patricia ter sprake heeft gebracht. Om de paar seconden kijk ik heimelijk zijn kant op, maar de boosheid lijkt niet minder te worden. Ik vraag me af of ze daar soms ruzie over hadden toen ik in de hal was.

De senator leunt achterover. 'Heb je dat stuk in *Life* gezien? Het nummer voor Medgar Evers, over... hoe heet die man, Carl... Roberts?'

Ik kijk op en ben verbaasd dat de senator zijn vraag tot mij heeft gericht. Ik knipper verward met mijn ogen, hoop dat hij het vraagt omdat ik voor een krant werk.

'Hij is... gelyncht. Omdat hij had gezegd dat de gouverneur...' Ik breek mijn zin af, niet omdat ik de woorden ben vergeten, maar omdat ik ze me zo goed kan herinneren.

'Hij noemde hem "een zielige figuur",' citeert de senator, nu tegen mijn vader, '"met de moraal van een straathoer".'

Ik adem uit, blij dat de aandacht niet langer op mij is gericht. Ik kijk naar Stuart om zijn reactie hierop te peilen. Hoe hij over burgerrechten denkt heb ik hem nooit gevraagd. Maar volgens mij luistert hij niet eens naar het gesprek. De boosheid rond zijn mond is strak en koud geworden.

Mijn vader schraapt zijn keel. 'Ik zal geen blad voor de mond nemen,' zegt hij langzaam. 'Ik heb geen goed woord over voor dergelijke wreedheden.' Hij legt zijn vork neer en kijkt de senator aan. 'Er werken vijfentwintig negers voor me op de velden en als iemand ook maar een vinger naar hen of hun gezinnen zou uitsteken...' Hij zegt dit terwijl hij de senator strak aankijkt, slaat dan zijn ogen neer. 'Soms schaam ik me, senator. Ik schaam me voor wat er in Mississippi gebeurt.'

Moeder kijkt met grote ogen naar papa. Ik ben geschokt over zijn ontboezeming. Dat hij zijn mening geeft aan de tafel van een politicus. Bij ons thuis worden kranten zo opgevouwen dat de foto's naar onderen liggen, de televisie gaat op een andere zender als de rassenkwestie ter sprake komt. Opeens ben ik zo trots op papa, om allerlei redenen. En heel even zie ik het ook in moeders ogen, ik zweer het je, ondanks haar angst dat vader mijn toekomst heeft geruïneerd. Ik kijk naar Stuart en lees bezorgdheid op zijn gezicht, maar ik heb geen idee waarover.

De senator kijkt papa met toegeknepen ogen aan. 'Ik zal je eens wat vertellen, Carlton,' zegt de senator. Hij laat het ijs rondgaan in zijn lege glas. 'Bessie, breng me een nieuw glas, wil je.' Hij geeft het aan de hulp, die heel snel terugkomt met een vol glas. 'Het was niet verstandig om dat over de gouverneur te zeggen,' besluit hij.

'Ik ben het honderd procent met je eens,' zegt papa.

'Maar wat ik me de laatste tijd afvraag is dit: Had hij gelijk?'

'Stóóley,' sist missus Whitworth. Maar het volgende moment glimlacht ze weer. 'Kom, Stooley,' zegt ze alsof ze het tegen een kind heeft, 'onze gasten zitten echt niet te wachten op jouw politieke gebeuzel terwijl we...'

'Francine, laat me toch voor mijn mening uitkomen. God weet dat ik het tussen negen en vijf niet kan doen, dus mag ik in mijn eigen huis dan tenminste oprecht zijn.'

Missus Whitworth blijft stug glimlachen, maar ze krijgt heel lichtroze blosjes op haar wangen. Ze bestudeert de witte rozen in het midden van de tafel. Stuart staart nog steeds met dezelfde kille woede naar zijn bord. Hij heeft al sinds de kip niet meer naar me gekeken. Iedereen zwijgt en dan begint iemand over het weer.

Als het diner eindelijk voorbij is, worden we uitgenodigd om plaats te nemen op de veranda voor een drankje en koffie. Stuart en ik blijven in de hal staan. Ik raak hem aan, maar hij trekt zijn arm weg.

'Ik wíst dat hij zich zou bezatten en alles ter sprake zou brengen.'

'Stuart, het is niet erg,' zeg ik, want ik denk dat hij het over de politieke praatjes van zijn vader heeft. 'We hebben een gezellige avond met z'n allen.'

Maar Stuart zweet en ziet er koortsig uit. 'Het is Patricia voor en Patricia na, al de hele avond,' zegt hij. 'Hoe vaak kan hij haar ter sprake brengen?'

'Maak je niet druk, Stuart. Er is niets aan de hand.'

Hij strijkt met een hand door zijn haar en kijkt overal naar, behalve naar mij. Ik begin het gevoel te krijgen dat ik er voor hem niet eens ben. En dan dringt tot me door wat ik al de hele avond heb geweten. Hij kijkt naar mij maar hij denkt aan... háár. Ze is overal. In de boosheid in Stuarts ogen, op de tong van zijn ouders, op de muur waar haar foto moet hebben gehangen.

Ik zeg tegen hem dat ik naar het toilet moet.

Hij wijst op een deur in de gang. 'Ik zie je zo op de veranda,' zegt hij, maar hij glimlacht niet. Op het toilet staar ik naar mijn spiegelbeeld en ik hou mezelf voor dat het alleen vanavond fout loopt. Als we eenmaal weg zijn uit dit huis, is er geen vuiltje meer aan de lucht.

Als ik klaar ben, loop ik langs de huiskamer, waar de senator zichzelf nog een glas inschenkt. Hij grinnikt bij zichzelf, drukt een servet tegen zijn overhemd, kijkt dan over zijn schouder om te zien of iemand heeft gezien dat hij heeft gemorst. Ik loop op mijn tenen langs de deuropening, in de hoop dat hij me niet ziet.

'Daar ben je!' hoor ik hem bulderen. Ik draai me in de deuropening langzaam naar hem om, en zijn gezicht begint te stralen. 'Wat isser? Ben je verdwaald?' Hij komt naar me toe.

'Nee, meneer, ik ben onderweg naar... de anderen.'

'Kom 's hier, meisje.' Hij slaat een arm om me heen en de geur van bourbon brandt in mijn ogen. Ik zie dat de voorkant van zijn overhemd nat is. 'Heb je het naar je zin?'

'Ja, meneer. Dank u.'

'Hoor 's, laat je vooral niet bang maken door Stuarts moeder. Ze probeert hem alleen te beschermen, da's alles.'

'O nee, ze is... juist heel aardig. Het is erg gezellig.' Ik kijk opzij naar de veranda, waar ik stemmen kan horen.

Hij zucht, staart voor zich uit. 'We hebben een moeilijk jaar achter de rug met Stuart. Ik neem aan dat hij je heeft verteld wat er is gebeurd.'

Ik knik, voel mijn huid tintelen.

'Het was erg,' zegt hij, 'heel erg.' Dan glimlacht hij opeens. 'Kijk 's aan! Kijk eens wie je dag komt zeggen.' Hij tilt een klein wit hondje op, hangt het over zijn arm als een tennishanddoek. 'Zeg eens dag, Dixie,' kraait hij, 'zeg eens dag tegen miss Eugenia.' Het hondje spartelt, draait zijn kop weg van het stinkende overhemd.

De senator kijkt weer naar mij, met een glazige blik in zijn ogen. Volgens mij is hij vergeten wat ik hier doe.

'Ik was onderweg naar de veranda,' zeg ik.

'Kom 's, kom 's mee.' Hij pakt me bij mijn elleboog, stuurt me mee naar een deur. Ik kom in een kleine kamer met een log bureau. Een lamp werpt een misselijkmakend gelig schijnsel op de donkergroene muren. Hij doet de deur achter me dicht, en onmiddellijk voel ik de atmosfeer veranderen, drukkend en claustrofobisch worden.

'Kijk, iedereen zegt dat ik te veel praat als ik er een paar op heb, maar...' Hij knijpt zijn ogen samen, alsof we oude samenzweerders zijn. 'Maar ik wil je iets vertellen.'

Het hondje heeft de strijd opgegeven, is misschien wel dronken van de dranklucht. Opeens verlang ik er wanhopig naar om met Stuart te praten, alsof ik hem elke seconde dat ik weg ben een beetje kwijtraak. Ik loop achteruit.

'Ik denk dat ik eh... eens op zoek moet gaan naar...' Ik steek een hand uit naar de deurknop. Ik weet dat ik vreselijk onbeleefd ben, maar ik hou het niet uit met de stank van drank en sigaren.

De senator zucht, knikt als ik mijn hand op de deurknop leg. 'O. Dus jij ook, hè?' Verslagen leunt hij tegen het bureau.

Ik wil de deur openmaken, maar de senator heeft dezelfde verloren uitdrukking op zijn gezicht als Stuart toen hij opeens op de veranda van mijn ouders stond. Ik heb geen keus en vraag: 'Ik ook... wat, meneer?'

De senator kijkt naar een portret van missus Whitworth, levensgroot en kil, dat als een waarschuwing op de deur van zijn werkkamer hangt. 'Ik zie het, da's alles. In je ogen.' Hij grinnikt bitter. 'En ik hoopte nog zo dat jij iemand zou zijn die de ouweheer wel aardig zou vinden. Als je ooit deel zou uitmaken van deze familie, bedoel ik.'

Ik kijk hem aan, tintelend van zijn woorden... *deel uitmaken van deze familie.*

'Ik eh... ik vind u erg aardig, meneer,' zeg ik, mijn tenen wriemelend in mijn platte schoenen.

'Ik wil je niet met onze problemen opzadelen, maar we hebben het behoorlijk moeilijk gehad, Eugenia. We waren gek van de zorgen na dat gedoe van vorig jaar. Met die ander.' Hij schudt zijn hoofd, kijkt naar het glas in zijn hand. 'Stuart heeft zijn appartement in Jackson opgedoekt en al zijn spullen verhuisd naar het buitenhuis in Vicksburg.'

'Ik weet dat hij heel erg... van streek was,' zeg ik, hoewel ik in werkelijkheid bijna niets weet.

'Dood is een betere beschrijving. Jezus, ik reed erheen om hem te zien en dan zat hij daar maar voor het raam, pecannoten te kraken. Hij at ze niet eens op, haalde ze alleen uit de schaal en gooide ze dan weg. Wilde niet met mij of zijn moeder praten... máándenlang.'

Hij verschrompelt, deze grote stier van een man, en ik wil tegelijkertijd vluchten en hem geruststellen, zo zielig ziet hij eruit, maar dan kijkt hij me aan met zijn bloeddoorlopen ogen en zegt: 'Het voelt als tien minuten geleden dat ik hem liet zien hoe hij zijn eerste geweer moest laden, zijn eerste duif de nek moest omdraaien. Maar sinds het gedoe met dat meisje is hij... veranderd. Hij wil me niets meer vertellen. Ik wil gewoon weten of het wel goed gaat met mijn zoon.'

'Ik eh... ik denk van wel. Maar eerlijk gezegd... weet ik het eigenlijk niet.' Ik kijk weg. Vanbinnen begin ik te beseffen dat ik Stuart helemaal niet ken. Als hij zo beschadigd is en het er met mij niet eens over kan hebben, wat beteken ik dan voor hem? Een verzetje? Iets wat naast hem zit om te voorkomen dat hij denkt aan wat hem innerlijk verscheurt?

Ik kijk naar de senator, probeer troostende woorden te bedenken, iets wat mijn moeder zou zeggen. Maar het blijft doodstil.

'Francine zou me levend villen als ze wist dat ik je dit heb gevraagd.'

'Het is niet erg, meneer,' zeg ik. 'Ik vind het niet erg.'

Hij maakt een uitgeputte indruk, probeert te glimlachen. 'Bedankt, lieverdje. Ga maar naar mijn zoon. Ik zie jullie straks.'

Ik vlucht naar de veranda en ga naast Stuart staan. Bliksemschichten schieten door de lucht, hullen de tuin vluchtig in een spookachtig fel licht, en dan slokt het donker alles weer op. Aan het eind van het tuinpad doemt als een skelet het prieel op. Ik ben misselijk van het glas sherry dat ik na het eten heb gedronken.

De senator komt naar buiten in een schoon geruit overhemd, precies gelijk aan het andere. Wonderlijk genoeg lijkt hij nuchterder. Moeder en missus Whitworth kuieren een eindje, wijzen op een zeldzame roos die zijn nek door de balustrade van de veranda steekt. Stuart legt een hand op mijn schouder. Met hem lijkt het wat beter te gaan, maar ik voel me steeds slechter.

'Kunnen we...' Ik wijs naar de deur en Stuart loopt achter me aan naar binnen. In de gang met de geheime trap blijf ik staan. 'Er zijn veel dingen die ik niet van je weet, Stuart,' zeg ik.

Hij wijst op de muur met foto's achter me, inclusief de lege plek. 'Nou, daar hangt het.'

'Stuart, je vader heeft me verteld...' Ik probeer te bedenken hoe ik het moet zeggen.

Hij knijpt zijn ogen tot spleetjes. 'Wat heeft hij je verteld?'

'Hoe erg het was. Hoe moeilijk het voor je was,' zeg ik. 'Met Patricia.'

'Hij weet er geen bál van! Hij weet niet wie het was of waar het om ging of...' Hij leunt achterover tegen de muur en slaat zijn armen over elkaar en ik zie dat de boosheid terug is, diep en rood. Hij is erin gewikkeld.

'Stuart. Je hoeft het me niet nu te vertellen. Maar op een dag zullen we er echt over moeten praten.' Ik ben verbaasd dat ik zo zelfverzekerd klink, terwijl ik me helemaal niet zo voel.

Hij kijkt me diep in de ogen, haalt zijn schouders op. 'Ze heeft met iemand anders geslapen. Zo, nu weet je het.'

'Iemand die... je kende?'

'Niemand kende hem. Het was zo'n hinderlijke figuur die bij scholen rondhangt, de docenten aanklampt om erop te hameren dat ze iets aan de segregratiewetten moeten doen. Nou, zij heeft inderdaad iets gedaan.'

'Bedoel je... dat hij een activist was? Bij de burgerrechten...'

'Precies. Nu weet je het.'

'Was hij... zwart?' Ik hou mijn adem in bij de gedachte aan de consequenties, want zelfs ik zou het afschuwelijk vinden, rampzalig.

'Néé, hij was niet zwart. Het was tuig van de richel. Een yankee uit New York, met lang haar en vredestekens, zoals je op de televisie ziet.'

Ik zoek in mijn hersenpan naar de juiste vraag, maar kan niets bedenken.

'En weet je wat het gekke is, Skeeter? Ik had me eroverheen kunnen zetten. Ik had het haar kunnen vergeven. Dat heeft ze me gevraagd, ze heeft gezegd hoe erg het haar speet. Maar als ooit bekend zou worden wie hij was, dat de schoondochter van senator Whitworth naar bed is geweest met zo'n godvergeten activist uit New York, dat zou mijn vaders carrière ruïneren. Over en uit.' Hij knipt in zijn vingers.

'Maar aan tafel zei je vader dat hij twijfels heeft over Ross Barnett.'

'Zo werkt het niet. Het maakt niet uit wat hij vindt. Het gaat om wat Mississippi vindt. In de herfst stelt hij zich kandidaat voor de senaat in Washington en jammer genoeg weet ik dat.'

'Dus je hebt het uitgemaakt vanwege je vader?'

'Nee, ik heb het uitgemaakt omdat ze vreemd is gegaan.' Hij kijkt naar zijn handen en ik kan zien dat de schaamte aan hem vreet. 'Maar ik heb haar niet teruggenomen... vanwege mijn vader.'

'Stuart, hou je... nog steeds van haar?' vraag ik, en ik probeer te glimlachen alsof het niets voorstelt, alsof het gewoon een vraag is, zelfs al voel ik al mijn bloed wegzakken naar mijn voeten. Ik heb het gevoel dat ik flauw ga vallen.

Zijn lichaam verslapt tegen het goudkleurige behang. Zijn stem wordt zachter. 'Jij zou dat nooit doen. Liegen. Niet tegen mij, tegen niemand.'

Hij heeft geen idee tegen hoeveel mensen ik lieg. Maar daar gaat het niet om.

'Geef antwoord, Stuart. Is het zo?'

Hij wrijft over zijn slapen, met zijn hand voor zijn ogen. Om zijn ogen te verbergen, denk ik.

'Ik denk dat we elkaar een tijdje niet moeten zien,' fluistert hij.

In een reflex steek ik mijn hand naar hem uit, maar hij deinst achteruit.

'Ik heb tijd nodig, Skeeter. Ruimte. Ik moet keihard aan het werk en naar olie boren en... alles op een rijtje zetten.'

Ik voel mijn mond openzakken. Op de veranda hoor ik onze ouders roepen. Het is tijd om naar huis te gaan.

Ik loop achter Stuart aan naar de voorkant van het huis. De Whitworths staan in de indrukwekkende hal terwijl wij, de drie Phelans, naar de deur lopen. In een wattig coma luister ik naar de voornemens om het nog eens over te doen, de volgende keer bij de Phelans. Ik neem van iedereen afscheid, bedank, en mijn eigen stem klinkt me vreemd in de oren. Stuart zwaait vanaf de trap en glimlacht naar me, zodat onze ouders niet merken dat er iets is veranderd.

21

We staan in de zitkamer, moeder en papa en ik, en staren naar het zilveren gevaarte in het raam. Het is zo groot als de motor van een truck, uitgerust met knoppen, met glimmend chroom en een uitstraling van moderne hoop. FEDDERS staat erop.

'Wie zijn die Fedders eigenlijk?' vraagt moeder. 'Waar komen ze vandaan?'

'Zet hem eens aan, Charlotte.'

'O, dat kan ik niet. Het is zo'n ordinair ding.'

'Jezus, moeder, dokter Neal heeft gezegd dat u er een nodig heeft. Ga eens naar achteren.'

Mijn ouders kijken me nijdig aan. Ze weten niet dat Stuart het na het etentje bij de Whitworths heeft uitgemaakt. Of hoe hevig ik naar de verkoeling van dit apparaat verlang. Dat ik elke minuut dat ik het zo warm heb, dat ik me zo godvergeten verschroeid en gekwetst voel, het gevoel heb dat ik in de fik zal vliegen.

Ik draai de knop naar 1. Boven ons hoofd gaat de kroonluchter zwakker branden. Het gonzen zwelt langzaam aan, alsof het tegen een heuvel op moet klauteren. Ik zie dat een paar lokken van moeders haar zachtjes worden opgetild.

'O... hemel,' zegt moeder en ze doet haar ogen dicht. Ze is zo moe de laatste tijd en haar maagzweren worden erger. Dokter Neal heeft gezegd dat ze zich prettiger zal voelen als we het huis koel houden.

'Dit is niet eens de hoogste stand,' zeg ik, en ik draai de knop naar 2. De lucht gaat harder blazen, wordt koeler, en we glimlachen alle drie. Het zweet verdampt op ons voorhoofd.

'Nou, vooruit, nu wil ik het weten ook,' zegt papa, en hij draait de knop naar 3, de hoogste, koelste, heerlijkste stand van allemaal. Moeder giechelt. We staan met onze mond open voor het apparaat, alsof we de koelte kunnen eten. Het licht gaat weer feller branden, het gonzen zwelt aan, we glimlachen breder, en dan is het opeens afgelopen. Donker.

'Wat... is er gebeurd?' vraagt moeder.

Papa kijkt omhoog naar het plafond, loopt dan naar de gang. 'Door dat stomme ding zijn de stoppen doorgeslagen.'

Moeder waaiert zichzelf koelte toe met haar zakdoek. 'In hemelsnaam, Carlton, repareer het dan.'

Een uur lang hoor ik papa en Jameso schakelaars omzetten, en het gekletter van gereedschappen, zware voetstappen op de veranda. Als het uiteindelijk is gerepareerd krijg ik een preek van papa dat ik het ding nooit meer op de hoogste stand mag zetten omdat het hele huis dan wordt opgeblazen.

Moeder en ik kijken naar de ijzige mist die zich vormt op de ramen. Moeder dommelt in haar blauwe leunstoel, haar groene deken opgetrokken tot aan haar borst. Ik wacht totdat ze slaapt, luister naar haar zachte snurken, zie haar voorhoofd rimpelen. Op mijn tenen draai ik alle lampen uit, de televisie en alle andere energievreters behalve de koelkast. Ik ga voor het raam staan en maak de knopen van mijn blouse los. Behoedzaam draai ik de knop naar 3, want ik verlang ernaar om niets te voelen. Ik wil vanbinnen bevriezen. Ik wil dat de ijzige kou pal op mijn hart blaast. In ongeveer drie seconden slaan de stoppen door.

De twee weken daarna stort ik me op de interviews. Mijn schrijfmachine staat op de veranda en ik zit de hele dag en een deel van de avond te werken. Door het gaas zien de groene tuin en de velden er wazig uit. Soms betrap ik mezelf erop dat ik naar de velden staar, maar ik ben niet op de veranda. Ik ben in de keukens van Jackson met de hulpen, zwetend en plakkerig in hun witte uniformen. Ik voel de zachte adem van blanke baby's tegen me aan. Ik voel wat Constantine voelde toen moeder thuiskwam uit het ziekenhuis en mij aan haar gaf. Ik laat me door hun herinneringen uit mijn eigen ellendige leven wegslepen.

'Skeeter, we hebben al weken niets van Stuart gehoord,' zegt moeder voor de achtste keer. 'Hij is toch niet boos op je, hè?'

Ik ben de Miss Myrna-column aan het schrijven. Ooit had ik voor drie maanden stukjes liggen en nu heb ik op de een of andere manier bijna mijn deadline gemist.

'Er is niets, moeder. Hij hoeft niet elke minuut van de dag te bellen.' Maar dan geef ik mijn stem een zachtere klank. Ze lijkt elke dag magerder te worden. De scherpte van haar sleutelbeen is genoeg om mijn ergernis over haar opmerking te temperen. 'Hij is gewoon op reis, moeder.'

Dat lijkt haar voorlopig gerust te stellen, en ik hang hetzelfde verhaal op tegen Elizabeth, met een paar extra details tegen Hilly, terwijl ik in mijn arm knijp om dat superieure glimlachje van haar niet van haar gezicht te slaan. Maar ik weet niet wat ik tegen mezelf moet zeggen. Stuart heeft 'ruimte' nodig en 'tijd', alsof het natuurkunde is en niet een menselijke relatie.

Ik weiger elke minuut van de dag te zwelgen in zelfmedelijden. In plaats daarvan werk ik. Ik typ. Ik zweet. Hoe had ik moeten weten dat een gebroken hart zo verdomde heet zou zijn? Als moeder in bed ligt, sleep ik een stoel naar de airconditioner en staar ernaar.

In juli wordt het apparaat een zilveren altaar. Ik zie dat Pascagoula doet alsof ze met één hand afstoft, terwijl ze met de andere haar vlechten optilt in de koele lucht. Het is geen nieuwe uitvinding, airconditioning, maar elke kunstmatig gekoelde winkel in de stad zet een bordje in de etalage en vermeldt het in advertenties omdat het zo ontzettend belangrijk is. Ik maak een kartonnen bordje voor huize Phelan en zet het op de deurknop van de voordeur: NU AIRCONDITIONED. Moeder glimlacht, maar doet alsof ze het niet grappig vindt.

Op een van de zeldzame avonden dat ik thuis ben, zit ik met moeder en papa aan de eettafel. Ze heeft de hele middag geprobeerd te voorkomen dat ik zou merken dat ze heeft overgegeven. Ze drukt haar vingers tegen de brug van haar neus om haar hoofdpijn te verlichten en zegt: 'Ik dacht aan de vijfentwintigste, of denk je dat we ze niet zo snel bij ons moeten uitnodigen?' en ik kan mezelf er nog steeds niet toe brengen om haar te vertellen dat het uit is tussen Stuart en mij. Maar ik kan aan haar gezicht zien dat moeder zich vanavond slechter dan slecht voelt. Ze is bleek en probeert langer te blijven zitten dan goed voor haar is.

Ik pak haar hand en zeg: 'Ik zal het vragen, mama, maar ik weet zeker dat het goed is.'

Ze glimlacht, de eerste keer die dag.

Aibileen kijkt glimlachend naar de stapel papier op haar keukentafel. De stapel is tweeënhalve centimeter dik, getikt met een dubbele regelafstand, en begint eruit te zien als iets wat op een plank kan staan. Aibileen is net zo moe als ik, nee, waarschijnlijk nog moeër, want zij werkt de hele dag en doet dan 's avonds mee aan de interviews.

'Kijk 's aan,' zegt ze. ''t Lijkt net een bóék!'

Ik knik, probeer te glimlachen, maar er moet nog zoveel werk worden verzet. Het is bijna augustus en hoewel ik het manuscript pas in januari hoef in te leveren, hebben we nog vijf interviews te gaan. Geholpen door Aibileen heb ik vijf verhalen ingekort en geredigeerd, waaronder dat van Minny, maar ik moet er nog aan schaven voordat het volwaardige hoofdstukken zijn. Gelukkig is Aibileens hoofdstuk af. Het is eenentwintig pagina's, prachtig geschreven, simpel.

We hebben nu tientallen verzonnen namen, zowel van blanken als van zwarten, en soms valt het niet mee om ze uit elkaar te houden. Aibileen is vanaf het begin Sarah Ross geweest. Minny heeft voor Gertrud Black gekozen, waarom weet ik niet. Ik noem mezelf Anonymus, maar dat weet Elaine Stein nog niet. Niceville, Mississippi, is de naam van onze stad omdat die niet bestaat, maar we hebben bedacht dat de naam van een echte staat belangstelling zou wekken. En aangezien het nergens zo erg is als in Mississippi, lag dat voor de hand.

Een briesje blaast door het raam naar binnen en de bovenste bladzijden ritselen. We leggen allebei onze vlakke hand erop om te voorkomen dat ze wegwaaien.

'Denkt u... dat ze 't wil uitgeven?' vraagt Aibileen. 'Als 't af is?'

Ik veins bravoure. 'Ik hoop het,' zeg ik zo opgewekt mogelijk. 'Ze toonde belangstelling voor het idee en ze... Nou ja, de demonstratie komt eraan en...'

Ik hoor mijn eigen stem wegsterven. Ik weet werkelijk niet of missus Stein het daadwerkelijk wil uitgeven. Wat ik wel weet, is dat de verantwoordelijkheid voor het project op mijn schouders rust, en aan hun door zorgen en hard werken gegroefde gezichten kan ik zien hoe graag de hulpen willen dat dit een boek wordt. Ze zijn bang, kijken om de haverklap naar de achterdeur, als de dood dat ze erop worden betrapt dat ze met mij praten. Als de dood dat ze in elkaar worden geslagen zoals Louvenia's kleinzoon, of God beware, doodgeschoten in hun voortuin zoals Medgar Evers. Het risico dat ze nemen bewijst hoe belangrijk ze het vinden om naar buiten te komen met hun verhalen.

Ik voel me niet langer beschermd alleen maar omdat ik blank ben. Ik kijk vaak over mijn schouder als ik in de truck naar het huis van Aibileen rijd. De agent die me een paar maanden geleden heeft aangehouden is mijn geheugensteuntje: ik vorm nu een bedreiging voor elke blanke familie in de stad. Ook al zijn veel verhalen positief, de verhalen over de goede band tussen de zwarte hulp en het blanke gezin, juist de slechte verhalen zullen de aandacht van de blanken trekken. Hun bloed zal gaan koken, ze zullen met hun vuisten zwaaien. We moeten dit absoluut geheim houden.

Ik kom expres vijf minuten te laat op de bijeenkomst van de League op maandagavond, de eerste in weken. Hilly was aan de kust, en niemand durft een bijeenkomst te houden zonder dat zij erbij is. Ze is bruin en ze heeft er zin in. Ze houdt de hamer vast alsof het een wapen is. Overal om me heen zitten vrouwen sigaretten te roken. Ze tippen de as in glazen asbakken op de vloer. Ik bijt op mijn nagels om er geen op te steken. Ik heb al zes dagen niet gerookt.

Behalve door het ontbreken van een sigaret in mijn hand krijg ik de zenuwen van de gezichten om me heen. Er zijn minstens zeven vrouwen in de zaal die iets te maken hebben met iemand in het boek, als ze er niet zelf in voorkomen. Ik wil hier weg, ik wil aan het werk, maar er verstrijken twee lange, warme uren voordat Hilly de hamer voor de laatste keer laat neerkomen. Tegen die tijd ziet zelfs zij eruit alsof ze moe is van haar eigen stem.

Meisjes gaan staan en rekken zich uit. Sommigen gaan weg, verlangend om met hun man samen te zijn. Anderen talmen, de vrouwen met een keuken vol kinderen terwijl de hulp al naar huis is. Snel stop ik mijn spullen weg, in de hoop dat ik met niemand hoef te praten, vooral niet met Hilly.

Maar voordat ik kan ontkomen maakt Elizabeth oogcontact. Ze

gebaart dat ik naar haar toe moet komen. Ik heb haar al weken niet gezien en ik kan het niet maken om nu weg te gaan. Ik voel me schuldig dat ik haar niet heb opgezocht. Ze legt haar handen op de rugleuning van een stoel en hijst zichzelf overeind. Ze is zes maanden zwanger, versuft door de tranquillizers die de dokter haar vanwege haar zwangerschap heeft voorgeschreven.

'Hoe voel je je?' vraag ik. Haar lichaam is nog helemaal hetzelfde, behalve haar heel erg dikke buik. 'Heb je er dit keer minder last van?'

'Hemel, nee, het is vreselijk en ik heb nog drie maanden te gaan.'

We zijn allebei stil. Elizabeth laat een boertje, kijkt op haar horloge. Uiteindelijk pakt ze haar tas, maakt ze aanstalten om weg te gaan, maar dan knijpt ze in mijn hand. 'Ik heb het gehoord,' fluistert ze, 'van jou en Stuart. Ik vind het heel naar voor je.'

Ik sla mijn ogen neer. Ik ben niet verbaasd dat ze het weet, alleen dat het zo lang heeft geduurd voordat iemand er lucht van heeft gekregen. Ik heb het niemand verteld, maar Stuart wel, neem ik aan. Vanochtend moest ik nog liegen tegen moeder en haar vertellen dat de Whitworths de vijfentwintigste de stad uit zijn, de dag waarop moeder ze had willen uitnodigen.

'Sorry dat ik het je niet heb verteld,' zeg ik. 'Ik wil er liever niet over praten.'

'Dat begrijp ik toch. O verdikkie, ik kan maar beter gaan. Raleigh is met haar alleen en dat kan hij helemaal niet aan.' Ze werpt een laatste blik op Hilly. Hilly glimlacht en knikt dat ze kan gaan.

Ik draai me om naar de deur, maar voordat ik me uit de voeten kan maken hoor ik haar stem: 'Wacht even, Skeeter, wil je.'

Ik zucht, draai me om en kijk Hilly aan. Ze draagt het blauwe matrozenpakje, iets wat je een kind van vijf zou aantrekken. De plooien rond haar heupen zijn opengespreid als de blaasbalg van een accordeon. Het zaaltje is inmiddels leeg, op ons tweeën na.

'Kunnen we het er even over hebben, dame?' Ze houdt de laatste nieuwsbrief omhoog en ik weet wat er gaat komen.

'Ik kan niet blijven. Mijn moeder is ziek...'

'Ik heb je víjf maanden geleden opdracht gegeven mijn initiatief op te nemen en nu is er weer een week verstreken en je hebt het nog steeds niet gedaan.'

Ik staar haar aan. Er welt een plotselinge, heftige woede in me op. Alles wat ik de afgelopen maanden heb opgekropt komt nu omhoog in mijn keel.

'Ik vertík het om dat initiatief op te nemen.'

Ze kijkt me roerloos aan. 'Ik wil dat initiatief vóór de verkiezingen in de nieuwsbrief,' zegt ze en ze wijst op het plafond, 'of ik meld het hier boven, juffie.'

'Als jij probeert mij uit de League te gooien, bel ik Genevieve von Hapsburg in New York,' sis ik, want ik weet toevallig dat Genevieve Hilly's heldin is. Ze is de jongste voorzitster van de nationale League in de geschiedenis, waarschijnlijk de enige persoon op deze wereld voor wie Hilly bang is. Maar Hilly geeft geen krimp.

'En wat ga je dan zeggen, Skeeter? Dat je weigert je werk te doen? Dat je met propagandamateriaal voor de negerkwestie rondloopt?'

Ik ben te boos om ervan te schrikken. 'Ik wil het terúg, Hilly. Je hebt het uit mijn tas gehaald en het is niet van jou.'

'Uiteraard heb ik het uit je tas gehaald! Het is schandalig dat je met dat soort spullen rondloopt. Stel nou dat iemand het had gezien?'

'Wie ben jij om te bepalen wat ik wel en niet in mijn tas–'

'Dat is mijn taak, Skeeter! Jij weet net zo goed als ik dat mensen nog geen plak cake zouden kopen van een organisatie waar mensen die de rassenscheiding willen afschaffen lid van zijn!'

'Hilly.' Ik moet het haar gewoon horen zeggen. 'Voor wíé wordt al dat geld van de cakes eigenlijk ingezameld?'

Ze rolt met haar ogen. 'Voor de Zielige Uitgehongerde Kindertjes in Afrika natuurlijk.'

Ik wacht af of ze de ironie hiervan inziet, dat ze geld stuurt naar zwartjes overzee maar niet in haar eigen stad. Dan krijg ik een beter idee. 'Ik ga Genevieve nu meteen bellen. Ik zal haar vertellen wat voor een hypocriet je bent.'

Hilly recht haar rug. Heel even denk ik dat ik een barst in haar pantser heb geslagen met mijn woorden. Maar dan likt ze haar lippen en haalt ze diep en snuivend adem.

'Eerlijk is eerlijk, het is geen wonder dat Stuart je de bons heeft gegeven.'

Ik houd mijn kaken op elkaar geklemd zodat ze niet kan zien welk effect haar woorden op me hebben. Maar vanbinnen verander ik in een glijbaan. Ik voel alles in mijn binnenste langzaam naar de vloer glijden. 'Ik wil die wetten terug,' zeg ik met bevende stem.

'Dan zul je mijn stuk in de nieuwsbrief op moeten nemen.'

Ik draai me om en loop naar buiten. Ik smijt mijn tas in de Cadillac en steek een sigaret op.

Het licht in moeders kamer brandt niet als ik thuiskom en daar ben ik dankbaar voor. Op mijn tenen loop ik door de gang naar de veranda en ik doe de piepende hordeur voorzichtig dicht. Ik ga achter mijn schrijfmachine zitten.

Maar ik kan niet typen. Ik staar naar de piepkleine grijze vierkantjes van het gaas voor de veranda. Ik staar er zo lang naar dat ik door de gaatjes vlieg. Dan voel ik iets binnen in me openbarsten. Ik verander in damp. Ik ben gek. Ik ben doof voor die stomme, zwijgende telefoon. Doof voor het kokhalzen van mijn moeder. Haar stem door het raam van haar kamer: 'Geen paniek, Carlton, het is al weer over.' Ik hoor het allemaal en toch hoor ik niets. Alleen een hoog gonzen in mijn oren.

Ik steek een hand in de schooltas en haal het vel papier met Hilly's sanitair initiatief eruit. Het papier is slap en vochtig. Een nachtvlinder landt op een hoek en fladdert dan weer weg. Het poeder op zijn vleugels laat een bruin vlekje achter.

Met langzame aanslagen begin ik de nieuwsbrief te typen: Sarah Shelby gaat trouwen met Robert Pryor; Mary Katherine Simpson showt een nieuwe partij babykleertjes; een theepartij om onze trouwe sponsors in het zonnetje te zetten. Dan typ ik Hilly's initiatief. Ik plaats het op de tweede pagina, tegenover de foto's. Zo weet ik zeker dat iedereen het zal zien, nadat ze zichzelf hebben bekeken tijdens de zomerjamboree. Tijdens het typen heb ik maar één gedachte: Hoe zou Constantine over me denken?

AIBILEEN

22

'Hoe oud ben je vandaag geworden, grote meid?'

Mae Mobley ligt nog in bed. Slaperig steekt ze twee vingers op en zegt: 'Mae Mo Twee.'

'Nee-nee, we zijn vandaag drie geworden!' Ik trek nog een vingertje omhoog, zing 't rijmpje dat mijn vader vroeger altijd zei als ik jarig was: 'Drie kleine soldaatjes komen uit de la, twee zeggen stop, eentje zegt ga.'

Ze slaapt nu in een grote-meisjes-bed, want de babykamer wordt opgeknapt voor de nieuwe baby. 'Volgend jaar doen we vier kleine soldaatjes, die zijn op zoek naar iets te eten.'

Ze trekt haar neusje op, want nu moet ze onthouden dat ze Mae Mobley Drie is, terwijl ze zo lang ze zich kan herinneren tegen iedereen heeft gezegd dat ze Mae Mobley Twéé was. Als je klein bent, stellen mensen je maar twee vragen, hoe je heet en hoe oud je bent, dus dan moet je wel 't goede antwoord geven.

'Ik is Mae Mobley Drie,' zegt ze. Ze klautert uit bed, met d'r haar als een rattennest. De kale plek die ze als baby had komt terug. Ik borstel d'r haar erover en dan zie je 't een paar minuten niet, maar 't blijft nooit zitten. Het is dun en ze raakt d'r krullen kwijt. Aan 't eind van de dag is 't slap en piekerig. Ik vind 't niet erg dat ze niet mooi is, maar ik probeer haar zo mooi mogelijk te maken voor d'r moeder.

'Kom 's mee naar de keuken,' zeg ik, 'dan maak ik een verjaarsontbijt voor je.'

Miss Leefolt is naar de kapper. Het kan haar niet schelen dat ze er niet is op de ochtend dat haar enige kind wakker wordt op de eerste verjaardag die ze zich kan herinneren. Maar ze heeft haar in elk geval gegeven wat ze wilde. Ze nam me mee naar haar slaapkamer en wees op een grote doos op de vloer.

'Zal ze niet blij zijn?' zei miss Leefolt. 'Het loopt en het praat en het huilt zelfs.'

't Is een grote roze doos met witte stippen. Aan de voorkant zit cellofaan, en erin zit een babypop die net zo groot is als Mae Mobley. Allison heet ze. Ze heeft blonde krullen en blauwe ogen. Een roze jurk met ruches. Elke keer dat die reclame op teevee was, rende Mae Mobley erheen en pakte ze 't toestel aan twee kanten vast en drukte ze d'r gezicht tegen 't scherm. Zoals miss Leefolt naar die pop keek, leek 't wel of ze zelf ging huilen. Haar gemene ouwe mama heeft haar toen ze klein was vast nooit gegeven wat ze wilde hebben.

In de keuken maak ik grits zonder zout en ik leg er kleine marshmallows op. Ik zet 't schaaltje onder de grill zodat de marshmallows smelten. Dan garneer ik alles met stukjes aardbei. Meer is grits niet, een basis. Voor alles wat je liever wil eten.

De drie kleine roze kaarsjes die ik van huis heb meegenomen zitten in m'n tas. Ik heb ze in vetvrij papier verpakt om te voorkomen dat ze breken. Nadat ik ze heb aangestoken, breng ik de grits naar de kinderstoel aan de witte tafel in 't midden van de keuken.

Ik zeg: 'Gefeliciteerd met je verjaardag, Mae Mobley Twee!'

Ze lacht en zegt: 'Ik is Mae Mobley Drie!'

'Goed zo! Blaas nu de kaarsjes maar uit, Baby Girl. Straks lekken ze nog in je grits.'

Grijnzend kijkt ze naar de vlammetjes.

'Blazen, grote meid!'

Ze blaast de kaarsjes omver, likt de grits eraf en begint te eten.

Na een tijdje kijkt ze me glimlachend aan, zegt: 'Hoe oud ben jij?'

'Aibileen is drieënvijftig.'

Ze zet grote ogen op. Ik had net zo goed duizend kunnen zeggen.

'Ben jij... ook jarig?'

'Ja.' Ik lach. 'Jammer genoeg wel. Volgende week.' Ik kan zelf niet geloven dat ik vierenvijftig word. Waar blijft de tijd?

'Heb jij baby's?' vraagt ze.

'Ik heb er zeventien.' Ze kan nog niet tot zeventien tellen, maar ze weet dat 't veel is. 'Dat zijn er genoeg om de hele keuken te vullen,' zeg ik.

Haar bruine ogen zijn groot en rond. 'Waar zijn ze?'

'Overal in de stad. Alle baby's waar ik voor heb gezorgd.'

'Waarom komen ze niet met mij spelen?'

'Omdat ze bijna allemaal al groot zijn. De meesten hebben zelf al baby's.'

Hemel, ze snapt er niets van. Ze probeert een rekensommetje te maken. Dan zeg ik: 'Jij bent er een van. Alle baby's die ik verzorg zijn een beetje van mij.'

Ze knikt, duwt haar bordje weg.

Ik begin aan de afwas. Er is vanavond een feestje, maar alleen voor de familie, en ik moet de taart bakken. Eerst maak ik de aardbeientaart met 't aardbeienglazuur. Elke maaltijd zou uit aardbeien bestaan als 't aan Mae Mobley lag.

Dan maak ik de andere taart.

'Laten we een chocoladetaart bakken,' zei miss Leefolt gisteren. Ze is zeven maanden zwanger en gek op chocola.

Kijk, ik had dit al vorige week bedacht. Gezorgd dat alles in huis was. Dit is te belangrijk om er pas een dag van tevoren aan te denken. 'Mm-hmm. Wat vindt u van aardbeien? Dat vindt Mae Mobley 't lekkerst.'

'O nee, ze wil chocola. Ik ga vandaag boodschappen doen, dan haal ik alles in huis.'

Chocola, m'n zolen! Ik heb besloten ze allebei te maken. Dan mag Baby Girl ook twee keer kaarsjes uitblazen.

Ik was 't bordje van de grits af en geef haar een glas druivensap. Ze heeft haar oude babypop meegenomen naar de keuken, Claudia heet ze, en ze heeft haar dat erop is geschilderd en ogen die dichtvallen. 't Ding kermt als een kat als je d'r laat vallen.

'Daar is je baby,' zeg ik.

Ze klopt op d'r ruggetje alsof ze een boertje moet laten, knikt dan, zegt: 'Aibee, jij bent m'n echte mama.' Ze kijkt me zelfs niet aan, zegt 't alsof ze 't over 't weer heeft.

Ik kom op m'n knieën bij haar zitten op de vloer. 'Je mama is naar de kapper. Baby Girl, je weet heel goed wie je mama is.'

Maar ze schudt d'r hoofd, met die pop tegen d'r schouder. 'Ik ben jóúw baby.'

'Mae Mobley, je weet dat ik je alleen maar plaag, dat al die zeventien kinderen van mij zijn? 't Is een grapje. Ik heb maar één kind gehad.'

'Dat weet ik,' zegt ze. 'Ik ben je echte baby. Al die andere zijn alleen maar alsof.'

Kijk, ik heb vaker gehad dat kinderen in de war waren. John Green Dudley, 't eerste woordje van dat jochie was 'mama' en hij keek naar mij. Maar al snel ging-ie iedereen mama noemen, ook zichzelf, en hij noemde z'n papa ook mama. Dat is-ie een hele tijd blijven doen. Niemand vond 't erg. Maar toen-ie zich ging verkleden in de rokken van z'n zus en Chanel nr. 5 opdeed, ja, toen begonnen we ons natuurlijk wel een beetje zorgen te maken.

Ik heb veel te lang voor de familie Dudley gewerkt, meer als zes jaar. Z'n papa nam hem mee naar de garage en dan sloeg-ie hem met een rubberslang om te proberen 't meisje uit dat jongetje te slaan, totdat ik er echt niet meer tegen kon. Ik heb Treelore zowat gesmoord als ik thuiskwam, zo hard omhelsde ik 'm.

Toen we met de verhalen begonnen, vroeg miss Skeeter me wat m'n ergste herinnering was als huishoudelijke hulp. Ik heb gezegd dat 't een doodgeboren baby was. Maar dat is niet waar. Het was van 1941 tot 1947 elke dag dat ik achter de hordeur stond te wachten totdat 't pak ransel was afgelopen. Ik heb er nóg spijt van dat ik niet tegen John Green Dudley heb gezegd dat-ie niet naar de hel gaat. Dat-ie geen kermisattractie is omdat-ie op jongens valt. Ik heb er nóg spijt van dat ik hem niet steeds goeie dingen heb ingefluisterd, zoals ik met Mae Mobley doe. In plaats daarvan zat ik in de keuken te wachten totdat ik zalf op de striemen kon smeren.

Net op dat moment horen we de auto van miss Leefolt. Ik krijg 't op m'n zenuwen, want ik weet niet wat ze gaat doen als ze van dit mamagedoe hoort. Mae Mobley ook. Haar handjes fladderen als kippenvleugels.

'Ssst! Niet zeggen!' zegt ze. 'Dan krijg ik een klap.'

Aha, dus ze hebben dit gesprek al gehad. En miss Leefolt was er niet blij mee.

Als miss Leefolt binnenkomt met d'r nieuwe kapsel zegt Mae Mobley niet eens gedag, ze rent weg naar d'r kamertje. Alsof ze bang is dat d'r mama kan horen wat ze denkt.

Mae Mobleys verjaarsfeestje ging prima, dat zegt miss Leefolt tenminste de volgende dag. Als ik vrijdagochtend binnenkom, staat er een chocoladetaart met één flink stuk eruit op 't aanrecht. De aardbeientaart is schoon op. Die middag komt miss Skeeter langs om miss Leefolt papieren te brengen. Zodra miss Leefolt naar het toilet waggelt, glipt miss Skeeter de keuken binnen.

'Gaat 't door vanavond?' vraag ik.

'Ja. Ik kom.' Miss Skeeter glimlacht bijna niet meer sinds 't uit is met mister Stuart. Ik heb miss Hilly en miss Leefolt er vaak genoeg over horen roddelen.

Miss Skeeter pakt een flesje cola uit de koelkast, praat heel zachtjes. 'Vanavond maken we het interview met Winnie af en dit weekend ga ik alles op een rijtje zetten. Maar dan kunnen we pas volgende week donderdag weer afspreken. Ik heb mijn moeder beloofd dat ik haar maandag naar Natchez zal brengen voor een of andere bijeenkomst van de DAR.' Miss Skeeter knijpt d'r ogen een beetje dicht, dat doet ze altijd als ze over iets belangrijks nadenkt. 'Ik ben drie dagen weg, oké?'

'Prima,' zeg ik. ''t Zal u goed doen.'

Ze loopt naar de deur, kijkt over d'r schouder, zegt: 'Niet vergeten. Ik ga maandagochtend weg en dan ben ik pas woensdagavond weer terug, oké?'

'Ja, mevrouw,' zeg ik. Ik snap niet waarom ze 't twee keer zegt.

Het is maandagochtend halfnegen, maar miss Leefolts telefoon staat roodgloeiend.

'Met het huis van–'

'Geef me Elizabeth!'

Ik ga miss Leefolt halen. Ze komt uit bed, schuifelt in d'r nachtpon naar de keuken met d'r krulspelden, pakt de hoorn. Miss Hilly klinkt alsof ze 'n megafoon gebruikt in plaats van een telefoon. Ik kan elk woord verstaan.

'Ben je bij mijn huis geweest?'

'Wat? Waar heb je het over?'

'Ze heeft het in de nieuwsbrief gezet, van die wc's. Ik had nog zó gezegd dat oude jassen bij mij konden worden afgegeven en niet...'

'Ik heb de... post nog niet gezien. Ik weet niet waar je het over...'

'Ik vermoord haar met m'n blote handen!'

De hoorn wordt op de haak gesmeten. Miss Leefolt staat even naar 't toestel te kijken, trekt dan snel een duster aan over d'r pon. 'Ik moet weg,' zegt ze, en ze grist de autosleutels van tafel. 'Tot straks.'

Zwanger en wel holt ze de deur uit, ze stapt in de auto en scheurt weg.

Ik kijk omlaag naar Mae Mobley en zij kijkt omhoog naar mij. 'Vraag 't me niet, Baby Girl. Ik weet 't ook niet.'

Maar ik weet wel dat Hilly en d'r gezin vanochtend terug zijn gekomen van een weekend in Memphis. Is miss Hilly de stad uit, dan is dat 't enige waar miss Leefolt over kan praten, dat en wanneer ze terugkomt.

'Kom, Baby Girl,' zeg ik na een tijdje. 'We gaan wandelen, 's zien wat er aan de hand is.'

We lopen Devine uit, slaan linksaf, dan nog een keer links, en we zijn in Myrtle, miss Hilly's straat. 't Is augustus, maar 't is toch een fijne wandeling, 't is nog niet te heet. Vogels zingen, fladderen rond. Mae Mobley houdt m'n hand vast, we zwaaien met onze armen, hebben pret. Goeie genade, wat komen er vandaag een hoop auto's langs, en da's raar want Myrtle loopt dood.

We komen uit de bocht en zien miss Hilly's grote witte huis. En daar staan ze.

Mae Mobley wijst en lacht. 'Kijk. Kijk dan, Aibee!'

Zoiets heb ik nog nooit van m'n leven gezien. Drie dozijn wc's. Plompverloren op miss Hilly's gazon. In alle kleuren en maten. Er zijn blauwe, er zijn roze, sommige zijn wit. Sommige hebben geen bril, sommige hebben geen stortbak. Er zijn oudjes, jonkies, en exemplaren die je met een hendel moet doortrekken. Het lijkt net een meute mensen zoals een deel het deksel open heeft alsof ze praten, en een deel het deksel dicht heeft alsof ze luisteren.

We moeten in de goot gaan staan, zo druk is 't opeens in dit kleine straatje. Mensen rijden met open raampjes de straat in, draaien dan rond het eilandje van gras aan 't eind. Hardop lachend, roepend: 'Kijk 's naar Hilly's huis. Kijk 's naar die dingen.' Ze staren naar die potten alsof ze nog nooit een wc hebben gezien.

'Eén, twee, drie.' Mae Mobley begint ze te tellen. Als ze bij twaalf is, neem ik 't over. 'Negentwintig, dertig, eenendertig. Tweeëndertig wc's, Baby Girl.'

We lopen een eindje door en nu zie ik dat ze niet alleen op 't gazon staan. Er staan er twee naast elkaar op de oprit, als een echtpaar. En er staat er een op de stoep, alsof-ie wacht tot miss Hilly opendoet.

'Is 't niet grappig met die...'

Maar Mae Mobley heeft m'n hand losgelaten. Ze rent 't gazon op, naar de roze pot in 't midden en ze doet 't deksel omhoog. Voor ik 't weet, heeft ze d'r broekje omlaag getrokken en een plasje gedaan. Ik hol naar haar toe terwijl een stuk of zes auto's luid toeteren en een man met een hoed foto's neemt.

Miss Leefolts auto staat op de oprit achter die van miss Hilly, maar ze zijn nergens te bekennen. Ze zullen wel binnen zijn en schreeuwen en gillen over de puinhoop. De gordijnen zijn dicht en ik zie niets bewegen. Ik duim in de hoop dat ze Baby Girl niet hebben betrapt toen ze waar half Jackson bij was een kleine boodschap heeft gedaan. 't Is tijd om terug te gaan.

De hele weg naar huis stelt Baby Girl vragen over die wc's. Waarom stonden ze daar? Waar komen ze vandaan? Mag ze naar Heather, zodat ze er samen mee kunnen spelen?

Ook de rest van de ochtend staat miss Leefolts telefoon roodgloeiend. Ik neem niet op. Ik wacht op een pauze, zodat ik Minny kan bellen. Maar als miss Leefolt de keuken binnen komt stuiven, pakt ze de telefoon en kletst ze duizend kilometer per uur. Ik luister mee, en ik heb er niet lang voor nodig om 't verhaal op een rijtje te krijgen.

Miss Skeeter heeft dat plan van Hilly in de nieuwsbrief gezet, met alle redenen waarom blanke mensen en donkere mensen niet op dezelfde wc-bril kunnen zitten. En dan, eronder, heeft ze aangekondigd dat er oude jassen worden ingezameld, tenminste, dat had ze moeten doen. Maar in plaats van jassen, staat er iets van: 'Geef uw oude wc's af bij Myrtle Street 228. Wij zijn de stad uit, maar u kunt ze bij de deur achterlaten.' Ze heeft zich alleen in één woordje vergist, meer niet. Dat zal ze wel zeggen, neem ik aan.

Miss Hilly had de pech dat er geen ander nieuws was. Niets over Vietnam of de dienstplicht. Niks nieuws bekend over de grote demonstratie in Washington van dominee King. De volgende dag haalt miss Hilly's huis met al die wc's de voorpagina van de *Jackson Journal*. Ik moet zeggen dat 't een erg grappige foto is. Jammer dat-ie niet in kleur is, dan zou je al dat roze en blauw en wit kunnen zien. Het einde van de rassenscheiding van toiletpotten, zo zouden ze 't moeten noemen.

KOM LANGS, GA ZITTEN! luidt de kop. Er staat geen artikel bij, alleen een klein onderschrift onder de foto: 'Het huis van Hilly en William Holbrook, in Jackson, Mississippi, had vanochtend veel bekijks.'

En ik bedoel niet dat er in Jackson niks gebeurde, ik bedoel in de hele Verenigde Staten. Lottie Freeman, die in 't huis van de gouverneur werkt waar ze alle grote kranten krijgen, vertelde dat de foto op de binnenlandpagina van *The New York Times* stond. En in alle kranten stond erbij: 'Het huis van Hilly en William Holbrook, Jackson, Mississippi'.

Miss Leefolt is de hele week vaker aan de telefoon dan anders, en ze beweegt d'r hoofd als een jaknikker als Hilly weer 's hele verhalen houdt. Enerzijds moet ik lachen om die potten, anderzijds kan ik wel huilen. Miss Skeeter heeft een heel groot risico genomen door miss Hilly tegen zich in 't harnas te jagen. Vanavond komt ze terug uit Natchez, en ik hoop dat ze belt. Nu snap ik waarom ze weg is gegaan.

Donderdagochtend heb ik nog steeds niks van miss Skeeter gehoord. Ik zet de strijkplank in de woonkamer. Miss Leefolt komt thuis met miss Hilly en ze gaan aan de eettafel zitten. Ik heb miss Hilly hier niet meer gezien sinds voor de potten. Ze zal zich wel opsluiten in d'r huis. Ik zet de teevee aan met 't geluid zacht, spits m'n oren.

'Kijk. Dit is waar ik je over vertelde.' Miss Hilly heeft een klein boekje opengeslagen. Ze gaat met d'r vingers langs de tekst en miss Leefolt schudt d'r hoofd. 'Je weet toch wat dit betekent, hè? Ze wil deze wetten veranderen. Waarom zou ze er anders mee rondlopen?'

'Niet te geloven,' zegt miss Leefolt.

'Ik kan niet bewijzen dat zij die wc's op mijn gazon heeft gezet. Maar dit...' ze houdt 't boekje omhoog en tikt erop '... dit is het bewijs dat ze iets uitspookt. En dat ga ik ook aan Stuart Whitworth vertellen.'

'Maar ze hebben geen verkering meer.'

'Toch moet hij het weten. Voor het geval hij het in zijn hoofd haalt om het bij te leggen. Het gaat om de carrière van senator Whitworth.'

'Maar misschien was het echt wel een vergissing, de nieuwsbrief. Misschien...'

'Elizabeth.' Hilly slaat d'r armen over elkaar. 'Ik heb het niet over wcpotten. Ik heb het over de wetten in deze fantastische staat. Denk er eens over na. Wil jij nou echt dat Mae Mobley straks in het schoolbankje naast een zwarte jongen zit?' Ze kijkt naar mij en laat d'r stem dalen, maar ze heeft nooit kunnen fluisteren. 'Wil jij dat er in deze wijk negers komen wonen? Die je billen aanraken als je langs ze loopt op straat?'

Ik til m'n hoofd op en zie dat het miss Leefolt begint te dagen. Ze gaat rechtop zitten, nuffig en preuts.

'William kreeg een toeval toen hij zag wat ze heeft gedaan. Ik kan mijn goede naam niet langer bezoedelen door met haar om te gaan, al helemaal niet nu de verkiezingen eraan komen. Ik heb Jeanie Caldwell al gevraagd om Skeeters plaats in te nemen in de bridgeclub.'

'Heb je haar uit de bridgeclub geschopt?'

'Nou en of. En ik heb overwogen haar ook uit de League te zetten.'

'Kun je dat doen?'

'Natuurlijk kan ik dat. Maar ik heb besloten dat ik haar erbij wil hebben, dan kan ze zien dat ze zichzelf volkomen belachelijk heeft gemaakt.' Miss Hilly snuift. 'Ze moet leren dat ze niet op deze manier door kan gaan. Wij willen nog wel iets door de vingers zien, maar met andere mensen gaat ze grote problemen krijgen.'

'Je hebt gelijk. Er zijn racisten in deze stad,' zegt miss Leefolt.

Miss Hilly knikt grimmig. 'Reken maar.'

Na een tijdje gaan ze samen weg in de auto. Ik ben blij dat ik hun gezichten een tijdje niet hoef te zien.

Tegen twaalven komt mister Leefolt thuis voor de lunch, en dat komt bijna nooit voor. Hij gaat aan de kleine ontbijttafel zitten. 'Aibileen, maak iets te eten voor me, wil je.' Hij pakt de krant, slaat 'm open. 'Een broodje rosbief, graag.'

'Ja meneer.' Ik leg een placemat en een servet en bestek voor 'm klaar. Hij is lang en heel mager. 't Zal niet lang duren of hij is helemaal kaal. Hij heeft een zwarte ring rond z'n hoofd en niks op z'n kruin.

'Blijf je bij ons om Elizabeth te helpen met de nieuwe baby?' vraagtie, weggedoken achter z'n krant. Normaal gesproken negeert hij me volkomen.

'Ja meneer,' zeg ik.

'Want ik heb gehoord dat je vaak van baan wisselt.'

'Ja meneer,' zeg ik. Het is waar. De meeste hulpen blijven hun hele leven bij één gezin, maar ik niet. Ik heb m'n redenen om weg te gaan als ze een jaar of acht, negen zijn. Ik heb er een paar baantjes voor nodig gehad om dat te leren. 'Met de kleintjes ben ik op m'n best.'

'Dus je ziet jezelf niet echt als een huishoudelijke hulp. Meer als een kindermeisje.' Hij legt de krant neer, kijkt me aan. 'Je bent een specialist, net als ik.'

Ik zeg niks, knik alleen een beetje.

'Kijk, ik doe alleen de belastingzaken voor bedrijven, niet voor iedere persoon die een aangiftebiljet moet invullen.'

Ik begin nerveus te worden. Dit is meer dan hij ooit tegen me heeft gezegd en ik werk hier nu al drie jaar.

'Ik neem aan dat het niet makkelijk is om nieuw werk te vinden, telkens als de kinderen oud genoeg zijn om naar school te gaan.'

'Ik vind altijd wel iets.'

Daar zegt hij niks op, dus ik haal de rosbief uit de koelkast.

'Je moet goede referenties hebben als je zo vaak van baan wisselt als jij.'

'Ja meneer.'

'Ik heb gehoord dat je Skeeter Phelan kent. Een oude vriendin van Elizabeth.'

Ik hou m'n hoofd gebogen. Langzaam begin ik plakjes vlees te snijden, en te snijden. M'n hart pompt drie keer zo snel als normaal.

'Ze vraagt me soms om schoonmaaktips. Voor de krant.'

'Is dat zo?' zegt hij.

'Ja meneer. Ze vraagt gewoon om tips.'

'Ik wil niet dat je nog met die vrouw praat, niet over schoonmaaktips, niet om dag te zeggen. Is dat duidelijk?'

'Ja meneer.'

'Als ik hoor dat jullie met elkaar hebben gepraat, krijg jij een hele hoop ellende. Begrepen?'

'Ja meneer,' fluister ik. Ik vraag me af wat die man weet.

Mister Leefolt pakt z'n krant weer op. 'Ik wil een beetje mayonaise op het brood. En rooster het niet te lang, dan wordt het droog.'

Die avond zitten Minny en ik aan mijn keukentafel. M'n handen begonnen vanmiddag te trillen en dat doen ze nu nog steeds.

'Die lelijke blanke rotzak,' zegt Minny.

'Ik wou dat ik wist wat-ie denkt.'

Er wordt op de achterdeur geklopt. Minny en ik kijken mekaar aan. Er is maar één persoon die klopt, alle anderen komen gewoon binnen. Ik doe open en daar staat miss Skeeter. 'Minny is er,' fluister ik, want 't is altijd beter om 't te weten als je een kamer binnenkomt waar Minny is.

Ik ben blij dat ze is gekomen. Ik heb haar zo veel te vertellen dat ik niet weet waar ik moet beginnen. Ik ben verbaasd als ik zie dat miss Skeeter bijna glimlacht. Kennelijk heeft ze miss Hilly nog niet gesproken.

'Hallo, Minny,' zegt ze als ze binnenkomt.

Minny kijkt naar 't raam. 'Hallo, miss Skeeter.'

Voor ik een woord heb kunnen zeggen, gaat miss Skeeter zitten en begint.

'Ik heb nagedacht toen ik weg was, Aibileen. Ik vind dat we met jouw hoofdstuk moeten beginnen.' Ze haalt een stapel papieren uit die rare rode schooltas van d'r. 'En we moeten de verhalen van Louvenia en Faye Bell omruilen, want we willen niet drie dramatische verhalen achter elkaar. Het middelste deel bedenken we later wel, maar Minny, ik vind absoluut dat jouw verhaal het laatste moet zijn.'

'Miss Skeeter... ik moet u een paar dingen vertellen,' zeg ik.

Minny en ik kijken mekaar aan. 'Ik ga naar huis,' zegt Minny, en ze fronst alsof de stoel opeens te hard is om erop te zitten. Ze loopt naar de deur, en in 't voorbijgaan raakt ze miss Skeeters schouder aan, heel vluchtig, en ze blijft voor d'r uit kijken alsof 't niets is gebeurd. Dan is ze weg.

'U bent een paar dagen weg geweest, miss Skeeter.' Ik wrijf met een hand over m'n nek. Dan vertel ik haar dat miss Hilly dat boekje aan miss Leefolt heeft laten zien. En de Heer mag weten aan wie ze 't nog meer heeft laten zien.

Miss Skeeter knikt, zegt: 'Ik kan Hilly wel aan. Dit staat los van jou of de andere hulpen, en ook van het boek.'

En dan vertel ik haar wat mister Leefolt heeft gezegd, dat-ie heel duidelijk heeft gemaakt dat ik niet meer met haar mag praten over de stukjes voor de krant. Ik wil haar die dingen helemaal niet vertellen, maar ze hoort 't toch en ik wil dat ze 't van mij hoort.

Ze luistert aandachtig, stelt een paar vragen. Als ik klaar ben, zegt ze: 'Het is een blaaskaak, die Raleigh. Maar ik zal extra voorzichtig zijn als ik bij Elizabeth ben. Ik zal niet meer naar de keuken komen.' Ik kan merken dat 't nog niet tot d'r is doorgedrongen wat er aan de hand is: dat ze grote problemen heeft met d'r vriendinnen; hoe bang we zijn. Ik vertel haar dat miss Hilly haar in d'r hemd wil zetten bij de League. Ik vertel haar dat ze uit de bridgeclub is geschopt. Ik vertel haar dat miss Hilly 't aan mister Stuart gaat vertellen, voor 't geval hij 't 'in z'n hoofd haalt' om het goed te maken met haar.

Skeeter kijkt weg, probeert te glimlachen. 'Al die ouwe koeien, eigenlijk kan het me geen klap schelen.' Ze stoot een soort lachje uit en het doet pijn aan m'n hart. Want 't kan ons allemaal schelen. Zwart, wit, diep vanbinnen raakt 't ons.

'Ik eh... ik heb liever dat u 't van mij hoort dan in de stad,' zeg ik. 'Dat u weet wat er komen gaat. Zodat u extra voorzichtig kunt zijn.'

Ze bijt op d'r lip, knikt. 'Bedankt, Aibileen.'

23

De zomer rolt achter ons aan als een kokendhete teersproeier. Elke gekleurde persoon in Jackson zorgt dat-ie ergens teevee kan kijken, en we zien allemaal Martin Luther King, die in de hoofdstad van ons land staat en vertelt dat-ie een droom heeft. Ik kijk in 't souterrain van de kerk. Onze dominee is erheen om mee te lopen, en ik probeer z'n gezicht te vinden tussen al die mensen. Het is niet te geloven zoveel mensen als 'r zijn – tweehonderdvijftigdúízend. En wat nog wel 't mooiste is: zestigduizend daarvan zijn blánk.

'Mississippi en de wereld zijn twee verschillende plaatsen,' zegt de voorganger. We knikken allemaal want, goeie genade, als dat niet waar is.

Augustus en september gaan voorbij, en elke keer dat ik miss Skeeter zie, is ze magerder geworden, staan d'r ogen nog iets schichtiger. Ze probeert te glimlachen alsof ze 't niet erg vindt dat ze geen vriendinnen meer heeft.

In oktober zit miss Hilly aan miss Leefolts eettafel. Miss Leefolt is zo zwanger dat ze er suf van is. Intussen heeft miss Hilly een dikke bontstola om d'r nek hoewel 't buiten zestien graden is. Ze pakt 't theeglas met d'r pink in de lucht en zegt: 'Skeeter dacht dat ze slim was door al die wc's in mijn voortuin te zetten. Nou, we zijn er maar wat blij mee. We hebben er al bij drie gezinnen een in de garage of de schuur geïnstalleerd. Zelfs William geeft toe dat het uiteindelijk goed uitpakt.'

Dit ga ik niet aan miss Skeeter vertellen; dat ze de zaak heeft gesteund waar ze juist tegen vecht. Maar dan hoor ik dat 't niet uitmaakt, want miss Hilly zegt: 'Ik heb Skeeter gisteravond een bedankbriefje gestuurd. Verteld dat het project nu dankzij haar hulp in een stroomversnelling is geraakt.'

Miss Leefolt heeft 't zo druk met 't maken van babykleertjes dat Mae Mobley en ik bijna elke minuut van de dag samen zijn. Ze is nu zo groot dat ik haar niet meer de hele tijd kan dragen, of misschien word ik wel te oud. Ik probeer haar extra vaak te knuffelen.

'Kom je me een geheim verhaaltje vertellen?' fluistert ze met een brede grijns. Tegenwoordig wil ze de hele tijd haar geheime verhaaltje. Dat zijn de verhalen die ik zelf verzin.

Maar dan komt miss Leefolt binnen met d'r tas onder d'r arm, klaar om weg te gaan. 'Mae Mobley, ik moet weg. Kom mama eens een dikke kus geven.'

Maar Mae Mobley verroert zich niet.

Miss Leefolt staat met een hand in d'r zij op die kus te wachten.

'Ga dan, Mae Mobley,' fluister ik. Ik geef haar een zetje. Ze loopt naar d'r mama toe en slaat d'r armpjes stijf om haar heen, een soort van wanhopig, maar miss Leefolt zoekt al in d'r tas naar de autosleutels en waggelt weg. Mae Mobley lijkt 't tegenwoordig niet meer zo erg te vinden als vroeger, en dat doet me nog 't meeste pijn.

'Kom, Aibee,' zegt Mae Mobley als d'r moeder weg is. 'Ik krijg mijn geheime verhaaltje.'

We gaan naar haar kamer, daar zitten we graag. Ik ga in de grote stoel zitten en ze klimt op m'n schoot, glimlacht, wipt op en neer. 'Vertel dan! Vertel over het bruine pakpapier. En het cadeau.' Ze is zo opgewonden dat ze niet stil kan zitten. Ze springt van m'n schoot, rent een rondje om 't kwijt te raken. Dan kruipt ze weer bij me.

Dit is haar lievelingsverhaal, want als ik 't vertel, krijgt ze twee cadeautjes. Ik neem het bruine papier van de zak waarin ik m'n boodschappen meeneem van de Piggly Wiggly en daar pak ik iets kleins in, een snoepje of zo. Dan gebruik ik het witte papier van 't zakje van de drugstore en daar maak ik net zo'n pakje van. Ze neem 't heel serieus, het uitpakken, en ze laat mij vertellen dat niet de kleur van 't pakpapier telt, maar wat erin zit.

'Vandaag doen we een ander verhaal,' zeg ik, maar eerst blijf ik heel stil zitten en spits ik m'n oren voor 't geval miss Leefolt terugkomt omdat ze iets is vergeten.

De kust is veilig.

'Vandaag ga ik je vertellen over een man uit de ruimte, een Martian, je weet wel, een bewoner van de planeet van Mars.' Ze is dol op verhalen over de ruimte. Haar lievelingsprogramma op teevee is *My Favorite Martian.* Ik pak de twee hoedjes met antennes de ik gisteravond van aluminiumfolie heb gemaakt, zet ons er allebei een op. We zien eruit als een stelletje gekken met die dingen.

'Op 'n dag kwam een wijze Martian naar de aarde om de mensen een paar dingen te leren,' zeg ik.

'Een Martian? Hoe groot?'

'O, zoiets.' Ik gebaar omhoog met m'n hand.

'Hoe heette hij?'

'Martian Luther King.'

Ze haalt diep adem en legt haar hoofd dan tegen mijn schouder. Ik voel haar kinderhartje heel snel kloppen tegen 't mijne, als vlindervleugels tegen m'n uniform.

'Het was een heel aardige Martian, mister King. Hij zag er net zo uit als wij, met een neus en een mond en haar op z'n hoofd, maar soms keken mensen hem heel raar aan, en soms... soms waren ze heel erg gemeen tegen hem.'

Ik kan héél veel problemen krijgen door haar deze verhaaltjes te vertellen, vooral met mister Leefolt. Maar Mae Mobley weet dat 't onze 'geheime verhaaltjes' zijn.

'Waarom, Aibee? Waarom waren ze gemeen tegen hem?' vraagt ze.

'Omdat-ie gróén was.'

Vanochtend is miss Leefolts telefoon twee keer gegaan en twee keer was ik te laat. De eerste keer doordat ik Baby Girl achternazat toen ze in d'r nakie door de achtertuin rende en de tweede keer doordat ik 't toilet in de garage gebruikte. Miss Leefolt is drie – ja, dríé – weken overtijd, dus ik verwacht niet dat zij naar de telefoon rent. Maar ik verwacht ook niet dat ze mij uitscheldt omdat ik ook niet op tijd kon opnemen. Goeie genade, ik had 't kunnen weten toen ik vanochtend opstond.

Gisteravond hebben miss Skeeter en ik tot kwart voor twaalf aan de verhalen gewerkt. Ik ben bekaf, maar we zijn klaar met nummer acht, dus we hebben er nog maar vier te gaan. Op 10 januari moet 't af zijn en ik weet niet of we dat halen.

Het is al de derde week van oktober, dus 't is miss Leefolts beurt om de bridgeclub te ontvangen. Alles is veranderd sinds miss Skeeter eruit is gegooid. Nu zit miss Jeanie Caldwell erbij, de dame die iedereen 'schat' noemt. Miss Lou Anne heeft missus Walters vervangen, en iedereen is enorm beleefd en stijf. Ze zijn 't twee uur lang roerend met elkaar eens. Er is geen lol meer aan om te luisteren.

Ik schenk net de laatste thee in en dan doet de deurbel ding-dong. Ik ga snel opendoen, om miss Leefolt te laten zien dat ik niet zo langzaam ben als een slak, zoals ze vanochtend zei.

Als ik opendoe, komt er maar één woord bij me op: roze. Ik heb d'r nooit eerder gezien, maar ik heb genoeg gesprekken met Minny gehad om te weten dat zij 't is. Wie anders propt nou een extra grote boezem in een extra klein truitje?

'Hallo,' zegt ze, en ze likt over lipstickroze lippen. Ze steekt me haar hand toe en ik denk dat ze me iets wil geven, dus ik steek mijn hand uit om 't aan te pakken – en dan probeert ze me een hand te geven.

'Ik ben Celia Foote en ik wil miss Elizabeth Leefolt graag even spreken.'

Ik ben half versuft door al dat roze, en 't duurt een paar seconden voordat ik besef dat dit wel 's slecht zou kunnen uitpakken, voor mij en voor Minny. 't Was een hele tijd geleden, maar ik heb gelogen dat ik barstte.

'Ik eh... ze...' Ik zou wel willen zeggen dat er niemand thuis is, maar de bridgetafel staat ongeveer anderhalve meter achter me. Ik kijk om en alle vier de dames staren naar de deur, hun monden openhangend alsof ze vliegen vangen. Miss Caldwell fluistert iets tegen miss Hilly. Miss Leefolt hijst zich overeind, plakt een glimlach op.

'Hallo, Celia,' zegt miss Leefolt. 'Dat is lang geleden.'

Miss Celia schraapt d'r keel en zegt net iets te luid: 'Hallo, Elizabeth. Ik kom bij je langs om...' Haar blik gaat naar de tafel met de andere dames. 'O, nee, ik stoor. Ik eh... ik kom een andere keer wel terug.'

'Nee, nee, wat kan ik voor je doen?' zegt miss Leefolt.

Miss Celia haalt diep adem in d'r strakke roze rok en volgens mijn denken we allemaal dat ze eruit zal scheuren.

'Ik wil mijn hulp aanbieden voor het benefietfeest.'

Miss Leefolt glimlacht, zegt: 'O. Nou, ik...'

'Ik heb aanleg voor bloemschikken. Iedereen in Sugar Ditch zei het vroeger, en zelfs m'n hulp zei het, meteen nadat ze had vastgesteld dat ze niemand kent die zo slecht kan koken als ik.' Ze giechelt er zelf om, en ik hou m'n adem in als ik 't woord 'hulp' hoor. Dan wordt ze weer ernstig. 'Of ik kan adressen schrijven en postzegels plakken en...'

Miss Hilly staat op van tafel en loopt naar ze toe. 'We hebben echt geen hulp meer nodig, maar we zouden het leuk vinden als jij en Johnny het feest willen bijwonen, Celia.'

Miss Celia glimlacht en kijkt zo dankbaar dat 't iedereen z'n hart zou breken. Iedereen die er een heeft, bedoel ik.

'O, bedankt,' zegt ze. 'Ik wil gráág komen.'

'Het is op vrijdagavond. Op 15 november in het...'

'... het Robert E. Lee Hotel,' vult miss Celia aan. 'Ik weet het allemaal al.'

'We willen je graag kaartjes verkopen. Johnny komt toch mee, hè? Haal eens kaarten voor haar, Elizabeth.'

'En als ik op wat voor manier dan ook kan helpen...'

'Nee, nee.' Hilly glimlacht. 'Dat is echt niet nodig.'

Miss Leefolt komt terug met een envelop. 'Ze vist er een paar kaarten uit, maar dan pakt miss Hilly de envelop van haar aan.

'Nu je hier toch bent, Celia, waarom koop je dan niet meteen kaartjes voor je vrienden?'

Miss Celia verstijft. 'Eh, oké.'

'Tien kaarten? Jij en Johnny en acht vrienden. Dan hebben jullie een hele tafel voor jezelf.'

Miss Celia glimlacht zo krampachtig dat d'r mond begint te trillen. 'Twee lijkt me echt wel genoeg.'

Miss Hilly haalt er twee kaarten uit en geeft de envelop terug aan miss Leefolt, die naar achteren loopt om 'm weer op te bergen.

'Ik schrijf wel even een cheque uit. Gelukkig heb ik dat hele boekwerk vandaag bij me. Ik heb mijn hulp Minny beloofd dat ik een varkenskluif voor haar mee zou nemen uit de stad.'

Miss Celia heeft de grootste moeite om de cheque uit te schrijven op d'r knie. Ik verroer geen vin, hoop bij de gratie Gods dat miss Hilly niet heeft gehoord wat ze net heeft gezegd. Miss Celia geeft haar de cheque aan, maar miss Hilly's hele gezicht is gerimpeld van 't nadenken.

'Wie? Wie is je hulp?'

'Minny Jackson. O nee! Stik.' Miss Celia slaat een hand voor d'r mond. 'Elizabeth heeft me laten zweren dat ik nooit zou vertellen dat zij me haar heeft aanbevolen, en nu praat ik verdikkie m'n mond voorbij.'

'Elizabeth heeft... Minny Jackson aanbevolen?'

Miss Leefolt komt terug uit de slaapkamer. 'Aibileen, ze is wakker. Ga haar nu meteen halen. Ik kan met die rug van me nog geen nagelvijl oprapen.'

Ik haast me naar de kinderkamer, maar als ik m'n hoofd om de hoek van de deur steek, zie ik dat Mae Mobley weer in slaap is gevallen. Ik maak dat ik terugkom naar de eetkamer. Miss Hilly doet net de voordeur dicht.

Miss Hilly gaat zitten, glunderend als een wolf die net een lam heeft verschalkt.

'Aibileen,' zegt miss Leefolt, 'ga de salades eens halen. We zitten allemaal te wachten.'

Ik ga naar de keuken. Als ik terugkom, ratelen de bordjes als tanden op m'n dienblad.

'... de hulp die al het zilver van je moeder heeft gestolen en...'

'... dacht dat iedereen wist dat die roetmop een dievegge was...'

'... ik zou haar nog in geen miljoen jaar aanbevelen...'

'... gezien wat ze aan had? Wie denkt ze dat ze...'

'Ik ga dit tot op de bodem uitzoeken, al wordt het mijn dood,' zegt miss Hilly.

MINNY

24

Ik sta bij 't aanrecht in de keuken te wachten totdat miss Celia thuiskomt. De vaatdoek in m'n hand is aan flarden getrokken. Dat gekke mens stond aan 't eind van de ochtend op, perste zich in 't strakste roze truitje dat ze heeft, en dat zegt wel iets, en brulde: 'Ik ga naar Elizabeth Leefolt. Nu meteen, nu ik er de moed voor heb.' Daarop reed ze weg in haar Bel Air-cabriolet met de punt van d'r sjaal tussen het portier.

Ik had 't al op m'n zenuwen, en toen ging de telefoon. Aibileen struikelde over d'r woorden, zo erg was ze uit d'r doen. Miss Celia heeft de dames niet alleen verteld dat Minny Jackson voor haar werkt, ze heeft hun zelfs laten weten dat miss Leefolt me heeft 'aanbevolen'. En meer heeft Aibileen niet gehoord. Die kakelende kippen hebben nog geen vijf minuten nodig om uit te vogelen hoe 't zit.

Nu kan ik alleen maar afwachten. Afwachten of, Punt Eén, m'n beste vriendin van de hele wereld ontslagen zal worden omdat ze mij aan een baantje heeft geholpen. En Punt Twee, of miss Hilly miss Celia dezelfde leugen heeft verteld, dat ik een dievegge ben. En Punt Tweeënhalf, of miss Hilly miss Celia heeft verteld hoe ik haar die leugen van dat stelen betaald heb gezet. Ik heb geen spijt van het Vreselijk Slechte wat ik heb gedaan. Maar miss Hilly heeft gezorgd dat d'r eigen hulp moet wegrotten in de bajes, dus nu vraag ik m'n eigen af wat dat mens met mij gaat doen.

Pas om tien over vier, meer als een uur later dan ik normaal gesproken wegga, zie ik miss Celia's auto aankomen. Ze trippelt naar de deur alsof ze iets te zeggen heeft. Ik hijs m'n kousen op.

'Minny, het is al zo laat!' gilt ze.

'Hoe ging 't bij miss Leefolt?' Ik probéér niet eens bescheiden te zijn. Ik wil 't gewoon weten.

'Ga weg, alsjeblieft! Johnny kan elk moment thuiskomen.' Ze duwt me naar de bedienden-wc waar m'n spullen staan. 'We hebben het er morgen wel over.'

Maar voor de verandering wil ik niet naar huis, ik wil weten wat miss Hilly over me heeft gezegd. Horen dat je hulp een dievegge is, is net zoiets als horen dat de leraar van je kind een potloodventer is. Je gunt ze niet 't voordeel van de twijfel, je zorgt dat je zo snel mogelijk van ze af bent.

Maar miss Celia wil me niks vertellen. Ze werkt me de deur uit zodat zij door kan gaan met die poppenkast van haar. 't Is net een doolhof: mister Johnny weet 't van mij en miss Celia weet dat mister Johnny 't weet, maar mister Johnny weet niet dat miss Celia weet dat hij 't weet. En vanwege dat verknipte gedoe moet ik om tien over vier naar huis en kan ik de hele nacht wakker liggen van miss Hilly.

De volgende ochtend belt Aibileen me voor ik naar m'n werk ga. 'Ik heb arme Fanny vanochtend vroeg gebeld omdat ik wist dat jij geen oog dicht zou doen.'

Arme Fanny is miss Hilly's nieuwe hulp. We zouden d'r Domme Fanny moeten noemen omdat ze voor die vrouw werkt. 'Ze heeft gehoord dat miss Leefolt en miss Hilly samen hebben bedacht dat jij dat van die aanbeveling uit je duim hebt gezogen om te zorgen dat miss Celia je dat baantje zou geven.'

Pfff! Ik laat m'n adem ontsnappen. 'Ik ben blij dat jij niet in de problemen komt,' zeg ik. Dat is allemaal goed en wel, maar nu noemt miss Hilly me een dievegge én een leugenaarster.

'Maak je over mij maar geen zorgen,' zegt Aibileen. 'Je moet alleen zien te voorkomen dat miss Hilly met jouw mevrouw gaat praten.'

Zodra ik bij miss Celia ben, rent ze de deur uit om een jurk te kopen voor 't feest van volgende maand. Ze wil als eerste in de winkel zijn, zegt ze. 't Gaat nu heel anders dan toen ze zwanger was. Tegenwoordig kan ze niet wachten om de deur uit te gaan.

Ik been naar de achtertuin en neem de tuinstoelen af. De vogels vliegen allemaal verontwaardigd kwetterend weg als ze me aan zien komen, zodat de cameliastruik ritselt. Vorig jaar zeurde miss Celia altijd dat ik een bos van die bloemen mee naar huis moest nemen. Maar ik ken camelia's. Je neemt een bos mee naar binnen, ze zien er zo vers uit alsof ze bewegen, en zodra je je hoofd buigt om eraan te ruiken, zie je dat je een armvol ongedierte in huis hebt gehaald.

Achter de struiken hoor ik een takje breken, dan nog een. Ik voel een prikkeling vanbinnen, blijf heel stil staan. We zitten hier in de rimboe, nergens buren die je zouden horen roepen. Ik luister, maar 't blijft stil. Ik hou m'n eigen voor dat 't een overblijfsel is van wachten op mister Johnny. Of misschien ben ik wel paranide omdat ik gisteravond aan 't boek heb gewerkt met miss Skeeter. Ik ben altijd schrikachtig nadat ik met haar heb gepraat.

Dan ga ik verder met 't schoonmaken van de ligstoelen bij 't zwembad. Ik raap miss Celia's filmtijdschriften en tissues op die ze altijd achter d'r kont laat slingeren. De telefoon gaat. Ik mag niet opnemen, want miss Celia wil die grote vette leugen met mister Johnny volhouden. Maar zij is niet thuis. Bovendien, 't zou Aibileen kunnen zijn met meer nieuws. Ik ga naar binnen, doe de deur achter me op slot.

'Met het huis van miss Celia.' Allemachtig, ik hoop dat 't niet miss Celia is.

'Met Hilly Holbrook. Met wie spreek ik?'

Het bloed trekt van m'n haar omlaag naar m'n voeten. Binnen ongeveer vijf seconden ben ik een leeg, bloedeloos omhulsel.

Ik laat m'n stem dalen, klink donker als een vreemde. 'Met Doreena, de hulp van miss Celia.' *Doreena? Waarom gebruik ik de naam van m'n zus?*

'Doreena? Ik dacht dat Minny Jackson de hulp van miss Foote was.'

'Ze is eh... weggegaan.'

'Is dat zo? Ik wil missus Foote graag spreken.'

'Die is... de stad uit. Aan de kust. Voor een... een...' M'n hersenen peddelen duizend kilometer per uur in een poging details te bedenken.

'Wanneer komt ze terug?'

'Dat duurt nog héél lang.'

'Nou, als ze terug is, vertel haar dan dat ik heb gebeld. Hilly Holbrook, Emerson drie-achtenzestig-veertig.'

'Ja mevrouw, ik zal 't doorgeven.' Over m'n lijk.

Ik hou me vast aan 't aanrecht, wacht tot m'n hart ophoudt met hameren. Het is niet zo dat miss Hilly me niet kan vinden. Ze kan gewoon Minny Jackson opzoeken in 't telefoonboek en dan heeft ze m'n adres. En 't is ook niet zo dat ik miss Celia niet kan vertellen wat er is gebeurd, dat ik geen dievegge ben. Misschien gelooft ze me wel. Maar het Vreselijk Slechte verpest alles.

Vier uur later komt miss Celia binnen met een stapel van vijf grote dozen. Ik help haar de hele handel naar haar slaapkamer te brengen en blijf dan heel stil voor de deur staan om te horen of ze de sosetiedames gaat bellen, zoals ze elke dag doet. En ja hoor, ik hoor dat ze de hoorn van de haak neemt. Maar ze legt meteen weer neer. 't Suffe mens controleert weer of er een kiestoon is, voor 't geval iemand probeert te bellen.

Het is al de derde week van oktober en toch blijft de zomer zinderen met 't ritme van een centrifuge. Het gras in miss Celia's tuin is nog steeds heldergroen. De oranje dahlia's kijken nog steeds met een dronken glimlach omhoog naar de zon. En elke avond komen die rotmuggen tevoorschijn voor hun jacht op bloed. Een doos zweetkompressen is drie cent duurder geworden, en m'n elektrische ventilator heeft 't begeven.

Deze oktoberochtend, drie dagen na 't telefoontje van miss Hilly, ben ik 'n halfuur te vroeg op m'n werk. Ik heb Sugar gevraagd of ze de kleintjes naar school wil brengen. De gemalen koffie gaat in de mooie percolater, 't water in de pot. Ik leun met m'n achterste tegen 't aanrecht. Rust. Daar heb ik de hele nacht op gewacht.

De koelkast begint te neuriën. Ik leg mijn hand ertegen om de vibratie te voelen.

'Jeetje, wat ben jij vroeg, Minny.'

Ik doe de koelkast open en steek m'n hoofd erin. 'Môgge,' zeg ik vanuit de koelte. Ik kan maar één ding denken: Nog niet.

Ik verleg een paar artisjokken, de koude stekels prikken in m'n hand. Voorovergebogen klopt m'n hoofd nog zwaarder. 'Ik maak een lekkere rosbief voor u en mister Johnny, met... eh...' Maar de woorden komen schril m'n mond uit.

'Mínny, wat is er gebeurd?' Miss Celia is om de deur van de koelkast heen gelopen zonder dat ik 't heb gemerkt.

M'n gezicht is gezwollen. De snee over m'n wenkbrauw barst weer open, 't warme bloed steekt als een scheermes. Meestal zijn m'n verwondingen niet te zien.

'Ga toch zitten, schat. Ben je gevallen?' Ze plant d'r hand op de heup van d'r roze nachtpon. 'Ben je weer gestruikeld over het snoer van de ventilator?'

'Ik mankeer niks,' zeg ik, en ik draai me om zodat ze m'n gezicht niet meer kan zien. Maar miss Celia draait mee. Met uitpuilende ogen kijkt ze naar de snee alsof ze nog nooit van d'r leven zoiets vreselijks heeft gezien. Een blanke mevrouw heeft een keer tegen me gezegd dat bloed er bij een zwarte roder uitziet. Ik haal een pluk watten uit m'n zak en hou die tegen m'n gezicht.

''t Stelt niks voor,' zeg ik. 'Ik heb me gestoten aan de badkuip.'

'Minny, die snee bloedt. Volgens mij moet hij worden gehecht. Ik laat dokter Neal komen.' Ze pakt de telefoon van de muur, hangt de hoorn dan weer terug. 'O nee, hij is met Johnny naar het jachthuis. Dan bel ik dokter Steele.'

'Miss Celia, ik heb geen dokter nodig.'

'Je hebt medische verzorging nodig, Minny,' zegt ze, met de telefoon al in d'r hand.

Moet ik het nou echt uitleggen? Ik knars met m'n tanden voordat ik m'n mond opendoe. 'Die dokters gaan echt geen zwarte persoon verzorgen, miss Celia.'

Ze hangt de hoorn weer op.

Ik draai me om naar de gootsteen. *Dit gaat niemand iets aan, doe gewoon je werk*, maar ik heb geen oog dichtgedaan. Leroy heeft de hele nacht op me lopen schelden, de suikerpot stukgeslagen op m'n hoofd, mijn kleren op de veranda gesmeten. 't Is tot dáár aan toe als hij Thunderbird heeft gedronken, maar ooo... De schaamte is zo zwaar dat ik bijna door m'n benen zak. Leroy had helemaal geen Thunderbird gedronken. Dit keer heeft-ie me broodnuchter in mekaar geslagen.

'Ga 's weg uit de keuken, miss Celia, dan kan ik aan 't werk,' zeg ik, want ik wil effe alleen zijn.

Eerst dacht ik dat Leroy had ontdekt dat ik samenwerk met miss Skeeter. 't Was de enige reden die ik kon bedenken voor de klappen die ik kreeg. Maar hij zei d'r niks over. Hij sloeg me omdat hij het léúk vond.

'Minny?' zegt miss Celia, kijkend naar de snee. 'Weet je zeker dat dat in bad is gebeurd?'

Ik draai de kraan open om wat geluid te hebben. 'Dat heb ik toch gezegd. Oké?'

Ze kijkt me wantrouwig aan en wijst op me met haar vinger. 'Goed dan, maar ik schenk een kop koffie voor je in en dan wil ik dat je de rest van de dag vrij neemt, oké?' Ze loopt naar de percolater, schenkt twee mokken in, maar aarzelt dan. Ze kijkt me een soort van verbaasd aan. 'Ik weet niet hoe jij je koffie drinkt, Minny.'

Ik rol met m'n ogen. 'Net als u.'

Ze doet in allebei de mokken twee klontjes. Ze geeft me mijn koffie aan en blijft dan staan, staart met een verbeten uitdrukking uit het raam. Ik begin aan de afwas van de vorige avond, wou dat ze me alleen liet.

'Weet je,' zegt ze zacht, 'je kunt overal met me over praten, Minny.'

Ik blijf afwassen, voel m'n neusvleugels trillen.

'Ik heb het nodige meegemaakt, toen ik nog in Sugar Ditch woonde. Geloof me, ik heb...'

Ik kijk om, van plan te zeggen dat ze zich met d'r eigen zaken moet bemoeien, maar dan zegt miss Celia met een raar stemmetje: 'We moeten de politie bellen, Minny.'

Ik zet m'n koffiebeker zo hard neer dat de koffie over de rand gutst. 'Nou moet u 's effe goed luisteren, ik wil niet dat de politie zich met mijn...'

Ze wijst naar buiten. 'Er staat een man in de tuin, Minny! Kijk dan!'

Ik draai me om en kijk naar buiten. Er staat een man – een nááktte man – bij de azalea's. Ik knipper om te zien of 't echt is. Hij is groot, zo wit als meel. Hij staat met z'n rug naar ons toe, een meter of vijf bij 't huis vandaan. Z'n bruine haar is lang en samengeklit, zoals bij zwervers. Zelfs van achteren kan ik zien dat hij aan z'n je-weet-wel zit.

'Wie is het?' fluistert miss Celia. 'Wat doet hij hier?'

De man draait zich om, bijna alsof hij ons heeft gehoord. Onze monden vallen open. Hij steekt 't naar voren alsof hij ons een worstenbroodje aanbiedt.

'O... gód,' zegt miss Celia.

Z'n blik gaat naar 't raam, blijft rusten op mij. Strak kijken we mekaar aan. 't Is net alsof-ie me kent, Minny Jackson. Hij staart naar me met z'n lip opgetrokken, alsof elke rotdag van m'n leven, elke slapeloze nacht, elke klap die Leroy me ooit heeft gegeven, m'n verdiende loon is. Dubbel en dwars.

En z'n vuist begint in een traag ritme in z'n handpalm te slaan. Baf! Baf! Baf! Alsof-ie precies weet wat-ie met me gaat doen. M'n oog begint weer te kloppen.

'We moeten de politie bellen!' fluistert miss Celia. Haar opengesperde ogen gaan schichtig naar de telefoon aan de andere kant van de keuken, maar ze verroert geen vin.

''t Kost ze alleen al drie kwartier om 't huis te vinden,' zeg ik. 'Dan kan-ie allang binnen zijn!'

Ik ren naar de achterdeur, draai de sleutel om. Ik stuif naar de voordeur en doe die ook op slot, buk me als ik langs 't raam aan de achterkant loop. Miss Celia staat naast het grote raam en gluurt naar buiten.

De naakte man loopt heel langzaam naar 't huis. Hij komt 't trapje op. Hij probeert de deur en ik zie de deurknop omlaag gaan. M'n hart bonkt tegen m'n ribben. Ik hoor miss Celia aan de telefoon: 'Politie? Er is hier een indringer! Een man! Een naakte man probeert binnen te...'

Ik spring net op tijd naar achteren, weg bij het kleine ruitje. Er vliegt een steen doorheen; glassplinters prikken in m'n gezicht. Door het grote raam zie ik de man achteruit lopen, alsof hij wil zien welke ruit hij nu eens kan ingooien. *Heer,* bid ik, *ik wil dit niet, zorg dat ik 't niet hoef te doen...*

Weer staart hij naar ons door 't raam. En ik weet dat 't idioot zou zijn om als een gemakkelijke prooi te blijven wachten totdat-ie binnen is. Hij hoeft alleen maar een van de hoge ramen in te slaan en naar binnen te stappen.

God allemachtig, ik weet wat me te doen staat. Ik moet naar buiten. Ik moet hém te grazen nemen.

'Achteruit, miss Celia,' zeg ik en m'n stem trilt. Ik ga mister Johnny's mes halen, nog in de schede, bij de beer. Maar 't lemmet is kort, hij moet heel dichtbij zijn wil ik 'm kunnen raken, dus ik pak ook de bezem. Ik kijk naar buiten en hij staat midden in de tuin naar 't huis te kijken. Plannen te maken.

Ik doe de achterdeur open en glip naar buiten. De man glimlacht naar me als-ie me ziet, laat een mond met ongeveer twee tanden zien. Hij houdt op met stompen in z'n hand en begint zichzelf weer te strelen, langzaam en regelmatig.

'Doe de deur op slot,' sis ik achter me. 'Nu!' Ik hoor 't klikje.

Ik steek 't mes in de ceintuur van m'n uniform, voel of 't goed vastzit. En dan grijp ik de bezem met twee handen beet.

'Sodemieter op, smeerlap!'

Maar de man verroert zich niet. Ik doe nog twee stappen dichterbij. En dat doet hij ook en ik hoor mezelf bidden: *Heer, bescherm me tegen deze naakte man...*

'Ik heb een mes!' brul ik. Ik doe nog een paar stappen en hij ook. Zo'n twee meter bij hem vandaan blijf ik hijgend staan. We staren elkaar aan.

'Goh, wat ben jij een dikke nikker,' roept hij met een rare hoge stem en hij geeft zichzelf een lange aai.

Ik haal diep adem. En dan stort ik me naar voren en zwaai ik met de bezem. *Woesh!* Ik heb 'm op een haar na geraakt; hij danst weg. Ik haal nog een keer uit en de man rent naar 't huis, rechtstreeks naar de achterdeur, met miss Celia's gezicht achter 't ruitje.

'Nikker kan me niet pakken! Nikker is te dik om te rennen!'

Hij komt bij 't trapje en ik ben als de dood dat hij gaat proberen de deur te rammen, maar dan schiet hij opzij en rent hij weg langs de zijkant van 't huis, die grote slappe worst bungelend in z'n hand.

'Maak dat je wegkomt!' krijs ik. Ik voel een steek van pijn en weet dat de snee verder opengaat.

Ik race achter hem aan van de struiken naar 't zwembad, puffend en hijgend. Bij de rand van 't water gaat hij langzamer lopen. Ik raak hem flink op z'n achterste, *pets!* De steel breekt en de borstel vliegt weg.

'Dat deed geen pijn!' Hij gaat met z'n hand op en neer tussen z'n benen, trekt z'n knieën op. 'Een lekker stukje pikkietaart, nikker? Kom op, neem een stukkie pikkietaart!'

Ik duik om hem heen, terug naar de tuin, maar de man is te groot en te snel en ik wor' langzamer. Ik zwiep in het wilde weg met de bezemsteel en al snel kan ik niet eens meer draven. Ik blijf staan, klap hijgend naar voren, de gebroken bezemsteel in m'n hand. Ik kijk omlaag en 't mes... is wég!

Zodra ik m'n hoofd weer optil, *báf!* Ik wankel. Het gonzen is hoog en luid, ik val bijna. Ik leg een hand tegen m'n oor maar het gonzen wordt luider. Hij heeft me een oplawaai gegeven aan dezelfde kant als de snee.

Hij komt dichterbij. Ik doe m'n ogen dicht. Ik weet wat er met me gaat gebeuren, ik weet dat ik weg moet lopen, maar ik kan 't niet. Waar is 't mes? Heeft hij 't? Dat gonzen is net een nachtmerrie.

'Donder op, anders vermoord ik je,' hoor ik, alsof 't uit een blikje komt. Ik hoor niets met m'n ene oor en doe m'n ogen open. Daar komt miss Celia in d'r roze satijnen nachtpon. Ze heeft een pook in d'r hand, zwaar, scherp.

'Wil de blanke dame ook een stukkie pikkietaart?' Hij laat z'n penis op en neer bengelen.

Ze doet een stap dichterbij, traag, als een kat. Ik haal diep adem als de man een sprong naar links doet, dan naar rechts, lacht, z'n tandeloze mond laat zien. Maar miss Celia blijft heel stil staan.

Na een paar seconden fronst-ie, alsof-ie teleurgesteld is dat miss Celia niks doet. Ze zwiept niet met die pook, schreeuwt niet, niks niet. Hij kijkt naar mij. 'En jij? Is de nikker te moe om...'

Krák!

De onderkaak van de man schuift opzij en er spuit bloed uit z'n mond. Hij strompelt weg, en miss Celia geeft ook een klap tegen de andere kant van z'n gezicht. Als 'n gelijkmaker.

De man wankelt naar voren, zonder naar miss Celia of mij te kijken. Dan valt-ie op z'n smoelwerk.

'Hemel, u... u heeft 'm...' zeg ik, maar in m'n achterhoofd vraagt een klein stemmetje, doodkalm, alsof we een kopje thee aan 't drinken zijn: *Gebeurt dit echt? Slaat een blanke vrouw een blanke man in elkaar om mij te redden? Of heeft hij zo'n harde knal tegen m'n hersenpan gegeven dat ik morsdood op de grond leg?*

Ik probeer me te concentreren. Miss Celia's bovenlip is opgetrokken. Ze heft de pook en *ka-wám!* tegen z'n knieholtes.

Dit kan niet echt gebeuren; het is gewoon té raar.

Ka-wám! Ze slaat hem op z'n schouders, en met elke klap stoot ze een soort *ugh* uit.

'Ik... ik denk dat 't zo wel genoeg is, miss Celia,' zeg ik. Maar dat is ze kennelijk niet met me eens. Zelfs met dat gonzen in m'n oor klinkt 't als brekende kippenbotjes. Ik recht m'n rug. Dit moet geen doodslag worden. 'Genoeg, miss Celia, genoeg,' zeg ik, en ik probeer de pook uit haar handen te trekken. 'Hij kan wel dood zijn.'

Eindelijk krijg ik de pook te pakken. Ze laat los en 't ding vliegt door de tuin. Miss Celia doet een stap naar achteren, spuugt in 't gras. Er zitten bloedspetters op d'r roze pon. De stof plakt aan d'r benen.

'Hij is niet dood,' zegt ze.

'Wel bijna,' zeg ik.

'Heeft hij je hard geslagen, Minny?' vraagt ze, maar ze staart omlaag naar hem. 'Heeft hij je erge pijn gedaan?'

Ik voel een straaltje bloed langs m'n slaap lopen, maar dat is van de snee van de suikerpot die weer open is gegaan. 'Niet zo erg als u hem,' zeg ik.

De man kreunt en we springen allebei naar achteren. Ik raap de pook en de bezemsteel op. Maar ik geef ze niet aan haar, geen denken aan.

Hij rolt zich op z'n zij. Z'n gezicht zit onder 't bloed, zijn ogen beginnen al dik te worden. Z'n kaak is ontzet en toch lukt 't hem om overeind te komen. En dan loopt-ie weg, een zielig strompelend geval. Hij kijkt zelfs niet om. We staan daar maar en zien hem door de buxusstruiken hobbelen en tussen de bomen verdwijnen.

'Die komt niet ver,' zeg ik, en ik blijf de pook stevig vasthouden. 'U heeft 'm er flink van langs gegeven.'

'Denk je?' vraagt ze.

Ik kijk haar aan. 'Cassius Clay is er niks bij.'

Ze strijkt een lok blond haar uit d'r gezicht, kijkt naar mij alsof 't háár pijn doet dat ik een dreun heb gekregen. Opeens besef ik dat ik haar eigenlijk hoor te bedanken, maar eerlijk waar, ik kan er de woorden niet voor vinden. We hebben een fonkelnieuwe uitvinding gedaan.

Ik kan alleen zeggen: 'U zag er heel... gevaarlijk uit.'

'Vroeger kon ik goed vechten.' Ze kijkt naar de struiken, strijkt met d'r hand 't zweet van d'r voorhoofd. 'Als je me tien jaar geleden had gekend...'

Ze heeft niet van die troep op d'r gezicht, geen spray in d'r haar, haar nachtpon is net een oude wildwestjurk. Ze haalt heel diep adem door d'r neus en dan zie ik 't. Ik zie hoe ze tien jaar geleden was, *white trash*. Ze was sterk. Ze liet niet met zich sollen.

Miss Celia draait zich om en ik loop achter haar aan naar 't huis. Ik zie 't mes tussen de rozenstruiken liggen en raap 't op. God allemachtig, als die kerel 't te pakken had gekregen, waren wij nu dood geweest. In de gastenbadkamer maak ik de snee schoon en plak er een wit verband op. Ik heb knallende koppijn. Als ik terugkom in de keuken, hoor ik miss Celia aan de telefoon met de politie.

Ik was m'n handen, vraag m'n eigen af hoe een rotdag nog rotter kan worden. Op een gegeven moment moet de rottigheid toch op zijn. Ik probeer weer aan 't echte leven te denken. Misschien blijf ik vannacht wel bij m'n zus Octavia slapen om Leroy duidelijk te maken dat ik 't niet langer pik. Ik steek 't vuur aan onder de pan met bonen. Wie probeer ik nou eigenlijk voor de gek te houden? Ik weet nu al dat ik vanavond toch weer gewoon naar huis ga.

Die middag doe ik iets vreselijks. Ik rij langs Aibileen, die van de bushalte naar huis loopt. Aibileen zwaait en ik doe alsof ik m'n eigen beste vriendin niet zie lopen in d'r hagelwitte uniform.

Thuis maak ik een ijskompres voor m'n oog. De kinderen zijn er nog niet en Leroy ligt in de achterkamer te slapen. Ik weet 't allemaal niet meer, niet wat ik aan Leroy moet doen, niet wat ik aan miss Hilly moet doen. En dan heb ik vanochtend ook nog een dreun gehad van een naakte blanke man. Ik zit daar maar naar m'n vettige gele muur te staren. Waarom kan ik die muren toch niet schoon krijgen?

'Minny Jáckson. Voel je je te goed om ouwe Aibileen een lift te geven?'

Ik zucht en laat het ijskompres zakken, zodat ze 't verband kan zien.

'O,' zegt ze.

Ik staar weer naar de muur.

'Aibileen,' zeg ik en ik hoor mezelf zuchten, 'je gelooft nooit wat ik vandaag heb meegemaakt.'

'Kom maar mee, dan zet ik koffie.'

Voor ik naar buiten ga, haal ik 't verband eraf en ik doe 't in m'n zak, samen met 't kompres. Sommige mensen hier krijgen niet eens commentaar als ze een snee in hun gezicht hebben. Maar ik heb goeie kinderen, een auto met banden, en een koelkast met vriezer. Ik ben trots op m'n gezin en de schaamte is erger dan de pijn.

Ik loop met Aibileen mee door de achtertuinen, zo ontwijken we de mensen en de blikken. Ik ben blij dat ze me zo goed kent.

'Wat ga je eraan doen?' vraagt Aibileen en ik weet dat ze m'n oog bedoelt. We hebben 't er nooit over dat ik weg moet bij Leroy. Er zijn zat zwarte mannen die hun gezin in de steek laten, maar vrouwen doen dat gewoon niet. We moeten aan de kinderen denken.

'Ik zou eigenlijk wel naar m'n zus willen gaan. Maar ik kan de kinderen niet meenemen, ze moeten naar school.'

'De kinderen kunnen best een paar dagen school missen als jij jezelf moet beschermen. Daar is niks mis mee.'

Ik plak het verband weer op de snee, hou 't kompres tegen m'n oog zodat de zwelling niet meer zo erg is als m'n kinderen me straks zien.

'Heb je weer tegen miss Celia gezegd dat je bent uitgegleden in bad?'

'Ja, maar ze weet 't.'

'Hoe weet je dat?' vraagt Aibileen.

'Door wat ze heeft gedaan.' En ik vertel Aibileen dat miss Celia vanochtend die naakte kerel een pak slaag heeft gegeven met een pook. 't Voelt als tien jaar geleden.

'Als die man zwart was geweest, had-ie nu dood onder de zoden gelegen. De politie zou in alle drieënvijftig staten groot alarm hebben geslagen,' zegt Aibileen.

'Met d'r meisjesachtige maniertjes en hoge hakken, en ze slaat die kerel halfdood,' zeg ik.

Aibileen lacht. 'Hoe noemde-ie 't ook alweer?'

'Pikkietaart. Ik moet niet lachen, want dan gaat de snee weer open.'

'Hemel, Minny, wat heb jij 'n hoop meegemaakt vandaag.'

'Hoe komt 't dat ze zich prima kan verdedigen tegen die gestoorde kerel? Terwijl ze achter miss Hilly aan loopt alsof ze smeekt om vernederingen?' zeg ik, al zijn miss Celia's gekwetste gevoelens op dit moment wel 't laatste waar ik me zorgen om maak. Het voelt gewoon goed om 't over iemand anders z'n rotleven te hebben.

'Je zegt 't bijna alsof je om d'r geeft,' zegt Aibileen glimlachend.

'Ze ziet 't gewoon niet. De grénzen. Niet tussen haar en mij, niet tussen haar en Hilly.'

Aibileen neemt langzaam een paar slokken koffie.

Na een hele tijd kijk ik haar aan. 'Waarom ben je zo stil? Ik weet dat je een mening hebt over die dingen.'

'Dan beschuldig je me van gefilosofeer.'

'Ga je gang,' zeg ik. 'Ik ben niet bang voor filosofie.'

''t Is niet waar.'

'Wie zegt dat?'

'Je hebt 't over iets wat niet bestaat.'

Ik kijk m'n vriendin meewarig aan. 'D'r zijn niet alleen grenzen, jij weet net zo goed als ik waar die leggen.'

Aibileen schudt d'r hoofd. 'Vroeger geloofde ik erin. Nu niet meer. Ze zitten in ons hoofd. Mensen zoals miss Hilly willen ons altijd laten denken dat ze er zijn. Maar ze zijn er niet.'

'Ik weet dat ze d'r zijn, want als je ze overschrijdt krijg je straf,' zeg ik. 'Ik tenminste wel.'

'Veel mensen vinden dat je 'n grens overschrijdt als je je man 'n grote mond geeft. En dat je dan straf hebt verdiend. Geloof je in die grens?'

Ik staar strak naar de tafel. 'Je weet best dat ik dat niet bedoel.'

'Want die grens is er niet. Alleen in Leroys hoofd. Er zijn ook geen grenzen tussen zwart en blank. Die zijn lang geleden door een paar mensen verzonnen. En dat gaat ook op voor blanke armoedzaaiers en blanke kak.'

Als ik denk aan miss Celia, die met een pook naar buiten komt terwijl ze zich achter de deur had kunnen verstoppen, dan weet ik 't niet meer. Ik voel een steek vanbinnen. Ik wil haar duidelijk maken hoe 't zit met miss Hilly. Maar hoe leg je dat uit aan een uilskuiken zoals zij?

'Dus jij zegt dat er ook geen grens is tussen de hulp en de baas?'

'Precies. Het zijn gewoon posities op een dambord. Wie voor wie werkt betekent niks.'

'Dus ik overschrijd geen grens als ik miss Celia de waarheid vertel, dat ze niet goed genoeg is voor Hilly?' Ik pak m'n kopje. Ik doe heel erg m'n best om het te snappen, maar de snee bonst tegen m'n brein. 'Wacht effe, als ik tegen haar zeg dat miss Hilly te deftig voor haar is... zeg ik dan niet dat er juist wél een grens is?'

Aibileen lacht en klopt op m'n hand. 'Ik zeg alleen dat vriendelijkheid geen grenzen kent.'

'Hmf.' Ik druk 't ijs weer tegen m'n hoofd. 'Nou, misschien probeer ik 't een keer uit te leggen. Voordat ze naar 't feest gaat en afgaat als een grote roze gieter.'

'Ga jij dit jaar?' vraagt Aibileen.

'Als miss Hilly in dezelfde ruimte is als miss Celia en haar allemaal leugens over mij gaat vertellen, kan ik maar beter zorgen dat ik erbij ben. Bovendien wil Sugar graag een zakcentje verdienen voor Kerstmis. 't Is goed voor haar om te leren serveren op partijen.'

'Ik werk ook,' zegt Aibileen. 'Miss Leefolt heeft me drie maanden geleden al gevraagd of ik een taart met lange vingers wil maken voor de veiling.'

'Dat saaie slappe ding? Waarom zijn blanken toch zo dol op lange vingers? Ik kan wel tien taarten bakken die een stuk lekkerder zijn.'

'Ze denken dat 't Europees is.' Aibileen schudt d'r hoofd. 'Ik heb met miss Skeeter te doen. Ik weet dat ze er niet heen wil, maar miss Hilly heeft gezegd dat ze d'r baan bij de nieuwsbrief kwijtraakt als ze niet komt.'

Ik drink 't laatste restje van Aibileens lekkere koffie, staar naar de ondergaande zon. Door 't raam komt koelere lucht binnen.

'Ik moest maar 's gaan,' zeg ik, al zou ik veel liever de rest van m'n leven in Aibileens knusse keuken blijven zitten, terwijl zij me uitlegt hoe de wereld in mekaar zit. Dat vind ik zo geweldig van Aibileen, dat ze van de meest ingewikkelde dingen in 't leven 'n keurig klein pakje kan maken, zo klein dat 't in je zak past.

'Wil je bij mij logeren met de kinderen?'

'Nee.' Ik haal 't verband eraf, steek 't in m'n zak. 'Ik wil dat-ie me ziet,' zeg ik, starend in m'n lege koffiekop. 'Hij moet zien hoe hij z'n vrouw heeft toegetakeld.'

'Bel me als-ie z'n handen niet thuis kan houden. Hoor je me?'

'Ik hoef niet te bellen. Je kunt hem straks hier helemaal om genade horen gillen.'

De thermometer naast miss Celia's keukenraam zakt in minder dan 'n uur tijd van zesentwintig naar twaalf graden. Eindelijk krijgen we een koufront, met koele lucht uit Canada of Chicago of zo. Ik sorteer de bonen om de steentjes eruit te halen, bedenk intussen dat wij nu dezelfde lucht inademen als de mensen in Chicago twee dagen geleden. Vraag m'n eigen af of 't, als ik zomaar opeens aan Sears and Roebuck of aan Shake 'n Bake moet denken, dan komt omdat iemand in Illinois daar twee dagen geleden aan dacht. Zo hoef ik wel vijf seconden lang niet aan m'n problemen te denken.

Ik heb er dagen over gedaan, maar nu heb ik eindelijk een plan. Geen goed plan, maar 't is tenminste iets. Hoe langer ik wacht, des te meer kans geef ik miss Celia om miss Hilly te bellen. Wacht ik te lang, dan ziet ze haar volgende week op 't feest. Ik wor' niet goed als ik voor me zie dat miss Celia naar die dames trippelt alsof ze beste vriendinnen zijn, de uitdrukking op d'r opgemaakte gezicht als ze 't hoort van mij. Vanochtend zag ik 't lijstje op miss Celia's nachtkastje: Nagels laten doen. Smoking laten stomen en persen. Hilly Holbrook bellen.

'Minny, vind jij m'n nieuwe haarkleur goedkoop?'

Ik kijk haar alleen aan.

'Morgen ga ik terug naar Fanny Mae en laat ik 't opnieuw verven.' Ze zit aan de keukentafel met staaltjes in d'r hand alsof 't speelkaarten zijn. 'Wat vind jij? Botergoud of Marilyn Monroe?'

'Wat is er mis met uw eigen kleur?' Niet dat ik enig idee heb wat voor kleur haar ze heeft. Maar in elk geval niet dat felle koper of 't ziekelijk witte op die kaartjes in d'r hand.

'Ik vind Botergoud net iets feestelijker voor de kerst. Jij niet?'

'Als u wil dat uw hoofd eruitziet als 'n pakje boter.'

Miss Celia giechelt. Ze denkt dat ik een grapje maak. 'O, en ik moet je m'n nieuwe nagellak laten zien.' Ze grabbelt in d'r tas, haalt er een flesje uit met spul dat zó roze is dat 't pijn doet aan je ogen. Ze draait 't open en begint een nagel te lakken.

'Alstublieft, miss Celia, klieder niet op tafel, je krijgt 't er niet meer...'

'Kijk dan, is het niet te gek? En ik heb twee jurken gevonden die er precíés bij passen!'

Ze draaft weg en komt terug met twee zuurstokroze jurken, stralend van trots. Ze zijn lang tot op de vloer, bezaaid met flonkerdingen en lovertjes, splitten tot aan de navel. Ze hangen allebei aan bandjes zo dun als kippengaas. 't Mens wordt aan repen gescheurd op dat feest.

'Welke vind jij de mooiste?' vraagt miss Celia.

Ik wijs op de jurk zonder 't ravijndiepe decolleté.

'O ja? Goh, ik zou die andere hebben gekozen. Moet je hem horen rinkelen als ik loop.' Ze schudt de jurk heen en weer.

Ik zie al voor me dat ze in 't rond rinkelt in dat ding. Wat de blanke versie van een juke-joint-snolletje ook is, zo zullen ze d'r noemen. Ze zal 't niet eens merken. Ze hoort alleen 't gesis.

'Weet u, miss Celia,' zeg ik langzaam, alsof ik 't net pas heb bedacht, 'misschien moet u niet steeds dezelfde dames bellen. U kunt miss Skeeter een keer bellen. Ik heb gehoord dat ze heel aardig is.'

Ik heb miss Skeeter een paar dagen geleden gevraagd of ze dat voor me wil doen, proberen aardig te zijn voor miss Celia, proberen of ze haar uit de buurt van die dames kan houden. Tot nu toe heb ik steeds tegen miss Skeeter gezegd dat ze 't niet moest wagen om miss Celia terug te bellen. Maar nu zit er niks anders meer op.

'Volgens mijn kunt u dikke vriendinnen worden met miss Skeeter,' zeg ik met een brede nepgrijns.

'O nee.' Miss Celia kijkt me met grote ogen aan, nog steeds met die hoerige jurken in d'r handen. 'Weet je het dan niet? De leden van de League kunnen die Skeeter Phelan niet lúchten of zien.'

M'n handen ballen zich tot vuisten. 'Heeft u haar wel 's ontmoet?'

'O, ik heb alles over haar gehoord toen ik bij Fanny Mae onder de droogkap zat. Ze generen zich dood voor haar, de hele stad trouwens. Ze zeiden dat zij al die toiletpotten in Hilly Holbrooks voortuin heeft laten zetten. Weet je nog, die foto in de krant van een paar maanden geleden?'

Ik knars met m'n tanden om m'n echte woorden binnen te houden. 'Ik zéí, heeft u haar wel 's ontmoet?'

'Nou, nee. Maar als al die meisjes een hekel aan haar hebben, dan moet ze... hoe zal ik het zeggen... dan moet ze...' Haar stem sterft weg alsof ze zelf beseft wat ze zegt.

Minachting, afschuw, ongeloof – 't rolt zich op als een pannenkoek in m'n binnenste. Om te voorkomen dat ik de zin voor haar afmaak, draai ik me om naar de gootsteen. Ik droog m'n handen zo hard af dat 't pijn doet. Ik wist wel dat ze stom was, maar ik had geen idee dat ze hypocriet was.

'Minny?' zegt miss Celia achter me.

'Mevrouw?'

Haar stem klinkt zacht, maar ik kan de schaamte horen. 'Ze hebben me zelfs niet binnen gevraagd. Ze lieten me op de stoep staan alsof ik een stofzuigerverkoper was.'

Ik draai me om en haar ogen zijn neergeslagen.

'Waarom, Minny?' fluistert ze.

Wat moet ik zeggen? Uw kleren, uw haar, uw tieten in die veel te strakke truitjes? Ik denk aan wat Aibileen zei over grenzen en vriendelijkheid. Ik denk aan wat Aibileen bij miss Leefolt heeft gehoord, waarom de dames van de League haar niet moeten. Het lijkt me de vriendelijkste reden die ik kan bedenken.

'Omdat ze weten van uw eerste zwangerschap. En 't maakt ze kwaad dat u daardoor met een van hun mannen bent getrouwd.'

'Dat wéten ze?'

'Vooral omdat miss Hilly zo lang verkering heeft gehad met mister Johnny.'

Ze knippert en kijkt me aan. 'Johnny heeft me verteld dat hij verkering met haar heeft gehad maar... was dat echt heel lang?'

Ik haal m'n schouders op alsof ik 't niet weet, maar ik weet 't wel. Toen ik acht jaar geleden bij miss Walters begon, had miss Hilly het er de hele tijd over dat zij en Johnny zouden gaan trouwen.

Ik zeg: 'Ik denk dat ze rond de tijd dat hij u leerde kennen met elkaar hebben gebroken.'

Ik wacht totdat 't muntje valt, dat ze een sociaal leven op d'r buik kan schrijven. Dat 't geen zin heeft om de dames van de League te bellen. Maar miss Celia kijkt of ze hogere wiskunde doet, zulke diepe rimpels heeft ze in d'r voorhoofd. Dan begint haar gezicht op te klaren alsof ze iets heeft bedacht.

'Dus Hilly... denkt waarschijnlijk dat ik al iets met Johnny had toen zij nog verkering hadden.'

'Ik denk 't. En volgens mijn is miss Hilly nog steeds gek op hem. Ze is er nooit overheen gekomen.' Elke normale persoon zou een vrouw die verkikkerd is op haar man mijden als de pest. Ja toch? Maar ik vergeet dat miss Celia geen normale persoon is.

'Geen wonder dat ze me niet uit kan staan!' zegt ze met een grijns van heb ik jou daar. 'Ze hebben geen hekel aan míj, maar aan wat ze denken dat ik heb gedaan.'

Wat? Ze halen hun neus voor u op omdat ze u een ordinaire griet vinden!

'Ik moet het Hilly gewoon uitleggen, haar laten weten dat ik nog nooit iemands vriendje heb gestolen. Weet je wat? Ik vertel het haar vrijdag, bij het diner.'

Ze glimlacht alsof ze net de remedie tegen polio heeft ontdekt, met d'r plan om miss Hilly voor zich te winnen. Op dit moment ben ik te moe om ertegenin te gaan.

Op de vrijdag van 't feest werk ik tot laat door om 't huis van boven tot onder schoon te maken. Dan braad ik een hele schaal karbonades. Ik zie 't zo: hoe glimmender de vloeren, hoe blinkender de ramen, des te groter is de kans dat ik maandag nog een baan heb. Maar 't slimste wat ik kan doen, als mister Johnny er iets over te zeggen heeft, is zorgen dat hij van m'n karbonaadjes kan smullen.

Hij komt pas om zes uur thuis, dus om halfvijf haal ik voor 't laatst een lap over het aanrecht. Dan ga ik naar de slaapkamer, waar miss Celia zich al vier uur lang aan 't optutten is. Ik doe hun slaapkamer en de badkamer altijd 't laatst, zodat alles lekker fris is als mister Johnny thuiskomt.

'Miss Celia, wat is hier in hemelsnaam aan de hand?' Er bungelen kousen aan stoelen, handtassen liggen op de vloer, ik zie genoeg nepjuwelen om een hele familie hoeren mee te behangen, vijfenveertig paar schoenen met hoge hakken, ondergoed, overjassen, slipjes, beha's, en een halflege fles witte wijn die op de kast staat zonder een viltje eronder.

Ik begin haar stomme zijden dingetjes op te rapen en leg alles op de stoel. Stofzuigen is 't minste wat ik kan doen.

'Hoe laat is het, Minny?' vraagt miss Celia uit de badkamer. 'Johnny komt om zes uur thuis, weet je.'

''t Is nog geen vijf uur,' zeg ik, 'maar ik moet zo weg.' Ik moet Sugar ophalen en zorgen dat we om halfzeven klaar staan om te bedienen op 't feest.

'O Minny, ik ben zo opgewonden.' Achter me hoor ik het ruisen van miss Celia's jurk. 'Wat vind je ervan?'

Ik draai me om. 'O mijn god.' Ik lijk de kleine Stevie Wonder wel, zo verblind ben ik door die jurk. Felroze en zilveren lovertjes schitteren van haar enorme tieten tot aan haar felroze tenen.

'Miss Celia,' fluister ik, 'stop uzelf in voordat u iets verliest.'

Miss Celia draait een rondje. 'Is 't geen prachtige jurk? Heb je ooit zoiets moois gezien? Ik voel me net een filmster.'

Ze knippert met haar valse wimpers. Haar gezicht is geplamuurd met make-up, rouge en verf. Het Botergouden haar is opgebold rond d'r hoofd alsof de droogkap is ontploft. Een been piept uit de jurk in een hoge, dij-ontblotende split, en ik draai m'n hoofd weg, zo verlegen dat ik er niet naar kan kijken. Alles aan haar schreeuwt seks, seks en nog eens seks.

'Hoe komt u aan die nagels?'

'Bij de Beauty Box vanochtend. O Minny, ik ben zo zenuwachtig, ik heb vlinders vanbinnen.'

Ze neemt een lange teug wijn, wankelt een beetje op d'r hoge hakken.

'Wat heeft u vandaag gegeten?'

'Niets. Ik ben te nerveus om te eten. Wat vind je van deze oorbellen? Zijn ze lang genoeg?'

'Doe die jurk uit, dan maak ik snel effe iets te eten.'

'O nee, ik wil geen bolle buik. Ik kan echt niets eten.'

Ik steek m'n hand uit naar de wijnfles op die peperdure kast, maar miss Celia is me voor en schenkt de rest in haar glas. Ze geeft me de lege fles aan en glimlacht. Ik raap de bontjas op die ze op de vloer heeft gegooid. Ze is er inmiddels helemaal aan gewend dat ze een hulp heeft.

Ik heb die jurk vier dagen geleden gezien en ik wist dat 't een hoerig geval was – uiteraard heeft ze 't exemplaar met decolleté tot d'r navel gekozen – maar ik had geen idee wat er zou gebeuren als zij zichzelf erin perste. Ze barst eruit als popcorn in de pan. Twaalf keer heb ik dat feest nu gedaan, en ik heb er nauwelijks een blote elleboog gezien, laat staan boezems en schouders.

Ze gaat naar de badkamer en smeert nog meer rouge op haar al koortsrode wangen.

'Miss Celia,' zeg ik, en ik doe m'n ogen dicht, bid om de juiste woorden, 'vanavond, als u miss Hilly ziet...'

Ze glimlacht in de spiegel. 'Ik heb het al helemaal bedacht. Als Johnny naar de wc gaat, vertel ik het haar gewoon. Dat het al uit was tussen hen tegen de tijd dat Johnny en ik verkering kregen.'

Ik zucht. 'Dat bedoel ik niet. Het... Ze zou dingen over... mij kunnen zeggen.'

'Moet ik Hilly de groeten van je doen?' zegt ze als ze uit de badkamer komt. 'Omdat je zo lang voor haar mama hebt gewerkt?'

Ik staar naar haar in dat oogverblindende roze. Ze heeft zo veel wijn op dat ze er bijna scheel van kijkt. Ze laat een boertje. Het heeft geen zin om het nu tegen haar te zeggen, niet in haar toestand.

'Nee mevrouw. Zeg maar niks.'

Ze slaat haar armen om me heen. 'Ik zie je vanavond. Ik ben zo blij dat je er bent, dan heb ik tenminste iemand om mee te praten.'

'Ik werk in de keuken, miss Celia.'

'O en ik moet dat dingetje nog zoeken, dat speldje...' Ze wiebelt naar de ladekast, rukt alles eruit wat ik net weer had opgeborgen.

Blijf gewoon thuis, idioot, zou ik 't liefst tegen haar willen zeggen, maar ik doe 't niet. Het is te laat. Met miss Hilly aan 't roer is het te laat voor miss Celia, en is het, God weet, te laat voor mij.

HET BENEFIETFEEST

25

Het jaarlijkse diner dansant voor het goede doel van de Jackson Junior League is bij iedereen binnen een straal van vijftien kilometer van de stad beter bekend als 'het benefietfeest'. Om zeven uur op een koele novemberavond arriveren de gasten bij het Robert E. Lee Hotel voor het cocktailuurtje. Om acht uur gaan de deuren van de foyer naar de balzaal open. Banen groen fluweel zijn rond de ramen gedrapeerd en met verse hulst versierd.

Langs de ramen staan tafels waarop de spullen voor de veiling staan uitgestald. De artikelen en lekkernijen zijn gedoneerd door leden en plaatselijke winkeliers. Dit jaar zal de veiling mogelijk meer dan zesduizend dollar opbrengen, vijfhonderd dollar meer dan het jaar ervoor. De opbrengst gaat naar de Zielige Uitgehongerde Kindertjes in Afrika.

In het midden van de zaal, onder een gigantische kroonluchter, staan achtentwintig gedekte tafels klaar voor het diner, dat om negen uur wordt geserveerd. Aan de zijkant is een dansvloer, waar later de band zal spelen, tegenover het podium waar Hilly Holbrook haar toespraak zal houden.

Na het diner wordt er gedanst. Sommige mannen zullen te veel drinken, maar nooit de vrouwen die lid zijn. Alle leden beschouwen zichzelf als gastvrouw, en ze vragen elkaar voortdurend: 'Gaat alles goed? Heeft Hilly iets gezegd?' Iedereen weet dat het Hilly's avond is.

Om klokslag zeven uur druppelen de eerste echtparen binnen. Ze geven hun bontjassen en overjassen af aan de zwarte man in een grijs jacquet. Hilly, die er al vanaf zes uur is, draagt een lange japon van bruine tafzijde. Haar hals gaat schuil achter ruches; meters en meters zijde verbergen haar lichaam. De mouwen zijn strak en lang. Het enige wat je van Hilly kunt zien, zijn haar vingers en haar gezicht.

Sommige vrouwen dragen iets gewaagdere avondjaponnen, met hier en daar blote schouders, maar lange, geitenleren handschoenen zorgen ervoor dat er niet meer dan een paar centimeter blote huid te zien is. Natuurlijk verschijnen er elk jaar gasten die een ietsiepietsie been of de schaduw van een decolleté laten zien. Daar wordt niets van gezegd. Het zijn geen leden, al helemaal geen dames.

Celia en Johnny Foote arriveren later dan de bedoeling is, om vijf voor halfacht.

Toen Johnny thuiskwam van zijn werk, bleef hij in de deuropening van de slaapkamer staan, zijn aktetas nog in de hand, en hij keek met knipperende ogen naar zijn vrouw. 'Celia, denk je niet dat die jurk een beetje te... eh... diep is uitgesneden?'

Celia gaf hem een zetje naar de badkamer. 'O Johnny, mannen hebben echt geen verstand van mode. Kom, schiet eens een beetje op en verkleed je.'

Johnny deed geen pogingen Celia te overtuigen. Ze waren al laat.

Ze lopen naar binnen achter dokter en missus Bell. De Bells gaan naar links, Johnny gaat naar rechts, en dan staat Celia een moment helemaal alleen onder de hulst in haar glinsterende felroze creatie.

In de foyer lijkt de lucht stil te staan. Whiskydrinkende mannen verslikken zich als ze dat roze ding in de deuropening zien staan. Het duurt een seconde voordat het beeld doordringt. Ze staren, maar zien niet, nog niet. Maar als het echt blijkt te zijn – echte huid, een echt decolleté, misschien niet-zo-echt blond haar – begint hun gezicht langzaam te glimmen. Ze lijken allemaal hetzelfde te denken: éíndelijk...

Maar dan voelen ze de nagels van hun vrouwen, die ook staren, in hun arm prikken, en fronsen ze hun voorhoofd. Een vage uitdrukking van spijt licht op in hun ogen als huwelijken worden betreurd (ze laat me nooit leuke dingen doen), jonge jaren worden herinnerd (waarom ben ik die zomer niet naar Californië gegaan?), eerste liefdes opdoemen voor het geestesoog (Roxanne...). Dit gebeurt allemaal in een tijdspanne van vijf seconden en dan is het voorbij en kunnen ze alleen nog maar staren.

William Holbrook morst een half glas martini op een paar lakleren schoenen. De schoenen omhullen de voeten van de grootste geldschieter van zijn verkiezingscampagne.

'O, Claiborne, vergeef mijn onhandige echtgenoot,' zegt Hilly. 'William, geef hem eens een zakdoek!' Maar geen van beide mannen doet iets. Ze kunnen allebei, eerlijk gezegd, alleen maar staren.

Hilly's ogen volgen het spoor van blikken en blijven uiteindelijk op Celia rusten. De twee centimeter zichtbare huid in haar nek worden vuurrood.

'Kijk eens naar die boezem,' zegt een oude bok. 'Als ik dat zie, voel ik me geen jaar ouder dan vijfenzeventig.'

De vrouw van de oude bok, Eleanor Causwell, een van de oprichtsters van de League, fronst haar wenkbrauwen. 'Borsten,' verkondigt ze met een hand tegen de hare, 'zijn voor slaapkamers en voor borstvoeding. Niet voor plechtige gelegenheden.'

'Wat zou ze volgens jou moeten doen, Eleanor? Haar boezem thuis laten?'

'Bedekken. Dat zóú ze. Moeten. Doen.'

Celia pakt Johnny's arm beet en samen lopen ze verder. Ze wankelt een beetje, maar het is niet duidelijk of dit komt door alcohol of door de hoge hakken. Ze lopen rond, praten met andere stellen. Dat wil zeggen, Johhny praat, Celia glimlacht alleen. Een paar keer bloost ze, kijkt ze omlaag naar zichzelf. 'Johnny, heb ik me misschien een beetje te feestelijk gekleed? Er stond "avondkleding" op de uitnodiging, maar de vrouwen zien er allemaal uit alsof ze naar de kerk gaan.'

Johnny glimlacht begripvol naar haar. Hij zou nooit zeggen: 'Ik had het je toch gezegd.' In plaats daarvan fluistert hij: 'Je ziet er prachtig uit. Maar als je het koud hebt, mag je mijn jasje lenen.'

'Ik kan geen smokingjasje dragen op een baljurk.' Ze rolt met haar ogen, zucht. 'Maar toch bedankt, liefje.'

Johnny knijpt in haar hand, haalt nog een drankje voor haar bij de bar, haar vijfde, hoewel hij dat niet weet. 'Probeer vriendinnen te maken. Ik ben zo terug.' Hij loopt naar de toiletten.

Celia blijft alleen achter. Ze trekt een beetje aan de halslijn van de jurk, wiegt met haar heupen. '... *there's a hole in the buck-et, dear Liza, dear Liza...'* zingt ze zachtjes bij zichzelf. Ze tikt met haar voet, kijkt om zich heen om te zien of ze iemand herkent.

Ze gaat op haar tenen staan en zwaait. 'Hé, Hilly, joe-hoe!'

Hilly kijkt op van haar gesprek, een paar stellen bij Celia vandaan. Ze glimlacht en zwaait vluchtig. Als Celia naar haar toe komt, verdwijnt Hilly tussen de mensen.

Celia blijft staan, neemt nog een slok van haar drankje. Overal om haar heen hebben zich hechte groepjes gevormd, pratend en lachend, vermoedt ze, over en om de dingen waar mensen op feestjes over praten en om lachen.

'Hé, hallo, Julia,' roept Celia. Ze hebben elkaar ontmoet op een van de weinige feestjes waar Johnny en Celia voor waren uitgenodigd toen ze net getrouwd waren.

Julia Fenway glimlacht, kijkt om zich heen.

'Celia. Celia Foote, weet je nog? Hoe is het met jou? O, wat heb je een beeldige jurk aan. Waar heb je die gekocht? In de Jewel Taylor Shoppe?'

'Nee, Warren en ik waren een paar maanden geleden in New Orleans...' Julia blijft om zich heen kijken, maar er is niemand in de buurt om haar te redden. 'En jij ziet er vanavond heel... blits uit.'

Celia buigt zich naar haar toe. 'Ik heb het Johnny gevraagd, maar je weet hoe mannen zijn. Vind je dat ik misschien een tikkeltje te opzichtig ben gekleed?'

Julia lacht, maar ze kijkt Celia niet één keer aan. 'O, nee. Je bent een pláátje.'

Een medelid van de League knijpt in Julia's onderarm. 'Julia, we hebben je even nodig, neem me niet kwalijk.' Ze lopen weg, hun hoofden dicht bij elkaar, en Celia is weer alleen.

Vijf minuten later gaan de deuren naar de eetzaal open. De menigte komt naar voren. Gasten gaan met kleine kaartjes in hun hand op zoek naar hun tafel. Er klinken oooh's en aaah's van de tafels langs de muren. Ze liggen vol met zilveren voorwerpen en handgemaakte babykleertjes, katoenen zakdoeken, handdoeken met monogrammen, een theeserviesje voor kinderen, geïmporteerd uit Duitsland.

Minny staat bij een tafel achteraan glazen te poleren. 'Aibileen,' fluistert ze, 'daar is ze.'

Aibileen kijkt op, spot de vrouw die een maand geleden bij miss Leefolt aanklopte. 'De dames kunnen hun man vanavond maar beter goed in de gaten houden,' zegt ze.

Minny wrijft met de doek over de rand van het glas. 'Laat het me weten als je ziet dat ze met miss Hilly praat.'

'Doen ik. Ik heb de hele dag extra vurig voor je gebeden.'

'Kijk, daar heb je miss Walters. Ouwe heks. En daar is miss Skeeter.'

Skeeter draagt een japon van zwart fluweel, met lange mouwen en een lage, ronde hals, zodat haar blonde haar en rode lipstick goed uitkomen. Ze is in haar eentje gekomen en staat in een kring van leegte. Ze kijkt verveeld om zich heen, dan ziet ze Aibileen en Minny. Ze kijken allemaal onmiddellijk weg.

Een van de andere zwarte serveersters, Clara, komt naar hun tafel, pakt een glas op. 'Aibileen,' fluistert ze terwijl ze het glas begint te poleren, 'is dat 'r?'

'Wie, wat?'

'Die van de verhalen over ons werk. Waar doet ze 't voor? Waarom is ze geïnteresseerd? Ik hoor dat ze elke week bij jou thuis komt.'

Aibileen laat haar kin zakken. 'Hoor 's, dit moet geheim blijven.'

Minny kijkt de andere kant op. Niemand buiten hun groepje weet dat ze meewerkt. Ze weten het alleen van Aibileen.

Clara knikt. 'Wees maar niet bang. Ik vertel 't aan niemand niet.'

Skeeter krabbelt een paar woorden op een blocnote, aantekeningen voor de nieuwsbrief over het feest. Ze bekijkt de zaal, de groene draperieën, de hulst, de rode rozen met gedroogde magnoliabladeren die in het midden van elke tafel staan. Haar blik blijft rusten op Elizabeth, nog geen meter bij haar vandaan, die iets zoekt in haar handtas. Ze is nog maar een maand geleden bevallen en ziet er heel moe uit. Skeeter kijkt toe als Celia naar Elizabeth toe loopt. Als Elizabeth haar hoofd optilt en ziet door wie ze wordt belaagd, hoest ze. Ze houdt haar hand tegen haar keel alsof ze zich tegen een of andere aanval probeert te beschermen.

'Weet je niet welke kant je op zult vluchten, Elizabeth?' vraagt Skeeter.

'Wat? O, Skeeter, hoe is het met je?' Elizabeth glimlacht snel en breed. 'Ik eh... het is hier zo warm. Ik denk dat ik een frisse neus ga halen.'

Elizabeth maakt zich haastig uit de voeten, en Skeeter kijkt haar na, kijkt naar Celia Foote, die haar rinkelend achterna gaat in haar foeilelijke jurk. *Dat is het echte verhaal,* denkt Skeeter. *Niet de bloemstukjes of hoeveel plooien Hilly's jurk heeft aan de achterkant. Dit jaar draait alles om Celia Foote en De Jurk.*

Even later wordt het diner aangekondigd. De gasten gaan naar de hun aangewezen plaatsen. Celia en Johnny zitten bij een aantal echtparen van buiten de stad, vrienden van vrienden die eigenlijk van niemand vrienden zijn. Skeeter zit dit jaar bij een aantal mensen uit de stad, niet bij voorzitster Hilly of zelfs secretaris Elizabeth. Er klinkt geroezemoes, lof voor het feest, lof voor de chateaubriand. Na het hoofdgerecht gaat Hilly naar het spreekgestoelte.

'Goedenavond allemaal. Ik wil jullie bedanken voor jullie komst. Geniet iedereen van het diner?'

Er wordt geknikt en instemmend gemompeld.

'Voordat ik met de mededelingen begin, wil ik alvast de mensen bedanken die een onmisbare bijdrage aan het succes van deze avond hebben geleverd.' Zonder haar hoofd af te wenden van het publiek gebaart Hilly naar links, waar twee dozijn zwarte vrouwen op een rij staan, gekleed in hun witte uniformen. Achter hen staan twaalf zwarte mannen in grijs met witte smokings. 'Graag een speciaal applaus voor de brigade, voor het heerlijke eten dat ze hebben klaargemaakt en geserveerd, en voor de desserts die ze voor de veiling hebben gemaakt.' Nu pakt Hilly een vel papier en daar leest ze van voor. 'Op hun eigen manier helpen zij de League in haar streven om voedsel te sturen naar de Zielige Uitgehongerde Kindertjes in Afrika, een goed doel dat hen ongetwijfeld eveneens na aan het hart ligt.'

De blanken aan de tafels klappen voor de bediening. Sommigen glimlachen terug. De meesten staren echter naar de lege lucht vlak boven de hoofden van de gasten.

'Verder willen we graag alle niet-leden die hier aanwezig zijn bedanken voor hun tijd en hun hulp. Jullie hebben ons veel werk uit handen genomen.'

Er klinkt licht applaus. Leden en niet-leden wisselen kille glimlachjes en knikjes. Erg jammer voor die meisjes, lijken de leden te denken. Jammer voor jullie dat het jullie aan de klasse ontbreekt om lid te worden van onze club.

Hilly gaat op een muzikale, patriottische toon door met bedankjes. Ze noemt vele namen. De koffie wordt geserveerd en de mannen drinken, maar de meeste vrouwen hebben alleen maar oog voor Hilly. '... met dank aan Boone Hardware... laten we Ben Franklins *dime store* niet vergeten...' Ze besluit de lijst met: 'En vanzelfsprekend bedanken we onze anonieme leverancier van, ahem, benódigdheden voor het Sanitair Initiatief voor de Huishoudelijke Hulp.'

Een paar mensen lachen nerveus, maar de meesten kijken om zich heen om te zien of Skeeter de moed heeft gehad om te komen.

'Ik wilde alleen dat je niet zo verlegen was en naar voren zou komen om onze dankbaarheid in ontvangst te nemen. Eerlijk waar, zonder jou hadden we nooit zoveel nieuwe kunnen installeren.'

Skeeter houdt haar blik op het spreekgestoelte gericht, haar gezicht stoïcijns en onverzettelijk.

Hilly glimlacht stralend. 'En tot slot een speciaal bedankje aan mijn man, William Holbrook, voor het doneren van een weekend in zijn jagershuis.' Ze glimlacht naar haar man, voegt er op zachtere toon aan toe: 'En vergeet niet, kiezers: stem op Holbrook voor de staatssenaat.'

De gasten lachen gemoedelijk om Hilly's aanbeveling.

'Wat zei je, Virginia?' Hilly legt een hand achter haar oor, richt zich dan weer op. 'Nee, ik ben zelf geen kandidaat. Maar luistert goed naar me, afgevaardigden die hier vanavond aanwezig zijn, als jullie geen definitieve oplossing bedenken voor de gescheiden scholen, dan krijgen jullie met mij te maken.'

Weer wordt er gelachen. Senator en missus Whitworth, die aan een tafel voorin zitten, knikken en glimlachen. Aan haar tafel achterin kijkt Skeeter naar haar schoot. Ze hebben elkaar eerder op de avond even gesproken, bij de cocktails. Missus Whitworth loodste de senator bij Skeeter vandaan voordat hij haar een tweede keer kon omhelzen. Stuart is niet gekomen.

Na afloop van het diner en de toespraak staan mensen op om te dansen. Mannen slenteren naar de bar. Er ontstaat gedrang rond de veilingtafels; veel mensen willen nog een laatste bod doen. Twee grootmoeders bieden tegen elkaar op voor het antieke theeserviesje. Iemand heeft het gerucht verspreid dat het ooit van een koninklijke familie is geweest en op een ezelkar Duitsland uit is gesmokkeld, waarna het uiteindelijk in de Magnolia Antique Store in Fairview Street is beland. De prijs schoot in een mum van tijd omhoog van vijftien naar vijfentachtig dollar.

In de hoek bij de bar staat Johnny te gapen. Celia heeft denkrimpels in haar voorhoofd. 'Ze bedankte de niet-leden voor hun hulp, en daar begrijp ik echt niets van. Tegen mij zei ze dat ze dit jaar geen hulp nodig hadden.'

'Nou, dan help je toch volgend jaar,' zegt Johnny.

Celia krijgt Hilly in het oog. Op dat moment staan er maar een paar mensen om Hilly heen. 'Johnny, ik ben zo terug,' zegt Celia.

'En dan wil ik hier zo snel mogelijk weg. Ik hebt schoon genoeg van dit apenpak.'

Richard Cross, met wie Johnny regelmatig op eenden jaagt, geeft een klap op Johnny's rug. Ze zeggen iets tegen elkaar, lachen. Hun blik gaat over de menigte.

Dit keer krijgt Celia Hilly bijna te pakken, maar op het laatste nippertje duikt Hilly weg achter het spreekgestoelte. Celia deinst achteruit, alsof ze bang is om Hilly te benaderen op de plek waar ze daarnet nog zo machtig leek.

Zodra Celia wegloopt naar de toiletten, koerst Hilly naar de bar.

'Johnny Foote, wel heb je ooit,' zegt Hilly. 'Ik ben verbaasd je hier te zien. Iedereen weet dat je een hekel hebt aan dit soort partijen.' Ze legt haar hand in de holte van zijn arm.

Johnny zucht. 'Je weet toch dat het jachtseizoen morgen begint?'

Hilly glimlacht met haar roodbruine lippen. Haar lipstick heeft werkelijk exact de kleur van haar jurk; ze moet er dagen naar hebben gezocht.

'Dat hoor ik van iedereen, heel vermoeiend. Je kunt toch wel één dag van het jachtseizoen missen, Johnny Foote. Dat had je vroeger wel voor mij over.'

Johnny rolt met zijn ogen. 'Celia had dit voor geen goud willen missen.'

'Waar ís die vrouw van je?' vraagt ze. Hilly's hand ligt nog steeds rond zijn arm en ze trekt er nog een keer aan. 'Toch niet in het stadion om hotdogs te verkopen, hè?'

Johnny kijkt met gefronste wenkbrauwen op haar neer, ook al is het waar dat ze elkaar zo hebben leren kennen.

'Kom, je weet dat ik je plaag. We hebben zo lang verkering gehad, dan mag dat toch wel?'

Voordat Johnny iets kan zeggen, wordt er op Hilly's schouder getikt en draait ze zich lachend om naar het volgende echtpaar.

Johnny zucht als hij Celia op hem af ziet komen. 'Gelukkig,' zegt hij tegen Richard, 'we kunnen naar huis. Ik moet over...' hij kijkt op zijn horloge '... vijf uur op.'

Richard kijkt onafgebroken naar Celia. Ze blijft staan en bukt zich om haar gevallen servetje op te rapen, waarbij ze welwillend haar borsten toont. 'Het moet een hele overgang zijn geweest, Johnny, om van Hilly naar Celia te gaan.'

Johnny schudt zijn hoofd. 'Het was alsof ik mijn hele leven op Antarctica had gewoond en op een dag naar Hawaï verhuisde.'

'Alsof je in het seminarie naar bed gaat en wakker wordt op Ole Miss,' zegt Richard, en ze lachen allebei. Dan laat Richard zijn stem dalen. 'Als een kind dat voor het eerst een ijsje eet.'

Johnny kijkt hem aan. 'Je hebt het wel over mijn vrouw, Richard.'

'Sorry, Johnny.' Richard slaat zijn ogen neer. 'Het was niet beledigend bedoeld.'

Celia komt eraan, zucht met een teleurgesteld glimlachje.

'Hé, Celia, hoe gaat het?' zegt Richard. 'Je ziet er beeldig uit vanavond.'

'Dank je, Richard.' Celia laat een onbeheerste hik horen. Ze fronst en houdt het servetje voor haar mond.

'Ben je tipsy?' vraagt Johnny.

'Ze heeft gewoon een leuke avond, ja toch, Celia?' zegt Richard. 'Weet je wat, ik haal een drankje voor je. Een Alabama Slammer, je zult het heerlijk vinden.'

Johnny rolt met zijn ogen naar zijn vriend. 'En dan gaan we naar huis.'

Drie Alabama Slammers later worden de winnaars van de stille veiling bekendgemaakt. Susie Pernell staat op het podium, terwijl mensen rondlopen of aan tafeltjes zitten met een drankje en een sigaret, dansen op nummers van Glenn Miller en Frankie Valli, en het geluid van de microfoon bijna overstemmen met hun geroezemoes. Namen worden opgelezen en voorwerpen opgehaald door de gelukkigen. Ze zijn uitgelaten alsof ze een wedstrijd gewonnen hebben, alsof de prijs gratis is en er niet vier of vijf keer de winkelwaarde voor is betaald. Tafelkleden en nachtjaponnen met handgemaakt kant brengen hoge bedragen op. Oude zilveren opscheplepels zijn populair, om gevulde eieren mee op te dienen, paprika uit olijven te vissen, kwarteleitjes te pellen. Dan zijn er de nagerechten: cakes, pralines, hemelse modder. En Minny's taart, uiteraard.

'... en de winnaar van Minny Jacksons wereldberoemde chocoladetaart is... Hilly Holbrook!'

Nu wordt er net iets harder geapplaudisseerd, niet alleen omdat Minny bekendstaat om haar lekkernijen, maar omdat de naam 'Hilly' altijd applaus krijgt.

Hilly staakt haar gesprek. 'Wat? Was dat mijn naam? Ik heb nergens op geboden.'

Dat doet ze nooit, denkt Skeeter, die in haar eentje aan een belendend tafeltje zit.

'Hilly, je hebt Minny Jacksons taart gewonnen! Gefeliciteerd,' zegt de vrouw naast haar.

Hilly kijkt met toegeknepen ogen om zich heen.

Minny, die haar naam in één adem heeft horen noemen met die van Hilly, is opeens heel erg op haar hoede. In haar ene hand houdt ze een gebruikt koffiekopje, op de andere rust een zwaar zilveren dienblad. Maar ze blijft stokstijf staan.

Hilly krijgt haar in het oog, maar zij beweegt evenmin, glimlacht alleen traag. 'Goh, wat lief. Kennelijk heeft iemand uit mijn naam op die taart geboden.' Ze blijft naar Minny kijken, en Minny voelt het. Ze zet de rest van de kopjes op het dienblad en haast zich zo snel ze kan naar de keuken.

'Gefeliciteerd, Hilly. Ik wist niet dat je een liefhebber van Minny's taarten was!' Celia's stem klinkt schril. Ze is van achteren aan komen lopen zonder dat Hilly het heeft gemerkt. Als ze naar Hilly toe trippelt, struikelt ze over een stoelpoot. Er wordt besmuikt gegiecheld.

Hilly wacht haar roerloos op. 'Celia, is dit soms een grapje?'
Skeeter komt ook dichterbij. Ze verveelt zich te pletter op deze voorspelbare avond. Ze heeft haar buik vol van de oude vriendinnen die haar mijden als de pest omdat ze te bang zijn om in het openbaar met haar gezien te worden. Celia's komst is de enige interessante gebeurtenis van de hele avond.
'Hilly,' zegt Celia, en ze pakt Hilly's arm beet, 'ik probeer al de hele avond met je te praten. Ik denk dat er sprake is van een misverstand tussen ons, en als ik het je nou gewoon eens uitleg...'
'Wat heb je gedaan? Laat me los!' sist Hilly tussen opeengeklemde tanden. Ze schudt haar hoofd, probeert weg te lopen.
Maar Celia houdt Hilly's mouw stevig vast. 'Nee, wacht! Je moet naar me luisteren...'
Hilly trekt haar arm weg, maar Celia laat niet los. En zo staan ze daar, Hilly die probeert te ontkomen, Celia die koppig vasthoudt, als er ineens een scheurend geluid door de zaal gaat. Celia staart naar de roodbruine stof in haar vingers. Ze heeft de manchet van Hilly's mouw gescheurd.
Hilly kijkt omlaag, raakt haar ontblote pols aan. 'Wat moet je van me?' gromt ze. 'Heeft die zwarte dienstmeid van je er soms iets mee te maken? Want wat ze je ook heeft verteld en wat jij ook aan andere mensen hebt doorverteld...'
Steeds meer mensen komen om hen heen staan. Ze kijken allemaal bezorgd naar Hilly.
'Doorverteld? Ik weet niet wat je...'
Hilly pakt Celia's arm beet. 'Wát heeft ze je verteld?' snauwt ze.
'Minny heeft het me verteld. Ik weet waarom je geen vriendinnen met me wilt zijn.' Susie Pernell, die nog steeds winnaars aankondigt door de microfoon, gaat luider praten, zodat Celia haar stem moet verheffen. 'Ik weet dat je denkt dat Johnny en ik het achter jouw rug om met elkaar deden,' gilt ze, en aan de andere kant van de zaal klinkt gelach over een of andere opmerking, en meer applaus. Net als Susie Pernell even stil is om haar aantekeningen te raadplegen, roept Celia keihard: '... maar ik ben pas nádat jullie uit elkaar waren zwanger geworden.' De woorden weergalmen door de ruimte. Secondenlang kun je een speld horen vallen.

De vrouwen om hen heen trekken hun neus op, sommigen beginnen te lachen. 'Johnny's vrouw is dronken,' zegt iemand.

Celia kijkt om zich heen. Zweetdruppels parelen op haar opgemaakte voorhoofd en die veegt ze weg met haar hand. 'Ik neem het je niet kwalijk dat je me niet aardig vindt, als je dacht dat Johnny jou met mij heeft bedrogen.'

'Johnny zou nooit...'

'... en sorry dat ik dat heb gezegd. Ik dacht dat je blij zou zijn met die taart.'

Hilly bukt zich, grist het paarlen knoopje van de vloer. Ze buigt zich voorover naar Celia, zodat niemand anders haar kan horen. 'Zeg maar tegen die zwarte meid van je dat ze het zal bezuren als ze ook maar iemand van die taart vertelt. Je dacht zeker handig te zijn, hè, door op die taart te bieden en mijn naam op te geven? Denk je nou echt dat je door omkoping bij de League kunt komen?'

'Wat?'

'Ik eis dat je me nú vertelt wie je nog meer hebt verteld van die...'

'Ik heb niemand iets over een taart verteld, ik...'

'Je líégt,' zegt Hilly, maar dan richt ze zich snel weer op en glimlacht ze. 'Daar heb je Johnny. Johnny, ik denk dat je vrouw aandacht nodig heeft.' Hilly werpt een blik op de meisjes om hen heen, alsof het allemaal één grote grap is.

'Celia, wat is er?' zegt Johnny.

Celia kijkt eerst fronsend naar hem, dan naar Hilly. 'Ik kan haar niet volgen. Ze beschuldigt me ervan dat ik lieg en... en... dat ik ervoor heb gezorgd dat ze die taart heeft gewonnen en...' Ze valt stil, kijkt naar de mensen om haar heen alsof ze niemand herkent. Ze heeft tranen in haar ogen. Dan kreunt ze. Er gaat een stuiptrekking door haar heen. Braaksel spettert op het tapijt.

'Hè, verdikkie.' Johnny trekt haar naar achteren.

Celia duwt Johnny's arm weg. Ze rent naar de toiletten; hij komt achter haar aan.

Hilly's handen zijn tot vuisten gebald. Haar gezicht is donkerrood, bijna dezelfde kleur als haar jurk. Ze marcheert naar een ober en grijpt zijn arm. 'Ruim dat op voordat het begint te stinken.'

En dan is Hilly omringd door vrouwen. Ze praten allemaal door elkaar heen, spreiden hun armen alsof ze haar proberen te beschermen.

'Ik had al gehoord dat Celia worstelt met een drankprobleem, maar dat ze liegt is nieuw voor me,' zegt Hilly tegen een van de Susies. Ze was van plan geweest dit gerucht over Minny te verspreiden als het ooit uit mocht komen van de taart. 'Hoe noem je zo iemand?'

'Een pathologische leugenaar?'

'Precies, een pathologische leugenaar.' Hilly loopt samen met de andere vrouwen weg. 'Celia heeft hem gestrikt door het verhaaltje op te hangen dat ze zwanger was. Waarschijnlijk was ze toen al een schaamteloze leugenaarster.'

Als Celia en Johnny eenmaal weg zijn, is het feest snel afgelopen. De leden zien er allemaal uitgeput uit, moe van het glimlachen. Er wordt nog wat over de veiling gepraat, over babysitters die graag naar huis willen, maar vooral over Celia Foote die te midden van al die mensen heeft overgegeven.

Als de zaal bijna leeg is, tegen middernacht, staat Hilly op het podium. Ze bladert door de briefjes van mensen die voor anderen hebben geboden. Haar lippen bewegen terwijl ze rekensommetjes maakt. Maar ze blijft opkijken, haar hoofd schudden. Dan vloekt ze omdat ze weer van voren af aan moet beginnen.

'Hilly, ik ga nu terug naar jouw huis.'

Hilly tilt haar hoofd op. Het is haar moeder, missus Walters, die er in haar avondjurk nog brozer uitziet dan anders. Ze draagt een lange, hemelsblauwe japon uit 1943 die bestikt is met kraaltjes. Een witte orchidee verlept tegen haar sleutelbeen. Een zwarte vrouw in een wit uniform wijkt niet van haar zijde.

'Hoor eens, mama, u gaat niet vannacht de koelkast plunderen. Ik wil niet dat u me de hele nacht wakker houdt met die indigestie van u. U gaat direct naar bed, is dat duidelijk?'

'Mag ik zelfs geen stukje van Minny's taart?'

Hilly knijpt haar ogen tot spleetjes. 'Die táárt ligt in de vuilnisbak.'

'Gut, waarom heb je die heerlijke taart weggegooid? Ik heb er speciaal voor jou op geboden.'

Hilly verstilt, laat het tot zich doordringen. 'Jíj? Jij hebt mijn naam opgegeven?'

'Het is waar dat ik soms niet meer weet hoe ik heet of in welk land ik woon, maar jij en die taart zal ik nooit vergeten.'

'Jij... jij oud, waardeloos...' Hilly smijt de stapel briefjes op tafel en ze vliegen alle kanten op.

Missus Walters draait zich om en hobbelt naar de deur, de zwarte verpleegster in haar kielzog. 'Bel de kranten, Bessie,' zegt ze. 'Mijn dochter is weer eens kwaad op me.'

MINNY

26

Zaterdagochtend word ik moe wakker en alles doet pijn. Ik loop naar de keuken, waar Sugar haar negen dollar en vijftig cent zit te tellen, 't geld dat ze gisteravond bij 't feest heeft verdiend. De telefoon gaat en Sugar neemt als een pijl uit een boog op. Ze heeft een vriendje en wil niet dat haar mama het weet.

'Ja, m'neer,' fluistert ze en ze geeft me de hoorn.

'Hallo?' zeg ik.

'Met Johnny Foote,' zegt hij. 'Ik ben in het jagershuis buiten de stad, maar ik wil je even laten weten dat Celia heel erg van streek is. Ze heeft het nogal moeilijk gehad op het feest, gisteravond.'

'Ja meneer, ik weet 't.'

'Dus je hebt het gehoord?' Hij zucht. 'Nou, hou haar volgende week een beetje in de gaten, wil je, Minny? Ik ben van plan om hier te blijven tot... ik weet het nog niet. Bel me als ze niet opknapt. Desnoods kom ik eerder thuis.'

'Ik zal goed voor haar zorgen. 't Komt wel goed.'

Ik heb niet met eigen ogen gezien wat er op 't feest is gebeurd, maar ik heb 't hele verhaal gehoord toen ik aan het afwassen was in de keuken. Het personeel had 't erover.

'Heb je 't gezien?' zegt Farina tegen me. 'Die roze dame voor wie je werkt was zo dronken als een indiaan op betaaldag.'

Ik keek op van de gootsteen en zag dat Suger naar me toe kwam met een hand in haar zij. 'Ja, mama, ze heeft midden in de zaal op de vloer gekotst. En íédereen heeft het gezien!' Toen draaide ze zich om, lachend samen met de anderen. Ze zag die *páf* niet aankomen. Vlokken sop vlogen door de lucht.

'Hou je mond, Sugar.' Ik trok haar mee naar een hoek. 'Laat ik je nooit meer kwaad horen spreken van de dame die zorgt dat jij kunt eten en kleren aan je lijf hebt! Is dat duidelijk?'

Sugar knikte en ik ging verder met de afwas, maar ik hoorde haar nog mompelen: 'Jíj doet 't anders de héle tijd.'

Met een ruk draaide ik me om en ik hield m'n vinger voor haar gezicht. 'Ik heb 't recht. Ik verdien 't recht elke dag dat ik voor dat gekke mens werk.'

Als ik maandag op m'n werk kom, ligt miss Celia nog in bed met de lakens over haar hoofd.

'Môgge, miss Celia.'

Maar ze rolt zich op haar zij en wil me niet aankijken.

Rond lunchtijd breng ik haar een sandwich met ham.

'Ik heb geen honger,' zegt ze en ze trekt 't kussen over d'r hoofd.

Ik sta te kijken hoe ze erbij ligt, gemummificeerd in de lakens.

'Wat bent u van plan, de hele dag in bed blijven?' vraag ik, al heb ik haar dat vaak genoeg zien doen. Maar dit keer is 't anders. Ze heeft geen troep op d'r gezicht gesmeerd en ze glimlacht niet.

'Laat me met rust.'

Ik wil tegen haar zeggen dat ze gewoon uit bed moet komen, dat ze haar ordinaire kleren aan moet trekken en moet vergeten wat er is gebeurd, maar ze ligt daar zo alleen en meelijwekkend dat ik m'n mond hou. Ik ben niet haar psychiater en daar betaalt ze me ook niet voor.

Dinsdagochtend ligt miss Celia nog steeds in bed. Het broodje ham van gisteren ligt nog onaangeroerd op 't bordje naast het bed. Ze draagt nog steeds de armoedige blauwe nachtpon die eruitziet alsof ze 'm in Sugar Ditch al had. Het kantje langs de hals is gescheurd en er zitten vlekken aan de voorkant, zo zwart als steenkool.

'Kom, laat me 't bed verschonen. 't Programma begint bijna en miss Julia zit dik in de problemen. U heeft geen idee wat dat stomme mens gisteren met dokter Bigmouth heeft uitgespookt.'

Maar ze blijft gewoon liggen.

Later breng ik haar een dienblad met een stuk kippenpastei. Terwijl ik 't liefst tegen haar zou willen zeggen dat ze zich niet zo moet aanstellen en naar de keuken moet komen om gewoon aan tafel te eten.

'Hoor 's, miss Celia, ik weet dat 't heel naar was wat er op 't feest is gebeurd. Maar u kunt niet eeuwig in bed blijven liggen en medelijden hebben met uzelf.'

Miss Celia komt uit bed en sluit zich op in de badkamer.

Ik haal 't bed af. Dan pak ik alle natte tissues en de glazen van 't nachtkastje. Ik zie een stapeltje post. 't Mens is in elk geval de post gaan halen. Ik pak het hele stapeltje op om een lap over het nachtkastje te halen en dan zie ik de letters HHW boven aan een kaartje. Voordat ik 't weet heb ik 't hele kaartje gelezen:

Beste Celia,

In plaats van mij een schadevergoeding te betalen voor de japon die je kapot hebt gescheurd, zouden wij van de League graag een donatie van je ontvangen van ten minste tweehonderd dollar. Wees zo vriendelijk om de cheque uit te schrijven ten name van de Jackson League.

Voorts verzoek ik je niet nogmaals je diensten aan te bieden voor de activiteiten van niet-leden, aangezien je naam op de zwarte lijst is geplaatst. Je medewerking in deze wordt gewaardeerd.
Groet,

Hilly Holbrook
Voorzitter en penningmeester

Woensdagochtend ligt miss Celia nog steeds onder de dekens. Ik doe m'n werk in de keuken, probeer blij te zijn dat ze me niet voor de voeten loopt. Maar ik kan er niet van genieten omdat de telefoon al de hele ochtend onophoudelijk rinkelt, en voor 't eerst sinds ik dit baantje heb, verdomt miss Celia 't om op te nemen. Na de tiende keer hou ik 't niet meer uit, dat eindeloze rinkelen, dus ik gris de hoorn van de haak en zeg hallo.

Ik ga naar de slaapkamer, zeg tegen haar: 'Mister Johnny aan de telefoon.'

'Wat? Hij hoort niet te weten dat ik weet dat hij het weet van jou.'

Ik slaak een zeer diepe zucht om haar te laten weten dat 't me geen hól kan schelen. 'Hij heeft me thúís gebeld. Het spel is uit, miss Celia.'

Ze doet haar ogen dicht. 'Zeg maar dat ik slaap.'

Ik pak de hoorn van de telefoon op het nachtkastje en kijk miss Celia indringend aan terwijl ik tegen 'm zeg dat ze onder de douche staat. 'Ja, meneer, het gaat goed met haar,' zeg ik, mijn ogen toegeknepen.

Ik hang op en kijk nijdig naar miss Celia omlaag. 'Hij wilde weten hoe het met u gaat.'

'Dat hoorde ik, ja.'

'Ik heb voor u gelogen.'

Ze trekt 't kussen weer over haar hoofd.

De volgende middag hou ik 't echt geen minuut langer meer vol. Miss Celia ligt nog stééds in d'r nest. Haar gezicht is mager en dat Botergoud begint vettig te worden. De kamer begint te stinken, naar vieze mensen. Ik durf te wedden dat ze zich al sinds vrijdag niet meer heeft gewassen.

'Miss Celia,' zeg ik.

Ze kijkt naar me, maar glimlacht niet, zegt niets.

'Mister Johnny komt vanavond thuis en ik heb tegen hem gezegd dat ik voor u zou zorgen. Wat moet hij wel niet denken als hij u ziet liggen in die lelijke armoedige nachtpon?'

Ik hoor haar snuffen, dan hikken, dan voluit huilen. 'Dit zou allemaal niet zijn gebeurd als ik was gebleven waar ik thuishoor. Hij had met een fatsoenlijk meisje moeten trouwen. Hij had met... Hílly moeten trouwen.'

'Kom op, miss Celia. 't Is niet...'

'Zoals Hilly naar me keek... alsof ik níéts was. Alsof ik afval langs de kant van de weg was.'

'Maar miss Hilly telt niet. U moet uzelf niet beoordelen aan de manier waarop die vrouw over u denkt.'

'Ik ben niet geschikt voor een leven zoals dit. Ik hoef geen eettafel voor twaalf personen. Ik krijg hier nog geen twaalf mensen naartoe als ik op mijn knieën ga liggen.'

Ik schud mijn hoofd naar haar. Is ze weer aan 't klagen omdat ze zoveel heeft.

'Waarom haat ze me zo diep? Ze kent me niet eens,' snikt miss Celia. 'En het is niet alleen Johnny, ze beschuldigde me ervan dat ik lieg, dat ik haar die... tááárt heb bezorgd.' Ze slaat met haar vuisten tegen haar knieën. 'Ik zou nóóit hebben overgegeven als ze dat niet had gezegd.'

'Welke taart?'

'H-H-Hilly heeft jouw taart gewonnen. En ze beschuldigde mij ervan dat ik haar naam had opgegeven. Om haar... in de maling te nemen of zo.' Ze jammert en snikt. 'Waarom zou ik dat doen? Waarom zou ik haar naam op een lijst zetten?'

't Begint me heel langzaam te dagen waar dit over gaat. Ik weet niet wie voor Hilly op die taart heeft geboden, maar ik weet wél waarom ze iemand die ze ervan verdenkt levend zou willen villen.

Ik kijk naar de deur. Het stemmetje in m'n hoofd zegt: *Loop weg, Minny. Maak gewoon dat je wegkomt.* Maar dan kijk ik naar miss Celia, die tranen met tuiten huilt in d'r ouwe nachtpon, en ik krijg een schuldgevoel van hier tot overmorgen.

'Ik kan het Johnny niet langer aandoen. Mijn besluit staat vast, Minny. Ik ga terug,' snikt ze. 'Terug naar Sugar Ditch.'

'U gaat weg bij uw man omdat u heeft overgegeven op een of ander feestje?' *Wacht 's effe,* denk ik, en ik sper m'n ogen wijdopen. *Miss Celia kan niet bij mister Johnny weggaan – waar moet ik dan verdorie naartoe?*

Miss Celia gaat nog harder huilen bij de herinnering. Ik zucht en kijk naar d'r, weet niet wat ik moet doen. O, nou, ik denk dat 't tijd is. Tijd dat ik haar vertel wat ik niemand op deze hele wereld wil vertellen. Maar ik raak m'n baan sowieso kwijt, dus dan waag ik 't er maar op.

'Miss Celia...' zeg ik en ik ga in de gele leunstoel in de hoek zitten. Ik heb nooit ergens gezeten in dat huis behalve in de keuken en op de badkamervloer, maar deze situatie vraagt om extreme maatregelen. 'Ik weet waarom miss Hilly zo kwaad is geworden,' zeg ik. 'Over die taart, bedoel ik.'

Miss Celia snuit hard en tetterend haar neus. Ze kijkt me aan.

'Ik heb iets gedaan. Het was. Vreselijk. Slecht.' M'n hart begint te bonzen nu ik er alleen al aan denk. Ik merk dat ik niet stil kan zitten terwijl ik haar m'n verhaal vertel. Ik sta op en loop naar 't voeteneinde van 't bed.

'Wat?' snuft ze. 'Wat is er gebeurd, Minny?'

'Miss Hilly belde me vorig jaar thuis op, toen ik nog voor miss Walters werkte. Om me te vertellen dat ze miss Walters naar een tehuis voor ouwe dames zou sturen. Ik werd bang. Ik moet vijf kinderen te eten geven en Leroy werkt al dubbele diensten.'

Ik voel dat 't begint te branden in m'n borst. 'Ik weet best dat 't niet christelijk van me was. Maar wie stuurt nou z'n eigen moeder naar een tehuis, waar ze bij vreemden is? Als je die vrouw kwaad doet, voelt 't op de een of andere manier juist góéd.'

Miss Celia gaat rechtop zitten, veegt d'r neus af. Zo te zien luistert ze naar me.

'Drie weken lang heb ik naar werk gezocht. Elke dag nadat ik klaar was bij miss Walters, ging ik de deuren langs. Ik klop aan bij miss Child, maar ze wil me niet. Ik ga naar 't huis van de Rawleys, die willen me ook niet. De familie Rich, de familie Patrick Smith, de Walkers, allemaal zeggen ze nee, zelfs dat katholieke gezin Thibodeaux met zeven kinderen. Niemand wil me.'

'O Minny...' zegt miss Celia, 'wat naar voor je.'

Ik klem m'n kaken op elkaar. 'Al sinds ik een klein meisje was, zei m'n mama tegen me dat ik niet brutaal mocht zijn. Maar ik heb niet geluisterd en ik sta in de hele stad bekend om m'n grote mond. En ik dacht dat 't daarom was, dat niemand me in dienst wilde nemen.

Toen er nog twee dagen over waren bij miss Walters en ik nog steeds geen werk had, begon ik 'm echt te knijpen. Benny heeft astma, Sugar zit nog op school en Kindra en... we hadden 't al zo krap. En toen kwam miss Hilly naar miss Walters om met mij te praten.

Ze zei: "Kom voor mij werken, Minny. Ik betaal je vijfentwintig cent meer per dag dan mijn mama." Een "worst" noemde ze 't, alsof ik een hond was.' Ik voel dat ik vuisten maak. 'Alsof ik zelfs maar zou overwegen om de baan van mijn vriendin Yule May Crookle in te pikken. Miss Hilly denkt dat iedereen net zo achterbaks is als zij.'

Ik veeg met een hand over m'n gezicht. Ik zweet. Miss Celia luistert met open mond, kijkt me verbluft aan.

'Ik zeg tegen haar: "Nee, bedankt, miss Hilly." En ze zegt dat ze me vijftig cent meer wil betalen, en ik zeg: "Nee, mevrouw. Nee, dank u." En dan komt 't, miss Celia. Ze vertelt me dat ze 't weet van de Childs en de Rawleys en alle anderen die me niet wilden. Zegt dat zij ervoor heeft gezorgd door iedereen te laten weten dat ik een dievegge was. Ik heb nog nooit van m'n leven iets gestolen, maar zij heeft iedereen verteld dat ik 't zilver van miss Walters had gejat. En dat niemand in de hele stad een stelende nikker met een grote mond als hulp zou nemen en dat ik net zo goed voor niks voor haar kon komen werken.

En zo is 't gekomen.'

Miss Celia knippert met d'r ogen. 'Wat, Minny?'

'Ik zeg tegen d'r dat ze m'n poep kan eten.'

Miss Celia zit daar maar, nog steeds perplex.

'Dan ga ik naar huis. Ik maak 't beslag voor m'n chocoladetaart. Ik doe er suiker in en Baker's chocolade en echte vanille die m'n nicht voor me meeneemt uit Mexico.

Ik ga met die taart naar 't huis van miss Walters, want ik weet dat miss Hilly daar zit te wachten op de mensen van 't tehuis die d'r moeder komen halen, zodat zij 't huis kan verkopen, 't zilver kan nemen en wat ze verder hebben wil. Alles wat ze hebben wil.

Ik zet de taart op 't aanrecht, en miss Hilly glimlacht, denkt dat 't een zoenoffer is, dat 't mijn manier is om haar te laten weten hoe erg 't me spijt wat ik heb gezegd.

En dan kijk ik naar haar. Ik zie haar met eigen ogen die taart eten. Twee grote punten. Ze propt 't in d'r mond alsof ze nog nooit zoiets lekkers heeft gegeten. Dan zegt ze: "Ik wist wel dat je je zou bedenken, Minny. Ik wist dat ik uiteindelijk mijn zin zou krijgen." En ze lacht, een soort van meisjesachtig, alsof ze 't allemaal heel erg grappig vindt.

Dan zegt miss Walters dat ze trek heeft gekregen en vraagt ze om een stukje taart. Ik zeg tegen d'r: "Nee, mevrouw. Deze taart is speciaal voor miss Hilly."

Miss Hilly zegt: "Mama mag wel een stukje, als ze wil. Maar wel een klein stukje. Wat heb je erin gedaan, Minny, dat hij zo lekker smaakt?"

Ik zeg: "Goeie vanille uit Mexico," en dan vertel ik wat ik speciaal voor haar nog meer in die taart heb gedaan.'

Miss Celia zit roerloos naar me te kijken, maar ik kan haar nu niet meer aankijken.

'Miss Walters d'r mond valt open. Niemand in die keuken zegt iets. Ik had me uit de voeten kunnen maken zonder dat ze 't hadden gemerkt. En dan begint miss Walters te lachen. Ze lacht zo hard dat ze bijna van d'r stoel valt. Ze zegt: 'Tja, Hilly, dat is je verdiende loon. En ik zou het aan niemand vertellen, als ik jou was, anders sta je straks in de hele stad bekend als de dame die twéé punten van Minny's poep heeft gegeten."'

Heimelijk kijk ik naar miss Celia. Ze staart me met grote ogen en een vies gezicht aan. Ik raak in paniek dat ik 't heb verteld. Nu kan ze me nooit meer vertrouwen.

'Miss Hilly dacht dat u het verhaal kende. Dat u haar belachelijk maakte. Ze zou u nooit hebben aangevallen als ik het Vreselijk Slechte niet had gedaan.'

Miss Celia staart me alleen aan.

'Maar ik wil nog wel zeggen dat als u weggaat bij mister Johnny, dat miss Hilly dan als winnaar uit de bus komt. Dan heeft ze mij verslagen, u verslagen...' Ik schud m'n hoofd, denk aan Yule May in de nor en aan miss Skeeter die geen vrienden meer heeft. 'Er zijn niet meer zo veel mensen in deze stad die ze niet klein heeft gekregen.'

Miss Celia blijft een hele tijd stil. Dan kijkt ze naar me en hapt ze adem om iets te zeggen, maar ze doet d'r mond weer dicht. Uiteindelijk zegt ze alleen: 'Bedankt. Dat je me... het hebt verteld.'

Ze gaat weer liggen. Maar voordat ik de deur opendoe, zie ik dat haar ogen wijdopen zijn.

De volgende ochtend is 't miss Celia eindelijk gelukt om uit bed te komen. Ze heeft d'r haar gewassen en weer al die troep op d'r gezicht gesmeerd. 't Is koud buiten, dus ze heeft zich weer in zo'n te klein truitje geperst.

'Bent u blij dat mister Johnny weer thuis is?' vraag ik. Niet dat 't mij ook maar iets kan schelen, maar ik wil wel weten of ze nog steeds met 't idee speelt om bij 'm weg te gaan.

Maar miss Celia zegt niet veel. D'r ogen staan vermoeid. Ze glimlacht niet zo snel om elk klein dingetje. Ze wijst met d'r vinger naar buiten uit 't keukenraam. 'Ik denk dat ik daar een rij rozenstruiken ga planten. Langs de achterkant van de tuin.'

'Wanneer bloeien die?'

'Als het weer lente wordt.'

Het lijkt me een goed teken dat ze plannen maakt voor de toekomst. Iemand die ervandoor wil, gaat geen bloemen planten die pas volgend jaar bloeien.

De rest van de dag werkt miss Celia in de tuin, fatsoeneert de chrysanten.

Nog een dag later zit miss Celia aan de keukentafel als ik binnenkom. Ze heeft de krant gepakt, maar ze staart naar de mimosaboom in de tuin. 't Is kil buiten.

'Goeiemorgen, miss Celia.'

'Hallo, Minny.' Miss Celia zit daar maar naar die boom te kijken, speelt met een pen in d'r hand. Het begint te regenen.

'Wat wilt u vandaag voor de lunch? Ik heb rosbief en er is nog een stukje kippenpastei.' Ik buig me voorover in de koelkast. Ik moet een beslissing nemen over Leroy, hem zeggen waar 't op staat. *Je houdt op me te slaan, of anders ga ik bij je weg. En denk maar niet dat ik de kinderen meeneem.* Dat is niet waar, dat van die kinderen, maar daar zal hij 't ergst van schrikken.

'Ik heb geen trek.' Miss Celia gaat staan, schopt een hooggehakte rode schoen uit, dan de andere. Ze strekt d'r rug, terwijl ze nog steeds uit 't raam naar die boom kijkt. Ze kraakt d'r knokkels. En dan beent ze naar buiten.

Ik zie haar aan de andere kant van 't glas en dan krijg ik de bijl in het oog. Er gaat een rilling langs m'n rug, want niemand ziet graag een verknipte dame met een bijl in d'r hand. Ze zwaait 't ding door de lucht, als een honkbalknuppel. Om te oefenen.

'Dame, dit keer heb je echt je verstand verloren.' Het stroomt van de regen, maar miss Celia trekt zich er niks van aan. Ze begint op die boom in te hakken. Blaadjes regenen op haar neer, blijven steken in d'r haar.

Ik zet de schaal met rosbief op de keukentafel en kijk naar buiten. Ik hoop maar dat er geen ongelukken van komen. Ze perst d'r lippen op elkaar, veegt de regen uit d'r ogen. In plaats van moe te worden, is elke slag met de bijl een beetje harder.

'Miss Celia, kom nou binnen uit die regen!' roep ik. 'Laat mister Johnny 't doen als-ie thuiskomt.'

Maar ze hoort niks en ze ziet niks. Ze is nu halverwege de stam en de boom begint te wiebelen, zoals m'n dronken vader. Uiteindelijk plof ik neer op de stoel waar miss Celia de krant zat te lezen om te wachten tot ze klaar is. Ik schud m'n hoofd en kijk naar de krant. Dan zie ik 't briefje van miss Hilly eronder vandaan steken en miss Celia's cheque voor tweehonderd dollar. Ik kijk beter. Onder aan de cheque, op de regel voor mededelingen, heeft miss Celia in een mooi cursief handschrift geschreven: 'Voor Hilly Twéé Punten.'

Ik hoor kraken en zie de boom op de grond vallen. Bladeren en dode bloemetjes vliegen door de lucht. D'r hele Botergoud zit onder.

MISS SKEETER

27

Ik staar naar de telefoon in de keuken. Er heeft al zo lang niemand meer gebeld dat het een dood ding aan de muur lijkt. Overal hangt een zware stilte – in de bibliotheek, in de apotheek waar ik moeders medicijnen haal, in High Street waar ik inkt voor de schrijfmachine koop, in ons eigen huis. De moord op president Kennedy, minder dan twee weken geleden, heeft de wereld met stomheid geslagen. Het is alsof niemand als eerste de stilte wil verbreken. Niets lijkt belangrijk genoeg.

De zeldzame keren dat de telefoon tegenwoordig gaat, is het dokter Neal, die belt met meer slecht nieuws over onderzoeken, of een familielid dat naar moeders gezondheid informeert. En toch denk ik soms nog steeds: *Stuart*, zelfs al is het vijf maanden geleden dat hij voor het laatst belde. Zelfs al heb ik moeder uiteindelijk verteld dat het uit was. Moeder keek geschrokken, zoals ik had verwacht, maar gelukkig zuchtte ze alleen.

Ik haal heel diep adem, draai een nul en sluit mezelf op in de voorraadkast. Ik vertel de telefoniste dat ik naar New York wil bellen en wacht af.

'Uitgeverij Harper en Row, met wie kan ik u doorverbinden?'

'Elaine Stein, alstublieft.'

Ik wacht totdat haar secretaresse aan de lijn komt, wens dat ik dit eerder had gedaan. Maar het voelde niet goed om te bellen in de week van Kennedy's dood en op het nieuws hoorde ik dat veel kantoren gesloten waren. Vervolgens was het Thanksgiving, en toen ik belde kreeg ik van de telefoniste te horen dat missus Steins secretaresse niet opnam, vandaar dat ik nu een week later bel dan ik van plan was geweest.

'Elaine Stein.'

Ik knipper, verbaasd dat ik niet haar secretaresse aan de lijn krijg.

'Missus Stein, het spijt me, u spreekt met... Eugenia Phelan. Uit Jackson, Mississippi.'

'Ja... Eugenia.' Ze zucht, heeft er duidelijk spijt van dat ze zelf heeft opgenomen.

'Ik bel om u te laten weten dat het manuscript begin januari af is. Ik stuur het u in de tweede week van januari toe.' Ik glimlach, want ik heb de zinnen die ik van tevoren had gerepeteerd keurig opgedreund.

Er valt een stilte, op het uitblazen van sigarettenrook na. Ik ga verzitten op het blik. 'Ik eh... ik schrijf over de zwarte vrouwen? In Mississippi?

'Ja, ik weet het nog,' zegt ze, maar ik kan niet horen of ze het meent. Maar dan zegt ze: 'U had gesolliciteerd naar die hoge functie. Hoe gaat het met het project?'

'In januari zijn we klaar. We moeten nog twee interviews afronden. Ik vroeg me af of ik het rechtstreeks naar u moet sturen of naar uw secretaresse.'

'O nee, januari is te laat.'

'Eugenia? Ben je thuis?' hoor ik moeder roepen.

Ik leg een hand over de hoorn. 'Ik kom zo, moeder!' roep ik terug, wetend dat ze binnen zal komen stormen als ik niets zeg.

'De laatste redactievergadering is op eenentwintig december,' vervolgt missus Stein. 'Als u wil dat ik het lees, moet ik het dan echt op mijn bureau hebben. Anders gaat het naar De Stapel. U wilt niet op De Stapel belanden, miss Phelan.'

'Maar u... had januari gezegd...' Het is vandaag twee december. Dan heb ik dus maar negentien dagen om het hele ding af te krijgen.

'Op eenentwintig december gaat iedereen met vakantie en in het nieuwe jaar worden we bedolven onder een stortvloed van projecten van onze eigen auteurs en journalisten. Als je een niemand bent, zoals u, miss Phelan, maakt u voor de eenentwintigste een kans. Anders kunt u het schudden.'

Ik slik. 'Ik weet niet of...'

'Zei u trouwens daarnet iets tegen uw moeder? Woont u nog thuis?'

Ik probeer een leugentje te verzinnen – ze is alleen op bezoek, ze is ziek – omdat ik niet wil dat missus Stein weet dat ik niets heb bereikt in dit leven. Maar dan zucht ik. 'Ja, ik woon nog thuis.'

'En de zwarte vrouw die u heeft grootgebracht, is er nog steeds, neem ik aan?'

'Nee, ze is weg.'

'Mmm. Jammer. Weet u wat er van haar is geworden? Ik bedenk net dat u ook over uw eigen hulp moet schrijven.'

Ik doe mijn ogen dicht, worstel met frustratie. 'Ik weet... werkelijk niet waar ze is.'

'Nou, zoek dat dan uit en schrijf erover. Dat geeft alles een persoonlijk tintje.'

'Ja, mevrouw,' zeg ik, hoewel ik geen idee heb hoe ik de twee interviews op tijd af moet krijgen, laat staan dat ik de tijd heb om over Constantine te schrijven. Alleen al door het idee om over haar te schrijven, verlang ik hevig naar haar.

'Een goedemiddag, miss Phelan. Ik hoop dat u de deadline haalt,' zegt ze, maar voordat ze ophangt mompelt ze nog: 'En in hemelsnaam, u bent een hoogopgeleide vrouw van vierentwintig, zoek een flatje.'

Ik leg neer, compleet uit het lood door het nieuws van de deadline en missus Steins aandringen om Constantine op te nemen in het boek. Ik weet dat ik onmiddellijk aan het werk moet, maar ik ga eerst even bij moeder kijken op haar slaapkamer. De afgelopen drie maanden zijn haar maagzweren sterk verergerd. Ze is nog magerder geworden en ze geeft minstens een keer in de twee dagen over. Zelfs dokter Neal keek verbaasd toen ik haar vorige week kwam brengen voor haar afspraak.

Moeder kijkt naar me omhoog vanuit het bed. 'Heb je vandaag geen bridgeclubje?'

'Het gaat niet door. Elizabeths baby heeft last van koliek,' lieg ik. Er zijn zo veel leugens opgedist dat de kamer er stijf van staat. 'Hoe voelt u zich?' De oude kom van wit email staat naast haar op het bed. 'Heeft u overgegeven?'

'Ik voel me prima. Je moet je voorhoofd niet zo fronsen, Eugenia. Daar krijg je rimpels van.'

Moeder weet nog steeds niet dat ik uit het bridgeclubje ben geschopt of dat Patsy Joiner een nieuwe tennispartner heeft. Ik word niet meer uitgenodigd voor cocktailparty's of kraambezoek of andere gelegenheden die Hilly bijwoont. Bijeenkomsten van de League zijn de enige uitzondering. De meisjes zijn kortaf tegen me, bespreken kort en zakelijk dingen over de nieuwsbrief. Ik probeer mezelf wijs te maken dat het me niet kan schelen. Ik schiet wortel achter mijn schrijfmachine en ga de meeste dagen niet eens de deur uit. Dat komt er nou van, hou ik mezelf voor, als je eenendertig toiletpotten neerzet in de voortuin van het populairste meisje van de stad. Dan gaan mensen je toch een beetje anders behandelen dan daarvoor.

Het is nu bijna vier maanden geleden dat de deur tussen Hilly en mij op slot ging, een deur gemaakt van ijs dat zó dik is dat er honderd hete zomers nodig zijn om het te smelten. Natuurlijk wist ik dat het consequenties zou hebben. Ik had alleen niet gedacht dat het zo lang zou duren.

Aan de telefoon klonk Hilly's stem schor, en zwak, alsof ze de hele ochtend had lopen schreeuwen. 'Je bent gestoord,' siste ze tegen me. 'Praat niet meer tegen me, kijk niet naar me. Zwaai zelfs niet naar mijn kinderen.'

'Het was een tikfout, Hilly.' Iets anders kon ik niet bedenken.

'Ik ga zelf naar senator Whitworth om hem te vertellen dat jij, Skeeter Phelan, schadelijk zult zijn voor zijn campagne in Washington. Een lelijke wrat op zijn reputatie als Stuart zich weer met jou inlaat!'

Ik kromp ineen toen ze zijn naam noemde, al waren we toen al weken uit elkaar. Ik kon me voorstellen dat hij wegkeek, dat het hem niet meer kon schelen wat ik deed.

'Je hebt van mijn tuin een kermisattractie gemaakt,' zei Hilly. 'Hoe lang maakte je al plannen om mijn gezin belachelijk te maken?'

Hilly begreep er niets van; ik had het helemaal niet gepland. Toen ik dat plan van haar begon uit te tikken voor de nieuwsbrief, met woorden als 'ziektes' en 'bescherm uzelf' en 'graag gedaan!', was het alsof er iets in mijn binnenste openbarstte, een beetje zoals een watermeloen, koel en sappig en zoet. Ik had altijd gedacht dat krankzinnigheid een donker en bitter gevoel zou zijn, maar het is juist fris en verrukkelijk als je je er echt helemaal in wentelt. Ik heb de broers van Pascagoula elk vijfentwintig dollar betaald om die oude pleepotten in Hilly's tuin te zetten, en ze waren bang, maar ze wilden het wel doen. Ik weet nog hoe donker het die nacht was. Ik weet nog dat ik mezelf gelukkig prees omdat er een oud gebouw vanbinnen was leeggehaald voor renovatie, zodat er bij de sloperij meer dan genoeg potten stonden om uit te kiezen. Twee keer heb ik gedroomd dat ik het weer deed. Ik heb er geen spijt van, maar ik prijs mezelf niet langer zo gelukkig.

'En jij noemt jezelf een chrísten,' waren Hilly's laatste woorden, en ik dacht: Hemel, wanneer heb ik dat ooit gezegd?

Afgelopen november werd Stooley Whitworth gekozen als senator in Washington. Maar William Holbrook verloor de plaatselijke verkiezingen voor een zetel in de staatssenaat. Ik neem aan dat Hilly mij ook daarvan de schuld geeft. En dan heb ik het nog niet eens over alle moeite die ze heeft gedaan om me aan Stuart te koppelen – vergeefs, naar nu bleek.

Een paar uur nadat ik missus Stein heb gesproken, loop ik op mijn tenen naar de slaapkamer om nog een laatste keer bij moeder te kijken. Papa ligt al naast haar te slapen. Er staat een glas melk op haar nachtkastje. Ze ligt tegen een stapel kussens met haar ogen dicht. Ze opent haar ogen als ik naar binnen gluur.

'Kan ik nog iets voor u doen, mama?'

'Ik lig alleen in bed omdat dokter Neal heeft gezegd dat ik rust moet houden. Waar ga je naartoe, Eugenia? Het is bijna zeven uur.'

'Ik blijf niet lang weg. Ik ga alleen een eindje rijden.' Ik geef haar een kus en hoop dat ze verder geen vragen stelt. Als ik de deur achter me dichtdoe, slaapt ze al.

Ik jakker door de stad. Ik zie ertegenop om Aibileen van de nieuwe deadline te vertellen. De oude truck ratelt en rammelt door de kuilen in het wegdek. Er is niet zo veel meer van over na het zoveelste zware katoenseizoen. Mijn hoofd raakt zowat het dak omdat iemand de veren van de zitting te strak heeft afgesteld. Het raampje staat altijd open, met mijn arm naar buiten, zodat de deur niet rammelt. In de voorruit zit een nieuwe ster in de vorm van een zonsondergang.

In State Street moet ik stoppen voor een rood licht, tegenover de papierfabriek. Als ik opzij kijk, zie ik Elizabeth en Mae Mobley en Raleigh allemaal tegen elkaar aan geperst op de voorbank van hun witte Corvair, onderweg naar huis van een of ander etentje, neem ik aan. Ik verstijf, durf niet nog een keer opzij te kijken, bang dat ze me dan zal zien en gaat vragen waarom ik in de truck rij. Ik laat hen optrekken, kijk naar hun achterlichten. Er komt een branderig gevoel opzetten in mijn keel. Het is al heel lang geleden dat ik Elizabeth heb gesproken.

Na het toilet-incident hebben Elizabeth en ik moeite gedaan om vriendinnen te blijven. We belden elkaar nog steeds af en toe. Maar ze zei alleen nog maar hallo en een paar holle frasen als we elkaar zagen op bijeenkomsten van de League, omdat Hilly haar dan kon zien. Een maand geleden ben ik voor het laatst bij Elizabeth langs geweest.

'Wat is Mae Mobley groot geworden, ongelofelijk,' zei ik. Mae Mobley glimlachte verlegen naar me, verborg zich achter haar moeders been. Ze was gegroeid maar nog steeds baby-achtig mollig.

'Ze groeit als onkruid,' zei Elizabeth terwijl ze uit het raam keek, en ik bedacht hoe raar ik het vond dat ze haar kind met onkruid vergeleek.

Elizabeth was nog in haar ochtendjas, met krulspelden in haar haar, nu alweer klein en mager na haar zwangerschap. Haar glimlach was gespannen. Ze bleef op haar horloge kijken, voelde om de paar seconden aan haar krulspelden. We stonden in de keuken.

'Heb je zin om te gaan lunchen op de club?' vroeg ik. Aibileen kwam door de klapdeur de keuken binnen. In de eetkamer ving ik een glimp op van zilver en kant.

'Ik kan niet en ik vind het naar om je weg te sturen maar... mama zit op me te wachten in de Jewel Taylor Shoppe.' Weer kijkt ze snel en heimelijk uit het raam. 'Je weet dat ze een hekel heeft aan wachten.' Haar glimlach werd haast smekend.

'O, het spijt me, ik wil je niet ophouden.' Ik klopte op haar schouder en liep naar de deur. En toen drong het pas tot me door. Hoe had ik zo stom kunnen zijn? Het was woensdag, twaalf uur. Mijn oude bridgeclubje.

Ik reed achteruit weg over de oprit. Het speet me dat ik haar zo in verlegenheid had gebracht. Toen ik keerde, zag ik haar gezicht achter het raam. Ze keek me na. En toen besefte ik dat ze zich niet schaamde omdat ze me de deur had uitgewerkt. Elizabeth Leefolt schaamde zich ervoor om met mij gezien te worden.

Ik parkeer in Aibileens straat, een aantal huizen bij haar vandaan, wetend dat we nu voorzichtiger moeten zijn dan ooit. Hoewel Hilly nooit in dit deel van de stad zou komen, vormt ze voor ons allemaal een bedreiging, en ik heb het gevoel dat ze overal ogen heeft. Ik weet hoe voldaan ze zou zijn als ze me hierop kon betrappen. Ik onderschat niet hoe ver ze wil gaan om ervoor te zorgen dat ik er de rest van mijn leven onder te lijden zal hebben.

Het is een kille decemberavond en het begint te motregenen. Met mijn hoofd omlaag loop ik snel naar Aibileens huis. Mijn hoofd tolt nog van het gesprek met missus Stein van die middag. Ik heb geprobeerd alles wat er nog moet gebeuren op een rijtje te zetten. Maar het lastigst vind ik dat ik Aibileen nog een keer moet vragen wat er met Constantine is gebeurd. Ik kan niet zomaar een verhaaltje schrijven over Constanine als ik niet weet wat haar is overkomen. Het staat haaks op het doel van het boek om niet meer dan een deel van het verhaal te vertellen. Het zou niet de waarheid zijn.

Gehaast kom ik Aibileens keuken binnen. Kennelijk kan ze aan mijn gezicht zien dat er iets mis is.

'Wat is er? Heeft iemand u gezien?'

'Nee,' zeg ik terwijl ik papieren uit mijn tas haal. 'Ik heb missus Stein vanochtend gesproken.' Ik vertel haar het hele verhaal, over de deadline, over 'De Stapel'.

'Oké, dus we hebben nog...' Aibileen maakt een rekensommetje, net zoals ik de hele middag heb gedaan. 'Dus we hebben nog tweeënhalve week in plaats van zes weken. Goeie genade, dat is niet genoeg. We moeten het verhaal van Louvenia nog schrijven en dat van Faye Belle bijschaven... en Minny's verhaal is nog niet goed... miss Skeeter, we hebben nog niet eens een titel.'

Ik leg mijn hoofd in mijn handen. Ik heb het gevoel dat het water me tot de lippen staat. 'Dat is nog niet alles,' zeg ik. 'Ze... ze wil dat ik over Constantine schrijf. Ze vroeg wat... er met haar is gebeurd.'

Aibileen zet haar theekop neer.

'Ik kan niets schrijven als ik niet weet wat er is gebeurd, Aibileen. Dus als jij het me niet kunt vertellen... Weet jij dan iemand anders?'

Aibileen schudt haar hoofd. 'Er is waarschijnlijk wel iemand anders,' zegt ze, 'maar ik wil niet dat iemand anders u dat verhaal vertelt.'

'Wil... jij het me dan vertellen?'

Aibileen zet haar bril af, wrijft in haar ogen. Ze zet de bril weer op en ik verwacht een vermoeid gezicht te zien. Ze heeft de hele dag gewerkt en moet nu nog veel harder werken om de deadline te halen. Ik schuif heen en weer op mijn stoel, wacht op antwoord.

Maar ze ziet er helemaal niet vermoeid uit. Ze zit kaarsrecht op haar stoel en knikt strijdlustig. 'Ik zal het opschrijven. Geef me een paar dagen de tijd. Ik zal u het hele verhaal vertellen.'

Ik werk vijftien uur non-stop aan Louvenia's interview. Donderdagavond ga ik naar de bijeenkomst van de League, dolblij om even het huis uit te zijn. Ik ben onrustig, nerveus over de deadline. De kerstboom begint veel te sterk te ruiken; de geur van de sinaasappelpomanders is weeïg en decadent. Moeder heeft het altijd koud en in het huis van mijn ouders heb ik het gevoel dat ik sudder in een vat hete boter.

Op de trap van de League blijf ik even staan om de schone winterlucht in mijn longen te zuigen. Het is bijna zielig, maar ik ben blij dat ik de nieuwsbrief nog heb. Een keer per week heb ik het gevoel dat ik ergens bij hoor. En wie weet is het deze keer anders, nu de kerstvakantie begint en zo.

Maar zodra ik binnenkom, worden er ruggen naar me toe gekeerd. Mijn buitensluiting is tastbaar, alsof er een betonnen muur om me heen staat. Hilly lacht smalend naar me, draait haar hoofd dan snel weg om met iemand anders te praten. Ik stort me in de menigte en zie Elizabeth. Ze glimlacht en ik zwaai. Ik wil met haar praten over mijn moeder, haar vertellen dat ik me zorgen maak, maar al nadat ik twee stappen in haar richting heb gedaan, draait Elizabeth zich om en loopt ze met gebogen hoofd weg. Dat is nieuw, van haar, hier.

Ik ga niet op de voorste rij zitten, zoals anders, maar op de achterste, boos dat Elizabeth niet eens dag wilde zeggen. Naast me zit Rachel Cole Brant. Rachel komt bijna nooit naar bijeenkomsten; ze heeft drie kinderen en werkt voor haar doctoraal Engels aan het Millsaps College. Ik wilde dat we beter bevriend waren, maar ik weet dat ze het te druk heeft. Aan mijn andere kant zit een onuitstaanbaar wicht, Leslie Fullerbeen, in een wolk van haarlak. Volgens mij riskeert ze elke keer dat ze een sigaret opsteekt zelfverbranding. Als ik op de bovenkant van haar hoofd druk, zou er dan haarlak uit haar mond spuiten?

Bijna elk meisje in de zaal heeft haar benen over elkaar geslagen en een brandende sigaret in haar hand. De rook vormt een afgeplatte wolk onder het plafond. Ik heb al twee maanden niet gerookt en de stank maakt me misselijk. Hilly beklimt het podium en kondigt de inzamelingsacties aan (jassen, boeken, conserven en doodgewoon geld), en dan gaan we verder met Hilly's favoriete onderdeel van de bijeenkomst: de zwarte lijst. Nu kan ze de namen opsommen van iedereen die nog geen contributie heeft betaald, die te laat komt op bijeenkomsten of haar filantropische verplichtingen verzaakt. Tegenwoordig wordt mijn naam altijd genoemd, in wat voor verband dan ook.

Hilly draagt een gerende jurk van rode wol met een cape erover, à la Sherlock Holmes, al is het in dit zaaltje zo heet als in het voorgeborchte. Om de zoveel tijd gooit ze de punt van de cape over haar schouder naar achteren alsof ze er last van heeft, maar volgens mij vindt ze het gewoon een interessant gebaar. Haar assistente Mary Nell staat naast haar en geeft aantekeningen aan. Mary Nell ziet eruit als een blond schoothondje, zo'n pekineesje met korte pootjes en een wipneus.

'Ik wil vanavond een bijzonder nieuwtje met jullie bespreken.' Hilly pakt een vel papier aan van de schoothond en bekijkt de aantekeningen. 'De commissie heeft besloten dat we onze nieuwsbrief in een moderner jasje gaan steken.'

Ik zit meteen rechtop. Hoor ik niet te beslissen over vernieuwing van de nieuwsbrief?

'Om te beginnen komt de nieuwsbrief van nu af aan maandelijks uit, niet langer wekelijks. Het is gewoon te duur geworden nu de prijs voor een postzegel omhoog is gegaan naar zes cent. En we introduceren een moderubriek, waarin we de mooiste creaties van onze leden bespreken, en een column over make-up met de nieuwste trends. O, en de zwarte lijst, natuurlijk. Die komt er ook in.' Ze knikt, maakt oogcontact met een paar leden. 'En dan tot slot de meest verrassende verandering: we gaan ons nieuwe maandblad *The Tatler* noemen, naar het Europese tijdschrift dat alle dames daar lezen.'

'Wat leuk, wat een vondst!' roept Mary Lou White, en Hilly is zo trots op zichzelf dat ze vergeet met haar hamer te tikken omdat iemand voor haar beurt spreekt.

'Mooi. Dan is het nu tijd om een hoofdredacteur te kiezen voor ons nieuwe, moderne maandblad. Zijn er kandidaten?'

Hier en daar gaan handen omhoog. Ik zie het roerloos aan.
'Jeanie Price, zeg het maar.'
'Ik draag Hilly voor. Hilly Holbrook.'
'Dat is lief van je. En verder?'
Rachel Cole Brant draait zich opzij en kijkt me aan met een blik van: *Dit is toch niet te geloven?* Kennelijk is zij de enige in dat zaaltje die niet weet wat er tussen mij en Hilly is voorgevallen.
'Zijn er nog andere suggesties dan...' Hilly kijkt omlaag naar haar lessenaar alsof ze zich niet goed kan herinneren wie er is genomineerd '... Hilly Holbrook?'
'Ik stem voor Hilly.'
'Ik ook.'
Beng-beng doet de hamer en ik ben mijn baantje als hoofdredacteur kwijt.
Leslie Fullerbean staart me aan met ogen die zó groot zijn dat ik kan zien dat er alleen leegte is waar haar hersenen horen te zijn.
'Skeeter, dat is toch jóúw baan?' zegt Rachel.
'Dat wás mijn baan,' mompel ik.
Zodra de bijeenkomst is afgelopen loop ik naar de deur. Ik hou mijn hoofd hoog. In de foyer staan Hilly en Elizabeth te praten. Hilly strijkt haar donkere haar achter haar oren, gunt me een diplomatiek glimlachje. Dan loopt ze weg om met iemand anders te praten, maar Elizabeth blijft staan. Ze raakt mijn arm aan als ik langs haar heen naar buiten loop.
'Hallo Elizabeth,' brom ik.
'Het spijt me, Skeeter,' fluistert ze en we maken oogcontact. Maar dan kijkt ze weg.
Ik loop de trap af en door naar het donkere parkeerterrein. Ik dacht dat ze meer te zeggen had, maar kennelijk was dat dom van me.
Na de bijeenkomst ga ik niet meteen naar huis. Ik draai alle raampjes van de Cadillac open en laat de lucht langs mijn gezicht strijken. De avond is warm en tegelijkertijd koud. Ik weet dat ik naar huis moet gaan om aan de verhalen te werken, maar ik sla af naar de brede State Street en rij gewoon doelloos door. Ik heb me nog nooit van mijn leven zo leeg gevoeld. Alles stapelt zich op: Ik haal de deadline nooit, mijn vriendinnen verachten me, Stuart wil me niet meer, moeder heeft...

Ik weet niet wat er met moeder is, maar we weten allemaal dat haar iets anders mankeert dan simpelweg een maagzweer.

De Sun and Sand Bar is dicht en ik rijd er langzaam voorbij, bedenk hoe dood een neonbord is als het niet brandt. Ik kom langs het hoge gebouw van Lamar Life, passeer het stoplicht met het oranje knipperlicht. Het is pas acht uur maar iedereen is al naar bed. Iedereen in deze stad slaapt, op alle mogelijke manieren.

'Ik wilde dat ik hier gewoon weg kon,' zeg ik en mijn stem klinkt spookachtig. Niemand hoort me. In het donker vang ik een glimp op van mezelf, van heel hoog, zoals in een film. Ik ben zo iemand geworden die stiekem rondrijdt in het donker. Hemel, ik ben de Boo Radley van Jackson, net als in *To Kill a Mockingbird.*

Ik moet geluiden horen en zet de radio aan. Ze draaien 'It's my Party' en ik zoek iets anders. Ik begin een hekel te krijgen aan de zeurderige tienerliedjes over liefde.

Wanneer golflengtes elkaar vinden, pik ik WKPO in Memphis op. Er komt een dronken klinkende mannenstem uit de radio, nasaal en bluesy. In een doodlopende straat zet ik de auto op het parkeerterrein van Tote-Sum om naar het nummer te luisteren. Ik ben diep onder de indruk.

'... you'll sink like a stone
For the times they are-a-changin'.

De presentator vertelt me dat de zanger Bob Dylan is, maar als de volgende plaat wordt opgezet hoor ik alleen nog statisch gekraak. Ik leun achterover, staar naar de donkere ramen van de winkel. Er gaat een onverklaarbare golf van opluchting door me heen. Ik heb het gevoel dat ik daarnet iets uit de toekomst heb gehoord.

Uit de telefooncel voor de winkel bel ik moeder. Ik weet dat ze op me zal blijven wachten totdat ik thuiskom.

'Hallo?' Het is papa, om kwart over acht 's avonds.

'Papa... waarom bent u nog op? Is er iets?'

'Je kunt beter naar huis komen, liefje.'

De straatverlichting lijkt opeens te fel, de nacht heel erg koud. 'Is er iets met mama? Is ze ziek?'

'Stuart zit nu al bijna twee uur op de veranda. Hij wacht op je.'

Stuart? Ik snap er geen jota van. 'Maar mama... is ze...'

'O, met mama gaat het goed. Ze is zelfs weer iets vrolijker. Kom naar huis, Skeeter, en hou Stuart gezelschap.'

De rit naar huis heeft voor mijn gevoel nog nooit zo lang geduurd. Tien minuten later stop ik voor het huis en ik zie Stuart op de bovenste trede van het trapje naar de veranda zitten. Papa zit in een schommelstoel. Ze gaan allebei staan als ik de motor uitzet.

'Hallo, papa,' zeg ik. Ik kijk niet naar Stuart. 'Waar is mama?'

'Ze slaapt, ik heb net nog even bij haar gekeken.' Papa gaapt. Ik heb hem al in geen tien jaar na zeven uur nog op gezien, toen de katoen in de lente bevroren was.

'Welterusten, jullie. Doe je de lichten uit als je naar bed gaat?' Papa gaat naar binnen en Stuart en ik blijven alleen achter. Het is een heel erg stille nacht, aardedonker, ik kan geen sterren of de maan zien, zelfs geen hond op het erf.

'Wat doe je hier?' zeg ik. Mijn stem klinkt benepen.

'Ik wil met je praten.'

Ik ga op het trapje zitten en leg mijn hoofd op mijn armen. 'Zeg maar snel wat je te zeggen hebt; dan moet je weg. Ik begon me net wat beter te voelen. Tien minuten geleden hoorde ik een song op de radio en voelde ik me weer bijna oké.'

Hij schuift naar me toe, maar niet zo dichtbij dat we elkaar aanraken. Raakten we elkaar maar wel aan.

'Ik ben gekomen om je iets te vertellen. Ik heb haar gezien, dat wilde ik zeggen.'

Ik til mijn hoofd op. Het eerste woord dat bij me opkomt, is 'egoïst'. *Jij egoïstische klootzak, een beetje bij mij komen om over Patricia te praten.*

'Ik ben erheen gegaan, naar San Francisco. Twee weken geleden. Ik ben in mijn truck gestapt. Ik heb vier dagen gereden en op de deur van het appartement geklopt waar haar moeder me het adres van had gegeven.'

Ik sla mijn handen voor mijn gezicht. Ik zie voor me dat Stuart haar haar naar achteren strijkt, zoals hij vroeger bij mij deed. 'Ik wil het niet weten.'

'Ik heb tegen haar gezegd dat je iemand niets lelijkers kunt aandoen dan ijskoud liegen. Ze zag er zo anders uit. Ze had een hippiejurk aan, er hing een vredesteken om haar nek en ze had heel lang haar en geen lipstick op. En ze lachte toen ze me zag. Toen noemde ze me een hoer.' Hij wrijft met zijn knokkels in zijn ogen. 'Zij... zij heeft voor die kerel haar kleren uitgetrokken, en dan noemt ze *míj* een hoer – een hoer van mijn vader, een hoer van Mississippi.'

'Waarom vertel je me dit?' Mijn handen zijn gebald. Ik proef metaal. Ik heb op mijn tong gebeten.

'Ik heb het voor jou gedaan. Toen het uit was tussen ons wist ik dat ik haar uit mijn hoofd moest zetten. En dat heb ik gedaan, Skeeter. Ik ben naar Californië gegaan, drieduizend kilometer heen en drieduizend kilometer terug, en ik ben gekomen om het je te vertellen. Het is dood. Het is weg.'

'Wat fijn, Stuart,' zeg ik. 'Wat fijn voor je.'

Hij schuift naar me toe en buigt zich naar voren zodat ik hem aan moet kijken. Ik voel me onpasselijk, letterlijk misselijk van de geur van bourbon die hij uitademt. En toch wil ik mezelf nog steeds opvouwen en mijn hele lichaam in zijn armen leggen. Ik hou van hem en tegelijkertijd haat ik hem.

'Ga naar huis,' zeg ik, tot mijn eigen verbazing. 'Ik heb vanbinnen geen plaats meer voor jou.'

'Dat geloof ik niet.'

'Je bent te laat, Stuart.'

'Mag ik zaterdag langskomen? Om wat langer te praten?'

Ik haal mijn schouders op, met tranen in mijn ogen. Ik laat me door hem niet nog een keer weggooien. Het is al te vaak gebeurd, met hem, met mijn vriendinnen. Het zou stom van me zijn om het nog een keer te laten gebeuren.

'Je moet doen wat je niet laten kunt.'

Ik word om vijf uur 's ochtends wakker en ga meteen aan het werk. Nog maar zeventien dagen tot de deadline. Ik werk de hele dag en de hele nacht in een tempo en met een efficiëntie waar ik mezelf niet toe in staat had geacht. Louvenia's verhaal krijg ik af in de helft van de tijd die de andere interviews me hebben gekost. Met een zware, brandende hoofdpijn doe ik het licht uit als de eerste zonnestralen door het raam naar binnen gluren. Als Aibileen me begin volgende week Constantines verhaal geeft, gaat het me misschien toch lukken.

En dan besef ik dat ik niet nog zeventien dagen heb. Wat áchterlijk van me! Ik heb tien dagen, want het moet per post naar New York en dat duurt een week.

Ik zou huilen als ik er de tijd voor had.

Een uur later word ik wakker en ga weer aan het werk. Om vijf uur 's middags hoor ik een auto aankomen. Stuart klimt uit zijn truck. Ik ruk mezelf los van de schrijfmachine en ga naar de veranda.

'Hallo,' zeg ik, staand in de deuropening.

'Hoi Skeeter.' Hij knikt naar me, verlegen, vind ik, in vergelijking met hoe hij twee dagen geleden was. 'Goedemiddag, mister Phelan.'

'Hallo, knul.' Papa staat op uit zijn schommelstoel. 'Ik ben al weg, jongelui.'

'U hoeft niet op te staan, papa. Het spijt me, Stuart, ik heb het vandaag erg druk. Je kunt zo lang je wil bij papa blijven zitten.'

Ik ga weer naar binnen, loop langs moeder, die in de keuken een glas warme melk drinkt.

'Was dat Stuart?'

Ik ga naar de eetkamer. Ik blijf een eindje bij de ramen vandaan staan, zodat Stuart me niet kan zien. Ik blijf wachten tot hij wegrijdt. En dan blijf ik stompzinnig staan staren.

Die avond ga ik zoals gewoonlijk naar Aibileen. Ik vertel haar dat we nog maar tien dagen hebben, en ze is bijna in tranen. Dan geef ik haar Louvenia's verhaal, het verhaal dat ik bliksemsnel heb geschreven. Minny zit bij ons aan de keukentafel, met een colaatje. Ze kijkt uit het raam. Ik wist niet dat ze er vanavond zou zijn en wilde dat ze ons gewoon liet werken.

Aibileen legt het neer nadat ze het heeft gelezen, knikt. 'Dit hoofdstuk is heel goed. 't Leest net zo goed als de langzaam geschreven verhalen.'

Ik zucht, leun achterover, denk aan wat er verder nog gedaan moet worden. 'We moeten een titel bedenken,' zeg ik, wrijvend over mijn slapen. 'Ik heb er een paar bedacht, maar ik kies voor deze: *Zwarte hulpen en de zuidelijke gezinnen waarvoor ze werken.*'

‘Zeg dat nog ’s?’ Minny kijkt me voor het eerst aan.

‘Dat is de beste manier om het te beschrijven, vind je niet?’ zeg ik.

‘Als je van kouwe kak houdt.’

‘Het is geen fictie, Minny. Het is sociologisch. Dan moet je een duidelijke omschrijving geven.’

‘Dat betekent nog niet dat ’t saai moet zijn,’ zegt Minny.

‘Aibileen,’ verzucht ik, want ik hoop zo dat we er vanavond uit komen, ‘wat vind jij?’

Aibileen haalt haar schouders op en ik zie dat ze glimlacht, waaraan ik weet dat ze ons zal proberen te verzoenen. Het lijkt wel of ze dat altijd moet doen als Minny en ik in dezelfde kamer zijn. ‘Ik vind het een goede titel. Maar je wordt er natuurlijk wel moe van als je dat hele verhaal boven elke pagina moet tikken.’ Ik heb haar verteld dat het zo hoort.

‘We kunnen het misschien wel iets korter zeggen...’ stel ik voor. Ik pak een potlood.

Aibileen krabt aan haar neus, zegt: ‘Wat vindt u ervan om het gewoon... *Hulp* te noemen?’

‘*Hulp,’* herhaalt Minny, alsof ze nog nooit van het woord heeft gehoord.

‘*Hulp,’* zeg ik.

Aibileen slaat verlegen haar ogen neer, alsof ze zich een beetje geneert. ‘’t Is niet dat ik uw idee probeer te pikken, ik... Het lijkt me gewoon goed om het simpel te houden, ja toch?’

‘Ik vind *Hulp* heel goed klinken,’ zegt Minny en ze slaat haar armen over elkaar.

‘Het klinkt goed... *Hulp*,’ beaam ik, want dat vind ik echt. Ik voeg eraan toe: ‘Ik denk wel dat we de beschrijving als ondertitel moeten gebruiken, om duidelijk te maken wat voor soort boek het is. Maar ik vind het een goede titel.’

‘Mooi,’ zegt Minny, ‘want God weet dat we hulp nodig zullen hebben als dit ding ooit een boek wordt.’

Zondagmiddag, met nog acht dagen te gaan, kom ik beneden, duizelig en kippig nadat ik de hele dag naar getikte vellen papier heb gestaard. Ik was bijna blij toen ik Stuarts auto aan hoorde komen. Ik wrijf in mijn ogen. Misschien wil ik wel een tijdje bij hem zitten, mijn zinnen verzetten, en dan teruggaan en de hele nacht doorwerken.

Stuart klimt uit zijn bemodderde truck. Hij draagt nog zijn zondagse das. Ik probeer te negeren hoe knap hij is. Ik strek mijn armen. Het is bespottelijk warm buiten, als je bedenkt dat het over tweeënhalve week Kerstmis is. Moeder zit in een schommelstoel op de veranda, in dekens gewikkeld.

'Hallo, missus Phelan. Hoe voel u zich vandaag?' vraagt Stuart.

Moeder gunt hem een vorstelijk knikje. 'Het gaat wel, bedankt.' Ik ben verbaasd dat haar stem zo koel klink. Ze leest verder in haar nieuwsbrief en ik glimlach onwillekeurig. Moeder weet dat hij weer langskomt, maar ze heeft er niet één keer iets over gezegd. Ik vraag me af wanneer het komt.

'Hai,' zegt hij zachtjes tegen me.

We gaan op de onderste tree van het trapje zitten. Zwijgend kijken we naar onze oude kat, Sherman, die om een boom sluipt, zijn staart zwiepend, op jacht naar iets kleins wat wij niet kunnen zien.

Stuart legt zijn hand op mijn schouder. 'Ik kan vandaag niet blijven. Ik moet nu naar Dallas voor een bespreking en ik blijf drie dagen weg,' zegt hij. 'Ik kom alleen even langs om het je te vertellen.'

'Oké.' Ik haal mijn schouders op, alsof het me niet uitmaakt.

'Goed dan,' zegt hij en hij stapt weer in zijn truck.

Als hij weg is, schraapt moeder haar keel. Ik draai me niet om naar haar schommelstoel. Ik wil niet dat ze de teleurstelling dat hij al weer weg is op mijn gezicht kan lezen.

'Ga uw gang, moeder,' mompel ik uiteindelijk. 'Zeg maar wat u te zeggen heeft.'

'Laat je door hem niet verlagen.'

Ik draai mijn hoofd om, kijk haar argwanend aan, al ziet ze er nog zo broos uit onder al die dekens. Wie mijn moeder onderschat krijgt daar altijd spijt van.

'Als Stuart niet weet hoe intelligent en vriendelijk je dankzij mijn opvoeding bent geworden, kan hij rechtsomkeert maken naar State Street.' Ze kijkt met half dichtgeknepen ogen uit over het winterlandschap. 'Om je eerlijk de waarheid te zeggen, ik zie niets in die Stuart. Hij mocht van geluk spreken dat hij je had en hij besefte het niet eens.'

Ik laat moeders woorden als een klein, zoet snoepje smelten op mijn tong. Met een zucht sta ik op en ik loop naar de voordeur. Er moet nog zoveel werk worden verzet en ik heb veel te weinig tijd.

'Dank u, moeder.' Ik geef zachtjes een kus op haar wang en ga naar binnen.

Ik ben uitgeput en prikkelbaar. Achtenveertig uur lang heb ik onafgebroken zitten typen. Mijn hoofd barst van alle verhalen. Mijn ogen prikken van de geur van inkt. Mijn vingers zijn gestreept van alle keren dat ik me aan papier heb gesneden. Wie had kunnen weten dat inkt en papier zo gevaarlijk kunnen zijn.

Met nog maar zes dagen te gaan, rijd ik naar Aibileen. Ze heeft op een doordeweekse dag vrij genomen van haar werk, ondanks Elizabeths ergernis. Ik kan merken dat ze al voordat ik iets heb gezegd weet wat we moeten bespreken. Ze loopt de keuken uit en komt terug met een brief in haar hand.

'Voordat ik u deze geef... wil ik u een paar dingen vertellen. Zodat u 't echt kunt begrijpen.'

Ik knik, wacht gespannen af. Ik wil de envelop openscheuren, dan heb ik het maar gehad.

Aibileen legt twee gele potloden keurig naast de blocnote op de keukentafel. 'Ik heb u verteld dat Constantine een dochter had, weet u nog? Lulabelle heette ze. Goeie genade, ze was zo wit als sneeuw toen ze werd geboren. D'r haar was zo geel als hooi. 't Krulde niet, zoals het uwe. Het was steil.'

'Was ze zo blank?' vraag ik. Ik heb me erover verbaasd vanaf het moment dat Aibileen me vertelde dat Constantine een dochter had, eeuwen geleden in Elizabeths keuken. Ik bedenk hoe verbaasd Constantine moet zijn geweest toen ze een blanke baby in haar armen hield en wist dat ze van haar was.

Ze knikt. 'Toen Lulabelle vier was, heeft Constantine haar...' Aibileen schuift heen en weer op haar stoel. 'Ze heeft haar naar een... weeshuis gebracht. In Chicago.'

'Een weeshuis? Bedoel je dat ze... haar eigen kind heeft weggegeven?' Ik weet hoeveel Constantine van mij hield, dus ik kan alleen maar proberen me voor te stellen hoeveel ze van haar eigen kind gehouden moet hebben.

Aibileen kijkt me recht in de ogen. Ik lees iets in haar blik wat ik zelden zie – frustratie, antipathie. 'Er zijn veel zwarte vrouwen die hun kinderen af moeten staan, miss Skeeter. Ze sturen hun kinderen weg omdat ze voor een blank gezin moeten werken.'

Ik sla mijn ogen neer, vraag me af of Constantine niet voor haar eigen kind kon zorgen omdat ze voor ons moest zorgen.

'De meesten sturen hen naar familie. Een weeshuis is... iets heel anders.'

'Waarom heeft ze haar dochter niet naar haar zus gestuurd? Of naar een ander familielid?'

'Haar zus... die kon 't niet aan. Als je hier in Mississippi zwart bent en je hebt een blanke baby... dan is 't net alsof je nergens bij hoort. Het was niet alleen moeilijk voor 't meisje. Het was ook moeilijk voor Constantine. Ze... mensen gaapten haar aan. Blanken klampten haar aan op straat, vroegen wantrouwig wat ze met een blank kind deed. Agenten hielden haar aan in State Street, zeiden dat ze d'r uniform moest dragen. Zelfs donkere mensen... behandelden haar anders, achterdochtig, alsof ze iets verkeerd had gedaan. Het viel niet mee om iemand te vinden die op Lulabelle wilde passen als zij aan 't werk was. Op een gegeven moment nam Constantine Lula bijna niet meer mee... naar buiten.'

'Werkte ze toen al voor mijn moeder?'

'Ze was toen al een paar jaar bij uw mama. Daar had ze de vader leren kennen, Connor. Hij werkte op jullie boerderij, woonde in Hotstack.' Aibileen schudt haar hoofd. 'We waren allemaal verbaasd dat Constantine zich... zwanger had laten maken. Sommige mensen van de kerk spraken er schande van, vooral toen de baby blank bleek te zijn. Zelfs al was de vader net zo zwart als ik.'

'Ik neem aan dat moeder er ook niet blij mee was.' Moeder moet het geweten hebben, daar ben ik van overtuigd. Moeder was altijd goed op de hoogte van de situatie van de zwarte hulp – waar ze woonde, of ze getrouwd was, hoeveel kinderen ze had. Dat heeft meer met controle dan met oprechte belangstelling te maken. Ze wil weten wie ze in huis haalt.

'Was het een zwart of een blank weeshuis?' Omdat ik denk, hoop, dat Constantine misschien een beter leven wilde voor haar kind. Misschien dacht ze dat ze door een blank gezin geadopteerd zou worden en het gevoel zou hebben dat ze bij hen hoorde.

'Zwart. De weeshuizen voor blanke kinderen wilden haar niet opnemen. Ik vermoed dat ze 't wisten... dat ze 't misschien vaker hadden meegemaakt.

Toen Constantine met Lulabelle naar het station ging om haar naar Chicago te brengen, staarden de blanken op het perron hen aan. Ze wilden weten waarom een blank meisje in 't rijtuig voor zwarten moest zitten. En toen Constantine haar achterliet bij dat weeshuis... vier is... oud voor zo'n scheiding, krijste Lulabelle het uit. Dat heeft Constantine iemand van onze kerk verteld. Ze zei dat Lulabelle gilde en vocht, probeerde d'r mama terug te krijgen. Maar Constantine, zelfs met dat geluid in d'r oren... ze liet haar achter.'

Onder het luisteren begint het tot me door te dringen wat Aibileen me vertelt. Als ik een andere moeder had gehad, zou ik het misschien niet hebben gedacht. 'Ze heeft haar afgestaan omdat ze... omdat ze zich schaamde? Omdat haar dochter blank was?'

Aibileen doet haar mond open om te protesteren, maar ze bedenkt zich, slaat haar ogen neer. 'Een paar jaar later heeft Constantine 't weeshuis een brief geschreven, gezegd dat ze een fout had gemaakt, dat ze haar meisje terug wilde. Maar Lula was al geadopteerd. Ze was weg. Constantine heeft altijd gezegd dat het weggeven van haar meisje de grootste fout was die ze ooit had gemaakt.' Aibileen leunt naar achteren. 'En ze zei dat ze Lulabelle nooit meer weg zou laten gaan als ze haar ooit terugkreeg.'

Ik zit stilletjes te luisteren, met pijn in mijn hart voor Constantine. Ik begin bang te worden voor wat dit met moeder te maken heeft.

'Een jaar of twee terug kreeg Constantine een brief van Lulabelle. Ze was toen een jaar of vijfentwintig, denk ik. Ze schreef dat haar adoptieouders haar 't adres hadden gegeven. Ze begonnen elkaar te schrijven en Lulabelle zei dat ze hierheen wilde komen om een tijdje bij haar te logeren. Constantine, goeie genade, ze was zo nerveus dat ze niet meer recht kon lopen. Te zenuwachtig om te eten, ze verdroeg zelfs geen water. Alles kwam er weer uit. Ik heb voor haar gebeden.'

Twee jaar geleden. Toen studeerde ik. Waarom heeft Constantine me in haar brieven niet verteld wat er gebeurde?

'Ze haalde al haar spaargeld van de bank en kocht nieuwe kleren voor Lulabelle, dingen voor in d'r haar, liet de handwerkgroep van de kerk een nieuwe lappendeken maken voor Lula's bed. Op elke gebedsbijeenkomst zei ze: "Stel nou dat ze me haat? Ze gaat me vragen waarom ik haar heb weggegeven en als ik haar de waarheid vertel... zal ze me haten om wat ik heb gedaan."'

Aibileen kijkt op van haar theekop, glimlacht. 'Ze zei dat ze zich er zo op verheugde om haar aan Skeeter voor te stellen, als ze thuiskwam van de universiteit. Dat was ik vergeten. Ik wist toen nog niet wie Skeeter was.'

Ik herinner me de laatste brief die ik van Constantine kreeg, dat ze een verrassing voor me had. Nu pas besef ik dat ze me aan haar dochter wilde voorstellen. Ik krijg een brok in mijn keel en slik mijn tranen weg. 'Wat is er gebeurd toen Lulabelle hier kwam?'

Aibileen schuift de envelop naar me toe. 'Ik vind dat u dat beter thuis kunt lezen.'

Thuis ga ik meteen naar boven. Ik scheur Aibileens brief open zonder zelfs te gaan zitten. De velletjes uit haar blocnote zijn aan twee kanten beschreven, met potlood, in een schuin handschrift.

Naderhand staar ik naar de acht pagina's die ik zelf al over Constantine heb geschreven, over onze wandelingen naar Hotstack, over de puzzels die we maakten, over haar duim die ze in mijn hand drukte. Ik haal diep adem en leg mijn handen op het toetsenbord. Ik kan het me niet permitteren om tijd te verliezen. Ik moet haar verhaal schrijven.

Ik schrijf over wat Aibileen me heeft verteld, dat Constantine een dochter had en haar moest opgeven om voor ons gezin te kunnen werken – de Millers noem ik ons, naar Henry, mijn favoriete verboden schrijver. Ik zet er niet in dat Constantines dochter high yellow was; ik wil alleen laten zien dat Constantines liefde voor mij begon met het gemis van haar eigen kind. Misschien dat het daardoor zo uniek was, en zo diep ging. Het maakte niet uit dat ik blank was. Zij verlangde ernaar om haar eigen dochter terug te hebben, en intussen verlangde ik naar een moeder die niet teleurgesteld in me was.

Twee dagen lang schrijf ik over mijn jeugd, mijn jaren aan de universiteit, toen we elkaar elke week schreven. Maar dan hou ik op en ik hoor moeder beneden hoesten. Ik hoor papa's voetstappen als hij naar haar toe gaat. Ik steek een sigaret op en druk hem weer uit, denk bij mezelf: Ga nou niet weer beginnen.

De wc wordt doorgetrokken, en het water stroomt door het huis met iets van mijn moeders lichaam erin. Ik steek nog een sigaret op en rook totdat ik mijn vingers eraan brand. Ik kan niet schrijven over wat er in Aibileens brief staat.

Die middag bel ik Aibileen thuis op. 'Ik kan het niet in het boek zetten,' zeg ik tegen haar. 'Over moeder en Constantine. Ik eindig met dat ik ga studeren. Ik kan...'

'Miss Skeeter...'

'Ik weet dat ik het zou moeten doen. Ik weet dat ik net zo'n groot offer zou moeten brengen als jij en Minny en alle anderen. Maar ik kan het mijn moeder niet aandoen.'

'Niemand verwacht 't van u, miss Skeeter. U zou in m'n achting dalen als u 't wel deed, eerlijk waar.'

De volgende avond ga ik naar de keuken om thee te zetten.

'Eugenia? Ben je beneden?'

Ik loop terug naar moeders kamer. Papa ligt nog niet in bed. Ik hoor de televisie in de zitkamer. 'Hier ben ik, moeder.'

Ze ligt om zes uur 's avonds al in bed, met de witte kom naast zich. 'Heb je gehuild? Je weet hoe slecht dat is voor je huid, liefje.'

Ik ga op de rechte stoel naast het bed zitten en probeer te bedenken hoe ik moet beginnen. Enerzijds begrijp ik moeders handelwijze wel een beetje, want werkelijk, wie zou er niet kwaad zijn om wat Lulabelle heeft gedaan? Maar ik wil mijn moeders kant van het verhaal horen. Als er verzachtende omstandigheden zijn, dan wil ik dat weten.

'Ik wil over Constantine praten,' zeg ik.

'O Eugenia,' verzucht moeder en ze klopt op mijn hand, 'dat is bijna twee jaar geleden.'

'Mama,' zeg ik. Ik kijk haar recht in de ogen. Hoewel ze pijnlijk mager is en haar sleutelbeen lang en smal tegen haar huid drukt, zijn haar ogen nog even scherp als altijd. 'Wat is er gebeurd? Wat is er met haar dochter gebeurd?'

Moeder klemt haar kaken op elkaar, waardoor ik weet dat ze verbaasd is dat ik van haar bestaan weet. Ze haalt diep adem, trekt de witte kom iets dichter naar zich toe, zegt: 'Constantine heeft haar naar Chicago gestuurd. Ze kon niet voor haar zorgen.'

Ik knik en wacht af.

'Ze zijn anders in dat opzicht, weet je. Die mensen krijgen kinderen en denken pas aan de consequenties als het te laat is.'

Ze, die mensen... Het doet me aan Hilly denken. Moeder kan het zien aan mijn gezicht.

'Hoor eens, ik ben altijd goed geweest voor Constantine. Ze heeft me meer dan eens een grote mond gegeven, en dat heb ik door de vingers gezien. Maar Skeeter, die keer liet ze me werkelijk geen keus.'

'Ik weet het, moeder. Ik weet wat er is gebeurd.'

'Wie heeft het je verteld? Wie weet het nog meer?' Ik zie de opkomende paranoia in moeders ogen. Ze is doodsbang dat het uitkomt, en ik heb medelijden met haar.

'Ik zal je nooit vertellen van wie ik het weet. Ik kan alleen zeggen dat het niet iemand was die... belangrijk is voor jou,' zeg ik. 'Ik kan het bijna niet geloven, moeder, wat u heeft gedaan.'

'Hoe durf je me te veroordelen, na wat zij heeft gedaan! Weet je echt wat er is gebeurd? Was je erbij?' Ik zie de oude boosheid, een koppige vrouw die jarenlang tegen bloedende maagzweren heeft gevochten.

'Dat meisje...' Ze schudt met haar knokige wijsvinger. 'Ze kwam doodleuk binnen walsen. Ik had de hele DAR-afdeling hier. Jij was op de universiteit en de deurbel ging onafgebroken en Constantine was in de keuken om koffie te zetten, want er waren twee potten verbrand in de oude percolator.' Moeder wappert met een hand de herinnering aan de smerige geur weg. 'Ze waren allemaal in de woonkamer, bijna hónderd mensen, en zij drinkt koffie. Ze praat met Sarah von Sistern en loopt rond alsof ze een van de gasten is en ze steekt cake in haar mond en dan vult ze het formulier in om líd te worden.'

Ik knik opnieuw. Misschien wist ik niet alle details, maar die veranderen niets aan wat er is gebeurd.

'Ze zag er even blank uit als alle anderen, en ze wist het. Ze wist precies wat ze deed, dus zeg ik tegen haar: "Hoe maakt u het?" en ze lacht en zegt: "Uitstekend," dus zeg ik: "En uw naam is...?" En ze zegt: "Weet u dat dan niet? Ik ben Lulabelle Bates. Ik ben nu volwassen en ik ben weer bij mama komen wonen. Ik ben gisteren aangekomen." En dan loopt ze naar de tafel en neemt ze nog een plak cake.'

'Bates,' zeg ik, want ook dat is een, zij het onbeduidend, detail dat ik niet kende. 'Ze had haar achternaam veranderd in die van Constantine.'

'Godzijdank had niemand het gehoord. Maar toen klampte ze Phoebe Miller aan, de landelijke voorzitster van de DAR. Ik nam haar mee naar de keuken en zei: "Lulabelle, je kunt niet blijven. Je moet weg," en o, wat keek ze me hooghartig aan. Ze zei: "Gut, duldt u geen negers in uw woonkamer als we niet schoonmaken?" Constantine kwam net de keuken binnen en ze keek even geschokt als ik. Ik zeg: "Lulabelle, maak dat je wegkomt uit mijn huis voordat ik mister Phelan erbij haal," maar ze verzet geen stap, zegt dat ik nog lief en aardig tegen haar was toen ik dacht dat ze blank was. Zegt dat ze in Chicago lid is van die zogenaamde onderaardse groep, dus zeg ik tegen Constantine, ik zeg: "Haal je dochter weg uit mijn huis, nú."'

Moeders ogen liggen nog dieper in hun kassen dan anders. Haar neusvleugels zijn opengesperd. 'Nou, Constantine zegt tegen Lulabelle dat ze terug moet gaan naar hun huis en Lulabelle zegt: "Best, ik wilde toch net weggaan," en ze loopt naar de eetkamer en ik houd haar natuurlijk tegen. "O nee," zeg ik, "je gaat door de achterdeur naar buiten, niet door de voordeur met de blanke gasten." Ik wilde koste wat kost voorkomen dat de DAR er lucht van zou krijgen. En ik zeg tegen dat brutale wicht, wier eigen mama we elk jaar met Kerstmis tien dollar extra gaven, dat ze nooit meer één voet op onze boerderij mocht zetten. En weet je wat ze deed?'

Ja, denk ik, maar ik laat niets blijken. Ik zoek nog steeds naar een manier om het te vergoelijken.

'Ze spuugde. In mijn gezicht. En negerin in mijn eigen huis. Een negerin die deed alsof ze blank was.'

Ik ril. Wie heeft ooit de moed gehad om mijn moeder in haar gezicht te spugen?

'Tegen Constantine heb ik gezegd dat dat meisje het niet moest wagen om haar gezicht nog een keer te laten zien. Niet in Hotstack, niet in de staat Mississippi. En dat ik het niet zou tolereren dat ze contact hield met Lulabelle, niet zolang jouw papa de huur van Constantines huis betaalde.'

'Maar Lulabelle had zich misdragen. Niet Constantine.'

'Stel nou dat ze was gebleven? Ik kon niet dulden dat dat meisje rond zou lopen in Jackson, zogenaamd blank terwijl ze een kleurling was, en iedereen zou vertellen dat ze op een feestje van de DAR op Longleaf was geweest. Godzijdank heeft niemand het ooit ontdekt. Ze heeft geprobeerd me in mijn eigen huis voor schut te zetten, Eugenia. Vijf minuten daarvoor vroeg ze Phoebe Miller het formulier om líd te worden.'

'Ze had haar dochter al in geen twintig jaar gezien. Je kunt niet... je kunt niet tegen iemand zeggen dat ze haar eigen kind niet mag zien.'

Maar moeder is in de ban van haar eigen verhaal. 'En Constantine dacht dat ze mij wel kon ompraten. "Miss Phelan, alstublieft, laat haar gewoon bij mij thuis blijven, heus, ze zal niet meer aan deze kant komen. Ik had haar al zo lang niet gezien."

En die Lulabelle zegt, met een hand op haar heup: "Ja, mijn papa is dood en mijn mama was te ziek om voor me te zorgen toen ik klein was. Ze moest me afstaan. U mag ons niet uit elkaar halen."'

Moeder laat haar stem dalen. Ze klinkt opeens nuchterder. 'Ik keek naar Constantine en ik voelde zoveel schaamte voor haar. Om te beginnen natuurlijk vanwege haar zwangerschap, en dan ook nog liegen...'

Ik voel me diep ellendig. Ik wou dat dit achter de rug was.

Moeder knijpt haar ogen tot spleetjes. 'Het wordt tijd dat je leert, Eugenia, hoe de dingen werkelijk zijn. Je idealiseert Constantine. Dat heb je altijd gedaan.' Ze wijst naar me met haar vinger. 'Het zíjn geen gewone mensen.'

Ik kan haar niet aankijken, doe mijn ogen dicht. 'En toen, moeder?'

'Ik heb Constantine op de man af gevraagd: "Is dat wat je haar hebt verteld? Is dat jouw manier om je eigen fouten te verbergen?"'

En ik had nog zó gehoopt dat dit niet waar was. Dat Aibileen zich in elk geval op dit punt had vergist.

'Ik heb Lulabelle de waarheid verteld. Ik heb gezegd: "Je vader is níét doodgegaan. Hij is de dag nadat jij was geboren met de noorderzon vertrokken. En je mama is in haar hele leven nooit één dag ziek geweest. Ze heeft je weggegeven omdat je te blank was. Ze wilde je niet."'

'Waarom kon je haar niet laten geloven wat Constantine haar had verteld? Constantine was zo bang dat ze een hekel aan haar zou hebben, daarom heeft ze haar die dingen verteld.'

'Omdat Lulabelle de waarheid moest weten. Ze moest terug naar Chicago, waar ze thuishoorde.'

Ik laat mijn hoofd in mijn handen zakken. Er zijn geen verzachtende omstandigheden. Ik weet waarom Aibileen het me niet wilde vertellen. Een kind zou dit niet moeten weten van haar eigen moeder.

'Ik had nooit gedacht dat Constantine met haar mee zou gaan naar Illinois, Eugenia. Eerlijk waar, ik vond het... naar om haar te zien gaan.'

'Niet waar,' zeg ik. Ik denk aan Constantine die, nadat ze vijftig jaar op het platteland had gewoond, op een flatje in Chicago moest zitten. Wat moet ze eenzaam zijn geweest. Wat moet ze in die kou een pijn in haar knieën hebben gehad.

'Toch wel. En hoewel ik tegen haar heb gezegd dat ze jou niet mocht schrijven, zou ze het waarschijnlijk toch hebben gedaan als ze meer tijd had gehad.'

'Meer tijd?'

'Constantine is overleden, Skeeter. Ik heb haar een cheque gestuurd voor haar verjaardag. Naar het adres van haar dochter, maar Lulabelle... stuurde de cheque terug. Met een kopie van de overlijdensadvertentie.'

'Constantine...' kreun ik. 'Waarom heeft u het me niet verteld, moeder?'

Moeder snuft, kijkt strak voor zich uit. Snel veegt ze haar ogen af. 'Omdat ik wist dat je mij verwijten zou maken, terwijl het... niet mijn schuld was.'

'Wanneer is ze overleden? Hoe lang heeft ze in Chicago gewoond?' vraag ik.

Moeder schuift de kom naar zich toe. 'Drie weken.'

Aibileen doet de achterdeur open om me binnen te laten. Minny zit aan tafel, roert in haar koffie. Zodra ze me ziet trekt ze de mouw van haar jurk omlaag, maar ik zie de rand van een wit verband om haar arm. Ze mompelt hallo, staart naar haar koffie.

Ik leg het manuscript met een plof op tafel. 'Als ik het morgenochtend op de post doe en de bezorging duurt niet langer dan zes dagen, dan zijn we net op tijd.' Ik glimlach ondanks mijn vermoeidheid.

'Asjemenou, dat is niet niks.' Aibileen grijnst en gaat op haar kruk zitten. 'Tweehonderdvijfenzestig pagina's.'

'Nu kunnen we alleen nog maar... afwachten,' zeg ik, en we staren alle drie naar de stapel.

'Eindelijk,' zegt Minny, en ik zie een spoortje van... niet echt een glimlach, eerder voldoening.

Het wordt stil in de keuken. Het is donker buiten. Het postkantoor is al dicht, dus heb ik dit meegenomen om het aan Aibileen en Minny te laten zien voordat ik het verstuur. Meestal neem ik alleen delen mee.

'En stel nou dat ze het ontdekken?' zegt Aibileen zacht.

Minny kijkt op van haar koffie.

'Stel nou dat mensen ontdekken dat Niceville Jackson is of wie wie is.'

'Dat gebeurt niet,' zegt Minny. 'Zo bijzonder is Jackson niet. Er zijn duizenden stadjes zoals het onze.'

We hebben er al een tijd niet meer over gepraat, en afgezien van Winnies verhaal over tongen hebben we het nooit met zoveel woorden over de consequenties gehad, behalve dat de vrouwen hun baan kwijt kunnen raken. De afgelopen acht maanden hebben we ons maar met één ding beziggehouden: zorgen dat het werd geschreven.

'Minny, jij moet aan je kinderen denken,' zegt Aibileen. 'En Leroy... als hij erachter komt...'

Minny's zelfverzekerde houding is op slag verdwenen, ze wordt schichtig, paranoïde. 'Leroy zou woedend zijn. Reken maar.' Ze trekt weer aan haar mouw. 'Eerst woest, dan triest, als de blanken me te pakken krijgen.'

'Denk je dat we misschien een plek moeten bedenken waar we naartoe kunnen... voor als 't echt misgaat?' vraagt Aibileen.

Ze denken er allebei over na, schudden dan hun hoofd. 'Ik zou niet weten waar ik naartoe moest,' zegt Minny.

'Misschien moet u er ook over nadenken, miss Skeeter. Een veilige plek voor uzelf,' zegt Aibileen.

'Ik kan moeder niet alleen laten,' zeg ik. Ik was blijven staan, maar nu laat ik me op een stoel vallen. 'Aibileen, denk je echt dat ze ons... kwaad zouden doen? Zoals wat je in de kranten leest, bedoel ik?'

Aibileen kijkt me met haar hoofd schuin verward aan. Ze fronst haar voorhoofd alsof er sprake is van een misverstand. 'Ze zouden ons in elkaar slaan. Ze zouden hierheen komen met honkbalknuppels. Misschien slaan ze ons niet dood, maar...'

'Maar... wíé zou dat precies doen? De blanke vrouwen over wie we hebben geschreven zullen ons niets aandoen... toch?' vraag ik.

'U weet toch dat blanke mannen niet te houden zijn als ze hun blanke vrouwen moeten beschermen?'

Mijn huid tintelt. Ik ben niet zo bang voor mezelf, maar voor wat ik Aibileen en Minny heb aangedaan. En Louvenia en Faye Belle en acht andere vrouwen. Het boek ligt op tafel. Ik wil het in mijn tas doen en het verstoppen.

In plaats daarvan kijk ik naar Minny, want om de een of andere reden denk ik dat zij van ons drieën de enige is die werkelijk begrijpt wat er kan gebeuren. Ze kijkt me niet aan. Ze is in gedachten verzonken. Ze wrijft haar duimnagel heen en weer over haar onderlip.

'Minny? Hoe denk jij erover?' vraag ik.

Minny's blik blijft op het raam gericht en ze knikt bij zichzelf. 'Ik denk dat we bescherming nodig hebben.'

'Die is er niet,' zegt Aibileen. 'Niet voor ons.'

'Stel nou dat we het Vreselijk Slechte in het boek zetten,' oppert ze.

'Dat kunnen we niet doen, Minny,' zegt Aibileen. 'We zouden onszelf verraden.'

'Maar als we 't erin zetten, kán miss Hilly niemand laten denken dat het boek over Jackson gaat. Ze wil niet dat íémand weet dat dat verhaal over haar gaat. En als ze er toch achter dreigen te komen, zal zij ze de andere kant op sturen.'

'Hemel, Minny, dat is te riskant. Niemand kan voorspellen waar die vrouw toe in staat is.'

'Niemand kent 't verhaal, behalve miss Hilly en d'r eigen mama,' zegt Minny. 'En miss Celia, maar die heeft toch geen vriendinnen aan wie ze 't kan vertellen.'

'Wat is er gebeurd?' vraag ik. 'Is het echt zó vreselijk?'

Aibileen kijkt me aan. Mijn wenkbrauwen gaan omhoog.

'Tegen wie zal ze dat nou toegeven?' vraagt Minny aan Aibileen. 'Ze zal ook niet willen dat jij of miss Leefolt wordt herkend, Aibileen, want dan komen mensen veel te dichtbij. Geloof me, miss Hilly is de beste bescherming die we kunnen krijgen.'

Aibileen schudt haar hoofd, knikt dan. En weer schudt ze haar hoofd. We kijken naar haar en wachten af.

'Als we 't Vreselijk Slechte in 't boek zetten en mensen komen d'r wél achter dat 't over jou en miss Hilly gaat, dan kom jij zo erg in de problemen...' Aibileen huivert '... dat er niet eens een woord voor is.'

'Dat risico moet ik dan maar nemen. Ik heb al 'n besluit genomen. We zetten 't erin of we halen mijn hele hoofdstuk eruit.'

Aibileen en Minny hangen aan elkaar met hun ogen. We kunnen Minny's hoofdstuk er niet uit halen; het is het laatste hoofdstuk van het boek. Het gaat over negentien keer ontslagen worden in hetzelfde kleine stadje. Over hoe het is om te proberen je boosheid niet te tonen, en dat het nooit lukt. Het begint met haar moeders regels voor het werken voor blanke mevrouwen, tot en met haar gedwongen vertrek bij missus Walters. Ik wil iets zeggen, maar ik hou me in.

Uiteindelijk slaakt Aibileen een diepe zucht. 'Goed dan,' zegt ze hoofdschuddend. 'Dan kun je 't haar maar beter vertellen.'

Minny kijkt me doordringend aan. Ik pak een pen en een blocnote.

'Ik vertel 't alleen voor 't boek, gesnopen? Dat u niet denkt dat ik mijn hartsgeheimen aan u wil toevertrouwen.'

Tijdens de rit terug naar Longleaf huiver ik als ik aan Minny's taart-verhaal denk. Ik weet niet wat veiliger is, het erin zetten of niet. Bovendien weet ik niet eens of ik het wel in korte tijd kan schrijven, want als ik het pas de dag erna kan posten, verkleinen we onze kans om de deadline te halen. Ik kan Hilly's rode, van woede vertrokken gezicht al voor me zien, de haat die ze jegens Minny voelt. Ik ken mijn oude vriendin goed. Als het uitkomt, zal Hilly onze felste vijand zijn. En zelfs als het niet uitkomt, zal het feit dat het in een boek staat Hilly woedender maken dan we haar ooit hebben gezien. Maar Minny heeft gelijk, het is onze beste bescherming.

Om de paar honderd meter kijk ik over mijn schouder. Ik hou me precies aan de maximumsnelheid en neem de kleine weggetjes. 'Ze zullen ons in elkaar slaan,' gonst het in mijn oren.

Ik schrijf de hele nacht aan Minny's verhaal, mijn gezicht vertrokken van afkeer, en de hele volgende dag. Om vier uur 's middags prop ik het manuscript in een kartonnen doos, die ik zo vlug mogelijk in bruin papier verpak. Meestal duurt de bezorging zeven of acht dagen, maar het pakket zal op de een of andere manier over zes dagen in New York moeten zijn.

Ik race naar het postkantoor, ondanks mijn angst voor de politie, want ik weet dat het om halfvijf dichtgaat, en stuif naar binnen. Ik heb twee nachten niet geslapen. Mijn haar staat letterlijk recht overeind.

De beambte kijkt me met grote ogen aan. 'Waait 't soms hard?'

'Alstublieft, kunt u zorgen dat dit pakket vandaag nog weggaat? Het moet naar New York.'

Hij kijkt naar het adres. 'De truck voor buiten de stad is al weg, mevrouw. Het zal tot morgen moeten wachten.' Hij plakt er postzegels op en ik ga terug naar huis.

Zodra ik thuis ben loop ik rechtstreeks naar de voorraadkast om Elaine Stein te bellen. Haar secretaresse verbindt me door en ik vertel haar met een hese, vermoeide stem dat ik het manuscript op de bus heb gedaan.

'De laatste redactievergadering is over zes dagen, Eugenia. Het moet hier niet alleen op tijd zijn, ik moet ook de tijd hebben om het te lezen. Dat het nog lukt lijkt me hoogstonwaarschijnlijk.'

Ik heb verder niets te zeggen, dus ik mompel alleen: 'Ik weet het. Bedankt voor al uw moeite.' En ik voeg eraan toe: 'Vrolijk kerstfeest, missus Stein.'

'Wij noemen het Chanoeka, maar toch bedankt, miss Phelan.'

28

Nadat ik heb opgehangen, ga ik op de veranda staan staren naar het koude land. Ik ben zo hondsmoe dat ik niet eens heb gezien dat de auto van dokter Neal voor de deur staat. Hij is kennelijk gekomen toen ik op het postkantoor was. Ik leun op de balustrade en wacht totdat hij uit moeders kamer komt. Door de openstaande voordeur kan ik zien dat de deur van haar slaapkamer dicht is.

Een tijdje later doet dokter Neal zachtjes de deur achter zich dicht. Hij loopt naar de veranda. Achter me blijft hij staan. 'Ik heb haar iets gegeven tegen de pijn,' zegt hij.

'De... pijn? Heeft moeder vanochtend overgegeven?'

De oude dokter Neal kijkt me aan met zijn waterige blauwe ogen. Hij blijft lang en doordringend naar me kijken, alsof hij een beslissing probeert te nemen. 'Je moeder heeft kanker, Eugenia. In de maagwand.'

Ik houd me staande tegen de zijkant van het huis. Ik ben geschrokken, maar wist ik het eigenlijk niet al?

'Ze wilde niet dat je het zou weten.' Hij schudt zijn hoofd. 'Maar aangezien ze weigert naar het ziekenhuis te gaan, vind ik dat je het moet weten. De komende paar maanden zullen... niet makkelijk zijn.' Hij trekt zijn wenkbrauwen op. 'Niet voor haar en niet voor jou.'

'Een paar maanden? Is dat... alles?' Ik sla een hand voor mijn mond, hoor mezelf kreunen.

'Misschien langer, misschien korter, liefje.' Hij slaakt een zucht. 'Maar ik weet hoe je moeder is,' voegt hij er met een blik op het huis aan toe, 'ze zal ertegen vechten als een leeuwin.'

Ik sta daar half versuft, kan geen woord uitbrengen.

'Je mag me altijd bellen, Eugenia. Op de praktijk, maar ook thuis.'

Ik ga naar binnen, naar moeders kamer. Papa zit op de bank naast het bed, staart in het niets. Moeder zit rechtop in bed. Ze rolt met haar ogen als ze me ziet.

'Zo te zien heeft hij het je verteld,' zegt ze.

Tranen druppen van mijn kin. Ik neem haar handen in de mijne. 'Hoe lang weet u het al?'

'Ongeveer twee maanden.'

'O, máma...'

'Stel je niet aan, Eugenia. Er is niets aan te doen.'

'Maar wat kan ik... Ik kan hier toch niet gewoon gaan zitten en toezien dat u...' Ik kan het woord niet zeggen. Alle woorden zijn te vreselijk.

'Nee, natuurlijk ga je niet alleen maar zítten. Carlton wordt advocaat en jij...' Ze schudt haar vinger naar me. 'Denk maar niet dat je je kunt laten gaan als ik er niet meer ben. Ik bel Fanny Mae zodra ik weer naar de keuken kan lopen en dan maak ik tot 1975 afspraken om je haar te laten doen.'

Ik laat me op de bank zakken. Papa slaat een arm om me heen. Ik leun tegen hem aan en huil.

De kerstboom die Jameso een week geleden heeft neergezet laat elke keer dat iemand de zitkamer binnenkomt naaldjes vallen. Het duurt nog zes dagen voordat het Kerstmis is, maar niemand heeft eraan gedacht om de boom water te geven. De paar cadeaus die moeder al in juli heeft gekocht en ingepakt liggen eronder: een voor papa (onmiskenbaar een zondagse stropdas), een klein, vierkant pakje voor Carlton, en een dikke doos voor mij (ik vermoed dat er een nieuwe bijbel in zit). Nu iedereen weet dat moeder kanker heeft, is het alsof ze de paar draadjes die haar nog overeind hielden heeft losgelaten. De touwtjes van de marionet zijn doorgeknipt, en zelfs haar hoofd wiebelt op haar romp. Ze gaat zelf naar de wc en kan elke dag een paar minuten op de veranda zitten, meer zit er niet in.

Die middag breng ik moeder haar post: het tijdschrift *Good Housekeeping*, de nieuwsbrieven van de kerk en de DAR.

'Hoe voelt u zich?' Ik strijk het haar naar achteren van haar voorhoofd en ze doet haar ogen dicht alsof ze van het gevoel van mijn hand geniet. Zij is nu het kind en ik ben de moeder.

'Het gaat wel.'

Pascagoula komt binnen. Ze zet een dienblad met een kom bouillon op tafel.

Moeder schudt ternauwernood haar hoofd als ze weer weg is. 'O nee,' zegt ze met een van pijn vertrokken gezicht, 'ik kan echt niets eten.'

'U hoeft niet te eten, moeder. Dat doen we later wel.'

'Het is niet hetzelfde, hè, met Pascagoula?' zegt ze.

'Nee,' zeg ik, 'zeker niet.' Het is voor het eerst sinds ons vreselijke gesprek dat ze Constantine ter sprake brengt.

'Ze zeggen dat het te vergelijken is met ware liefde, een goede hulp. Je maakt het maar één keer in je leven mee.'

Ik knik, bedenk dat ik het moet opschrijven om het in het boek te zetten. Maar ja, het is natuurlijk te laat, het is al op de post. Ik kan niets doen, niemand kan meer iets doen, behalve afwachten.

Kerstavond is deprimerend en regenachtig en benauwd. Om het halfuur komt papa uit moeders kamer, kijkt naar buiten en zegt: 'Is hij er al?' Niemand luistert naar hem. Mijn broer Carlton komt vanavond thuis van de universiteit, en we kunnen allebei niet wachten tot hij er is. Moeder heeft de hele dag overgegeven en gekokhalsd. Ze kan haar ogen bijna niet openhouden en toch kan ze niet slapen.

'Charlotte, je moet naar het ziekenhuis,' heeft dokter Neal vanmiddag gezegd. Ik weet niet meer hoe vaak hij dat de afgelopen week heeft herhaald. 'Laat me dan in elk geval een verpleegster regelen die thuis voor je kan zorgen.'

'Charles Neal,' zei moeder zonder zelfs haar hoofd op te tillen van het kussen, 'ik vertik het om mijn laatste dagen in een ziekenhuis te slijten. En ik laat mijn eigen huis ook niet in een kliniek veranderen.'

Dokter Neal zuchtte alleen. Hij gaf papa meer medicijnen, een nieuwe soort, en legde uit hoe hij ze moest toedienen.

'Maar heeft ze er baat bij?' hoorde ik papa fluisteren op de gang. 'Kan dit haar beter maken?'

Dokter Neal legde zijn hand op papa's schouder. 'Nee, Carlton.'

Eindelijk, om zes uur die avond, is Carlton er.

'Hoi Skeeter.' Hij trekt me tegen zich aan. Hij is gekreukeld van de lange rit, enorm knap in de kabeltrui van zijn universiteit. De frisse lucht die hij mee naar binnen neemt ruikt lekker. Het is fijn dat er eens iemand anders in huis is. 'Jezus, waarom is het hier zo warm?'

'Ze heeft het koud,' zeg ik zacht. 'Ze heeft het de hele tijd koud.' Ik loop met hem mee naar achteren.

Moeder gaat zitten als ze hem ziet, strekt haar magere armen. 'O Carlton, je bent thuis,' zegt ze.

Carlton blijft als aan de grond genageld staan. Dan buigt hij zich voorover en omhelst haar, heel voorzichtig. Hij kijkt om naar mij. Aan zijn gezicht kan ik zien hoe geschrokken hij is. Ik draai me om. Ik leg een hand voor mijn mond om te voorkomen dat ik ga huilen, want dan kan ik niet meer ophouden. Carltons blik zegt me meer dan ik wil weten.

Als Stuart de volgende dag langskomt, duw ik hem niet weg wanneer hij me probeert te kussen. Maar ik zeg wel: 'Ik laat het alleen toe omdat mijn moeder doodgaat.'

'Eugenia,' hoor ik moeder roepen. Het is oudejaarsavond en ik ben in de keuken om thee te zetten. Vanochtend heeft Jameso de kerstboom weggehaald. Er liggen nog steeds overal naaldjes, maar het is me gelukt om alle kerstversiering op te bergen. Het was vermoeiend en frustrerend om elk voorwerp te verpakken zoals moeder het wil, zodat ze klaarliggen voor volgend jaar. Ik probeer niet te denken aan de zinloosheid van mijn inspanningen.

Ik heb niets van missus Stein gehoord en weet zelfs niet of het pakket op tijd is bezorgd. Gisteravond was het me opeens te veel. Toen heb ik Aibileen gebeld om te vertellen dat ik niets heb gehoord, alleen al omdat het een opluchting was om er met iemand over te praten.

'Ik blijf maar dingen bedenken die er nog in moeten,' zei Aibileen. 'Ik moet mezelf er de hele tijd aan herinneren dat het al is verstuurd.'

'Ik ook,' zeg ik. 'Ik bel je zodra ik iets hoor.'

Ik ga naar de achterkamer. Moeder zit rechtop tegen een stapel kussens. Als ze rechtop zit, hebben we geleerd, helpt de zwaartekracht tegen het braken. De witte emaillen kom staat naast haar.

'Hallo mama,' zeg ik. 'Kan ik iets voor je doen?'

'Eugenia, je kunt niet in die pantalon naar het feest bij de Holbrooks.' Als moeder knippert, houdt ze haar ogen een seconde te lang gesloten.

Ze is uitgeput, een skelet in een witte nachtjapon met bespottelijk kokette linten en gesteven kant. Haar nek wiebelt in de halsopening als die van een zwaan in een hoepel. Ze kan niet eten, alleen vloeibaar voedsel tot zich nemen door een rietje. Haar reukzin is geheel verdwenen. En toch kan ze, vanuit een andere kamer, aanvoelen dat ik de verkeerde kleren aanheb.

'Het feestje gaat niet door, mama.' Misschien herinnert ze zich Hilly's partij van vorig jaar. Ik heb van Stuart begrepen dat alle feesten zijn afgezegd vanwege de moord op de president. Niet dat ik uitgenodigd zou zijn. Vanavond komt Stuart langs en dan kijken we samen naar Dick Clark op televisie.

Moeder legt haar kleine, hoekige hand op de mijne, zo broos dat de knokkels zichtbaar zijn door de huid heen. Ik droeg moeders maat kleren toen ik elf was.

Ze kijkt me strak aan. 'Die pantalon moet op de lijst.'

'Maar hij zit lekker en hij is lekker warm en...'

Ze schudt haar hoofd, doet haar ogen dicht. 'Het spijt me, Skeeter.'

Het heeft geen zin om tegen haar in te gaan. 'O-ké,' zeg ik met een zucht.

Moeder trekt een kladblokje onder de dekens vandaan, uit de onzichtbare zak die ze in al haar kledingstukken heeft laten naaien. Daarin bewaart ze pillen tegen het overgeven, tissues en dictatoriale lijstjes. Al is ze nog zo verzwakt, ik ben verbaasd over de vaste hand waarmee ze het lijstje 'Nooit meer dragen' aanvult met: 'Grijze, vormeloze mannelijke pantalon.' Ze glimlacht voldaan.

Het klinkt macaber, maar toen moeder besefte dat ze me niet meer kan vertellen wat ik aan moet als zij er niet meer is, heeft ze dit ingenieuze postmortale systeem bedacht. Ze gaat ervan uit dat ik niet in mijn eentje nieuwe, foute kleren ga kopen. Waarschijnlijk heeft ze gelijk.

'Heeft u nog steeds niet overgegeven?' vraag ik, want het is vier uur en moeder heeft twee kommen bouillon gedronken en vandaag nog niet één keer overgegeven. Meestal heeft ze aan het eind van de middag al drie keer overgegeven.

'Niet één keer,' zegt ze en dan doet ze haar ogen dicht. Binnen een paar seconden slaapt ze.

Op nieuwjaarsdag ga ik naar beneden om de oogbonen klaar te maken die geluk brengen. Pascagoula heeft ze gisteravond te weken gezet en me uitgelegd dat ik ze in een pan moet doen met de varkenskluif en langzaam aan de kook moet brengen. Een kind kan de was doen, en toch heeft iedereen de zenuwen omdat ik in de keuken sta. Ik weet nog dat Constantine vroeger op 1 januari langskwam om de geluksbonen voor ons te maken, ook al was het haar vrije dag. Ze maakte altijd een grote pan vol, bood vervolgens iedereen in het gezin één enkele boon op een bordje aan en bleef erbij staan terwijl we die ene boon opaten. Met dat soort dingen was ze heel bijgelovig. Dan deed ze de afwas en ging ze weer naar huis. Pascagoula heeft niet aangeboden om op haar vrije dag bij ons te komen. Ik neem aan dat ze bij haar eigen familie is, ik heb het haar niet gevraagd.

We zijn allemaal verdrietig dat Carlton vanochtend al weer weg moest. Het was fijn dat ik met hem kon praten. Voordat hij me omhelsde en terugging naar de universiteit zei hij tegen me: 'Zet het huis alsjeblieft niet in de fik.' En hij voegde eraan toe: 'Ik bel je morgen om te vragen hoe het met haar gaat.'

Als ik het vuur heb uitgedraaid, ga ik naar de veranda. Papa leunt op de balustrade en draait katoenzaadjes rond tussen zijn vingers. Hij staart naar de lege velden; het zaaien begint pas over een maand.

'Papa, komt u binnen om te lunchen?' vraag ik. 'De bonen zijn klaar.'

Hij kijkt opzij en zijn glimlach is dunnetjes, vragend. 'Het medicijn dat ze nu krijgt...' Hij bestudeert zijn zaadjes. 'Volgens mij werkt het. Ze zegt steeds dat ze zich beter voelt.'

Ongelovig schud ik mijn hoofd. Daar kan hij toch niet echt in geloven?

'Ze heeft in twee dagen maar één keer overgegeven...'

'O papa. Nee... het is alleen een... Papa, ze heeft het nog steeds.'

Maar de blik in zijn ogen is leeg en ik weet niet eens of hij me wel heeft gehoord.

'Ik weet dat je liever ergens anders zou zijn, Skeeter.' Hij heeft tranen in zijn ogen. 'Maar er gaat geen dag voorbij dat ik God niet dankbaar ben voor je aanwezigheid hier.'

Ik knik, voel me schuldig omdat hij denkt dat het een bewuste keuze van me is. Ik sla mijn armen om hem heen, zeg: 'Ik ben ook blij dat ik hier ben, papa.'

Als de club weer opengaat, in de eerste week van januari, doe ik mijn tennisrokje aan en pak ik mijn racket. Ik loop door de snackbar, negeer Patsy Joiner, mijn vroegere tennispartner die me heeft afgedankt, en drie andere meisjes, die allemaal zitten te roken aan de tafeltjes van zwart ijzer. Ze buigen zich naar elkaar toe en smiespelen als ik langsloop. Ik ga vanavond niet naar de bijeenkomst van de League; sterker nog, ik ga nóóit meer naar een bijeenkomst van de League. Ik heb me gewonnen gegeven en drie dagen geleden schriftelijk mijn lidmaatschap opgezegd.

Ik ram de bal tegen de oefenmuur, doe mijn best om nergens aan te denken. Ik betrap mezelf er de laatste tijd op dat ik vaak bid, terwijl ik nooit erg religieus ben geweest. Ik fluister eindeloos lange verhalen tegen God, smeek om verlichting voor moeders pijn, om goed nieuws over het boek, en soms vraag ik zelfs om een aanwijzing voor wat ik met Stuart moet doen. Vaak betrap ik mezelf erop dat ik bid zonder dat ik het zelf besef.

Als ik thuiskom van de club stopt de auto van dokter Neal achter me. Ik breng hem naar moeders kamer, waar papa al zit te wachten, en doe de deur achter hem dicht. Nerveus sta ik op de gang, als een klein kind. Ik begrijp wel dat papa zich aan deze strohalm vastklampt. Moeder heeft nu al vier dagen geen groene gal gespuugd. Ze eet elke dag havermout, vraagt zelfs om meer.

Als dokter Neal naar buiten komt, blijft papa op de stoel naast het bed zitten. Ik loop met dokter Neal mee naar de veranda.

'Heeft ze het verteld?' vraag ik. 'Dat ze zich beter voelt?'

Hij knikt, maar schudt dan zijn hoofd. 'Het heeft geen zin om haar naar het ziekenhuis te laten komen voor een röntgenfoto. Dat zou veel te zwaar voor haar zijn.'

'Maar... gaat het echt beter met haar? Kan dat?'

'Ik heb dit al vaker gezien, Eugenia. Soms voelen mensen zich opeens weer heel sterk. Het is een geschenk van God, zo zie ik het. Zodat ze de laatste dingen kunnen doen. Maar meer is het niet, liefje. Verwacht er niets van.'

'Heeft u dan niet gezien dat ze weer kleur heeft? Ze ziet er zoveel beter uit en ze houdt voedsel binnen...'

Hij schudt zijn hoofd. 'Probeer het haar gewoon zoveel mogelijk naar de zin te maken.'

De eerste vrijdag van 1964 hou ik het echt niet meer uit. Ik trek de telefoon mee naar de voorraadkamer. Moeder slaapt, nadat ze een tweede kom havermout heeft gegeten. De deur van haar kamer staat open, zodat ik haar kan horen als ze me roept.

'Met de secretaresse van Elaine Stein.'

'Hallo, u spreekt met Eugenia Phelan, uit Mississippi. Kan ik haar even spreken?'

'Het spijt me, miss Phelan, maar missus Stein doet geen mededelingen over haar selectie.'

'O. Maar... kunt u me in elk geval vertellen of ze het heeft ontvangen? Ik heb het kort voor de deadline verstuurd...'

'Een ogenblik, alstublieft.'

Het wordt stil aan de andere kant en na een minuutje of zo is ze terug. 'Ik kan bevestigen dat we uw pakket ergens in de vakantie hebben ontvangen. Iemand van ons kantoor zal contact met u opnemen als missus Stein een beslissing heeft genomen. Bedankt voor uw telefoontje.'

Ik hoor alleen nog een klikje aan de andere kant van de lijn.

Een paar avonden later, na een spannende middag Miss Myrna-brieven beantwoorden, zitten Stuart en ik in de zitkamer. Ik ben blij hem te zien en ook blij om, in elk geval tijdelijk, de doodse stilte in huis te kunnen verdrijven. Er komt een Tareyton-reclame in beeld, die waarin het meisje dat een sigaret rookt een blauw oog heeft – *Wij Tareyton-rokers vechten nog liever dan dat we een ander merk roken!*

Stuart en ik zien elkaar een keer per week. Na Kerstmis zijn we een keer naar de film geweest. Ook gingen we een keer uit eten in de stad, maar meestal komt hij bij me thuis omdat ik moeder niet alleen wil laten. Zijn houding tegenover mij is aarzelend, respectvol verlegen. Er staat geduld te lezen in zijn ogen en dat verdrijft de paniek die ik eerder voelde als ik met hem samen was. We hebben het nooit over serieuze dingen. Hij vertelt me verhalen over een zomer toen hij nog studeerde en op booreilanden in de Golf van Mexico werkte. Ze douchten met zout water. De oceaan was blauw en tot op de bodem kristalhelder. De andere mannen deden dit zware werk om hun gezinnen te onderhouden, terwijl Stuart, een rijkeluiszoontje, terugging naar de universiteit. Het was voor het eerst van zijn leven, vertelde hij, dat hij echt keihard had moeten werken.

'Ik ben blij dat ik toen op de booreilanden heb gewerkt. Nu zou ik het niet meer kunnen,' zei hij tegen me, alsof het eeuwen geleden was en niet vijf jaar. Hij lijkt ouder dan ik me hem herinner.

'Waarom zou je het nu niet meer kunnen?' vroeg ik, want ik denk na over een toekomst voor mezelf. Ik vind het interessant om te horen wat anderen voor mogelijkheden hebben.

Hij fronste zijn wenkbrauwen. 'Omdat ik niet zonder jou kan.'

Ik stopte het weg, te bang om toe te geven hoe fijn het voelde om dat te horen.

De reclame is afgelopen en we kijken naar het nieuws. Er is gevochten in Vietnam. De verslaggever schijnt te denken dat het allemaal met een sisser zal aflopen.

'Skeeter,' zegt Stuart als het een tijdje stil is geweest tussen ons, 'ik wilde er eerder niet over beginnen maar... ik weet wat er wordt gezegd in de stad. Over jou. En ik vind het niet erg. Dat wil ik je alleen laten weten.'

Mijn eerste gedachte is: *het boek*. Hij heeft iets gehoord. Mijn hele lichaam spant zich als een snaar. 'Wat heb je gehoord?'

'Je weet wel. Over de streek die je Hilly hebt geleverd.'

Ik ontspan een beetje, maar niet helemaal. Ik heb er nooit met iemand over gepraat, behalve met Hilly zelf. Zou ze hem hebben gebeld, zoals ze had gedreigd?

'En ik snap wel hoe mensen het hebben opgevat, dat ze denken dat je een of andere gestoorde liberaal bent en bij al die idiotie betrokken bent.'

Ik bestudeer mijn handen, nog steeds op mijn hoede voor wat hij misschien heeft gehoord, en ook een beetje geërgerd. 'Hoe weet jij,' vraag ik, 'waar ik bij betrokken ben?'

'Omdat ik je ken, Skeeter,' zegt hij zacht. 'Je bent veel te intelligent om je met dat soort dingen in te laten. En dat heb ik ook tegen ze gezegd.'

Ik knik, probeer te glimlachen. Wat hij ook over me denkt te weten, ik waardeer het dat er iemand is die genoeg om me geeft om het voor me op te nemen.

'We hoeven het er niet meer over te hebben,' zegt hij. 'Ik wilde het je alleen laten weten. Meer niet.'

Zaterdagavond ga ik moeder welterusten zeggen. Ik draag een lange jas zodat ze niet kan zien wat ik aanheb, en ik doe het grote licht niet aan, zodat ze geen opmerkingen over mijn haar kan maken. Er is maar heel weinig veranderd aan haar. Haar gezondheidstoestand verslechtert niet – ze geeft niet meer over – maar haar huid is grijsachtig wit. Ze heeft last van haaruitval. Ik pak haar handen vast, strijk over haar wang.

'Papa, u belt naar het restaurant als u me nodig heeft?'

'Natuurlijk, Skeeter. Ga er nou maar lekker van genieten.'

Ik stap in Stuarts auto. Hij neemt me mee naar het Robert E. Lee. De zaal schittert van de avondjurken, de rode rozen en de zilveren couverts. Er hangt opwinding in de lucht, het gevoel dat het leven weer bijna normaal is na de dood van president Kennedy; 1964 is een kersvers, fonkelnieuw jaar. Er wordt van alle kanten naar ons gekeken.

'Je ziet er... anders uit,' zegt Stuart. Ik kan merken dat hij de opmerking al de hele avond voor zich heeft gehouden, en hij klinkt eerder verward dan onder de indruk. 'Die jurk is zo... kort.'

Ik knik en strijk mijn haar naar achteren. Zoals hij vroeger deed.

Vanochtend zei ik tegen moeder dat ik wilde gaan winkelen, maar ze zag er zo moe uit dat ik me meteen bedacht. 'Misschien kan ik beter thuisblijven.'

Maar ik had het al gezegd. Moeder liet me haar chequeboek halen. Toen ik terugkwam, scheurde ze er een blanco cheque uit en gaf me een biljet van honderd dollar uit een zijvak van haar portefeuille. Ze leek zich alleen al door het woord 'winkelen' beter te gaan voelen.

'Denk erom, je hoeft niet zuinig te zijn. En geen broeken. Zorg dat miss LaVole je helpt.' Ze legde haar hoofd weer op de kussens. 'Zij weet hoe jonge meisjes zich kleden.'

Maar ik gruwde bij de gedachte aan miss LaVoles gerimpelde handen op mijn huid, aan haar geur, een mix van koffie en mottenballen. Ik reed dwars door de stad naar Highway 51, richting New Orleans. Ik reed weg van het schuldgevoel omdat ik haar zo lang alleen liet, maar ik wist dat dokter Neal 's middags zou komen en dat papa de hele dag thuis zou zijn.

Drie uur later wandelde ik warenhuis Maison Blanche in Canal Street binnen. Ik was er ontelbare keren met moeder geweest en twee keer met Hilly en Elizabeth, maar toch was ik overdonderd door de witmarmeren vloeren, de kilometers hoedjes en handschoenen en gepoederde dames die allemaal zo blij keken en zo gezónd waren. Voordat ik om hulp kon vragen, zei een magere man: 'Kom maar mee, alles is boven.' Hij werkte me zwierig in de lift naar de tweede verdieping en de afdeling Moderne Damesmode.

'Wat is dit allemaal?' vroeg ik. Er waren tientalen vrouwen met champagneglazen en felle knipperende lampen en er klonk rock-'n-roll uit speakers.

'Emilio Pucci, schat. Eindelijk!' Hij deed een stap bij me vandaan en zei: 'Ben je hier niet voor de modeshow? Je hebt toch wel een uitnodiging?'

'Eh... ergens,' zei ik. Maar hij verloor zijn belangstelling toen ik voor de show in mijn tas begon te grabbelen.

Overal om me heen zag ik kleren die wortel hadden geschoten en aan de hangertjes tot bloei waren gekomen. Ik dacht aan miss LaVole en lachte. Niks saaie, opgedirkte mantelpakjes. Bloemen! Grote felle strepen! En rokjes van wel tién centimeter boven de knie. Het was spannend en te gek en duizelingwekkend. Die Emilio Pucci steekt volgens mij elke ochtend zijn vinger in het stopcontact.

Met mijn blanco cheque kocht ik genoeg kleren om de hele achterbank van de Cadillac onder te begraven. Vervolgens betaalde ik in Magazine Street vijfenveertig dollar om mijn haar te laten blonderen en te knippen en glad te strijken. Het was lang geworden in de winter en het had de kleur van vuil afwaswater aangenomen.

Om vier uur reed ik terug over de Lake Pontchartrain-brug met muziek van een band die The Rolling Stones heet uit de radio en mijn glanzende, steile haar wapperend in de wind, en ik dacht: Vanavond leg ik deze hele wapenrusting af en wil ik me met Stuart weer net zo voelen als vroeger.

Stuart en ik eten onze chateaubriand, glimlachen, babbelen. Hij kijkt naar andere tafeltjes, maakt opmerkingen over mensen die hij kent. Maar niemand staat op om ons te begroeten.

'Op een nieuw begin,' zegt Stuart en hij proost met een glas bourbon.

Ik knik, zeg maar niet dat elk begin nieuw is. In plaats daarvan glimlach ik en proost ik met mijn tweede glas wijn. Ik ben nooit een drinker geweest, tot vandaag.

Na het eten lopen we naar de lobby. Daar zitten senator Whitworth en zijn vrouw aan een tafeltje met een drankje. Er zijn meer mensen die iets drinken en met elkaar praten. Ze zijn dit weekend thuis, heeft Stuart me eerder verteld, voor het eerst sinds ze naar Washington zijn verhuisd.

'Stuart, daar zitten je ouders. Moeten we niet even dag gaan zeggen?'

Maar hij stuurt me naar de deur, duwt me zo ongeveer naar buiten. 'Ik wil niet dat moeder je ziet in die korte jurk,' zegt hij. 'Geloof me, hij staat je fantastisch, maar...' Hij kijkt omlaag naar de korte rok. 'Misschien was het niet de beste keuze voor vanavond.'

Tijdens de rit naar huis denk ik aan Elizabeth met haar krulspelden, als de dood dat het bridgeclubje me zou zien. Waarom schaamt iedereen zich toch altijd voor me?

Tegen de tijd dat we terug zijn op Longleaf is het elf uur. Ik strijk mijn jurk glad, besluit dat Stuart gelijk heeft: hij is echt te kort. Er brandt geen licht in de slaapkamer van mijn ouders, dus we gaan op de bank zitten.

Ik wrijf in mijn ogen en gaap. Als ik ze weer opendoe, houdt hij een ring tussen zijn vingers. 'O... Jezus.'

'Ik wilde het eigenlijk in het restaurant doen maar...' Hij grijnst. 'Dit is beter.'

Ik raak de ring aan. Hij is koud en prachtig. Aan beide kanten van de diamant schitteren drie robijnen. Ik til mijn hoofd op, voel dat ik begin te gloeien. Ik trek de trui van mijn schouders. Ik glimlach en tegelijkertijd ben ik bijna in tranen.

'Ik moet je iets vertellen, Stuart,' flap ik eruit. 'Beloof je dat je het aan niemand zult vertellen?'

Hij staart me aan en lacht. 'Wacht eens even, heb ik je ja horen zeggen?'

‘Ja, maar...’ Eerst moet ik het weten. ‘Beloof je het?’

Hij zucht, kijkt teleurgesteld dat ik zijn moment verpest. ‘Natuurlijk, ik beloof het.’

Ik ben in shock door zijn aanzoek, maar doe mijn best het uit te leggen. Terwijl ik hem recht in de ogen kijk, onthul ik de feiten over het boek, met alle details die ik zonder gevaar kan prijsgeven, en een volledig verslag van wat ik het afgelopen jaar heb gedaan. De namen laat ik weg. In stilte bedenk ik dat dit een veeg teken is. Hoewel hij me vraagt zijn vrouw te worden, ken ik hem niet goed genoeg om hem volledig in vertrouwen te kunnen nemen.

‘Daar heb je het afgelopen jaar over geschreven? Niet over... Jezus Christus?’

‘Nee, Stuart. Niet over Jezus.’

Als ik hem vertel dat Hilly de Jim Crow-wetten in mijn tas heeft gevonden, valt zijn mond open. Ik kan zien dat ik iets heb bevestigd wat Hilly hem al over mij had verteld – iets wat hij uit een naïef vertrouwen in mij niet had willen geloven.

‘Wat er... over je wordt gezegd. Ik heb tegen ze gezegd dat ze er faliekant naast zaten. Maar ze hebben... gelijk.’

Als ik hem vertel over de vrouwen die langs me liepen na de gebedsbijeenkomst, gaat er een golf van trots door me heen.

Hij staart in zijn lege bourbonglas.

Dan vertel ik hem dat het manuscript is opgestuurd naar New York. Dat het, als ze het willen uitgeven, over naar schatting acht maanden in de boekwinkels ligt, misschien iets eerder. Precies rond de tijd, denk ik bij mezelf, dat een verloving met een bruiloft wordt bekroond.

‘Het is anoniem geschreven,’ zeg ik, ‘maar Hilly is niet gek, dus de kans is vrij groot dat mensen toch zullen weten dat ik het was.’

Hij knikt niet, ook strijkt hij niet mijn haar achter mijn oor. De ring van zijn grootmoeder ligt als een bespottelijke metafoor op moeders fluwelen sofa. We zwijgen allebei. Hij kan me niet eens aankijken. Zijn blik blijft op een punt naast mijn hoofd gericht.

Na een minuutje zegt hij: ‘Ik... ik begrijp gewoon niet waarom je zoiets hebt gedaan. Waarom trek je je het überhaupt áán, Skeeter?’

Ik wil protesteren, maar kijk dan omlaag naar de ring, zo scherp en glimmend.

'Zo... zo bedoelde ik het niet,' hakkelt hij. 'Wat ik bedoel, is dat er niets mis is met de situatie hier. Waarom zou je dan problemen maken?'

Ik kan aan zijn stem horen dat hij echt benieuwd is naar mijn antwoord. Maar hoe moet ik het uitleggen? Hij is een goed mens, Stuart. Hoewel ik weet dat ik goed werk heb gedaan, kan ik zijn verwarring en twijfel toch begrijpen.

'Ik maak geen problemen, Stuart. De problemen zijn er al.'

Dit is duidelijk niet het antwoord waar hij naar zoekt. 'Ik ken je niet.'

Ik sla mijn ogen neer, weet dat ik daarnet precies hetzelfde heb gedacht. 'We hebben een heel leven de tijd om daar verandering in te brengen.' Ik probeer te glimlachen.

'Ik denk niet dat ik... dat ik kan trouwen met iemand die ik niet ken.'

Ik snak naar adem. Mijn mond gaat open, maar het duurt nog even voordat ik iets kan zeggen. 'Ik moest het je vertellen,' zeg ik, meer tegen mezelf dan tegen hem. 'Je moest het weten.'

Hij bestudeert me even. 'Ik zal het aan niemand vertellen. Beloofd,' zegt hij, en ik geloof hem. Je kunt misschien veel over hem zeggen, maar niet dat hij een leugenaar is.

Hij gaat staan. Hij werpt me nog een laatste, verloren blik toe. En dan pakt hij de ring en loopt de kamer uit.

Als Stuart weg is, zwerf ik van de ene kamer naar de andere. Mijn mond is droog, ik heb het koud. De eerste keer dat Stuart het uitmaakte verlangde ik ernaar om het koud te hebben. En nu loop ik te bibberen.

Rond middernacht hoor ik moeder roepen uit de slaapkamer. 'Eugenia, ben jij het?'

Ik loop door de gang. De deur staat halfopen. Moeder zit in bed in haar gesteven witte nachtjapon. Haar haar hangt los rond haar schouders. Ze ziet er heel mooi uit, en dat raakt me. Het licht op de veranda brandt en werpt een witte stralenkrans rond haar hele lichaam. Ze glimlacht, en ze heeft het nieuwe kunstgebit nog in; dokter Simon heeft het voor haar gemaakt toen haar tanden begonnen af te brokkelen door het maagzuur. Haar glimlach is zelfs nog witter dan op de foto's uit haar tienertijd.

'Mama, wat kan ik voor u doen? Gaat het slecht?'

'Kom eens hier, Eugenia. Ik wil je iets vertellen.'

Op mijn tenen loop ik naar het bed. Papa is een lange slapende heuvel. Hij ligt met zijn rug naar haar toe. En dan bedenk ik dat ik haar een mooiere versie van de afgelopen avond kan vertellen. We weten allemaal dat er nog maar heel weinig tijd is. Ik kan haar gelukkig maken, de laatste dagen, doen alsof er een bruiloft komt.

'Ik moet u ook iets vertellen,' zeg ik.

'O ja? Ga jij maar eerst.'

'Stuart heeft me ten huwelijk gevraagd,' zeg ik met een geveinsd glimlachje. Dan raak ik in paniek omdat ik weet dat ze naar de ring gaat vragen.

'Dat weet ik al,' zegt ze.

'O ja?'

Ze knikt. 'Natuurlijk. Hij is hier twee weken geleden geweest om Carlton en mij om je hand te vragen.'

Twee weken geleden? Ik moet bijna lachen. Typisch iets voor moeder om zoiets belangrijks eerder te weten dan ik. Ik ben blij dat ze al zo lang van het nieuws heeft kunnen genieten.

'En nu ik,' zegt ze. De gloed om haar heen is bovenaards, fosforescerend. Ik heb nooit eerder zoiets gezien. Ze pakt mijn hand beet met de gezonde greep van een moeder die meeleeft met haar pasverloofde dochter.

Papa draait zich om, gaat rechtop zitten. 'Wat?' hijgt hij. 'Ben je ziek?'

'Nee, Carlton, ik voel me goed. Dat heb ik toch gezegd.'

Hij knikt zwijgend, doet zijn ogen dicht en slaapt al voordat hij weer ligt.

'Wat is uw nieuws, mam?'

'Ik heb lang met je vader gepraat en een beslissing genomen.'

'O nee,' verzucht ik. Ik zie al helemaal voor me dat ze er tegen Stuart over is begonnen toen hij om mijn hand vroeg. 'Gaat het soms over mijn spaarrekening?'

'Nee, dat is het niet.'

Dan moet het met de bruiloft te maken hebben, denk ik. Ik huiver van verdriet bij de gedachte dat moeder geen plannen kan maken voor mijn bruiloft, niet alleen omdat ze dan dood is, maar omdat er geen bruiloft komt. En toch voel ik ook, al is het nog zo verschrikkelijk en beschamend, opluchting dat die beproeving me bespaard zal blijven.

'Je hebt natuurlijk gezien dat het de laatste paar weken een beetje beter met me gaat,' zegt ze. 'En ik weet best wat dokter Neal zegt, dat het een soort laatste opleving van kracht is, allemaal onzin o...' Ze hoest en haar magere lichaam klapt voorover. Ik geef haar een zakdoekje aan en ze fronst, drukt het tegen haar mond. 'Maar zoals ik al zei, ik heb een beslissing genomen.'

Ik knik, luister naar haar, even verdoofd als mijn vader daarnet.

'Ik heb besloten om niet dood te gaan.'

'O... mama. God, alsjeblieft...'

'Te laat,' zegt ze gedecideerd. 'Ik heb mijn besluit genomen en dat is dat.'

Ze veegt met haar ene handpalm over de andere alsof ze de kanker weggooit. Zoals ze daar zit, met een kaarsrechte rug en kuis in haar pon, die stralenkrans van licht om haar hoofd, rol ik onwillekeurig met mijn ogen. Wat dom van me. Uiteraard is moeder net zo koppig wat haar dood betreft als ze altijd over elk detail in haar leven is geweest.

Het is 18 februari 1964. Ik draag een simpel zwart A-lijn jurkje. Mijn nagels zijn allemaal afgebeten. Ik zal me elk detail van deze dag blijven herinneren, denk ik, zoals mensen nog precies weten wat voor sandwich ze aten of naar welk liedje ze luisterden op de radio toen ze hoorden dat Kennedy was doodgeschoten.

Ik loop Aibileens keuken in, inmiddels zo'n vertrouwd vertrek. Het is al donker buiten en de gele gloeilamp lijkt heel fel. Ik kijk naar Minny en zij kijkt naar mij. Aibileen komt als een buffer tussen ons in staan.

'Harper en Row,' zeg ik, 'wil het uitgeven.'

Iedereen is stil. Zelfs de vliegen zoemen niet meer.

''t Is niet waar,' zegt Minny.

'Ik heb haar vanmiddag gesproken.'

Aibileen slaakt een juichkreet zoals ik nooit eerder uit haar keel heb horen komen. 'Goeie genade, 't is niet te geloven!' brult ze. Dan vliegen we elkaar om de hals, Aibileen en ik, vervolgens Minny en Aibileen. Minny kijkt zo'n beetje naar mij.

'Ga toch zitten!' zegt Aibileen. 'Wat zei ze? Wat gaan wij nu doen? O hemel, ik heb niet eens de koffie bruin!'

We gaan zitten en ze staren me allebei aan, voorovergebogen.

Aibileens ogen zijn heel groot. Ik heb vier uur thuis met dit nieuws zitten wachten. Missus Stein heeft me duidelijk laten weten dat het om een heel kleine oplage gaat. We moeten er weinig tot niets van verwachten. Ik vind dat ik dit tegen Aibileen moet zeggen, om teleurstelling te voorkomen. Eigenlijk weet ik nog niet eens hoe ik me er zelf over voel.

'Geen hooggespannen verwachtingen, zei ze. De oplage wordt héél klein.'

Ik wacht tot Aibileen haar wenkbrauwen fronst, maar ze giechelt. Ze probeert het te verbergen door een hand voor haar mond te slaan.

'Waarschijnlijk niet meer dan een paar duizend exemplaren.'

Aibileen drukt haar hand nog harder tegen haar mond.

'"Meelijwekkend" noemde missus Stein het.'

Aibileens gezicht wordt donkerder. Ze giechelt weer in de holte van haar hand. Kennelijk snapt ze het niet.

'En ze zei dat dit het kleinste voorschot is dat ze ooit heeft gezien...' Ik probeer serieus te zijn, maar het lukt niet echt, want Aibileen staat duidelijk op springen. Ze krijgt tranen in haar ogen.

'Hoe... klein?' vraagt ze van achter haar hand.

'Achthonderd dollar,' zeg ik. 'Gedeeld door dertien.'

Aibileen barst in lachen uit. Haar lach is aanstekelijk en ik doe mee. Maar het slaat nergens op. Een paar duizend exemplaren en $61,50 per persoon?

De tranen stromen over Aibileens wangen. Uiteindelijk legt ze haar hoofd op tafel. 'Ik weet niet waarom ik moet lachen. Ik vind het opeens zo grappig allemaal.'

Minny rolt met haar ogen. 'Ik wíst wel dat jullie gek waren. Jullie allebei.'

Ik doe mijn best om ze de details te vertellen. Aan de telefoon met missus Stein heb ik er ook al een potje van gemaakt. Ze klonk heel zakelijk, bijna ongeïnteresseerd. En wat deed ik? Bleef ik zakelijk en stelde ik relevante vragen? Bedankte ik haar voor het risico dat ze neemt? Nee. En ik lachte ook niet. Ik begon te snotteren in de hoorn; ik huilde als een kind dat een polioprik krijgt.

'Bedaar, miss Phelan,' zei ze, 'het wordt echt geen bestseller.' Maar ik bleef blèren terwijl zij de details opsomde. 'We bieden u een voorschot van niet meer dan vierhonderd dollar en dan nog eens vierhonderd als het uitkomt. Miss Phelan... luistert u naar me?'

'Ja, ja, mevrouw.'

'En u moet de teksten beslist redigeren. Het hoofdstuk over Sarah is het beste geschreven,' zei ze, en dat vertel ik Aibileen tussen het hikken en proesten door.

Aibileen snuft, veegt haar ogen af, glimlacht.

Eindelijk komen we tot bedaren. We drinken de koffie die Minny voor ons heeft gezet.

'Verder vindt ze Gertrude erg goed,' zeg ik tegen Minny. Ik pak het papiertje waar ik haar woorden op heb geschreven, zodat ik ze niet zou vergeten. '"Gertrude is de nachtmerrie van elke blanke vrouw in het Zuiden. Ik ben wég van haar."'

Heel even kijkt Minny me zowaar aan. Haar gezicht krijgt een zachtere uitdrukking door haar bijna kinderlijke glimlach. 'Zei ze dat? Over mijn?'

Aibileen lacht. ''t Is net alsof ze je kent, zelfs van zo ver weg.'

'Ze zei dat het minstens een halfjaar gaat duren voordat het uitkomt. Ergens in augustus.'

Aibileen glimlacht nog steeds, laat zich nergens door uit het veld slaan. En ik ben er dankbaar voor, eerlijk waar. Ik wist wel dat ze opgetogen zou zijn, maar ik had verwacht dat ze ook teleurstelling zou voelen. Nu ik haar zie, besef ik dat ik zelf helemaal niet teleurgesteld ben, alleen maar blij.

We blijven nog een paar minuten met elkaar praten, drinken koffie en thee, totdat ik op mijn horloge kijk. 'Ik heb tegen mijn vader gezegd dat ik over een uur thuis zou zijn.' Papa is thuis met moeder. Ik heb een risico genomen en hem Aibileens nummer gegeven, mocht het nodig zijn, gezegd dat ik op de koffie zou gaan bij een vriendin die Sarah heet.

Ze lopen allebei met me mee naar de deur; dat doet Minny anders nooit. Ik zeg tegen Aibileen dat ik haar zal bellen zodra ik bericht heb van missus Stein.

'Dus over zes maanden weten we eindelijk wat er gaat gebeuren,' zegt Minny. 'Goed, slecht of niks.'

'Misschien gebeurt er niets,' beaam ik. In stilte vraag ik me af of er wel íemand is die het boek gaat kopen.

'Nou, ik reken op goed,' zegt Aibileen.

Minny slaat haar armen over elkaar. 'Dan kan ik maar beter op slecht rekenen. Iemand moet het doen.'

Zo te zien maakt Minny zich totaal niet druk om de verkoopcijfers. Maar ze maakt zich wel zorgen over wat er gaat gebeuren als de vrouwen in Jackson lezen wat wij over ze hebben geschreven.

AIBILEEN

29

De hitte is overal diep in doorgedrongen. 't Is nu al een week achtendertig graden met een vochtigheidsgraad van negenennegentig procent. Wordt 't nog vochtiger, dan kunnen we zwemmen. Ik krijg de lakens niet droog aan de lijn, m'n voordeur gaat niet meer dicht doordat 't hout zo is uitgezet. Al zou ik willen, ik zou geen eiwit stijf kunnen slaan. Zelfs mijn kerkpruik begint te pluizen.

Vanochtend kan ik m'n kousen niet eens aan krijgen, zo opgezet zijn m'n benen. Ik bedenk dat ik 't dan maar bij miss Leefolt ga proberen, in de airconditie. De hitte moet 'n record zijn, want ik werk nu al eenenveertig jaar voor blanke mensen en dit is de eerste keer in m'n geschiedenis dat ik met blote benen naar m'n werk ga.

Maar 't is bij miss Leefolt nog warmer als bij mijn. 'Aibileen, ga eens thee zetten... en saladebordjes... dek de tafel...' Ze zet vandaag geen voet in de keuken. Ze zit in de woonkamer en ze heeft een stoel naast de airconditie gezet, zodat de koele lucht zo in d'r onderjurk blaast. Meer heeft ze niet aan, enkel d'r onderjurk en d'r oorbellen. Ik heb voor blanke mevrouwen gewerkt die uit hun slaapkamer komen in niks meer als hun persoonlijkheid, maar zo is miss Leefolt niet.

Om de zoveel tijd doet de motor van de airconditie *pieeeeeeuw*. Alsofie 't begeeft. Miss Leefolt heeft nu al twee keer de monteur gebeld en hij zei dat-ie zou komen, maar ik zie niks. Te heet, denk ik.

'En vergeet niet... dat zilveren dingsigheidje... de augurkentang, die ligt in de...'

Maar ze geeft 't op al voordat ze klaar is, alsof 't te warm is om me te vertellen wat ik moet doen. Nou, dan weet je wel hoe warm het is. 't Lijkt wel of iedereen in de stad een hittesteek heeft. 't Is heel stil buiten op straat, gewoon griezelig, net als 't oog van een storm. Of misschien ligt het wel aan mijn, dat ik 't op m'n zenuwen heb van 't boek. Vrijdag komt 't uit.

'Vindt u dat we de bridgeclub af moeten zeggen?' vraag ik vanuit de keuken. Tegenwoordig bridgen ze op maandag en de dames komen over twintig minuten.

'Nee, alles is al... klaar,' zegt ze, maar ik weet dat ze er niet eens bij nadenkt.

'Ik probeer nog een keer slagroom te slaan. Dan moet ik naar de garage om m'n kousen aan te trekken.'

'O, maak je daar maar niet druk om, Aibileen. Het is veel te warm voor kousen.' Eindelijk staat miss Leefolt op van d'r koele stoel. Ze sleept zich naar de keuken, wapperend met een waaier van het Chow-Chow Chinese restaurant. 'O God, het is in de keuken wel tien graden warmer dan in de eetkamer!'

'De oven kan zo uit. De kinderen spelen in de tuin.'

Miss Leefolt kijkt uit 't raam naar de kinderen die spelen onder de tuinsproeier. Mae Mobley heeft alleen een onderbroekje aan, Ross – ik noem hem Li'l Man – een luier. Hij is nog geen jaar oud en hij loopt al als een grote jongen. Kruipen heeft-ie overgeslagen.

'Ik snap niet dat ze het buiten uithouden,' zegt miss Leefolt.

Mae Mobley vind 't zo fijn om met d'r kleine broertje te spelen, ze zorgt voor 'm alsof ze z'n mama is. Maar Mae Mobley is niet meer de hele dag thuis. Elke ochtend gaat ze naar 't kleuterklasje van de Broadmore Baptist School. Vandaag is 't de Dag van de Arbeid, een feestdag voor de rest van Amerika, dus ze heeft geen school. Ik weet niet hoe lang ik nog heb met haar.

'Moet je ze eens zien,' zegt miss Leefolt, en ik loop naar het raam waar zij staat. Het water sproeit zo hoog als de boomtoppen, met een regenboog erin. Mae Mobley heeft Li'l Mans handjes beetgepakt en ze staan onder de sproeier met hun ogen dicht alsof ze worden gedoopt.

'Wat zijn het een voorbeeldige kinderen,' zegt ze met een zucht, alsof ze dat nu net pas bedenkt.

'Zeg dat wel,' zeg ik, en 't voelt alsof we iets met mekaar delen, miss Leefolt en ik, zoals we naar buiten kijken naar de kinderen waar we allebei van houden. Op dat moment vraag ik m'n eigen af of er misschien iets is veranderd, een heel klein beetje maar. 't Is per slot 1964.

In de stad mogen er tegenwoordig negers aan 't buffet zitten in Woolworth.

Dan wor' ik opeens heel erg verdrietig, omdat ik bang ben dat ik te ver ben gegaan. Want als 't boek er is en mensen komen erachter dat wij 't waren, dan krijg ik deze kinderen denkelijk nooit meer te zien. Stel nou dat ik niet eens afscheid kan nemen van Mae Mobley, dat ik niet voor de laatste keer tegen d'r kan zeggen dat ze zo'n geweldige meid is? En Li'l Man? Wie gaat hem 't verhaal over de groene Martian Luther King vertellen?

Ik heb deze discussie al met mezelf gevoerd, al wel twintig keer. Maar vandaag voelt 't opeens zo echt. Ik raak 't raam aan alsof ik hun aanraak. Als ze 't ontdekt... o, wat zal ik die kinderen missen.

Ik kijk opzij en zie dat miss Leefolt d'r blik omlaag is gegaan naar mijn blote benen. Ik denk dat ze nieuwsgierig is, eerlijk waar. Ik durf te wedden dat ze nog nooit blote negerbenen van dichtbij heeft gezien. Maar dan zie ik dat ze fronst. Ze kijkt op naar Mae Mobley, met diezelfde hatelijke frons. Baby Girl heeft modder en gras over d'r borst en buik gesmeerd. Nu smeert ze d'r broertje in alsof-ie een varken in de stal is en ik zie de oude afschuw die miss Leefolt voelt voor d'r eigen dochter. Niet voor Li'l Man, alleen voor Mae Mobley. Speciaal voor haar opgespaard.

'Ze vernielt de tuin!' zegt miss Leefolt.

'Ik haal ze wel naar binnen. Ik zorg...'

'En ik wil niet hebben dat je ons zo bedient, met je... je benen bloot!'

'Ik zei toch...'

'Hilly kan er over vijf minuten zijn en zij heeft álles verpest!' krijst ze.

Ik denk dat Mae Mobley haar door 't raam heen heeft gehoord, want ze kijkt naar ons en verstijft. D'r glimlach verbleekt. Dan begint ze heel langzaam de modder van d'r gezicht te vegen.

Ik doe een schort voor, want ik moet de kinderen schoonspuiten. Dan ga ik naar de garage om m'n kousen aan te trekken. Over vier dagen komt 't boek uit. Geen dag te vroeg.

We hebben allemaal in spanning geleefd, ik, Minny, miss Skeeter, alle hulpen met verhalen in 't boek. 't Voelt alsof we zeven maanden hebben gewacht totdat een onzichtbare pan water aan de kook zou komen. Na een maand of drie zijn we gewoon opgehouden erover te praten. We raakten er te opgewonden van.

Maar de afgelopen twee weken rammelen er een geheime blijdschap en een geheime angst in m'n binnenste waardoor 't boenen van vloeren nog langzamer gaat en 't wassen van ondergoed is als roeien tegen de stroom in. Plooitjes strijken duurt een eeuwigheid, maar er is niks aan te doen. We zijn er met z'n allen vrij zeker van dat er in 't begin niks over gezegd zal worden. 't Boek wordt geen bestseller, zoals missus Stein al tegen miss Skeeter heeft gezegd, dus 'geen hooggespannen verwachtingen'. Miss Skeeter zei dat we beter niks konden verwachten, dat de meeste mensen in 't Zuiden 'binnenvetters' zijn. Als ze iets voelen, zeggen ze nog niks. Ze houden hun adem in en wachten tot 't voorbij is, net als met een scheet.

Minny zegt: 'Ik hoop dat ze d'r adem inhoudt totdat ze ontploft en in duizend stukkies knalt.' Miss Hilly, bedoelt ze. Ik wilde dat Minny op verandering hoopte, op meer vriendelijkheid, maar Minny blijft Minny.

'Zal ik iets lekkers voor je maken, Baby Girl?' vraag ik als ze donderdag thuiskomt uit school. O, wat is ze een grote meid! Vier jaar al. Ze is groot voor d'r leeftijd – de meeste mensen denken dat ze vijf of zes is. Zo mager als d'r moeder is, zo mollig is zij nog steeds. En d'r haar is heel mal. Ze heeft 't geknipt met d'r kinderschaartje, dus dan weet je 't wel. Miss Leefolt moest met d'r naar de schoonheidssalon, maar daar konden ze ook weinig doen. Het is kort van opzij, met bijna niks van voren.

Ik maak een snack met weinig calorieën voor d'r, dat moet van miss Leefolt. Crackers met tonijn of gelatinepudding zonder slagroom.

'Wat heb je vandaag geleerd?' vraag ik, al is 't natuurlijk geen echte school, alleen doen-alsof. Laatst vroeg ik 't en toen zei ze: 'De pelgrims. Die zijn hierheen gekomen en er wilde niets groeien dus hebben ze de indianen opgegeten.'

Kijk, ik weet toevallig dat de Pilgrims nooit geen indianen hebben gegeten. Maar daar gaat 't niet om. 't Gaat erom dat we opletten wat ze die kinderen wijsmaken. Ze krijgt nog steeds elke week d'r Aibileenlesje, een geheim verhaaltje. Als Li'l Man groot genoeg is, ga ik ze hem ook vertellen. Als ik hier dan nog werk tenminste. Maar ik denk niet dat 't met Li'l Man hetzelfde zal zijn. Hij houdt van me, maar hij is wild, net een dier. Stormt op me af en slaat z'n armpjes heel strak om m'n knieën en dan stuift-ie weer weg. Maar zelfs als ik 't niet voor 'm kan doen, komt 't misschien toch wel goed. Ik weet dat ik een begin heb gemaakt en dat dat jochie luistert naar alles wat Mae Mobley zegt, al kan-ie nog niet praten.

Als ik vandaag vraag wat ze heeft geleerd, zegt Mae Mobley alleen: 'Niks,' en ze trekt een pruillip.

'Wat vind je van je juf?' vraag ik.

'Ze is mooi.'

'Fijn,' zeg ik. 'Jij bent ook mooi.'

'Hoe komt het dat jij bruin bent, Aibileen?'

Die vraag heb ik een paar keer eerder gehad van m'n andere blanke kinderen. Ik lachte er altijd alleen maar om, maar Mae Mobley wil ik een goed antwoord geven.

'Omdat God me bruin heeft gemaakt,' zeg ik. 'Een andere reden is er op de hele wereld niet te vinden.'

'Miss Taylor zegt dat bruine kindertjes niet bij mij op school zitten omdat ze niet slim genoeg zijn.'

Dan kom ik achter 't aanrecht vandaan. Ik til d'r kin op en strijk d'r malle haar naar achteren. 'Denk je dat ik dom ben?'

'Nee!' fluistert ze heel hard, om te laten zien dat ze 't meent. Ze kijkt alsof ze spijt heeft dat ze 't heeft gezegd.

'Nou, wat zegt dat over miss Taylor?'

Ze knippert, luistert heel goed.

'Dat miss Taylor niet altijd gelijk heeft,' zeg ik.

Ze slaat d'r armpjes om m'n nek, zegt: 'Jij hebt gelijker dan miss Taylor.'

Ik krijg een brok in m'n keel, tranen in m'n ogen. Dat is 'n nieuw woord voor me.

Om vier uur die middag loop ik zo snel als ik kan van de bushalte naar de kerk. Ik wacht binnen, kijk uit 't raam. Ik roffel met m'n vingers op de vensterbank, probeer adem te halen, en na tien minuten zie ik de auto aankomen. Blanke dame stapt uit en ik tuur. Deze dame ziet eruit zoals van die hippies die ik op miss Leefolts teevee zie. Ze draagt een kort wit jurkje en sandalen. D'r haar is lang met zonder lak erop.

Door 't gewicht ervan kroest 't niet meer. Ik lach in m'n vuistje, wilde dat ik naar buiten kon rennen om d'r te omhelzen. Ik heb miss Skeeter al zes maanden niet meer gezien, niet meer sinds we klaar waren met de opmerkingen van miss Stein en de definitieve kopij hebben ingeleverd.

Miss Skeeter tilt een grote bruine doos van de achterbank en loopt ermee naar de deur van de kerk, alsof ze oude kleren komt brengen. Ze blijft even staan, kijkt naar de deur, maar dan stapt ze weer in d'r auto en rijdt ze weg. Ik ben verdrietig dat 't zo moet, maar we willen 't niet al verknallen voordat 't begonnen is.

Zodra ze weg is ren ik naar buiten. Ik sjouw de doos naar binnen en haal er een boek uit, en dan staar ik alleen maar. Ik verzet me niet eens tegen m'n tranen. Dit is 't mooiste boek wat ik ooit heb gezien. De omslag is lichtblauw, de kleur van de lucht. En een grote witte vogel – een vredesduif – spreidt z'n vleugels van de ene kant naar de andere. De titel *Hulp* is in vette zwarte letters gedrukt. Het enige wat ik jammer vind, is dat van-wie-het-is. 'Anoniem' staat er alleen. Ik wou dat miss Skeeter d'r naam erop had kunnen zetten, maar dat was te riskant.

Morgen breng ik exemplaren naar alle vrouwen van wie 't verhaal erin staat. Miss Skeeter brengt een boek naar de gevangenis voor Yule May. In feite kwam 't door haar dat de andere vrouwen mee wilden werken. Maar ik hoor dat Yule May 't waarschijnlijk nooit in handen krijgt. De gevangenen krijgen maar één van de tien dingen die mensen sturen omdat de bewaarsters alles voor d'r eigen houden. Miss Skeeter zegt dat ze desnoods tien boeken gaat brengen, net zolang tot Yule May 't heeft.

Ik draag de grote doos naar huis, haal er één exemplaar uit en schuif de doos onder m'n bed. Dan ren ik naar Minny's huis. Minny is zes maanden zwanger, maar je ziet het nog geeneens. Ze zit aan de keukentafel met een glas melk. Leroy ligt te slapen en Benny en Sugar en Kindra doppen pinda's in de achtertuin. Het is rustig in de keuken. Ik glimlach, geef Minny d'r boek.

Ze bekijkt 't. 'Die vogel is wel oké.'

'Miss Skeeter zegt dat de vredesduif 't teken is dat er betere tijden komen. Ze zegt dat mensen in Californië vredestekens op hun kleren dragen.'

'De mensen in Californië kunnen me geen bal schelen,' zegt Minny, starend naar de omslag. ''t Enige wat mijn kan schelen, is wat de mensen in Jackson, Mississippi ervan vinden.'

'Morgen ligt 't boek in de boekwinkels en in de bibliotheken. Tweeduizendvijfhonderd in Mississippi, de andere helft verdeeld over de Verenigde Staten.' Dat is veel meer dan wat miss Stein eerder had gezegd, maar nu met de *freedom rides* in de bussen en de verdwijning van de drie burgerrechtenactivisten in hun stationwagen, hier in Mississippi, hebben de mensen volgens haar veel meer belangstelling voor onze staat.

'Hoeveel exemplaren gaan er naar de bibliotheek voor blanken?' vraagt Minny. 'Nul?'

Ik schud glimlachend m'n hoofd. 'Drie. Miss Skeeter vertelde het vanochtend aan de telefoon.'

Zelfs Minny staat paf. Sinds twee maanden laat de bibliotheek ook zwarten toe. Ik ben er zelf al twee keer geweest.

Minny slaat 't boek open en begint meteen te lezen. De kinderen komen binnen. Zonder op te kijken zegt ze wat ze moeten doen en hoe. D'r ogen blijven heen en weer gaan over de pagina. Ik heb 't al heel vaak gelezen, door 't werk eraan 't afgelopen jaar. Maar Minny heeft steeds gezegd dat ze 't pas wilde lezen als er een jas om zat. Ze wilde 't niet bederven.

Ik blijf een tijdje bij Minny. Af en toe grijnst ze. Een paar keer lacht ze. En meer dan eens hoor ik haar grommen. Ik vraag niet waarom. Ik laat haar lekker lezen en ga naar huis. Nadat ik m'n gebeden heb opgeschreven, ga ik naar bed met het boek naast me op 't kussen.

Tijdens 't werk, de volgende dag, kan ik alleen maar denken aan boekwinkels die míjn boek in de kast zetten. Ik dweil, ik strijk, ik verschoon luiers, maar er wordt in miss Leefolts huis geen woord over gezegd. Het is net alsof ik helemaal geen boek heb geschreven. Ik weet niet wat ik had verwacht – íéts van opwinding – maar 't is een doodgewone ouwe bloedhete vrijdag met gonzende vliegen tegen de hor.

Die avond word ik gebeld door zes hulpen in 't boek om te vragen of iemand iets heeft gezegd. We talmen met ophangen alsof 't antwoord zal veranderen als we maar lang genoeg in de hoorn ademen.

Miss Skeeter belt als laatste. 'Ik ben vanmiddag bij de Bookworm geweest. Ik heb er een tijdje rondgehangen, maar niemand heeft 't zelfs maar opgepakt.'

'Eula vertelde dat ze naar onze boekwinkel is geweest. Hetzelfde.'

'Nou ja.' Ze zucht.

Het hele weekend en dan de volgende week horen we helemaal niets. Dezelfde boeken liggen op miss Leefolts nachtkastje: *Frances Benton's Etiquette, Peyton Place,* de stoffige bijbel die ze er voor de show heeft liggen. Ik blijf naar die stapel kijken alsof 't een vetvlek is.

Woensdag is er nog steeds geen golfje in 't water. Niemand heeft 't boek gekocht in de blanke boekwinkel. De boekwinkel in Farish Street heeft er een stuk of twaalf verkocht, dus dat is goed. Maar 't zijn misschien alleen de andere hulpen, die 't kopen voor hun vriendinnen.

Op donderdag, dag zeven, gaat de telefoon al voordat ik de deur uitga.

'Ik heb nieuws,' fluistert miss Skeeter. Ze zal wel weer in de kast zitten.

'Wat is er gebeurd?'

'Missus Stein heeft gebeld om te vertellen dat we in de show van Dennis James komen.'

'De teevee-show? *People Will Talk?*'

'Ons boek heeft de boekenrubriek gehaald. Het wordt donderdag om één uur uitgezonden op kanaal drie.'

Goeie genade, we komen op teevee! 't Is een plaatselijke show, alleen voor Jackson, in kleur, meteen na 't nieuws van twaalf uur.

'Zouden ze ons boek goed of slecht vinden?'

'Ik heb geen idee. Ik weet zelfs niet of Dennis de boeken zelf leest of alleen maar voorgekauwde dingen zegt.'

Ik ben opgewonden en tegelijkertijd bang. Na zoiets móét er gewoon iets gebeuren.

'Missus Stein zei dat iemand van de afdeling Publiciteit bij Harper en Row kennelijk medelijden met ons had en een paar mensen heeft gebeld. Ze vertelde dat dit het eerste boek is dat zij heeft uitgegeven met een publiciteitsbudget van nul dollar.'

We lachen, maar we klinken allebei nerveus.

'Ik hoop dat je er bij Elizabeth naar kunt kijken. Als het niet lukt, zal ik je bellen en je alles in geuren en kleuren vertellen.'

Vrijdagavond, een week nadat het boek is uitgekomen, maak ik me klaar om naar de kerk te gaan. Diaken Thomas belde vanochtend om te vragen of ik naar een speciale bijeenkomst wil komen, maar toen ik vroeg wat 't dan was, had-ie opeens haast en hing-ie op. Minny is ook gebeld. Ik strijk een mooie linnen jurk van miss Greenlee en loop naar Minny, want we gaan samen.

Zoals gewoonlijk is Minny's huis net een kippenren die in brand staat. Minny brult, dingen vliegen in 't rond, alle kinderen schreeuwen. Ik zie voor 't eerst dat 't bol begint te worden onder d'r jurk en ik ben blij voor d'r dat je 't eindelijk kunt zien. Leroy slaat 'r niet als ze zwanger is. En dat weet Minny, dus er zullen na deze nog wel veel meer baby's komen.

'Kindra! Kom van je luie reet!' brult Minny. 'Zorg dat de bonen warm zijn voor als je vader wakker wordt!'

Kindra – ze is inmiddels zeven – loopt expres langzaam naar 't fornuis, wiegend met d'r billen en d'r neus in de lucht. 'Waarom moet ik 't eten doen? Het is Sugars beurt.'

'Omdat Sugar bij miss Celia is en jij nog niet van school af wil.'

Benny komt binnen en slaat z'n armen om m'n middel. Hij grijnst naar me en laat het gat zien waar een melktand weg is, rent dan weer weg.

'Kindra, zet 't vuur lager anders steek je het huis in de fik!'

'We moeten gaan, Minny,' zeg ik, want dit kan wel de hele avond duren. 'Ik wil niet te laat komen.'

Minny kijkt op d'r horloge, schudt d'r hoofd. 'Waarom is Sugar nog niet thuis? Miss Celia heeft mij nooit tot zo laat laten werken.'

Sinds vorige week neemt Minny Sugar mee naar 't werk. Ze leert haar 't vak voor als ze straks een baby heeft, dan kan Sugar voor d'r invallen. Vandaag heeft miss Celia gevraagd of Sugar langer kon blijven en beloofd dat ze haar thuis zou brengen.

'Kindra, ik wil nog geen boon in de gootsteen vinden als ik straks thuiskom. Zorg dat je alles netjes opruimt.' Minny geeft haar een knuffel. 'Benny, ga tegen je ouwe pa zeggen dat-ie uit bed moet komen.'

'Ooo, mama, waarom moet ík...'

'Kom op, wees flink. Zorg alleen dat je niet te dichtbij staat als-ie wakker wordt.'

We zijn de deur al uit en een paar huizen verder en dan horen we

Leroy woedend uitvaren tegen Benny omdat-ie hem wakker heeft gemaakt. Ik ga sneller lopen, zodat ze niet teruggaat om Leroy op z'n lazer te geven.

'Ik ben blij dat we vanavond naar de kerk gaan,' zegt Minny met een zucht. We komen in Farish Street, lopen de trap op. 'Nu hoef ik een uur lang nergens aan te denken.'

Zodra we in de hal van de kerk zijn, doet een van de gebroeders Brown achter ons de deur op slot. Ik wil vragen waarom, zou bang zijn geworden als er tijd voor was geweest, maar dan beginnen de mensen in de kerk – een stuk of dertig – te klappen. Minny en ik klappen mee. Er zal wel iemand toegelaten zijn op een college of zo.

'Voor wie klappen we?' vraag ik Rachel Johnson, de vrouw van de dominee.

Ze lacht en 't wordt stil. Rachel buigt zich naar me toe. 'We klappen voor jou, lieverd.' Dan bukt ze zich en ze haalt een exemplaar van 't boek uit d'r tas.

Ik kijk om me heen en nu heeft iedereen een boek in handen. Alle belangrijke functionarissen en diakens zijn er.

Dan komt predikant Johnson naar me toe. 'Aibileen, dit is een belangrijk moment voor jou en onze kerk.'

'Volgens mijn hebben jullie de boekwinkel leeggekocht,' zeg ik, en de menigte lacht een soort van beleefd.

'We willen je laten weten dat dit, voor jouw veiligheid, de enige keer zal zijn dat de kerk je prestatie erkent. Ik weet dat veel mensen je met dit boek hebben geholpen, maar ik heb gehoord dat 't zonder jou niet geschreven had kunnen worden.'

Ik kijk opzij. Minny glimlacht, en ik weet dat zij ook in 't complot zit.

'Er is een stille boodschap uitgegaan naar de congregatie en de hele gemeenschap dat er niet over mag worden gepraat als iemand weet wie de personages in het boek zijn of wie het heeft geschreven. Met uitzondering van vanavond. Het spijt me,' voegt hij er met een glimlach aan toe, 'maar we konden dit niet voorbij laten gaan zonder het een klein beetje te vieren.' Hij geeft me het boek. 'We weten dat jij je naam er niet in kon zetten, dus hebben wij de onze erin gezet. Speciaal voor jou.'

Ik sla het open en daar zijn ze, niet dertig of veertig namen, maar honderden, misschien wel vijfhonderd, op de eerste pagina's, op de achterpagina's, in de kantlijn. Alle leden van mijn kerk en ook mensen van andere kerken. O, dan wordt 't me echt te veel. 't Is alsof twee jaar van inspanning en proberen en hopen er allemaal tegelijk uit komen. Dan gaat iedereen in een rij staan en ze lopen langs me, omhelzen me een voor een. Zeggen dat ze me zo moedig vinden. Ik zeg dat er anderen zijn die ook moedig zijn geweest. Ik vind 't helemaal niet fijn dat ik alle aandacht krijg, maar ik ben zo dankbaar dat ze geen andere namen noemen. Ik wil niet dat iemand problemen krijgt. Volgens mij weten ze niet eens dat Minny in 't boek staat.

'Er staan je misschien zware tijden te wachten,' zegt predikant Johnson tegen me. 'Als dat zo is, zal de kerk je op alle mogelijke manieren helpen.'

Ik huil en ik huil waar iedereen bij is. Ik kijk naar Minny en ze lacht. Het is grappig dat mensen hun gevoelens op zulke verschillende manieren uiten. Ik vraag me af wat miss Skeeter zou doen als ze hier was. 't Maakt me verdrietig. Ik weet dat er niemand is die haar een boek met allemaal namen geeft en tegen d'r zegt dat ze moedig is. Niemand zal tegen haar zeggen dat ze d'r zullen helpen.

Dan geeft de dominee me een doos, verpakt in wit papier met een lichtblauw lint erom, dezelfde kleur als het boek. Hij legt z'n hand erop als een zegen. 'Dit boek is voor de blanke dame. Zeg tegen haar dat we van haar houden alsof ze onze eigen familie is.'

Donderdag wor' ik wakker met de zon. Ik ga vroeg naar m'n werk. Vandaag is een grote dag. Ik zorg dat ik snel klaar ben met de keuken, dan zet ik de strijkplank voor miss Leefolts teevee, afgestemd op kanaal drie. Li'l Man slaapt en Mae Mobley is op school.

Ik probeer plooitjes te strijken maar m'n handen trillen en ik maakt er een potje van. Ik sproei er water over en begin opnieuw, mopperend en brommend. Eindelijk is het één uur.

Op de buis verschijnt de kop van Dennis James. Hij begint ons te vertellen wat we vandaag kunnen verwachten. Zijn zwarte haar staat zo stijf van de lak dat 't niet eens beweegt. Hij is de snelst pratende zuidelijke man die ik ooit heb gehoord. Je krijgt 't gevoel dat je in een achtbaan zit, zoals de stem van die man op en neer gaat. Ik ben zo nerveus dat ik bijna overgeef op mister Raleighs zondagse pak.

'... en we eindigen het programma met de boekenrubriek.' Na de reclame doet hij iets met Elvis Presleys junglekamer. Dan is er een stukje over de nieuwe snelweg die ze gaan aanleggen, via Jackson helemaal naar New Orleans. Dan, om 13.22 uur, komt er een vrouw naast hem zitten. Joline French heet ze, en zij bespreekt de boeken.

Precies op dat moment komt miss Leefolt thuis. Ze is helemaal opgedirkt in d'r League-pakje. Op d'r klikkende hoge hakken loopt ze rechtstreeks naar de woonkamer.

'Ik ben zo blij dat de hittegolf achter de rug is!' zegt ze. 'Ik kan wel een gat in de lucht springen.'

Mister Dennis heeft 't over een boek dat *Little Big Man* heet. Ik probeer iets tegen haar te zeggen, over 't weer, weet ik 't, maar ik voel m'n gezicht opeens heel stijf worden. 'Ik eh... ik zet dat ding wel uit.'

'Nee, niet uitzetten!' zegt miss Leefolt. 'Dat is Joline French van onze studentenvereniging! Dat moet ik Hilly vertellen.'

Ze klik-klakt naar de keuken en krijgt miss Hilly's derde hulp in een maand tijd aan de telefoon. Ernestine heeft maar één arm. Miss Hilly mag allang blij zijn dat er nog íémand voor d'r wil werken.

'Ernestine, met miss Elizabeth... O, ze is er niet? Nou, vertel haar zodra ze binnenkomt dat er een lid van onze studentenvereniging op de televisie is... Precies, bedankt.'

Miss Leefolt haast zich terug naar de woonkamer en ze gaat op de sofa zitten, maar er is net reclame. Ik begin te hijgen. Wat doet ze? We hebben nog nooit samen teevee gekeken. En uitgerekend vandaag zit ze op de eerste rij alsof ze zichzelf op de buis ziet!

Opeens is de reclame voor Dial-zeep afgelopen. En daar is mister Dennis met mijn boek in z'n hand! De witte vogel is levensgroot. Hij houdt 't omhoog en wijst met z'n vinger op het 'anoniem'. En een seconde of twee ben ik eerder trots dan bang. Ik wil brullen: *Dat is mijn boek! Mijn boek is op teevee!* Maar ik moet m'n mond houden, alsof ik naar 't weerbericht kijk. Ik kan bijna niet ademen!

'... *Hulp* heet het, en het zijn de levensverhalen van een aantal van Mississippi's bloedeigen huishoudsters...'

'O, ik wou dat Hilly thuis was! Wie kan ik bellen? Moet je kijken wat een beeldige schoenen ze aan heeft. Die heeft ze vast in The Papagallo Shoppe gekocht.'

Hou je mond! Ik buig me naar voren en zet het geluid iets harder, maar daar heb ik meteen spijt van. Stel nou dat ze over haar beginnen? Zou miss Leefolt d'r eigenste leven herkennen?'

'... gisteravond gelezen en nu leest mijn vrouw het...' Mister Dennis praat als een veilingmeester, lacht, beweegt z'n wenkbrauwen op en neer, wijst op ons boek. '... en het is werkelijk ontroerend. Verhelderend, kan ik wel zeggen, en ze hebben de verzonnen plaats Niceville in Mississippi gebruikt, maar wie weet?' Hij legt een hand voor zijn mond, fluistert heel luid: 'Misschien is het Jackson wel!'

O, nee!

'Kijk, ik zeg niet dat het zo is, het kan elke middelgrote stad zijn, maar als ik u was, zou ik het boek kopen om te zien of u er toevallig in staat! Ha-ha-ha-ha...'

Ik verstijf, voel 't prikken in m'n nek. Er staat nérgens dat 't Jackson is. Zeg nog maar een keer dat 't elke stad kan zijn, mister Dennis!

Ik zie dat miss Leefolt glimlacht naar d'r vriendin op teevee alsof 't stomme mens haar kan zien, en mister Dennis lacht en praat, maar dat juffertje van de studentenvereniging heeft een kop zo rood als een stoplicht.

'... een smet op het Zuiden! Een smet op de vrouwen in de zuidelijke staten, die het vanzelfsprekend vinden om goed voor hun hulp te zorgen. Ik behandel mijn hulp persoonlijk als familie en ik weet dat al mijn vriendinnen net zo zijn...'

'Waarom trekt ze van die rimpels?' klaagt miss Leefolt tegen de buis. 'Joline!' Ze buigt zich naar voren en tik-tik-tikt met d'r vinger op miss Jolines voorhoofd. 'Niet fronsen! Dan zie je er lang niet meer zo leuk uit!'

'Joline, heb jij het laatste verhaal gelezen? Over die taart? Als mijn hulp, Bessie Mae, toevallig luistert, Bessie Mae, ik heb nieuw ontzag voor wat jij elke dag doet. En van nu af aan hoef ik geen chocoladetaart meer! Ha-ha-ha...'

Miss Joline houdt 't boek vast alsof ze 't wil verbranden. 'Koop dit boek niet! Dames van Jackson, steun deze laster niet met de zuurverdiende centen van uw man...'

'Hè?' zegt miss Leefolt. En dan *poef!* zitten we in een Tide-reclame. 'Waar hadden ze het over?' vraagt ze aan mij.

Ik geef geen antwoord. M'n hart bonst.

'Mijn vriendin Joline had een boek in haar hand.'

'Ja, mevrouw.'

'Hoe heette het? *Hulp* of iets in die geest?'

Ik duw de punt van de strijkbout in de kraag van mister Raleighs overhemd. Ik moet Minny bellen, miss Skeeter, vragen of zij 't hebben gehoord. Maar miss Leefolt staat op antwoord te wachten en ik weet dat ze het er niet bij zal laten zitten. Dat doet ze nooit.

'Hoorde ik ze zeggen dat het over Jackson gaat?' zegt ze.

Ik blijf naar m'n strijkwerk staren.

'Volgens mij zeiden ze Jackson. Maar waarom willen ze niet dat we het kopen?'

Mijn handen beven. Waarom gebeurt dit? Ik blijf strijken, probeer wat al glad is nóg gladder te krijgen.

Het volgende moment is de reclame afgelopen en daar is Dennis James weer, nog steeds met 't boek in z'n hand. Miss Joline heeft nog steeds een rood hoofd. 'Dat was het voor vandaag,' zegt hij. 'Ga zo snel mogelijk naar de State Street Bookstore, onze sponsor, om *Little Big Man* en *Hulp* te kopen, boeken die u niet mag missen. En oordeel dan zelf: gaat 't wel of niet over Jackson?' Daarop begint de tune en roept hij: 'Een fijne dag, Mississippi!'

Miss Leefolt kijkt naar mij en zegt: 'Zie je wel. Ik zei toch dat het over Jackson ging!' En vijf minuten later is ze onderweg naar de boekwinkel om 't boek te kopen met wat ik over haar heb geschreven.

MINNY

30

Na de *People Will Talk* pak ik de Space Command en ik druk op 'uit'. M'n serie begint zo, maar 't kan me niet schelen. Dokter Strong en miss Julia zullen de wereld vandaag zonder mij moeten laten draaien.

Het liefst zou ik die Dennis James bellen en zeggen: *Wat verbeeld jij je wel niet, een beetje met leugens strooien? Je kunt alle mensen die hier wonen niet vertellen dat ons boek over Jackson gaat! Je weet helemaal niet over welke stad wij ons boek hebben geschreven!*

Ik zal je vertellen wat die idioot denkt. Hij wóú dat het over Jackson ging. Hij wou dat Jackson, Mississippi, interessant genoeg was om er een heel boek over te schrijven, en ook al gaat 't over Jackson... maar ja, dat weet híj niet.

Ik ren naar de keuken en bel Aibileen, maar na twee keer proberen is de lijn nog steeds bezet. Ik hang op. In de woonkamer zet ik de strijkbout aan en ik ruk mister Johnny's witte overhemd uit de wasmand. Ik vraag me voor de miljoenste keer af wat er gaat gebeuren als miss Hilly 't laatste hoofdstuk leest. Ze kan maar beter snel beginnen, iedereen vertellen dat 't niet onze stad is. En ze kan miss Celia een hele middag doorzagen dat ze me moet ontslaan, maar dat doet miss Celia niet. De haat tegen miss Hilly is 't enige wat die verknipte vrouw en ik met elkaar gemeen hebben. Joost mag weten wat Hilly gaat doet als 't niet lukt. Dat is onze eigen oorlog, tussen mij en miss Hilly. Dat is niet van invloed op de anderen.

O, nou heb ik een pesthumeur. Van waar ik sta te strijken kan ik miss Celia zien in de achtertuin, in een broek van felroze satijn en een paar zwarte rubberhandschoenen. D'r knieën zijn zwart van de aarde. Ik heb 'r al wel honderd keer gevraagd om geen nette kleren aan te doen als ze in de tuin gaat werken. Maar die dame luistert nooit naar me.

Het gras bij het zwembad ligt bezaaid met harken en schepjes. Miss Celia werkt tegenwoordig de godganse tijd in de tuin, ze wiedt onkruid en plant meer dure bloemen. En dat terwijl mister Johnny een paar maanden geleden een voltijds tuinman in dienst heeft genomen, ene John Willis. Hij hoopte dat 't een soort bescherming zou zijn na die naakte man, maar hij is oud en zo krom als een paperclip. En net zo dun. Ik heb 't gevoel dat ik een oogje in 't zeil moet houden voor 't geval de stumper dood neervalt in de bosjes. Ik vermoed dat mister Johnny 't niet over z'n hart kon verkrijgen om 'm naar huis te sturen voor een jonger iemand.

Ik spuit meer stijfsel op mister Johnny's kraag. Miss Celia brult instructies over het planten van een struik. 'Laten we voor de hortensia's nog iets meer ijzer door de aarde mengen. Oké, John Willis?'

'Goed, mevrouw,' brult John Willis terug.

'Hou je mond, dame,' mompel ik. Zoals ze tegen hem schreeuwt, moet hij denken dat zíj doof is.

De telefoon gaat en ik ren erheen.

'O, Minny,' zegt Aibileen aan de telefoon. 'Ze hebben door welke stad het is! Nu kunnen ze ook bedenken wie de ménsen zijn.'

'Die man is een idioot, zeg ik je.'

'Hoe weten we dat miss Hilly 't ooit gaat lezen?' zegt Aibileen, en d'r stem wordt schril. Ik hoop dat miss Leefolt d'r niet kan horen. 'We hadden beter na moeten denken, Minny.'

Ik heb Aibileen nog nooit zo gehoord. 't Is alsof zij mijn is en ik haar. 'Hoor 's,' zeg ik, want iemand van ons tweeën moet de verstandigste zijn, 'aangezien die mister James er zo'n heisa van heeft gemaakt, wéten we dat ze 't gaat lezen. Nu gaat iedereen 't lezen.' Zelfs terwijl ik 't zeg, besef ik al dat 't waar is. 'Ga nou niet huilen, want misschien gaat 't wel allemaal zoals wij willen.'

Vijf minuten nadat ik heb opgehangen gaat de telefoon weer. 'Met het huis van miss...'

'Ik heb Louvenia net gesproken,' fluistert Aibileen. 'Miss Lou Ann is net thuisgekomen met twee boeken, een voor zichzelf en een voor d'r beste vriendin, Hilly Holbrook.'

Nou, daar gaan we.

Die hele avond kan ik gewoon vóélen dat miss Hilly ons boek leest, ik zweer 't. De woorden die zij leest, fluisteren in m'n hoofd, in haar koele, blanke stem. Om twee uur 's nachts sta ik op, pak ik m'n eigen boek en probeer ik te raden bij welk hoofdstuk ze is. Eén of twee of tien? Dan staar ik alleen nog maar naar de blauwe omslag. Ik heb nog nooit een boek in die kleur gezien. Ik veeg een vuiltje van de voorkant.

Dan verstop ik 't in de zak van m'n winterjas die ik nog nooit heb gedragen, aangezien ik nul boeken heb gelezen sinds ik met Leroy ben getrouwd; ik wil hem niet achterdochtig maken. Uiteindelijk ga ik terug naar bed, want ik kan toch nooit raden waar miss Hilly is gebleven. Maar ik weet wel dat ze 't eind nog niet heeft gelezen. Dat weet ik omdat ik haar nog niet heb horen krijsen in m'n hoofd.

De volgende ochtend ben ik blij dat ik naar m'n werk kan gaan, eerlijk waar. 't Is vandaag vloerendag en ik wil even nergens aan denken. Ik hijs mezelf in de auto en rij naar Madison County. Miss Celia had gistermiddag een afspraak bij een andere dokter omdat ze zo graag kinderen wil, en ik had bijna tegen d'r gezegd dat ze die van mij mag hebben. Ze is in elk geval wel zo verstandig geweest om weg te gaan bij die dokter Tate.

Ik stop voor 't huis. Ik parkeer tegenwoordig voor de deur, sinds miss Celia eindelijk is gestopt met die poppenkast en mister Johnny heeft verteld wat hij allang wist. Het eerste wat ik zie, is dat mister Johnny's truck er nog staat. Ik wacht in m'n auto. Hij is nog nooit thuis geweest als ik kwam.

Ik loop de keuken binnen, blijf staan en kijk om me heen. Iemand heeft al koffie gezet. Ik hoor een mannenstem uit de eetkamer. Er is hier iets aan de hand.

Ik loop op m'n tenen naar de deur en hoor mister Johnny, thuis op een weekdag om halfnegen 's ochtends. Een stemmetje in m'n hoofd zegt dat ik weg moet rennen, de deur uit. Miss Hilly heeft 'm gebeld en gezegd dat ik een dievegge ben. Hij weet 't van de taart. Hij weet 't van 't boek.

'Minny?' hoor ik miss Celia roepen.

Heel behoedzaam duw ik de klapdeur open en ik gluur naar buiten. Miss Celia zit aan 't hoofd van de tafel; mister Johnny zit naast haar. Ze kijken me allebei aan. Mister Johnny is witter dan de oude albino die achter miss Walters woont.

'Minny, wil je alsjeblieft een glas water voor me halen?' zegt hij. 't Hart zinkt me in de schoenen.

Ik haal water voor 'm. Als ik 't glas op het servetje zet, gaat mister Johnny staan. Hij kijkt me lang en somber aan. Jezus, nu komt 't.

'Ik heb het hem verteld van de baby,' zegt miss Celia. 'Van alle baby's.'

'Minny, zonder jou zou ik haar kwijt zijn geweest,' zegt hij, en hij pakt m'n handen beet. 'Godzijdank was je erbij.'

Ik kijk naar miss Celia en zie de doodse blik in d'r ogen. Ik weet al wat die dokter heeft gezegd. Ik kan 't zien: er zal nooit een baby levend geboren worden.

Mister Johnny knijpt in m'n handen, dan gaat hij naar haar. Hij laat zich op z'n knieën vallen en legt zijn hoofd in haar schoot. Ze strijkt met een mechanisch gebaar telkens zijn haar naar achteren.

'Ga niet bij me weg. Ga nooit bij me weg, Celia,' snikt hij.

'Vertel het haar, Johnny. Vertel Minny wat je tegen mij hebt gezegd.'

Hij tilt z'n hoofd op. Zijn haar zit in de war en hij kijkt naar me omhoog. 'Je zult altijd werk hebben bij ons, Minny. Voor de rest van je leven, als je wil.'

'Bedankt, meneer,' zeg ik en ik meen het. Het zijn de beste woorden die ik vandaag had kunnen horen.

Ik draai me om naar de deur, maar miss Celia zegt heel zacht: 'Blijf alsjeblieft nog even, Minny.'

Ik steun met m'n hand op 't dressoir omdat de baby wel erg zwaar begint te worden. En ik vraag me af waarom ik zo veel heb en zij niets. Hij huilt. Zij huilt. Drie huilende idioten in een eetkamer.

'Echt waar,' zeg ik twee dagen later in de keuken tegen Leroy. 'Je drukt op een knopje en dan verandert 't kanaal. Je hoeft niet eens op te staan uit je stoel.'

Leroy kijkt niet op van z'n krant. 'Wat een flauwekul, Minny.'

'Miss Celia heeft 't, ze noemen 't Space Command. Een kastje zo groot als een half brood.'

Leroy schudt z'n hoofd. 'Luie blanken. Ze kunnen niet eens opstaan om aan een knoppie te draaien.'

'Als je 't mijn vraagt vliegen er straks mensen naar de maan,' zeg ik. Ik luister niet eens naar wat er uit m'n mond komt. Ik wacht nog steeds op die gil. Wanneer heeft dat mens ons boek eindelijk uit?

'Wat eten we?' zegt Leroy.

'Ja, mama, wanneer gaan we eten?' zegt Kindra.

Nu is er een auto op de oprit. Ik luister en de lepel valt uit m'n handen. 'Brinta.'

'Ik eet geen pap als avondeten!' briest Leroy.

'Dat had ik al voor m'n ontbijt!' roept Kindra.

'Ik bedoel... ham. En bonen.' Ik trek de achterdeur dicht en schuif de grendel ervoor. Ik kijk nog een keer uit het raam. De auto rijdt achteruit weg. Hij wilde alleen keren.

Leroy staat op en gooit de achterdeur weer open. 'Het is hier om te stikken!' Hij komt naar me toe bij 't fornuis. 'Wat mankeert jou?' vraagt hij, met zijn neus zowat tegen de mijne.

'Niks,' zeg ik en ik deins achteruit. Meestal raakt-ie me niet aan als ik zwanger ben.

Maar hij komt weer dichterbij. Knijpt hard in m'n arm. 'Wat heb je nu weer uitgevreten?'

'Ik... ik heb niks gedaan,' zeg ik. 'Ik ben gewoon moe.'

Hij knijpt nog harder in m'n arm. 't Begint te gloeien. 'Jij bent nooit moe. Niet voor de tiende maand.'

'Ik heb niks gedaan, Leroy. Ga nou maar zitten, dan kan ik eten maken.'

Hij laat me los, maar blijft me aankijken. Ik sla m'n ogen neer.

AIBILEEN

31

Elke keer dat miss Leefolt boodschappen doet of naar de tuin gaat of zelfs maar naar de wc, kijk ik op 't nachtkastje waar ze 't boek heeft liggen. Ik doe alsof ik afstof, maar in werkelijkheid kijk ik of de boekenlegger uit d'r bijbel al is verplaatst. Ze leest 't nu al vijf dagen en vandaag sla ik 't open en ze is nog steeds bij hoofdstuk één, op pagina véértien. Ze heeft nog tweehonderdvijfendertig pagina's te gaan. Goeie genade, wat leest dat mens langzaam.

Wéét u dan niet dat u over miss Skeeter leest, zou ik 't liefst tegen d'r zeggen. Over haar jeugd met Constantine. En ik ben doodsbang, maar ik zou toch willen zeggen dat ze verder moet lezen, want hoofdstuk twee gaat over ú, dame.

Ik ben zo nerveus als een kat sinds dat boek in huis is. Ik loop al de hele week op eieren. Op een keer kwam Li'l Man van achteren naar me toe. Hij raakte m'n been aan, en ik schoot zowat tegen 't plafond van schrik. Vandaag, donderdag, is 't helemaal erg, want miss Hilly is er. Ze zitten aan de eettafel en werken aan 't benefietfeest. Om de zoveel tijd kijken ze op, glimlachen en vragen om een sandwich met mayonese of een glas ijsthee.

Miss Hilly is al twee keer in de keuken geweest om haar hulp te bellen, Ernestine. 'Heb je het smokjurkje van Heather al in de week gezet, zoals ik had gezegd? Mmm. En heb je de hemel van de twijfelaar al afgestoft? Nee? Nou, ga dat nu dan meteen doen.'

Ik ga naar binnen om hun bordjes af te ruimen en ik hoor miss Hilly zeggen: 'Ik ben nu bij hoofdstuk zeven,' en ik verstijf. De bordjes in m'n hand ratelen. Miss Leefolt kijkt naar me en trekt d'r neus op.

Miss Hilly schudt met d'r wijsvinger naar miss Leefolt. 'En ik denk dat je gelijk hebt, het vóélt gewoon als Jackson.'

'Denk je?' vraagt miss Leefolt.

Miss Hilly buigt zich naar haar toe en fluistert: 'Ik durf te wedden dat we zelfs een paar van die zwarte dienstmeiden kennen.'

'Echt waar?' vraagt miss Leefolt, en er gaat een kouwe rilling langs m'n rug. Ik kan m'n ene voet nauwelijks voor de andere zetten. 'Ik heb nog maar een paar bladzijden...'

'Geloof me. En weet je wat?' zegt miss Hilly met een geniepig glimlachje. 'Ik ga van al die mensen precies uitvogelen wie het zijn.'

De volgende ochtend sta ik zowat te hyperventileren naast de bushalte bij de gedachte aan wat miss Hilly gaat doen als ze over zichzelf heeft gelezen, en ik vraag m'n eigen af of miss Leefolt hoofdstuk twee al heeft gelezen.

Als ik binnenkom, zit ze m'n boek te lezen aan de keukentafel. Ze tilt Li'l Man van d'r schoot en geeft 'm aan mij zonder op te kijken van d'r boek. Dan gaat ze naar achteren, en ze leest door onder het lopen. Opeens kan ze d'r niet genoeg van krijgen, nu miss Hilly belangstelling heeft.

Een paar minuten later ga ik naar de slaapkamer om 't wasgoed te halen. Miss Leefolt is in de badkamer, dus ik sla het boek open bij de boekenlegger. Ze is al bij hoofdstuk zés. Winnies hoofdstuk. Bij waar de blanke mevrouw de ouwemensenziekte krijgt en elke ochtend de politie belt omdat er een zwarte vrouw bij d'r naar binnen loopt. 't Betekent dat miss Leefolt over zichzelf heeft gelezen en gewoon dóór is gegaan.

Al ben ik bang, toch rol ik met m'n ogen. Ik durf te wedden dat miss Leefolt geen idee heeft dat 't over haar gaat. Godzijdank, maar toch. Waarschijnlijk zat ze gisteravond hoofdschuddend in bed, toen ze las over de vreselijke vrouw die niet eens van d'r eigen kind kan houden.

Zodra miss Leefolt weg is naar de kapper bel ik Minny. Onze blanke mevrouwen krijgen een stuip als ze straks de telefoonrekening zien.

'Heb jij iets gehoord?' vraag ik.

'Nee, niks. Heeft miss Leefolt 't al uit?' vraagt zij.

'Nee, maar ze is gisteren tot Winnie gekomen. Heeft miss Celia het nog steeds niet gekocht?'

'Die dame leest alleen rotzooi. Ik kom al!' roept Minny. 'Dat stomme mens zit weer vast in de kap van de haardroger. Ik heb nog zó gezegd dat ze d'r kop niet in de kap moet steken als ze van die grote rollers in heeft.'

'Bel me als je iets hoort,' zeg ik. 'En ik bel jou.'

'D'r gaat binnenkort iets gebeuren, Aibileen. Kan niet anders.'

Die middag sjok ik naar de Jitney om fruit en cottagecheese te kopen voor Mae Mobley. Die miss Taylor heeft 't weer geflikt. Baby Girl stapte vandaag uit de auto, liep meteen door naar d'r kamer en gooide zich op 't bed.

'Wat is er, Baby? Wat is er gebeurd?'

'Ik heb mezelf zwart gekleurd,' snikte ze.

'Wat bedoel je?' vroeg ik. 'Met je viltstift?' Ik pakte d'r handje, maar er zat geen inkt op.

'We moesten van miss Taylor tekenen wat we 't leukst vonden van onszelf.' Toen zag ik een treurig, verkreukeld vel papier in d'r hand. Ik draaide 't om en ja hoor, daar was m'n blanke meisje. Alleen had ze zichzelf zwart gekleurd.

'Ze zegt dat zwart betekent dat ik een smerig, slecht gezicht heb.' Ze drukte d'r gezicht in d'r kussen en ze huilde zo erg dat m'n hart ervan brak.

Miss *Taylor.* Na al die jaren dat ik Mae Mobley heb geleerd om van alle mensen te houden, niet te oordelen naar iemands kleur. Ik voel een harde vuist in m'n borst, want wie herinnert zich nou niet z'n eerste schooljuf? We weten misschien niet meer wát we hebben geleerd, maar geloof me, ik heb genoeg kinderen grootgebracht om te weten dat je je eerste juf nooit vergeet.

Het is tenminste koel in de Jitney. Ik voel me schuldig dat ik vanochtend ben vergeten een snack voor Mae Mobley te kopen. Ik doe m'n best om op te schieten, zodat ze zo kort mogelijk bij d'r mama hoeft te zitten. Ze heeft de tekening onder 't bed verstopt, zodat d'r mama 'm niet ziet.

Ik doe twee blikjes tonijn in m'n mandje, loop verder om poeder voor gelatinepudding te pakken en daar is Louvenia, de schat, in d'r witte uniform, bij de pindakaas. Louvenia blijft voor mijn de rest van m'n leven hoofdstuk zeven.

'Hoe gaat 't met Robert?' vraag ik met een klopje op d'r arm. Louvenia werkt de hele dag voor miss Lou Anne en als ze 's middags thuiskomt brengt ze Robert naar de blindenschool zodat-ie kan leren lezen met z'n vingers. En ik heb Louvenia niet één keer horen klagen.

'Hij begint zich aan te passen.' Ze knikt. 'En jij? Alles goed met jou?'

'Alleen nerveus. Heb jij iets opgevangen?'

Ze schudt d'r hoofd. 'Maar m'n baas heeft 't wel gelezen.' Miss Lou Anne zit in miss Leefolts bridgeclubje. Ze is heel goed geweest voor Louvenia toen Robert gewond raakte.

We lopen verder met onze mandjes. Bij de crackers staan twee blanke dames te praten. Ze komen me bekend voor, maar ik weet niet hoe ze heten. Als we dichterbij komen houden ze op met praten. Ze kijken naar ons, maar raar genoeg glimlachen ze niet.

'Pardon,' zeg ik en ik loop langs ze. Ik ben nog geen halve meter bij ze vandaan als ik de een hoor zeggen: 'Dat is de nikker die voor Elizabeth werkt...' Een kar ratelt langs; hun woorden gaan verloren.

'Ik denk dat je gelijk hebt,' zegt de ander. 'Ze is het vast...'

Louvenia en ik lopen heel stil door en we kijken strak voor ons uit. Ik voel prikkels in mijn nek als ik de hakken van de dames hoor wegsterven. Louvenia heeft ook oren. Aan het eind van 't gangpad gaan we allebei een andere kant op, maar dan draaien we ons om en kijken we elkaar aan.

Heb ik 't goed gehoord? zeg ik met m'n ogen.

Jammer genoeg wel, zegt Louvenia terug.

Alstublieft, miss Hilly, léés. Lees als de wind.

minny

32

Er gaat weer een dag voorbij, en nog steeds kan ik miss Hilly's stem de woorden horen zeggen van de regels die ze leest. Ik hoor de gil niet. Nog niet. Maar ze komt in de buurt.

Aibileen heeft me verteld wat de dames in de Jitney gisteren zeiden, en sindsdien hebben we niets meer gehoord. Ik laat alles uit m'n handen flikkeren. Vanavond heb ik m'n laatste maatbeker gebroken en Leroy kijkt naar me alsof-ie 't weet. Nu drinkt-ie koffie aan tafel. Overal in de keuken zitten of liggen kinderen die huiswerk maken.

Ik schrik als ik Aibileen voor de hordeur zie staan. Ze legt een vinger tegen d'r lippen en knikt naar me. Dan loopt ze weg.

'Kindra, dek de tafel, Sugar, let op de bonen, Felicia, laat papa dat proefwerk tekenen, mama gaat 'n frisse neus halen.' *Poef!* Weg ben ik.

Aibileen staat aan de zijkant van 't huis in d'r witte uniform.

'Wat is er gebeurd?' vraag ik. In de keuken hoor ik Leroy schreeuwen: 'Een víjf?' Hij slaat de kinderen nooit. Hij schreeuwt en hij vloekt, maar dat horen vaders te doen.

'Eénarmige Ernestine belde en vertelde dat miss Hilly overal in de stad rondbazuint wie er in 't boek staan. Ze zegt tegen blanke dames dat ze hun hulp moeten ontslaan – en ze kan niet eens de goeie raden!' Aibileen is zo van streek dat ze beeft. Ze draait een witte doek tot touw. Ze beseft vast niet dat het een van haar deftige servetten is.

'Over wie gaat 't?'

'Ze heeft tegen miss Sinclair gezegd dat ze Annabelle moest ontslaan. Dat heeft miss Sinclair gedaan en toen pakte ze haar autosleutels af, want zij heeft haar geld geleend om de auto te kunnen kopen. Annabelle had bijna alles terugbetaald, maar de auto is ze kwijt.'

'Die héks,' fluister ik woedend.

'Da's nog niet alles, Minny.'

Ik hoor zware voetstappen in de keuken. 'Snel, voordat Leroy ons betrapt.'

'Miss Hilly heeft tegen miss Lou Anne gezegd: "Jouw Louvenia staat in dit boek. Je moet haar ontslaan. Je zou die nikker naar de gevangenis moeten sturen."'

'Maar Louvenia heeft geen kwaad woord over miss Lou Anne gezegd!' zeg ik. 'En ze moet voor Robert zorgen. Wat zei miss Lou Anne?'

Aibileen bijt op d'r lip. Ze schudt d'r hoofd en de tranen rollen over d'r wangen. 'Ze... ze zei dat ze erover na zou denken.'

'Waarover? Dat ontslaan of de gevangenis?'

Ze haalt d'r schouders op. 'Allebei, denk ik.'

'Jezus Christus,' zeg ik. Ik wil ergens tegenaan schoppen. Ik wil íémand schoppen.

'Minny, stel nou dat miss Hilly 't nooit uitleest?'

'Ik weet 't niet, Aibileen. Ik weet 't gewoon niet.'

Schichtig kijkt Aibileen opzij en daar is Leroy, die van achter de hordeur naar ons staat te kijken. Hij verroert geen vin, staat daar maar. Ik neem afscheid van Aibileen en ga weer naar binnen.

Om halfzes die ochtend valt Leroy naast me in bed. Ik word wakker van 't kraken van 't bed en de stank van drank. Ik klem m'n tanden op elkaar, bid dat-ie geen ruzie gaat maken. Ik ben er te moe voor. Niet dat ik lekker lag te slapen, want ik maak me zorgen over Aibileens nieuws. Miss Hilly zou Louvenia zonder blikken of blozen naar de gevangenis sturen, het loeder, ook al weet ze dat Louvenia onschuldig is.

Leroy draait zich om, ligt te woelen en te draaien, en als zijn zwangere vrouw probeert te slapen dan heeft ze pech. Als die hufter eindelijk stil blijft liggen, hoor ik 'm fluisteren: 'Wat is 't grote geheim, Minny?'

Ik kan voelen dat-ie naar me kijkt, voel z'n hete drankadem tegen m'n schouder. Ik beweeg me niet.

'Je weet dat ik er toch wel achter kom,' sist hij. 'Ik kom altijd overal achter.'

In ongeveer tien seconden vertraagt zijn ademhaling naar bijna dood en hij gooit z'n hand over me heen. *Bedankt voor m'n baby,* bid ik. Want alleen daardoor ben ik gespaard gebleven, door de baby in m'n buik. Dat is de lelijke waarheid.

Ik lig daar maar, knars op m'n tanden, pieker me suf. Leroy heeft ergens lucht van gekregen. En God weet wat er met mij gebeurt als-ie 't ontdekt. Hij weet van het boek, iedereen weet ervan, alleen beseft hij niet dat de verhalen van z'n vrouw erin staan, dank u wel. Waarschijnlijk denken mensen dat 't me niet kan schelen of-ie 't ontdekt – o, ik weet best wat mensen denken. Ze denken: grote, sterke Minny, die kan heel goed voor zichzelf opkomen. Ze weten niet dat ik in een zielig hoopje ellende verander als Leroy me slaat. Ik ben te bang om terug te meppen. Ik ben bang dat-ie dan bij me weggaat. Ik weet dat 't stom is en ik ben woest op mezelf dat ik zo'n slappeling ben! Hoe kan ik van een man houden die me tot moes slaat? Waarom hou ik van een zuiplap? Ik heb hem een keer gevraagd: 'Waarom? Waarom sla je me?'

Hij boog zich naar me voorover en keek me recht in de ogen. 'Als ik jou niet sloeg, Minny, wie wéét wat je dan zou worden.'

Ik zat als een hond gevangen in een hoek van de kamer. Hij sloeg me met zijn riem. Het was de eerste keer dat ik erover nadacht.

Wie wéét wat ik zou worden als Leroy verdomme ophield me te slaan.

De volgende avond stuur ik iedereen vroeg naar bed, ook mezelf. Leroy werkt tot vijf uur in de fabriek en m'n buik voelt veel te zwaar. Jezus, misschien is 't wel een tweeling. Ik vertik 't om een dokter te betalen zodat-ie me dat slechte nieuws kan vertellen. Ik weet alleen dat deze baby nu al groter is dan de andere toen ze eruit kwamen, en ik ben nog maar zes maanden.

Ik val in een diepe slaap. Ik droom dat ik aan een lange houten tafel zit voor een feestmaal. Ik kluif op een grote geroosterde kalkoenpoot.

Ik vlieg overeind in bed. Ik hijg. 'Wie is daar?'

Mijn hart bonkt tegen m'n borst. Ik kijk om me heen in de donkere slaapkamer. Het is halfeen. Leroy is er niet, godzijdank. Maar ik ben wel van iets wakker geworden.

En dan besef ik wat 't was. Ik heb gehoord waar ik op wachtte; waar we allemaal op hebben gewacht. Ik hoorde miss Hilly's schreeuw.

MISS SKEETER

33

Mijn ogen floepen open. Mijn borst bonkt. Ik zweet. De groene klimop van het behang kronkelt tegen de muur op. Waar ben ik wakker van geworden? Wat wás dat?

Ik kom uit bed en luister. Het klonk niet als moeder. Het geluid was te hoog en te schril. Het was een gil, als stof die scheurt.

Ik ga op mijn bed zitten en druk een hand tegen mijn hart. Het bonst nog steeds. Niets gaat volgens plan. Mensen weten dat het boek over Jackson gaat. Hoe is het verdomme mogelijk dat ik was vergeten dat Hilly zo langzaam leest? Ik durf te wedden dat ze mensen vertelt dat ze verder is dan ze is. De boel loopt uit de hand. Een hulp is ontslagen, Annabelle. Blanke vrouwen fluisteren over Aibileen en Louvenia en wie weet over wie nog meer. Het paradoxale is dat ik me opvreet van de zenuwen over wat Hilly gaat zeggen, terwijl ik inmiddels de enige ben in deze hele stad die het een worst zal wezen wat Hilly uitkraamt.

Stel nou dat het boek een vreselijke vergissing was?

Ik haal diep en pijnlijk adem, probeer aan de toekomst te denken, niet aan het heden. Een maand geleden heb ik vijftien cv's opgestuurd naar Dallas, Memphis, Birmingham en vijf andere steden, en opnieuw naar New York. Missus Stein heeft gezegd dat ik haar als referentie mocht opgeven, wat waarschijnlijk het enige opvallende is van mijn hele cv, de aanbeveling van iemand uit de uitgeverswereld. Ik heb de baantjes van het afgelopen jaar eraan toegevoegd:

> Wekelijkse column over het huishouden in de *Jackson Journal*
> Hoofdredactrice van de nieuwsbrief van de *Junior League* in Jackson

Auteur van *Hulp*, een controversieel boek over zwarte huishoudsters en hun blanke werkgeefsters, Harper & Row

Ik heb het boek er niet echt bij gezet, ik wilde het alleen een keer uittikken. Maar zelfs als ik een baan zou krijgen in een grote stad, kan ik Aibileen niet alleen achterlaten, midden in deze enorme puinhoop. Niet nu het zo slecht gaat.

Maar Jezus, ik móét weg uit Mississippi. Afgezien van moeder en papa heb ik hier niets meer, geen vrienden, geen baan die ik leuk vind, geen Stuart. Toen ik mijn cv opstuurde naar de *New York Post, The New York Times, Harper's Magazine, The New Yorker*, voelde ik weer die golf, net als toen ik nog studeerde, het enorme verlangen om daarheen te gaan. Niet naar Dallas, niet naar Memphis, maar naar New York City, waar schrijvers hóren te wonen. Maar ik heb van geen van de kranten en tijdschriften iets gehoord. Stel nou dat ik hier nooit weg kom? Stel nou dat ik vastzit. Hier. De rest van mijn leven?

Ik ga liggen en zie de eerste zonnestralen door het raam naar binnen vallen. Ik huiver. Die hartverscheurende gil, besef ik, dat was ík.

Ik ben in Brent's Drug Store om moeders crème voor een stralende huid en Vinolia-zeep te kopen, terwijl Mr. Roberts haar medicijn klaarmaakt. Moeder zegt dat ze het niet meer nodig heeft, dat er maar één remedie tegen kanker is: een dochter die weigert haar haar te laten knippen en zelfs op zondag veel te korte jurkjes draagt, want wie weet hoe ordinair ik mezelf zou kleden als zij doodging.

Ik ben gewoon dankbaar dat het beter met haar gaat. Mijn vijftien seconden lange verloving met Stuart heeft haar wil om te leven gestimuleerd, maar het feit dat ik weer alleen ben is een nog grotere oppepper. Hoewel ze uiteraard teleurgesteld was dat het uit ging, herstelde ze zich op een bewonderenswaardige manier. Moeder heeft zelfs geprobeerd me te koppelen aan een verre neef, die vijfendertig is, beeldschoon en overduidelijk homoseksueel. 'Moeder,' zei ik toen hij weg was, want hoe was het mogelijk dat zij het niet zag? 'Hij is...' maar de rest van de zin heb ik ingeslikt. 'Hij zei dat ik niet zijn type ben,' zei ik in plaats daarvan en ik gaf een klopje op haar hand.

Nu heb ik haast om weg te komen uit de winkel, voordat er iemand binnenkomt die ik ken. Ik zou inmiddels aan mijn isolement gewend moeten zijn, maar dat is niet zo. Ik vind het vreselijk om geen vriendinnen meer te hebben. Hilly mis ik niet, maar Elizabeth soms wel, de lieve Elizabeth van vroeger, van de middelbare school. Het werd nog moeilijker toen het boek af was en ik zelfs niet meer bij Aibileen langs kon gaan. Dat vonden we allebei te riskant. Ik mis het meer dan al het andere dat ik niet meer naar haar huis kan gaan om met haar te praten.

Om de paar dagen spreek ik haar telefonisch, maar het is niet hetzelfde. *Alsjeblieft,* denk ik als ze me vertelt wat er zoal gebeurt in de stad, *laat er uit dit hele gedoe alsjeblieft iets goeds komen.* Maar tot nu toe niets. Alleen roddelende vrouwen die het boek als een spelletje zien, proberen te raden wie wie is. En Hilly beschuldigt de hele tijd de verkeerde mensen. Ik heb de donkere hulpen verzekerd dat we niet ontdekt zouden worden, ik ben degene die verantwoordelijk is voor alles wat er nu gebeurt.

De bel van de voordeur rinkelt. Ik kijk opzij en zie Elizabeth en Lou Anne Templeton. Ik duik weer weg tussen de gezichtscrèmes, in de hoop dat ze me niet zien. Maar ze gluren over de schappen heen. Ze lopen naar het lunchbuffet, smiespelend als schoolmeisjes. Lou Anne draagt zoals gewoonlijk lange mouwen in de zomerhitte en glimlacht onafgebroken. Elizabeths haar is opgebold aan de voorkant. Over de achterkant van haar hoofd draagt ze een sjaal, de gele sjaal die ik haar voor haar drieëntwintigste verjaardag heb gegeven.

In gedachten verzonken blijf ik staan. Ik laat tot me doordringen hoe raar dit allemaal is, dat ik naar hen kijk, dat ik weet wat ik weet. Ze is al bij hoofdstuk tien, heeft Aibileen me gisteravond verteld, en ze heeft nog steeds geen flauw benul dat ze over zichzelf en haar vriendinnen lees.

'Skeeter?' roept Mr. Roberts vanaf zijn verhoging achter de kassa. 'De medicijnen voor je moeder zijn klaar.'

Ik loop naar de voorkant van de winkel. Nu moet ik langs het lunchbuffet waar Elizabeth en Lou Anne zitten. Ze blijven met hun rug naar me toe zitten, maar ik kan hun ogen zien in de spiegel, hoe ze me volgen. Ze slaan tegelijkertijd hun ogen neer.

Ik betaal voor de medicijnen en moeders tubes en smeersel en drentel weer naar de achterkant van de winkel. Als ik door de deur aan de andere kant probeer te ontsnappen, komt Lou Anne Templeton achter het rek met haarborstels vandaan.

'Skeeter,' zegt ze, 'heb je even?'

Ik knipper verbaasd met mijn ogen. In acht maanden tijd heeft niemand me gegroet, laat staan gevraagd of ik even heb. 'Eh... natuurlijk,' zeg ik behoedzaam.

Lou Anne kijkt naar buiten. Ik zie Elizabeth naar haar auto lopen, met een milkshake in haar hand. Lou Anne gebaart dat ik dichterbij moet komen, bij de shampoos en crèmespoelingen.

'Je moeder... ik hoop dat het nog steeds in stijgende lijn gaat?' vraagt Lou Anne. Haar glimlach is niet zo stralend als anders. Ze trekt aan de lange mouwen van haar jurk, al parelt er een waas van zweet op haar voorhoofd.

'Het gaat wel. Haar toestand is... stabiel.'

'Daar ben ik blij om.' Ze knikt en we staan daar een beetje onbeholpen naar elkaar te kijken. Lou Anne haalt heel diep adem. 'Ik weet dat we elkaar al een tijd niet hebben gesproken,' vervolgt ze op gedempte toon, 'maar ik vind dat je moet weten wat Hilly zegt. Ze zegt dat jij dat boek hebt geschreven, over... de hulpen.'

'Ik heb gehoord dat de schrijver anoniem is,' luidt mijn snelle antwoord. Ik weet zelfs niet of ik moet doen alsof ik het heb gelezen, ook al leest iedereen het. Het boek is in alle drie de boekwinkels uitverkocht en de bibliotheek heeft een wachtlijst van twee maanden.

Ze steekt haar hand omhoog, als een stopteken. 'Ik wil niet weten of het waar is. Maar Hilly...' Ze komt dichter bij me staan. 'Hilly Holbrook belde me laatst en ze zei dat ik mijn hulp Louvenia moet ontslaan.' Ze trekt een verbeten gezicht en schudt haar hoofd.

Alsjeblieft. Ik hou mijn adem in. *Zeg alsjeblieft niet dat je haar hebt ontslagen.*

'Skeeter, Louvenia...' Lou Anne kijkt me recht in de ogen, zegt: '... soms is zij de enige reden dat ik uit bed kan komen.' Ik zeg niets. Misschien is dit wel een val die Hilly heeft gezet. 'En je zult me wel een dom wicht vinden... dat ik het eens ben met alles wat Hilly zegt.' Ze krijgt tranen in haar ogen. Haar lippen trillen. 'De dokters willen me naar Memphis sturen voor een behandeling met... eléktroshocks...' Ze slaat haar handen voor haar gezicht, maar er drupt een traan tussen haar vingers door. 'Voor de depressie en de... de pogingen,' fluistert ze.

Ik kijk naar haar lange mouwen en vraag me af of ze dat probeert te verbergen. Ik hoop dat het niet zo is, maar ik huiver.

'Henry zegt dat ik kan kiezen: opknappen of inrukken.' Ze doet alsof ze marcheert, probeert te glimlachen, maar die verbleekt snel en de trieste uitdrukking trekt weer over haar gezicht.

'Skeeter, ik ken niemand die zo dapper is als Louvenia. Zelfs met al haar eigen problemen komt ze bij me zitten en praat ze met me. Ze helpt me de dagen door te komen. Toen ik las wat ze over mij heeft verteld, dat ik haar heb geholpen met haar kleinzoon, was ik dankbaarder dan ik mijn hele leven ooit ben geweest. Ik had me in geen maanden zo goed gevoeld.'

Ik weet niet wat ik moet zeggen. Het is voor het eerst dat ik iets goeds hoor over het boek en ik wil tegen haar zeggen dat ik meer wil horen. Aibileen heeft dit vast ook nog niet gehoord. Maar ik maak me ook zorgen, want het is duidelijk dat Lou Anne het weet.

'Als jij het hebt geschreven, als Hilly's gerucht waar is, dan wil ik je nu laten weten dat ik Louvenia nooit zal ontslaan. Ik heb tegen Hilly gezegd dat ik erover na zou denken, maar als Hilly Holbrook het ooit nog een keer tegen me zegt, zal ik haar recht in haar gezicht zeggen dat ze die taart heeft verdiend. En meer.'

'Hoe weet... Waarom denk je dat dat Hilly is?' Onze bescherming, onze verzekering, is weg als het taartgeheim uitkomt.

'Misschien is ze het, misschien ook niet. Er wordt gepraat.' Lou Anne schudt haar hoofd. 'En vanochtend hoorde ik Hilly tegen iedereen zeggen dat het boek niet eens over Jackson gaat. Joost mag weten waarom.'

Ik adem getroffen in, fluister: 'Godzijdank.'

'Nou, Henry komt zo thuis.' Ze trekt haar handtas over haar schouder en staat iets rechter. De glimlach komt terug, alsof het een masker is. Ze draait zich om naar de deur, maar kijkt om naar mij voordat ze naar buiten gaat. 'Nog één ding. Ik stem in januari niet op Hilly als we een nieuwe voorzitter van de League kiezen. Nooit meer, trouwens.'

Hierop loopt ze de deur uit, en het belletje rinkelt achter haar.

Ik staar peinzend uit het raam. Buiten is het zachtjes gaan regenen; er ligt een waas van druppels op de autoruiten en het plaveisel kleurt zwart. Ik zie Lou Anne weglopen naar het parkeerterrein, denk: Er is zo veel over iemand wat je niet weet. Ik vraag me af of ik haar leven een beetje makkelijker had kunnen maken, als ik het had geprobeerd. Als ik een beetje aardiger voor haar was geweest. Was dat niet de essentie van het boek? Dat vrouwen zouden beseffen: We zijn gewoon mensen. Er is niet zo veel dat ons van elkaar scheidt. Lang niet zo veel als ik dacht.

Lou Anne had al begrepen waar het in het boek om ging voordat ze het ooit had gelezen. Dit keer was ík degene die het niet snapte.

Die avond bel ik Aibileen vier keer, maar ze is steeds in gesprek. Ik hang op en blijf een tijdje in de kast zitten, starend naar een pot vijgenjam die Constantine nog heeft gemaakt voordat de vijgenboom doodging. Aibileen heeft me verteld dat de hulpen de hele tijd over het boek praten en elkaar vertellen wat er gebeurt. Ze krijgt wel zes of zeven telefoontjes op een avond.

Ik zucht. Het is vandaag woensdag. Morgen lever ik mijn Miss Myrna-column in, die ik zes weken geleden heb geschreven. Ik heb weer een voorraad van tientallen columns, want er is toch niets anders te doen.

Als ik me verveel, vraag ik me soms af hoe mijn leven eruit zou hebben gezien als ik het boek niet had geschreven. Maandag zou ik hebben gebridged. En morgenavond zou ik naar de bijeenkomst van de League gaan en de nieuwsbrief inleveren. Op vrijdagavond zou Stuart me mee uit eten nemen en we zouden het laat maken, zodat ik zaterdag moe zou zijn als ik opstond om te gaan tennissen. Moe en tevreden en... *gefrustreerd.*

Want Hilly zou haar hulp die middag een dievegge hebben genoemd, en ik zou het gewoon hebben aangehoord. En Elizabeth zou de arm van haar kind veel te hardhandig hebben vastgepakt en ik zou de andere kant op hebben gekeken, alsof ik het niet had gezien. En ik zou verloofd zijn met Stuart en ik zou geen korte jurken dragen, alleen kort haar, noch zou ik zoiets riskants overwegen als het schrijven van een boek over zwarte huishoudsters, te bang dat hij het zou afkeuren. En hoewel ik nooit zou liegen en mezelf wijs zou maken dat het me is gelukt om mensen als Hilly en Elizabeth om te turnen, hoef ik in elk geval niet meer te doen alsof ik het met ze eens ben.

Met een gevoel van paniek stap ik uit de muffe kast. Ik doe mijn

Mexicaanse mannenschoenen aan en loop naar buiten, de warme nacht in. De maan is vol en er is net genoeg licht. Ik ben vanmiddag vergeten om te kijken of er post was en ik ben de enige die de postbus ooit leegt. Er ligt één enkele brief in, van Harper & Row, dus die moet van missus Stein zijn. Ik ben verbaasd dat ze een brief naar mijn huisadres stuurt, want voor alle correspondentie over het boek had ik een postbus geopend op het postkantoor, voor de zekerheid. Het is te donker om de brief te kunnen lezen, dus ik stop hem in de achterzak van mijn spijkerbroek.

In plaats van terug te lopen over het laantje neem ik de 'boomgaard'. Ik voel het zachte gras onder mijn voeten, ontwijk de eerste afgevallen peren. Het is weer september en ik ben nog in Jackson. Nog stééds. Zelfs Stuart is verhuisd. Een paar weken geleden las ik een artikel over de senator; daar stond in dat Stuart zijn oliemaatschappij naar New Orleans heeft verplaatst, zodat hij weer op de booreilanden kan werken.

Ik hoor het knerpen van grind. Maar ik kan de auto die over het laantje rijdt niet zien, want om de een of andere reden branden de koplampen niet.

Ik kijk toe terwijl ze de Oldsmobile voor het huis parkeert en de motor uitzet, maar ze blijft in de auto zitten. Er brandt licht op de veranda, geel en flakkerend door alle insecten. Ze buigt zich over het stuur alsof ze probeert te zien wie er thuis zijn. Wat heeft ze hier in godsnaam te zoeken? Ik blijf nog een paar seconden kijken. Dan besluit ik naar haar toe te gaan. Wat ze ook van plan is, ik wil voorkomen dat ze het uitvoert.

Snel loop ik naar de auto. Ze steekt een sigaret op, gooit de lucifer door het open raampje op onze oprit.

Ik nader de auto van achteren, zodat ze me niet ziet.

'Wacht je op iemand?' zeg ik door het open raam.

Hilly schrikt en gooit haar sigaret op het grind. Haastig stapt ze uit de auto en ze slaat het portier dicht, deinst achteruit. 'Waag het niet om een centimeter dichterbij te komen,' zegt ze.

Ik blijf staan en kijk naar haar. Ik kan mijn ogen niet geloven. Haar zwarte haar zit in de war. Boven op haar hoofd staat een weerbarstige krul recht overeind. De helft van haar blouse is niet ingestopt, de knoopjes spannen door haar vet, en ik kan zien dat ze weer kilo's is aangekomen. En ze heeft... koortsuitslag in haar mondhoek, schilferig en vuurrood. Ik heb Hilly niet meer met koortsuitslag gezien sinds Johnny het had uitgemaakt op de middelbare school.

Ze neemt me van hoofd tot voeten op. 'Ben jij tegenwoordig een hippie of zo? Hemel, je arme moeder zal zich wel doodschamen.'

'Hilly, waarom ben je gekomen?'

'Om je te vertellen dat ik mijn advocaat heb ingeschakeld, Hibbie Goodman, toevallig de grootste expert op het gebied van smaad in heel Mississippi. Je zit tot over je oren in de problemen, dametje. Je gaat naar de gevangenis, hoor je?'

'Je kunt niets bewijzen, Hilly.' Ik heb dit al met de juridische afdeling van Harper & Row besproken. We zijn heel zorgvuldig geweest met onze vaagheid.

'Ik weet honderd procent zeker dat jij het hebt geschreven, want niemand anders in deze stad is zo verloederd als jij. Een beetje heulen met die roetmoppen.'

Het is echt verbijsterend dat we ooit vriendinnen zijn geweest. Ik overweeg naar binnen te gaan en de deur op slot te doen. Maar ze heeft een envelop in haar hand en dat maakt me nerveus.

'Ik weet dat er wordt gepraat, Hilly. Er doen allerlei geruchten...'

'O, van die praatjes heb ik heus geen last. Iedereen weet dat het boek niet over Jackson gaat. Het is een of andere stad die jij hebt verzonnen met die zieke geest van je, en ik weet ook wie je hebben geholpen.'

Ik klem mijn kaken op elkaar. Ze weet het uiteraard van Minny, en van Louvenia, maar weet ze het ook van Aibileen? Of van de anderen?

Hilly wappert met de envelop en het papier kraakt. 'Ik ben gekomen om je moeder op de hoogte te brengen van wat je hebt gedáán.'

'Je wilt mijn móéder over mij vertellen?' Ik lach, maar het probleem is dat moeder er helemaal niets van weet. En dat wil ik graag zo houden. Ze zou het verschrikkelijk vinden. Ik kijk naar de envelop. Stel nou dat ze dan weer ziek wordt?

'Nou en of.' Hilly loopt het trapje op, met haar kin in de lucht.

Snel kom ik achter haar aan. Ze doet de voordeur open en wandelt naar binnen alsof het haar eigen huis is.

'Hilly, ik heb je niet binnen gevraagd,' zeg ik, en ik pak haar arm beet. 'Ik wil dat je...'

Maar dan komt moeder de hoek om en ik laat mijn hand zakken.

'Gut, Hílly!' zegt moeder. Ze is in haar ochtendjas en haar stok wiebelt onder het lopen. 'Dat is lang geleden, lieverdje.'

Hilly knippert een paar keer met haar ogen. Ik weet niet of Hilly erger schrikt van hoe mijn moeder eruitziet of andersom. Moeders eens dikke bruine haar is nu sneeuwwit en dun. De trillende hand op de knop van haar stok ziet er in de ogen van iemand die haar lang niet heeft gezien waarschijnlijk uit als die van een skelet. Maar het ergste is dat ze niet haar hele kunstgebit in heeft, alleen de voortanden. De holtes in haar wangen zijn dodelijk diep.

'Missus Phelan, ik... ik ben gekomen om...'

'Hilly, ben je ziek? Je ziet er verschrikkelijk uit,' zegt moeder.

Hilly likt haar lippen. 'Sorry, ik... ik had geen tijd om me op te frissen voordat...'

Moeder schudt haar hoofd. 'Hilly, schátje. Geen enkele man wil thuiskomen en dit zien. Kijk eens naar je haar. En die...' Moeder fronst haar wenkbrauwen, tuurt naar de koortslip. 'Dat is niet aantrekkelijk, schatje.'

Ik houd mijn blik op de brief gericht. Moeder wijst naar me. 'Morgen bel ik Fanny Mae en dan maak ik voor jullie allebei een afspraak.'

'Missus Phelan, dat is niet...'

'Je hoeft me niet te bedanken,' zegt moeder. 'Het is het minste wat ik voor je kan doen, nu je eigen lieve moeder je niet meer dagelijks kan adviseren. Nou, ik ga naar bed.' Ze hobbelt naar haar slaapkamer. 'Maak het niet te laat, meisjes.'

Hilly blijft nog even staan, met openhangende mond. Uiteindelijk gaat ze naar de deur, rukt hem open en loopt naar buiten. Ze heeft de brief nog in haar hand.

'Zet je schrap, Skeeter, want ik ben nog lang niet klaar met je,' sist ze naar me, haar mond net een vuist. 'En die nikkers van je!'

'Over wie heb je het precies, Hilly?' zeg ik. 'Je weet helemaal niets.'

'O nee? Die Louvenia? Die krijgt haar verdiende loon. Lou Anne gaat met haar afrekenen.' De krul op haar hoofd wipt op en neer als ze knikt.

'En zeg maar tegen die Aibileen, de volgende keer dat ze over mijn dierbare vriendin Elizabeth wil schrijven... Elizabeth,' voegt ze er met een wreed glimlachje aan toe, 'weet je wel? Je bent nog op haar bruiloft geweest.'

Ik sper mijn neusvleugels wijdopen. Ik wil haar slaan als ik Aibileens naam hoor.

'Laten we het erop houden dat Aibileen een beetje slimmer had moeten zijn en de L-vormige scheur in de eettafel van die arme Elizabeth weg had moeten laten.'

Mijn hart staat stil. Die verdomde barst. Wat ben ik stóm geweest dat ik dat heb laten staan.

'En denk maar niet dat ik Minny Jackson ben vergeten. Ik heb gróte plannen met die nikker.'

'Pas op, Hilly,' zeg ik tussen mijn tanden door. 'Straks verraad je jezelf nog.' Ik klink zelfverzekerd, maar vanbinnen beef ik als een riet omdat ik niet weet wat die plannen van haar zijn.

Haar ogen vliegen open. 'Dat was ik niet, HET VERHAAL OVER DIE TAART GING NIET OVER MIJ!'

Ze draait zich om en marcheert naar haar auto. Ze rukt het portier open. 'Zeg maar tegen die nikkers dat ze over hun schouder moeten kijken. Ze hebben geen idee wat HUN te wachten staat.'

Mijn handen trillen als ik Aibileens nummer draai. Ik trek de hoorn mee in de kast en doe de deur dicht. In mijn andere hand heb ik de geopende brief van Harper & Row. Het voelt als midden in de nacht, maar het is pas halfnegen.

Aibileen neemt op en ik flap het eruit: 'Hilly was hier vanavond en ze wéét het.'

'Miss Hilly? Wat weet ze?'

Dan hoor ik Minny's stem op de achtergrond. 'Hilly? Wat is er met miss Hilly?'

'Minny is bij me,' zegt Aibileen.

'Zij moet het ook weten,' zeg ik, hoewel ik liever had gehad dat Aibileen het haar later zou vertellen, zonder mij. Ik beschrijf hoe Hilly aan kwam rijden, hoe ze naar binnen stormde, en wacht terwijl zij het aan Minny vertelt. Het is erger om het uit haar mond te horen.

Aibileen komt weer aan de telefoon en slaakt een zucht.

'Het is de barst in Elizabeths eettafel... Daardoor wist Hilly het zeker.'

'O néé, die bárst! Wat ben ik dom geweest om dat erin te zetten.'

'Nee, ík had het moeten zien. Ik vind het zo erg, Aibileen.'

'Denkt u dat miss Hilly miss Leefolt gaat vertellen dat ik over haar heb geschreven?'

'Dat kan ze haar niet vertellen!' brult Minny. 'Dan geeft ze toe dat het Jackson is.'

Ik besef opnieuw hoe goed Minny's plan was. 'Dat denk ik ook,' zeg ik. 'Ik denk dat Hilly doodsbang is, Aibileen. Ze weet zich echt geen raad. Ze wilde mijn móéder over mij gaan vertellen.'

Nu ik een beetje van de schrik ben bekomen, moet ik er bijna om lachen. Dat is nog wel de minste van al onze zorgen. Als moeder mijn verbroken verloving heeft overleefd, kan ze dit ook aan. Ik verzin er wel iets op als het zover is.

'Dan kunnen we volgens mijn alleen maar afwachten,' zegt Aibileen, maar ze klinkt nerveus.

Waarschijnlijk is dit niet het beste moment om haar mijn andere nieuws te vertellen, maar ik kan het niet voor me houden. 'Ik had vandaag een... brief. Van Harper en Row. Ik dacht dat hij van missus Stein was, maar dat was niet zo.'

'Wat is 't dan?'

'Ze bieden me een baan aan bij *Harper's Magazine* in New York. Als eh... redactie-assistente. Missus Stein zal wel een goed woordje voor me hebben gedaan.'

'Wat geweldig!' zegt Aibileen, en dan: 'Minny, miss Skeeter kan een baan krijgen in New York City!'

'Aibileen, ik kan die baan niet aannemen. Ik wilde het je gewoon vertellen. Ik...' Ik ben zo blij dat ik het in elk geval aan haar kan vertellen.

'Wat bedoelt u, u kunt die baan niet aannemen? Het is waar u van droomt.'

'Ik kan nu niet weggaan, niet nu het allemaal zo slecht gaat. Ik wil je niet alleen laten in deze ellende.'

'Maar... die nare dingen gebeuren toch wel, of u nou hier bent of niet.'

Jezus, ik kan wel huilen als ik haar dat hoor zeggen. Ik kreun.

'Zo bedoelde ik het niet. We weten niet wat er gaat gebeuren. U moet die baan aannemen, miss Skeeter.'

Ik weet werkelijk niet wat ik moet doen. Diep vanbinnen denk ik dat ik het Aibileen niet eens had moeten vertellen, dat ze uiteraard zou zeggen dat ik het moest doen, maar ik moest het aan íémand vertellen.

Ik hoor haar tegen Minny fluisteren: 'Ze zegt dat ze de baan niet wil aannemen.

Miss Skeeter,' zegt Aibileen, nu weer in de hoorn, 'ik wil geen zout in de wond wrijven maar... u heeft geen leuk leven in Jackson. 't Gaat beter met uw mama en...'

Ik hoor gedempte stemmen en gekraak en dan heb ik opeens Minny aan de telefoon. 'Nou moet u 's goed naar me luisteren, miss Skeeter. Ik ga voor Aibileen zorgen en zij zorgt voor mij. Maar u heeft hier niks meer, alleen vijanden in de Junior League en een mama waarvan 'n mens nog aan de drank raakt. U heeft al uw schepen achter u verbrand. En u krijgt nóóit meer een vriend in deze stad. Dat weet iedereen. Maak dat u wegkomt, anders krijgt u van mijn persoonlijk een schop onder uw witte kont.'

Minny hangt pardoes op. Ik staar wezenloos naar de bliepende hoorn in mijn ene hand en de brief in mijn andere. Echt waar? denk ik, en voor het eerst denk ik er serieus over na. Kan ik de baan echt aannemen?

Minny heeft gelijk, en Aibileen ook. Ik heb hier niets meer, behalve moeder en papa. Als ik voor mijn ouders hier blijf krijgen we gegarandeerd ruzie, maar...

Ik leun tegen de planken, doe mijn ogen dicht. Ik ga. Ik ga naar New York.

AIBILEEN

34

Miss Leefolts zilveren bestek heeft rare vlekjes. 't Zal wel van de vochtigheid komen. Ik ga naar de tafel voor de bridgeclub, poets elke vork en elk mes nog eens op, controleer of alles er nog ligt. Li'l Man pikt de laatste tijd dingen, lepels en stuivers en haarspelden. Hij verstopt ze in z'n luier. Soms is 't net een schatkist als ik z'n luier verschoon.

De telefoon gaat en ik ga naar de keuken om op te nemen.

'Ik heb een nieuwtje,' zegt Minny aan de telefoon.

'Wat dan?'

'Miss Renfro zegt dat ze wéét dat het taartverhaal over miss Hilly gaat.' Minny kakelt, maar mijn hart slaat tien keer sneller.

'Goeie genade, miss Hilly is over tien minuten hier. Ze moet dat gerucht snel de kop in drukken.' Het voelt krankzinnig dat we haar aanmoedigen. Ik vind 't verwarrend.

'Ik heb eenarmige Ernes...' Maar dan houdt Minny d'r mond. Ik neem aan dat miss Celia net binnenkomt. 'Oké, ze is weer weg. Ik heb eenarmige Ernestine gebeld en zij zegt dat miss Hilly de hele dag aan de telefoon is geweest en dat ze zich schor krijst. En miss Clara weet 't van Fanny Amos.'

'Heeft ze haar ontslagen?' Miss Clara heeft de studie van Fanny Amos' zoon betaald, een van de mooie verhalen.

'Uh-uh. Ze zat alleen met d'r mond open en 't boek in d'r hand.'

'Godzijdank. Bel me als je meer weet,' zeg ik. 'En als miss Leefolt opneemt, dan zeg je maar dat 't over m'n zieke zus gaat.' *Heer, laat me niet boeten voor dat leugentje. Een zieke zus is 't laatste wat ik kan gebruiken.*

Een paar minuten nadat we hebben opgehangen gaat de bel. Ik doe alsof ik niets hoor. Ik kan er niet over uit dat ik de L-vormige barst heb genoemd. Ik ga naar buiten, naar m'n eigen wc, en daar zit ik te tobben over wat er gaat gebeuren als ik weg moet bij Mae Mobley. *Als ik bij haar weg moet, Heer, ik smeek U, zorg dan dat de nieuwe hulp een goed mens is. Laat haar niet alleen met miss Taylor die haar vertelt dat zwart smerig is, en haar oma die haar knijpt om haar dankjewel te laten zeggen en die ijskouwe miss Leefolt.*

Er wordt weer gebeld, maar ik blijf gewoon zitten. Ik doe 't morgen, zeg ik tegen mezelf. Morgen neem ik afscheid van Mae Mobley, voor 't geval dat.

Als ik weer naar binnen ga, hoor ik de dames aan tafel met elkaar praten. Miss Hilly heeft 't hoogste woord. Ik druk m'n oor tegen de keukendeur, zie er als een berg tegenop om erheen te gaan.

'... is níét Jackson. Het is een prul, dat boek. Ik durf te wedden dat het allemaal is verzonnen door een of andere nikker...'

Ik hoor stoelpoten schrapen en ik weet dat miss Leefolt me komt halen. Ik kan 't niet langer uitstellen.

Ik doe de deur open met de kan ijsthee in m'n hand. Ik maak een rondje om de tafel, hou m'n blik op m'n schoenen gericht.

'Ik heb gehoord dat die Betty Charlene zou kunnen zijn,' zegt miss Jeanie met grote ogen.

Naast haar zit miss Lou Anne. Ze staart voor zich uit alsof ze zich stierlijk verveelt. Ik wou dat ik haar een schouderklopje kon geven. Ik wou dat ik tegen haar kon zeggen hoe blij ik ben dat zij Louvenia's blanke mevrouw is, zonder iets te laten blijken, maar dat kan echt niet. Ik heb geen idee wat miss Leefolt denkt, want ze fronst op dezelfde manier als anders. Maar miss Hilly's gezicht is zo paars als een pruim.

'En de hulp in hoofdstuk vier?' gaat miss Jeanie verder. 'Ik heb Sissy Tucker horen zeggen...'

'Het boek GAAT NIET OVER JACKSON!' gilt miss Hilly, en ik schrik tijdens het inschenken. Een druppeltje thee valt per ongeluk op miss Hilly's lege bordje. Ze kijkt naar me omhoog en als een magneet worden mijn ogen naar de hare getrokken. Langzaam en kil zegt ze: 'Je hebt gemorst, Aibileen.'

'Het spijt me, ik...'

'Maak het schoon.'

Bevend veeg ik de druppel weg met 't servet dat ik rond het handvat van de kan had gelegd.

Ze staart me aan. Nu sla ik m'n ogen neer. Ik kan 't roodgloeiende geheim tussen ons voelen. 'Geef me een nieuw bord. Een bord dat je nog niet vuil hebt gemaakt me die smerige lap van je.'

Ik ga een schoon bordje halen. Ze bestudeert het, snuift luidruchtig. Dan kijkt ze naar miss Leefolt en zegt: 'Je kunt die mensen niet eens léren wat schoon is.'

Ik moet die avond langer bij miss Leefolt blijven. Terwijl Mae Mobley slaapt, pak ik m'n gebedenboek en begin aan m'n lijstje. Ik ben zo blij voor miss Skeeter. Ze belde vanochtend om te vertellen dat ze de baan heeft aangenomen. Over een week verhuist ze naar New York! Maar ik schrik van elk geluidje, bang als ik ben dat miss Leefolt binnen zal komen en tegen me zal zeggen dat ze me door heeft. Tegen de tijd dat ik thuiskom, ben ik te onrustig om te gaan slapen. Ik loop door het pikkedonker naar Minny's achterdeur. Ze zit aan de keukentafel de krant te lezen. Dit is het enige moment van de dag dat ze niet rondrent om iets schoon te maken of iemand te eten te geven of de les te lezen. Ik krijg 't gevoel dat er iets mis is, zó stil is 't in haar huis.

'Waar is iedereen?'

Ze haalt d'r schouders op. 'Naar bed of aan 't werk.'

Ik schuif een stoel naar achteren en ga zitten. 'Ik wil gewoon weten wat er gaat gebeuren,' zeg ik. 'Ik weet wel dat we blij mogen zijn dat de hel nog niet is losgebroken, maar ik wor' gek van dat wachten.'

''t Gaat gebeuren. 't Kan niet lang meer duren,' zegt Minny, alsof we het hebben over hoe we onze koffie drinken.

'Minny, hoe lukt 't je om zo kalm te blijven?'

Ze kijkt me aan, legt d'r handen op d'r buik, die de laatste twee weken inene heel dik is geworden. 'Ken je miss Chotard, voor wie Willie Mae werkt? Ze vroeg Willie Mae gisteren of zij haar net zo slecht behandelt als de gemene dame in het boek.' Minny snuift kort. 'Willie Mae heeft gezegd dat ze nog ruimte heeft om te groeien maar dat ze niet al te erg is.'

'Heeft ze haar dat echt gevraagd?'

'Toen heeft Willie Mae haar verteld hoe het bij andere blanke mevrouwen was, de goede en de slechte dingen, en die blanke dame luisterde naar haar. Willie Mae vertelde dat ze zevenendertig jaar voor haar heeft gewerkt en dat ze voor het eerst samen aan dezelfde tafel zaten.'

Afgezien van Louvenia, is 't de eerste keer dat we iets goeds horen. Ik probeer ervan te genieten. Maar in een flits ben ik terug in het nu. 'En miss Hilly? Wat vind jij van wat miss Skeeter zegt? Minny, ben je dan zelfs niet een beetje nerveus?'

Minny legt de krant neer. 'Hoor 's, Aibileen, ik ga niet tegen je liegen. Ik ben bang dat Leroy me vermoordt als-ie erachter komt. Ik ben bang dat miss Hilly m'n huis in de fik steekt. Maar,' vervolgt ze hoofdschuddend, 'ik kan 't niet uitleggen. Ik heb 't gevoel dat de dingen misschien wel lopen zoals ze moeten lopen.'

'Echt waar?'

'God, nu klink ik net als jou, hè?' zegt ze lachend. 'Ik begin oud te worden, denk ik.'

Ik stoot haar aan met m'n voet. Maar ik probeer te begrijpen wat Minny bedoelt. Het was moedig en goed wat we hebben gedaan. En Minny wil misschien alles meemaken wat hoort bij moedig en goed zijn. Zelfs de nare dingen. Maar de kalmte die zij voelt is me vreemd.

Minny buigt zich weer over haar krant, maar na een tijdje kan ik merken dat ze niet leest. Ze staart alleen naar de woorden, terwijl ze over iets anders nadenkt. Ergens vlakbij slaat het portier van een auto dicht. Ze schrikt. En dan zie ik het, de zorgen die ze probeert te verbergen. Maar waarom? Waarom wil ze die voor *míj* verbergen?

Hoe beter ik kijk, des te meer begin ik te begrijpen wat er aan de hand is, wat Minny heeft gedaan. Ik snap niet dat ik 't nu pas door heb. Minny heeft ons 't taartverhaal erin laten zetten om ons te beschermen – niet om zichzelf te beschermen, maar om mij en de andere hulpen te beschermen. Ze wist dat ze 't voor zichzelf alleen maar erger zou maken met miss Hilly. En toch heeft ze 't gedaan, voor de anderen. En ze wil niet dat iemand weet hoe bang ze is.

Ik pak d'r hand beet en knijp erin. 'Je bent een mooi mens, Minny.'

Ze rolt met d'r ogen en steekt d'r tong uit alsof ik haar een hondenkoekje aanbied. 'Ik wist wel dat je seniel begon te worden,' zegt ze.

We grinniken allebei. Het is laat en we zijn doodmoe, maar ze staat op om zichzelf nog een keer koffie in te schenken en voor mij een kop thee te zetten. We zitten tot diep in de nacht te praten.

De volgende dag, zaterdag, zijn we er allemaal, de hele familie Leefolt en ik. Zelfs mister Leefolt is vandaag thuis. Mijn boek ligt niet meer op 't nachtkastje. Ik kijk overal, maar zie 't nergens. Dan zie ik miss Leefolts tas op de bank liggen, en daar zit 't boek in. Ze moet 't dus ergens mee naartoe hebben genomen. Ik gluur in de tas en zie dat de boekenlegger weg is.

Ik wil haar in de ogen kijken om te zien wat ze weet, maar ze staat vrijwel de hele dag in de keuken en probeert een taart te bakken. Ze wil niet dat ik help. Zegt dat 't heel anders wordt dan mijn taarten, een of ander ingewikkeld recept uit 't tijdschrift *Gourmet*. Morgen geeft ze een lunch voor mensen van haar kerk. De eetkamer staat vol met serviesgoed en bestek en weet ik 't. Ze heeft drie rechauds geleend van miss Lou Anne en acht couverts van miss Hilly's zilver, want er komen veertien mensen en God verhoede dat een van die kerklui een goeie ouwe metalen vork zou moeten gebruiken.

Li'l Man speelt met Mae Mobley op haar kamer. En mister Leefolt loopt heen en weer door 't huis. Af en toe blijft hij voor Baby Girls kamer staan, dan drentelt-ie weer verder. Hij denkt waarschijnlijk datie met z'n kinderen hoort te spelen omdat 't zaterdag is, maar hij weet natuurlijk niet hoe 't moet.

Er blijven dus maar weinig plaatsen over waar ik nog kan komen. Het is pas twee uur, maar ik heb 't hele huis al schoongemaakt, 't sanitair blinkend gepoetst, de kleren gewassen. Ik heb alles gestreken behalve de rimpels in m'n gezicht. Ik ben verbannen uit de keuken en ik wil niet dat mister Leefolt denkt dat ik alleen maar met de kinderen speel. Ik begin dus ook door 't huis te zwerven.

Als mister Leefolt rondloopt door de eetkamer steek ik m'n hoofd naar binnen. Mae Mobley heeft een vel papier in d'r hand om Ross iets nieuws te leren. Ze vindt 't leuk om schooltje te spelen met haar broertje.

Ik ga naar de woonkamer, begin voor de tweede keer de boeken af te stoffen. Ik denk niet dat ik vandaag aan m'n voor-de-zekerheid-afscheid toekom, met al die mensen in huis.

'We gaan een spel doen,' hoor ik Mae Mobley tegen haar broertje roepen. 'Nu ga je aan 't buffet zitten want je bent bij Woolworf en je bent zwart. En je moet blijven zitten, wat ik ook doe, want anders ga je naar de gevangenis.'

Ik ga zo snel mogelijk naar haar kamer, maar mister Leefolt staat al in de deuropening te kijken. Ik blijf achter hem staan.

Mister Leefolt slaat z'n armen over elkaar voor z'n witte overhemd. Houdt z'n hoofd schuin. M'n hart klopt duizend keer per minuut. Ik heb Mae Mobley niet één keer hardop iets over onze geheime verhaaltjes horen zeggen, behalve tegen mijn. En dan is d'r moeder niet thuis en kan alleen 't huis ons horen. Nu gaat ze zo helemaal op in haar spel dat ze niet in de gaten heeft dat d'r papa luistert.

'Oké,' zegt Mae Mobley en ze hijst haar broertje op een stoel. 'Ross, nu moet je aan 't buffet van Woolworf blijven zitten. Je mag niet opstaan.'

Ik wil iets zeggen, maar er komt niks uit m'n mond. Mae Mobley sluipt heel zachtjes van achteren naar Ross toe en ze kiept een doos kleurpotloden om boven z'n hoofd. Ze vallen kletterend op de grond. Li'l Man trekt een boos gezicht, maar ze zegt heel streng: 'Je mag je niet bewegen. Je moet dapper zijn. En denk erom, geen servet.' Dan steekt ze d'r tong naar 'm uit en begint ze 'm tikjes te geven met de schoenen van d'r babypop. Li'l Man kijkt naar haar zo van *Waarom pik ik deze flauwekul?* en kruipt huilend van de stoel.

'Je hebt verloren!' zegt ze. 'Kom op, nu spelen we achter-in-de-bus, en jij was Rosa Parks.'

'Wie heeft je deze dingen geleerd, Mae Mobley?' zegt mister Leefolt.

Baby Girl draait met een ruk d'r hoofd om en kijkt hem aan alsof ze een geest heeft gezien.

Ik voel m'n botten zacht worden. Ik weet dat ik naar haar toe moet gaan om te zorgen dat ze geen narigheid krijgt, maar ik krijg niet genoeg lucht om me te bewegen. Mae Mobley kijkt langs haar papa heen naar mij, en mister Leefolt keert zich om en ziet me, draait zich dan weer om naar haar.

Mae Mobley kijkt omhoog naar d'r papa. 'Ik weet het niet.' Ze kijkt weg naar een bordspel dat op de vloer ligt, alsof ze er weer mee wil gaan spelen. Dat heb ik haar vaker zien doen, ik weet wat ze denkt. Ze denkt dat hij misschien wel gewoon weggaat als ze met iets anders gaat spelen en hem gewoon negeert.

'Mae Mobley, papa vroeg je iets. Waar heb je dit soort dingen geleerd?' Hij gaat op z'n hurken zitten. Ik kan zijn gezicht niet zien, maar ik weet dat-ie glimlacht, want Mae Mobley doet opeens verlegen, zo van Baby Girl houdt van d'r pappie.

En dan zegt ze luid en duidelijk: 'Van miss Taylor.'

Mister Leefolt gaat weer staan. Hij loopt naar de keuken, met mij erachteraan, pakt miss Leefolt bij d'r schouder, draait 'r om en zegt: 'Morgen. Je gaat naar die school en je zorgt dat Mae Mobley in een andere klas komt. Geen miss Taylor meer.'

'Wat? Ik kan toch niet zomaar haar juf...'

Ik hou m'n adem in, bid: *Jawel, dat kan best. Alsjeblieft.*

'Zorg dat het gebeurt.' En zoals mannen nu eenmaal zijn, loopt mister Raleigh Leefolt gewoon de deur uit, waar hij niemand ook maar ergens uitleg over hoeft te geven.

De hele zondag blijf ik God bedanken dat-ie Mae Mobley weghaalt bij miss Taylor. *Bedankt Heer, bedankt Heer, bedankt Heer*, gaat door m'n hoofd alsof 't een liedje is.

Maandagochtend gaat miss Leefolt naar Mae Mobleys school, helemaal opgetut, en ik moet glimlachen, want ik weet wat ze gaat doen.

Als ze weg is, ga ik aan de slag met miss Hilly's zilver. Miss Leefolt heeft 't na de lunch van gisteren op de keukentafel gelegd. Ik was het af en ben wel een uur bezig met poetsen. Ik vraag me eigen af hoe eenarmige Ernestine het doet. Voor 't poetsen van Grand Baroque, met al die krullen en lussen, heb je echt twee armen nodig.

Als miss Leefolt terugkomt, legt ze d'r tas op tafel en maakt ze een geërgerd geluid. 'O, ik was van plan om het zilver vanochtend terug te brengen, maar ik moest naar Mae Mobleys school en ik wéét gewoon dat ze kou heeft gevat want ze bleef maar niezen en nu is het bijna tien uur...'

'Is Mae Mobley verkouden?'

'Ik denk het.' Ze rolt met d'r ogen. 'O, ik ben laat voor mijn afspraak bij de kapper. Als je het zilver hebt gepoetst, breng het dan maar naar Hilly. Ik ben na de lunch terug.'

Als ik klaar ben, wikkel ik miss Hilly's zilver in de blauwe doek. Ik haal Li'l Man uit bed. Hij is net wakker uit z'n ochtendslaapje en knippert naar me en glimlacht.

'Kom op, Li'l Man, dan verschoon ik je luier. Ik leg hem op de aankleedtafel en doe de natte luier af en God allemachtig, er zitten drie dinky toys en een haarspeldje van miss Leefolt in. Gelukkig was 't alleen een natte luier en niet 't andere.

'Li'l Man,' zeg ik lachend, 'je bent net Fort Knox.'

Hij grijnst en lacht. Hij wijst op z'n bedje en ik trek 't beddengoed eraf, en ja hoor, ik vind een krulspeld, een maatlepel en een servet. We moeten er echt iets aan doen. Maar niet nu. Ik moet naar miss Hilly.

Ik zet Li'l Man in de wandelwagen en ik duw hem voor me uit naar 't huis van miss Hilly. Het is warm en zonnig en rustig. We wandelen over haar oprijlaan en Ernestine doet de deur open. Uit haar linkermouw steekt een kleine bruine stomp. Ik ken haar niet goed, weet alleen dat ze veel praat. Ze is van de methodistische kerk.

'Hé Aibileen,' zegt ze.

'Hé Ernestine. Je zag me zeker aankomen.'

Ze knikt en kijkt omlaag naar Li'l Man. Hij kijkt naar de stomp alsofie bang is dat 't ding 'm aan zal vallen.

'Ik wilde er eerder zijn dan zij,' fluistert Ernestine en dan zegt ze: 'Je hebt 't zeker wel gehoord.'

'Wat heb ik gehoord?'

Ernestine kijkt achter d'r, buigt zich naar me voorover. 'Flora Lous blanke mevrouw, miss Hester? Vanochtend barstte de bom.'

'Heeft ze Flora Lou ontslagen?' Flora Lou had nare verhalen. Ze is boos. Iedereen denkt dat miss Hester zo'n schat is, maar ze heeft Flora een speciaal goedje gegeven waar ze elke ochtend d'r handen mee moest wassen. Het bleek onverdund bleekwater te zijn. Flora heeft me de littekens laten zien.

Ze schudt d'r hoofd. 'Miss Hester pakte 't boek en ze begon te schreeuwen: "Ben ik dat? Heb jij over mij geschreven?" en Flora Lou zegt: "Nee mevrouw, ik heb geen boek geschreven. Ik heb niet eens de lagere school afgemaakt," maar miss Hester wordt hysterisch en gilt: "Ik wist niet dat Glorix de huid verbrandde, ik wist niet dat het minimumloon één dollar vijfentwintig was! Als Hilly niet overal rondbazuinde dat het niet over Jackson gaat zou ik je zo snel ontslaan dat je er duizelig van zou worden!" Dus zegt Flora Lou: "Dus ik ben niet ontslagen?" en miss Hester krijst: "Ontslagen? Ik kan je niet ontslaan, want dan wéten mensen dat ik hoofdstuk tien ben. Je zult hier de rest van je leven moeten blijven werken." En toen legde miss Hester d'r hoofd op tafel en zei ze tegen Flora Lou dat ze de afwas moest doen.'

'Jeetje,' hakkel ik, 'ik... ik hoop dat 't bij iedereen zo goed afloopt.'

Vanuit het huis brult miss Hilly om Ernestine.

'Ik zou er niet op rekenen,' fluistert Ernestine.

Ik geef haar het zware pakketje vol zilver. Ze steekt haar goede hand uit om 't aan te pakken, en ik denk uit gewoonte komt ook de stomp naar voren.

Die avond is 't noodweer. De donder dreunt en ik zit zwetend aan m'n keukentafel. Ik beef, probeer m'n gebeden op te schrijven. Flora Lou heeft geluk gehad, maar hoe gaat 't nu verder? Het wordt me te veel, dat niet-weten en piekeren en...

Tok tok tok. Er klopt iemand op m'n voordeur.

Wie is dat? Ik schiet overeind. Het is al halfnegen geweest. De regen striemt tegen de ruiten. Iemand die me goed kent zou de achterdeur nemen.

Op m'n tenen loop ik naar de voordeur. Weer dat klopje, en ik spring zowat uit m'n schoenen. 'Wie... wie is daar?' zeg ik. Ik kijk of de deur wel op slot zit.

'Ik ben het.'

Hemel! Ik adem uit en doe de deur open. Daar staat miss Skeeter, kletsnat, bibberend. Ze houdt de rode schooltas onder d'r regenjas.

'Goeie genade...'

'Ik kon niet bij de achterdeur komen. Het pad is te modderig.' Ze is op blote voeten en heeft d'r bemodderde schoenen in d'r hand.

Ik doe snel de deur achter haar dicht. 'Heeft niemand u gezien?'

'Je kunt buiten geen hand voor ogen zien. Ik had wel willen bellen, maar de telefoon is uitgevallen door de storm.'

Ik weet dat er iets gebeurd moet zijn, maar ik ben zo blij om haar nog even te zien voordat ze naar New York gaat. We hebben elkaar al zes maanden niet gezien. Ik sla m'n armen om haar heen.

'Jeetje, laat me uw haar 's zien.' Miss Skeeter doet de capuchon af, schudt d'r lange haar los. ''t Is mooi,' zeg ik, en ik meen 't.

Ze glimlacht verlegen en zet de tas neer. 'Moeder vindt 't vreselijk.'

Ik lach en dan haal ik heel diep adem, zet me schrap voor 't slechte nieuws, wat 't ook mag zijn.

'De winkels vragen om meer boeken, Aibileen. Missus Stein belde vanmiddag.' Ze pakt m'n handen beet. 'Er komt een tweede druk, nog eens vijfdúízend exemplaren.'

Ik kijk haar alleen aan. 'Ik... ik wist niet eens dat dat kon,' zeg ik en ik sla een hand voor m'n mond. Ons boek legt in vijfduizend huizen, in boekenkasten, op nachtkastjes, op 't toilet.

'We krijgen meer geld. Minstens nog honderd dollar voor jullie allemaal. En wie weet, misschien komt er nog meer.'

Ik leg een hand op m'n hart. Ik heb nog geen cent uitgegeven van de eerste eenenzestig dollar en nu vertelt ze me dat er meer komt?

'En nog iets.' Miss Skeeter kijkt omlaag naar de schooltas. 'Ik ben vrijdag bij de krant geweest en ik heb ontslag genomen als Miss Myrna.' Ze haalt diep adem. 'En ik heb tegen Mr. Gordon gezegd dat jij de beste nieuwe Miss Myrna zou zijn.'

'Ík?'

'Ik heb hem verteld dat jij me altijd alle antwoorden hebt gegeven. Hij zei dat hij erover na zou denken en vandaag belde hij om te zeggen dat het goed is, zolang je het maar aan niemand vertelt en de antwoorden schrijft in de stijl van Miss Myrna.' Ze haalt een grote map uit d'r tas, geeft die aan mij. 'Hij wil je hetzelfde betalen als mij: tien dollar per week.'

Ik? Werken voor de blanke krant? Ik ga naar de bank en sla de map open, en ik zie alle brieven en stukjes van de afgelopen jaren. Miss Skeeter komt naast me zitten.

'Bedankt, miss Skeeter. Voor álles.'

Ze glimlacht, haalt diep adem, alsof ze tranen weg probeert te slikken.

''t Is gewoon onvoorstelbaar dat u morgen in New York bent,' zeg ik.

'Ik ga eerst naar Chicago, voor één nachtje. Ik wil Constantine zien, haar graf.'

Ik knik. 'Daar ben ik blij om.'

'Moeder heeft me de overlijdensadvertentie laten zien. Het kerkhof is vlak buiten de stad. En dan ga ik de volgende ochtend naar New York.'

'Doe Constantine maar de groeten van Aibileen.'

Ze giechelt. 'Ik ben zo zenuwachtig. Ik ben nog nooit in Chicago of New York geweest. Ik heb nog nooit gevlogen.'

We zitten naast elkaar, luisteren naar 't onweer. Ik denk aan de eerste keer dat miss Skeeter bij me thuis was, hoe ongemakkelijk 't allemaal was. Nu voelt 't alsof we familie van elkaar zijn.

'Ben je bang, Aibileen?' vraagt ze. 'Voor wat er kan gebeuren?'

Ik draai m'n hoofd weg zodat ze m'n ogen niet kan zien. 'Ik red me wel.'

'Soms twijfel ik of het dit allemaal waard was. Als jou iets overkomt... hoe moet ik daar dan mee leven, terwijl ik weet dat het door mij is gekomen?' Ze legt een hand voor d'r ogen alsof ze niet wil zien wat er gaat gebeuren.

Ik ga naar m'n slaapkamer en haal het pakje van dominee Johnson. Ze haalt 't papier eraf en staart naar 't boek, alle namen die erin staan. 'Ik wilde het opsturen naar New York, maar ik denk dat u 't nu nodig heeft.'

'Ik... ik begrijp het niet,' zegt ze. 'Is dit echt voor mij?'

'Ja mevrouw.' Dan geef ik de boodschap van de dominee door, dat ze bij onze familie hoort. 'U moet goed onthouden dat elke naam in dit boek betekent dat 't absoluut de moeite waard was.'

Ze leest de bedankjes, de kleine dingen die de mensen hebben geschreven, strijkt met d'r vingers over de inkt. Ze heeft tranen in d'r ogen.

'Constantine zou zo trots op u zijn.'

Miss Skeeter glimlacht en ik zie hoe jóng ze nog is. Ik weet wel dat ze nog een meisje is, maar tijdens 't schrijven, tijdens alle uren van vermoeidheid en zorgen, heb ik dat meisje al heel lang niet meer gezien.

'Weet je zeker dat het niet erg is? Dat ik je hier achterlaat, nu alles zo...'

'Ga naar New York, miss Skeeter. Ga, en begin uw eigen leven.'

Ze glimlacht, knippert de tranen weg en zegt: 'Dank je wel.'

Die nacht lig ik in bed na te denken. Ik ben zo blij voor miss Skeeter. Ze kan helemaal opnieuw beginnen. Tranen lopen langs m'n slapen en in m'n oren als ik me voorstel dat ze met d'r lange haar op d'r rug door de brede straten loopt die ik op teevee heb gezien. Ergens zou ik wel willen dat ik ook opnieuw kon beginnen. De stukjes over 't schoonmaken, dat is nieuw. Maar ik ben niet de jongste meer. M'n leven is zo goed als voorbij.

Hoe harder ik probeer te slapen, des te meer ik besef dat ik waarschijnlijk de halve nacht op zal zijn. Het is alsof ik het geroezemoes in de stad kan voelen, van alle mensen die over 't boek praten. Hoe kan iemand slapen met al die bijen? Ik denk aan Flora Lou, dat miss Hester d'r zou hebben ontslagen als miss Hilly iedereen niet vertelde dat 't het boek niet over Jackson gaat. *O Minny,* denk ik, *het is zo goed wat je hebt gedaan. Je zorgt voor iedereen behalve voor jezelf. Ik wou dat ik je kon beschermen.*

Zo te horen hangt miss Hilly nog maar net aan 'n zijden draadje. Elke dag is er wel iemand anders die zegt dat ze weet dat zij 't was van die taart – en dan vecht miss Hilly nog iets harder. Voor 't eerst van m'n leven vraag ik me eigen af wie de strijd zal winnen. Tot nu toe heb ik altijd gedacht dat 't miss Hilly zou zijn, maar nu weet ik 't niet meer. Misschien dat miss Hilly dit keer wel verliest.

Ik slaap een paar uurtjes voor de dageraad. 't Is raar, maar ik ben niet eens moe als ik om zes uur opsta. Ik doe 't schone uniform aan dat ik gisteravond op de hand heb gewassen. In de keuken drink ik een groot glas koel kraanwater. Ik doe 't licht in de keuken uit en loop naar de deur. Dan gaat m'n telefoon. Jeetje, daar is 't wel erg vroeg voor.

Ik neem op en hoor gehúíl.

'Minny? Ben jij 't? Wat...'

'Gisteravond hebben ze Leroy ontslagen! En toen Leroy vroeg waarom, vertelde z'n baas dat 't moest van mister William Hólbrook. Holbrook heeft gezegd dat Leroy z'n nikkervrouw de reden was, en toen Leroy thuiskwam, probeerde-ie me met z'n blote handen te vermoorden!' Minny hijgt en hikt. 'Hij smeet de kinderen naar buiten en sloot me op in de badkamer en zei dat-ie 't huis in de fik zou steken met mijn erin!'

O God, nu heb je de poppen aan 't dansen. Ik sla een hand voor m'n mond, voel dat ik in 't zwarte gat val dat we voor onszelf hebben gegraven. Alle weken dat Minny zo kalm en zelfverzekerd was en nu...

'Die héks!' gilt Minny. 'Hij vermoordt me vanwege haar!'

'Waar ben je nu, Minny, waar zijn de kinderen?'

'Het pompstation. Ik ben er op m'n blote voeten naartoe gerend! De kinderen zijn bij de buren...' Ze hijgt en ze hikt en ze gromt. 'Octavia komt ons halen. Ze zou zo hard rijden als ze kon.'

Octavia woont in Canton, twintig minuten ten noorden van miss Celia. 'Minny, ik kom nu naar je toe...'

'Nee, hang alsjeblieft niet op. Blijf aan de lijn tot ze er is.'

'Gaat 't een beetje? Ben je gewond?'

'Ik kan er niet meer tegen, Aibileen. Ik hou 't niet vol...' Ze begint te huilen in de telefoon.

't Is voor het eerst dat ik Minny dat hoor zeggen. Ik haal heel diep adem, weet wat ik moet doen. De woorden staan me heel helder voor de geest en dit, nú, is 't enige moment dat ze echt naar me zal luisteren, zoals ze daar op blote voeten op dat pompstation staat, doodongelukkig en doodsbang. 'Minny, luister naar me. Je raakt je baan bij miss Celia nooit kwijt. Mister Johnny heeft 't zelf gezegd. En er komt meer geld van 't boek, dat heeft miss Skeeter gisteren gehoord. Minny, luister goed naar me: Je hoeft je nóóit meer door Leroy te laten slaan.'

Minny snikt luid.

'Het is tijd, Minny. Hoor je me? Je bent vríj.'

Heel langzaam komt Minny een beetje tot bedaren. Uiteindelijk is ze doodstil. Als ik haar niet kon horen ademen, zou ik denken dat ze had neergelegd. *Alsjeblieft, Minny,* denk ik. *Alsjeblieft, grijp deze kans aan om er een punt achter te zetten.*

Ze haalt diep en beverig adem. Ze zegt: 'Ik hoor wat je zegt, Aibileen.'

'Laat me naar 't pompstation komen, dan wachten we samen. Ik zeg wel tegen miss Leefolt dat ik wat later ben.'

'Nee,' zegt ze. 'M'n zus... komt eraan. We slapen vannacht bij haar.'

'Minny, is 't alleen voor één nachtje of...'

Ze ademt langgerekt uit in de hoorn. 'Nee,' zegt ze, 'ik kan niet meer. Ik heb 't lang genoeg gepikt.' En ik kan horen dat Minny Jackson weer een beetje zichzelf begint te worden. Haar stem trilt. Ik weet dat ze bang is, maar ze zegt: 'God helpe hem, maar Leroy weet niet wát Minny Jackson gaat worden.'

Ik schrik ervan. 'Minny, je kunt hem niet vermoorden. Dan ga je naar de gevangenis, precies waar miss Hilly je wil hebben.'

Hemel, die stilte is heel lang en vreselijk.

'Ik ga 'm niet vermoorden, Aibileen. Ik beloof 't. We blijven bij Octavia totdat we onze eigen woonruimte hebben gevonden.'

Ik laat m'n adem ontsnappen.

'Ze is er,' zegt ze. 'Ik bel je vanavond.'

Ik ga naar miss Leefolt en 't is heel stil in huis. Ik neem aan dat Li'l Man nog slaapt. Mae Mobley is al naar school. Ik zet m'n tas in het washok. De klapdeur naar de eetkamer is dicht en het is lekker koel in de keuken.

Ik zet koffie op en zeg een gebed voor Minny. Ze kan wel een tijdje bij Octavia blijven. Octavia heeft een vrij groot boerenhuis, heb ik uit Minny's verhalen begrepen. Minny is dichter bij haar werk, 't is alleen wel verder van de scholen van de kinderen. Maar 't belangrijkste is dat Minny weg is bij Leroy. Ik heb haar nog nooit horen zeggen dat ze bij Leroy wegging, en Minny zegt dingen nooit twee keer. Als ze iets doet, is 't altijd de eerste keer raak.

Ik maak een flesje voor Li'l Man en haal diep adem. Ik heb 't gevoel dat m'n dag er al op zit en het is pas acht uur 's ochtends. Toch ben ik niet moe. Ik weet ook niet waarom.

Ik duw de klapdeur open. En daar zitten miss Leefolt en miss Hilly aan de eettafel, aan dezelfde kant, en ze kijken naar mij.

Heel even sta ik daar, m'n hand rond 't flesje geklemd. Miss Leefolt heeft nog krulspelden in; ze draagt d'r blauwe ochtendjas. Maar miss Hilly is helemaal opgedirkt in een geruit broekpak. Bij haar mondhoek heeft ze een lelijke zweer.

'Goeiemorgen,' zeg ik en ik wil doorlopen naar achteren.

'Ross slaapt nog,' zegt miss Hilly, 'dus je hoeft niet naar hem toe te gaan.'

Ik blijf staan en kijk naar miss Leefolt, maar zij staart naar de rare L-vormige barst in haar eettafel.

'Aibileen,' begint miss Hilly en ze likt d'r lippen. 'Toen je gisteren mijn zilver terugbracht, ontbraken er drie exemplaren uit het vilt. Een zilveren vork en twee zilveren lepels.'

M'n adem stokt. 'Ik eh... ik ga wel even kijken in de keuken, misschien ben ik ze vergeten.' Ik kijk naar miss Leefolt om te zien of ze het ermee eens is, maar ze blijft naar de barst kijken. Ik voel een koude tinteling in m'n nek.

'Jij weet net zo goed als ik dat dat zilver niet in de keuken ligt, Aibileen,' zegt miss Hilly.

'Miss Leefolt, heeft u in Ross' bedje gekeken? Hij verstopt vaak dingen...'

Miss Hilly snuift luidruchtig. 'Hoor je dat, Elizabeth? Ze probeert een peuter de schuld in de schoenen te schuiven.'

Ik denk koortsachtig na, probeer me te herinneren of ik 't zilver heb geteld voordat ik 't terugdeed in dat vilt. Volgens mijn wel. Dat doe ik altijd. Hemel, ik bid dat ze niet zegt wat ik denk...

'Miss Leefolt, heeft u al in de keuken gekeken? Of in de zilverkast? miss Leefolt?'

Maar ze wil me nog steeds niet aankijken en ik weet me geen raad. Ik weet nog niet hoe erg dit is. Misschien gaat 't niet over zilver, misschien gaat dit eigenlijk over miss Leefolt en hoofdstuk twee...

'Aibileen,' zegt miss Hilly, 'je kunt me dat zilver vandaag teruggeven, anders geeft Elizabeth je aan wegens diefstal.'

Miss Leefolt kijkt naar miss Hilly en ademt snel in, alsof ze verbaasd is. En ik vraag me eigen af wiens idee dit was – hebben ze 't samen bedacht of komt 't uit miss Hilly's koker?

'Ik heb geen zilver gestolen, miss Leefolt,' zeg ik en ik wil 't liefst wegrennen.

Miss Leefolt fluistert: 'Ze zegt dat ze dat bestek niet heeft, Hilly.'

Miss Hilly doet niet eens alsof ze 't heeft gehoord. Ze kijkt me met opgetrokken wenkbrauwen aan en zegt: 'Dan zeg ik je uit Elizabeths naam dat je ontslagen bent, Aibileen.' Ze snuift. 'Ik bel de politie. Ze kennen me.'

'Maa-maaa,' roept Li'l Man vanuit z'n bedje aan de achterkant. Miss Leefolt kijkt achter d'r, dan naar Hilly, alsof ze niet weet wat ze moet doen. Volgens mijn beseft ze opeens wat haar te wachten staat als ze geen hulp meer heeft.

'Aaai-beee!' roept Li'l Man, en hij begint te huilen.

'Ai-bee,' roept een ander klein stemmetje. Ik besef dat Mae Mobley thuis is. Kennelijk is ze niet naar school gegaan. Ik hou m'n adem in. *Heer, laat haar dit alsjeblieft niet zien. Laat haar niet horen wat miss Hilly over me zegt.*

In de gang gaat een deur open. Mae Mobley komt de kamer binnen. Ze knippert naar ons en hoest. 'Aibee, flikken doet pijn.'

'Ik... ik kom eraan, liefje.'

Mae Mobley hoest weer en 't klinkt niet goed, als een hond die blaft. Ik loop naar de gang, maar miss Hilly zegt: 'Aibileen, je blijft waar je bent. Elizabeth kan heel goed voor haar eigen kinderen zorgen.'

Miss Leefolt kijkt naar miss Hilly, zo van: *Moet dat echt?* Maar dan gaat ze staan en sjokt naar de gang. Ze neemt Mae Mobley mee naar de kamer van Li'l Man en doet de deur dicht. Nu zijn we met z'n tweeën, miss Hilly en ik.

Miss Hilly leunt achterover, zegt: 'Ik duld geen leugens.'

M'n hoofd tolt. Ik wil gaan zitten. 'Ik heb geen zilver gestolen, miss Hilly.'

'Ik heb het niet over zilver,' zegt ze, en ze buigt zich voorover. Ze sist haar woorden zachtjes, zodat miss Leefolt d'r niet kan horen. 'Ik heb het over de dingen die je over Elizabeth hebt geschreven. Ze heeft geen idee dat hoofdstuk twee over haar gaat en ik ben een te goede vriendin om het haar te vertellen. Misschien kan ik je niet naar de gevangenis sturen voor wat je over Elizabeth hebt geschreven, maar wel omdat je steelt.'

Ik ga niét naar de gevangenis, denk ik, *over m'n lijk.*

'En die vriendin van je, Minny? Er staat haar een leuke verrassing te wachten. Ik ga Johnny Foote bellen en tegen hem zeggen dat hij haar op staande voet moet ontslaan.'

De kamer tolt voor m'n ogen. Ik schud m'n hoofd en bal m'n handen tot harde vuisten.

'Johnny en ik zijn twee handen op één buik. Hij luistert naar wat ik...'

'Miss Hílly.' Ik zeg het luid en duidelijk. Ze stopt. Ik durf te wedden dat miss Hilly al in geen tien jaar in de rede is gevallen.

Ik zeg: 'Ik weet iets over u, vergeet dat niet.'

Ze knijpt d'r ogen tot spleetjes. Maar ze zegt niks.

'En ik heb gehoord dat je in de gevangenis genoeg tijd hebt om brieven te schrijven.' Ik tril. M'n adem voelt als vuur. 'Genoeg tijd om alle mensen in Jackson de waarheid over u te schrijven. Alle tijd van de wereld en 't papier is gratis.'

'Niemand gelooft wat jij schrijft, nikker.'

'Ik heb anders gehoord dat ik heel aardig kan schrijven.'

Ze vist d'r tong uit d'r mond en raakt de koortslip ermee aan. Dan slaat ze haar ogen neer.

Voordat ze verder nog iets kan zeggen, vliegt de deur naar de gang open. Mae Mobley rent in d'r ponnetje de kamer binnen en blijft voor me staan. Kennelijk heeft d'r mama verteld dat ik wegga.

Heer, bid ik, *laat haar alsjeblieft niet miss Hilly's leugens hebben herhaald.*

Baby Girl pakt de rok van m'n uniform beet en laat niet meer los. Ik leg m'n hand tegen d'r voorhoofd en ze gloeit van de koorts.

'Baby, je moet terug naar bed.'

'Nééé,' kermt ze. 'Niet weggaan, Aibee.'

Miss Leefolt komt de kamer binnen, d'r wenkbrauwen gefronst. Ze heeft Li'l Man op de arm.

'Aibee!' roept hij grijnzend.

'Hé... Li'l Man,' fluister ik. Ik ben zo blij dat hij niet begrijpt wat er aan de hand is. 'Miss Leefolt, laat me haar even meenemen naar de keuken om haar een pilletje te geven. Ze heeft hoge koorts.'

Miss Leefolt kijkt naar miss Hilly, maar die heeft d'r armen over elkaar geslagen en zegt geen boe of bah. 'Goed, ga maar,' zegt miss Leefolt.

Ik neem Baby Girls warme handje in de mijne en neem haar mee naar de keuken. Ze hoest weer zo eng blaffend en ik pak de kinderaspirine en de hoestsiroop. Ze kalmeert een beetje nu ze met mij alleen is, maar de tranen stromen nog steeds over d'r wangen.

Ik zet 'r op het aanrecht en maak 't pilletje fijn, meng 't met een beetje appelmoes en voer haar van de lepel. Ze slikt en ik kan zien dat 't haar pijn doet. Ik strijk d'r haar naar achteren. De grote pluk aan de voorkant die ze met d'r speelgoedschaartje heeft afgeknipt staat overeind als bij 'n clown. Miss Leefolt kan bijna niet meer naar d'r kijken.

'Ga alsjeblieft niet weg, Aibee,' zegt ze en ze begint weer te huilen.

'Ik moet weg, baby. Ik vind 't heel erg.' En dan begin ik te huilen. Ik wil 't niet, 't maakt 't alleen maar erger voor haar, maar ik kan 't niet helpen.

'Waarom? Waarom wil je me niet meer zien? Ga je voor een ander klein meisje zorgen?' Ze heeft rimpels in d'r voorhoofd, zoals ze doet als d'r moeder op d'r moppert. Hemel, ik heb 't gevoel dat m'n hart dood zal bloeden.

Ik neem d'r gezicht in m'n handen. 'Ik wil niet bij je weg, maar...' Hoe zeg ik dit? Ik kan niet zeggen dat ik ben ontslagen, want ik wil niet dat ze d'r mama de schuld geeft, zodat 't nog erger wordt tussen die twee. 'Het is tijd dat ik ermee ophou. Jij bent mijn laatste kleine meisje,' zeg ik, want dat is de waarheid, alleen was 't niet mijn eigen keus.

Ik laat haar nog even huilen tegen m'n borst. Dan neem ik nog een keer d'r gezichtje tussen m'n handen. Ik haal heel diep adem en zeg dat zij ook moet zuchten.

'Baby Girl,' zeg ik, 'ik wil dat je alles onthoudt wat ik tegen je heb gezegd. Weet je nog wat ik heb gezegd?'

Ze huilt nog steeds, maar zonder 't schokschouderen. 'Dat ik m'n billen goed moet afvegen als ik klaar ben?'

'Nee, baby, dat andere. Over wat je bent.'

Ik kijk diep in haar mooie bruine ogen en zij kijkt in de mijne. Ze heeft ogen vol zielensmart, alsof ze wel duizend jaar heeft geleefd. En ik zweer dat ik, diep in d'r binnenste, de vrouw kan zien die ze later zal worden. Een flits uit de toekomst. Ze is lang en recht van leden. Ze is trots. Ze heeft een beter kapsel. En ze heeft de woorden die ik haar heb ingeprent onthóúden. Als volwassen vrouw weet ze 't nóg.

En dan zegt ze 't, tot m'n opluchting: 'Jij is lief. Jij is slim. Jij is belangrijk.'

'O Héér!' Ik trek haar gloeiende lichaampje tegen me aan. Ik heb 't gevoel dat ze me een groot cadeau heeft gegeven. 'Dank je wel, Baby Girl.'

'Graag gedaan,' zegt ze, zoals ik haar heb geleerd. Maar dan legt ze d'r hoofd tegen m'n schouder en we huilen een poos, totdat miss Leefolt de keuken binnenkomt.

'Aibileen,' zegt miss Leefolt heel zacht.

'Miss Leefolt, weet u... heel zeker dat u dit...'

Miss Hilly komt achter haar aan de keuken binnen en kijkt woedend naar mij.

Miss Leefolt knikt, ze kijkt heel erg schuldig. 'Het spijt me, Aibileen. Hilly, als je... naar de politie wilt gaan, is dat aan jou.'

Miss Hilly snuift en zegt: 'Zonde van mijn tijd.'

Miss Leefolt zucht alsof ze opgelucht is. Vluchtig kijken we elkaar aan en ik kan zien dat miss Hilly gelijk had. Ze heeft geen idee dat hoofdstuk twee over haar gaat. En zelfs al vermoedt ze 't, ze zal nooit toegeven dat zij 't is.

Ik duw Mae Mobley heel zachtjes weg. Ze kijkt naar me met haar slaperige, koortsige oogjes, dan naar d'r mama. Ze kijkt alsof ze als een berg opziet tegen de volgende vijftien jaar van haar leven, maar dan zucht ze, alsof ze te moe is om erover na te denken. Ik til haar van 't aanrecht, geef haar een kus op d'r voorhoofd, en dan wil ze haar armpjes weer om me heen slaan. Ik moet weglopen.

Ik ga naar 't washok, pak m'n jas en m'n tas.

Ik ga door de achterdeur naar buiten, met achter me het vreselijke geluid van Mae Mobleys gesnik. Ik loop over de oprit, ook huilend, wetend hoe erg ik Mae Mobley zal missen, biddend dat d'r mama haar wat meer liefde kan geven. Maar tegelijkertijd voel ik dat ik in bepaalde opzichten vrij ben, net als Minny. Vrijer dan miss Leefolt, die zo gevangen zit in d'r eigen hoofd dat ze zichzelf niet eens herkent als ze over d'r eigen leven leest. En vrijer dan miss Hilly. Die vrouw moet de rest van d'r leven proberen mensen wijs te maken dat zij niet twee punten van die taart heeft gegeten. Ik denk aan Yule May in de gevangenis. Want miss Hilly zit in d'r eigen gevangenis, alleen heeft zij levenslang.

Om halfnegen 's ochtends loop ik over 't hete trottoir en ik vraag me eigen af wat ik met de rest van m'n dag zal gaan doen. Met de rest van m'n leven. Ik tril en ik huil, en een blanke dame die langsloopt fronst d'r wenkbrauwen naar me. De krant betaalt me tien dollar per week, en er is 't geld van het boek plus wat er nog bij komt. Dat is niet genoeg om 't de rest van m'n leven van uit te zingen. Ik krijg nooit meer werk als hulp in de huishouding, want miss Leefolt en miss Hilly noemen me een dief. Mae Mobley was m'n laatste blanke baby. En ik had net een nieuw uniform gekocht.

De zon is fel, maar m'n ogen staan wijdopen. Ik sta bij de bushalte, zoals ik al zo'n jaar of veertig doe. Dertig minuten, en m'n hele leven is... klaar. Misschien moet ik blijven schrijven, niet alleen voor de krant, maar iets anders, over alle mensen die ik ken en de dingen die ik heb gezien en gedaan. Misschien ben ik nog niet te oud om opnieuw te beginnen. Om die gedachte moet ik tegelijk lachen en huilen. Want gisteravond dacht ik nog dat d'r voor mijn niets nieuws meer bij was.

VERANTWOORDING

Met dank aan Amy Einhorn, mijn redacteur, die een geweldige bijdrage heeft geleverd aan het succes van de geeltjes. Amy, je bent zo wijs. Ik mag van geluk spreken dat ik met jou heb kunnen werken.

Bedankt: mijn agente, Susan Ramer, omdat ze me een kans heeft gegeven en zo veel geduld met me heeft gehad; Alexandra Shelley, voor haar vindingrijke verbeteringen en goede adviezen; The Jane Street Workshop, geweldige schrijvers; Ruth Stockett, Tate Taylor, Brunson Green, Lara Foote, Octavia Spencer, Nicole Love en Justine Story, die hebben gelezen en gelachen, zelfs om de passages die niet zo grappig waren. Bedankt grootpapa, Sam, Barbara en Robert Stockett voor het ophalen van herinneringen aan Jackson. En oneindig veel dank aan Keith Rogers en mijn lieve Lila, voor álles. Iedereen bij Putnam, bedankt voor het enthousiasme en het karde werken.

Ik heb me enkele dichterlijke vrijheden gepermitteerd: het nummer 'The Times They Are A-Changing' kwam pas in 1964 uit, en Shake 'n Bake lag pas in 1965 in de schappen. De Jim Crow-wetten waarvan in dit boek sprake is, waren een verkorte versie van de wetgeving die in het hele Zuiden van de VS in verschillende tijden daadwerkelijk van kracht is geweest. Veel dank aan Dorian Hastings en Elizabeth Wagner, de onvoorstelbaar nauwgezette persklaarmakers; zij hebben me op dergelijke onzorgvuldigheden gewezen en oplossingen aangedragen.

Met dank ook aan Susan Tucker, auteur van het boek *Telling Memories Among Southern Women*; ze tekende op een aangrijpende manier verhalen op van huishoudelijke hulpen en hun blanke mevrouwen. Haar prachtige boek nam me mee terug naar een tijd en een plaats die allang niet meer bestaan.

Tot slot bedank ik, veel te laat, Demetrie McLorn, die ons allemaal in een dekentje gewikkeld uit het ziekenhuis droeg en haar leven aan ons wijdde: ze gaf ons te eten, ze ruimde onze rommel op, ze hield van ons… en godzijdank heeft ze ons vergeven.

TE WEINIG, TE LAAT

Kathryn Stockett, in haar eigen woorden

De hulp van onze familie, Demetrie, zei vroeger dat er niets ergers bestaat dan in hartje zomer katoen plukken in Mississippi, als je het plukken van okra, ook al een stekelig, laag gewas, tenminste niet meetelde. Demetrie vertelde ons allerlei verhalen over toen zij nog een meisje was en katoen moest plukken. Ze lachte erom en schudde waarschuwend met haar vinger, alsof katoenplukken een kwaad was waar een stel rijke witte kinderen zich aan zou kunnen bezondigen, zoals sigaretten of sterkedrank.

'Dagen achter elkaar deed ik niets anders als plukken en plukken. En toen keek ik omlaag en zag ik allemaal blaasjes op m'n huid. Ik liet 't aan m'n mama zien. Niemand had ooit een zwarte met een verbrande huid gezien. Dat was voor blanken!'

Ik was te jong om te beseffen dat haar verhalen helemaal niet grappig waren. Demetrie werd geboren in Lampkin, Mississippi, in 1927. Het was een vreselijk jaar om in geboren te worden, vlak voordat de crisis toesloeg. Precies op tijd om tot in de kleinste details te beseffen hoe het voelde om arm, zwart en vrouw te zijn op een coöperatieve boerderij.

Demetrie kwam toen ze achtentwintig was voor onze familie koken en schoonmaken. Mijn vader was veertien, mijn oom zeven. Demetrie was stevig gebouwd, heel donker, en in die tijd getrouwd met een man die Clyde heette, een gemene alcoholist die haar mishandelde. Ze weigerde antwoord te geven als ik naar hem vroeg. Clyde was taboe, maar afgezien daarvan praatte ze de hele dag tegen ons.

En wat vond ik het fijn om met Demetrie te praten. Als ik thuiskwam uit school zat ik het liefst in de keuken van mijn grootmoeder, en luisterde ik naar haar verhalen terwijl zij taarten bakte en kip braadde. Ze kookte de sterren van de hemel. Mensen die bij mijn grootmoeder hadden gegeten, hadden het weken later nóg over Demetries kookkunst. Je voelde je bemínd als je haar karamelcake proefde.

Maar als Demetrie haar lunchpauze had, mochten mijn oudere broer en zus en ik haar niet storen. Mijn grootmoeder zei altijd: 'Laat haar nu met rust, laat haar eten, dit is haar vrije tijd.' Ik stond dan in de deuropening van de keuken ongeduldig te wachten tot ze klaar was. Mijn grootmoeder wilde dat Demetrie kon uitrusten zodat ze haar werk kon doen. Bovendien zaten blanken niet aan dezelfde tafel als zwarten.

Het hoorde bij ons leven, de grenzen tussen zwarten en blanken. Als klein meisje zag ik soms mensen in de zwarte wijk van de stad, en ik weet nog dat ik medelijden met hen had, zelfs als ze er netjes en welvarend uitzagen. Daar schaam ik me nu diep voor.

Maar ik had geen medelijden met Demetrie. Ik heb jarenlang gedacht dat ze van geluk mocht spreken met onze familie. Een vaste baan in een mooi huis, waar ze de rotzooi van christelijke blanken mocht opruimen. Maar ook omdat Demetrie zelf geen kinderen had, en wij het gevoel hadden dat we die leegte in haar leven opvulden. Als iemand haar vroeg hoeveel kinderen ze had, stak ze altijd drie vingers omhoog. Ze bedoelde ons: mijn zus Susan, mijn broer Rob en mij.

Susan en Rob ontkennen het, maar ik had een hechtere band met Demetrie dan zij. Niemand plaagde me als Demetrie in de buurt was. Ze zette me voor een spiegel en dan zei ze: 'Je bent mooi. Je bent een mooi meisje.' Terwijl ik dat duidelijk níét was. Ik droeg een bril en had piekerig bruin haar. Ik had een koppige hekel aan de badkuip. Mijn moeder was vaak de stad uit. Susan en Rob hadden er schoon genoeg van om mij altijd op sleeptouw te nemen, en ik voelde me buitengesloten. Dat wist Demetrie. Ze pakte mijn hand en zei aardige dingen tegen me.

Mijn ouders gingen uit elkaar toen ik zes was. Toen werd Demetrie nog belangrijker voor me. Als mijn moeder weer eens op reis was, stopte mijn vader ons drieën in het motel waar hij de eigenaar van was en liet Demetrie komen om op ons te passen. Vaak huilde ik tranen met tuiten op Demetries schouder. Ik miste mijn moeder zo erg dat ik er koorts van kreeg.

Mijn zus en broer waren Demetrie tegen die tijd min of meer ontgroeid. Ze speelden poker met het personeel en gebruikten rietjes als geld. Ik weet nog dat ik dan naar ze keek, jaloers omdat ze ouder waren. En op een gegeven moment dacht ik: *Ik ben geen baby meer. Ik hoef niet bij Demetrie op schoot te zitten terwijl de anderen poker spelen.* Ik stond erop om mee te doen, en uiteraard was ik binnen vijf minuten al mijn rietjes kwijt.

Dus kroop ik weer bij Demetrie op schoot, pruilend en wel. Maar binnen de kortste keren lag mijn voorhoofd tegen haar zachte hals en wiegde ze me heen en weer alsof we twee mensen in een boot waren.

'Hier hoor je thuis. Hier, bij mij,' zei ze. Ze streek over mijn gloeiendhete been. Haar handen waren altijd koel. Ik keek naar mijn broer en zus, die opgingen in hun kaartspel, en vond het niet meer zo erg dat mijn moeder weer eens weg was. Ik was waar ik thuishoorde.

Door de stortvloed van negatieve berichten over Mississippi, in films, in de kranten, op televisie, gingen wij, de inwoners, massaal in het defensief. We voelen allemaal trots en schaamte, maar vooral trots.

Toch ben ik weggegaan. Ik verhuisde naar New York City toen ik vierentwintig was. In een stad waar zo veel mensen komen en gaan, ontdekte ik al snel, luidde de eerste vraag die mensen me stelden: 'Waar kom je vandaan?' Ik antwoordde dan: 'Mississippi,' en wachtte af.

Tegen mensen die glimlachten en zeiden: 'Ik heb gehoord dat het daar heel mooi is,' zei ik: 'Er zijn in het hele land maar twee steden waar meer moorden door bendes worden gepleegd dan in mijn geboortestad.'

Tegen mensen die zeiden: 'God, wat zul jij blij zijn dat je daar weg bent,' zei ik verontwaardigd: 'Wat weet jij er nou van? Het is er heel mooi.'

Ik was een keer op een geweldig hip feest, toen een dronken man uit een rijke, witte buitenwijk me vroeg waar ik vandaan kwam, en ik zei: 'Mississippi'. Hij snoof en zei: 'Wat zielig voor je.'

Ik plantte mijn naaldhak op zijn voet en onderhield hem tien minuten lang over de herkomst van William Faulkner, Eudora Welty, Tennessee Williams, Elvis Presley, B.B. King, Oprah Winfrey, Jim Henson, Faith Hill, James Earl Jones en Craig Claiborne, de culinair recensent van *The New York Times*. Ik deelde hem mede dat zowel de eerste long- als de eerste harttransplantatie in Mississippi waren uitgevoerd, en dat de University of Mississippi de basis voor het juridisch systeem van de Verenigde Staten heeft gelegd.

Ik had heimwee en zo iemand als hij kwam als geroepen.

Het was niet erg beschaafd of damesachtig van me, en de arme man wist niet meer waar hij het zoeken moest. Maar ik kon het niet helpen.

Mississippi is te vergelijken met mijn moeder. Ik mag steen en been over haar klagen, maar wee je gebeente als je kwaad over haar spreekt waar ik bij ben, tenzij ze ook jouw moeder is.

Dit boek schreef ik toen ik in New York woonde, waar het makkelijker was dan in Mississippi, want daar zat ik er te dicht bovenop. De afstand voegde een extra dimensie toe. In het hart van een bruisende, snelle stad was het een opluchting om mijn gedachten van tijd tot tijd te laten afdwalen en te mijmeren.

Een keukenmeidenroman is grotendeels fictie. Toch heb ik me tijdens het schrijven heel vaak afgevraagd wat mijn ouders ervan zouden vinden, en ook wat Demetrie ervan zou hebben gevonden, zelfs al was ze toen allang dood. Ik was vaak bang dat ik een grens overschreed door met de stem van zwarte mensen te schrijven. Ik was bang dat het me niet zou lukken om een relatie te beschrijven die zo immens belangrijk voor me is geweest, die zo liefhebbend was, en die in de Amerikaanse geschiedenis en literatuur tot een stereotype is verworden.

Wat was ik dankbaar toen ik 'Grady's Gift' had gelezen, het artikel waarmee Howell Raines ooit de Pulitzer-prijs won:

> *Er is voor een schrijver uit het zuiden geen lastiger onderwerp dan de genegenheid tussen een zwarte en een blanke in de ongelijke wereld van de segregatie; de oneerlijkheid waarop een samenleving is gebaseerd maakt elke emotie verdacht, maakt het onmogelijk om vast te stellen of het sentiment tussen twee mensen oprecht gevoel was dan wel medelijden of pragmatisme.*

Dat las ik en ik dacht: Hoe is het hem gelukt om dat in zo weinig woorden samen te vatten? Het was hetzelfde glibberige onderwerp waar ik tevergeefs mee worstelde, alsof ik een natte vis probeerde te grijpen. Mr. Raines was erin geslaagd om in één keer de spijker op z'n kop te slaan. Het was een opluchting voor me dat ik niet de enige was die met het probleem worstelde.

Net als mijn gevoelens voor Mississippi zijn mijn gevoelens over *Een keukenmeidenroman* vaak met elkaar in strijd. Ik ben bang dat ik met de gesprekken tussen zwarte en blanke vrouwen te veel heb gezegd. Ik heb geleerd niet over dat soort ongemakkelijke dingen te praten, omdat het goedkoop was, onbeleefd, en omdat ze ons misschien zouden horen.

Tegelijk ben ik bang dat ik te weinig heb verteld. Niet alleen omdat het leven voor veel zwarte vrouwen die in Mississippi in de huishouding werkten vaak nog veel erger was, maar ook omdat er zo veel meer liefde was tussen blanke gezinnen en zwarte huishoudsters dan ik in dit boek heb kunnen weergeven.

Ik pretendeer niet te weten hoe het werkelijk voelde om een zwarte vrouw in Mississippi te zijn, vooral in de jaren zestig van de vorige eeuw. Volgens mij kan geen enkele blanke vrouw dat weten, zelfs niet, of misschien wel juist niet, als ze zelf een zwarte hulp had. Toch is het voor ons allemaal van cruciaal belang om in elk geval te proberen het te begrijpen.

Er is één passage in dit boek waar ik werkelijk trots op ben:

> Was dat niet de essentie van het boek? Dat vrouwen zouden beseffen: We zijn gewoon mensen. Er is niet zo veel dat ons van elkaar scheidt. Lang niet zo veel als ik dacht.

Ik weet vrij zeker dat niemand van mijn familie ooit aan Demetrie heeft gevraagd hoe het voelde om zwart te zijn in Mississippi en voor een blank gezin te werken. Het kwam niet bij ons op. Het was de praktijk van alledag. Niemand voelde zich geroepen om dat nou eens te gaan onderzoeken.

Jarenlang heb ik het betreurd dat ik niet oud genoeg en niet verstandig genoeg was om Demetrie ernaar te vragen; ze overleed toen ik zestien was. Jarenlang heb ik me geprobeerd voor te stellen wat haar antwoord zou zijn geweest. En daarom heb ik dit boek geschreven.